主角

下

陈彦 著

作家出版社

二十二

忆秦娥的好消息，是她从首都回来的当天晚上，传到九岩沟的。

那天晚上，忆秦娥她爹易茂财，从另一个乡赶羊回来，由裤衩口袋里，掏出十张"大团结"，抹了抹平地摊在了老婆胡秀英面前。胡秀英就烫了一壶甘蔗酒，炒了一盘鸡蛋，还在油锅里滚了几勺花生米，让老汉架起二郎腿，慢慢品麻起来。而她，就偎依在一旁数票子了。虽然十张钱，并不咋经数，但她还是蘸着唾沫，来回数了三四遍。数完，她还一张张地在油灯下又照了照，才说："也不知这样的好事还多不多？"

易茂财说："多，咋不多。上边要底下发家致富，都是有任务、有数字的。听说咱们这个县，全让发展布尔山羊呢。上边不停地来检查。底下喂的羊，跟他们上报的数字又对不上，他们就得到处雇羊充数哩。咱这一栏羊啊，都快名'羊'四海了。"

说得夫妻俩还嘎嘎地笑起来。胡秀英笑得撑不住，就拿拳头在老汉背上直播。

也就在这时，他们家的广播里，突然播起戏来。胡秀英说："快听，快听，说啥子忆秦娥获了大奖。快听！"

易茂财嘴里正大嚼着的花生米，都停了下来。

427

只听广播里说："……省秦腔团晋京演出载誉归来，《游西湖》一举夺得全国戏曲调演一等奖。主演忆秦娥获得表演一等奖……"

"忆秦娥……"易茂财将信将疑地嘟哝着这个名字。

胡秀英急忙说："就是咱招弟。三元早说过，招弟把名字改了。"

"我知道。可这个忆秦娥，是不是咱家的招弟……"

"你说死呢。快听！"

广播里继续在说：

"……《游西湖》是秦腔的传统经典剧目，一代代秦腔人，用自己的血汗、绝技，将这部优秀剧目传承了下来。这次全国大调演，我省更是以振兴秦腔的高度责任心，调集精兵强将，以全新的阵容，将这台剧目完整地呈现在了舞台上。并向首都人民进行了一次十分精彩的汇报演出。每场演出，掌声都达近百次。尤其是在中南海的汇报演出，得到了×××、××、×××、×××等党和国家领导人，以及众多老延安的高度肯定和赞誉。说秦腔真好！说秦腔真是大气磅礴，气吞山河！说秦腔的春天回来了！《游西湖》不仅获得全国调演一等奖，而且主演忆秦娥还获得表演一等奖。下面，我们就为观众播放一段由忆秦娥演唱的《游西湖》片段，请大家欣赏！"

听到这里，胡秀英和易茂财的眼泪都快下来了。但他们到底还是不敢断定，这个获得了全国表演一等奖的忆秦娥，就是他们家的易招弟，就是在宁州剧团改名为易青娥的咱易家二闺女。

终于，在一阵音乐声中，只听一个女声：

"苦哇——"

这声叫板的尾音还没拖完，胡秀英就"哇"的一声大哭起来：

"茂财，是招弟，是咱家招弟——！"

易茂财的眼泪，也让女儿的一声"苦哇——"给刺激下来了。他帮胡秀英擦着眼泪说："听，快听！"

　　　　怨气腾腾三千丈，
　　　屈死的冤魂怒满腔……

连他们也没想到，招弟出去这么多年，能唱出这样一嗓子好戏来。易茂财过去还是玩过皮影的人，听过无数戏。也就是"文革"开始，他才把皮影摊子烧了，再跟戏无缘的。就墙上挂的这个老碗口大的广播，他都不知从里面听过多少戏了。过去招弟在县剧团时，演《杨排风》、唱《白蛇传》，他也是听过的。可今天，这是县广播站转播省人民广播电台的节目，招弟是在省上电台唱戏了。这可是上了收音机的戏呀！并且唱得这样好，这样精细，这样催人泪下。他就觉得这个娃，是养成了。说养，他还真的觉得有些亏欠娃。都养了啥了？真是只当一只羊放了。并且还是她在给家里放羊。六七岁就开始了，直放到十一岁离开九岩沟。那时他还操心，娃将来找不下个好婆家呢。放羊的娃儿，没文化，也没个手艺，能有了啥子出息？他把宝，那时是押在大女子来弟头上的。不管咋，来弟都比招弟强，爱学习，不逃课，将来就是上个高中，回来混个代课老师，教个小学总是可以的吧。可没想到，她舅胡三元，给二女子指了一条唱戏的路。开始他还不同意，想着学戏太苦。但算来算去，总还是能给家里减一张嘴的，就又同意了。可咋都没想到，娃竟然把戏唱到北京城，唱到中南海去了。那就是过去的紫禁城么。听说过去老艺人，谁要是能进紫禁城，给老佛爷慈禧唱一折戏，回来都是能立庙的。

易茂财越想越觉得这事有点大。恐怕得到老坟山，给爹、给爷、给太爷们烧点纸钱了。害怕喜事大了，他福薄命浅，扛不住。他爹、他爷过去也都唱过皮影戏，是知道把戏唱到京城、唱进中南海的意义的。可没出息老婆就会哭，她把耳朵贴在广播上，一边听，一边哭。听着哭着，她就埋怨说：那时在家里，不该把娃没当人。六七岁就赶娃上山放羊。十一岁，就让娃出门学戏谋生。几乎没给过娃一分钱。娃在十二岁回来那年，还给家里买了东西。从十三岁起，就年年给家里寄钱，由五块寄到十块；由十块寄到二十块；三十块；四十块；五十块；直到上百块……我们真是亏娃的太多太多了。易茂财也被说得一阵阵难过起来。他暗暗擦了眼泪，然后拿了火纸，就跟胡秀英一起去了老坟山。他们跪在祖宗面前，把事情的来龙去脉，一五一十地汇报了过去。然后还放了铳子，是九响。

这天晚上，忆秦娥的事，就成了九岩沟的大事件。

那晚九岩沟的月亮特别圆，家家不点灯，都能坐在门口干零碎活儿。男的编竹篓、修犁耙、打草鞋。女的纳鞋底、做针线、洗衣裳。都看见了易茂财家的老坟山，不过时不过节的，突然有了祭拜的烟火，还放了铳子。并且是九响。能放九响铳子，那就是家里有大喜事了。大家都在扳着指头算，沟里这些年出的大人物：沟口张家的，出了个副乡长；沟垴熊家的，在县上出了个副局长，把老娘都接到县城享清福去了；象鼻梁上赛家的，还出了个在北山地委当通讯员的；这下又出个忆秦娥，把戏都唱进中南海里了。说明九岩沟的风水，是呱呱叫的么。都议论说：易家小女子懂事，小小的就到坡上放羊，知道换手给忙不过来的爹娘抓背哩。这下易家人又该进省城享福去了。真是行行出状元哪！

第三天一早，乡上书记就到沟垴上来了。并且还拿来了省上的报纸。报纸上边有忆秦娥的照片：一张是化了妆的。一张是没化妆的。旁边还有一大篇文字，书记还特别给易家人念了几段。尤其是提到"忆秦娥是鹰嘴乡九岩沟村人"这段话时，不仅底下用红笔画了杠杠，而且书记还一连念了好几遍，说："说明这娃没忘本哪！就要这样，无论走得多远，飞得多高，都要记住，自己是鹰嘴乡九岩沟养育出来的。你家秦娥在省城出了大名，对我们乡发展商品经济可是大有好处啊！"

这天晚上，一家人就再也坐不住了。先是儿子易存根闹着要进省城看招弟姐。这也是个上学逃学、打架、祸害老师的主儿。才三年级，沟里就已有了名声，谁家都不喜欢自己的娃儿跟他一起玩。这几天听说二姐唱戏出了大名，就闹着要去西京看二姐。其实是学校要期末考试了，他想借机躲避呢。大姐来弟倒是真的想妹子了。招弟刚调到省城那阵儿，她就说去看的，一直拖到现在了。她已结婚。女婿高五福想做生意，一直得不着窍，也商量着，说一起去省城摸摸门路呢。刚好有这机会，就撺掇着来弟赶紧出发。最想见招弟的，其实是胡秀英。好久了，她老做梦，梦见二女子在省城让流氓欺负了，活得生不如死的。这些噩梦，动不动就把她吓得哭醒转来，再不敢眨眼睛皮。她是咋都要去看看二闺女的。易茂财自然是留下看门了。加之最近，那群羊也赶上了挣钱的好时候，想闺女归想闺女，但羊钱还得挣不是。

第二天一黑早，一家四口先下到乡上，再坐班车去了县上。他们商量过，在县上是要见娃的母舅胡三元的。看他去不去，要是他去，就有了照应。一家人，除了她舅，毕竟是都没去过省城的。

谁知一到宁州剧团，把她舅高兴的，说团上明天要去十好几个人呢。都是去看秦娥《游西湖》的，算是集体学习。

这天晚上，胡三元把一家人请到县城一家最好的饺子馆，让大家美美咥了一顿饺子。看得出来，胡三元特别兴奋。据他自己说，秦娥的事，这几天在县上都摇铃了。广播上成天广播。县上还给省秦腔团发了贺信。

吃完饺子，胡三元还专门带着一家人，去了黑黢黢的剧场大门口，看宁州剧团拉出来的横幅：

"热烈祝贺我团演员忆秦娥调进省秦后一举夺得全国表演一等奖！"

胡三元还问："看出啥来没？是故意这样写的。秦娥调到省城，就获得那么大的奖，给他们争了那么大的光，可都是宁州一手培养出来的。他们是用了现成的，知道不？大家心里都不服气，说全国调演应该是我们去，而不应该是省秦去。"胡秀英笑着说："不管咋样，招弟能有今天，还都得亏了她这个好母舅哩。"这句话，让胡三元特别受用，他的两颗门牙笑得立马都露了出来，说："这话还用你讲。剧团人都说疯了。这几天都不把我叫胡三元了，叫胡伯乐呢。"胡秀英问："这难听的名字，咋叫个胡伯乐呢？"来弟就笑着说："伯乐是个历史名人，能认识千里马。是夸奖咱舅的意思。"她娘说："招弟是人，又不是马。"把大家都惹笑了。

胡秀英一家四口，第二天是跟胡三元他们剧团人一起去省城的。

等赶到剧场时，离开演已不到半小时了。胡秀英就要去看女儿，被胡三元挡了，说让先看戏，等看完戏再见面。还说这阵儿去看，会影响秦娥演出情绪的。

戏票都是团上提前让人定好的。听说票紧张，本来就多定了几张，刚好有封潇潇他们几个没来，就让胡秀英一家几口都坐上了。胡秀英他们看见，剧场旁边还站了好多人，并且硬是站了一晚上。

这晚的演出，比任何时候都火爆。

自打忆秦娥一出场，掌声就响起来了。中间是唱一段，拍一阵。戏还没演到高潮，掌声就已快上百次了。到了《鬼怨》《杀生》时，一千多人的剧场，就像大牛头锅煮开了一样：柴烈、火啸、汤沸、气圆。有人硬是要站起来喊叫。还有人是直接冲到舞台前边去喊"忆秦娥！忆秦娥！忆秦娥"了。这阵仗，甚至把在山里"猴子称大王"惯了的易存根，都吓得尿裤子了。

二十三

忆秦娥咋都没想到，回来的第二场演出，底下观众里竟然有宁州剧团来的人。尤其是还有她娘、她姐、姐夫、她弟。她只感到，这场演出比任何一场都热烈，都劲爆。演出刚一完，她硬是撑持着谢了一下幕，就急忙朝厕所跑。以台下的呼喊声，大幕是应该再拉开、再谢幕，直到观众依依离去的。可惜她咋都撑不住了，还没等跑到厕所，就吐在刘红兵的背上了。刘红兵是在前边给她开路的。忆秦娥进了厕所，有几个戏迷甚至还跑上舞台，质问团上：观众都没走，演员为啥不再出去谢幕了？还有没有礼貌？有的甚至还说：进了中南海就不得了了，是吧？对普通观众就这么傲慢无礼，你们到底是为谁唱戏？单团长和封导只好反复给人家解释，说忆秦娥要吐，几个人架到厕所去了。还说不信你们可以去看。戏迷这才问怎么了。单团长说：可能跟吹火有关，松香粉吹燃后，味道很重，很呛人，有些还吸进了喉管里。一个戏迷才感叹说："演员这么辛苦的！只是太可惜了，戏真好，观众才等着谢幕呢。戏要难看了，早抽签跑了。听听，你们听听，观众到现在还没走呢。"底下的掌声的确还在继续。不过这阵儿，已经由爆裂变成一种跟部队战士看演出一样的掌声了，是齐齐整整的啪啪声。单团长就一瘸一拐地跑到厕所边，问忆秦娥怎么样了，说观众都不走，恐怕得坚持着再谢一次幕。忆秦娥就撑着出来，又上去谢幕了。不过在谢幕中，她看见了宁州剧团的人。看见了她舅。还看见了她娘、她姐、她弟。他们全都拥到舞台前边来喊好，来鼓掌了。她的娘甚至在给她大声打招呼："招弟！招弟！"娘还抱起小弟易存根，在鼎沸的人声中喊叫："叫姐，快叫姐，那就是你二姐！"她的眼眶迅速被泪水模糊了。

大幕终于再次关上了。

忆秦娥卸妆时，宁州剧团的人和她家里人，都在剧场大门外等着。

楚嘉禾和周玉枝演的是李慧娘替身："鬼魂若干人"。她们只在《杀生》的最后出现一下，就几十秒钟的戏，是被鬼火烧得行将就木的贾似道的幻觉人物。那时灯光幽暗，磷火森森，且烟雾缭绕，也就谁都看不清"若干人"的脸面了。因此，妆都化得特别简单，卸起来也快。当忆秦娥卸完妆出来时，楚嘉禾和周玉枝都跟大家寒暄半天了。她一出来，人群"呼"的一下，就把她围住了。不仅挨个跟她拥抱，而且几个男同学还把她抬起来，"噢噢"地向空中抛了几抛。惠芳龄直拍她的脸蛋喊叫："真是太漂亮了！太漂亮了！太漂亮了！谁给你化的妆，天仙也没你好看。"最后紧紧拥抱住她的，是胡彩香老师。胡老师就是一个劲地哭，泪水热乎乎的，热得忆秦娥心里也瞬间涌流出了十分滚烫的东西。可惜，人群里面没有封潇潇。刚才她在舞台上，就搜寻过他的。她还以为是当时泪水模糊了，没看清。这阵儿全都看清楚了，就是没有封潇潇的影子。她甚至有点失落。

刘红兵在前后忙碌着招呼大家，生怕宁州剧团人看不出他是啥角色。他还故意在人多的时候，把本来不需要的外衣，硬给忆秦娥披了

433

在身上。忆秦娥端直给他抖了回去。他就给大家做了个鬼脸，不仅掩饰尴尬，而且还显现出了更深的意味。宁州团里有那过去跟他混得好的哥们儿弟兄，就煽惑说："红兵哥，丈母娘在此，贤婿岂有不叫之理乎？"有人就跟着撺掇："叫，开叫！叫妈，叫妈！"忆秦娥讨厌得直想拉着娘离开。可这个死不要脸的货，还真给叫上了："妈——！"并且尾音拉得老长，像唱戏。把忆秦娥的娘，一下高兴得笑窝在了地上。忆秦娥就给了刘红兵一脚，这一脚踢得，似乎让刘红兵的角色更加合法化了。

刘红兵硬是热情地要请大家到老兰家吃烤肉，说是西京最有名的烤肉。刚好大家也都没吃下午饭，就分头上了出租车。忆秦娥自己也没个主见，来了这么多人，是应该招待一下，又不知怎么弄，也就只好任由刘红兵去了。只见刘红兵一连叫住六辆出租车，一个个都安排得停停当当的。车队就直奔老兰家而去了。

看来刘红兵是老兰家的常客。他一来，老远就有人招呼红兵哥。吃烤肉的人那么多，老板还是给他腾出一个大包间来。一下把二十几个人全都塞了进去。刘红兵是个人来疯，见人多，尤其还是忆秦娥的娘、姐、弟，还有老师、同学，就更是神狂得厉害了。他开口先让烤五百串筋、五百串肉、五百串腰子，还让提十捆啤酒。胡彩香说太多了，怕吃不完。刘红兵说："今晚是个太难得的日子，秦娥这么多亲人聚集在一起，还能不吃他个昏天黑地，喝他个人仰马翻。"逗得忆秦娥的那帮同学，又拼命地鼓掌喊好起来。

这一晚的确是有点"狂欢夜"的意思。大家轮番给忆秦娥敬着酒，祝贺她"名动京华，声震三秦"；也祝贺老娘胡秀英"生得伟大，养得光荣"；更祝贺"伯乐舅"胡三元"慧眼识才，马跃千里"；也祝贺胡彩香"心地良善，育人有功"。忆秦娥难得有这么一次高兴、放松的机会。尤其是团上这么多老师同学，能专程来看自己演出，向自己表示祝贺，她真的是很感动，很开心。感动是感动，开心是开心，可有一个人没来，却也成了她的一桩心事。她太希望从他们的谈吐中，得到一点封潇潇的蛛丝马迹。可没有任何人提到他。都在说她的不容易。说她现在咋"红破天"了。虽然这些话，听着也很是滋润、受用，可她还是更想知道封潇潇现在在干什么。既然是全团组织进省城来学习，作为宁州团的台柱子，他怎么能不来呢？中途还是楚嘉禾为了刺激张扬得搁不下的刘红兵，故意问了一句："哎，潇潇咋没来呢？潇潇最应该来给秦娥捧场么，他们可是演爱情戏的绝配呀！"胡彩香先接话说："就是的。我觉得秦娥的戏，还要潇潇来配哩。今晚这个裴郎，跟咱们潇潇可是差一大截着哩。先是扮相不如潇潇潇洒，再是年龄也大了些。咱秦娥才多大，咋能配这么老个裴郎呢，眼袋都出来了。"有人还补了一句："沟子也有些撅。还是盘盘腿。"刘红兵就插话说："配老些好，配得太年轻，我还不同意哩。戏就是要突出咱慧娘么。"大家都笑了。是周玉枝又问了一句："哎，真格潇潇咋没来呢？他应该来呀！"有人就说："潇潇可不是过去的潇潇了。这家伙不知咋搞的，现在天天喝酒，都快成酒疯子郝大锤了。就差满院子捉老鼠'点天灯'了。"忆秦娥心里一怔，怎么会这样呢？难道是因为自己吗？有人急忙说："不说潇潇了，人真是变得太快了，有时一眨眼工夫就变得不敢认了。就说秦娥吧，这才调到省城多长时间，就坐上'秦腔小皇后'的交椅了。可不是我说的，是报纸的题目。这不就跟变戏法一样，把我们这些老同学都看糊涂了嘛！"大家就又掀起了一轮给"秦腔小皇后"敬酒的热潮，忆秦娥还真放开喝了起来。她觉得，这阵儿真是得点酒了。

一切都按刘红兵的说法来了。果然有几个喝得钻到桌子底下去了。她舅胡三元和胡彩香，就让收场。在大家喝酒的时候，刘红兵把住处都安排好了。忆秦娥她娘、她姐、她弟，都说要跟忆秦娥住。其余的，就都由刘红兵领到北山办事处去了。

回到租住的房里，娘和姐还都兴奋着。弟弟第一次见真电视机，看得有些目瞪口呆。她娘们三个，就偎在床上拉起了家常。先拉她爹。娘说："你爹现在可活成人精了！这几年养了一群羊，比村长都人五人六了。动不动就这里上门请，那里上门求的。"忆秦娥问咋回事。娘说："叫你姐说，我不会说。"姐就说："这几年不是搞发家致

435

富吗，一个地方一个招数，来一个领导一个弄法。咱宁州县，前两年主要是种烤烟。这下来了新领导，又开始发展布尔山羊了。这羊还是一个外国品种，好多老百姓不想养。可上边任务又硬，并且还要一个劲地检查。爹养的这二十几只羊，就派上了大用场。今天被拉到这个乡上，明天又被拉到那个村上，都是去凑羊数、哄上边检查的。一只羊一天三块钱，还给羊管好吃好喝的呢。"娘就接过话说："还给你爹管待酒席哩。"弟弟也插话说："爹把剩酒剩肉，还拿回来让我和娘吃呢。""你就嘴长。"娘还甩了弟弟一巴掌，又接着说，"一群羊也给喂得肥的，见天吃净黄豆呢。你爹贼得很，不管走到哪里，都说羊只爱吃黄豆，说要不然，见了领导，四个蹄子跑不欢实。人家就拼命拿黄豆给喂哩。你爹还说，这羊要是让招弟看见了，可是爱死了，一只只都养得油光水滑的，背上的膘呀，都在三四指往上了。"娘先笑得快岔气了。她和姐就都跟着笑。

说了她爹，又说起刘红兵来。忆秦娥不想说，可娘和姐的兴趣都很大，说这女婿嫽着呢。在吃烤肉的时候，她们听说了刘红兵的一些来路，是大得不得了的大官的儿子啊！娘开始还问比乡长能大多少呢。姐说，比乡长他爷还大一轮。娘就直喷嘴说："也不知易家前世辈子是烧了啥硬扎香，后辈竟能攀上这样的高枝。不仅门户高，才貌出众，做事大方，而且还懂礼数得要命。当着众人面，都叫我三四次娘了。虽然是开玩笑，可人家那身世，能不嫌咱这号从山沟垴垴钻出来的土鳖虫，整天围着锅台、羊栏、猪圈转的老妈子。那就是给了天大的面子了。"可正是这一点，让忆秦娥更讨厌刘红兵了。晚上竟然当着那么多人的面，偏要一次次地叫妈、叫娘。那分明是觉得自己高人一等，才敢胡调乱侃呢。正经丈母娘，是你能随便开叫、随便乱喊的吗？还喊叫得跟唱戏一样，拿腔卖调的。她几次都想上去踢他。可娘反倒不计较这一切，还把刘红兵夸奖得不行，说这叫真正有钱有势的人家，啥大场面都能应对自如了。娘还让她别把一吊整钱，生生熬成八百了。姐也一连声地说："好着呢，好着呢。无论家庭、身材、长相，还是待人接物，都没得挑剔。妹子你要不是唱了戏，出了名，恐怕这样的人物，一辈子是连见也见不上一面的，还谈婚论嫁呢。何况人家还这样'狐迷子'上心的。"忆秦娥说啥，她们都说她心性太高。还说错过这村，就没这店了。连弟弟易存根也说："二姐夫比大姐夫好，长得跟电视里的人一样。"忆秦娥怕伤了姐的心，急忙制止弟弟，说人碎碎的，就满嘴乱跑调。姐就说："存根说得对着呢，你姐夫哪能跟人家比呀。你姐夫就是个满山沟里胡钻乱窜的小药材贩子，乡里叫'倒鸡毛的'。人家是什么人物啊，你没听听，弄几台彩电、冰箱、立式摇头电扇，都不在话下呢。这哪能放到一杆秤上称呢？你姐夫今晚都高兴得跟啥一样，说这辈子总算是遇见高人了，正准备拜妹夫为师呢。"娘也说："不怕来弟不高兴，吃的就不是一样的饭么，咋能摆在一个锅台上比胖瘦呢。"任忆秦娥咋说，一家人都在反驳、"批斗"她。她也就懒得说了。她说："睡。"娘还是兴奋着，要女婿，还要抱孙子的。忆秦娥就气得把灯关了。娘在黑暗中笑着说："你把电灯拉黑了，娘还是要孙子。就要你跟这个小伙子生下的。一准是人中龙。"姐也哧哧地笑着说："抓紧噢，力争年底见喜。"弟弟易存根"咚"的一声炮响。娘照他屁股踹了一脚："把不住嘴的货，又吃多了。"

二十四

这天晚上，忆秦娥咋都睡不着。她在想封潇潇，翻来覆去地想。她觉得她还是爱着潇潇的。并且爱得那么深。当她听说，潇潇除了没给老鼠"点天灯"，都快成郝大锤一样的酒疯子了时，她心里可不是滋味了。潇潇对自己的爱，是那样不显山不露水，尽在一颦一笑间。大概也正是这种月朦胧，鸟朦胧，而让那点太过脆弱的爱，中断在了调离宁州的路上。那种躲躲闪闪、藏藏掖掖，又怎能抗衡得过刘红兵吹着冲锋号、端着冲锋枪、喊着"缴枪不杀"的正面强攻呢？她突然急切地想知道封潇潇的一切，可又不能问任何人。她在等着天亮。天亮以后，是可以问她舅的。这一生，唯有她舅胡三元，是没有什么不可以打问的。这天晚上，大概是她这几年失眠最严重的一个晚上。潇潇让她难过了。她甚至在轻轻呼唤着他的名字。自己是不是把自己爱着的人害惨了？如果封潇潇真成郝大锤了，那她简直就是一个罪人了。

第二天她舅一早就来了，说其他人都逛街买东西去了。弟弟也闹着要出去。忆秦娥说她这几天有戏，昨晚又没休息好，不敢出去见风，就安排他们自己去了。人都走后，她就跟舅谝起来。舅把团里的情况详细跟她说了一遍：自她走后，这个团人心就散了，说跟山墙抽了龙骨一样散乱。尤其是团长朱继儒，一下泄了大劲。一开会他就埋怨说，以后再不培养人了。我们县剧团培养人，都是驴子拉磨狗跟脚——出闲力呢。一旦有点成色，不是调到地区，就是调到省上了。咱还做这赔本的买卖，是脑子让门缝夹了。也怪，老朱的身体也不行了，整天吭吭咳咳的，老了一大截。舅说有一回，朱团长还当着他的面埋怨说：你那个外甥女没良心，为促红她，我得罪了团上多少人哪！硬是把她促成台柱子，促成县政协常委，上了主席台，当了副团长，连职称也是破格评的，就这把人心也没留住啊！团上一些老同志还抱怨我，说你个朱继儒就是贱，不是爱小的吗，这下让小鸡给老鸡把蛋踏美了吧。你说我说啥？再不做这傻事了。团长我也打了报告，不想干了，受不了省上这挖心挖肝术。你好不容易弄个人出来，他们三下五除二就弄走了。他们是枉挂了一块省级剧团的牌子呀！自己不好好培养人，就爱搞这抽别人吊桥的事。说轻了，是不要脸；说重了，那就是厚颜无耻到了登峰造极的地步。这回你把戏演火了，也能看出他的兴奋。要不兴奋，他咋让办公室要挂一个横幅："热烈祝贺我团演员忆秦娥调进省秦后一举夺得全国表演一等奖"呢。这都是朱团长想了又想的词。大家要来学习，他也同意。想让他带队，他却咋都不来，说眼不见心不烦。他说你们去给秦娥鼓鼓掌、捧捧场，是必要的，人才毕竟是咱宁州出的嘛。忆秦娥听到这里，心里也特别难过。朱团长为她那可是费了心思了。她老感觉，朱团长就像她爷。虽然她爷在她七八岁时就去世了。她爷在她上山放羊时，一旦天气变化，就会拿着斗笠、襄衣，上山来给她披上的。遇见霜雪天气，爷也会用草绳，给她脚底绑上"脚稳子"，怕她滑到沟里了。爷走了，爹和娘都忙，就再没人给她送斗笠、蓑衣，绑"脚稳子"了。她感到，她现在就是那个没爷的忆秦娥了。虽然单团长对自己也呵护着，可毕竟是比不上朱团长那般爷爷对孙女的好了。

说了半天，最后终于扯到了封潇潇。舅说："这个娃子可能毕了。原来那么乖的，我心里都想着，将来把你们撮合成算了。可现在完全变了人样了。我还劝过，也没用。他就跟中了魔一样，整天喝得昏头奄脑的，眼睛发直，还犯花痴。毕得毕毕的了。"

舅说这话时，半边脸显得比平时更黑，龇出来的龅牙，是用嘴唇抿了两抿，才包住的。

忆秦娥怔在了那里。她突然想起了李慧娘对贾似道的一句台词：

"老贼真是罪孽深重了！"

自己又何尝不是罪孽深重呢？

团上人看完戏，又转了一天，大多都回去了。她舅和胡彩香老师他们几个还没走，说是要给团上买服装、道具、锣鼓响器啥的。刘红兵就问忆秦娥："那个叫胡彩香的，是不是你舅娘？"忆秦娥说不是的，问他咋了。他诡秘地一笑说："没咋，都是人嘛。理解，理解。"忆秦娥踢了他一脚，问他到底咋了。他才说："两个人在一起干那事，叫办事处的服务员撞见了。不过我都摆平了。"这话让坐在一边的胡秀英听见了，气得晚上她弟胡三元来，就把他劈头盖脸骂了一顿："不要脸。这么多年瞎瞎毛病还改不了。就跟人家的女人胡扯哩，看你还扯拉到哪一天。还不准备麻利找个人结婚是吧？哪怕找个寡妇呢，总得有个正经名分，才朝一个炕上躺吧？眼看都四十多岁的人了，还这样到处蹳了沟子又伤脸地瞎鬼混。真是把胡家先人都丢尽了。"胡三元也懒得理他姐，就把话头扯到一边去了。忆秦娥自是不敢打问她舅的事。只是觉得，他长期跟胡老师卷着，迟早会有麻烦的。她从胡老师嘴里听到，她男人张光荣单位彻底塌火了，现在到处在找活儿干呢。光荣叔可是个劳力极好的人，她舅是咋都打不过的。并且胡老师也并没有要离婚的意思，还一口一个额（我）老汉，一口一个张光荣的。那他们这样一年一年地在一起瞎混，又算咋回事呢？

她舅他们多住了两天，买了东西，又看了两场戏，也都回去了。临走的时候，舅还把她拉到一边说："封潇潇看来是个没多大出息的货。刘红兵过去我也不喜欢，可这次来看了看，好像又还行。反正你自己看着办吧。这年月，好男人比女人走俏。能抓，早点挖抓一个也是必要的。要不然，好的都让十六七的女娃子下手抓完了。这些娃下手可快、可重了。能给你剩下的，也就没得挑了。"胡彩香老师也是这话，她说："不要听团上的。团上不让早恋爱、早结婚、早生娃，那就是想让你多出几年力气、多卖几年命呢。卖完命，你还是你的日子。团长又不能帮你过。你没看现在这社会，你能等得住？再等几年，剩给你的，那就是残羹剩汤了。不是尺寸不够，就是跟你舅一样长得三瘪四不圆的。（舅插话说：'去你个头，你长得好，沟子比磨盘还大些。''滚一边去，嫌老娘沟子大，甭看。'）再就是穷得家里有炕没席的。反正提起哪头，都是马尾穿豆腐。千万别上领导的当，领导都是日弄客。我看刘红兵，咋越看越还行，你就薅住算了吧。就是有点流气，可他像糯米一样，能黏你这久，那也是不容易的事。人么，只要他能真心待你，你就应该把心给他。"

忆秦娥她娘们几个，又住了一个多礼拜。也是每晚看戏，并且越看瘾越大，票却是越来越紧张，连忆秦娥每天也只能分到两张。有时遇到包场，还连一张都没有。但再紧张，刘红兵都能弄到票。并且他还爱在丈母娘跟前卖派说："剧场座位再紧张，还能少了'秦腔小皇后'她娘放屁股的凳子？都应该抬一个长沙发，放在中间位置，让老娘您躺着看呢。搞清楚没搞清楚，这是小皇后她娘耶！那您就是老皇后了。没老皇后，哪来的小皇后不是？没这小皇后，你都看'游东湖'去吧！"每每说到这里，都要乐得忆秦娥她娘笑得不是长流眼泪，就是岔气捶腰的。自然见天晚上，都要嘟嘟刘红兵的好，并且要忆秦娥赶紧把事办了。娘说："你舅说得对着哩，千万要小心那些更年轻的'狐媚子'。看着一个个毛桃子没熟，可下手都快得很，你还没眨眼皮哩，人家就隔席把蒸馍抓走了，给你连馍渣渣都留不下。"

娘终于带着她的探亲班底走了。是刘红兵开车亲自送回去的。忆秦娥不同意，可娘偏要坚持"让兵兵送"。说都是自家人了，怕啥？忆秦娥也不好再阻挡，刘红兵就送去了。

就在娘他们走的这天晚上，剧场又来了一个特殊观众，叫秦八娃。也就是年前忆秦娥在北山地区演出时，朱团长带她去看的那个人。说他能写剧本。当时去，就是准备给她量身定做剧本的。没想到，秦八娃在省城也是这样地有影响。他一来，竟然就成省秦领导的座上宾了。

二十五

说起来，忆秦娥的艺名，还是秦八娃起的。

秦八娃当时就觉得，这碎女子将来可能是要出大名的。

在他看来，这娃有几个奇异：

首先是长得好。不是一般的好，而是长成人间尤物了。照说山里娃，哪能长出这么好的鼻梁，这么生动的眉眼，这么汁水饱足而又棱角分明的脸形。可这娃就偏偏长成了。有人说她像外国电影明星，他可是半点都没看出来。明明是自己的娃，生在山沟垴垴，长在山沟垴垴，父母一辈子恐怕都没见过外国人，却偏要说像外国人的坯子，难道咱们自己连个高鼻梁娃都生不出来了？他觉得忆秦娥就是秦人自己的娃。无论上了妆，还是卸了妆，都是绝色美人一个。但这种美，是内敛的美，羞涩的美，谦卑的美，传统的美。恰恰也是中国戏曲表演所需要的综合之美。尤其是她见人爱用手背捂嘴的动作，给他印象很深很深。就那么一种不经意，让他感到这孩子的天性，是与戏曲旦角的天赋神韵，连上了一根看不见的天线的。他是一个不好赶热闹的人，可忆秦娥在北山演出时，自朱继儒请他去看了第一场，他就一连又看了好多场。连老婆都有些吃醋，说他突然发了"羊角风"。秦八娃也的确是有些忍不住，他不能不面对这样的美。不，是审美。他一再强调，他是在审美。但他做豆腐的老婆却偏说，他是在"给眼睛过生日"，是在"做梦娶媳妇"，是在"叫花子拾黄金"呢。任老婆再贬糟，忆秦娥他还是要去看的。

忆秦娥的第二个奇异就是功夫。她身上的那个溜劲儿、飘劲儿、灵动劲儿，都是北山舞台上过去不曾有的。他觉得他最早下的"色艺俱佳"定义，是没有错的。这次到京城，不是得到更多专家的印证了吗。演员么，没有"色"的惊艳，那总是有所欠缺的。关键是忆秦娥功夫好，嗓子也好，这就叫全才了。忆秦娥调到省城不久他就听说了。他为宁州感到惋惜，但也为忆秦娥感到庆幸。他早就预料到，这不是宁州、北山能放下的人物。他想着忆秦娥是一定会在省城唱红的，但没想到会这么快。几乎是一眨眼工夫，就声名大振了。秦八娃也是从报纸、电视、广播上铺天盖地的宣传中，看到了忆秦娥的头像，听到了忆秦娥的声音，才知道此忆秦娥，就是彼易青娥了。而这个艺名，恰恰出自秦某人的口占，并且还真是一炮走红、一语成谶了。这让他，甚至都有了一种巨大的成就感。无论如何，他是得到省城去看看这出《游西湖》了。看看忆秦娥的慧娘，是不是有报纸、广播、电视上吹得那么好。关键是值不值得他为看戏，要弄出这么大的动静来。

他走时，老婆正在给豆腐点石膏，问他弄啥去，他说到省上开会。老婆说，你开个鸟会，是又发"羊角风"了吧。老婆知道，秦八娃这几天，是跟人好几次说起过忆秦娥的。乡里人都听说，忆秦娥在省城演《游西湖》"红破天"了。老婆嘟哝归嘟哝，他想出门，谁也挡不住。有时为收录民歌，他顺着秦岭山脉一走好几个县，一出门就是好几十天。有人问老秦哪里去了，老婆就气呼呼地说："死了。"以他整理民歌、民谚、民谣的成就，还有创作戏曲剧本、编写民间故事的能力、声名，北山地区文化馆和省上群艺馆，早都是要调他的。可他为了这点来来去去的自由自在，就愣是没去。这也反倒成就了他更大的名声。就连省上领导来了北山，一说起文化工作，也是要去看看民间艺术大师秦八娃的。老婆岂能管得住他。他要走，老婆也只能气得嘟哝一声："死去吧你！"

秦八娃进了省城，就直奔剧场而来。他没有惊动忆秦娥。票是从贩子手上钓的。本来一张甲票一块二，他是掏了三块钱才买到的。他得一张好票，必须坐到能看清演员细腻表演的位置，那才叫看戏。你连演员的一颦一笑都看不大清楚，就不叫看戏了，那叫晃戏，把戏晃了一下而已。他看了一场，没有给忆秦娥打招呼，就住在剧场附近的一个私人旅社里。他在反复整理观后感。他边整理，又接着弄票看了第二场。直到看完第三场，他才觉得，是可以见忆秦娥了。

那天演出完，他去了后台。土头土脑的秦八娃，穿的还是对襟褂子，圆口布鞋。他头上有点谢顶。走起路来有些像鸭子踩水，左一歪右一歪的。有人就挡住了去路，问他找谁。他说找忆秦娥。人家说，看戏明天来，后台一律不接待观众。他就报上了姓名。年轻人也不知道秦八娃是谁，只是觉得来人有点滑稽。可封导和单团长一下就兴奋起来了。封导说："秦八娃！这可是我省的大剧作家呀！写的戏，50年代就拍过电影呢。这些年，谁找他写戏，都是不轻易接活儿的，今天竟然自投罗网来了。"单团长几下就趿到了秦八娃面前，一把拉住他的手，有些像当年他演雷刚时，紧紧拉着党代表柯湘的手，说的那句久旱逢甘霖的台词：

"可把你盼来了！"

秦八娃微微笑了一下说："我想见见忆秦娥。"

单团长和封导就把他领到后台化妆室了。

忆秦娥经过多场演出锻炼，终于再不呕吐了。现在，她已经能应付每晚的好几次谢幕了。

忆秦娥正在卸妆。单团长喊："秦娥，你看谁来了！"

忆秦娥回头一看，是秦八娃老师。她急忙站起来招呼："秦老师！"

秦八娃说："你先忙你的。我都看你三场演出了。"

"啊，秦老师咋不早说呢。也没给您准备票。"单团长急忙说。

"哎，咱又不是领导，尽看便宜戏哩。看戏就要自己买票，那才叫看戏呢。要票看，送票看，混票看，那都叫蹭戏。"

443

秦八娃把大家都说笑了。

封导说:"请您来看,那叫审查。"

"哎,审查是领导的事,可不敢给我这儿乱安,浮不起。"秦八娃直摆手。

单团长说:"您是大剧作家,能来看我们的戏,那就是评审、审查么。我跟封导昨天还在说您,还说想到北山去请您,就怕您不来呢。我们都知道,您平常就不出秦家村的。省上啥活动也不来参加。有几次,都摆着桌签,也还是不见您大驾光临。"

秦八娃说:"不敢大驾,更不敢光临。好多年都没写出啥东西了,还出来赶啥热闹呢。真是到省城来蹭会蹭饭吗?没东西,还在人前摇来晃去的,想着都丢人哩。"

封导说:"就凭您的那几部作品,再三辈子不写,也有老本可吃的。"

"哎不敢不敢,都是些速朽的玩意儿。见笑见笑。"

单团长说:"秦老师,您把忆秦娥的戏也看了,我们还就想请您给这娃写个戏呢。您看这么好的演员,也该是上原创剧目的时候了。掐指头算来算去,就觉得请您写最合适、最保险、最上档次。"

"可不敢用'最',我不喜欢这个词儿,一'最',就离完蛋不远了。"

秦八娃把大家又惹笑了。

就在他们说话的时候,单团长已安排人去西大街回民坊上安排夜宵了。秦八娃说他从来不吃夜宵,可还是让团上几个人硬把他拽上车了。在车上,单团长问他,《游西湖》演得怎么样?秦八娃半天没说话。忆秦娥心里就有点不安起来。其实她也不知道秦八娃到底有多厉害,可从宁州团的朱团长,还有古存孝老师的言谈中,再到单团长和封导,对这个不起眼的乡下人的尊敬程度看,恐怕不是个一般人物了。尤其是戏在一片叫好声中,问他怎么样,他却一言不发时,车上几个人,就委实觉得有些扫兴了。不过,秦八娃很快就把话题引开了,说:"这都啥时候了,街上还明晃晃的。到底是省城,放在我秦家村，这阵儿，好多人一觉醒都困过来了。"大家就又笑了起来。

到了回民坊上，几条街更是灯火辉煌的。人也跟剧场门口一样，好像才是入场的感觉。团办公室选了最好的一家烤肉摊子，几个人忙前忙后的，又把附近有名的贾三包子、麻乃馄饨、刘家烧鸡、小房子粉蒸肉、金家麻酱凉皮，全端了过来。刘红兵也不知是啥时赶到的，端直从老远的地方，还端来了王家饺子。那也是坊上响当当的名吃。秦八娃就直喊叫："你们把我当饭桶了。吃不完的，吃不完的。再不敢端了，都糟蹋了。"大家就一边吃，一边议论着坊上的小吃来。再没人提说戏的事。最后倒是秦八娃自己提说起来了。他说："你们刚才不是问我戏的事吗？的确好看。比五六十年代演的《游西湖》好看多了。但不朴实了。台上太华丽了。尤其是灯光，把人眼睛扰的，看不成戏了。吹火也太多，完全成技巧了，像耍杂技。在廉价的掌声中，把一个大悲剧搞得有点闹腾了。对不起，我把话说得可能有些过，但这是我的真实看法。你们尽可以不在意，我这毕竟是乡村野老的姑妄之言。这样演也好着呢，但跟这坊上的百年小吃比起来，就差了一大截韵味了。"

大家都不说话了。这是自《游西湖》演出以来，无论是北京，还是西京，给大家兜头浇下来最凉最凉的一盆冷水。本来单团长和封导是想借吃夜宵，请他写新戏的。这下也不好说了，就都闷头吃着，喝着。要不是刘红兵不停地打岔，说混话，还都弄得有些下不来台呢。刘红兵对秦八娃很是有些不以为然，就有意想给这家伙下下火，说："秦老兄，认识我不？"秦八娃摇摇头："不认识。"单团长说："这是你们北山地区刘副专员的儿子。他爸也是管文化的。"秦八娃还是摇摇头："没听说过。"刘红兵的脸，就有些挂不住。他说："你不是磨豆腐的么，咋还懂戏？"忆秦娥就用胳膊肘把刘红兵拐了一下。秦八娃说："戏就是演给引车卖浆者流看的。戏之所以越来越不耐看，就是让那些啥都不懂的给管坏了。北山这几年就没出过好戏，一出就是活报剧。几出好戏，都是人家宁州剧团出的，还多亏了那几个老艺人懂戏。"刘红兵还想战斗，硬是被忆秦娥暗中拿脚踩死了。

夜宵吃得不欢而散。

送走了秦八娃，刘红兵还在车上喊叫："一个乡村文化站的烂杆人，你听听这名字，秦八娃。他能懂个球，别听他胡掰掰了。在北山，那都是个上不了台面的人。你们省上大剧团，还在意这样的烂人满嘴跑火车呢。"忆秦娥又想踩他脚，没踩住，他给提前别跳了。

这一晚，忆秦娥翻来覆去地没睡着。她也没想到，这么红火的戏，竟然还有人是这样的看法。她就急于想再见到秦八娃了。

第二天一大早，她就到秦八娃住的旅社去找他了。

秦八娃住在城墙根下一个私人旅社里，门洞黑黢黢的。进去是个天井院子，有七八间客房。老板娘正在一边打扫院子一边骂人："真是些烂鸡巴的货，出门就能掏出来尿。你咋不尿到你妈的炕上呢。朝老娘白白的墙上浇哩。你都知道这是啥地方吗？这是省城，是西京，是皇城。老娘这一块儿叫下马陵。过去连文武百官走到这儿，都是要下马的地方，你就敢掏出来随便尿哩。狗尿泡还大得很，把老娘浑浑的墙，活活冲出几道深渠来。我看你能当驴。"

忆秦娥等老板娘骂歇下了才问："阿姨，这里是不是住着一个叫秦八娃的人？"

"这里没住娃，都是住了些二愣子货。你看这，你看这，这都像娃尿的吗？娃能尿这多。真是能把老娘恶心死。又不是冬天，都不想出去上公厕。看多跑几步路，能把驴腿跑折了。"

"你这儿有登记没有，帮我查一下，看有没有姓秦的。"

还没等忆秦娥把话说完，秦八娃从二楼一间房里就探出头来，招呼她："秦娥，在这儿。"

忆秦娥就上去了。

秦八娃早起来了，连床上的被子都叠得整整齐齐。枕头上放着一本书，旁边还放着一个记得密密麻麻的本子。

忆秦娥说："秦老师咋住这儿？"

"这儿好着呢，你看多有生活气息的。这女人都骂一早上了。骂得可生动了，跟咱乡下婆娘骂人一模一样。除了特别爱强调这是省城、这是西京、这是皇城根以外，几乎所有用词，跟乡下婆娘都没有两样。你信不信，这婆娘有可能就是从乡下娶进城来的。要不然，她不会老用'炕'啊'驴'呀的，骂得可攒劲了。"

秦八娃的怪癖，把忆秦娥给逗笑了。

忆秦娥说："这多嘈杂的，窗外边还是个早市。"

"这是我专门挑的地方。要不然，进一趟省城，岂不白来了。要想知道西京是个啥样子，就要到这些地方来看、来听、来住呢。一早有两个卖肉的吵架，可没把我活笑死。"

"你这本本上，都是记的这个？"

"噢。我爱记民间语言，生动，有趣，抓地，结实。大面子上说的话，基本都是官话、套话。意思不大。"

这时，楼下的老板娘又跟一个旅客吵起来了："你敢说不是你尿的？"

"你凭啥赖我尿的？"

"有人看见。"

"谁看见，你让他站出来。"

"人家凭啥站出来？"

"那你凭啥说我尿的？"

"就凭你的鞋帮子到现在还是湿的。你看看，这墙是才刷过的，白灰都溅到鞋面上了，你还背着牛头不认赃。"

"你……你胡说呢。"

"胡说不胡说，你自己心里清楚。罚款，给老娘交罚款。不交不能走。这是西京，可不是你西府的蔡家坡。"

"哎，你再别糟蹋我蔡家坡了。一听口音，你也就是麻家台一带的人么，还糟蹋我蔡家坡人哩。"

"我是麻家台的人咋了，我是麻家台的人咋了？老娘十八岁就嫁到西京了，文明了。咋了？"

两人吵着、扯拉着，就出大门去了。

秦八娃笑着说："看，咋样，一准是外地嫁进来的。"

忆秦娥就说："秦老师，你真有趣。"

"生活，这就是生活。你咋还找到这儿来了？"

"就是想听听你的意见呢。"

"走，咱上到城墙上聊去。"

说着，他们就出门了。

西京南城墙，就在旅社的门口。出了旅社走不了几步，就有上城墙的豁口。

一早，城墙上人并不多。忆秦娥也是第一次上来，所以感到特别新鲜。她没想到，城墙上会这么宽阔，宽得能并排跑好几辆汽车。她甚至还激动得朝前奔跑了一阵。

秦八娃说："真厚实啊，咱戏曲就跟这老城墙、老城砖一样厚实。我为啥说你们把《游西湖》搞得太花哨了，就是缺了这古城墙的感觉。这么大的悲剧，怎么能轻飘得只剩下炫目的灯光、吹火了呢？我是历来主张戏曲表演，要有绝技、绝活的。但绝技、绝活一定要跟剧情密切相关。你的火，吹得太多、太溜，而忘记了'鬼怨'，忘记了杀身之仇。因此，吹火就显得多余了。还有最大的一个问题，就是对戏曲程式的随意篡改。尤其是大量舞蹈的填充，让整个演出的美学追求，显得不完整、不统一了。我说这些，并不是否定这个戏。还是那句话，戏的确好看，节奏也快了，演员都很靓丽，服装都很华美，但戏味减少了。就像这古城墙一样，我们不能给它贴进口瓷砖吧。只有用最古朴的老砖，它才是古城墙啊！哎，那个古存孝老艺人不是调到省秦了吗？他怎么没发挥作用？"

"古老师，已经离开了。"

"为啥？"

"跟团上人说不到一起，就吵架走了。"

"到哪儿去了？"

"不知道。也可能是甘肃，也可能是宁夏、新疆。反正走了。"

"可惜了，可惜了，可惜了！"秦老师连着说了三声可惜了。他说："那是个搞戏的人。虽然文化水平不高，可他是真懂戏啊！"

"秦老师，那你说，我该咋演呢？"

秦八娃说："你应该朝回扳一扳。就是朝传统扳一扳。吹火的戏，只要是为技巧而技巧的，都要减一减。决不能让观众跳出来只看杂技，而忘了剧情的推动发展。好演员，你必须总控住观众观剧的情绪。现在是你把观众带出悲剧氛围的。你让一个大悲剧走向轻飘了。乐队也太大了，太洋气了，跟演员抢戏呢。戏曲不需要这样的声音铺张。我想，你之所以能获那么大的奖，是大家看到了一个功底很深厚的戏曲苗子，太难得了。虽然这个奖含金量很高，全国一等奖才几个，但你要有清醒的头脑。得在戏的本质上下功夫呢。"

这天他们在城墙上谈了很久。最后，忆秦娥还是又提到了那个话题："秦老师，团上想请你写个戏，也不知你答应不。单团长昨晚走时，还跟我咬耳朵说，要我再请你呢。"

秦八娃扶着城墙垛子，无限感慨地说："写，怎么能不写呢？我要不写，很可能就错过历史机缘了。"

"什么历史机缘？"

"忆秦娥呀！不是哪个时代，都能出现忆秦娥的。这样好的演员，也许几十年，或者上百年，才出那么一半个。作为一个写剧本的，我要是错失了这个良机，也就是跟自己过不去了。"

忆秦娥突然鼻子一酸，一个城市，都模糊在奔涌的泪水中了。

二十六

楚嘉禾近一段时间，几乎整夜整夜睡不着觉。她想着，凭忆秦娥的实力，到省秦，唱一两个能翻能打的主角，卖卖苦力，也许不成问题。她的功夫，的确扛硬。贼女子，也舍得出贼力气。可没想到，一下能火成这样。尤其是去了一趟北京，进了一回中南海，回来，就跟炼钢炉里的铁流一样，红得淌到哪里哪里就是一片火海，把自己以外的一切东西，全都能熔化、烤煳、烧焦了。并且是那样的无孔不入。

449

人竟然能神奇成这样，一个烧火做饭的丫头，眼看着就成了千人捧、万人迷了。连她那一脸的乡巴佬蠢相，在记者眼中，也成"清纯优雅""静若处子"了。弄得楚嘉禾老想笑，又笑不出来。就一烧火的，傻盯着灶洞惯了，竟然还"静若处子"了，真是让人快喷饭了。不管咋说，这碎婊子，是真红火起来了。西京城的大小报纸，能整版整版地登她的剧照、生活照。尤其是傻得老捂嘴笑的那张，传播得最多。有记者还骚情地给下边配了这样的文字："秦娥一笑百媚生"。真是活见鬼了，那就是傻，他们看不出来，还偏偏生造些怪句子。只有吃了屎了，才把黑面馍馍当香饽饽呢。电视台也是播她的戏，拍她的专题片，上她的新闻。一些有头有脸的人物也站出来，给她捧场、说话。有个作家，竟然还说忆秦娥是上天奉送给人间的尤物，一百年才创造一个的。还说能听她唱一口秦腔，吹几口鬼火，那就是我们这一代秦人的福分了。楚嘉禾就想骂，可又不知当谁骂去。她只能当着周玉枝的面骂，可周玉枝又不接话茬，有时还会说："秦娥也不容易。"她就感到有些孤独了。即使走在大街上，穿行在需要贴身收腹才能通过的滚滚人流中，她也觉得自己是那么孤苦伶仃。狗日唱戏这行，真是太折磨人了。

尤其是宁州剧团来看《游西湖》的那几天，但见那些见识浅的乡巴佬一开口，她的心上就跟刀扎着一样难受。都把忆秦娥稀罕得、吹捧得、亲热得，像是早八百年就亲姊妹过一样。而对她，开口就是："嘉禾，看来得加油了。你看人家秦娥，一来就背大戏，一唱就红破天。人家这就算是把唱戏这碗饭，吃到皇后娘娘的份上了。你好歹也得吃出个贵妃、格格来吧。"早先忆秦娥背运，弄去烧火做饭时，你谁又这样亲热过？除了胡彩香，是跟胡三元有一腿，才偷偷照顾过忆秦娥外，谁又把忆秦娥朝眼缝里夹过一下。这阵儿，都搂抱得跟亲姑奶奶似的。她和周玉枝站在一旁，连手都没人拉一下。真是遇事就见君子小人了。

在北京演出的那几天，最让她窝火的是，进中南海演出时，偏把她和周玉枝扮的李慧娘替身给裁了。本来是八个"慧娘替身若干人"，只去了四个。从哪个角度讲，都是轮不上减她和周玉枝的。"慧娘替身甲"是吊吊沟子；"替身乙"腰比她粗；"替身丙"是凹凹眼睛；"替身丁"是五短身材；而她和周玉枝是公认的大美女。可团上在最关键时刻，就把她们这些外县来的"拿下"了。她们几个为这事还找过团长单仰平，可单跛子说，业务科都定了，他也不好更改。说以后还有机会。这种托词，谁不知道是骗人的。中南海是你单跛子的办公室？说进，谁一冲都进去了。进去还敢拍你的桌子、抢你的烟。有的还端直一跳，把屁股担在你摇摇晃晃的办公桌上，跟你讨价还价呢。没能进中南海，以致回来后，谁见了都问，中南海是什么样儿？见到毛主席办公、游泳的地方了吗？尴尬得她，见问就岔开话题溜了。尤其是宁州剧团来的这帮货，个个见了都是这话："人家忆秦娥都进中南海唱戏了，你还连人家的替身都没捞上当，真得加油了。哪天你和玉枝也进中南海唱一回戏，给咱宁州再制造一回轰动，多拽货。"

　　就在团上回来演出到十几场的时候，楚嘉禾她妈也专程来了一次省城，还专门看了《游西湖》。晚上，她妈把她叫到宾馆里，母女俩整整叨叨了一夜。她妈说："戏的确是好看，不愧是省上的大剧团。手段多，舞台也洋气，演员是个顶个的棒！就是很小的角色，哪怕只有一两分钟戏的'土地公'，都演得那么到位、精彩。阵容的确是县剧团没法比的。就忆秦娥的演出，要放在县剧团，那也就是县级水平。可放在省上大团，就是省级水平了。关键是整体气象太赢人了。听听那乐队，四五十号人，混合管弦，真是棒极了。放在宁州，就是把他朱继儒打死，也拿不出这样的阵仗。忆秦娥硬是被包装出来了。"母女俩也给忆秦娥挑了不少表演上的毛病。但挑来挑去，她妈还是说："得朝前奔呢。省上这个平台太好了，唱不出大名，都可惜了。"然后，她们就开始分析，怎么才能上戏。在省秦，要上戏，谁说话算数？楚嘉禾说："封子导演好像最管用，可封导家里没人敢去。说封导的老婆厉害得很，常年有病不下楼，谁去骂谁。尤其是女的，只要去，就说勾引她老汉。据说封导也不收礼。忆秦娥去，拿的东西都扔出来了。"她妈就说："你看看，人家忆秦娥多会来事。东西就是扔出来了，人情也在嘛。必须去。"她妈还分析说，"打蛇得打七寸呢。光给封导送没用，还得给一把手送。"楚嘉禾说："单跛子没用，不太拿事。"她妈说："再不拿事也是一把手。一把手不拿下，想唱主角，门都没有。"她妈问还有谁厉害。楚嘉禾说业务科长也厉害。她妈就说："拿下，统统拿下。不信我娃上不去。"然后，她们就合计怎么送、送什么，直商量到大天亮。

第二天，她们就去买东西。直到晚上，才一个个往家里送。自然，首先是去给一把手单仰平送了。

单仰平住在家属楼的最东边。楚嘉禾和她妈是从很远的一个排水沟里溜过来的。夏天到了，人都在院子里坐着，一窝一窝的。看着在说话、聊天，但眼睛都没闲下。不管谁走过来走过去的，都能引起一串话题。好在排水沟边上没路灯，她们直溜到单仰平楼下了，还没人看见。楚嘉禾就提着东西，上去敲门了。

开门的是单团长。开了门，楚嘉禾才发现，家里还有几个孩子，都在跟着单团长的老婆学二胡。单团长的老婆，是团上拉二胡的。单团长把学二胡的房门掩了掩，就招呼她坐。单团长一跛一跛的，要给她倒水，她挡了。她看见在家里穿着短裤的单团长，一条腿是彻底萎缩了，明显要比另一条腿细得多、短得多。并且中间还有两处变了形的大骨节。她想问，又不敢。但眼睛，一直在那条残疾腿上巡睃着。单团长就说："这条腿，你都想不来有这难看吧？"

"不难看，不难看。团长的腿，一点都不难看。"

"还不难看，有时连我都不敢看。越长越失形了。"

"团长的腿，那可是英雄腿呢。"

"啥子英雄，那就是一场演出事故。你可能都知道，我演雷刚，救党代表柯湘时，要从高台上朝下跳。本来底下是要放海绵垫子的，结果放垫子的人嫌角色小，只演了个过场的'白狗子'，连分的景也不好好搬，就失场了。他不但没放垫子，而且本来应该撤走的一个墩子，也没撤。我扎了个雄鹰展翅式，从高空飞下来，就端端跌在菱形墩子上了。当下把大腿折成了三截。后来骨头没接好，又砸断一次，

452

就弄成这样了。"

楚嘉禾一边啧啧着，一边说："那也是英雄啊。团里人都说，京剧武生盖叫天腿摔断了，没接好，自己一拳头砸断，又重接了一次。说咱们单团长，也跟盖叫天一样，把腿砸断过。那要怎样的勇气呀！"

"唉，啥勇气，那就是不想难看，不想当跛子。可没想到，砸断了，重接了，却得了骨髓炎。还反倒跛得更厉害了。这都是命。所以呀，舞台演出没小事呀！主角配角，包括拉景的，搬道具的，都很重要。那可是一点都马虎不得的，一马虎，就要出大事。还是那句老生常谈：只有小演员，没有小角色呀！"单团长说着，还把一处变了形的大骨节，狠狠捶了捶。

楚嘉禾就没话了。好像这时提说要排戏，要演《游龟山》里的女主角胡凤莲，有些不合时宜。这是她跟她妈反复商量后，决定要排的戏。可单团长特别强调，只有小演员，没有小角色。连搬布景、上道具的，都同等重要。更何况自己已经有了李慧娘C组的名分，还上了李慧娘的替身。再要有非分之想，还真成"小演员"了。她不说话，就那样一个劲地用左手，狠劲搓着右手的一根指头。单团长问她有事吗，她只好连连说着："没有，没有。"自己都不好意思地起身了。单团长就急忙把她拿来的东西，提起来放在了她的手中。她急忙说："没事，我就是来看看团长，感谢团长能把我调来。还希望团长再培养培养我呢。"果然，单团长就是那话："团上已经很重视你了，李慧娘都排进去了不是。虽然还没演出，可能进入C组，已是很大荣誉了。你好好努力，只要戏好，就一定有演出机会的。"楚嘉禾心里想：就是再有演出机会，谁还愿意馏人家吃过的"二馒"呢？且不说演不过忆秦娥，就是能演过，观众已先入为主，不再接受别的形象了。何况人家已经浪得那么大的名声，你还能在人家胳肢窝下，兴起狂风、作起大浪吗？她啥也不想说了，又一次放下东西，就准备朝出跑。单团长几扭几扭的，先扭到门口把她挡住了。

"嘉禾，我不是不收你的东西，我是谁来了都不收。工资都不高，都不容易，何必花这钱呢？你要理解我，我一个跛子，本来当团长，

453

就不给大家带面子。你想想，剧团都是什么人，谁愿意自己领导是个跛子腿呢？人前丢人么。我要再贪一点，占一点，在大家身上再抠搜一点，就把自己做人的那点脸面，全都抠烂完了。你要还认这个团长了，就请帮我拾点面子，我就剩下这点在人前走动、说话的尊严了。你们都得帮我护着点。谢谢了！现在不是流行'理解万岁'吗，还请理解我这个跛子团长！"

说完，单仰平还弯了九十度的腰，给她鞠了一躬。

她就不好意思再说啥，提着东西下楼了。

事后，她也听团上人议论过单跛子，说他的确谁的东西都不收。也不给人许排戏的愿。他说，演员没有觉得自己不行的。都想排戏，都想唱主角，都想出大名。可一年，一个团就只能排那么两三本戏，要是谁都答应，省秦一百多号演员，五十年都轮不到一人唱一回主角。答应也明显是骗人的话。所以他从来不许任何空头愿。

楚嘉禾都有些后悔，不该去找单仰平。可提着东西出来后，她妈还是满意的。她妈说："礼数到了就对了。不收是他的事。"

楚嘉禾本来也不想去封导家的，都说他老婆难缠。加上在单仰平家又碰了软钉子，她就更是少了信心。但她妈硬逼着她去，她到底还是去了。

封导的老婆，据说特别见不得那些抹了口红、画了眉毛、涂了指甲油的人，说一见就犯病。因此，楚嘉禾故意把妆化得很淡，不仔细看，几乎看不出来。如果不化，又总觉得缺点啥，封导是不喜欢演员平常邋里邋遢的。尤其是那些上了年岁的女演员，"盈盆大脸""肉厚渠深""腆腹撅臀"，还不讲究穿戴的，是常常要遭到封导严厉批评的。封导说，你是演员，不是居委会的老大妈，你得努力保持身材体形，要给观众以美感，要对得起职业。演员必须懂得审美。楚嘉禾对自己的容貌，还是有充分自信的。从某种程度讲，如果说忆秦娥是一种"骨干美"，带着一点黝黑的美，封导叫健康的美。那她的美，就是娇嫩的美，白皙的美，是阳春三月，春芽嫩笋破土而出的美。仅涂一点淡妆，就已经是俏在枝头了。过去在宁州，忆秦娥还烧火做饭的时候，同学们说起美女，哪有过她的份儿呢，那就是异口同声的楚嘉禾。到了省秦，大家依然惊叹说，深山出"妖狐"呀！那意思，就是说她美丽得近妖近狐了。她的美丽受到冲击，是在忆秦娥来了以后。尤其是忆秦娥上了李慧娘，成了省秦的顶梁柱后，好像就成"天字第一号大美人"了。她知道，这是眼下没办法挽回的事实。但她必须去努力，一切毕竟都才开始。她还有足够的本钱，去跟忆秦娥角力。

楚嘉禾敲响了封导的家门。

只听一个中年妇女生硬地问："谁！"

"我。"

"你谁？"

"我找封导。"

只听门锁一阵乱响，门被打开了一条缝。一张虚浮肿胀的盈盆大脸，露出一半来，上下打量了一下楚嘉禾，就单刀直入地逼问："干啥的？干啥的？你干啥的？"调门还很高。

"我是……封导的学生。"

"封子啥时候还招学生了，我咋不知道呢？封子，封子，你过来！"她就扭头直冲里边喊。

封导就出来了。封导朝门缝一看，也不敢说让老婆开门的话。只听他老婆一个劲地追问："咋回事？咋回事？咋回事？能说清楚不？你能说清楚不？你啥时招了这么个女学生？还烫个'招手停'的头。闻闻这香水味儿，这还是学生吗？你也想学那些电影导演了是吧？你自己看看咋回事。"

"这娃是谦虚，哪里是我的学生。"

"又娃娃娃的。我给你说过多少次了，这儿哪来的娃？哪来的娃？哪来的娃？个子比你都高。看那胸，都发达成啥了，还娃呢。你是有病呢。革命阵营称同志，你偏娃娃娃的。团上过去叫娃叫出事的教训还不深刻，你还要重蹈覆辙、故伎重演是吧？"

封导在他老婆身后一个劲地打手势，示意让楚嘉禾快走。结果手势还让老婆看见了。老婆一把扭住他的手，直问："咋回事？咋回事？

咋回事？还打上暗号了？嘴也是个抽，眼睛也是个斜的，咋回事？发羊角风了……"

楚嘉禾就吓得一溜烟跑了。

到了楼下，她还惊魂未定。她妈见她手里的东西还在，就问："没要？"

"岂止是没要，差点还弄出人命来。"

楚嘉禾就把过程气呼呼地说了一遍。她妈还安慰说："这下就行了，目的绝对达到了。让他觉得亏欠你一点的好，妈懂这个。"

楚嘉禾都觉得没脸进第三家了，可她妈坚持要走完。她妈说："东方不亮西方亮。你不是说业务科长权很大吗，兴许把这人一拿下，一河水就开了。"

楚嘉禾虽然是磨磨蹭蹭的，但到底还是把科长的门敲开了。

谁知她把东西提到科长家，竟然受到了科长老婆十分热情的接待。老婆让科长又是开冰峰汽水，又是洗西红柿，又是削苹果的。她是抽着烟，斜卧在沙发上，作贵妃状：一尊很胖很短的贵妃。据说她也当过演员，唱过一折《孙二娘开店》的。嗓子是真正的开口"一包烟"。当群众甲乙丙丁，答一声"有""在"，都是够不着调的。她也就只能认"不是唱戏的料"的命了。说过去她老吃人"下眼食"，自男人当了业务科长，就再不用上台扮各种"若干人"的"杂碎角"了。晚上演出，她只到后台遍一遍，拉一两个无关紧要的布景、道具，演出补助也就拿到手了。她平常主要是打牌，据说能一连打三天三夜不下场子。最近派出所来团里端了几个赌博窝点，她们那一窝，得到风声早，都从二楼窗户跳下去了。她也跳，可人胖，裤子挂在了窗户插销上。等她撕烂了裤子跌下来时，脚脖子又崴了。这几天，她就只能圈在沙发上，"卧阵指挥"丁科长了。

科长老婆的说话风格，那是省秦有名的。楚嘉禾还没说到几句话，她就一针见血了："想排戏，是吧？见忆秦娥红了，都坐不住了是吧？何况你们都是从外县来的。还是一个县的吧？叫什么来着，宁州，噢，宁州。去过，驴蹄子大一点地方，山密得跟牛百叶一样，亏了还能长出你这样的大家闺秀来。真是怪了，那么个山圪垯，还能生出你跟忆秦娥这样的水灵人儿。忆秦娥出名了，你就急了吧？不怕不识货，单怕货比货嘛。这一比，放在谁，心里都得发毛不是？理解，理解。都是过来人，谁不想唱主角呢？这世上除了我，把名利看得比屁淡，谁还能见了名利，不上刀山下火海地奋不顾身呢？就凭你这条件，就凭你这诚意，我就给你做主了。老丁，必须给嘉禾安排戏噢。这好的条件，不给人家安排戏，那就是你们业务科瞎了狗眼。忆秦娥好是好，但还没有这娃长得细嫩，长得白净，长得心疼。这娃可是个好花旦的坯子。娃喜欢啥戏，就跟你丁老师说，他不安排，你就来找我。看他敢。"丁科长只是笑，不说话。

丁科长也没演过啥有名有姓的角色，倒是留下不少笑话。说当年演移植样板戏《红灯记》时，他扮了个小日本兵，先后上场给鸠山队长报了两回消息：一回是王连举招了；一回是李玉和不招。结果他在后台谝忘了，被人急急呼呼喊上台，给鸠山报告："李玉和招了。"鸠山一愣：日他妈，完了，戏演不下去了。李玉和都招了，后边戏还演屁呢？好在演鸠山的是个老演员，眼睛滴溜溜一转，一把揪住他的领口喊道："以我多年对付共产党的经验，李玉和这块硬骨头，是不可能真招的。再审！"一把将他推了出去。这时他也知道把乱子董大了。他下场后，工宣队领导一个耳光抽上去："你不想活了！"吓得他当时就尿到裤子上了。是封导急中生智："立即上去再报，说李玉和果然是假招。"他就上去抖抖索索地如实报了。鸠山队长手一挥："带李玉和！"戏才接了下去。不过从此以后，丁科长就再没演戏了。先是在舞美队装台。后来才慢慢进业务科，当干事，当副科长，当科长了的。

他老婆见他没话，就把那只好脚伸出去，美美踢了丁科长一下说："放个响屁，你倒是安排不安排？""安排，安排，咋不安排呢？你想排啥呢？"楚嘉禾就说："我想排《游龟山》。"科长老婆又踢了一下老汉："胡凤莲，好戏。最适合这娃排了。就这样定了。"丁科长就点头定了。

457

从丁科长家出来，楚嘉禾都快想喊起来了。她一下扑到她妈怀里，还像孩子一样，把她妈的奶，从衬衣外美美咬了一口。她妈"哎哟"一声："你疯了！"楚嘉禾说："定了。""科长答应排《游龟山》了？"楚嘉禾点点头。她妈也激动地在女儿脑门上，弹了个脑瓜嘣。

这天晚上，母女俩又合计了一夜。怎么排戏？跟导演如何搞好关系？让谁作曲？唱腔味道如何提升？怎么"一唱遮百丑"，掩盖功底的不足？包括最后怎么造成影响，怎么上报纸、上电视的事，都涉及到了。不过商量来商量去，觉得挡路的，可能还是忆秦娥。这家伙名气突飞猛进，于自己成长很是不利。她妈就说："要学会扬长避短。不唱武戏，不唱功夫戏，不唱大悲剧。你只唱文戏，只唱花旦戏。要以柔媚、娇嫩、妖艳见长。尤其是爱情喜剧，要多唱多演。现在观众就好这一口。"

分析了自己的长短，又开始分析忆秦娥的短长。分析着分析着，她就说到了忆秦娥在宁州剧团，被老炊事员廖耀辉强奸的事。她妈腾地从床上坐了起来，说：

"我咋忘了这一出呢？这可是个硬伤啊！搞不好，名气越大，越臭气熏天呢。"

二十七

《游西湖》整整演了一个月。这在西京城，也算是奇迹了。连一些嘴上哼着邓丽君、手上提着录音机、身上绷着喇叭裤、在街上跳着霹雳舞的长发飘飘青年，也会挤进人群钓一张戏票，进剧场看看，是啥玩意儿能火成这样。大幕一拉开，他们就惊呆了：是小妞"盘盘"靓。真是他娘的神了奇了，古了怪了，见了鬼了。管他让不让，都得到后台瞧瞧了。卸了妆的妞，更是靓得了得。单凭那一对扑闪扑闪的"灯"，赫本一样的高鼻梁，瓜子一般饱满而又棱角分明的小脸形，就能把人手中提的进口四喇叭录音机，电麻得跌在地上。那段时间，好多长头发、喇叭裤，都进剧场来了。他们只打口哨，不鼓掌。只要忆秦娥一出来，就都把手抬到嘴边，"嗞儿"的一声口哨，打得此起彼伏。弄得单团长还有些害怕，一见晚上长头发来得多了，就要给保卫科、办公室打招呼，说谨防流氓砸场子。从演出开始收票起，他就在剧场前前后后、上上下下，颠来跋去的。剧场没年轻人进来不得了；有了这样勾肩搭背的一群群"长毛贼"哄进嗡出，也了不得。并且这样的人还越来越多。据说他们中间还出了打油诗：

> 看了李慧娘，
> 才知啥叫靓。
> 见了忆秦娥，
> 直想换老婆。

还有顺口溜说：

> 录音机可以不叫，
> 霹雳舞可以不跳。
> 喇叭裤可以剪小，
> 长头发可以剃掉。
> 李慧娘不能不瞧，
> 忆秦娥不能不要。

这事让一贯天不怕地不怕的刘红兵，都有些吃力了。有人说："红兵哥，小心让这些街皮，把你夹到碗里的肉，给刨揽出去了。"刘红兵嘴上说："他敢！"但心里也是毛乎乎的，就觉得维护忆秦娥安全和领土完整的责任，是越来越大了。有时见一溜一串的"街皮"朝后台拥，他都能暗暗渗出一身冷汗来。那段时间，他也穿起了喇叭口更大的裤子，裤脚能放到一尺五。头发也修得披了肩，一走动，就像风中的旗子，也是一飘一扬的有范儿、有形、有势。他倒不是想赶时

459

髦，他是得以毒攻毒哩。并且他腰上还别了刀子，随时准备为捍卫自己的主权，而牺牲一切，直至生命。

到演出快满一个月的时候，几乎都不想演了。再红火，也都演疲了。有的是嫌演出时间长了，见天晚上死困在剧场里，耽误事呢。加之天气也太热，一些人就喊叫说，即使是放在万恶的旧社会，进了伏天，也该封戏箱了，还能把人当腊肉腌哩。单团长和封导他们也担心，剧场里袒胸露背的年轻人越来越多，秩序不好维持。

其实，这轮演出，派出所的乔所长几乎天天都是要来一趟的。开始他还穿着警服。后来，觉着来得有点多，有些不好意思，才换了便服的。在这以前，乔所长可是从来没看过戏的。自几个月前，为处理刘红兵跟皮亮打架的事，跟剧团人认识后，他才第一次走进剧场。票是忆秦娥送的。乔所长开始还没在意，虽然报纸把《游西湖》和忆秦娥也吹得凶，可戏有多好看？他还想不来。加之也忙，他就把票撇到一边忘了。有一晚上，剧场门口突然发生斗殴事件，他带人出警，来铐了几个烈倔的，正准备走呢，却被单团长和刘红兵拉到池子里，压住看了一会儿。没想到，一场戏没看完，就把他彻底给征服了。忆秦娥的长相，本来给他留的印象就很舒服。可没想到，化妆出来，更是画中人一般的天仙模样了。他本来是要回所里连夜提审那几个打架的"操蛋货"，可屁股却咋都从凳子上拔不利。他就安排副所长带人先回去了，自己一直坚持把戏看完。幕都谢三次了，他还激动得浑身在打战，嘴里不住地说："戏是这样的，啊？原来戏是这样的，啊？这比香港武打片好看得多么！啊？"单团长和刘红兵还把他请到后台，跟忆秦娥打了招呼。他见忆秦娥一时不知咋表现好，还给忆秦娥鞠了一躬说："我原来以为只有抓住犯人，才是最快乐的事呢。啊？没想到，这么多人，在剧场里，啊，找到了比抓犯人更快乐的事。啊？难怪为争一张戏票，要拿砖把人头朝破地拍了。啊？戏太神奇了！啊？"从此以后，乔所长就常常来看戏了。即使不看全，也要看一折《鬼怨》，或者《杀生》的。看完后，他还一定要到后台，把忆秦娥也看上一眼，才跟抓住了犯人一样地愉快离去。单团长和刘红兵，只要看见乔所长来，就觉得有了底气。最近观众秩序的确有点乱，尤其是看完戏后，一些“街皮”不停地朝后台跑。或者在路上堵。都要看忆秦娥卸了妆是什么模样呢。有的还端直朝上生扑，要跟忆秦娥握手。还有的胆子更正，竟然还拥抱上了。刘红兵就想把那些烂胳膊都剁了。他几次对单团长说：“秦娥最近累得实在背不住了，歇一歇吧。”乔所长也说：“歇一歇好。啊？一些屄娃不是成心来看戏的，就是来踅摸忆秦娥的。啊？你看看，人长得太漂亮了，就爱惹麻烦不是。啊？咱派出所，整天就遇这号怪事。啊？前天一个女娃，也是长得好。当然比忆秦娥差远了。啊。那娃晚上把嘴抹得血丝拉红的，裙子也穿得短了点，啊，就让一个看门老头把不住脉了。啊？楼道仅停了十几分钟电，老头就摸上去，把案做了。啊？抓住问他咋回事，你猜那老狗日的说了个啥？说娃嘴长得好，红红的，大大的，把他游丝一下给撬乱了。啊！你看看，你看看，还都说这老头平常好得很，没事了老看报纸呢。啊？这不，一时三刻就变成魔鬼了。啊？”

戏终于停演了。忆秦娥也的确快累死了。见天晚上演出，白天有时还要录音、录像、接受采访。她都有些厌倦这种生活了。可单团长和封导，还一个劲地让她不要忽视媒体宣传。说不乘着这股东风，再加几把火，很可能大好机遇就一闪而过了。封导说，他在剧团都干半辈子了，也没见过这么红火的事。既然遇上了，那就让它好好火一阵，别让火轻易熄灭了。刘红兵在政府大院待惯了，自是懂得宣传的重要。他不仅主动接待媒体，招待喝酒吃饭，而且在忆秦娥不愿意接受采访时，还越俎代庖，“单刀赴会”。反正就那点事儿，无非是翻来覆去地说么。他觉得他说，比忆秦娥说还要精彩生动百倍，也就全都自己亲自上手上嘴了。有一天，《唐城故事会》的记者，用《“傻瓜”忆秦娥》为标题，发了一整版文章，就是刘红兵接受专访的。连他也没想到，记者会用这样刺眼的名字，赫然把“傻瓜”两个字，还特别放大了一倍，并且是颠来倒去地安放着。他拿到报纸，就没敢让忆秦娥看。结果那个记者轻狂，硬是拿着厚厚一摞报，到后台到处散发，最后竟然还跑到忆秦娥跟前评功摆好去了。忆秦娥当时就躁了，质问记者：我咋不知道这事？记者说，是你爱人接受采访的。气得忆秦娥晚上演出完，刚走到没人的地方，就一个二踢脚，狠狠踢在了刘红兵的小腹上。刘红兵当下痛得眼泪汪汪地弓了下去。他知道是文章惹的祸，就连忙检讨说，他从来没说过她是"傻瓜"，都是狗日记者胡编呢。忆秦娥说："不是你嘴烂，人家咋能编出'傻瓜'来？都是你平常臭屁乱放，才让人当枪使了，竟然发出这大一篇破文章来，把我脏败扎了。我是傻瓜，你妈才是大傻瓜呢，生出你这号傻×货来。"刘红兵气得一点脾气都没有，只能狗腿子一样，捂着小腹，在后边猫腰跟着。忆秦娥又喊了一声滚，他才慢慢没敢跟了的。

忆秦娥把刘红兵臭骂一顿，回到房里后，也觉得自己有点过，尤其是还那样粗暴地踢了他。当时气得她是真下狠劲踢了。他也是真痛得快要就地打滚了。她突然想起，在秦八娃快走的时候，还专门给她说过这样一番话：

"秦娥，看来你的名声这回是起来了。并且起来得很猛，很爆。这对你是好事，也是不好的事。人都想出名呢。可出了名，就得想办法把名声浮住。浮不起这名声，最好还是不出的好。"

她当时还说："我也不知道是咋回事。我也不想出。太累人了。"

秦老师就说："人就是这样，有时你不想出名，都不由你了。既然出了，你就得想办法把名声托起来。"

"咋托呢？"她问。

"咋托？让它名副其实起来。你不要觉得现在的一切都是真的。很多都是虚的。是言不由衷的；是言过其实的；是夸大其词的；是文过饰非的，这是媒体卖报纸、卖杂志、做节目的需要。他们得炒起一个热闹来，然后让读者、观众去关注。而你在这种过分关注的热闹中，就会让熟悉的人感到可笑：谁不知道谁呀？掀起屁股帘儿看看，谁比谁干净呀？自然就会引起嫉妒、怨恨，甚至诽谤、陷害。目的就是要让你还原普通。甚至还要付出丑态百出的代价。"

忆秦娥听得有点毛骨悚然，就问："那我该咋办呀？"

秦老师说："你已经没有办法了。以你的功底和演员条件，很可能这种红火，还是初步的。”

“我真的不想再演戏了。太累了。我为演这个戏，已经瘦了十几斤了，吃啥都胖不起来了。”

“这可能已经由不得你了。一个剧团，推出一个名角不容易。只要你嗓子没坏，身体没残疾，不让你演戏是不可能的。”

“那我该咋办呢？”

“唯一的办法，就是让自己强大起来。强大得跟媒体宣传的一样，甚至比‘吹捧’的做得更好。得用你的实力，把紧跟在身后的B角、C角、D角，从专业上，甩得更远些。让她们跟你没有任何可比性。只有这样，你才可能遭受嫉恨、构陷少一点。”

“我真的不想再朝前走了。从《杨排风》，到《白蛇传》，再到《游西湖》，已经快把我累死了。唱戏真不是人干的，还不如小时在山里放羊快活。”

秦老师笑着说：“这就是生命的痛苦根源了。你要放羊放到这一阵，也许已经痛苦得早放下羊鞭子了。可唱戏唱到这个份上，又想去放羊。这世上，不可能有一个让你一劳永逸的日子。除非不活了。对于你来讲，唱戏，可能是生命最好的选择。是上天最合理的安排。唯有唱戏，才可能让你青春生命这样灿烂。你就别在唱不唱戏这个问题上，再胡思乱想了。必须唱，并且要唱得更好。唱到最好。”

忆秦娥被他说懵懂了，不知如何回答是好。她就那样怔怔地看着秦老师。

秦八娃接着说：“要把戏真正唱好，你得改变自己。首先让自己成为一个真正有文化、有教养的人。不敢唱戏、做人两张皮：唱的是大家闺秀，精通琴棋书画，而自己却是升子大的字不识一斗。如果开口闭口，再是不文明的语言；抬脚动手，又都是不文明的动作，很自然，这些都会带到戏里的。包括李慧娘，其实你的表演，还像唱武旦的名演员忆秦娥；也有些像烧火丫头杨排风；还有些像云里来雾里去的白娘子；而不完全像对有报国情怀的书生裴瑞卿，抱有深切同情心的李慧娘。你还需要在这方面下很大的功夫呢。”

秦八娃说完，从身上掏出了一个读书单子，上面开了十几本书的书名。说希望她能从这些古典文化的启蒙物读起。还说，若要演他写的戏，就必须把这些书先读完。他还要求她平常练练字，弹弹琴，也可以学点画。总之，是要她把自己的生命，完全都浸泡在文化当中。他说只有这样，你忆秦娥才可能跟B角、C角、D角拉开距离。也才可能真正成为一代秦腔大家。

秦八娃走后，忆秦娥还真去书店买了几本书回来。秦老师说，《诗经》《唐诗三百首》《古文观止》，都是可以背诵的。说要想打点文化基础，就得下笨功夫。可她，一页书打开，足有一半字不认得。她就翻字典，那是米兰老师走时送她专门留下的。可翻着翻着就头痛。倒是刘红兵每天从外面买回来的一些故事报，要么《唐都出了潘金莲》，要么《唐都惊天碎尸案》，要么《澡堂里的三声枪响》，还有什么《口红、大腿、镭射厅》……让她看得心惊肉跳、欲罢不能的。可秦老师说了，看这些东西还不如不看。再看，你连杨排风也演不好了。她就干脆啥都不看了。不演出了就睡觉。先美美睡他半个月，把疲劳驱除干净了再说。

可她还没安宁睡到几天，就有人来说："秦娥，咋回事，有人传你的坏话，可难听了。说你在县剧团的时候，让一个做饭的给咋了，并且还是个脏老汉。说那时你才十四五岁呢。后来为进省城，攀高枝，说你又把一个跟你睡了好几年的男同学给蹬了。还说那人都疯了呢。"

忆秦娥的头，"嗡"的一下都快爆炸了。

二十八

来给她传话的，是《游西湖》的小场记。因为个子矮小，上不了台，才做了场记的。据说他年龄都过三十了，看上去还像个娃娃。在开始排练，大家都有点瞧不起忆秦娥的时候，小场记就喜欢给她提供各种小道消息。因为小场记是奥黛丽·赫本迷，他见忆秦娥第一面，就倒吸一口冷气地"哦"了一声。从此，他就心甘情愿地做了她的"探马""快报"。尽管忆秦娥并不喜欢听太多的闲话，嫌太累，太烦人。可小场记专门跑来，神秘兮兮地鼓捣了半天。并且说可能知道的人还不少，连《唐城故事会》的人，都来打探消息了。她就有些紧张起来。小场记还说："那人手里拿着采访本，你说啥，他都朝上记呢。掏给我一张名片一看，就是写《唐都出了潘金莲》连载的那个人。你可得小心了。"小场记是个情痴，一望着她，就不知道把眼睛朝开移。她从来都不敢太招惹的。她就轻描淡写地对他说："都是胡说呢。谢谢你噢！"就把人辞走了。

小场记走后，她就再也躺不住了，甚至还出了一身冷汗。与廖耀辉的事，怎么又翻起来了？咋还扯出个"在一起睡了好几年的男同学"？那分明是说封潇潇么。谁干的呢？她脑子第一个想到的是楚嘉禾。还有周玉枝。在省秦，只有她们两个知道这事。她当时就想去质问这两个人，可心里又没底。从十一二岁起，她就觉得一班同学，都是高过她一等的人。尤其是楚嘉禾，她都当了主角，心里还是觉得矮人家一头的。她有点不满意自己了，甚至还严厉地批评起自己来：怕什么？你怕她楚嘉禾什么呢？她是嗓子好？还是功夫好？还是戏比你唱得好？怕她什么呢？有这么欺负人的吗？忆秦娥真是好欺负的吗？三想四想的，她到底还是找楚嘉禾去了。

楚嘉禾的门紧闭着。她听见里面有人说话，可就是不给她开，但她到底还是把门敲开了。她进去时，一个男的还在背过身，拉牛仔裤的拉链。楚嘉禾床上的被子，也是随便拉了一下，还没来得及叠。

忆秦娥就没好气地问她：

"嘉禾，我是哪儿把你得罪了，你要到处乱说我呢？我把你咋了？"忆秦娥气得情绪有点失控。问起话来，也就没头没脑的。

楚嘉禾的脸先是一红，但却很快镇定了下来，装作十分无辜的样子问："你说啥呀，妹子？我咋听得稀里糊涂的？我啥时说你了？说你啥了？"

"你心里明白得很。"

465

"我不明白。哎，忆秦娥，别以为你演了个烂主角，就可以在我楚嘉禾头上要欺头了，你有没有搞错耶？你个啥货吗，还跑到我家里撒野来了。"

"我啥货，你说我是啥货？"

"你啥货，你说你是啥货？"

这时，那个穿牛仔裤的插话了："咋回事？咋回事？"说着，他还上前动手掀了忆秦娥一把。

楚嘉禾倒是挡了他一下说："这里没你的事，坐一边去。"

那牛仔裤男，就把手指关节，扳得咯咯嘣嘣直响地坐到一边去了。

楚嘉禾接着说："哎，忆秦娥，你今天得给我说清楚，我说你啥了？我到处乱说你啥了？"

"你还没说，你还没说。"忆秦娥就气得快哭出声来了。

"我到底乱说你啥了吗？"

"你……你乱编派我……在宁州剧团的事。"

"你在宁州剧团咋了吗？"

"我咋了，你不知道？"

"我知道你咋了？"

"和廖耀辉的事。还有……还有封潇潇。"

"你和廖耀辉的啥事吗？和封潇潇啥事吗？"

"你还装。廖耀辉糟蹋我的事。"

"咋糟蹋你的吗？"

"都是你说出去的，你还装。"

这时，那个牛仔裤男又站起来了，恶狠狠地说："糟蹋你，就是把你日了。还要打破砂锅问到底呢。"

"你……"忆秦娥气得飞起一脚，直接踢在那男人的下巴颏上了。那男人痛得"哎哟"一声，嘴里"哇"地就吐出一口血来。

"你们都什么东西？你们都什么东西！"忆秦娥直指楚嘉禾和那男人质问道。

"我们什么东西？我们就是要叫你付出卖 × 代价的那个东西。"

说着，那男人恼羞成怒地操起桌上一个暖瓶，就要朝忆秦娥身上砸，被楚嘉禾一把拦住了："忆秦娥，你还不快走！"

忆秦娥动也不动地站在那里，嘴里还叨叨着："你砸！有种的你砸！"

那男人手中的暖瓶还真砸过来了。幸好，楚嘉禾挡了一下，暖瓶在离忆秦娥还有一点距离的地方，嘭地爆炸了。

这时，恰恰周玉枝回来了。是周玉枝一把将忆秦娥拉出房子，一场难以预料结果的当面质问，才暂时化险为夷了。

在周玉枝拉着忆秦娥走出城中村时，忆秦娥还是一根筋地又质问了周玉枝："你跟楚嘉禾，是不是说我坏话了？"

周玉枝没有回答。

忆秦娥又问："说呀，我哪里把你们得罪了，要说我坏话呢？"

周玉枝还是没有吭声。

"那个老家伙，明明是糟蹋我，没有成，你们为啥要说他把我糟蹋了？我跟封潇潇，连手都没正经拉过，你们为啥要说我跟他……睡了好几年？"

周玉枝终于开口了，说："秦娥，我本来这几天也想找你的。我也不知道是哪里来的这股风，把你说得这样腌臜。我知道你不容易，打从进宁州剧团，就受了别人没有受过的苦。现在刚好起来，谁又造出这样的风声，传得到处都是。我觉得你找谁论理都没用。谁也不会承认的。你相信姐，嫉妒是嫉妒你，可还没到这一步。你得回宁州一趟，让单位给你写个证明，回来交给单团长他们，让在团上念一下。要不然，越传越臭，对你活人、唱戏，可不利了。"

忆秦娥觉得周玉枝说得在理，也没多想，当天就气呼呼地回宁州去了。

忆秦娥连自己都没想到，自己回一趟宁州，竟然已是惊天动地的大事了。她刚从车站走出来，就有好多人把她围上了，都稀罕地喊着："忆秦娥回来了！"等她到剧团院子时，她舅和胡彩香老师，还有好多同学，已拥到院子看她来了。都想她到自己家里去坐一坐。她

467

先是去了她舅的房子。她舅问她，咋也不打个招呼就回来了。她就哭着把事情说了一遍。她舅是个大炮筒子，气得又要操家伙，去"捶廖耀辉的皮"。是胡彩香老师来，才把她舅的情绪压下来的。胡彩香不是外人，她舅就让她把事情再说一遍。忆秦娥说完，胡老师说："这事还声张不得。都知道你在省城混得好，这一说，还反倒让一些人看了笑话呢。"她舅问咋办，说总不能让外甥女跌到酱缸里，不朝起捞、不朝清白地洗吧？胡老师就说："倒是可以给朱团长说一下。朱团长这人嘴严，也有德行，不会乱说的。"晚上，忆秦娥就到朱团长家去了。

朱团长自忆秦娥调走后，就把干事的那股劲气泄了。他觉得一切都没意思了。尤其是觉得县剧团干不成事，抽吊桥的人太多。他还是那句话，省上剧团不要脸，自己培养不出人才，就到处乱挖抓，把全省都挖得稀烂了。他说还别说他们得了金奖银奖，就是把金山银山背回来，也是应当的。最后，朱团长无限感慨地说："秦娥呀，'一将功成万骨枯'啊！你是成了，省秦是成了，可这宁州剧团，就算彻底抽垮架了呀！"忆秦娥就不好说话了。倒是朱团长的老婆，不停地嘟哝着朱团长说："你还不让人家娃们都奔前程了？省秦到底好么，不好，秦娥能浪得这大的名声，连中南海都进了。上报纸、上电视都成家常便饭了。你再别老糊涂了瞎说呢。"老婆说着，就给朱团长倒药。是用老砂罐熬的汤药。忆秦娥问咋了。老婆说："老毛病了，一遇事就心慌、掉气、脑壳痛。中间都好些了，可自你调走后，就又把药罐子背上了。"忆秦娥就觉得有些亏欠老团长。老团长咧起嘴，痛苦地喝完一大黑碗药后，长长地叹了一口气说："娥呀，其实你调到省上，尤其是出了这大的名，我也是替你高兴的。不过也替你担心哪！唱戏这行，就是个名利场。自古以来，只要有戏班子，就安宁不了。自己人搅，社会上爱戏的、捧角儿的、盯旦（角）、盯生角的，也都会跟着搅。反正不搅出一些事来，就不叫戏班子，就不叫名利场。我倒不担心你演不上戏，主角会一个接一个朝你头上安的。不想演都不由你。我是担心，你太老实，太傻了，不会处理事情，最后会把生活搞得一团糟啊！"虽然忆秦娥还是不喜欢听人说她傻，可朱团长一直就像老父亲、老爷爷一样待自己，他说她傻，好像也就有些温暖的意思了。她看是说话的时候了，就把在省城遇到的麻烦说了一遍。朱团长就说："娃呀，天妒英才呀！你是太出色、太出众了！只怕以后不好混哪！我写，我会把一切都写得明明白白的。单怕是我写得再明白，把你也洗不清白呀！是人心脏了，不是这个事脏得说不清了。"

从朱团长家里出来，忆秦娥把朱团长的话想了好半天。那时她大概还不能完全明白其中的含意。只是觉得，只要朱团长写了，还盖了宁州剧团的大印，就会把胡言乱语堵住的。晚上，给她配演过青蛇的惠芳龄聚集了一帮同学，非要请她吃饭。她就高高兴兴地去了。她想着，也许封潇潇会来的。结果没来。这让她很是失望。本来回宁州，除了要证明材料，她也有想见见封潇潇的意思。最近几个月，她还老梦见潇潇。刘红兵对她越好，她越想封潇潇。她总觉得，要结成夫妻，在一起过一辈子，似乎跟封潇潇更合适，更安全些。因此，在别人糟蹋她跟封潇潇的事时，虽然离谱，但没有像糟蹋她跟廖耀辉那么让她痛苦，那么让她感到不堪。刘红兵也不知哪儿，总是让她觉得不真实、不踏实、不靠谱。尤其是最近关于她的传闻出来后，刘红兵突然几天不见了。也可能与踢他小腹那一脚有关，但过去也踢过不少回的，他从来都没有不辞而别过。这次竟然是悄无声息地蒸发了好几天。直到回宁州的路上，她才想到，刘红兵的突然消失，大概与最近的谣传也不无关系。只有封潇潇，从来不相信这些鬼话。在宁州演《杨排风》红火时，她与廖耀辉的谣言就疯传过一阵。在《白蛇传》演出轰动北山时，这个谣言又不胫而走。可潇潇从来没有为这些谣言摇摆过。总是在她最困难、最难过的时候，坚定地站在她身后，悄无声息地递上她所需要的一切。包括充满了信任、眷顾、爱怜的眼神。那种默契，那种呵护，那种支撑，至今让她回想起来，依然感到暖意如春。一般一个戏的男女主角，总是充满了明争暗斗的名利交锋。而封潇潇连每晚演出完的谢幕，也都富含着推举她的谦让。按导演安排，最后一轮谢幕，是要白娘子和许仙同时向台前跨一步，以突出男女主演角色地位的。而封潇潇每晚至此，总是在跨前一步后，用手势把观众掌声引向白娘子，然后自己谦卑地退后一步，跟次主演们站在一排。忆秦娥还说过他几次。他说，这个戏就应该突出白娘子，许仙是配演，不是主演。他在一点一滴地关爱呵护着她。而那时，封潇潇已经是演过几本大戏的台柱子了。

她太想见到封潇潇了。可当同学们都坐齐后，并没有封潇潇的人影。惠芳龄大概是看出了她的左顾右盼，才说："今天就差了潇潇。都以为他艳福不浅，结果被人家专员的儿子淘汰出局了。他受了震了，连脑子都有麻达了。"

忆秦娥再也顾不得害羞地问道："潇潇到底咋了？"

惠芳龄说："你还不知道？"

忆秦娥摇摇头。

"潇潇自从进西京城看了你一次后，回来脑子就不对了。天天喝酒，越喝脑子越瓜。一醉，见了花草、猫狗，都叫忆秦娥呢。他家里人看着不对，最近给找了个对象，上个礼拜都订婚了。今天我们本来想叫的，又没敢。怕出事呢。"

忆秦娥的脸红一阵、白一阵的，不知该说什么好了。

有人就说："潇潇这家伙，看上去硬硬朗朗、明明白白的。可没想到，还真当了贾宝玉，成花痴了。"

惠芳龄就问："哎，秦娥，你咋没带那个专员儿子回来呢？"

忆秦娥怔了半天，说："他是我的什么人，我带他回来？"

这句话，一下把大家都给说愣住了。

虽然是同学聚会，大家放得很开，可毕竟所宴请的主人忆秦娥，心情有些不爽，神情甚至都有点恍惚，也就弄得大家不欢而散了。

这天晚上，忆秦娥在宁州的街道上，独自走了很久很久。并且是在封潇潇可能经过的地方走动着。她特别想见潇潇一面，印证一下，封潇潇到底成啥样子了？跟他订婚的女人又是谁？都说很一般，什么叫一般？一般到什么程度？总之，她什么都想知道。在她来回盘桓的过程中，先后见到了好几个剧团人，她都巧妙地闪躲开了。她就想见潇潇。

可就在快十一点的时候，她竟然见到了最不愿意看到的人：廖耀辉。

廖耀辉是跟宋光祖师傅一块儿在街上小跑着。宋师拉着架子车，廖耀辉扶着车帮子紧跟着。车上捆着一头猪。猪是哼哼唧唧的。

廖耀辉说："非要拉到兽医站去看吗？把兽医还牛的，请不来？"

宋师说："我给你说了，这几天县城发猪瘟，兽医忙不过来，都是送去一块儿看、一块儿打针的。你还批嘟嘟批嘟嘟的。"

"不是我爱批嘟，咱单位的猪，比其他猪，都喂得肥些，病也轻些，跟重病猪混到一起，死了可惜不是。"

"就你喂的猪肥。你把人家县委县政府喂的看一下，比你喂的肥十倍。"

"人家的猪，就是病了，都有人上门看的。"

"那你还批嘟啥，还不跑快些。"

两人就急急呼呼地跑过去了。

忆秦娥恨得，牙帮骨都咬得咯咯吱吱直响。要是只有廖耀辉一个人，她都能捡起石头打他一下。这头把她害惨了的脏猪！她本来是想去看看宋师的，但他们住在一间房里，并且她也记得，廖耀辉是又搬出来住在外间了的。她也就无法再进那个门了。那是一个罪恶的门。

就在她左等右等，等不来封潇潇，准备离开的时候，喝得酩酊大醉的封潇潇，却突然从远处一摇三晃地过来了。他是被一个个头很矮、屁股很大的姑娘，架着朝回走的。一边走，那姑娘还一边唠叨："潇潇，以后再别这样喝了好不好？你看人都笑话你呢。"虽然是唠叨，但唠叨着，也是用的昵称"潇潇"。

"谁笑话？忆秦娥吗？"

"别忆秦娥忆秦娥的好不好。人家都要结婚了，你还惦记人家啥呢。"

"我惦记她了吗？我惦记你好不好，我惦记她。人家是专员的儿媳妇了，咱他妈是谁呀……"

忆秦娥的眼泪唰地就下来了。

二十九

忆秦娥在老家九岩沟，美美睡了一天一夜，起来就要去放羊。她爹说，刚好能让她放一天，今晚连夜就要拉走。邻县几个乡镇已谈妥了，他们那边，明天中午就要开始检查羊的头数。并且一连要检查几十家，得跑十好几天呢。他爹高兴地说："现在有羊的人家可俏货了，想再买几只，都买不到手了。羊快比牛金贵了，见天吃精粮、坐汽车、绑绸子、戴红花。一只羊，一天能挣好几块哩。把一沟人眼馋得，都说易家是走了狗屎运：女子红火得'照天烧'；养一群羊，把钱挣得拿簸箕揽。那么个乱茅草里窝着的老坟山，突然还给冒出杠杠的青烟来了。"她爹说着，就笑得有些岔气。她娘出来，用喂猪的瓢美美把他的光脊背磕了几下说："你就沉不住气，刚过了几天舒心日子，就×嘴痒痒，皮做烧了。咋不蹦到房顶上，架个大喇叭叉子喊呢。"她爹做了一个害怕她娘的鬼脸，把忆秦娥惹笑了。

这天，忆秦娥一人把一群羊赶到山上，坐在树荫下，美滋滋地过了一天放羊娃的生活。虽然羊跟她都有些生分，不像过去她放的那三只，冷了都敢朝她身上挤，朝她怀里钻；热了，还敢跟她抢水喝；有那癫狂的，还敢从她身上、头上朝过跳、朝起飞呢。现在的羊，好像跟她很生疏，一点都不亲热不说，对山上的草，似乎兴趣也不大了。赶上坡，只见一只只肥嘟嘟的羊，都在找树荫，抢着朝下卧呢。最多舔舔自己的毛，或者蹭蹭痒而已。几只兔子跑出来，从它们身边蹦跳而过，它们连看都懒得扭头看一眼。尽管如此，忆秦娥还是觉得幸福极了。她感觉它们是那么悠闲，那么自在，那么无忧无虑。而自己，真是活得不如羊快活了。

这一天，她享受着弟弟送上坡的两顿饭，尽量回味着昔日那美好的放羊生活。而不愿被西京城里那些挠心的事情所搅扰。

晚上也睡得很安宁了。九点多，一条沟里，除了狗，基本都躺下了。她跟娘说了一会儿话：她老要说放羊；娘老要说女婿。说不到一起，她就装作有了鼾声。装着装着，还真睡着了。大概是后半夜的时候，忆秦娥突然被院子里的汽车声吵醒了。还没等她明白是怎么回事，就听有人敲门："秦娥，秦娥，开门。是我，刘红兵。"

他咋找到这里来了？

刘红兵是在县剧团里，找了个过去喝过酒的哥们儿带路，才连夜摸到九岩沟垴上来了。他开的是帆布篷吉普，没路的地方，只要横梁不被担住，他就敢朝过开。尤其是从乡政府上沟垴的路，只能勉强过手扶拖拉机。他说手扶拖拉机能过，他就能过。果然，他是几次把半边轮子旋在空中开上来的。直到开进忆秦娥家的屋场，那带路小子，才抹了一头的冷汗说："哥，你是不要命了。"

"命倒是个球。"

刘红兵是真的有点急了。他已经有整整一礼拜没见到忆秦娥了。这是自忆秦娥调来省城，他们之间彼此见不上面的最长时间。倒不是因为那天忆秦娥又照他小腹踹了一脚。踢他、踹他，已不是什么新鲜事了。恰恰是一次又一次踢踹，才让他感受到了忆秦娥与他距离的拉近。只有那种踢、踹、蹬、挑，才是恋爱男女的惯用动作。并且往往是爱到深处的极致表现。虽然忆秦娥踢他，里面更多是粗暴的践踏、体罚。尤其是对于一个副专员的公子来讲，有太多的不堪成分，但总体他还是能接受的。毕竟，他太爱着这个女人。他常想，如果跟她见第一面，就能一见钟情，媒人一拉扯，她就能"带着妹妹，带着嫁妆，赶着马车来"，也许他早已失去这股黏糊劲了。可这个健康如下山小毛驴般的"碎蹄子"，是咋都对他不待见、不上眼、不上心、不入辙、不配合、不钻套、不上道，他就觉得有点意思了。刘红兵啥时有过这样的耐心？一天天等，一月月熬的。就像炖了一锅香喷喷的鸡汤，其实鸡早熟了，可偏不能揭锅。鬼知道是不是还能熬出更浓更香的汤来呢？反正他就只能围着锅台，转来转去，转出转进，干看着揭不了锅。要是锅烧干了，最后无汤可舀呢？还真是个没准头的等待呢。可他还在等，并且等得有滋有味。让他突然发了脾气，生了决绝之念的，是那天忆秦娥踢过他小腹之后的事。他去找团里几个闲人喝闷酒，喝着喝着，几个狗尿，话里拖刀带剑的，就突然把他的心给扎伤了。

那天，几个人几乎都在说忆秦娥在宁州的丑闻，还说省城都快传遍了。有人就借着酒劲说："兵哥，何苦呢？像你这样的男人，还真就缺这一口吗？美是美，香是香，可毕竟是别人嚼过的馍呀！"刘红兵当时心里就有些不快。其实，早在北山时，他就听到过类似的谣传。他妈还问过地区文化局的领导，文化局的领导又问剧团领导，都说是无稽之谈，纯属恶意泼脏水。至于跟封潇潇的事，他倒并没太在意。说封潇潇疯了，正说明忆秦娥是拒绝了。一个让他觉得如此之美、之好、之圣洁的女子，被一个做饭的老头糟践了，听起来，总是一件让人感到十分恶心的事。加上那天忆秦娥又踢了他。他就到北山办事处，打了几天几夜牌，是想凉一凉这事。可越想凉，越凉不下来；越说不想她，她越朝他心里乱钻。钻着钻着，他牌也打不进去了，光输钱不说，还因反应迟钝，而屡遭牌友讥讽嘲弄。他就一气之下连牌桌都掀了。他又回到租赁房里找忆秦娥，竟然一天一夜都没找到人。他就跟疯了一样，觉得自己是快软瘫在地上了。直到这时，他才明白，自己对忆秦娥的感情，已经陷得深不可拔了。他去找团上人问，团上说放假了。他又去找楚嘉禾，找周玉枝。楚嘉禾只是不阴不阳地说："咋，妹子跟人跑了？你可得小心看着，妹子可是香饽饽，谁逮住都想啃两口的。"他也懒得理楚嘉禾。倒是周玉枝悄悄告诉他，忆秦娥可能回宁州了。他这才去办事处开了车，直奔宁州而来。到了宁州，又听说忆秦娥回了老家九岩沟，他就又连夜进了九岩沟。他已经在心里决定了：就是忆秦娥真的让那个老头糟践过，他也当胸砸一锤，认了算了。那毕竟是强奸，不是心甘情愿。他觉得他不能没有忆秦娥，没有了，真会死人的。

忆秦娥她妈起来，把门打开，见是女婿，高兴得就骂老汉起得慢了。易茂财没见过刘红兵，只听老婆上次回来，把未过门的女婿，端直喊了驸马爷。可惜自己不是皇上，胡秀英也不是皇娘娘，叫个驸马爷，他直觉得像唱戏。这一见面，还果然印象不赖：小伙子个头高大，眉眼周正，说话处事，一看就是见过大世面的人。他进门先是从小车上搬下两箱西凤酒来；烟也是几整条窄版金丝猴；膘厚肉肥的猪肉，端直就从车上弄下来了半扇。易茂财就觉得礼行有点重。女婿第一次拜门，的确是需要拿猪肉的。不过依当地风俗，是用一根竹竿，挑一块二三指宽的肋条肉就行。肉的中间，扎个红纸腰封，吊拉得老长，一走三摇晃，只是为了告知路人，某家的女婿正式拜门来了。一下给案板上，"嗵"地撂下半扇猪的手笔，易茂财还是头一次见到。虽然猪肉是他自己扛进家门的，女婿要扛，被胡秀英挡了，说："茂财你咋这死性的，兵兵岂是干这活的人，还不快接着。"他就把半扇猪闪到肩上，血水洇了一脸地扛到案板上了。胡秀英还笑他说："秦娥，快来看你爹，高兴得要扮红脸关公了。"

胡秀英今晚是格外的兴奋。她只恨夜有些深，隔壁邻舍都睡了，驸马爷"携珠宝、披黄袍、顶冠带、乘官轿，咿咿呀，咦子儿呀"地"拜丈人"场面，一沟人竟然没能看到。她不停地说："看娃，来了就来了，还拿这么多东西，生分了不是。"刘红兵说："我也不知道家里有多少门亲戚，反正这是二十四瓶酒、八条烟，还有这点肉，你们分去。"

忆秦娥虽然心里总有那么些不待见刘红兵的地方，可这深更半夜的，能到九岩沟来找她，还是有些让她感动。尤其是在那么多人说她坏话以后。她坚信，刘红兵是听到过的。但他依然这样对她缠绕不休。不像封潇潇，竟然就那样快地烛灭线断、烟消云散了。她似乎突然对刘红兵生出许多好感来。

她娘不停地悄声叨咕："对人家热情些。你是前世烧了高香，懂不？你姐夫说，红兵他爸的官，比县太爷都大呢，你还拧呲个啥？小心把肉熬成豆腐价了。"她也知道，娘更多的，是喜欢人家的家世。老觉得这么大个官的儿子，攀上，就是易家祖坟冒青烟儿了。当然，娘也喜欢刘红兵的外貌。老说是一表人才，百里、千里挑一的。加之刘红兵又会亲热，就把娘给彻底征服了。她始终觉得，这是一件飘在半空的事。她不喜欢这种类型的人。她喜欢的，还是封潇潇那种不动声色的爱。可封潇潇却给了她如此致命的打击，几乎也是不动声色地，就改弦更张了。这让她失望透顶了。她甚至都想过，如果封潇潇还爱着她，她都准备给单团长提请求，把潇潇也调进省秦来。她觉得他们配戏，是不言自明的默契。可惜一切都不存在了。刘红兵反倒成最后的选择了。

刘红兵的确有刘红兵的特点，到了九岩沟，丝毫也没有大少爷的作风。相反，还勤快得让她姐来弟，不停地数叨自己的女婿太懒。照说晚上来得晚，早上可以多睡一会儿。可他偏起了个老早，去帮忆秦娥她爹给羊擦澡去了。擦了澡，还给每只羊打记号。打了记号，又给羊绑大红花。羊们，几乎是争先恐后地朝前挤着要擦洗，要打记号。刘红兵就问给羊扎花干啥。她爹易茂财不敢说，还是忆秦娥一口说了出来。没想到刘红兵"哈哈哈"一阵大笑说："我就经常给我爸玩这种游戏呢，他是从来都识破不了的。"她娘急忙说："你回去可不敢给你爸说噢。一说，咱家的财路可就断了。"刘红兵说："放心，他们只要数字，没人管得这么细。即使知道，也是要睁一只眼闭一只眼的。"把羊刚收拾打扮好，山下就有拖拉机上来了。她爹给拖拉机后边斜搭了两块木板，羊们就高高兴兴地自己挤上去了。她娘眨眨眼睛，不无神秘地对刘红兵说："都灵醒着呢。又要去逛地方、吃好的了。狗日的，比人都混得美呢。"把刘红兵惹得扑哧扑哧地直笑。

忆秦娥还没有走的意思，光想睡觉。刘红兵就留下来陪着。刘红兵在车上，是放着一杆猎枪的。来弟她男人高五福，就领着刘红兵到后山打猎去了。他们整整忙活一天，回来才拎了一只死兔子。连忆秦娥的小弟易存根，都笑话他说：

"二姐夫还不如我。我拿柳条筐都扣过好几只兔子回来了。"

刘红兵就急忙问："存根，你刚把我叫啥？"

"二姐夫呀。"

"谁让你叫的？"

"娘。"

"你二姐知道不？"

"不知道。"

大姐夫高五福就教他："一会儿当你二姐面，也叫他二姐夫。"

"我不敢，二姐抽我嘴巴呢。"

刘红兵和高五福都笑了。

高五福说："好好听你二姐夫的话，你二姐夫来头可大了，能把你将来安排到县城当干部呢。"

"我不到县城当干部。"

"那你要干啥？"刘红兵问。

"当二姐。唱主角。进省城。逛北京。"

高五福说："狗贼心还大得很，县里都看不上了。"

刘红兵说："对着呢，到省城给你二姐当保镖去。"

这天晚上，乡上、县上，有人听说刘专员的儿子来了，就都摸上沟垴来，跟刘红兵套近乎。第二天，她娘一天做了五顿饭，还有一拨没赶上。虽然她娘特别高兴，可忆秦娥不乐意了：一家人从早到晚围着锅台转，都累得咽肠气断的，就招呼了一群酒鬼。

忆秦娥就说要回省城去了。

刘红兵也害怕了这伙喝酒的，不是劝，而是捏着鼻子灌。再灌，他的胃就成酒窖了。他也就准备拉忆秦娥回省城了。

走时，她娘几乎是当着全村人的面，故意对忆秦娥大声说："麻利把婚结了，知道不？不小了，都不小了。我和你爹还等着抱孙子呢。亲家那边肯定也急着呢。"

气得忆秦娥美美瞪了她娘几眼。

刘红兵倒是答应得爽快："放心阿姨……"

县上来的人立马就起哄："还叫阿姨呢，叫娘。"

"叫！叫！叫！"

"叫娘！"

刘红兵这个讪皮搭脸的货，端直就叫了："娘，您老放心，我回去就给老爷子下达命令：咱结婚。给你抱外孙子。没麻达！"

忆秦娥就照刘红兵脊背，狠狠揳了一锤。

三十

忆秦娥回到省城，首先把从宁州弄回来的材料，拿去让单团长看了。单团长问她啥意思。她说："能不能拿到全团会上念一遍，让大家都知道，传说是假的。"

单团长停了一会儿说："有这个必要吗？本来就是子虚乌有，何必再弄个此地无银三百两呢？"

忆秦娥就有点生气了，说："团长，你不知道别人把我说成啥了吗？"

"早听说了。可我们从来就没相信过。"

"可……可那么多人，还要乱说。社会上也在说，并且说得很凶。"

"社会是谁？你能堵住社会的嘴吗？清者自清嘛。秦娥，唱戏这行，就这样。你一出名，啥事都来了。不要在乎，乱说一阵就过去了。过去好多名演员都经历过这事的。"

忆秦娥怔怔地看了单仰平许久，说："你们团上就这样用人的？有了事，就不管不顾了。"

单仰平说："不是不管不顾。这种事，以我过去的经验，就是让它自生自灭。要不然，真的是粪不臭，挑起来臭。对你不是啥好事。秦娥，你相信我的。"

单团长又给她举了些例子，就让她把材料留下，说让有关领导传看一下就行了。他说大会上一念，搞不好还反倒让别有用心的人，生出些新的古怪话题来呢。忆秦娥听单团长说得有道理，再加上，单团平常对她也不错，她也就再没坚持。可从单团长那儿一出来，她又有些难过，难道这么严重的事，就高高提起，轻轻放下了？这事咋能自生自灭呢？除非现在传谣的人都老死了，病死了，要不然，咋能灭了呢？她心里一阵纠结，无助得特别想哭。她感到，几乎身后每个人，都在对着她的脊梁骨指指戳戳。她快步回到了租房里。

自从九岩沟回来后，刘红兵跟她的关系，好像很自然地加深了一步。刘红兵甚至每顿饭，都从外面买回来，摆在桌上一起吃。有时，他也亲自下手做。他能扯一手好面。刚好，忆秦娥又爱吃面，两人就见天吃起扯面来。晚上，刘红兵也是越赖越晚地不走。忆秦娥不下三次以上逐客令，他几乎都能赖着不动。有一晚上，刘红兵还弄了个录像带，说是啥子艺术片，高级得很，能帮助她提高演技呢。她就答应看。开始是几个男女说话，外语没有翻译，也听不清说啥。可说着说着，就都脱光了衣服，一对对的，端直干起了不堪入目的事。这事忆秦娥过去是看她舅跟胡彩香干过的。她就捂了眼睛，骂刘红兵是臭流氓。刘红兵还以为她是不好意思，就扑上床，硬把她捂眼睛的手朝开掰，说好看得很。还说这才是人生最有意思的事，比唱戏出名有意思多了。忆秦娥就踢他。他还不撒手，还要把她的手朝开掰，并大有当初廖耀辉强暴她的意思。他是一下翻上她的身，要把她压在身子下了。忆秦娥当下气得火冒三丈，忽地翻起来，不仅端直把他压在身下，而且还操起床头柜上的台灯，照他后脑勺就是几下。刘红兵都快痛死在床上了。她打得重了，被单上还流下一摊血来。这下把刘红兵也给彻底激怒了，他一骨碌爬起来，大声嚷道：

　　"忆秦娥，你假正经啥？你假正经啥？出去听听，谁不知道你十四五岁，就让一个脏老头上了。后来又跟封潇潇搞到一起，把人家都捣鼓疯了，你还假正经呢？我对你咋了？你一而再、再而三地骂我、打我、羞辱我，我啥事做得对不起你了？我给你说，老子还不伺候你了！妈的，啥东西，不就是个烂唱戏的么，婊子！呸！"

　　刘红兵歇斯底里地把她臭骂一通后，甩门而去了。

　　放像机里，几个狗男女，还在搞着，拿嘴嗫着，呻唤着。忆秦娥暴怒地跳起来，一脚把机子踢飞到门上，跌下来，碎成了几瓣。然后，她一下扑到床上，号啕大哭起来。

　　她没有想到，刘红兵会用这样恶毒的语言，把她浑身剥得一干二净。在刘红兵眼中、心中，她都是这样丑恶的形象，那在别人眼里呢？她不敢再往下想了。从宁州开来的证明，自己是清白的，可那仅

479

仅就是一个材料，看来是没有什么实际用处的。她得用身体证明：她没有跟人睡过。她不是婊子。

第二天，忆秦娥就去了一家很小的医院，这也是经过她反复筛选才定下的地方。并且她进去溜达了两趟，确保没人认出她是演员忆秦娥来，才以检查妇科为名，找到了一个面色很是和善的老太太。她磨叽了半天，才勉强说清，是想让人家看看她的处女膜还在不在。老太太一笑，就跟奶奶健在时给她微笑一样的温暖。老太太问她结婚没有，她直摇头。又问她处没有处男朋友，她也摇头。老太太就仔细检查了起来。她早就听说，一般运动剧烈的职业，处女膜是会破裂的。她还给老太太解释了一下，说她是练武功的。老太太问是不是运动员，她还点了点头。当然，她更希望，自己不是那个倒霉的运动破裂者。让她万分庆幸的是，就在她心脏快从嘴里蹦出来时，老太太检查完了。老太太亲昵地拍了一下她的屁股说：

"孩子，你的处女膜完好无损！"

她还反问了一句："真的？"

"这还能有假，非常完整！"老太太说。

她甚至激动得想跳起来。

在她下了检查仪器，穿好衣服后，当真把老太太美美拥抱了一下。老太太还轻轻弹了她一个脑瓜嘣呢。可走出医院大门后，她又在想，处女膜完好不完好这种事，又该对谁去讲呢？给单团长说，好像说不出口。给楚嘉禾、周玉枝她们说，会不会就像单团长说的，是此地无银三百两？那跟谁说去？想来想去，她觉得这事应该让刘红兵知道。是刘红兵骂她婊子的。从刘红兵那晚的神气看，他坚信她是被那个臭老汉糟蹋过了。还说她跟封潇潇也有问题呢。她必须证明给刘红兵看：她是清白的，她还是处女，是完好无损的处女。怎么证明给他看呢？把他叫回来，看诊断证明？老太太是给她开了证明，并且盖了章子的。原话是："处女膜完好，边缘齐整。"可刘红兵这次被台灯底座痛打后，恼羞成怒，一去三天不来了。会不会永远不来了呢？如果永远不回来，也就没这个证明的必要了。

忆秦娥自有了关于处女膜的诊断证明后，腰杆突然直了起来，好像也不怕谁说三道四了。到单位，该集合集合，该练功练功。别人应付完集合，只要没有排练任务，就都开溜了。而她，还是保持着苦练的习惯，不练，浑身就不舒服。练功对于她，似乎跟吃饭睡觉一样，是一种需要，而不是工作。偌大一个排练场，常常就她一个人在那里拿顶、踢腿、走鞭、蹚马。有时一个人，会把"杨排风"的戏过一遍。有时也会把"白娘子"过一遍。有时一个李慧娘的"卧鱼"，她就能卧上个把小时。她觉得这样很舒服，很自在。不过练着练着，心里还是不踏实，她能感觉到，有人还是在背后指指点点，并且说话也是夹枪带棒的。她就想把诊断结果还是要告知于人。到底先告知谁呢？想来想去，还是得依靠组织：让团领导开大会，把事朝明地讲。

第二天早上集合，她就把诊断报告，拿给单团长看了。单团长看完，问她："你的意思是？"忆秦娥说："能不能把这个结果，还有宁州剧团的证明，一起在大会上念一下？"单团长就笑了，说："你这个娃呀，咋是一根筋呢？我咋念？念了全团会不会起哄、发笑？有人再给你编出新的段子来，说处女膜是重新修复的，你咋回答？你知不知道，处女膜是可以重新修复的？那能说明什么？秦娥，组织是相信你的，你就别再背这个包袱了。尤其是别上当了。有些人那就是别有用心，看你业务好，就爱在暗处放黑枪。等组织抓住，要是团上人，我非开除他不可。你啥事都没有，干干净净的。你就一门心思搞好业务，天塌下来，有组织给你撑着。"单团长虽然没解决任何问题，可也说得她心里暖融融的。她也不懂，怎么处女膜还能修复、还能造假？越想，她就越觉得单团长说得有道理。看来公布于众，也不是个解决问题的好办法。

有一天，周玉枝去了一趟她家，问宁州剧团给她开证明没有。她说开了，但单团长认为，不拿到团上念的好。她把单团长的意思说了一遍，周玉枝也觉得有道理。她忍不住，把处女膜诊断结果，也拿出来让周玉枝看了。周玉枝就说："这东西，恐怕更不能随便让人瞧了。一个大姑娘家，要是拿着这东西，到处找人看、找人说、找人念，还反倒把自己抹得一身臊了。这就不是能给人说、能给人看的东西么。"忆秦娥见周玉枝处处替她想着，就把刘红兵骂她婊子的事，也和盘端了出来。周玉枝又说了她一句，让她别把这些话再当人学了，说别人会顺风扬长、借话做醋的。不过，周玉枝在谈到刘红兵时，也没说什么好听话，她说："他刘红兵是个好的？自己都到处卖派，说他有多少多少女人哩，还好意思说你。秦娥，刘红兵滚蛋了，对你不是啥坏事。这家伙太灵光，你傻不唧唧的，能玩过他？""我咋傻了吗？""哦你不傻，你不傻。你是脑子有点潮，只缺一锨烘干的炭。"忆秦娥就扑过去，把周玉枝压在床上，拍打她的脸蛋说："你脑子才缺一锨炭，你脑子才缺一锨炭呢。"

刘红兵离开五天后，自己又死回来了。

那天晚上，忆秦娥正在床上"卧鱼"着，有人敲门。忆秦娥问谁。刘红兵就在外面，捏着鼻子充女人声音地长叫：

"是我呀——！"

忆秦娥一下就听出是刘红兵装的。她还有些兴奋起来，但却故意装作听不出来地："你谁呀，我不认识。我睡了。"说着，还关了灯。

刘红兵就又变了声音地继续用戏腔韵白道："娘子——，我是官人回来了。难道你连我的声音都听不出来了吗？"

"听不出来。你快走吧！"

"秦娥，是我，刘红兵。"刘红兵恢复了他那干偪干偪的声音。

"你回来干啥？"

刘红兵在门外停顿了一会儿说："我回来拿东西。"

"拿啥东西？"

"拿录像机。"

"破成几块了。"

"生要见人，死要见尸。"

忆秦娥无法，只好起来把门打开了。

没想到，刘红兵是扛着一个大纸箱子回来的。忆秦娥还不知是啥，他就端直在窗户上下起了玻璃。下完玻璃，他又三下五除二地，从箱子里扯出一个空调窗机来，把它安上，并插电运转了起来。

忆秦娥就收拾起自己的东西，准备离开。

刘红兵一把挡住她说："哎别别别，我走，我走。我就是为回来给你装空调的。我走。"说着，他还真的出门了。

忆秦娥就喊了一声："你回来！"

刘红兵一怔："咋？"

"我有话要跟你说。"

刘红兵就退回到房里，问她："有啥话，你说。"

在刘红兵安空调的时候，忆秦娥就一直在想：终于有机会，可以把憋在心里的话说出来了。怎么说，她还没想好。不过这次说完，她就一定要离开这个租房，再不回来了。

刘红兵呆呆地站在房中间，等待忆秦娥发话。他甚至都做好了再挨打的准备。这个一身好武艺的妞，嘴笨，手脚却灵活得要命，动不动就给他上全武行呢。不过，他现在也有了些经验，遇到可能发生肢体冲突与械斗的事，最好站远些，也能有个躲避回旋的余地。他都走到房中间了，又后退了两步，觉得是相对安全的位置了，才慢慢站稳了问："啥事，你说。"

"你自己看。"说完，忆秦娥就把处女膜诊断书，还有宁州剧团写的证明材料，一回都扔给了刘红兵。

刘红兵一张一张从地上捡起来，看完，先哈哈大笑起来。

忆秦娥问他笑啥。

刘红兵说："你真傻，傻得可爱！"

"我日你妈了吧，我傻。"

"你还不傻吗？这号事，还能回去开证明？还能到医院做检查？你想证明给谁看呢？还有比你更傻的女人吗……"

这一次，是真的把忆秦娥说暴怒了，她一下跳起来喊道："刘红兵，我日你妈！"

说时迟，那时快，只见忆秦娥一个老鹰扑食，从床上飞了下来。哪容刘红兵转身逃离，她就将他扑倒在身子下，一连几拳砸在了他嘴

483

上、鼻子上。顿时，刘红兵不仅眼冒金星，而且一颗牙好像也跌落在舌头上了。血已经从忆秦娥的拳头背上，飞溅在了他的额头上、眼睛里。他感觉，这次可能是要牺牲在一个瓜得能做面瓜饼的女人手中了。他挣扎了挣扎，似乎已无翻身回天之力了。她的一只手，好像还死死掐着他的脖子。他只能等死了。他觉得这次笑话可能闹大了：

北山地区行署副专员的儿子，在西京城的一个租房内，被演李慧娘声名大振的秦腔名伶忆秦娥，几拳开了果酱铺，砸死在胯下了。

那句台词叫什么来着：牡丹花下死，做鬼也风流。他这下，是真要做风流野鬼了。

他想：真不该再回来呀！真正叫送死来了！死就死吧，冤枉的是，到现在，他还连这个女人正经摸都没摸一下呢。真正是比窦娥还冤了……

刘红兵想着这次是彻底完蛋了呢。可怎么忆秦娥又突然站了起来，并且"哗"的一下脱掉外衣，露出了一丝不挂的胴体。她静静地对他说：

"刘红兵，我今晚就想证明给你这个畜生看：我没有被人糟蹋过。我还是处女。我不是你他妈说的婊子！"

刘红兵吓傻了。

三十一

刘红兵的确见过几个女人的身子，从黄碟里，更是阅过无数女人的身体。说实话，像忆秦娥这样干净、匀称、美丽、健康、弹性十足的身子，还是第一次见到，他是真的傻了。

忆秦娥慢慢走到床上，静静地躺下来，还是一丝不挂，也没有想用任何东西掩盖的意思。她就那样闭起眼睛，均匀地呼吸着。台灯那带点金黄色的光线，把她的身体照射得跟裸体画一样，让刘红兵在一刹那间，几乎分不清这是现实，还是在看当时还很难搞到的那种外国油画集。他的眼睛已经肿了起来，透过那越来越窄的缝隙，他看见，忆秦娥脸上异常平静，但那种不可猥亵的平静，让他不寒而栗。他勉强撑着站起来，摇摇晃晃地说：

"秦娥，对不起，我……我是爱你的。"

说完，他头重脚轻地朝门口走去。在开门前，他还先把脑袋塞出门缝观察了一下，当确证没有人在门口，能于他开门的瞬间，看见床上一丝不挂的睡美人时，他才一闪身出去，把门紧紧拉上了。他不想让任何人看见这美丽的胴体。这个胴体是属于自己的。谁看见，都会瞎了狗眼的。太美了，他必须得到。

忆秦娥是刘红兵的。绝对！

刘红兵到北山办事处养了几天伤。有人问他咋回事，他说，酒喝多了，摔了一跤。一颗门牙没了，那一定是摔个狗吃屎了？他连连点头承认，是摔了个狗吃屎。乌起来的眼泡，还有紫薯一样垂挂在脸上的鼻子，都在一天天消退着挤眉弄眼的肿胀。唯有失去的门牙，短期实在补不上来。并且那颗牙还宽得要命，一旦失去，就是半扇城门洞的豁口。说话跑风漏气倒也罢了，这相，却委实残破得连粘都粘连不到一起地缺损无序了。见狐朋狗友倒是无妨，可要见忆秦娥，那就真是背着狗头敬菩萨——故意腌臜神了。但他真的是急切想再见到忆秦娥。他觉得一切都似乎成熟了。虽然忆秦娥是采取那么极端的方式。如果没有做好把一切都交给他的准备，相信她是不会脱成那样的。能脱成那样，就是把最后的防线都撤哨了。无奈也罢，情愿也罢，反正她是要交给他了。他觉得那天晚上，面对追求了快一年的目的地，在冲锋登顶的一刹那间，他突然撤离，肯定是对的。尽管也有眼冒金星、口含血牙的不适与无奈。但更重要的，还是忆秦娥那种刚烈如火、如剑、如刀的性格，把他震撼了。他觉得，她是神圣不可冒犯的。尽管出门以后，他也有些后悔，后悔没有把那千般万般的美好，再多看上几眼。不过再看也是看不成的了，他那眼睛，当下就渐进式眯缝得只剩一线游丝，若再不迅速撤退，只怕是连门的大致方位都摸不见了。他在想，这个间隔时间不能过长，一旦忆秦娥灵醒起来，不要他证明什么清白与否，他也就错失良机，大概只能看水流舟、望洋兴叹了。

刘红兵觉得，他对忆秦娥的爱，已经是深入骨髓了。尽管占有她美妙的胴体，仍是目的中的目的。但与过去接触过的任何女人，都还是大有区别。对于那些女人，目的很明确，那就是快刀斩乱麻。还不等对方由撒娇升级到撒泼、撒野，他就已胜利大逃亡地刀割水洗了。而忆秦娥，在他极欲占有的同时，还伴随着珍视、爱怜、呵护、责任这些深沉的东西。他是真的准备跟这个女人过一辈子的。尽管他也怵火着她那动不动就爱拳打脚踢的毛病。但见她脚动手挥，他就有了毛发倒竖、欲拔腿逃跑的本能反应。可逃了跑了，还是想再回去，继续黏糊着、巴结着、讨好着，准备领受她新的拳脚相加。他已经反复试验过，每每赌气离开忆秦娥，都是绝对坚持不到一个礼拜的。基本是挨过三天，就有要发疯上吊的感觉。过去他那么爱打牌，现在在牌桌上是咋都坐不住了，赢钱输钱都没意思了。唯有跟忆秦娥赖在一起，即使无缘无故地挨上一脚，也是要心花怒放的。

他不能等着肿消牙补了再去见忆秦娥。兴许打弱势牌，就这样伤痕累累、残缺不全地去见，更能使她内疚愧悔、良心发现。他在镜子里，反复观察了观察自己的面容，用"歪瓜裂枣"四个字形容，堪称精准恰当。尤其是他故意张开嘴唇，露出那扇直通喉管的黑门洞来，更是显得山河破碎、满目疮痍了。曾经是一张多么英俊帅气的脸面哪！有那美人咬着他的高鼻梁说过："兵哥，就你这张脸，一辈子也就只能是贾宝玉的命了。"他还真不喜欢贾宝玉那厮，太好在女人跟前黏黏糊糊、胭脂粉饼了。可在忆秦娥面前，他还就真成贾宝玉了。任甩脸、辱骂、踢打，还是要死朝人家跟前凑，死去讨好卖乖，殷勤表现。他觉得自己是完全变了一个人。因为爱，已自我摧残得面目全非了。剩下的，也就只能是继续去爱了。再不爱，自己还就真的什么都没有了。他在镜子里扮了几个鬼脸，戴上一副蛤蟆镜，遮去了一部分残破疆域后，就又找忆秦娥去了。

他这次真的打的是乞求同情牌。他上身穿了一件办事处做活动的绿色套头衫，皱皱巴巴的，上面还印着"北山牛奶"字样。下身穿了一条大裆花短裤。脚上趿了一双烂凉鞋。这双凉鞋，还是前几天挨打逃跑时，趔了脚跟，把半边鞋耳子挣扯后，用剪刀改造的凉拖鞋。他相信这双烂鞋的遭遇，一定会让她记忆犹新。他把头还削成了光葫芦。肿鼻子烂眼窝，也是在蛤蟆镜的遮挡下，有了位置大概正常的分布。而嘴里跑风漏气的豁牙，他还故意咧出来，让忆秦娥在打开门时，先是倒吸了一口冷气地惊诧不已。他左手一只鸡，右手一只鸭，背上还背了一个胖娃娃。鸡是西京饭庄的葫芦鸡；鸭是北京人在西京开的肥烤鸭；背上背的是一个做工很细致的大布娃娃。还不等他进门，忆秦娥就已经笑得窝在门后了。这娃笑点也太低了。刘红兵却是半点笑意都没有地大咧着豁豁牙，昂首阔步地走了进去。

"你牙咋了？"

"你还好意思问我牙咋了。"

"真的咋了？"

"你双手沾满了人民的鲜血，还问我牙咋了。"

忆秦娥忍不住，又捂嘴笑了，问他："真的咋了吗？"

"你搞独裁，施淫威，玩暴政，下黑手，差点没把我牺牲了。牙算啥。"

"真是我打掉的？"

"莫非我有病，还故意把门牙拔了，来讹你。"

"对……对不起噢。"

在刘红兵的记忆中，这还是忆秦娥第一次给他道歉。他就顺着杆杆朝上爬了：

"一声对不起就打发了？"

"那你还要我怎么样？"

"给我当老婆。"

"滚！"虽然这声滚里，有着她那一如既往的脾气，可也已明显柔和了许多，里面是富含了从未有过的婉转和含蓄了。

刘红兵说："咋，还不愿意？"

"我不是你想的那样子。"

"我想的什么样子？"

"你说你想的什么样子。"

"你说我想的什么样子？"

"要我是婊子，你妈也是。都是。"

这话又把刘红兵说愣了，忆秦娥永远就是这样的一根筋。

"我是说的气话。"刘红兵急忙改口说。

"你不是说气话。"

"那我说的什么话？"

"你说的是你心里的真话。可惜我不是。"

"我就是说的气话，你肯定不是。就是是的，我也爱你，要你，娶你。"

"日你妈，你还说是的。"

"我说就是真的也娶你呀！"

"你凭啥说是真的？你凭啥侮辱我？"

"好好，不是真的，不是真的。好了吧。"

"听你这口气，你还是说是真的嘛。"

"我没有说呀！"

"刘红兵，你心里就是这样说的，你以为我猜不出来？你把我能冤枉死，日你妈！"

看着忆秦娥愤怒的样子，刘红兵终于再也控制不住自己地，把双手搭在了她的肩上。忆秦娥抬手一扫，他的两只手就被扒拉了下来。但这个动作，明显有羞涩的成分在里边。他就再次伸出双臂，去搂抱她了。她又挣扎了挣扎，但已完全没有了暴力成分。他就一股劲儿，另一只手从她的大腿弯部搂起来，人就三折弯地横陈在了他的怀里。她并没有停止反抗，还在用拳头砸他的胸部，不过砸着已不是痛，而是痒、是酥、是麻了。他把她抱向了榻榻米。他知道，忆秦娥要真的反抗，他是连小命都难保的。这个武旦，这个烧火丫头，是一拳可以给他脸上开酱醋铺，三拳也能打死"镇关西"的人。她要是不情愿，还别说把她抱到床上，就是亲近一下，也都是要付出惨痛代价的。可她这次是真的让他抱了。并且抱到床上后，也没有把他顺势俯下来的身子完全推开。她只是不让他胡乱动、胡乱摸而已。按照他的惯例，是要先从接吻开始的。可还不等他把烂嘴凑上去，她就一掌推开了。他想，可能是嫌他的嘴烂，难看，牙还缺着一豁呢。他自己看着都难受，还别说别人了。那他就不接吻了，先摸胸部吧。可他刚一搭手，那高耸紧揪的两团活肉，就像带着电一样，把他的手弹出老远。原来这里也是不许动的。她仅把胸部一摆，就把他还算有经验的老手，撂到一边去了。只要是她明令禁止的地方，他就只能收手不干。他似乎已经明白了她的用意，就继续向下探索。在一块十分平坦、板结、滑溜的开阔地后，他的手停了下来。他想仔细摸索一下这个神秘的地方。但她扬手一打，把他的动作终止了。他再试着先脱她的鞋，是一双白色练功鞋。她竟然没有反抗。他又试着去脱她的衣服。她上身穿的也是一件白短袖衬衫，下身穿的是一条纯白色府绸练功灯笼裤。他想先脱去她的上身，可她反感着推开了他解扣子的手。他就又试着去脱她的下身。这次她没有动，任他一点点把练功裤从腰部翻卷下去，直到从脚上褪出来。然后，他又试着去剥她的白色小裤头。那裤头几乎只有一巴掌大，但干净得就跟一捧雪一样，里边看不到一丝杂质。她的下身全部裸露出来了。但上身，却是白衬衫严严实实地紧裹着。她把眼睛闭上了，却将下巴翘了起来。她用一只手，护着高高挺起的胸部，另一只手，用来遮住了做人的脸面。她似乎在等待，等待着一个无奈的证明。刘红兵突然意识到，这是那天那个动作的延续。没有因为几天的间隔，而让她改变这个初衷。他实在不能往下进行了，可又不忍就此放弃。他先躺下来，慢慢剥去自己的衣裤，等待着她的反应。她竟然是纹丝未动地继续平躺着，等待着。他就轻轻翻了上去。他感到身子下面的身体，一阵紧张地抽搐，他又慢慢溜了下来。他想用豁了牙的嘴，吻吻最神圣的地方，可她是一种厌恶的表情。他就又窸窸窣窣地，开始了属于男女之间的那种勘探。忆秦娥双腿自然并拢着。他轻轻将两条十分完美的腿，微微朝开扳了扳。只见她浑身的肌肉，很是紧张地朝拢并了并，但又没有完全拒绝的意思。他就开始了最后的、稍带些强制的进攻。在抵抗与不抵抗之间，他进行了反复的佯攻，强攻。终于，忆秦娥"哎哟"一声，几乎痛得昏厥过去了。他立即从阵地上退却了下来。紧接着，他就看见白色被单上，有了殷红的血迹。他是完全感觉到了破门的艰难，以及破门而入给她带来的钻心疼痛。然后，忆秦娥就拉起白色床单的另一半，慢慢从脚到头，把自己覆盖了起来。

刘红兵突然爬起来，面对忆秦娥，扑通一声跪了下来。他是跪在人造革地板上的。那声跪，他是要让忆秦娥听见的。他说：

"对不起，秦娥，你是洁白无瑕的。我要好好爱你，比爱亲生父母都更加爱你。你是值得我一生去好好珍爱的！你记住，就是再骂再打再踢，我都是打不散踢不走的。我是你的人。这一辈子，都心甘情愿……做你的奴隶……"

任刘红兵怎么说，忆秦娥都再未搭话。她一直就那样躺着，用洁白的床单，把自己整整覆盖了一天两夜。

三十二

忆秦娥的泪水，一直在白床单里静静流淌着。

为了今天的证明，她是经过反复思想斗争，才最终这样决定的。她觉得她已无法摆脱刘红兵了。跟廖耀辉没有啥，都被传成了那样。跟封潇潇戏外几乎都没拥抱过，也把她说成是"水性杨花""见异思迁""无情无义"的"害人精"了。而与刘红兵的关系，早已被他自己吵吵得宁州、北山、西京都无人不知了。她要再不跟他，污水倾盆而下，只怕是跳到黄河也洗不清了。这事打一开始，她不是不清醒、不反对、没抵抗。可反对着、抵抗着，最终还是一步步陷了进来。她都不知是怎么陷到今天这般光景的。跟他，好像已是唯一出路了。其实在一些人眼中，也许她还不配刘红兵呢。人家是专员的儿子，而自己就是个唱戏的。连她娘、她姐都是这看法。可在她心中，又总是把封潇潇涂抹不掉。她始终觉得，自己跟封潇潇的感情才是美妙的，才是她精神所向往的。妇唱夫随，戏中有戏，戏外有情，真是太妙不可言了。可一切都无从谈起了。无论从哪个角度讲，她都只能选择刘红兵了。

好在，刘红兵对自己的确是好。

她之所以要坚定地将处女之身，证明给刘红兵看，也是她已做出决定：要嫁给刘红兵了。反正看不到反悔余地了。迟证明，不如早证明。一证明，她心也就安然下来了。至于别人怎么看、怎么说，她也顾不了那么多了。她相信，只要她证明给刘红兵了，刘红兵是会有办法去处理、去为她证明的。她的心，已经累得够够的了。她只希望早点把这事放下，也好安生去练功、演戏。除了练功、排练、演戏，她还真不知有啥事，是她能干的了。

那天，她突然脱光了衣服，没想到，还反倒把刘红兵吓跑了。就凭那一跑，她知道，刘红兵还算不得太流氓。她也知道，那天的确是把刘红兵打惨了。谁让他要骂出她婊子的话来？她当时就想把他嘴撕烂，牙掰掉。可没想到，那么健壮个男人，竟然就跟稻草人一样，只三两拳，就打得稀烂了。把她也吓得，就起身脱了衣服，要让他证明自己是处女，不是他妈的婊子。那天刘红兵吓跑后，她看着自己的身体，把自己也吓了一跳。忆秦娥啥时这样开放了，竟然自己剥光了衣服，一丝不挂地躺在这里，要让一个男人上来证明了。真是气糊涂了不是。不过，在刘红兵没来的这几天，她是真的坚定了信心：只要他还来，她就一定要证明给他看。一切都不能再拖了，她快拖不动了，得让刘红兵来帮她一起朝前拖了。

她坚信刘红兵是会回来的。把他打成那样，如果再能回来，那就一定是死磕着自己的人了。

果然，他回来了。伤痕遍体，却还是以那样轻松、滑稽、幽默的方式回来的。就让她有些感动，有些爱怜了。她本来就准备把身体给他了。这几天，她一直都穿着一身白净的衣服，在等他。她是想告诉刘红兵，作为女人，她是清白的。

终于，刘红兵开始证明了。让她没想到的是，那么多人那么爱津津乐道的事情，竟是这般的痛苦，是比被钢刀穿过身体还要钻心疼痛的事体。她几乎都快痛晕过去了。好在刘红兵还算体恤，在她最痛苦的时候，没有继续自己的欢乐。并且在发现了那片殷红后，他突然退到地板上，"嗵"地跪下，一连声地表白起了从他心底涌上来的感动话语。她用床单紧紧捂着头，蒙住身子，一声不吭。她想，她是完全证明给他了。这个证明，也已明显发挥了作用。不过，她也知道，属于自己的忆秦娥，已经彻底结束。她已经是另一个忆秦娥了。

整整一天两夜，刘红兵几次掀床单，她都没有松手，是把床单的边角，死死扎在身子下，不愿露出一丝肉体来。她的眼泪，从九岩沟的羊，哭到宁州剧团的人，再哭到西京城的戏，就那样任由它涕泗横流着。她能感到，一直跪在地上的刘红兵，最后是爱抚地贴着她的身子，静静躺在她身边的。那床白单子，一直将他们的肉体隔离着。

当忆秦娥最终从床单里钻出来时，只说了一句话："我们结婚吧！"

他们就要结婚了。

到团里开结婚证的时候，单团长是不同意的。嫌他们结得太早，影响事业。忆秦娥就坐着不走。她软缠硬磨地说："不结不行了。"单团长就急得"呼"地站起来，一瘸一跛地来回颠着问："咋叫个不行了？"忆秦娥说："不行就是不行了。反正必须结。"单团长过去还没发现，这个忆秦娥，还是个无法做通思想工作的人。说啥，她都只认死理。后来，刘红兵又来找他缠，他才把问题问得透彻了些："老实说，是不是给人家娃把活儿做下了？"刘红兵嬉皮笑脸的，也不说做了，也不说没做，反正就两个字："得结。"单团长看没办法，就跟他商量说："要实在不结不行了，那我也对你们有个要求：五年之内不能要孩子。有了，也得采取措施。忆秦娥演戏正是如日中天的时候，只要现在生孩子，立马就完蛋。团上这样的例子太多了。几年拖下来，功夫功夫没了，嗓子嗓子打了，体形再一发胖，大沟子大脸盘的，浑身都朝下泄着，就把一个好演员活活毁了。""这个你放心，单团，我们保证五年内不要孩子。结婚，也是为了让她更好地唱戏，更好地振兴秦腔事业呢。"单团长无奈地摇摇头，也就同意办公室把证明开了。

办完结婚证回来，刘红兵刚进门，就迫不及待地用脚反踹上门，一把搂起她来，死朝床上摁。谁知忆秦娥就跟一条才别上干滩的鱼一样，劲大得咋摁都摁不住。摁住了腿，她的上身别起来了。摁住了上身，她的腿和小腹，又一个鲤鱼打挺地绷弹起来。刘红兵就喊叫："哎，妹子，这下可是合理合法了耶，你还不给。""去你的！"忆秦娥说着，又是一脚，踢在了他那张扬得搁不下的地方。刘红兵就痛得捂着那点不安生，跳将起来喊："你咋了？你该没病吧，老朝我这儿踢。"

忆秦娥就抿着嘴笑："谁让你不老实。"

"我咋不老实了？"

"大中午的你要干啥？"

"你说我要干啥？你已经是我老婆了，我要干啥？都受法律保护了，我想干啥就干啥，想啥时干就啥时干。"

"流氓。"

"哎，你懂不懂啥叫流氓。"

"你这种人就叫流氓。"

"好好好，我流氓我流氓。忆秦娥，我也老实告诉你，以后哪儿都能踢，就是这儿不能踢，懂不懂？这是命根子。它是我的命根子，也是你的命根子，知道不？我们的幸福生活，我们要生儿育女，统统都靠它了，懂不懂？除了这儿，你爱踢哪儿踢哪儿。"

忆秦娥就用手背捂着嘴笑："脑瓜也能踢？"

"你踢，随便踢。踢灵醒踢傻瓜了，都是你的。"

"你写。"

"写啥？"

"纪律，制度。团上都有各种纪律制度，家里也该有。"

"那叫啥制度，家庭纪律制度？"

"行。"

"都定些啥制度？"

忆秦娥就拿来一个剧本，让他在后面空白纸上写。

忆秦娥说："第一，不准跟前跟后的。"

"啥子不准跟前跟后的？"

"我走到哪儿，不准你跟前跟后的。"

"那就让别的男人跟着？"

"去你的。写。第二，不准见人就说这是我老婆。"

"咱都结婚了我还不能说？"

"不准说，就不准。我不爱人多的时候你说。"

"好好好，人多的时候我不说。"

"第三，大白天不准耍流氓。"

刘红兵把笔一扔，说："这个不行噢，绝对不行。我们这不叫耍流氓，叫过夫妻生活。"

"去你的，按我说的写。你写不写？"

"咱能不能变通一下，不说大白天不能耍流氓。就说大白天，不能干影响工作、影响夫妻关系和睦的事？怎么样？"

"反正就是白天不能耍流氓。"

"好好好，不耍流氓。但必须让夫妻关系朝着更加友好和睦的方向发展，是不是？说，下一条。"

"第四，不准你跟团上人喝滥酒。尤其不许醉。"

"同意。下一条。"

"第五，我演出时，不准你在前后台乱跑。尤其是不准到观众池子去乱叫好，乱拍手。"

"照办。再下一条。"

"第六，不准看黄碟。不准在家说流氓话。"

"夫妻生活里边的性，是很重要的一环，懂不懂？性生活过不好，会直接影响到家庭安定团结哩。"

"不许你说流氓话，你还说。"

"好好好，这都是流氓话，不说了。再下一条。"

"先写这些，想起来再写。"

"你都说六条了，我加一条行不行？"

"不行，只能我定，不允许你定。"

"你咋独裁成这了，我咋就不能定了？"

"就是不行。"

"好歹让我定一条行不？"

"你说我看。"

"第七，不准施行家庭暴力。不准打人。不准敲牙。不准踢人。尤其是不准踢人的命根子。"

忆秦娥扑哧笑了，说："你不要流氓，我就不踢。"

"问题是我们结婚了，我再在你跟前做啥，就都不是要流氓了。那叫爱。就是跟你干那事，也叫性爱。"

"你又说流氓话。"

刘红兵哭笑不得地："娃呀，我的好娃了，你咋就是个开不了窍的瓜蛋儿呢。"说着，他还在她光滑得跟绸缎一样的额头上，轻弹了一个脑瓜嘣。忆秦娥一下抓住那只手，塞到嘴里，狠狠咬了一口。刘红兵就喊："哎，你咋还咬人呢？""谁叫你说我瓜。"刘红兵看着眼前这个既美丽无比，又行为乖张的动人尤物，只剩下软硬都得屈服的苦笑了："乖，我把你彻底服了！""不许叫乖，难听死了。""忆秦娥同志，制度贴在啥地方？""贴在你心里。""好好好，贴到我心里。"刘红兵说着，就掀起衣服，吐一口唾沫，啪地把那张纸贴在胸口上了。忆秦娥直喊："脏猪！"刘红兵到底还是顺手把忆秦娥搂住美美亲了一口。忆秦娥呸呸地说："你就是猪。"

刘红兵是觉得大功告成了，虽然这尤物难调教一些，但他还是相信自己调教女人的能力的。毕竟是太美了。就他活这大，在见过的女人里，忆秦娥无疑是最美的那个了。都说西京城满街都是大美人儿，他坐在钟楼边，还仔细观察过几回，像忆秦娥这么美的，还真没发现第二个呢。而这个最美的人，是他的了，彻头彻尾是他的了。如此大的人生福分，他有时都害怕自己消受不了。可也不着急，慢慢来吧。

馍在笼里蒸上了，还愁气圆不了？忆秦娥的妙处，甚至包括了那些乖张的脾性。比如突然咬他一下，猛然踢他一脚，他都感到，是痛并受活着的。只要不踢咬得太重，他都能幸福地忍受。谁叫自己要贪最好的呢。

对于婚礼，刘红兵是坚持要大办一场的，可忆秦娥坚决不同意。并且不让告诉双方父母。刘红兵犟不过，也就只好照她说的办了。这事，毕竟是纸里包不住火的。团上跟刘红兵爱混搭的那些主儿，包括北山办事处和北山地区来的那些人，都撺掇着他请客。他背过忆秦娥，就哩哩啦啦请了几桌，自是没少煽惑他的幸福美满生活。

婚就算结完了。

婚后的忆秦娥，依然把主要精力放在了练功场。她不喜欢待在家里，一待在家里，刘红兵就像一坨糖一样，爱朝她身上黏糊。黏糊黏糊着，就提些怪要求，把定的纪律制度，都当耳旁风了。有时她生气也不管用，好像他就为那点事活着，并且活得一心一意、乐此不疲、神情专注、不依不饶的。忆秦娥却咋都喜欢不起那事来。刘红兵一翻拾，就让她本能地想到廖耀辉；想到强暴；想到不洁；想到丑恶；甚至还想到了她舅跟胡彩香的偷情。有时，她甚至希望，在刘红兵干得正欢时，宋光祖师傅能突然出现，就像那晚砸廖耀辉一样，操起房里的椅子，照着他屁股就是几下。可惜这间房里，没有那种腿脚粗笨的老椅子。刘红兵看她老不专注，就问她想啥。她一笑，也不说想啥，就直催，让他快些。他就索然无味地溜下去了。

忆秦娥是尽量减少在家的机会。到了功场，其实也是喜欢一个人独处。好在这年月，练功的也少了，只要不排练，功场就总是她一个人。她也有做不完的功课。从压腿，到踢腿，再到各种组合，一遍基本功套路下来，就是一个多小时。然后，再把过去学的戏路子，挨个走一遍：从杨排风到白娘子，再到李慧娘，三本大戏走下来，也就好几个小时过去了。她尤其爱走白娘子的戏，并且还老出现幻觉，是封潇潇在给她配许仙，演得天衣无缝、水乳交融的。走得累了，她就"劈双叉""卧鱼"，一个动作能静卧好几十分钟。秦八娃老师让她读书，让她背唐诗、宋词、元曲。书她是有些读不进的，生字太多。但背诵，跟记戏词一样，她倒还是越来越有兴趣。尤其是"劈叉""卧鱼"这些耗时长、肌肉又酸困胀麻的动作，一边背着，一边练，还反倒能分散注意力。她已背过成百首诗词了，尤其是李白的词牌《忆秦娥·箫声咽》，她都能倒背如流了。秦老师说，你既然叫了"忆秦娥"这个艺名，就得先把这个词牌弄懂了。最好是多背一些这类词，将来自己也写一曲"忆秦娥"，那就算是没白叫这个艺名了。忆秦娥就拿手背挡住嘴笑。

开始背《忆秦娥·箫声咽》的时候，她还没啥感觉。不过最近背，就觉得里面有了意思。并且背着背着，她还想哭：

箫声咽，
秦娥梦断秦楼月。
秦楼月，
年年柳色，
灞陵伤别。

乐游原上清秋节，
咸阳古道音尘绝。
音尘绝，
西风残照，
汉家宫阙。

她也不知道，是为什么要流泪。反正"梦断""伤别""箫声咽""音尘绝""西风残照"这些词，她一吟出声，就特别想哭了。何况秦老师还给她讲过，词的大概意思是说，跟自己"伤别"的那个人，从此"梦断"，再无音讯。自己只能看着西风残阳，照着老坟、残宫，吹着呜咽的箫声，以寄托无尽的思念了。你说惨也不惨。她想着，果然是惨，就泪流满面了。

有一天下午，正是夕阳晚照的时候，她背着《箫声咽》，泪就又落下来了。这时，刘红兵突然捧着一个金鱼缸样的东西走进来，直喊叫说："你看我弄的啥？"忆秦娥还没回过神来，他就说，"这叫红茶菌，知道不？省上领导都在喝呢。北山办事处，最近都弄回去好几钵了。我爸我妈他们都有。说这玩意儿营养大得很，不仅健身、健脾、健胃，而且还能给你亮嗓子呢。"忆秦娥还在擦泪，他就问咋了。她支吾说记戏词呢。他就硬把她缠回去了。

回到家里，刘红兵把饭都做好了，还熬了骨头汤、炒了鱼香肉丝。他看忆秦娥最近吃饭少，一回来就瞌睡，说要炖汤给她补一补。可忆秦娥还是没吃多少，直喊累了。她擦完澡，就要蒙头睡觉。他连锅碗都没来得及收拾，就两脚踢飞了拖鞋，一下扑上去，要行那事。忆秦娥说："你能不能把我饶了，我太累了。""你咋天天说累吗？""我真的累。""昨晚你就睡得早，说累得很。今晚还这样。""你把这当饭吃呀？""要当饭，也是一天三顿，咱吃啥了？白天有制度，不让吃。那这晚上，总没违背纪律吧？"忆秦娥没忍住，在被单子里扑哧扑哧笑了。刘红兵就得寸进尺起来。

三十三

楚嘉禾觉得自己实在活得背运极了。来西京才刚一年，谈了两个男的，全都崩了。一个是她妈的同学介绍的，接触了一个多月，啬皮得跟钢夹子一样。他俩出去喝冰峰汽水，他还磨蹭着说，身上没零钱，等她掏呢。只说请她吃饭，快一个月过去了，还说没啥好吃的。有一天，他倒是勉强磨叽到了一个大饭店里，楚嘉禾想吃虾，他就是不点，嫌太贵。还说想吃虾了，啥时到大连他舅那儿吃去，那儿又便宜又新鲜。她想，你都才五年去见一回舅，还看人家舅娘高兴不，等我到你舅那去吃虾，该到猴年马月了。勉强点了三个菜，还点了一个锅贴，没吃到一半，他又说，今天锅贴特好吃，我得给我妈拿几个回去尝尝。随后，就把盘子里还没吃完的，让服务员全打了包。她从饭店一出来，就没好气地跟他拜拜了。另一个是自己撞上的。人倒是长得潇洒帅气，也有情趣，只三天两后晌，就把她哄上床了。可正热闹着，另一个女的竟找了来，哭着闹着，说的都是打胎不打胎的事。气得她拿刀片了他的心思都有。都怪她妈，说这年月，能早恋爱就得早恋爱。说等你明白了，好男人就都让灵醒女子号完了。能剩下的，不是歪瓜裂枣、缺点大脑，就是家境贫寒、出手困难的。要都按剧团对青年演员的要求办，你这一辈子就休想找到好男人了。尤其是忆秦娥的婚姻，给她的刺激太大了。就那么个做饭的贱货，忽然就红火得平地插根烧火棍，都抽出芽穗开出花来了。宁州剧团的白马王子封潇潇，是拿命上，差点没自我报销了。一个专员的儿子，竟然也是一副没羞没臊、脸皮比城墙转拐还厚的贱相，倒贪恋起了给真奴才去做奴才的快活。可笑的是，真奴才还待理不理的，好像她还是省长的千金了。楚嘉禾老想着，也不仅仅是她想，还有好多人都想着，刘红兵这个花花公子，也就是"皇上选美，色重一点"：喜欢上忆秦娥那副不会笑、老爱哭丧着脸、其实就是傻、就是命苦的冷表情。还有什么奥黛丽·赫本的脸了。呸，那也叫赫本脸。在农村，那就是寡妇脸——有骨无肉，高鼻子窄下巴的，全然一克夫相。刘红兵就是贪着这副骚脸，贪着她靠剧情、灯光映照出的那份无与伦比的主角光彩，才奋不顾身杀进这个圈子的。大家都议论，这种玩法长不了，一旦"得手"，便会扭头而去。更遑论谈婚论嫁、生儿育女。可没想到，人家还就把婚结了。并且黏糊得比婚前更紧结。真是他妈的出了奇事怪事鬼事了。

　　楚嘉禾真的感到自己不顺。在宁州就不顺。她一招进剧团，几乎没有人不说，这娃将来肯定是朝台中间站的料。开头几年，团上也的确是把她当主角培养的。可后来，马槽里插进一张驴嘴，都去烧火做饭几年的忆秦娥，突然枝从斜出、鬼从地冒，由此就掰了她的主演馍，抢了她的主角碗。尽管如此，她和她妈还是觉得，忆秦娥只配出蛮力，唱武旦、刀马旦。而宁州团未来的当家花旦，还是非楚嘉禾莫属的。可没想到，团里几个死了没埋的唱戏老汉，竟然左右了局势，又把"白娘子"这种是个演员都喜欢得要死要活的好角儿，硬搁在了忆秦娥头上。闹了好长时间的大地震都没震了，结果让忆秦娥的《白蛇传》，把宁州、北山全都震了个山崩地裂、人倒楼歪。让她突然意识到，自己的美好唱戏人生，是真的有了苍蝇飞舞、恶狗吠日、老鹰扑食、老虎挡道的感觉了。好在遇上省秦招人，她妈前后出击，总算让她拔离了宁州的窝子。可没想到，事隔几月，忆秦娥又杨家寡妇出征似的持棍杀将而来。几番搏击，竟然又上位出演了李慧娘这个秦腔主角里的"皇冠明珠"。一下红得吐口唾沫都能溅出血来。又是她妈分析来分析去，说省秦毕竟是两百多号人的大团，平常都能分两个演出队，是能飘起一群主角、一窝花旦的。说只要找对门路，进对庙门，拜对神鬼，是不愁分不上主角、唱不红西京的。好在，她还真从丁科长那里，分得了一杯《游龟山》的羹。戏里的胡凤莲，也的确是个"耍旦"的好角儿。她由此才看到了一点希望，算是又有了一点奔头吧。

可要在省秦撑起一个大戏来，谈何容易啊！丁科长虽然阴、狠、霸道，可他毕竟不是团长。一切都得靠"运作"。干啥都好像是"地下党"在接头，这不让明说，那不让明讲的。好多事都是用手势、嘴角、眼神在暗示，活像回到了"打地道""埋地雷"、传递"鸡毛信"时代。可人家忆秦娥排戏、唱戏，都是来路明，去路正。就这，人家好像还想排不排的。诸事团上都宠着、哄着、求着。一切自是安排得顺顺当当、妥妥帖帖。各路人马，也好像都屁股上长了戴着放大镜的眼睛，没有什么细活是看不见的。导演、作曲、舞美、灯光、道具、服装、音响、剧务，包括所有配演，好像也都是为人家生、为人家长的。都生怕自己出了丝毫的差错，而让"一棵菜"艺术，在自己这里烂了帮子、黄了叶。而那一棵菜的"白菜心儿"，就是做饭出身的忆秦娥。

楚嘉禾为搭建《游龟山》的班子，就忙了上个月。她私下请丁科长和他夫人，到南院门吃了葫芦头；到北门外吃了河南人做的正宗牛肉丸子糊辣汤；到回民坊上吃了米家泡馍、王家饺子、贾三包子；还买了几回刘家烧鸡、老铁家牛肉、黄桂稠酒，拿到丁科长家里，一边吃着喝着，一边商量角色分配和剧组搭档。这些吃喝都是科长夫人亲点的。她说海鲜就别吃了，得给娃省钱呢。可这些名小吃点的回数多了，钱也就没省下。倒是她妈大方，让娃放心花，说只要能唱上省秦的主角，就是把她爸和她的工资都搭上，也值。楚嘉禾她爸是银行管信贷的，好像手上也有钱。楚嘉禾就在这方面，花得有点不管不顾了。好不容易把班子搭起来，都开排了，可单跋子又安排，要让团上把忆秦娥过去在宁州演的《杨排风》《白蛇传》，都捯饬起来。说今后省秦也好演出。还说这是群众来信要求的。鬼知道是哪个群众来的信。可气的是，封子导演也特别支持这事。在她请封子出山排《游龟山》时，他是左推右辞，硬是让一个过去只演过《游龟山》的老演员，上手做了导演。而一说到要给忆秦娥捯饬戏，他又骚情得亲自披挂上了阵。

忆秦娥这个碎婊子，结婚第二天，就到练功场来泡着了。前一阵楚嘉禾和她妈放出的那些风声，不仅没有影响到她和刘红兵的婚姻，竟然也没有影响她的任何情绪。见天她还是来闷练着，傻站着，呆卧着，一副让人看不透的瓜表情。在她准备排《游龟山》的时候，忆秦娥甚至还主动黄鼠狼给鸡拜年来了，说需要她做什么，开口就是。她还撇凉腔说："哟，我们还敢让'秦腔小皇后'做什么呀，不过是在给你跑龙套的空闲，拾几个麦穗，岔岔心慌而已。"忆秦娥好像也不生气。过几天，又来多嘴，说她听了他们的对词，觉得有几句道白这样说，是不是更好一些。然后，她还把这几句道白说了一遍。是一副讨好她的样子。她虽然觉得忆秦娥道白的感觉是对的，并且明显比她说得到位了许多，但她还是不屑地说："导演要求的。妹子现在比导演都能行了。"忆秦娥好像还是没有计较，也许是真傻，有一天，她又对她说："禾姐！"过去在宁州，同学都这样叫她。那时她忆秦娥还没这个资格叫呢。"咋了，妹子？""我觉得你在《藏舟》一场的道白，还可以再压低一点声，毕竟是在夜晚。何况外面还有官兵在追田公子呢。""妹子，你该不是又琢磨着，要偷梁换柱吧。这个角色可是我费了九牛二虎之力，自己讨来的，你就别打这主意了好不好。"忆秦娥当时就傻愣在那儿了。那阵儿，她正在"卧鱼"。那"鱼"，是一下就"卧"死在那儿了。

就在这以后不久，团上就开始排《杨排风》和《白蛇传》了。楚嘉禾绝对坚信，是忆秦娥捣了鬼，要故意冲击她的《游龟山》呢。团长一旦发话，人家的排练就成"正出"了，而她的《游龟山》，自是"庶出"。加上丁科长平时也得罪了不少人，就有人夹枪带棒地说她，是"寻情钻眼"才上的戏。还说她"嗓子、功夫都是霜杀了的柿子——不过硬"。《游龟山》的排练，也就慢慢转入"地下"了。

最为可笑的是，忆秦娥老要在她面前装出一副无辜的样子。好像她还很不喜欢再排戏似的，《杨排风》《白蛇传》都是团上硬要安排的，她忆秦娥绝对没有要挤对《游龟山》的意思。可她几次问丁科长，内幕到底是咋回事？丁科长每次都是喉咙里像卡了一疙瘩屎一样，把自己难受得，吞也不是，吐也不是，只哄哄哝哝地说："认命吧！认命吧！等机会！会有机会的！"她的主演梦，就这样暂时搁浅了。

《杨排风》里面，给她分了个站在杨排风身边的"四女兵"。是拿着刀，让杨排风吆出喝进的活"木偶"。为这事，她还找过丁科长，问为啥让她上"四女兵"。团上那么多女闲人，怎么就偏偏盯上了她。丁科长还解释说："这戏全是男角儿，一共就几个女的。导演让挑几个水灵的上，说免得观众审美疲劳。人是导演选的，业务科还不好改变。一旦改变，人家又会说业务科的心眼，都长偏到肚脐上了。给你安排《游龟山》，已经有人在私底下乱嚼舌根了。"丁科长要她"沉住气"、学学勾践"卧薪尝胆"。还说"心"字头上"一把刀"，那叫"忍"，"事不忍则乱大谋"。她就忍了。可真正排练起来，整天跟在忆秦娥身后转来转去，除了"啊""有"，就是"在""是"，一站半天，站完就跟着转圈圈。一切都是为了衬托杨排风精明能干、武艺高强的。一个烧火丫头，不仅把大将孟良、焦赞打得满地找牙，而且把辽国元帅韩延寿，也打得丢盔卸甲，魂飞魄散了。反正一台人，就是为了这个主角的光彩照人，在"前赴后继""英勇献身"。也许别人不觉得这有什么，但在楚嘉禾看来，这就是在活活侮辱自己。一班同学，开始活得天差地别的，并且还是自己先来的省城，结果落了个给人家跑"铁腿龙套"的下场。她尤其想到，《杨排风》演出，宁州剧团那帮人，是一定又会来捧场的。他们见了她这个比《游西湖》李慧娘替身更惨的"四女兵"，会是什么眼神？会说出什么拿刀在人心上乱戳的话来？她都不敢细想。一细想，就不由得人从后颈到脚跟都发起凉来。

其实跟她一起跑"四女兵"的还有周玉枝。也都说她长得漂亮。还有人说她像电影明星陈冲。可这家伙，进了省秦，好像就有些满足了。让跑龙套就跑龙套。人家忆秦娥红火，就让人家红火去，好像不关她的事。为上"四女兵"，楚嘉禾还跟她撺掇过，说："省秦招咱来，是唱主角的。咱要嗓子有嗓子，要扮相有扮相，要个头有个头，结果天天只穿了龙套满台乱跑。我们要再不反抗，他们还以为咱是骨头贱，喜欢龙套的服装样式，觉得穿着美丽大方、舒适便当呢。"猜猜周玉枝咋说，她竟然说："穿龙套也挺好的，省了很多麻烦。你没见秦娥，每天晚上演出，就跟死了一回一样，又是喷又是吐的，何苦呢。她比咱的工资又不多一分。能安生在省秦跑一辈子龙套，也是福分呢。"面对这号不思进取的"小炉匠"，楚嘉禾也就没治了。不过她到底没把"四女兵"跑到头。在进入两结合排练时，有一天，她突然崴了一次脚，就乘势去医院开了假条：左脚踝骨裂，需休息一月。她长舒了一口气，总算是逃脱给忆秦娥当"白菜帮子"的厄运了。

《杨排风》演出几天后，她听广播也在说，电视也在播，报纸也在吹：《杨排风》是'秦腔小皇后'的又一巨献"。啥词都用上了，什么"大宋霹雳"；什么"戏曲舞台上的《霍元甲》"；什么"技压群芳"；什么"仪态万方"；什么"婉丽飘逸"；什么"美不胜收"；什么"大气磅礴"；还有更肉麻的，竟然说忆秦娥是什么"秦腔的武旦天后"。气得她端直把几份小报都撕了。就一伙夫，无非是能把杨排风这个烧火丫头的角色，体会得深一些，还就中国不出、外国不产了？

《游西湖》一演，有人就骚情给她安了个"秦腔小皇后"。《杨排风》又给她挣了个"武旦天后"，要再演了《白蛇传》，那还不得安个"王母娘娘她祖奶奶"的名号了？这帮吹鼓手，也真够恶心的了。她听说过梨园捧角儿的事，但没想到，能捧得这样酸、这样嗲、这样肉麻，这样刀把生芽、擀杖结籽、棒槌开花。她就到底忍不住，装作脚还是很痛的样子，一瘸一拐地进剧场把戏看了一眼。

不得不承认，省上剧团就是省上剧团，整个舞台呈现，一下就比宁州高了几个档次。也难怪，宁州团统共就二十几只回光灯，在那里切来换去；而省秦是二百多只灯在变幻莫测。布景也是高楼、大山的立体层叠。而宁州，就几个幻灯片，在那里制造着天波府的威严与边关烽火的恐怖。省秦乐队，更是铜管、民乐的混合交响。乐人一坐一乐池，光小提琴就八把，大提琴四把，还又是定音鼓，又是管风琴的。而宁州，就十一二个人，在那里板胡、二胡、扬琴、笛子、唢呐的大齐奏。那时戏的气氛，全靠忆秦娥她那黑脸舅胡三元制造。敲一本戏，他的屁股能蹾烂几把椅子地拿锣鼓家伙施威助阵。演员的阵容更是有天壤之别：宁州团演《杨排风》，就二十几个演员。有些搞武打的，在宋营死了，又去穿辽兵的衣服。不"死"好几回，戏都接不上。而省秦端直就上了六十多人。最后大开打，两军对阵时，宁州是四兵对四兵，四将对四将；而省秦是二十四兵将对二十四兵将，还各有军师、中军、旗手、马童陪列。但见连天号角一吹，定音鼓一擂，两方数十人全部站定，杨排风才稳健如三军统帅地挥刀出场。这样的氛围营造，谁演不是通堂好呢？那不是给她忆秦娥鼓的掌，那是给大宋救国军鼓的掌。楚嘉禾演，也是这掌声。周玉枝演，也是这掌声。瓜子演，傻子演，恐怕还是这掌声。再说宁州团的服装，那还是50年代制下的。好多都已脱线烂边。而省秦才从杭州弄了一批新的回来，光忆秦娥唱一晚上，就换了四身：又是短打，又是蟒靠，又是斗篷的。那"四女兵"，在最后上舞台时，让导演改成了"八女将"，服装头帽全新。八身女软靠，是八种花色品种。甫一亮相，顿时满台生辉，掌声四起。这就是省级剧团与县级剧团的差别，同样是演《杨排风》，忆秦娥就一下演成"秦腔武旦天后"了。

在谢幕的时候，忆秦娥五次被从大幕里请出来。那份荣光，那种装出来的谦卑，那种掩饰不住的激动，那种乡间野狗突然遇见一堆热屎的兴奋，让楚嘉禾看得心里阵阵恶心、反胃、抽搐。她看见，刘红兵这个傻×，也是站在池子的最后一排，把双手举过头顶来鼓掌的。那已不是鼓掌，简直是在扇打大铜铙钹了。他一边拼命地叫着："好！好！好！"还一边破着嗓门大喊："再谢一次幕！让忆秦娥再出来谢一次幕！"

楚嘉禾得走了，再不走，还真要恶心得吐在剧场里了。

三十四

忆秦娥要说自己不想排戏，不想演戏，可能别人还说她是装的。在剧团，谁不想排戏、演戏呢？即使削尖脑袋、跌打损伤，累得王朝马汉、咽肠气断，只要能上主角，谁又能舍得不去领受这份苦累和煎熬呢？可忆秦娥还真是不喜欢。她觉得自己已经够风光了，不需要再把命搭上，去一而再、再而三地证明什么了。尤其是武戏，太耗体力，也太劳心。只要说演出，她几天精神都是高度紧张的。每演完一场，她在化妆室卸妆，都会呆坐半天，动弹不得。有时直想哭，怎么就弄了这么个要死要活的职业呢？别人还不理解，说她是得了便宜还卖乖；捞了稠的还嫌干；撇了油花还嫌腻；咥了心肝还嫌苦，总之，里外都不是人。她也就懒得吭声了。她不说话，不吭声，别人又说她"心深似海"，是"碎狐狸精"一个。说"表面看着瓜瓜的，肚里丝绸花花的"。单团长虽然也关心照顾着她，总是让办公室偷偷给她买点麦乳精、莲子粉、苹果罐头、德懋功水晶饼之类的营养副食品。可她觉得，宁愿不要这些，不要表扬，只要能让她跟别人一样，晚上跑跑龙套，列列队，站站班，心里没负担，上台不出力，不用功，也就阿弥陀佛了。

《杨排风》一演又是一个月。她过去就听几个老艺人说过，角儿一旦被捧红了，屙下的，戏迷都说是香的。虽然这话有点难听，可她还真感觉有些道理。古存孝老师说，尤其是大城市，角儿一捧红，就跟宣纸一样，洒一点墨，洇一大片。他还说，捧红一个角儿，一个剧团好些年都不愁吃饭了。这话好像在今天已经不灵了。剧团人都是拿国家工资，没有人认为，他们是靠你的名气吃饭的。相反，倒觉得是他们做了"垫背""底座""膨大剂""日本尿素"，把你给垫高了、撑大了、养肥了，自己却是"杨白劳的干活"了。关键是业务科对演出事故还查得严，动不动就扣人演出费。作为主角，尤其是武戏，自是少不了要出纰漏。一月演出下来，她有时演出费还没人家跑龙套拿得多。要不是单团长老偷偷把扣掉的钱，又悄悄塞回她的口袋，她才真正是杨白劳呢。

　　忆秦娥是真的对唱主角、排大戏，兴趣不大了。在《杨排风》演到七八场的时候，她舅胡三元和胡彩香，还有惠芳龄他们几个同学，又一起来看了两场戏。都惊叹省上剧团的整体实力，说宁州剧团就是挣死，也达不到这样的水平。但他们也谈到，省上有省上的弱项，那就是太花哨，太虚张声势。不如宁州团的演出浑实，紧结，更像一台老戏。尤其是几个跟忆秦娥配合打"把子"的男同学，说省秦的"出手"，没有他们当时演出那么"默契"，"放心"。说两晚上看演出，都担心枪出手以后，扔到一边接不住。忆秦娥就说："省上剧团，只上班才排戏、练戏。一下班，就再找不见人了。不像咱县剧团，上下班都在一起混搭着。一个出手，都要练几百回、上千回呢。自是得心应手了。"一说到这里，忆秦娥又想起了当初封潇潇带头给她配戏的事。几个小伙子，也是天天陪着她练"出手"，最后硬是练得杆杆枪出手都万无一失，演出从未出过事故。朱继儒团长还大会表扬他们是"百炼成钢的'铁出手'"呢。她几次又想问问封潇潇在干啥，这个纠结总是放不下。倒是惠芳龄了解她的心思，说："如今潇潇也不行了，当了新郎官，连班都懒得上了。还别说'出手'了，只怕扔个棉花包也是接不住了。"她舅胡三元看扯得远了，又扳回来说："你们那个敲鼓的也太肉，感觉不到他的心劲儿，根本拿不住戏的节奏。这是一个武打戏，全靠司鼓把戏朝上催呢。他就跟没吃饭一样，把我急得都出了几身汗。"他还问忆秦娥，看能不能见一见这个司鼓，把他的意见和建议说一下。忆秦娥说："舅，天下敲鼓的，都跟你一个脾性，一样骄傲。省秦敲鼓的，还能例外了？西北五省的敲鼓佬，都来跟人家学呢，你还准备给人家过招呢？人家一直坚持说，鼓不能敲得太火爆，太爆就是外县范儿。"她舅就气得半边脸越发地黑了下来。胡彩香老师也给她提了几条小意见，说她把戏演得有点太熟，细部的感觉就少了。胡老师说她第一次在宁州看她演出，有一段道白，一下就让她感觉到，这个娃是个唱戏的精灵了。那段道白是杨排风对焦赞说的："我说二爷，有道是，人不可貌相，海水不可斗量。眼前无有元帅将令，若有元帅将令，我出得营去，取那韩昌首级，就好比囊中取物，手到——擒来——！"胡老师说，这段道白看似简单，其实分了好几个层次，并且是动作连着动作，语气也要有轻重缓急、起承转合的。不可声音一般高。尤其是开头说"人不可貌相，海水不可斗量"时，调门要稍低些。到了最后"手到擒来"四字时，要让动作和语气，同时把烧火丫头的志气与稚气，钢邦利落脆地推向高潮。胡老师还特别强调说，这段戏，过去演得充满了"稚气"，现在全成了"志气"，反倒不好看了。胡老师说完，惠芳龄还带头鼓了掌，说胡老师也能当省秦的大导演了呢。胡老师就说："我是过去看秦娥这段戏，印象太深了，才班门弄斧呢。"忆秦娥觉得胡老师说得特别好，也觉得跟他们在一起很愉快。他们在省城住了三天，忆秦娥因戏太重，白天得休息，也没顾上陪，他们就回去了。不过，从惠芳龄嘴里听说，她舅跟胡彩香老师还染扯着呢。胡彩香的男人张光荣都动手把她舅捶了好几回了。最爱用的，还是那把足有一米长的大管钳，拿在手上是明晃晃的。

　　眼看演出到最后一场了，单团长还跟她开玩笑说，能不能再加几场。她当时就快生气得软溜下去了。单团急忙说不加了不加了，是开玩笑的。

她的生活，全靠刘红兵照顾着。三十场戏，中间只因这一片限电，歇了两场，其余全连着。她也的确觉得刘红兵这个人不错。就是不听劝，爱吹牛，爱到人前显摆，尤其是爱到处显摆她。见人就说他老婆咋、他老婆咋，她就最不爱他称她老婆了。她还骂过他几回，可他还是到处老婆老婆的，好像老婆就是他的一切，不说老婆，他的臭嘴就没哪儿架。好在她每天的确没时间跟他在一起。晚上演出完，回来好久睡不着，就那样坐着，或卧着发瓷。好不容易睡着了，到第二天早上九点，又得去团上集合，练功。吃了中午饭，就得赶紧睡。睡到下午三四点，再起来吃一顿。演武戏，吃多了，翻不动，打不利索；吃少了，又浑身没劲，饿得心慌。有时她就只好吃点麻黄素片。这还是苟存忠老师给她过的方子。说过去好多老艺人，戏份要是重了，还得抽几口大烟呢。现在没大烟了，吃几片麻黄素也管用。她还真吃过几次，也的确管用，但一般只要身体能撑住，她就尽量不吃。说那东西上瘾呢。吃了下午饭，五点她就得赶到剧场化妆。两个多小时的化妆、包头、预热身子，穿服装，再加上两个半小时的演出，卸完妆，回去又是快半夜十二点了。再吃一点夜宵，再失眠，日子就这样打发完了。

刘红兵是新婚，加上好像又特别爱那事，老缠着要幸福一下。晚上看她演完戏太累，就提出，看能不能在中午破一下规矩，"加演"一场。气得她老骂。可再骂，他都要黏糊。他再黏糊，她还是那样沉静如水。烧红的铁棍，老被兜头一盆凉水激着，他也就懒得再兴风作浪了。作起浪来，也是自己给自己找难受呢。当然，他也的确是看到她的可怜、她的累了。过去没结婚，只知道点皮毛，一旦结婚他才发现，忆秦娥从排练《杨排风》开始，一直到演出，浑身几乎没有一块完整健康的皮肤。全都被"出手"，也就是舞台上那些刀枪棍棒，击打得乌一块、紫一块的。她从后脑勺，到脖子、到小腿、到脚背，几乎没有没受伤的地方。为了表现传统绝技，枪要从敌人手中扔出来，刺向她。而她要使出浑身解数，把这些刺向她的刀枪，再用腿脚和背上的靠旗抵挡回去，扎向出手者。然后，再扔出，再踢回。观众要看的，就是这种准确无误的玄乎劲儿。一旦枪棍踢出正常范围，或落在地上，就算演出事故了。观众的倒好也就啪啪上来了。刘红兵看过忆秦娥在北山的演出，只觉得这女子是那样的沉着稳健，机敏过人。她把枪棍耍得溜的，轻松得就跟玩儿一样。没想到，要达到"玩儿"的境界，竟然是这样艰苦卓绝的磨炼过程。主角，自然是希望打下手的能跟自己多练多踢，以免上台出丑。戏台上的打"出手"，在刘红兵看来，就如同推大磨，忆秦娥是轴心，每个"出手"，都只跟她发生关系。但见失手，观众就以为是她的责任了。作为扔"出手"的配角，即就是差错在自己，观众也不认得他是谁。所以，忆秦娥为练"出手"，还老央求着这些下手呢。动不动还要把他们请出去撮一顿。刘红兵都跟着去买几回单了。而她自己的腿上、脖子上，到处都绑着厚厚的纱布垫子。防着护着，还是被撞击得伤痕累累了。因此，忆秦娥没心情做那事，他也理解，尤其是心疼。反正就演出一个月，刘红兵想着，还能把人憋死不成。

三十五

　　终于演到最后一场了。刘红兵看忆秦娥也高兴，演完后，他就说回去卸妆。忆秦娥说回去水不方便。他说一切都收拾停当了，热水烧了好几壶放着呢。她就跟刘红兵回去了。谁知刚一进门，刘红兵就说，扛了一个月了，今晚总得幸福一下吧。忆秦娥就没好气地说，你是为这个才活着的，是吧？他说，那也总不能刚结婚，就禁欲么。忆秦娥也懒得理他，就开始用卸妆油朝脸上搽。他一下挡住了，说："秦娥，咱今晚能不能先不卸妆。"

　　"不卸妆干啥？你有病吧。"

　　刘红兵磨磨叽叽地说："就算有病吧。你太好看了，化了妆，尤其美。上了舞台，都是给别人看呢。今晚，得专门给我看一看。"

　　"你脑子让门挤了是吧？"

"不是让咱家门挤了，是让剧场的太平门给挤了。观众退场那阵儿，我就想，今晚不让你卸妆。"

"好吧，那你看。你看。"

"让我静静地看，美美地看。"说着，他就一把拦腰抱起忆秦娥，朝床边走去。

"你要干啥？你有病呢。"

"我就是有病呢。娥娥，哥太爱你了！我这几天看戏一直在想，咋就把这么漂亮个人儿，弄成自己老婆了呢。"

"不许叫老婆。"

"好好，不叫老婆不叫老婆。叫娘子，娘——子——！"说着，他还撇上了戏里的韵白。

他刚把她放到床上，就用手解她的衣扣。

"你干啥？你要干啥？"

"娘子，咱们就这样宽衣解带，云雨一番可好？"他还是学的戏白。

忆秦娥就一骨碌爬起来说："你真是有病了。"说完，她抓起卸妆油，啪啪给脸上拍了几下，再一混抹。立即，大美人就变成花脸猫了。

刘红兵就气得大喊起来："你……你咋是这样个人呢？"

"我是咋样的人了？"

"你说你是咋样的人？"

"你说我是咋样的人？"

"你就是个冷血动物。丝毫不解半点人的风情。"

"哦，我不卸妆跟你睡，就是热血动物了？就是解人的风情了？那你咋不到舞台上睡去？杨排风是戏里的人物，你要想跟她睡，快到舞台上去。"

"你……你能把我气死。"

"我咋把你气死了？"

"唉，说不成。你真是个怪物。"

"你才是个怪物呢。"

刘红兵就再也懒得搭腔了。又是一腔热血撞成了满腔怒火，他极

510

力克制着。他知道这头犟驴，也惹不下，就任由她把妆卸了。

卸完妆，忆秦娥有些兴奋，说要到回民坊上去吃烤肉。反正她所有想法跟刘红兵都是背道而驰的。刘红兵说，能不能明晚去，他还是忍不住，想温存一下，毕竟设计一晚上了。可忆秦娥的脾气，哪是他能降伏得了的，绝对是说一不二。他就只好给她披上风衣，围上围脖，一块儿到坊上去了。在坊上吃了烤肉，又吃粉蒸肉，她还笑着说肚子有空间。刘红兵就又给她买了一份粉蒸肉拿着，说明天热了吃。他想着，这下吃饱了，该回家办事了。谁知忆秦娥又提出，要到歌厅去唱歌。这两年，西京城刚兴起歌舞厅，凌晨三四点才关门呢。忆秦娥没去过，但听好多人都说起过。她今晚是真的想彻底放松一下了。刘红兵劝不住，就又陪着她去了歌厅。谁知在歌厅，竟然惹出一桩事来。

他们刚一进去，就有人多嘴说："兵哥，咋好些天都不见来了。几个妹子疯了一样地寻你呢。"

尽管说这话时，那人把声音压得很低，可还是让忆秦娥听见了。忆秦娥当下就扭身向门外冲去。

刘红兵对那小子没好气地说："×嘴真贱。再犯贱了，赶紧拿麻子石，狠狠把嘴砸几下。"

等他扭头出来时，忆秦娥早已穿过马路了。

忆秦娥一过马路，就打上出租回家去了。等刘红兵赶到家时，忆秦娥都关灯睡了。他也不敢开灯，就坐在床边，死乞白赖地要去搂她，哄她。忆秦娥忽地坐起来，就让他的身子闪到了空里。他又去搂，她再抬胳膊猛一抖，就让刘红兵浑身像遭了电击一样，"哎哟"一声，从床边嗵地站了起来。

"哎，这可不是戏台子，你少上武旦那一套。"

"你滚！"

"我咋了吗滚？"

忆秦娥啥也不说，就那样黑坐在床上发呆。

"这么说你还在意我了？你是生气那个烂嘴驴，说几个妹子找我的事吧？人家开玩笑你也当真了？真是个傻妹子……呸呸呸，我说错了，是我傻。那些货嘴里能有正经词？即就是有几个女的找我又咋了？唱歌么，跳舞么，那能咋？你跟一个又一个小生演员，成天搂搂抱抱的，挨得那么紧，又是哭又是笑的，爱得要死要活，做怨鬼成蛇精的，我又咋了？你没有男的找过？封潇潇没到西京来找过你吗？听一个烂人说有几个妹子找我，好像我就真的有了啥事了。除了一天讨好你，巴结你，驴跟着磨子瞎转，我还有脚的事，腿的事，驴头对着马嘴的事。你要天天爱我，还别说歌厅妹子找，就是玉皇大帝的妹子找，我也不亲自接见了。"

刘红兵这张片儿嘴，只来回倒了几下车轱辘话，就把笑点很低的忆秦娥，说得哧哧地捂嘴笑起来。他乘势又扑上去，硬找嘴要亲。忆秦娥只用膝盖顶了一下，就把他顶下了床。这个动作，忆秦娥在《游西湖》里，是给色鬼贾似道用过的。刘红兵当下就狗吃屎一般，身子跌在床下，嘴是生生啃着床沿了。"你别上戏行了好不？我是你男人，合法男人，不是贾似道。"忆秦娥光笑，就卷起铺盖，滚到床的最里边睡下了。刘红兵又磨磨叽叽蹭上床，使了好大的劲，才扯开被子一角，慢慢钻了进去。他又是给人家挠痒，又是捶背的，许久，才勉强达成默契。虽然忆秦娥毫无配合的意思，但只要不抵抗，已是千好加万幸了，哪里还敢奢望什么如胶似漆，甚至超常发挥呢。

大概只歇了十几天，团上又宣布《白蛇传》立即上马。还要求春节前必须彩排，说节后就要到全省巡回演出呢。

为这事，忆秦娥还找了一回单团长，说看能不能朝后放一放，让她再缓一下。单团长说："再缓，年前戏就排不出来了。"她没好气地问："非要年前就排出来吗？"单团说："人家隔壁邻舍的院团，都在紧锣密鼓地排戏，并且好像都有排《白蛇传》的意思，我们咋能落在人家后边呢？明明我们有现成的白蛇，再排晚了，还说我们是故意跟人家唱对台戏呢。"忆秦娥就说，要上也行，能不能别让她上A组。她说她可以在一旁帮着说戏，顺戏。要A组演员实在累了，她也可以顶上去演。单团还把她看了半天，说你还真格有点瓜瓜的。忆秦娥可不喜欢听这话了，当下就红了脸，问她咋瓜了。单团说，哪有演员把适合自己的主角，硬让给别人的？说这种高风亮节是好的，但团上还要考虑演出市场，考虑观众买不买账。他说这个戏就别推了。现在培养新的白蛇，也来不及了。还是她上。忆秦娥看也说不过团长，就又老大不高兴地上套了。

她也听到有人在一旁撒凉腔，说单跛子也不知吃人家啥药了，锅里几块肥肉，全都挑到心肝肉尖尖一人碗里了。她也懒得理。这些话，在过去排戏时，也没少听。既然上套了，她也就把全部心思都用到排戏上了。天天排戏也有天天排戏的好处，免得刘红兵老在家里纠缠。这家伙，真的把那些闲事，是要当饭吃的人，她可不喜欢了。她总觉得那是见不得人的事，一做，就让她想到死老汉廖耀辉。想到她舅和胡彩香的偷偷摸摸。

没想到，这次排练，团上又增加了一个新的矛盾面：单团从新疆突然调来一个演许仙的小生，一下闹得排练场里，又很是波澜起伏了一阵。

三十六

这个小生演员叫薛桂生，二十七八岁，长得还有点像封潇潇。可仔细一看，却有许多跟潇潇的不同。先是有点女气，白净面皮，腰很软溜。路走得快了，还有点风摆柳的意思。成天把脸面抹得白里透红。衣服穿得四棱见线。即使围脖，也是围得"五四青年"一般的有范儿。动作起来还有点兰花指。在当地，据说有"活许仙"之称。之所以能调到省秦，也是因为要排《白蛇传》。这事在省秦，自然是要引起风波了。团上十几个小生演员，难道还没个"许仙"了，非得在新疆挖一个回来？单跛子咋不到苏联去，把演保尔·柯察金的瓦西里·兰诺沃依挖回来呢？还不知吃人家啥药了呢。有人就咻咻地笑，说这家伙该不会是同性恋吧。

忆秦娥也觉得跟这家伙配戏，有点怪怪的，想笑，又不敢笑。她开始都想建议单团长，既然要从外边调人来演许仙，何不就调宁州的封潇潇呢？把潇潇调来，《白蛇传》会排得更快、更好些。可这样想，又没这样做。潇潇已经结婚，她也结婚了，一旦来，可能会有更多的不便。还不知要让人怎么埋汰她的不是呢。再说，她的建议，团上就能听了？更何况，新许仙都到了。

只对了三天词，她就发现，这家伙才是个真正的戏痴，比封潇潇排戏更加投入。封潇潇那时演许仙，说实话，是真正地为她在配戏，有点甘当人梯的意思。因为许仙在戏里，咋说也算是男一号。而这个许仙，口口声声讲究人物，讲究心理活动，讲究性格逻辑。据说，他是在上海戏剧学院和中央戏剧学院进修过的，动不动就把世界三大表演体系抬了出来。说得封导好像都有点敬畏他三分。虽然每到薛桂生说话、动作时，大家多是以捧腹大笑相待。可他似乎也毫不在意，永远都是那种一门心思攻戏的样子。到了痴迷处，常见他眉飞色舞。尤其是爱情戏，让他一处理，几乎每句话、每个动作，都有了不同于以往的意思。说肉麻，不是；说腻歪，也不是；说美好，似乎也不像。反正让人觉得，是有了一种新意。你还推翻不得。一推翻，大家还反倒觉得不是许仙这个人物了。薛桂生很快就在剧组站住了。他还有一个最大的特点，就是爱给别人说戏，分析角色。开始大家都很讨厌，可到了后来，就都在找他分析了。连忆秦娥也不例外，有时也得向他讨教一二了。

这事最感到肉麻、腻歪的，是刘红兵。他心里过去是有点阴影的。在北山看《白蛇传》时，就在心里犯过嘀咕：男女演员，成天这样搂搂抱抱、哭哭啼啼，排练是反反复复、假戏真做，导演还一个劲地强调要感情"投入""深入"的，会不会产生戏中戏呢？那可是见天都要"夫呀妻呀""恩呀爱呀""死呀活呀""离呀别呀"好几回的。后来铁的事实证明，忆秦娥果然跟那个演许仙的封潇潇，是有些瓜扯不清的关系。这次排《白蛇传》，一开始，他也跟忆秦娥和全团人一样，对这个新疆来的许仙，是嗤之以鼻的。他还笑话人家说，哪里调来个娘儿们，演贾宝玉还凑合。有人说薛桂生演许仙，那是拿胡萝卜捣蒜——就不是个正经锤锤。谁知越排，问题还越来了。刘红兵发现，不仅剧组人对这个"娘儿们"逐渐转变了看法，有了好感。就连忆秦娥，也是在向人家学习讨教了。回到家里，他还故意要说些"娘儿们"的可乐来。开始忆秦娥还跟着笑，后来突然反对起他再说人家了。有一次，竟然为这事还跟他翻了脸。他就不得不长了心眼，要开始加强这方面的巡逻、警戒与防范了。

薛桂生这"娘儿们"，别看女里女气的，对于爱情，可是有一套获取的办法了。刘红兵多次去排练场发现，这家伙动不动就钻在女人窝里，给人家说戏，还给人家纠正动作呢。一纠正，手就在人家胳膊腿上乱动。有几次，他都发现，这"娘儿们"给忆秦娥说戏时，也出手了。他就大声咳嗽。一排练场的人都听见"红兵哥警报拉响了"。并且都笑了。可薛桂生那翘起的兰花爪子，还是搭到了忆秦娥的肩膀上。就这，刘红兵似乎都能忍了。让他忍无可忍的是，几处恩爱、别离戏，这"娘儿们"竟然把忆秦娥搂得那么紧。明显比过去在北山看封潇潇他们演出时，是搂得更紧些了。他还给封子导演提醒过：说古典戏，还是要讲究含蓄美呢。可封子好像并没有把他的话当回事。他就不得不在家里反复提醒忆秦娥了。但忆秦娥除了不许他到排练场"胡转""胡窜""胡溜达"外，根本就不正面回应这些事。有一次，他又硬着头皮去排练场巡逻，见许仙与白娘子正在过端午节，喝酒呢。那种眉来眼去的样子，就让他心里可不是滋味了。又恰好遇见楚嘉禾在一旁加了把火，说："兵哥，可不敢让妹子把假戏唱成真的了。你看咱碎妹子那股投入劲儿。再看看'贾宝玉'眼睛里的欲火，都快自燃了。可不敢把咱妹子也点着了。"刘红兵心里就跟刀戳着一样难受。晚上，他再次警示忆秦娥道："那'娘儿们'绝对不是个正经锤锤。这是演戏，得有分寸。戏一过，小心观众提意见呢。"忆秦娥就没好气地说："你懂个屁，还说戏呢。就你思想肮脏，才能想出这些花花肠子来。以后少进排练场，你再来，小心我踢你。"刘红兵哪能忍住，还是要去，但一肚子气，只能硬憋着了。

戏终于在年前彩排了。

彩排那天晚上，刘红兵从各个角度都发现，许仙跟白娘子分别的那场戏，胸部是贴得太紧了。忆秦娥平常高高耸起的乳房，都被那"娘儿们"的胸部挤得变了形。他不得不在前台"白娘子"正与"天兵天将"进行"水斗"时，把"许仙"叫到一旁，就有关表演的分寸、尺度、距离问题，进行先是较为友好克制、后是针锋相对、继而剑拔弩张的探讨了。最后，刘红兵发现，他是咋都说不过这个满嘴歪道理的臭"娘儿们"，就乘人不注意，照他的扁胸，狠狠砸了一拳。那"娘儿们"就跟尾巴被谁踩住了一样，"嗌哇"一声，昂起头尖叫道："干啥？你干啥？要流氓是吧？你这是对艺术的亵渎！是对艺术家的辱没！"刘红兵就又补了一铁拳："你是你妈的个×，还艺术家呢。你才是臭流氓呢。"

这件事在彩排结束后，就闹到单团长那儿去了。薛桂生要求刘红兵必须给他道歉。单团长急得连跋直跋地跑到刘红兵跟前，哄来哄去，他都是那句话："那'娘儿们'得是欠揍得厉害？要是欠得厉害，我还可以拿砖上。"单团见给刘红兵做不通工作，就又给忆秦娥说，让她协调协调红兵与桂生之间的关系，要不然，只怕节后都不好演出了。

其实忆秦娥刚一演完，薛桂生就来给她数叨过了。薛桂生的语速很快，她还没太听清到底发生了什么事，只知道，刘红兵是把他打了。并且打得很重，很野蛮。他委屈得差点都哭出来了。兰花指也是激动得直颤抖，半天剥不下服装来。一剥下，他就风摆柳一般地扭身走了。边走，他还在边嘟嘟："这是艺术圣殿吗？这是古罗马野蛮的斗兽场；是威廉·莎士比亚笔下的血腥王宫；是法西斯集中营……"

刘红兵大概也知道惹了乱子，就在忆秦娥跟前显得殷勤了许多。对于这件事，他还不认为自己老婆有啥错。都是那"娘儿们"在勾引，在抽风，在作祸。自己的老婆，不过是被一个臭流氓所蛊惑、蒙蔽而已。他最见不得忆秦娥夸那"娘儿们"懂得多了。他说："就他……（到底用他还是'她'，他都还无法界定呢。反正就那'二刘子'货吧）正应了阿拉伯谚语里的一句话："朝过圣的驴，回来还是驴。"他不就是到上海、北京学习了几天嘛，回来就装腔作势，有了比其他演员更大的学问了。呸，就两个字：欠揍！"

刘红兵万万没想到，一回到家里，忆秦娥能给他发那么大的火，竟然端直又给了他一脚。这是近来很少发生的事。在他一再抗议下，忆秦娥的家暴倾向已经收敛了许多。可今天，又故伎重演了。他很是愤怒。但忆秦娥比他还愤怒。她直接咆哮道："你凭啥打人？凭啥打薛桂生？"一下还把他给问住了。凭啥？凭他把你搂得太紧？又说不出口。但无论怎样，也不能让这头不阴不阳的驴，在明年正月初六晚上，当着更多观众面，把自己的妻子搂得胸部都变形了吧。这成何体统？是到了该捍卫自己做男人尊严的时候了。

"凭这小子不地道，凭啥？"他说。

"人家咋不地道了？"

"耍流氓，地道啥？"

"人家咋耍流氓了？"

"还不流氓，你还要他咋流氓？"

"刘红兵，这是演戏，你懂不懂？"

"没吃过猪肉，我还没看过猪走路了？我不知道这是演戏？正因为是演戏，才不能搂得太紧。"

"谁搂得太紧了？"

"还不紧？你们咋搂的你清楚。过去跟你好的封潇潇，也没搂得这样紧过。"

"你真无聊。"

"你有聊，你就让人家朝紧的搂。看别人咋说？看你还咋在社会上混？真是不要脸了。"

忆秦娥突然把一洗脸盆热水，"呼"地泼在了刘红兵脸上，喊道："刘红兵，你给我滚！"

刘红兵还真的气得甩门而去了。

这已经是腊月二十八的晚上了。刘红兵原来预计着，等彩排完，

517

还准备劝忆秦娥回一趟北山，跟他爸妈一起过年呢。他们结婚的事，到现在还没跟他爸妈讲，就那样稀里糊涂把结婚证领了。在这件事情上，他爸妈总是来回着：都承认忆秦娥长得漂亮，用他爸的话说，像画中人一样，都漂亮得有些不真实了。但他们又总觉得娃毕竟是个唱戏的，文化程度太低，有些门不当户不对。刘红兵一直在反驳着他们，说自己也才是高中生，给人"吆车"的。嫌人家唱戏咋了？美国总统里根，不也是演员出身吗？他们就没好再管他的事了。问题是忆秦娥还根本不把他这个家庭当回事。结婚时，连说都不让说，更别指望她到家里认公婆了。当然，她的确是忙，是累，是抽不出时间，可里面也分明透着一种毫不在乎的神情。这么大的事，他迟早是得让爸妈知道的。本来打算好，过年回一趟北山。他也在忆秦娥高兴的时候，给她隐隐打过招呼。她也没说不去，也没说去，只说累，想在过年时美美睡几天。这下让那"娘儿们"搅和得，是彻底回不成了。

忆秦娥泼给他的洗脸水，已经在胸前结成冰了，硬得一走咯吱咯吱直响。气得他就想从路边抽一根钢筋，回去把忆秦娥美美教训一顿。其实当时水泼到脸上，他就想打，可咬咬牙，忍住了。他必须离开。要不离开，还不知会发生什么事情呢。不过他心里清楚，无论发生什么，最后都会是自己吃亏。倒不是他真的打不过忆秦娥，他是心疼，舍不得出重手。那样结果自然是自己吃亏了。嫌那骚"娘儿们"把她搂得太紧，也是因为爱。他怕搂着搂着，又搂出了封潇潇跟她的那种感情。他也搞不懂，唱夫妻戏、恋爱戏，到底能不能唱出戏外戏？反正听说剧团过去是发生过这样的事，他就为此十二分地担惊受怕了。

刘红兵在外面游魂鬼一样逛荡了半夜，冻得实在撑不住，又只好到北山办事处去歇了。到了除夕下午，他再也憋不住了，就又买了各种熟食、蔬菜、水果，回租房去了。忆秦娥心真大，他走的这两天，她就没出过门地睡了个昏天黑地。吃饭都是方便面。进房就一股方便面味儿。听见他回来，她连看都没看一下，就把头蒙得更紧地睡了。他收拾了四个凉盘，还炒了四个热菜，炖了一个鲫鱼汤，让她起

518

来吃。也是将就了半天，才勉强把她将就起来。衣服还是他帮着穿的。吃了饭，他说带她出去转转，街上的红灯笼都挂满了。她也没兴趣，说到处放炮，火药味儿一闻就呛嗓子，会感冒的。他就不好再强求了。就这样，忆秦娥在家里整整睡了好几天。即使下床，也就是到水池子洗洗衣服，洗完还是睡。他说她是瞌睡虫变的。她也懒得理他。刘红兵开始陪着睡了几天，总想着那事，结果睡得腰酸背痛的，忆秦娥还是紧裹着被子，连一个角都拉不开。他也就懒得陪睡了，干脆去办事处打了几天牌。

初六那天，《白蛇传》上演了。俗话说：运来黄土成金，运去称盐生蛆。忆秦娥的戏运，就到了"黄土成金"的地步了。《白蛇传》甫一出来，又是红火得票房窗户的玻璃都挤打了。刘红兵见天在池子里转来转去地看，挤来挤去地听。观众对老婆的赞美，把他心里都挠搅得有点奇痒难耐。他也不住地朝台上瞭，朝台上瞄，老婆果然是美艳得了得。有时瞄得他心里都不免要咯噔一下，甚至能泛起一丝邪念来。有观众说，忆秦娥这个演员，就属于天赐了，你几乎无法找到她的缺陷。如果满分是十分，这个演员可以打十二分。他也觉得老婆啥都好，就是那"娘儿们"搂得太紧，她不该没有采取措施。狗日的"薛娘娘"，真正是挨了打不记痛的货，抱他老婆的尺度依然很大，很猛烈，很狂放。也可以说是很流氓。他就气得以观众名义，给单跛子写了一封信，"强烈要求"剧团这种精神文明场所，"绝不能传播淫秽色情画面"。

三十七

单团长是初八一大早，收到这封署名"广大戏迷"来信的。开始他念得很严肃，很认真，念着念着就笑了。他能感觉到，这是刘红兵的口气。即使不是他写的，也是撺掇人写的。他就把信撂在一边，没理睬。到了初八晚上，刘红兵就找上门来了，说："单团，你真格不管这事，任由那'娘儿们'胡来吗？你没听观众反映成啥了，都说剧团是文明场所不文明呢。别人我不管了，但我老婆我得管。你要再让薛桂生这样演下去，我就让老婆罢演了。"单团长也知道刘红兵是吓唬他的，他还能管住忆秦娥？只是他也不想让刘红兵再这样无端滋事。他就跟封导商量，看能不能改改舞台调度，让他们搂得松些、轻些。意到就行了。封导还坚决不同意，说："这样的尺度，在过去封建时代也是可以的。夫妻生活么，哪有不搂搂抱抱的。再说那种生离死别场面，两人身子裂多远，哪来的感情？让观众怎么进戏？"封导一再表示，舞台调度坚决不改。他还说："刘红兵没这个胸怀，就别找演员当老婆。那人家电影里，演员还要在床上脱光了折腾呢，还不把他刘红兵气死了？"封导甚至斩钉截铁地说，"不要惯他的瞎瞎毛病。还能让他牵着神圣的艺术鼻子走？看不惯别来看。你没听听观众的反映，剧场都炸锅了，说省秦好戏连台，是真正把秦腔振兴了呢。"单团也说不过封导，就又暗中给薛桂生商量，让他搂轻些。说做个"搂抱状"就行了。可这个薛桂生，哪是一盏省油的灯？他端直说，除非不让他演了，要不然，他是绝对不会自我亵渎艺术的。他还翘着兰花指，十分激动地说："为艺术，我可以牺牲一切，直至生命。"弄得单仰平还真没法了。刘红兵见写信、直接跟单跛子面谈，都不起作用，就又找那"娘儿们"谈话了。结果那"娘儿们"还硬得邦邦的，根本与他免谈。说要谈，让他跟导演、团长谈去，他只为艺术负责。刘红兵也不敢再为这事跟忆秦娥朝翻地闹了，就只好十分揪心地继续看着、忍着、受着。并观察事态是否在进一步恶化。他内心真是太挠搅了，怎么找了这么个老婆，见天要在台上跟别的男人恋一回爱，入一回洞房。关键是搂抱的尺度都大得很。这鬼职业，实在是让他太苦恼了。

想来想去，刘红兵觉得只有对忆秦娥好。唯有对忆秦娥好了，她才不可能在搂搂抱抱中，节外生枝，感情出岔。他越发地为忆秦娥献起了殷勤。每晚演出卸妆完，无论忆秦娥喜不喜欢，都是他亲自扣领扣，围围脖，披风衣，系腰带。越是人多的地方，他越是黏糊得紧些。尤其见了那"娘儿们",他还故意吹起《喀秋莎》的口哨来。那"娘儿们"下了戏,倒是挺规矩,不与任何人攀谈、打招呼。他(刘红兵心中是她)只端端坐在化妆台前,闭上眼睛,像死人一样,在那里奔拉很久后,才慢慢卸妆离开。有人说,"娘娘"是在扎大艺术家的势呢。刘红兵听说好多大演员,在演完戏后,都会有这种长时间的脑子"线圈短路",静默。还有一坐几十分钟,不跟人搭理的。上戏前,那"娘儿们"也会把自己弄到一个僻静的拐角,端起腿,拔拔筋。再把一只手捂到耳朵上,咦咦咦、呀呀呀地打理一阵嗓子。然后见他(还是用她准确些)是要面对墙壁,闭目半天,才更衣上场的。封子导演还表扬说,演员,就要有薛桂生这种专一的精神,才能把角色塑造好,把戏演好呢。可在刘红兵看来,那就是做作。碎(小)蜘蛛肚子没多少万货,还要强撑着织大网,不做作能行吗?

刘红兵观察,忆秦娥除了在排练场和舞台上跟人搭戏外,生活中,也是不跟任何人多交流的。包括那"娘儿们",下了戏,她也没跟他搭过什么腔。那"娘儿们"是做作,其实戏也不重,前后都靠他老婆演的白娘子保护着。而他老婆的确累,又是说、又是唱、又是翻、又是打的。不仅拼体力,拼表演,也拼嗓子。在刘红兵看来,那就是唱念做打的全能冠军。他是越看戏,越心疼老婆。越心疼老婆,就越发不能容忍那个"二刘子"在表演尺度上的放纵、放宽、放大。他发现,那货的咸猪手,依然是多有冒犯之处。有几次,两人搂抱着,甚至真的哭得泪流满面了。刘红兵经常在后台溜达,知道演员脸上的泪痕,多是靠化妆油抹出来的。可他们的表演,却没有下场抹化妆油的时间。硬是眼看着一道道泪痕,在台上一点点洇润着反起光来。他的心情,每每就为此忽地沉重起来。腿也像灌了铅一样,好久都挪动不得。

都怪自己的老婆太美、太名、太引人注目了。是个不折不扣的危险品了。而这个危险品,就端在自己手中,跟软壳鸡蛋一样,随时都有晃出盘子,摔得粉碎的可能。大概也正是这种无时不在"死盯"着的"巨大风险",让他对忆秦娥的爱,也上升到了越来越病态的地步。

他不能不反复考验，反复试探，看忆秦娥心中，他到底有多大分量？别人能不能钻进空子？自己是不是完全占有？这个在他眼中最完美的女人，既然能跟那"娘儿们"演得如此投入，难道就不能跟自己在家里，也如法炮制一出同样的"爱情大戏"？

在元宵节那天晚上，他又自编自导起了上一次没有演成的那出戏。

那天晚上演出结束后，他又没让忆秦娥卸妆，就严严实实地把她包裹了回去。他觉得忆秦娥自年前跟他闹过一仗后，最近表现特别好，温顺得就跟小绵羊一样，叫她弄啥，她就弄啥，一切都服服帖帖的。因此，在他把她包裹照看着回家后，让她先躺一躺，她也就躺下了。他今天特别有耐心，没有急着把戏的高潮直接推出来，而是先煮元宵。他一边煮，还一边讲了下午到坊上买元宵的过程。说最好的那一家，光排队一个半小时，冻得直想尿裤子，还不敢离开。最后元宵是买到了，也的确把裤子尿了。逗得忆秦娥直喊叫，说她不吃了，嫌味道难闻。刘红兵还说，放心，绝对没尿到元宵上。元宵煮熟了，他端到床边，又给忆秦娥喂。忆秦娥还故意说，就是有臊味儿。他说瞎说啥呢，哥逗你玩的，二十七八岁的人了，还能真尿了裤子。忆秦娥坚持要自己起来吃，他不让。他硬是把元宵吹凉，慢慢给她喂了下去。他问味道怎么样，忆秦娥直点头。他就一连给她喂了八个。她竟然都吃了。刘红兵就开玩笑说："夜半三更，一口气能吃下八个元宵的，恐怕也只有抡大锤的铁匠了。"忆秦娥说："演武戏可比铁匠活儿重多了。铁匠就是抡个锤黑打。我这是既要打，还要用心，用脑子，还得费嗓子。铁匠吃八个，我就应该吃十六个。"刘红兵说："好好好，我再给你煮八个。"忆秦娥说，你煮我就吃。刘红兵还真煮了。忆秦娥也真吃了。吃完元宵，忆秦娥说肚子有点撑，要起来卸妆。他还是不让，说让她躺好，他给她卸。她就说："那你卸，我困了，想眯一会儿。"说着，忆秦娥还真眯上了眼睛。

忆秦娥化妆成白娘子后，他还没有这样近距离、长时间端详过。在后台化妆室，还有侧台，那也就是远远地扫一眼，不能这样去观察她的毛孔，去听她均匀的呼吸。这尤物真是好看极了：饱满的天庭；

高挺的鼻梁；长长的睫毛；双眼皮包裹着的丹凤眼睛；还有珠圆玉润的嘴唇；再用贴上去的大鬓角，把整个脸面拉成椭圆的鸭蛋形，真正是美得能要了人的命呢。他最不敢相信的，就是这个千人稀罕、万人迷恋的李慧娘、杨排风、白娘子，竟然是自己的。是他刘红兵的。并且此时就躺在他的床上。把一切美，都献给他一人了。他知道，每次演出时，有多少观众是要想方设法去后台，跟她照一张相，或者近距离去看她一下呀！还有要拐弯抹角跟她搭上几句话，出去好跟人讲，他是见着忆秦娥"真神"了，并且还拉了话、照了相的。而这个"真神"，此时此刻就躺在他的床上；刚吃过他煮的元宵；还是他亲自喂的；并且就要跟他宽衣解带、安枕就寝了。他不想太急着朝下走，还是以静静观察为主。因为平常，忆秦娥是不让他这样观察的。她嫌怪，说这样死鱼眼睛一样瞅着她，让她心里犯膈应。可今天，她是那样静谧、安详地让他看，让他瞅了，他就想瞅个够。他发现，仅她的耳朵就够他玩味半天了：这对耳朵的确是长得太完美了，真正像两个大元宝。因这里不涂油彩，而显得更加汁水饱足，活像是二三月份的抽芽柳条了。整个耳轮饱满、挺括、透亮。耳垂的汁液，有含露欲滴的晶莹感。越是到了生命末梢，越是充满了她那丰沛、健康、活力所无处不在的占领感。他在惊叹；他在摇头；他在点头；他在浅呼吸；他在深呼吸；他在屏住呼吸；他在越来越控制不住的粗声呼吸中，把灯光慢慢朝暗里调了调。他觉得必须制造氛围。也许这种氛围，才能把忆秦娥自自然然地带进去。他在检讨自己，上一次是有些太猴急了：像猴子抢饼干；像老鹰抓小鸡；像饿虎扑下山；像土匪进村寨。就是不像柔情似水；恩爱似蜜；月影重合；水到渠成。终于，房里呈现出一抹深红色，床上的白娘子，也跟《缔婚》那场入洞房戏一样，身上、脸上全都红了。他窸窸窣窣拉开自己的拉链，也慢慢解开了忆秦娥的衣扣。当他就要爬到白娘子身上时，只见忆秦娥像戏里《盗仙草》时的身手一样，一个"五龙绞柱"腿，先是把他"绞"到了地上。然后自己盘腿打坐起来，问他想干什么。

"你……你说干什么？"刘红兵支支吾吾地反问道。

"怎么老是这毛病改不了？"

"你说这是啥毛病？"

忆秦娥喊道："变态。"

"我咋变态了？"

"你这还不变态么？"

"我老婆，我想咋睡就咋睡。"

"我化成这样，还是你老婆？"

"那你是谁？"

"白娘子。"

"我就要睡白娘子。"

"那你找白娘子睡去。"

"你就是白娘子。"

"我不是白娘子，我是演的白娘子。"

"那还不是白娘子。你都能跟别人在台上要死要活的，看那假戏做得真的，眼泪都快哭成河了。就不能跟我亲热一下？"

忆秦娥把他愣愣地看了半天，说："你真有病呢。"然后起身，又是抠了一把卸妆油，一下把自己抹成黑脸张飞了。气得刘红兵抓起卸妆油瓶子，嘭地摔在地上，顿时玻璃碴四溅。几片碎玻璃，甚至还崩到了忆秦娥身上、脸上。忆秦娥哪是任人揉搓的瓜瓤，顺手就操起桌上的元宵汤碗，也嘭地砸在他脚前了。那汤，那碎碗片，是比卸妆油瓶子蹦得更高、溅得更远的，只听窗玻璃都跟着啪啪啪地乱响起来。立马，满屋的红色，就由温馨、柔和、性爱这些浪漫情调，转变成激战、格杀、打斗的血腥氛围了。

无论咋闹，最后自然还是刘红兵先蜷腿，先收手，先告饶了。他知道，闹下去对他半点好处没有。这碎娘儿们，这碎妖怪，这碎迷魂汤，就是个小钢炮、火箭筒。是一颗随时都可能擦枪走火的子弹。事实反复证明，自己就像毛主席说的那些反动派：捣乱，失败；再捣乱，再失败。直至灭亡。

他越来越觉得，自己面对的就是一个怪物。一个只会唱戏、练功、睡觉，其余啥都不懂，还不想听、不想懂的怪物。跟正常人的感情、想法、做事，完全不一样。他只能用"怪物"给她定位了。难怪说好多名演员，听传说很迷人，一旦接触就会犯神经了。自己是飞蛾扑火、引颈就戮、饮鸩止渴地摊上这么个让自己不神经都不行的怪人了。就是山鬼、水怪、树妖、虫魔，你离不开，舍不得，丢不下，又有啥办法呢？一丢下，就要要命地想她；一回来，又是要命地怕她。真他娘的，只怕是迟早都得要了他的小命了。

《白蛇传》在西京城演了十六场，红火得门票最后都炒到五六块钱一张了。而正常甲票定价才五毛钱。要演也能演一个月，可全省巡演时间已定，也就准备着下乡了。

这次下去有个任务：剧团一边演出，相关部门要一边做商品观念、科教卫生、农村普法宣传教育。去的人很多。并且还是省上领导带队。刘红兵开始也想跟着去，说是可以帮团里打字幕。可忆秦娥给他翻了脸，说他要去，她就不去了。这种玩笑哪里开得。他自然是去不成了。并且她要他保证，一个月巡演，哪个点他都不许去，必须好好到办事处上班。让他别像跟屁虫一样，一天到晚把她跟着，她嫌烦。他就给她准备了吃的、喝的，还拿了些治嗓子的药，把她送走了。

办事处平常也没啥事，来普通领导了，没人敢叫他陪；来重要领导了，他又指靠不住。因此，他也就是挂个名头，领份工资而已。有了啥好事，也没少他的。并且办事处的资源，他还可以为自己、为朋友，办很多社会上办不成的事。

忆秦娥走后，刘红兵到办事处昏天黑地打了几天几夜牌，然后又到歌舞厅，唱歌、跳舞、喝酒，一闹就是几个通宵。还是过去老陪自己唱歌、跳舞的那帮妞儿，现在搂着、喝着、跳着，就觉得没啥意思了。再说，这些人妆也化得太浓，仔细看，一个个脸上的粉，是搽得太厚，一笑老朝下掉渣呢。跟他老婆忆秦娥比起来，那简直就是凤凰与斑鸠的差距了。使劲忍了几天，他还是忍不住，不仅想老婆，也不放心"白娘子"，尤其是不放心那个狗日"许仙"的搂抱尺度。

他打听到剧团到了商山地区，就还是死皮赖脸地开车撵去了。

三十八

忆秦娥到省秦后，不是排戏、演出，就是进京调演。正经下乡，尤其是时间这样长的下乡，次数并不多。不比在县剧团，下乡是家常便饭。并且县上下乡，那就是自己背着被子碗筷，走村过户，钻山穿沟。而在省上，所谓下乡，就是到地区、或者县城演一演，到乡镇都很少。自己也不用打背包，睡地铺，滚草窝。住的是旅馆、饭店、招待所。不像在宁州当烧火丫头那阵儿，一下乡，人家演员、乐队都住的是大队部、小学教室。而他们炊事班，大多是在伙房就近安歇。好几次，安排不下住处，她就卧在灶门口了。让村上巡夜的还以为，她是讨饭的花子呢。

而这一路演出，从省城开拔，就是记者长枪短炮地跟着。每到一地，都是当地领导亲自来地盘交界处迎接。到了住地，更是锣鼓喧天的欢迎阵仗。当然，大家都知道，人家主要是在欢迎带队的省上领导呢。有人说，秃子跟着月亮跑，那光，也就都沾的是一样的银灰色了。住得好，吃得美。顿顿有酒，见天八凉八热的大盘子，是整鸡、整鱼、整蹄髈地上。连包子、饺子、锅贴，都尽饱咥了。忆秦娥还是老习惯，喜欢一个人静静地待着。可这次，已经明显没有那种环境了。当地领导不仅关心大领导，也操心她吃好没、睡好么。她吃饭总是被安排到主桌，坐在领导身边。人家把酒喝到啥时候，她得陪坐到啥时候。有时一顿饭能吃三四个小时。回了房，也是这个来看望、那个来慰问的，几乎不能睡一个囫囵觉。她就几次给单团提出，能不能不让她坐主桌吃饭了。可单团好像还面有难色，说这事他都做不了主了。反正不管同意不同意，答应不答应，高兴不高兴，再吃饭，她都不去了。她只让人从食堂给她带点东西回来，在房里胡乱一吃，就睡了。睡觉对于她来讲，是比什么都重要的事情。

大概这样连续走了几个演出点，就有领导传出话来，说没看出，这个忆秦娥人不大，架子还不小呢。才出名几天，就摆开角儿的谱了。单团知道这件事后，一跛一跛的，还前后到处给人解释说，这娃戏的确重，不休息好，晚上背不下来。有时单团也劝她，让她还得注意应付住场面。忆秦娥也懒得理，反正就是不去。她不仅嫌坐的时间长，也不喜欢他们的话题：不是说谁又上了，谁又下了；就是说谁又凉了，把谁又亏了。还有谁是谁的人啥的。有的以自己知道更多官场秘密，而在人前得意地摇头晃脑，抖胳膊闪腿。尤其是那些小官吹捧大官的话，比戏迷、记者捧角儿，能肉麻十倍不止。她不喜欢听，听了心里犯膈应。包括他们说她长得好、演得好的那些话，她也不爱听。有一个肥头大耳的地方领导，腿短得坐在椅子上双脚老踮不住地。只见他踮一下脚溜了，踮一下脚溜了，可眼睛却像安了吸盘一样，死盯着她咋都移不开："都说狐狸精长得最美，咱们的大名演忆秦娥，大概就是山里狐狸精变的了。并且是狐中之狐，精中之精哪！"一个啥子主任，急忙起身给领导敬酒说："那就是狐中极品了。""说得好！说得好！"顿时劝酒就有了新一轮的话题与热烈。弄得她笑也不是，哭也不是，走也不是，坐也不是。反正她觉得比那时在宁州下乡，住灶门口烧火做饭都难受。唯一的办法，就是关起门来睡。一睡一整天。醒了，也不开门，连窗帘也是懒得拉开的。哪怕就在房里压压腿，劈劈叉，扳扳朝天蹬，坐坐"卧鱼"。就像那时住在宁州剧团的灶门口一样，关起柴门，自己就是一个独立世界了。连团里好多人，也觉得忆秦娥是有些怪癖，不爱跟人在一起的。

　　到了晚上演出化妆，后台又是拥来很多戏迷，要照相，要签名。地方报社也有记者要采访。忆秦娥都不喜欢。尤其是开始化妆以后，但凡打扰，晚上都可能搅戏。她不仅不照、不签、不见，而且态度也不太和蔼。就有人说她：名角儿的脾气来了。

　　连续跑了四五个点，每个点都是五场演出。三个晚场是她的《白蛇传》《杨排风》《游西湖》。而两个白场，都是折子戏、清唱、乐器独奏、合奏啥的。白场主要是为会议搭台唱戏，中间还有领导讲话。

而忆秦娥在这个时候，只来亮一下相，聚拢一下人气，唱两段清唱就回去休息了。

用楚嘉禾的话说，省秦这口大锅里的油花花，都快让忆秦娥撇干撇净了。连中午出一下场，也是满场的欢呼：

"忆秦娥！"

"忆秦娥！"

"那就是忆秦娥！"

"真格长得心疼！"

"跟画儿一样！"

"长得美，唱得才叫美呢！"

"嗨，唱得美，功夫才叫绝呢！"

"唱戏的天分，让这鬼女子占尽了，快成戏妖了！"

……

忆秦娥每次都是在警察的引导保护下，才能进场、退场的。

楚嘉禾有一天，看着这场面，酸不唧唧地对周玉枝说："也不知是易家祖坟上哪根筋，给小鬼抽起来了。把个烂烂放羊、做饭的，还红火得比省上领导都红火了。领导进场，也才是几个小喽啰前呼后拥着。忆秦娥来，竟然跟谁把搅屎棍舞起来了一样，苍蝇唬唬得，警察拿警棍都吆不开。"周玉枝把她的脊背一戳说："你这嘴真残火。"

其实忆秦娥一直不喜欢中午也让她出去演出。那是露天舞台，风大，最易呛嗓子。她甚至觉得团领导都缺乏人情味儿，不把她当人，只当了演戏的牲口。一个地方五场戏，场场都要她上。那三个大本戏，分量就已经够重了。放在别人，担任其中一个角儿，也该是要团上重点照顾的。可她好像累死都活该。好多人还都觉得，省秦把最干最稠的，都舀到她碗里了，她就应该为省秦出力卖命呢。

人家薛桂生就演了个许仙，每天把自己武装得又是戴口罩，又是围围脖的。平常跟人打招呼，都是用眼神、兰花指示意。意思是他不能多说话，说话费嗓子，影响演出质量呢。中午到外面给开会"拉场子"，薛桂生也是坚决不去的。他说那不是艺术家干的事，他是艺术

528

家，只为演出而活着。

忆秦娥可绝对不敢这样说，也不敢这样做。有气她只能憋在肚子里。最让她可气的是，晚上演出，因为观众秩序混乱，池子里又是喊大舅娘，又是喊二大爷、三姨婆的，弄得她说错了几回台词，算是演出事故了，还让丁科长扣了她好几晚上的演出费呢。一晚上八毛，都快把四五块钱扣没了。她真想给团上摆一回难看，不演了。看他们来这一百多号人，拿谁要猴去。可单团长硬是悄悄给她口袋里塞了五块钱，还买了些营养品。单团长来时，就跟《地道战》里偷地雷的一样，把东西悄悄提到房里，还说让她不要声张，人多嘴杂。

她突然特别想刘红兵了。看来看去，还是刘红兵靠得住。不在身边不觉得，一旦离开就大显形。这个男人，虽然人前神神狂狂的，让她有些不待见。关了门，又爱想出些怪招来胡督乱她。但对她的好，对她所用的心思，还是周到得不能再周到，细腻得不能再细腻了。尤其是这次下乡，她实在不想到人多的食堂去吃饭。要是刘红兵在，还不知要咋侍奉呢。哪像现在，她有时想喝一碗稀饭，人家愣是送来一碗干捞面，她还不好说啥。团上领导都是男的，也都忌讳着跟女主演频繁接触。她就委屈得老感觉当主演，是这个世界上最出力不讨好的事了。

刘红兵就是这时来看她的。

那天她正在房里哭。昨晚演《游西湖》，累得她不仅又吐了一次，而且还在最后的时候抹了"头杂"。也就是满头的装饰，全在最后一个动作中，被贾似道的家丁打散开来。台上台下，贴的鬓角，插的玉簪、琼花，飞得到处都是。要不是大幕拉得及时，戏都无法收场了。演出刚完，后台就有人撇凉话说："美，美，《鬼怨》演成《天女散花》了。美极了！"这天晚上她回到房里，不仅大哭一场，而且对主演这种职业，突然产生了十二分的厌倦与憎恶。演红火了，好像一团的人，腰都跟着粗了；而演砸了，自己就成了一团人的痰盂，连拉大幕的，也是可以随便往里唾几口的。

刘红兵是第二天中午到的。

他开始还有些试试火火，怕违反了"家规""家教"，惹得忆秦娥不高兴呢。谁知他探头探脑地在她窗户前一晃荡，那窗帘很薄，身影一下就被忆秦娥认了出来。她竟然未开门先喊起来："红兵！"并且喊得那么急切。随后，她是从床上跳下来开的门。刘红兵就呆头呆脑地进去了。他感到，忆秦娥不仅没有要发脾气的意思，相反，还表示出了平常从没有过的羞涩、亲热、稀罕情绪。

忆秦娥穿着一身粉红色线衣线裤，紧绷绷的，将浑身该突出的部分，全都强烈地突出了出来。而将该收缩的部分，也都曲线优美地收缩了回去。刘红兵就有些沉不住气了。这种美，能让他生命的重要物质荷尔蒙，瞬间骤增到使他完全失去自制力的地步。但每每这时，他也会立即产生一种胆怯，害怕她那些迅雷不及掩耳的拳脚，会出其不意在不该出奇制胜的地方，让他那已有法律保障的事情，活生生地变成强奸未遂。他试探着想去拥抱她。谁知在他腿脚还有些颤抖的时候，她已经迎了上来，并且是十分温柔地投向了他的怀抱。他顺手一搂，就把她搂到了床上。他还在进一步试探，是否可以在中午开展有关活动。这可是明令禁止过多次的严重事体呀！谁知一切试探，都是无禁区的全面自由开放。刘红兵觉得是太阳从西边出来了一样，也不管这太阳是否适合出行，就毅然驰骋在了由玉石铺就的、冰清玉洁、一马平川的生命大道上了。

也不知顺着西边来的太阳，纵横驰骋了多久，反正刘红兵是平生第一次感到了生命的幸福与满足。勒了缰绳，拴了马，他就呼呼地睡去了。

等醒来时，他才发现，他是被忆秦娥看醒的。忆秦娥正盯着他笑。笑得有些不怀好意。

"咋了，你笑？"他问。

"我笑猪。"

"啥子猪？"

"你就是头猪，睡得比猪还猪。嘻嘻嘻。"

"太解乏了。我刚都想在马上死了算了。"

"你死呀！你中午还喝酒了？"

"喝了点。我其实十二点多就到了，怕你正休息，没敢来。就跟商山的朋友吃了顿饭。哎，我都不理解了，你那么严厉地要求我，坚决不许来看你，咋又这稀罕我呢？还是久别胜新婚嘛！想我了不是？"

"看把你美的。"

刘红兵又一骨碌要朝上趴，她一胳膊肘就把他拐下去了，说："老实点。"

"那你说，你为啥要带头违犯规定呢？"

"啥规定？"

"中午，不是不许耍流氓吗？"

"去你的。"

"你看这中午加演一场，多美的。"

忆秦娥就羞得一把捂住他的嘴："不许说流氓话。"

"哦，我懂了，只能干流氓事。"

"滚你的吧！"

"好好，开玩笑，开玩笑的。我就说么，都成夫妻了，咋还这生疏的。今天这就对了么。"

说着，刘红兵还得寸进尺地，把头枕在了忆秦娥那美妙无比的胸脯上。忆秦娥又把他的头推了下去。他又枕，她还是朝下推。他就快快地说："三分钟的热度又过去了。"

这时，只听窗外有人敲着玻璃喊："哎，兵哥，中午还加演折子戏哩。"

刘红兵得意地对窗外喊叫："是整本戏。"

忆秦娥就啪的一巴掌扇在了刘红兵的光脊背上。

几个人嘻嘻哈哈地笑着跑了。

忆秦娥突然冒出一句话来："你说，我咋样才能休长假？"

"咋，累了？想休多久？"

"能休多久休多久。"

"除了产假、慢性病假，其余的假，最多也就休一两周撑死。"

"产假能休多久？"

刘红兵又一骨碌爬起来问："你想要娃？"

"你说能休多久？"

"这有啥下数。有了娃，就有了由头，我看连着休几年的都有。"

忆秦娥也突然兴奋起来："那我就休产假。"

直到这时，刘红兵才隐隐糊糊明白，原来忆秦娥今天的一切态度，都是为这个而来的。平常要合作一次，那真是比吃粪还难的事。今天，似乎一切都是在主动应战，甚至连啥措施也没让采取。他当时就有些蹊跷，不知她哪根神经给撞了，竟能突然变得这样温顺起来。一旦搞明白，就把他吓了一跳。中午他是喝了酒的，并且还是当地有名的"闯王醉"，说后劲大得要命呢。那阵儿，他要不喝点酒垫底，还真不敢来见忆秦娥呢。谁知，她竟然是为休产假，才上演了这样一出恩爱床戏。这傻妹子，真是让他有些哭笑不得了。美得无与伦比，拗得无与伦比，怪得无与伦比，傻得无与伦比。他美美嘣了一下她光滑的额头说："你咋这傻的呢？"

"不许说我傻。"

"想要孩子，咋也不早说呢？"

"我昨晚才想的，咋给你说。"

"那你为啥突然要休产假呢？"

"累了。不想演了。想休息。就这。"

"咱结婚时，可是给单仰平保证了的，五年内，不要孩子。得给人家好好演戏哩。"

"不想演了么。"

"傻了吧，人家争都争不到手，你还不想演了。"

"不想演就是不想演了。必须休产假。"

刘红兵看着这个傻蛋，扑扑哧哧地笑个不住，又要亲昵地搂她，却被她一掌推出老远，说："休产假。回去就休。"

刘红兵又嘣了一下她的脑门说："回去就休，拿啥休？"

忆秦娥羞涩地勾了勾头说："你说拿啥休？"

"真要休，那你就要一切听我的，把步骤安排得扎扎实实的。"

"啥叫扎扎实实的？"

"就是除了晚上'正常演出'，每天中午都得'加演'。还得多加。"

"加演啥？"

"你说加演啥？"

"去你的。"

忆秦娥的孩子，到底是在哪儿怀上的，连她自己也说不清。反正那一阵儿，刘红兵是如鱼得水，真正过了一段人生最幸福惬意的生活。

三十九

忆秦娥是巡演回来后三个月，正式向单团长报告：她怀孕了。

她不能再排戏了。也不能再演出了。尤其是不能再演武旦了。更不能吹火了。她得休产假了。

这事把单仰平吓了一跳。甚至当下就跛得把半条腿都差点跷到半空里了。

单仰平郑重其事地问：

"忆秦娥同志，你是说真话么，还是开玩笑？"

"单团，我啥时跟你开过玩笑了？"

单仰平倒吸了一口冷气地说："娃呀，你咋能给我咥这冷货呢？"

"我咋了？"

"你说你咋了？"

"别人都能怀孕、生娃，我就不能？"

"你能，可你是主角，是团上重点培养对象啊！你这一生，团上岂不就……砸锅倒灶了？"

"我啥时有这重要的。"

"你不重要吗？你没感到你的重要吗？你不重要，我们能从深山老林里，把你当人参一样挖出来？你不重要，团上能把一个又一个大戏，都压在你一人身上？多少人寻情钻眼地要上戏，我们都哄人家，说以后会安排的。我顶着多大的压力，把上上下下都得罪完了，就想把你促起来，给省秦树一面大旗呢。你却把碌碡拽到半坡上，扭身溜了、逃了。你对得起谁？你对得起培养你的组织吗？”

单团在说这番话的时候，是在办公室里来回走动着的。与其说走，不如说在蹦。那条跛腿，已经需要伸出一只手去，把膝盖捂着，才能避免满屋乱弹乱撂。他一边蹦，还一边把桌沿也敲得嘡嘡直响。他是有些失态了。可忆秦娥就那样闷坐着。你再说，再苦口婆心，她都一言不发。并且意志坚定如钢，绝无半点退让的意思。本来她是准备把事情再捂一阵，等肚子大些，自然显形了，再让他们领导自己看去。她听说，肚子里的娃越大，越不好采取措施的。可这几天，团上又要排戏，并且是要排《穆桂英大破洪州》。自然又是她的刀马旦穆桂英了。不亮底牌都不行了。

任单团咋说，她都死不给声。气得单团大喊起来：

“说你傻，你还不承认。我看你就是天底下的头号傻瓜蛋！不是世界第一傻，也是中国第一傻；不是中国第一傻，也是大西北第一傻；不是大西北第一傻，也是西京城第一傻；最起码是省秦第一傻……”

还没等他把更多的傻字说出来，忆秦娥一冲站起来，大喊道：“你才是世界第一傻呢。说我傻，你比我傻一百倍、一千倍、一万倍……”她暴怒地嚷着喊着，就夺门而去了。

只听单团长在身后喊道：“我不跟你这个傻子说，把你刘红兵给我叫来。他给我做了保证，发了毒誓的。你傻，说不清，他能说清。”

忆秦娥连头都没回地走了。

单仰平从这时开始，一连在院子里失常地跛了好几个月。最后跛得还真拄起了拐棍。一些人说，单仰平肯定是遇见大麻烦了，要不然，还能跛成这样？

就在忆秦娥走后，单仰平还真找刘红兵来谈了几次话。刘红兵开始是一直有意回避着。后来看单仰平找得太苦，就去见了几面。单仰平真是打他的心思都有。那天，单仰平把他约到一个小酒馆，两人美美喝了一场酒。单仰平甚至都哭了出来。单仰平说：

"你狗日刘红兵，这下算是把我彻底给算计了。我把一个团的宝，都押在你老婆身上了。给她排了这么多戏，也是想促红个角儿出来，让省秦振兴振兴。没想到，能遇见你这样个不讲信用的货。不让早婚，你死缠活缠的，说扛不住了，硬把婚结了。你结婚时，是咋样给我保证的？说要是五年内要娃了，就让团上把你劁了、骗了，你来团上演太监。说没说过？（刘红兵刺啦一笑）这下好，一年都没满，祸就做下了。忆秦娥来要休产假了。你说你……唉，我真想把你那一吊臭肉绳之以法了。"

"对不起，对不起。单团，我真不是故意的。你想劁，就把我劁了得了。"

"你个赖皮货。这阵儿，谁还有心思跟你开玩笑。"

"我真不是故意的，真不是。"刘红兵一脸无辜的表情。

"这事还有失错的。"

"还真有失错的。真是失误造成的严重后果啊！我检讨，我给您深刻检讨！"

"谁不知道你的，死缠烂打个货。单位工作不好好搞，见天就赖在省秦。人家在商山演出得好好的，你倒是哪根筋抽得慌，一个月都忍不住了，非要心急火燎地跑去闯祸。你破坏我的纪律；扰乱我的军心；打乱我的全盘部署；把好端端一个团，眼看就要逼上绝路了，你懂不懂？"

"不至于吧，单团？"

"还不至于，你还要咋至于？她一生娃，立马三台大戏就演不成了。我好不容易攒点家底，都让你狗日的彻底给搞泡汤了。你知不知罪？"

"我知罪。小的知罪。"

"我是没枪，要有枪，真想一下崩了你。"

"你崩，单团，你崩。我有猎枪，野猪都能打死，还愁把我崩不了。我借给你崩。"

"你这张片儿嘴。我就是把你当野猪崩了，一个团这几年咋办哩？"

"不是还有 B 角儿、C 角儿吗？"

"你倒说了个轻巧。B 角儿、C 角儿随便就能上了？即就是上，能演过忆秦娥？演不好，不是反倒砸了省秦的牌子？省秦正在爬坡阶段，一连三大本戏，一下把声望给打出来了。让你老婆这一折腾，人家隔壁邻舍，很快就会冒出好戏，冒出硬扎角儿来。观众都是吹红火炭的，哪儿红，腮帮子就对着哪儿使劲吹。等咱的炭灰凉了，只怕是想吹也吹不起来了。"

"我检讨，我给单团做深刻检讨。"

"检讨顶屁用！"单团把酒瓶子使劲一蹾，站起来说，"你必须做工作，采取断然措施。"

"啥措施？"

"你说啥措施？"

"我知道你说的啥措施。我要有这个能力，咋能躲了这些天，不敢来朝见您老人家嘛！"

单团就在酒馆包间里，快速踱动起来。他一边踱一边说："忆秦娥傻，你不傻吧？"

"单团，你千万别说她傻。谁说她傻，她就跟谁急。你就说我傻得了。"

"忆秦娥还不傻？我看她是傻到家了。傻到骨髓里了。连头发梢都冒着傻气。还有组织这么培养，这么信任，这么促红，她还狗坐轿不服人抬的吗？"

这句话把刘红兵给惹得扑哧扑哧地大笑起来。

已经气得有些嘴脸乌青的单仰平问他笑啥。他说："我笑单团的比喻，那狗要是坐起轿来，不定还真有些趣味呢。"

"去你的。我说正事，你还有心思在这儿胡咧咧。你说咋办？"

"我真的没办法。我也已经做过工作了，说看能不能先不要这个娃。你猜她说啥？"

"说啥？"

"她说……她说你当初咋不给你妈说，也不要你呢？"

"这不傻子吗？这不傻子吗？这不傻子吗？还要咋傻？"

"千万别拿傻字说事。秦娥就是一根筋。她想好了的事，八匹马也拉不回来。"

单团就跋得更凶了，说："我不管。你给我保证了的，五年以内不要孩子，你得兑现承诺。"

"那你还是把我崩了算了，我给你取猎枪去。要剐要骗也行，我有吉利刮胡刀片，快得很。"

气得单团嘭地砸了剩下的半瓶红西凤。他指着刘红兵的鼻子骂：

"刘红兵，你个臭流氓！你欺骗组织，你……你只顾自己骄奢淫逸、贪图享乐……你……你永远别让我再看见你！"

四十

刘红兵被单团狗血喷头地骂了一顿回去，又开始给忆秦娥做起了工作。其实他也不想这早要孩子，只要忆秦娥同意，哪怕一辈子不要都行。人么，就短短的几十年，何必要把精力都缠到孩子身上呢。他是知道要孩子的督乱的。他的好几个同学，都是有孩子的人了，从有孩子那天起，他们就青春不再了。尤其是那几个女生，腰粗了，腿壮了，胸脯是无序地发散状膨大，脸也肿泡起来。连屁股，也是铁锅一样浑浑地扣在裤子里，没了一点形状。他可不希望忆秦娥变成这种样子。忆秦娥的美，他是希望永远留住，让他好多消受几年的。再说，他也真的不喜欢孩子。别人的孩子，他也不喜欢逗。有一次，为了让同学高兴，他把一个孩子接过来，朝头上架了一下，那孩子竟然将一泡稀便拉在了他的脖项上。从此，他就再没抱过孩子了。他不敢想象，忆秦娥早早要下一个娃来，那对他该是怎样的青春耗损、凭空折寿啊。

他跟单团喝完酒回去，忆秦娥正躺在床上发呆，他就把见单团长的事，给她细说了一遍。忆秦娥用手背捂着嘴光笑。他就说："还笑呢，要是枪在单跛子手中，他还真能把我立马崩了。"

　　"崩了活该。"

　　"我咋活该了？"

　　"反正活该。咋都活该。"她还笑。

　　"你就盼着我死？"

　　她还越发笑得厉害了。

　　"你笑啥吗笑？"

　　"我笑你说单团气得把酒瓶子都砸了。"

　　"你还笑呢，就差没把酒瓶子扔到我脸上了。"

　　"谁叫你要去见他的。你又不是单位的人。"

　　"人家找了我好多次，能不见吗？再说，单跛子这人不错，对你好着呢。"

　　"好着的，他天天逼我演出，当牛使唤哩。我是人，都快累死了。他就是安慰，哄。哄完，还得给他卖命。我迟早都会累死在舞台上的。"

　　"有人想累还轮不上呢。"

　　"让累去呀。都试试嘛，看主演是不是人干的？"

　　"你呀！"

　　"我咋了？"

　　"你是身在福中不知福啊！你看主演给你带来了多大的名声、荣誉……"

　　还没等他说完，忆秦娥就忽地坐起来："刘红兵，我日你妈了，你也跟着别人一个鼻孔里出气。好像我咋了，你说我到底咋了。除了见天跟驴一样，蒙着双眼拽磨子，我还咋了？是比谁多拿了一分钱，还是比别人多坐了一个板凳，多睡了一张床？那些荣誉，是能吃么还是能喝？只是让我更使劲地拽磨，并且拽了还不能说话。一说，就说我变了，我骄傲了。除了这些，还给我带来了啥好处？他谁要喜欢荣誉了，就让赶紧拿回家去，供着养着。反正我就想跑龙套，轻省，好

538

玩。演出中间还能在后台说哩谝哩，啥心不操。也出不了舞台事故。主演一出事故，还都能跟着说风凉话，好像他们比谁都更爱团，更维护团上荣誉似的。我是因为把戏演多了，才成了祸水的。累吐了，累趴下了，有人还说我是装的。'头杂'散了，有人竟说我是故意给团上摆难看呢。我不装了、不摆了还不行吗？"

刘红兵没想到，这家伙平常一句怨言都没有，再苦再累，回来就是倒头便睡，谁知她心里还憋着这么多的苦水。倒起来，还一壶一壶的。他就过去扶住她的腰，准备给她按摩按摩。谁知她膀子一筛，还不让。她问："单团是不是又说我傻了？"

"没……没有。"

"还能没有？他还能不说我傻？他才傻呢。他要不傻，能说我傻？我要真傻了，才会上他的当呢。把我当傻子用，我偏不当这个傻子，哼！"

"好好好，咱不傻，咱啥时候傻了。可不当主演，也不一定立马要孩子嘛。"

"你看你傻不，不要孩子，能不去演戏吗？那不成旷工了。"

"也可以跟单仰平做工作，跑跑龙套嘛。"

"只要团上没有排出新戏来，他能把我饶了？看来看去，我只有休产假一条路了。"

刘红兵知道，忆秦娥一旦认起死理来，那是九牛都拉不回的。做了几次工作，不仅白费力气，而且还把夫妻之间的感情，越做越生疏了。他也就不敢再做了。

有一天，单仰平又把他叫去，问到底做工作没有。他看单仰平到现在，手中拄的棍还没撂下，就吞吞吐吐地不敢说。单仰平把棍一撂，严厉地喝道："说，今天得给个准话了，我不能栽在你跟你老婆手里了。一团人还得靠戏吃饭哩。"

他就磨磨叽叽地说："效果不大。"

他以为单团会再求他呢，谁知这次单团来了个一百八十度的大转弯，说："好，好，好。那我也告诉你刘红兵，请你转告忆秦娥同志，团上正盖的新单元楼，一户五十五平方米，两居室，还带一个十四平方米的客厅哩。客厅里能放电视机，还能放转角沙发，还带厕所。厕所还能洗澡、化妆。也就都没她的事了。"

"哎单团，你可不能这样做呀！省上领导能批下这楼，还不都是《游西湖》演得好，领导高兴才决定的吗？忆秦娥没有功劳也有苦劳么，你还能连房都不给她分了。她是休产假，又不是不干了。这有政策哩。"

"你少拿政策给我说话。团里也有政策：男职工二十六岁结婚；女职工二十四岁结婚。并且要求女演员二十六岁以前还不能要孩子。尤其是主要演员，因为培养成本太大，一要孩子，不仅毁了团上的事业，也会毁了演员个人的前程。这些道理还需要我给你多讲吗？"

"那是那是。不过，你这些政策，都是土政策。恐怕不能因为这个，就不给职工分房吧？"

"哎，还真让你说对了。这土政策里就有这么一条，凡违犯者，将在个人荣誉、住房、职称上加以处罚。"说着，单团还真翻出一个制度来，让刘红兵看，"你看好噢，二十六岁是条红线。每提前一年生孩子，都要按实际年限折算。忆秦娥至少在四年以内，不能评先进个人；不能评职称；不能参与分房。"

刘红兵仔仔细细把制度翻看了几遍，嘟哝说："这土政策也定得太苛刻了。"

"不苛刻，不苛刻剧团就得关大门了。这是职业特点决定的。要献身这行事业，就得晚婚晚育。"

单团见刘红兵摸着制度，很是惋惜，就又乘势说："你再回去给那个傻女子讲一讲，看她是先要娃么，还是先要房。"

刘红兵也再没说啥，就把制度抄了一遍，拿回去给忆秦娥念。没想到忆秦娥还给更加坚定了，说："不要房，我就要娃。你告诉他单仰平，我哪怕一辈子住在外边，也要把娃生下来。我不给他卖命了。我就要休产假。"

为这事，刘红兵还偷偷给她舅胡三元打了电话，想着她舅是最关心她事业的人，也是最有可能说动她的人。

　　胡三元接了电话，果然第二天就来西京了。他是好说歹说，说你一个放羊娃，混到如今容易吗？一本接一本的好戏，一个接一个的主角上着，哪里就把你搁不住了？又是进北京，又是走州过县，又是上广播上电视的，这要放在别人，都是打着灯笼也找不到的好事。你还挑肥拣瘦是吧？何况这是省秦，多大的台面哪！你却是这样的狗肉促不上席面，要自己朝后溜呢。过了这村可就没这店了！她舅说："唱戏这行，好多人就是因为熬价钱，才把自己一千熬成八百了。你只能乘势而上，不敢自己朝溜溜坡上坐，一溜就溜得再也看不见了。能人多得很，紧赶慢赶，都有人会突然从你身边冒出来，你还敢停下，等着别人朝前拥哩。记住，娃，螳螂捕蝉，黄雀在后哩。生娃，说是大事，也是大事。说是小事，比起成名成家来，那就是小得不得了的事。村里像你这大的人，都有生两三个的，让计划生育撵得满世界跑，还是要生。你都没看看他们过的啥日子，真是活活让娃给拖垮了。你好不容易熬出来，活得有了点体面，却又为生娃，连角儿都不当了，划算吗？一生娃，体形脸形都会变。嗓子再有个三长两短，你想再红火都红火不起来了。"那天她舅整整说了大半天的话。本来就黑的脸，越说越黑得像舞台上的包公了。他还不爱喝水，说敲戏就不能喝，几个钟头得憋尿呢。刘红兵给他换了几次茶，他都连动也没动一下，就那样一边闪着腿，一边一溜一串地滔滔不绝着。刘红兵觉得她舅嘴里的词，可抓地、可生动、可丰富了。最后说得他口干舌燥的，两个嘴角都堆起了苞谷豆大的白沫，但还是没把忆秦娥说转。气得她舅起身要走，刘红兵拉都没拉住。出门时，她舅还撂下一句特别生分的话来："你们忆秦娥把人活大了，心里也没这个烂舅了。烂舅是个啥吗，县剧团一个破敲鼓的，还配跟人家说话。人家都是进过中南海，跟中央领导握过手、说过话的人了。烂舅的话，就全当是放了屁了。"他也就再没把她舅拽回来。

　　她舅回去后，忆秦娥过去的老师胡彩香又来住了几天，也是说了个昏天黑地。胡彩香还说女人家在一起说话，不让他听，刘红兵就乐

541

得去办事处打牌去了。他回来一看，还是没结果。胡彩香走时，倒是没有她舅那么激烈，只说："非要生，那就让她生吧。也许早生早解脱，还有利于唱戏呢。反正总是要生的。"

谁也犟不过忆秦娥，看着傻呆呆的、闷乎乎的，主意却正得很。她啥事也不跟人商量，说怀就怀上了，说生也就生了。

别人怀孩子，生孩子，就跟害了一场大病一样。可她生小孩儿的当天，还在床上拿大顶；在房子里练小跳；跑圆场；踢腿，就跟没事人一般。在预产期前半个月，刘红兵终于把她娘胡秀英接了来。前边说接她娘，忆秦娥咋都不让，说她能行。做饭、洗衣、上街买菜，自己忙得不亦乐乎。预产期到了，她也不去医院，嫌住院闷得慌。遇见她娘，也是个没医学常识的人，一个劲地说："生娃还去啥医院，咱村子不都是在家里生的嘛。"刘红兵气得一点都没治。那天晚上，忆秦娥说肚子有点不舒服，她娘说，是发动了。他就要朝医院送，她娘还是跟忆秦娥一样不积极。但他坚决不行，硬是到办事处开车去了。结果等他把车开回来时，娃已经生到床上了。她娘在用提前准备好的东西包着娃。忆秦娥用手背捂着嘴，已经在对他傻笑了。

他说："这快的。"

她娘说："还不就这快的。你刚走，娥说要上厕所呢，腿还没挪下床，娃就溜到床沿上了。要不是我接得快，都跌到地上了。"

忆秦娥还是在那儿傻笑。

他就去弹了她一个脑瓜嘣，说："真是瓜女子。"

"你才瓜呢。"

她娘说："你也不问问，是男娃么还是女娃。"

刘红兵到这阵儿了，才想起问："男娃么女娃？"

"你刘家福分大得很，是个牛牛娃。还像姑爷你。搞不好将来也能当专员呢。"

刘红兵笑得就凑上去看了一下，还把他吓了一跳，说："长得这丑的？咋不像秦娥呢？要长得像秦娥就好了。"

她娘说："秦娥生下来也丑，丑得我都担心，将来找不下婆家呢。

结果三长四长的，还把眉眼给长开了。这娃呀，将来注定比娥儿还好看呢。"

忆秦娥脸上发出的，是胜利的笑容。

四十一

自从忆秦娥怀孕的消息出来后，省秦就波动了很长时间。先是班子波动，大家都埋怨单仰平"太护犊子"，把个"傻不唧唧的忆秦娥"捧上了天，直到把全团都捧进了死胡同。单仰平也一个劲地检讨说，这事自己的确有责任，思想工作不细致，认人不清，看事不准。还说，事实反复证明，剧团不能"耍独旦"，这是很危险的事。以后配了 AB 角儿，就得把 AB 角儿全排出来。即就是差些，也不能"一花独放"了。

忆秦娥怀孕的事在全团传开后，立即炸了锅。都说才调来几天，就又要坐月子，一坐月子，不定这个"旦"，就完完地完蛋了。尤其是武旦，一旦没了形体、气力、速度，那就是"软蛋"一枚了。都觉得团上严重失职，是拿上百号人的牺牲奉献开了玩笑。还说单跛子一天就像护他"碎（小）奶"一样，有事没事，都把他"碎奶"像"龙蛋"一样含着、捧着，"碎奶"走到哪儿，他"跟屁虫"一样跛到哪儿，这下看他是朝天跛么还是朝地跛呢。对于忆秦娥，那就更是没有好话了。都议论说：没看出，这碎货还是人小鬼大，只怕急着结婚，也是把"弹药"提前装上了，不结不行才结的。很自然，大家就又把她在宁州跟那个老做饭的故事，串联了起来。越说，忆秦娥的形象，就越变异失形得不好辨认了。

这事自然是暗中高兴了楚嘉禾。她最早的消息来源，是业务科的丁科长。丁科长说让她抓紧准备，不仅要很快排出《游龟山》来，而且有可能《游西湖》《白蛇传》的 B 组，她都得上。她还问是咋了，丁科长神神秘秘地说，很快你就知道了。果然，在丁科长说完的第二天，团上就传开了，说忆秦娥怀上了。并且表示坚决不采取任何措施，要给副专员的儿子生龙种呢。这个傻×，终于开始犯傻了不是。谁不知道，女演员这个时候不能退坡，更不能生娃。一旦进入怀孕、生娃、哺育期，就像汽车的空挡一样，一挂就是好几年。等你重新挂挡起跑时，一切都已旧貌变新颜，换了人间。楚嘉禾不仅暗自兴奋，也暗自涌上一股劲来，该是朝上猛冲几年的时候了。冲上去，就冲上去了，等忆秦娥再灵醒过来，她的黄花菜都已凉过心了。那时，就是让她演，恐怕也是平分秋色的阵仗了。何况哪个女演员，尤其是武旦，在生娃以后，还能有当年的风采呢？

团上好像也都憋着一股劲。从领导到群众，也都有意愿，要尽快推出新的角儿来。不然，连门都出不去，是要把唱戏的嘴吊起来了。

《游龟山》最成熟，都下过几次排练场了，自然是要先推出来。不过，单团长在给楚嘉禾谈话时讲：

"排《游龟山》不是目的。重要的是，要尽快把《游西湖》《白蛇传》恢复起来。这是秦腔的两本名戏，观众都喜欢看，包戏的也多。团上排古装戏刚有些起色，就让忆秦娥当头给了一闷棍。我们不能让这一闷棍打趴下。经过班子认真研究，业务科拿了意见，要重点培养你楚嘉禾了。当然，我们同时还要启动 C 组、D 组。你们都肩负着很重要的责任，就是振兴省秦，振兴秦腔。必须拿出牺牲一切的精神和勇气，把这几本大戏，全部保质保量地拿出来。让全省观众看看，省秦的人才，是层出不穷的，是源源不断的。也要让她忆秦娥看看，离了张屠夫，省秦是不是就只能吃浑毛猪了。"

事后，楚嘉禾才知道，单团长谈话不只找了她一个，而且也找了周玉枝，还有其他几个旦角。谈话的内容也基本一致，都是要大家在很短的时间内，力争把几个主角补上。虽然有广撒种子，看哪棵苗好了，再给哪棵重点追肥的意思，但她是排在第一位的。她也有信心比其他人演得更好些。何况业务科她还有人哩。因此，她也就显得格外的上心用功。

《游龟山》很快就与观众见面了，但没有达到预期效果。彩排后，只演了三场，就草草收场了。观众的评价是："演胡凤莲的演员很漂亮，但没有光彩，把人物的内心没演出来。光漂亮不顶啥。"为这事她还有些生气，忆秦娥不是也因为漂亮，才吸引眼球的吗？丁科长说："忆秦娥是'色艺俱佳'。你还得在'艺'字上狠下功夫呢。"并且鼓励她说，《游龟山》就是练练兵，关键要看《游西湖》和《白蛇传》哩。这才是你确立省秦台柱子的重头戏。"

楚嘉禾那一段时间，几乎白天晚上都泡在排练场了。她也有些刻意模仿忆秦娥的意思，一天到晚，都只穿一身练功服，对一些来黏糊她的朋友，也下了最后通牒：戏没排出来，不许再来找她。

那段时间，日本电视连续剧《排球女将》的余温还没消退，剧里的女主角叫小鹿纯子。她训练刻苦，拼搏顽强，像小鹿一样活泼可爱，又像白玉一样纯洁无瑕。小鹿纯子最拿手的球技就是"晴空霹雳"。后又练成了"旋影扣杀"。观众几乎家喻户晓。剧里有一句经典台词是：

"我的目标——奥林匹克！"

楚嘉禾不仅给她宿舍贴满了小鹿纯子扣球、杀球的剧照，并且把那句经典台词，也无处不在地贴在了穿衣镜、门背后、床头柜、写字台上。每次出门前，她都要学一下纯子的"扣杀"动作，还要模仿几声日本女子的尖叫声，然后才信心满满地去排戏、练戏。

"苦战一百天，拿下《白蛇传》"。

这是团上的战斗口号，也贴得满院子满工棚都是。

先排《白蛇传》，是楚嘉禾的要求。说实话，她并不喜欢《游西湖》，尤其是不喜欢《杀生》那折戏，又是吹火，又是跌打的，太苦，太累。吹火也练得她多次发恶心，几乎把胆汁都快吐出来了。可不仅没练出忆秦娥的那些高难度，而且还把眉毛、刘海烧得几个月都长不起来。她想着《白蛇传》虽然也有武打，但总比吹火强。丁科长就按她的意思，先安排了《白蛇传》。

一百天后，《白》剧如期上演了。谁知一见观众，从团内到团外，都是一哇声地议论："不如忆秦娥。""还不是差一点，而是差七八上十点。"有的干脆说:"连忆秦娥的脚指甲灰都不如。"尽管如此,团上还是硬着头皮在鼓励她、宣传她。每晚演出,都是单团长带头在池子里领掌、鼓掌。结束时,他也会装成观众,扯长了脖子,在人群里大喊几声"好"。有人在他跟前撇凉话说:"这演的不是白娘子,还是她的胡凤莲呢。演啥都一个味儿,属于那种'肉瓢子瓜'。"单团就批评说:"把你嘴夹紧,胡说啥?我看好着呢。某些地方,还有胜过她忆秦娥的东西。才出来么,演一演会更好的。看你那鼾水嘴,少胡喷,少放炮,少给团上添乱。"不过说归说,单团却没有过去看忆秦娥的戏那么激动。台上台下、台前台后,他也来回颠跛得少了。过去散戏时,他总是要兴致勃勃地混在观众群里,扯长了耳朵,四处听反映呢。听得那个滋润、受用劲儿,有时连自己都没感觉到,腿是不跛了的。自楚嘉禾演出后,他只跟了两次,那些刺耳的语言,刺激得他,腿跛得不是影响了右边观众走路,就是影响了左边观众走路,他也就懒得再跟了。

《白蛇传》一连演了五场,楚嘉禾就喊叫撑不下去了。观众也一天比一天少,最后一场,甚至连半池子都没坐下。演许仙的薛桂生,就找单团提意见说:团上对艺术不负责任,对演员也不负责任。他说楚嘉禾离白娘子还有很大的距离,从某种程度上讲,还不算是这块料。排练当中,他也多次给封导提醒,说锻炼锻炼可以,但靠楚嘉禾撑持省秦"当家花旦",恐怕是要贻笑大方的。谁都知道,领导和导演也都是有病乱投医呢:忆秦娥撂了挑子,总得有人把这担子接过来吧。没有扛硬的肩膀,溜溜肩也总得有一个吧!楚嘉禾虽然不完全是忆秦娥之后的唯一,但也算是筷子里边的旗杆了吧!何况业务科很是支持这个人,说她条件好,有上进心,服从分配。也许把担子压一压,还真就"德艺双馨"地出来了呢。

排完《白蛇传》,让大家七嘴八舌地,说得单团也有点拿不定主意了。《游西湖》到底还排不、给谁排,都是个事。但丁科长很坚定,说还是要给楚嘉禾排。封导就不干了,说楚嘉禾演白娘子,已经勉为其难了,功力根本不够。好多高难度动作,都是减了再减,才勉强推上舞台的。李慧娘的《鬼怨》《杀生》，难度更大，她根本胜任不了。有人也建议让周玉枝上。可周玉枝端直找到单团长，说她不适合演李慧娘。其实，周玉枝的病，不仅害在演不过忆秦娥，更害在不想跟楚嘉禾争戏上。她知道楚嘉禾的嘴特别厉害，不愿意为演戏，把自己弄得里外不是人。再加上，楚嘉禾已经跟她亮过好多次耳朵了，说《游西湖》也是给她准备的"菜"，领导都给她打过招呼了。她也在暗中练习道白、顺唱，并且都偷偷吹上火了呢。周玉枝觉得不上戏，还落了个清闲，剧团能上主角的，毕竟是少数。她见识过了楚嘉禾在背后给忆秦娥使的那些手段，很是有些惧怕这个同学，也很是惧怕这行事业了。

也就在这时，丁科长升为副团长的任命下来了。

封导自然是坚持不过丁副团长了。

楚嘉禾就又上了李慧娘。

楚嘉禾是真的不喜欢《游西湖》。但再不喜欢，也不能让别人上了。她妈自打她开始排《白蛇传》起，就从宁州出来给她当了全职保姆。《白蛇传》一出来，她妈自是大加赞赏了。她妈的信息，也有些影响楚嘉禾对自己的判断，以为自己是要超过忆秦娥了。即使对李慧娘再不喜欢，她也硬着头皮要上了。这一上，就是省秦不折不扣的"当家花旦"了。

真的上了这个戏，楚嘉禾也是做了准备脱几层皮的打算。她虽然嫉恨着忆秦娥，却又是处处在向忆秦娥学习着的。就连平常打坐，也是忆秦娥式的"卧鱼"状了。有事没事，她都在地上劈着双叉。直到这时，她才知道，忆秦娥是怎样一种深厚的功底啊！她"卧鱼"，最多也就是几分钟，腿就酸得抽起筋来。可忆秦娥能一"卧"几十分钟，甚至一两个小时不动。那都是在宁州剧团灶门洞前练下的死功夫。在排练过程中，也不断有人说她这不像忆秦娥，那不像忆秦娥的。动不动就是忆秦娥是这样走的，忆秦娥是那样唱的。别人越是这样说，她就越是不按忆秦娥的路数做了。她说："杀猪还有先杀屁股的，一人一个杀法么。何况搞艺术呢。"反正无论心里怎么偷着学，在表面，她都是从来不认忆秦娥的卯的。为了吹好火，她也买了些水果，去看过怀孕的忆秦娥，讨教怎么火的燃点老是不够。忆秦娥倒是不像那些老艺人，还藏着掖着那点技术，竟然和盘把松香配锯末的技术，都给她说了。她回去一试，果然灵验。当时她心里还在嘀咕：忆秦娥果然是个瓜×，要放在她，那是咋都不会透露的。何况她仅仅是花了几块钱，在快天黑时，去水果摊子上，给她买了点别人挑剩下的苹果、梨。

《游西湖》哩哩啦啦排了四个多月，人拽马不拽的。一来给主演补戏，大家没有了原创热情；二来也都看不上楚嘉禾身上的"活儿"。觉得那就是个演二三类角色的料，愣朝"当家花旦"上捧，是拿着菜包子上供——硬充数哩。勉强把戏拉了出来，让单团一看，单团也热情鼓励了几句，可鼓励完，却没一点掌声。并且还有人撇凉腔说："单团让忆秦娥把脑子游丝彻底撬乱了，连好瞎戏都认不得了，嘴里一满胡交代开了。"照说，封导认为戏连七成熟都不到，可年关已近，不挽个疙瘩都不行了。因为一开年，团上就得下乡演出。《游西湖》也是一个上了订单的戏。但无论怎样，封导都不同意楚嘉禾版的《游西湖》在省城首演，说下乡可以凑合。丁副团长为这事，还跟封导大吵一架。楚嘉禾她妈，也让女儿去质问单团：她的戏，为啥就不能安排春节在西京首演？难道她吃了这么多苦，好不容易把戏补出来，就是为别人"垫碗子"下乡吗？单团还解释说，团上也是为她好，到乡下先演一演，等成熟了，再登省城舞台，力争一炮打响。楚嘉禾也就不好再说啥了。

就在忆秦娥生下小孩儿的那几天，团上的单元房也交付使用了。一共是四十八套。为分房，单团让专门成立了分房委员会。先后拿了好几套方案，上了班子会，都被否决了。

要没有这四十八套房，省秦还安宁些，自开始建房起，矛盾就愈演愈烈了。

本来这栋楼，领导是为年轻人批的。如果要考虑中老年艺术家的因素，那就得建六七十平方米的大房。可在建设过程中，大家一看，房的设计特别合理。单团也上心，用的都是真材实料。并且把楼体染成了富贵红色。顶子上还扣了个"汉唐古风"的大帽子。好多中老年同志，就提出也要上"红楼"了。他们说年轻人大多是从外县调来的，也没啥贡献，住这样的好房，搞不好就贪图安逸，不想奋斗，反倒把事业耽误了。说他们奋斗了大半辈子，也才住了个三四十平方米的"鸽子楼"，还没暖气。突然让年轻人抢了"头彩"，咋说都是不合理的。年轻人也组织起来，开始捍卫自己的权利了。并且还联名给批房的省上领导写信，要求按建房初衷办。签名的风声，自是传到了中老年同志的耳朵里，他们也联名写起信来。上边领导看事情复杂，就把单团长叫去做了指示：向所有业务骨干倾斜。当然，首先要考虑到中青年骨干。但老艺术家也不可忽视。总之，房源少，要合理分配，兼顾到方方面面。以不出事为原则。

这下麻烦可就大了，分房委员会端直给单仰平撂了挑子。

面对"狼多肉少"的局面，单仰平在院子里踱了几天几夜，也拿不出能"兼顾到方方面面"的好意见。领导为了稳定，笼统说了个"要向业务骨干倾斜"。问题是，谁是业务骨干这个分寸太难把握。只要在这个团工作，就没有人认为自己不是业务骨干的。连一个老剃头匠，也给他拿来了七八个奖状，还有几个印有"奖"字的喝水缸子、洗脸盆，并且还有当初给演蒋介石的演员剃过头的剧照。他是以"造型师"的名义，获过一个什么艺术节单项奖的。据说那个艺术节谁想要奖，找人都能要来。看人都要，他也就夹了一条烟，去要了一个。没想到还真派上了用场。关键是直到现在，他还在给演花脸、演小丑的演员刮头呢。你能说他不是业务骨干？谁站出来说说试试，看那剃头刀，不照着你鼻子飞过去。单仰平没了主意，就还是硬把分房委员会箍弄到一起，又搞了一套新的"平衡"方案。谁知还没上班子会，就走漏了风声。七八个觉得自己没希望上新房的，端直夹了被子，"虎踞龙盘"到了他家门口，保卫科都请不走。他也就只好让分房暂停了。

尽管忆秦娥给他摆了难看，但在他单仰平心里，最想给分房的，其实还是忆秦娥。这房之所以能盖成，都是因为忆秦娥演李慧娘立了功，领导才批的。看现在这阵势，反倒是没她的事了。他也在分房委员会里暗示过，看能不能考虑一下忆秦娥。结果反对意见很激烈，说忆秦娥把团上害成这样，成一整年地给她擦屁股、补角色，再考虑给她分房，岂不是领导自己打自己的×脸哩。单仰平倒是不怕打自己的脸，他是考虑，这个团从长远发展看，没有忆秦娥恐怕是不行的。通过两本大戏的排练，他发现，楚嘉禾还就是担任二三流角色的料。不仅楚嘉禾不行，试着准备推出的那几个"当家花旦"，都比忆秦娥差了一大截。他就暗中，还是在打忆秦娥产假后，如何尽快恢复工作的主意了。这么大个团，没有真正扛硬的角儿是不行的。唱戏这行，就靠角儿吃饭哩。你说上天说下地，这个立不起来，一个团都是筋松骨软的。无论如何，都不能因为分房，把忆秦娥伤了。也刚好，有这么多人闹，他就干脆让分房停了下来。他得把团长的精力，好好朝忆秦娥这个瓜女子身上再用用了。这是省秦的根基，弄扯了，还就真没猴耍了。

不过一想到忆秦娥，他就头痛，这也真是个难缠的主儿。你说啥，她都是一副四季豆米油盐不进的样子。好几次谈话，他就想操起电话机，把那个榆木脑袋狠狠拍几下。有啥办法，能让这傻子灵醒起来，给省秦拼着命地朝山顶上再冲几起呢？

急得他在房里转圈圈的力度，是越来越大了。

四十二

忆秦娥生完娃，还真是一门心思在家里享受起产假来了。

刘红兵成天买鲫鱼、鸽子、猪蹄子。还买了太子参、当归、红枣、通草、黄花，让她娘给她炖了吃。可她咋都吃不下，连汤也不好好喝。兴许与那些年一直在灶房待着有关，她一见廖耀辉那肥头大耳的样子，就感到恶心。因此，肥胖在她，是绝不能容许的事情。她从怀孕到哺乳期，身体变化都不大。反倒是她娘，一天把她不吃不喝的好东西，都拣着吃干喝尽了。前后只一个来月天气，就壮实得蹲不下走不动，衣服也是没一件能扣上纽扣了。眼睛都快胖得眯住了缝。连她自己都不好意思地开玩笑说："就跟是娘坐月子了一样，好吃好喝的，都倒到娘肚子了。要放在九岩沟，只怕这些好东西，是够一沟的婆娘发奶了。"

忆秦娥看着娘的样子，光笑。娘问她笑啥，她说："小心你回去，爹不要你了。""他敢。凭啥？"忆秦娥说："凭你太胖了。难看。"娘一哼说："借给他十个胆子，看他敢不。你爹呀，还就喜欢胖婆娘呢。村长的老婆吃得好，屁股圆，胸大，你爹个老不正经的，还老偷看呢。我这下回去，他就不用看人家的了。自家的也圆了、大了、肥了。"把忆秦娥惹得捂住嘴咻咻地笑个不住。笑完，她就开始练起功来。她倒不是想演戏了，而是想起了村长老婆的屁股，还有廖耀辉盐水腌过一般的大白肚腩。真是太难看了。她必须练功，她感觉，最近动得少些，浑身的肌肉都有些松弛，腿上也没了劲。刘红兵不听话，她伸了个"扫堂腿"去制伏，把刘红兵没扫倒，却差点把自己扫了个"仰板"。

刘红兵说："你就能欺负我。团上分房，把你都打入另册了，你也不找单跛子去。"

忆秦娥还是那句话："我就没想要。"

"你傻呀，不要？"

"你傻呀，要。要了就得给人家卖命呢。"

娘就插进话来，问是咋回事。

忆秦娥不让说，刘红兵还是说了。

娘双手抔腰，朝起一蹦，别跳着说："凭啥不要？我娃都是秦腔小皇后了，连皇后都没房，那把房都分给哪些贵人、妃子了？"

娘的嘴一旦插进来，就嘟嘟得停不下。本来是闹着要回去过年的。有了这事，她甚至自告奋勇，要找那个跛腿子团长论理去。

忆秦娥就急忙安顿她回去过年了。

娘一走，刘红兵说，团里的房，好像闹腾大，暂时分不成了。问她能不能跟他一起回北山过个年。说爷爷奶奶都想抱孙子了。

忆秦娥连自己的家都不回，哪里又想去他家呢？她是谁也不想见。见了人，都要问她，啥时再上台演戏呢？她嫌回答得烦。再加上，她的确不喜欢刘红兵他爸他妈。这次生孩子，他们也来过一趟，却老是一副居高临下的神气。他妈说三句话，有两句里边都带着刺。一会儿说："这娃的教育将来可是个大问题，再不敢跟你们一样，连大学都没念过。他爷爷要是有大学文凭，这阵儿把副省长都当上了。"她还逗着她孙子说，"总不能让我孙子将来也唱戏吧，你说是不是？"他们来时，还带了一个很精致的录音机，录的都是世界经典名曲。他妈说："多给孩子听听贝多芬、莫扎特、柴可夫斯基。可千万别听秦腔，那么噪，会让娃养成生冷噌倔坏脾气的。"谁想到这样的家里去过年，是有病呢。忆秦娥才不去呢。

有意思的是，大年初一那天，单团长竟然给她登门拜年了。把她还弄得不好意思起来。去年为休产假，她是跟单团干过一仗的。单团说她是世界第一傻。她说单团比她傻一千倍、一万倍。自那以后，几乎快一年了，两人都再没照过面。今天竟然把这个平常只给离退休老干部、老艺术家拜年的大团长给惊动了。关键是单团行走还不方便，连老同志见他一瘸一拐地爬上楼去慰问拜年，也是要感动得泪眼婆娑的。今天，他却亲自提着一大网兜水果、糕点，过马路，进社区，爬楼梯地瘸到自己门上拜年来了。弄得她还真的很是有些难为情呢。

单团说，他是来看孩子的，年前单位忙，没顾上。刘红兵还给他开了一瓶酒，两人喝了一阵，但只字没提唱戏的事。他就是让她好好休息，把娃带好，把产假休好。然后，他就起身一跛一跛地走了。刘红兵说："见了鬼了，还有黄鼠狼给鸡拜年的事。一定是急着想让你回去演戏了。"忆秦娥说："角色都补了，还要我干啥？""补倒是补了，可戏连省城都不敢演，能补成啥样子？单跛子心里，只怕是明得跟镜子一样，哑巴吃黄连，有口说不出。"忆秦娥也懒得多想。反正不演戏挺好的，白天逗娃玩得开心，晚上睡得踏实。再不用一天二十四小时为戏熬煎了。也没人说她坏话了。简直是有点活神仙的味道了。

可这样美好的日子不长，忆秦娥就感到有点心慌意乱了。先是刘红兵老在家里待不住，要朝外跑，有时一跑半夜不回来。说是有接待任务，也没法验证。她给办事处打了几回电话，那边也的确说在接待人，谁知是真是假呢。她能感到，刘红兵对她不满意，自怀孕后，就再也没有过过性生活。在她怀到四五个月的时候，刘红兵还拿回一本书来，给她逐字逐句地念，说这几个月，是可以"活动活动"的。只要不使蛮力就行。可她对这些毫无兴趣，他也就没敢蛮干，只挖抓了几把，看挖抓不出啥效果来，就放弃了。这一放弃，好像对她也就少了往日的稀罕。加上孩子也闹腾，他就老找理由朝出跑。在一个人关起门来，把孩子哄睡着后，她的孤独感，就慢慢袭上了心头。过去老觉得睡不够，那是真的累了，是在排练、演出之余的真正休息。而现在，只剩下休息了，睡觉便成了一件十分痛苦的事。

有一天，她舅胡三元又来了。上一次舅是生气走的，他说想来想去，还是得再来一趟。劝听劝不听，还都得再劝。舅说："既然把你领到了唱戏的路上，我这个当舅的，就还得继续朝前拽。半途而废的，实是可惜了一块好料当。"舅来时，是把她娘胡秀英又叫了来。叫来也是想让她娘看娃，好让她腾出手来，加紧练功、恢复戏的。舅说再把月子坐下去，就真坐成家庭妇女了。

其实忆秦娥在春节后的那段日子，就已经过得心焦麻乱了。自己整天吊拉个孩子，刘红兵直说他单位忙，见天回来都在后半夜，有时还带着酒劲儿。气得她都上了几回拳脚了。她也看出来了，刘红兵对她的那些稀罕，在逐渐淡然。有时酒喝多了回来，也朝她身上生扑，想热闹呢。可越是这样，忆秦娥越反感。两人就干脆分开睡了。刘红兵是见天死猪一样歪在沙发上。也就在这段时间，忆秦娥突然开始怀恋起舞台生活了。

唱戏虽然苦，虽然累，有时甚至累得快要了小命，可那种累，总是在掌声的回报中，很快就悄然消散了。她甚至不断在回忆，一年前，自己是怎么就突然下了那么大的决心，坚决不当主演了呢？想来想去，当时还是因为累，因为不顺心。三本大戏，全都是文武兼备，见天演得死去活来的，还不落好。加上单团又要让她新排《穆桂英大破洪州》，就把她吓着了。那时她想，自己要是乖乖排了，单团不定能得寸进尺，又要让她排《穆柯寨》《十二寡妇征西》呢。其实他都当她面讲好多回了，让她趁年轻，多排几出"硬扎戏"。"硬扎戏"就是武戏。并且他当时就说出了《无底洞》《扈家庄》《战金山》《两狼关》《女杀四门》《三请樊梨花》等一串戏名来。好像她是铁打的金刚，不为省秦抛掉头颅、洒尽热血，他这个团长就不会收手一般。她也是连生气带恐惧，才从舞台中间逃离出来的。她那时真的没看出，唱主角到底有啥好。除了多出些力，多遭人一些嫉恨外，半毛钱的益处都没有。可就在她日思夜想着挣脱、逃离、休假后，才又慢慢品咂出唱主角的一些好处来。

什么叫主角？主角就是一本戏，一个围绕着这本戏生活、服务、工作的团队，都要共同体认、维护、托举、迁就、仰仗、照亮的那个人。你可以在内心不卯他的人格，以及艺术水准、地位，但你不能不拧紧你该拧紧的螺丝；不能不拉开你该按时拉开的大幕；不能不精准稳健地为他打好你该打的追光。

忆秦娥明白，一旦开始排戏演戏，其实全团近二百号人，都是在围着自己打转圈的。就连单团，说是团长，又何尝不是自己的"大跟班"呢？她说一声哪儿不舒服，单团就得跛着腿，来回忙着，把这些不舒服都"扑娑"舒服了。她说感冒咳嗽了，单团就会跟着"打喷嚏"。也只有到自己被彻底冷清下来，她才能感到，被围绕、被注目、被热捧、被赞美、被高抬、被拥堵，甚至被警察架着走，该是多么美好的一种滋味呀！就在她最后一次下乡巡演时，无论走到哪里，都是一堆又一堆的人，把自己死死纠缠着。吃饭，是一堆有头有脸的人围着。好多看她的眼睛，都是发瓷、发烫、发腻、发哆、发酸的；化妆，也是一窝窝人，里三圈外三圈地猴猴着；换服装时，围观者也舍不得移开好奇的眼睛，让你无法阻止他们去直视你那内衣内裤，是黑色、白色，还是粉红色。就连睡觉，也有人在房前屋后转来转去。有的甚至要在窗玻璃上，把自己的鼻子压成蒜头状，隔着薄菲菲的窗帘，看忆秦娥在房里倒是睡觉么还在弄啥。好几次在广场演出完，观众围着不走，要看忆秦娥卸了妆的模样。最后是几个警察，硬把她从人群里架出去的。那些动作，让她想到了她舅胡三元，当初被宁州法院押着游街示众的场面。她感到了浑身的不自在，就像自己也成了犯人一样。她甚至还觉得有些不吉利，就故意把那些架着她的胳膊，朝开筛了筛。可警察一旦放手，人流就有吞食自己的危险。她又不得不让人家再铁钳子一般，把自己死死夹起来。当时怎么就感觉那么不舒服。而现在，怎么又是那么地回味无穷与向往了呢？主角的滋味真好受啊！在家哄娃娃，不被人关注的日子，开始真的很美、很舒坦、很宁静。但到了这阵儿，是真的有些不能承受了。报纸上没有了自己的消息；电视上没有了自己的图像；就连广播电台，那么好做她的节目，也在半年以来，没有了任何声响。他们又在跟踪楚嘉禾了。虽然没有当初跟她那么热烈，那么密集，那么狂轰滥炸。但对她，已然是冷若冰霜、无人问津了。一个人怎么能冷得这么快呢？就像老家的铁匠铺，把烧得那么红火的铁器，只要朝冷水里一刺，立马就在一股青烟中，变成毫不抢眼的灰褐色了。她感觉自己就像铁匠铺里那些被扔进了冷水缸的铁器。连糖一样黏糊着自己的刘红兵，都在想方设法地逃避着这个家，逃避着她，更何况其他人呢？她舅对她有一个很形象的比喻说："你都快成引娃女子了。"所谓"引娃女子"，是九岩沟的说法，是宁州县的说法；在省城，人家都叫保姆。九岩沟里，有好多人家养的闺女，仅十四五岁，就被人介绍到县城，当了"引娃女子"。一月管吃管喝外，给十五块工钱，也就是混一口饭吃而已。忆秦娥如果到不了剧团，最后恐怕也得走这条路。用她舅的话说，你到了剧团，现在还是成了"引娃女子"，何苦呢？

也就在这个时候，剧作家秦八娃再一次来省城了。

秦八娃这一次是带着他的剧作《狐仙劫》来的。

他已经好久没有看到忆秦娥的消息了。他也从小道消息里知道，忆秦娥是生了小孩儿。他为忆秦娥惋惜：这么好个角儿，可以说是秦腔几十年都难出的一个人物，怎么就被刘红兵这样的公子哥儿给下套夹住了呢？这都是一帮玩物丧志的东西，看着忆秦娥绝色、稀世，就把人家当了尤物，死死捏在手上不丢。可又不珍惜人家的前程，尤其是艺术生命。忆秦娥正值演戏的当口，就被孩子拖住了。尤其是武旦，那是要凭气力、功夫吃饭的。生孩子不仅耗散气力，而且在带孩子的过程中，也会把一个干净利落的女子，带成拖泥带水的家庭妇女。他知道这个消息后，第一时间就放弃了写作。他觉得忆秦娥，已经不值得他耗费心血了。

可就在正月初三的晚上，省秦的单仰平团长突然一瘸一拐地来了。说是给他拜年哩，其实是催剧本来了。他知道，剧团团长最缺的就是好本子。他就把他对忆秦娥的失望说了出来。谁知单仰平比他还恼火，开口闭口都说忆秦娥就是个大瓜×（团长骂人呢）。说她枉长了一副人的模样，骨子里，是蠢得跟猪都挂了相了。他大骂了一通忆秦娥后，又说："不过她瓜、她蠢、她傻，咱不能也跟着她瓜、蠢、傻呀！咱得把她朝灵醒地教不是？秦腔闺阁旦、尤其是武旦，毕竟宝贝少。咱不能眼看着她，傻到拿一根绳，把自己彻底吊死的地步吧？我这次来，就是想向秦老师讨教，看有没有治她那傻病根的方子。"两人三合计两合计，就说到了新戏上：不定忆秦娥对新剧目有兴趣，又会重返舞台，继续她的"秦腔小皇后"生涯呢。两人一说热，秦八娃就又把剩下的几场戏，很快写了下去。并且写得很顺畅。

戏一写完，他先给老婆绘声绘色地念了一遍。老婆一边磨着豆腐，一边听，中间还抹了几次眼泪。秦八娃都偷偷看在了眼里。念完，老婆就夸奖他说："好戏。也好笑；也苦情；还曲里拐弯的，吸引人得很。"并且老婆也酸不唧唧地数落了他一通说，"你一辈子，就爱写个女人戏。"他一笑说："男人戏，有啥好写好看的嘛。"老婆还用点石膏的木瓢，把他脊背美美磕了一下，说他是个老色鬼。

依秦八娃想，忆秦娥肯定已经不成样子了。在他们村，好好的女子，一拉娃，就成了懒散婆娘。可当他把忆秦娥家的门敲开时，几乎吓了一跳：忆秦娥不仅没有变懒散，而且比过去出脱得更白皙、更利落、更漂亮了。她穿着白色紧身练功服，除了脚上的红舞鞋，还有扎头的红丝带，浑身上下，都透着一股无法掩饰住的生命朝气。孩子是在床上睡着，而她正在一边墙上，把大顶拿得呼吸急促、大汗淋漓。

要不是知道她生了孩子，谁又能相信，这已是做了母亲的忆秦娥呢？

秦八娃几乎是感到一阵惊喜了。

忆秦娥见是秦八娃，自然也是喜出望外："秦老师，你怎么来了？"

"看我们的名角儿来了呀！"

"还啥子名角儿不名角儿的。我离开舞台一年多，都成孩子他妈了。"

秦八娃看了看床上熟睡的孩子，说："依你演戏的天分，要孩子真是早了点。"

忆秦娥亲昵地看着孩子说："孩子很乖，一天特别爱睡觉。我倒没觉得有啥麻烦的。"

"这满头大汗的，还在练功呢。"

"活动活动，闲着也是闲着。"

"不敢再闲了呀秦娥，再闲，只怕就把事业彻底丢了。"

忆秦娥笑着说："丢了就丢了，反正孩子也得带。"

"孩子谁不能带？你得对秦腔负责哩。"

忆秦娥用手背把嘴一捂，笑着说："我又不是团长、领导。也不是省戏曲剧院、易俗社的头儿，我还能负得了那么大的责任？"

"秦娥呀，秦腔出你这么个人才不容易。你不要自己把自己不当一回事。"

正在这时，忆秦娥她娘胡秀英买菜回来了。

忆秦娥就急忙介绍秦老师。

秦八娃说："这不很好嘛，有你娘在这里照看娃，你赶快回去搞事业，多好。"

"就是的，连我去买菜，菜市场的人天天都说，你女子咋不见唱戏了呢？都盼着呢。"

忆秦娥最不喜欢她娘的，就这一点，走到哪儿都要卖派，说她是忆秦娥她娘。忆秦娥在这一带的确影响很大，胡秀英只要说出她是忆秦娥的娘来，连卖葱卖蒜的，都会少收一点零钱。有时还能搭几根葱、搭几头蒜呢。她娘也就在这一带招摇得搁不下了。但每次回来，她也都带着遗憾，说街坊邻居都问：你女子咋不唱戏了呢？真是可惜了！还都说生了娃，也得唱戏么。

就像是商量过的一样，就在秦八娃进门十几分钟后，单团长和封导也跟着来了。并且还提了酱猪蹄、烧鸡、西凤酒，说是要在这里给秦老师摆庆功宴呢。直到这时，忆秦娥才知道，秦老师把给她量身定做的戏写完了。并且秦老师自己很满意。最后酒喝多了，他还自吹自擂地说："我把我服了！好多年没动笔了，可一动笔，那就是行云流水，江河倾覆啊！戏肯定是写成了，就看你们省秦的二度创作了。我还有一句话：忆秦娥不上，本子我收回。我不是你们管的人。山人是一个乡镇文化站的破站长，靠老婆卖豆腐为生，不卖文。也没有给你们写本子的义务。尤其是……帮你们培养二三流角儿的义务。我就是……就是冲忆秦娥来的……"

忆秦娥甚至被秦老师的一番"酒后真言"，感动得几次掉下泪来。她满口答应：

停止休假，回团上班。

四十三

忆秦娥上班的事，在省秦又引起了一番骚动，更多的人猜测她是为了分房，才"闪电般"回来的。都说这"贼女子"，看着傻乎乎的，其实比庙堂的磬槌都灵光。有人就觉得团上对这号人制裁不狠，应该在分完房后，再同意她结束产假。

忆秦娥还是那副老神气，一天除了练功，跟谁也没有多余话，就好像是局外人一样。等团上把新戏《狐仙劫》的剧组一宣布，大家才知道：10月份，国家在上海有个戏剧节，把忆秦娥弄回来，才是为了排新戏呢。虽然大家心里不舒服，可想来想去，要去参加这样大的活动，不用忆秦娥，还真没了"能上杆的猴"。忆秦娥就又恢复了一个主角，在团队里有意无意的中心地位。

　　为忆秦娥回来上主角的事，楚嘉禾跑到丁副团长家里号啕大哭了一场。她十分委屈地数落说："团上一有难场，就把我弄出来给人家垫背；一有好事，又把人家抬出来敬着供着。咱把命搭上，折腾了快一年，单跛子却把他'碎奶'又背出来，伺候着上了新戏。咱是有病呢，一天尽给人家填这黑窟窿。"丁副团长说，为新戏的事，他也争取过，可那个写剧本的秦八娃有话，说这个戏就是给忆秦娥搞的。如果让别人上，他就要把剧本收回。丁副团长的老婆一跳八尺高地喊叫起来："你们团领导把先人都亏尽了，怎么还让一个烂写剧本的把事拿了。那个秦八娃是干啥的？你光听听这名字，土气得比土狗还土。也是学贾平娃（凹）哩吧，人家叫个平娃，他还叫个八娃，咋不叫九娃哩？我就不信，离了什么八娃九娃打唱本，省秦还能封了戏箱，改说相声不成？"丁团长说，秦八娃是大剧作家，五六十年代就红火起来了，比贾平凹出名都早呢。请他写戏是很难的事。丁副团长的老婆一下把话茬又接过去说："请他干啥？哪里娃好要要，叫他到哪里跟娃要去。还专给忆秦娥写戏，一听就是个老不正经的货色。要写，谁演啥角儿，就得团里管业务的说了算。你也是亏了祖先了，好不容易弄个团副，还是庙门前的旗杆——摆设货。我给你说，必须给嘉禾弄戏，这是我的干女儿。干女儿这么好的条件，不下功夫培养，不给压担子，就是你们领导的失职。尤其是你，还分管业务呢，管个棒槌业务。都让单跛子把权力霸着，人家说谁上主角，就让谁上，那你不是西瓜瓢子捏脑壳——成软撒（头）了嘛。"

　　其实丁团副的老婆，也是做给楚嘉禾看的。楚嘉禾演的《白蛇传》《游西湖》她都看了，的确跟忆秦娥差了一大截。可这个娃天天朝家里跑，今天拿个这，明天送个那的，就没空手来过。连她妈都三天两头地来聊，来谝，也是从不空手进门的。她不让团副老汉给楚嘉禾鼓劲，都有些说不过去了。一般的事，单仰平会由着她老汉去做。可在大事上，这个跛子，主意拿得可老成了，谁说啥都不管用的。比如在重新起用忆秦娥的问题上，团部意见分歧就不小。可单跛子有个观点，并且传得满院子都是："咱就是唱戏的单位，谁把戏唱得好，咱就促红谁。彩电厂就要造最好的彩电。冰箱厂就要造最好的冰箱。省秦就要排出最好的戏来。这个没得商量。并且一切都得为这个让路。要不然，国家拿税收养活我们一两百号人，是白米细面没法变粪了。"谁也扭不过单跛子。丁团副毕竟才上来，也不能不在面子上维护大局。尽管如此，他还是给楚嘉禾争取了个三号角色。虽然戏份不到忆秦娥的五分之一，但排名却比较靠前，在剧中还是忆秦娥的大姐呢。

《狐仙劫》开排那天，封导还专门把秦八娃请到现场，给演职人员讲了讲戏。当秦八娃走进排练场时，大家先是一阵哄堂大笑。连单团和封导，也不知笑啥。都知道秦八娃五六十年代写的那几个名戏，说那时他才二十几岁，但已驰名全国。却不想，人是这样的"土不啦唧"。剧团人说谁长得如何，是爱用"造型"这个词的。有人说，秦八娃的造型，就有些酷似动画片《大闹龙宫》里的那只乌龟。也有人说，像远古的恐龙。还有人说，像外星人。反正两只眼睛很圆、很小，但间距却是出奇的辽阔奔放，有些互不关联照应地独立安置着。给人一种十分滑稽的感觉。走路时，他四肢的摆动也不协调。手臂长得过膝，而两腿却短得出奇，是更进一步夸大了虎背熊腰的比例。大概与一百多双眼睛的直视有关，进门的前几步路，他竟然是走成了一顺撇。大家之所以哄笑，皆因此前传言，这家伙写《狐仙劫》，是专冲忆秦娥而来。闲话有多种版本，但每一个版本的最终指向，都是"老色鬼"一词。他一进门，大家发现，斯人竟然长得这般奇险诡谲、困难重重，自是都要哑然失笑了。

秦八娃除非不开口，一开口，立即就让满场全神贯注起来。秦八娃是这样开场白的：

"各位艺术家，我看过你们的舞台表演，但这样近距离，注视你们离开了舞台后的音容笑貌，还是第一次。你们跟我坐在一起，优势是十分明显的。你们的面貌，对这个时代是有巨大贡献的。用八个字可以形容，叫风华绝代、春光旖旎。而我的面貌，刚才一入场，就已得到了你们的充分估价。（掌声，笑声）你们给时代贴金了，而我是给时代献丑来了。（掌声再次响起）"

这个精彩的开场白，一下就攫住了所有的人。接着，他就讲起了戏：

"我这次写的《狐仙劫》，其实是一个流传了很久的民间故事。之所以今天要拿出来献丑，是觉得，这是一个该拿出来讲讲的故事了。故事里的人，都是半仙之体的狐。他们盘踞在一个山高水长、四季鲜花盛开的地方，无拘无束、自由自在地耕织修行，活得很是快乐淡定。忽然有一天，一个很是富裕的狐狸，雍容华贵、珠光宝气地来到这里，不仅赤裸裸地夸赞黄金、美玉、财富的妙用，而且还嘲笑他们男耕女织、自给自足的落后愚昧。并且对修道，也是嗤之以鼻。说黄金、美玉就能买来神仙一般的美妙生活，还修的什么鸟道？从此，这个狐狸世界就躁动不安，甚至分崩离析起来。这个有九位美丽女儿的狐狸大家庭里，最小的九妹，生性刚烈，终于担负起了拯救这个家庭的责任。谁知她费了九牛二虎之力，把被富商狐狸骗走、买走的几个姐姐奋力救回时，她们却再也过不了昔日耕织修行的'苦日子'，又一个个回到了富豪为她们建起的'欲望别墅'里。她们宁愿沦为玩物，孤独洒泪，也不愿再自食其力、安贫乐道。淳朴山寨，只剩下九妹还在修行、耕织、持守。但她的美丽，已经成为更多富豪狐狸死死盯住的猎物。终于，在面对数不胜数的贪婪魔掌的重重围猎中，九妹愤然跳崖身亡了。这是一个大悲剧，据说故事的发生地，就在我家居住的那个村子背后。九妹跳下去的狐仙崖，至今还叫这个名字。先是太婆给我讲，后来奶奶又给我讲，我娘也给我讲过无数遍。我是搞民间文艺搜集整理的。过去只觉得这是一个有趣的传奇故事，新意不多。可今天，我突然发现它有了一定的新意。也许再过十年、二十年、三十年，这个故事会更有意味一些，也未可知。总之，拜托大家了，相信各位艺术家，一定会把这个故事讲好、讲精彩的。再三再四地拜托了！谢谢大家！"

秦八娃讲完后半天都没人反应。是薛桂生先鼓起掌来，然后，整个剧组才跟着拍了一阵巴掌。丁副团长当时就反问了一句："这个戏，把富裕狐狸鞭挞得够呛，会不会有点不合时宜？"秦八娃立即回应道："那要看他是怎么富起来的。还要看他富起来后都在干什么。不能一概而论。中国的传统戏，始终都是批判巧取豪夺、为富不仁的。这也是个文人立场问题。难道我们今人还活得不如古人了？"

薛桂生又带头鼓了一次掌。丁副团长的脸，就唰地红到了脖根。

秦八娃跟剧组见面后，又跟忆秦娥长谈了一次。一是谈戏、谈人物；二是谈演员修养。秦八娃大概是太喜欢忆秦娥这个演员了，就不免给她设计了太多的修养课程。来时，他就在家里给忆秦娥带了几本书。到了西京，他又去书店买了一大摞。他还问忆秦娥，过去给她介绍的那些书都读了没？忆秦娥羞得立即用手背捂住了嘴。

"是没时间，还是读不进去？"

"一看就瞌睡了。"

"连《一千零一夜》这样的故事，也看不进去？"

忆秦娥还是笑。

"那《西游记》呢？"

"不认得的字太多。"

"不是有字典吗？"

"也查呢，可不认得的太多，查起来麻烦。"

"那好吧，咱变一个方式，你的记忆力不是特别好吗？咱改背诵行不？"

"背啥？"

"把唐诗、宋词、元曲，各背一百首。你只要能背下《白蛇传》《游西湖》的戏词，就能背下这些东西。这个对你一点也不难。以你的记忆能力，两三天就能背下一首，几年下来，就是不得了的事。能做到不？”

忆秦娥点点头说：“过去也背过一些，只是没坚持下来。”

“得坚持呢。你要不按我说的办，以后就不再给你写戏了。”

忆秦娥又捂嘴笑。

秦八娃也笑了，说：“你不敢光傻演戏，得用文化给脑子开窍哩。”

“秦老师，你也觉得我傻吗？我不傻呀，我要是傻，要是脑子不开窍，能演白娘子、李慧娘、杨排风吗？”

秦八娃忍不住大笑起来：“哈哈哈，我早听人说，你不爱人说你傻，是吧？傻这个字，看怎么讲，绝大多数时候，我以为是当憨厚、当痴迷、当可爱讲的。”

“你明明说我脑子不开窍么。我真的显得那么傻吗？”

秦八娃笑得两个本来距离很远的眼睛，更是离散得相互毫无关系了。他甚至掏出手帕，擦起了眼泪。他是真的喜欢这个女子，喜欢这个秦腔名伶。已经几十年了，无论从广播上、电视上，还是直接看戏，他都再没见过这样好的演员坯子。首先是功夫过硬，面对难度再大的武戏，她都能洒脱不羁地轻巧以对。无论什么“兵器”、道具拿在手中，她都能举重若轻地把玩自如。那种速度感、力量感，还有稳如磐石的根基感、轻盈灵动的飞腾感，都让他觉得，这是当下最难得的武旦名伶。如果仅仅是翻得好、打得好、功夫好，那也就是一个好武旦而已。问题是，她还有一口响遏行云的金嗓子，唱得质朴浑厚，音似天籁。每每到情感激荡处，可谓字字切腹，句句钻心。有这两样，就已经是唱戏行当的宝中之宝、人上之人了，可她偏还有一副惊人的扮相。用“闭月羞花、沉鱼落雁”是太俗太俗了，可又有什么好词，能形容忆秦娥在舞台上的那种夺目光彩呢？关键的关键是，这一切，忆秦娥好像都浑然不觉。要放在有的演员，武功好，她就会在舞台上，拼命放大武功技巧，让你感到她是“杂技英豪”；唱功好，她会拼命“卖唱”，让你感到她的唱腔，是可以随着掌声变幻无穷的；扮相好，她会扭怩作态，拼命把那份美，放大到戏外戏的极限。而忆秦娥，就是那样天然去雕饰地唱着、念着、做着、打着，没有人为放大一样优长。所以他觉得，这就是世间最好的演员了。

这次写《狐仙劫》，秦八娃可以说是聚集了生命的全部能量，在写作过程中，几乎是与世隔绝的状态。为了避免老婆一会儿喊他搭手推磨；一会儿喊他舀豆浆、点石膏；一会儿又喊他抬石头压豆腐，他干脆跑到狐仙崖上的一户人家躲了起来。直到把戏写完，才回家受训、挨骂。这个戏，他已思考了很长时间。真正写，也就一个多月。在这一个多月里，他几乎天天跟一群狐狸对着话。主角自然是忆秦娥扮演的九妹了。他既在思考胡九妹的人物形象，也在思考如何雕琢忆秦娥的问题。与其说写的是胡九妹，不如说是在塑造忆秦娥。他把忆秦娥幻化成狐狸形象，也把狐狸幻化成忆秦娥的形象。让智慧、善良、勇敢、坚毅、牺牲、担当、信念等诸般美好，都集中到了这个美丽无比的狐仙身上。从而让主角的戏剧行动，不仅充满了鲜活生动的自由主义生命意趣、无拘无束的自然主义天真烂漫，而且也充满了大爱无疆、大义凛然的英雄主义绚烂光彩。在至纯至美的悲壮毁灭时，是山崩地裂、人间倾覆的天地决绝。那天晚上，在写到胡九妹纵身跳下狐仙崖时，秦八娃差点没产生幻觉，而让自己于泪雨倾盆、泪眼模糊中，跟着月光下的九妹幻影一同决绝而去。

他觉得他是把生命都搭进这个戏了。当然，他也担心忆秦娥的文化底子，能否把这个全新的形象塑造好。白娘子、李慧娘、杨排风，毕竟都演得多了，而且还可以调出不同剧种的不同演出版本，反复参考。这种传统经典剧目，有时已演成一种无法更改的套路，随便创新，甚至是要付出远离观众的代价的。而《狐仙劫》还无套路可依，这就需要导演和演员去创造了。一个演员，要想成为一个剧种的代表人物，没有自己独创的戏，是站立不住的。就像梅兰芳，如果没有齐如山的文本支撑，也是成不了梅兰芳的。他觉得，忆秦娥是该有个由自己创造的角色出现了。他也自负地觉得，《狐仙劫》是够这个水平，够这个分量的。他在反复给忆秦娥和封导讲了他的千般思绪、万般构想后，才心怀忐忑地离开西京城。

在离开的前一天晚上，他还去忆秦娥家里，跟她娘讲了呵护这个女儿的重要性。他听说她娘老闹着要回九岩沟，外孙子就没人照看了。他就对她娘说："你为秦腔生了这样一个宝贝女儿，从某种角度讲，算是一个伟大的母亲了。我们都该向你表示敬意呢。希望你能再帮帮女儿，让她飞得更高更远些。"忆秦娥她娘也是光傻笑，直说要回去给她爹做饭。说家里养了一群挣钱的羊，火得见天收几十块，她爹忙得两头不见天的，饭都吃不到嘴了。秦八娃就问刘红兵呢。她娘有些不满地说，她来这长时间，总共能见到三四面，整天都不落屋的。秦八娃还想找刘红兵谈谈，却被忆秦娥阻挡了。从忆秦娥的脸上，丝毫也看不出她对刘红兵的不满来。她总是那样略显轻松地微笑着。秦八娃也就不好再说什么了。

秦八娃走了，但心里却带着重重纠结：这样一个秦腔宝贝，怎么连家里人，还都引不起高度重视呢？要是他的女儿，很可能他就不让老婆再打豆腐，而是要举全家之力，一门心思地侍弄"大熊猫"了。

四十四

刘红兵也不知道，自己是从什么时候开始，慢慢淡然了对忆秦娥的稀罕。最明确的界线，好像是在忆秦娥肚子渐渐变大以后，身子挨都不能挨了。本来性生活就稀少，这一下，她更是自我板结得成了一块寸草不生的旱地。他那饱满得苍翠欲滴的种子，时时找不到撒播的地方，自是要到外边胡乱耕种了。生孩子前后，他也买过十几种《家庭大全》《夫妻生活》之类的书，反复参阅研读，还咨询过医生，说生育一月后，只要伤口愈合好，即可性生活。可三个月、四个月过去了，忆秦娥还是没让他近身。他就越来越对这块曾经那么热恋的土地，有了深深的失望感。他一直在研究怎么让妻子温柔起来，服帖起来。可书上和生活中的朋友答案，都不符合自己的实际。咋蒸，咋煮，咋炒，忆秦娥都是那成年风干的老豇豆，油盐作料，一概不进。她娘没来时，他半夜里，还得起来忙活娘儿俩的吃喝拉撒。有时还得把哭闹的孩子接过来，在房里摇晃半天。她娘一来，刚好，家里也没法住，他就脚底抹油，溜了个利索。

忆秦娥那阵儿突然从舞台上退下来，他是极力反对的。不管别人对唱戏怎么看，他都是喜欢忆秦娥唱戏的。尤其是喜欢忆秦娥上了舞台后的光彩照人。她突然不喜欢唱戏了，要以产假的方式，躲避演戏、排戏，他就觉得是一种奇怪的想法。可忆秦娥一旦产生了什么想法，就是一个人地闷想，从不跟人商量。想好了，这事就是铁板钉钉子，谁也改变不了的。当一个属于舞台的女人，突然龟缩在二十几平方米的小房里，紧紧搂抱着一个人事不知的孩子，并从公众视线完全消失后，那种美，就渐渐由千里风光变成了尺寸盆景。虽然忆秦娥并没有因怀孩子，而走样变形。甚至白皙得更加细嫩、温润。可在刘红兵的眼中，无论美的内涵与外延，都还是失去了它的丰富性与多样性。尤其是那种炫目感与自豪感。当她真的落下云头，不再飞升时，她的美，也就是一个普通美人的美了，而不见了天使一般的翅膀。她是一只蛰伏在巢穴里的折翼鸟了。尽管这只鸟，还是羽翼、喙冠皆美的。可这样的鸟，在化妆业蓬勃兴起的时代，已是随处可"依样画瓢"了。虽然大多数"瓢"，是不敢拉到明亮的灯光下细看的。好在，刘红兵去的地方，也都是些隐隐糊糊能把人脸照个大概的地方。有些"瓢"，甚至看上去不比忆秦娥差。他也就在不少的烦闷夜晚，有了马马虎虎的归宿感。

终于，忆秦娥又要上戏了，这让他精神为之一振。他是盼着忆秦娥重返舞台的。许多熟人也老问，你老婆咋不唱戏了？是不是你拖了后腿？你小子，可不敢只顾自己，把人家"秦腔小皇后"的前程断送了。他还真负不起这责任呢。加之，他也喜欢忆秦娥演出时，自己走在前场后台的那种感觉。因此，忆秦娥开始排练的第一天，他就乐呵呵地进了排练场。他给弟兄们挨个打着招呼，撂了烟。还到单团的办公室，拉了半天话。都是支持秦娥上戏的拍腔子表态。从他这里透露出，忆秦娥在家，从来就没停止过练功："卧鱼"一卧小半天；朝天蹬一扳半小时；大顶也是一拿一顿饭的工夫。他给单团说："娥儿身上利索着呢，连洗碗做饭，也是带着功的。儿子啥也看不懂，可她偏要把碗先抛出去，一个斤斗起来，才把碗接住。依然是白娘子'盗仙草'的身手。"单团自是高兴得捂不住嘴地笑。他也就顺便问了问房子的事。单团给他悄悄透露说：

"不为忆秦娥，分房等不到现在。"

他心里就有底了。有些高兴，他甚至还砸了单团一拳。

忆秦娥她娘家里有事，待在这里也是心慌意乱的。可为了让忆秦娥能扑下身子排戏，她还是决定：先把外孙子带回九岩沟养着。等排完戏，参加完全国活动，她再把孩子送回来。

儿子走后，忆秦娥一排练回来，见着孩子的任何东西，都要哭半天。刘红兵哄都哄不住。有一天半夜，她甚至突然醒来，说孩子病了，要连夜去看，不然，说连戏都没法排下去了。任他怎么劝说都劝不住，只好在单位门房给单团留了请假条，两人连夜赶回去了。他们到家时，已是九岩沟人早晨下地的时间。孩子啥事没有。听她娘说，孩子自打回来，一共就哭了三次，都是吃奶的时间。只要奶瓶朝嘴里一搭，就吸溜得跟小猪崽吃食一样喜兴。忆秦娥心里还有一点难过，养了四五个月，对妈，怎么还就没一点感情呢？

再回到西京，忆秦娥就踏踏实实开始排戏了。

在忆秦娥排戏的过程中，房终于分了。刘红兵就开始忙着装修起来。别人都是简单吊个石膏顶，再包个木门框、铺个地板砖啥的，就住了进去。刘红兵却把房装得跟宫殿似的，真是要迎驾"小皇后"的样子了。好多人一看，都羡慕得直骂自家男人臭屎无用。忆秦娥一直忙着排戏，没顾上看，也没想着要看，就任由他去折腾了。他也是想给忆秦娥一个惊喜，一直也不让看。直到房子彻底装好后，一天，他见忆秦娥心情大好，才把她弄了上去。忆秦娥进门一看，竟然大喜过望地尖叫了一声："哦，我终于在西京有房喽！"喊完，就一个腾空起跳，四脚拉叉地重重跌落在席梦思上。刘红兵乘势热扑上去，死死搂住，是几近癫狂地在新房里，做了一次直到分手多年后，还让他回味无穷的爱。

忆秦娥说："要是一来，我就能分上房，不定就不会跟你了。"

刘红兵一边大动着一边回答："得亏你没房，要有房，不定这会儿就是别人霸占着我的这份财产呢。"

"你死去。"

"我快要死了。"

"哎，你还记得那个牛毛毡棚吗？"

"能不能不说牛毛毡棚的事？"

"我就要说。要是不烧，也挺好的。"

"你能不能集中精力，我的小皇后。"

"你有病呢，啥时都能想起这事。"

"这就是人生最大的事。快，集中精力，咱们在新房的第一次，得留下一份最美好的记忆。"

"真有病呢。"她就哧哧地笑起来。

说归说，那天忆秦娥，还真迎合了他那些稀奇古怪的要求，投入了最美好动人的激情，在新房的多个部位，任由刘红兵把生命的浪漫多姿与冲锋陷阵，一次次发挥到了极致。

《狐仙劫》终于排成了。

《狐》剧对社会公演那几日，再次调动了西京观众的激情，天天爆棚，一票难求。而且所有媒体，都投入了前所未有的精力，不惜版面地炒作着一部原创秦腔剧目的诞生。这些媒体，本来是只关注电影、电视剧明星的。但每每对忆秦娥的戏，又都倾注了不亚于炒作影视明星的热情。有人说原因很简单，忆秦娥的美，是能与影视明星抗衡的。因而，就时常有报纸，整版整版地只登一张忆秦娥毫无表情的冷艳照。他们说，忆秦娥让秦腔具有了时代的亮色。尤其是对忆秦娥这次"重出江湖"，甚至给了"浴火重生"的评价。刘红兵剪裁下不少报纸，见天晚上，都要一点点念给忆秦娥听。忆秦娥却是在憨痴地想着她的娃。她说："刘忆会想我吗？"在两人商量多次后，孩子的名字终于决定了：姓刘，名忆。是他俩名字的合成。

忆秦娥催着刘红兵，让他尽快把刘忆接回来。刘红兵说，等上海演出回来再接。其实，他是真的喜欢只有他跟忆秦娥两个人的日子。自从忆秦娥怀了刘忆，他那本来就有点麻绳系骆驼的地位，变得更是岌岌可危了。好不容易把孩子送走，又成了两人的世界，并且一切都在恢复着昔日的生活图景了。忆秦娥又回归了主演生涯，依然是火爆得一塌糊涂的日子。尤其是忆秦娥的狐仙造型，这次封导专门请来了全国最厉害的化妆师，整出来的那个惊艳，竟然在忆秦娥第一次出场时，观众就跳出戏来鼓了半天掌。那一阵，刘红兵的心里，就跟春风钻进去一般，荡漾得哪个毛细血管，都是痒酥酥的抓挠不得。这是自己的老婆，如此美丽的尤物，似幻似真的狐仙，是蜷缩在自己卧榻上，有时还是玉枕在自己胳膊上婀娜酣眠的。

那几天，编剧秦八娃也被单团请了来。他老坐在最后一排，不是颔首点头，就是摇头晃脑，抑或瘦手击节。他那两只长得距离实在有些遥远的眼睛，逗得刘红兵老想发笑。有几次，他还故意坐到秦八娃跟前，想听听他对戏的评价。依他想，秦八娃这样个乡镇文化站的土老鳖，戏让省秦搬上舞台，并且搞得这样绚丽夺目，他该是捧着后脑勺，要偷着乐的事了。谁知把他还假的，说了一堆不合适。首先，他觉得太华丽，让戏没有很好地走心，而是过多地"飙"了表皮；二是导演给忆秦娥安的动作太多，太炫技，让演员忘记了角色塑造；三是表演程式丢得太多，让好多演员出来，都归不了行当。他说像演戏，又不像演戏。刘红兵说，这不就对了，年轻人就是嫌唱戏老套，节奏慢，才不好好看戏的。这个戏，刚好出新出奇了。何况还是去上海打擂台，又不是去北山秦家村下乡哩。秦八娃就摇着他的乌龟脑袋说："戏还是得像戏呢。"

秦八娃的意见，好像封导还是有所接受。在去上海调演前，又进行了一次大的修改排练。也就在这次排练中，闹了一场不小的风波，让忆秦娥很受委屈，也让她感到唱戏这潭水，是太深太深了。

那是有一天中午，作曲、场记、剧务都吃饭去了。封导觉得忆秦娥的戏，还有一处不到位，就把她留下来细抠了细抠。谁知就在他抓着忆秦娥的胳膊，一点点纠正动作时，封导的老婆突然破门而入，并且劈头盖脸地一顿臭骂起来。连封导都愣在了那里：老婆可是好多年都没下过楼的呀！她不仅破口大骂，而且还脱下鞋，前后攮着，要抽"忆秦娥这个碎卖×的"脸呢。

很快，一院子人，就都闻讯朝排练场内外聚集了。

也不知是谁把封导老婆从楼上攮下来的，反正那天是下着蒙蒙小雨，满世界都雾腾腾的。因此，这老婆从住宅楼被谁攮下来，又是怎么进的排练工棚，都已成谜了。

人家为她好，替她打抱不平，封导的老婆自是不会把攮她的人供出来了。

她骂忆秦娥这个"碎婊子"，也骂自己的男人"老不要脸"。封导一个劲地解释，说这是在排戏。

"排戏？排啥戏？排独角戏？其余人呢？都死完了？"他老婆喊。

"都吃饭去了。"

"都吃饭去了，你咋不吃？是不是两人勾扯着比吃饭香？"

"刚排到这儿，不再说说，害怕忘记了。"

"你编。封子，你给老娘编。别看老娘几十年不下楼，团上的啥事老娘不知道？你一天就爱给女演员说个戏。你看看你排的戏，哪一个不是女角戏？你咋不排包公戏，不排水浒戏，不排岳家将的戏呢？尽给忆秦娥这碎婊子排戏了。你知不知道这碎货，小小的就让一个老做饭的拾掇了？这么个破瓜，你还当香包子朝脖项上挂呢？"

一直含笑规劝着老婆的封导，突然变了脸地说："你胡说人家娃啥呢？看你有病，不跟你计较，还撒上泼了。回去！"说着，封导就去攮老婆。谁知老婆一屁股坐在地上，连哭带号叫的，把一院子人，就都招呼到工棚里来了。

刘红兵赶到时，单团都已经安排人把封导的老婆，四脚拉叉抬出去了。老婆一边在几个人身上扭动，一边还舞着一双破鞋，说是要朝忆秦娥这个碎婊子的脖子上挂呢。

刘红兵是给忆秦娥送饭来的。进了工棚，见所有人都在朝他脸上怪瞅着。

他一眼看见忆秦娥，是坐在排练场最拐角的道具椅子上，气得浑身都在发抖。

封导正在道歉，说让她不要跟病人一般见识。说完，他就急忙出门去，招呼自己还在破口大骂的老婆了。

单团在继续安慰着忆秦娥。

刘红兵很快就听明了原委。在一刹那间，也有一种酸溜溜的东西袭过他的心头。但很快，他又觉得，自己老婆是绝不会跟封导有什么瓜葛的。他曾经吃过几个男人的醋，可吃完，还是没有发现这些男人跟忆秦娥有什么实质性的牵连。忆秦娥就是傻，就是一根筋。可忆秦娥对于情爱，好像还是一个白痴。他甚至觉得她是一个性冷淡者，是需要去看医生的。不过他不敢这样说出来而已。他看着妻子无助的可怜样子，突然伸出手去，把她拦腰抱了起来。他一边抱着朝前走，一边对单团说：

"请组织查一查，都是谁在搅浑水？是谁在唯恐天下不乱地搞破坏？我的老婆忆秦娥，比他谁都干净、正派。我老实告诉大家，在我跟忆秦娥结婚时，她还是一个处女。这有医院的诊断证明为凭。请不要再在我妻子身上打主意了，不要再给她泼脏水了！她就是一个给单位卖命的戏虫、戏痴。都别再伤害她了，她已经遍体鳞伤了！我敢说，她比这个世界上的任何女人都纯洁，都干净。我首先不配拥有这样好的女人……"

刘红兵从工棚一直喊到院子，并且喊得泪流满面了。

忆秦娥也哭得满脸不知是雨水还是泪水了。她狠劲朝刘红兵怀里钻了钻。

刘红兵就把她搂抱得更紧更紧了。

刘红兵穿行在一片黑压压看热闹的人群中。他突然低下头，将嘴唇深情地吻在了忆秦娥抽搐得已经变形的脸颊上。

四十五

连楚嘉禾也没想到，花花公子刘红兵，竟然当众演了这么一出。那天，她也在看热闹之列。准确地说，封导的老婆，就是她一手从楼上导演下来的。

一连串的事情，让她对封子这个人，有了越来越讨厌的看法。在封子心中，省秦最好的演员，就是忆秦娥。在忆秦娥怀孕休产假的那些日子，封子给她补戏时，从来没有投入过像对忆秦娥那样的热情。每每总是埋怨她，说她这不如忆秦娥、那不如忆秦娥的。听丁团说，封子在团班子会上都公开讲：楚嘉禾可以培养，但就是二三类演员。勉强站到台中间，也不是一根能撑持省秦的顶梁柱。他还说她没有"台缘"，对观众构不成魅力。主要是功底差，也缺乏演戏的灵性。还说她动作"肉"，表演没有爆发力。不像人家忆秦娥，能在瞬间积聚起巨大能量，把爱恨情仇，"顷刻间压榨成让观众迅速泪奔的琼浆"。听听这蹩脚而又肉麻的吹捧词。楚嘉禾觉得，忆秦娥都是有些厌倦了这行事业，准备撒撒脱脱去"造娃做妈"的人了，却又被封子和跛子鼓捣回来，还端直上了原创剧目。谁都知道这个戏是要去上海参加全国赛事的。听说还要评戏剧梅花奖呢。这可是演员的最高奖啊！才开评几届，全国也就几十号人入围。一旦评上，那就意味着是全国知名表演艺术家了。

是在丁团的努力下，《狐》剧才给她分了个贪财大姐的角色。那就是个"霉旦""女丑"。一共才三场戏，还不是"戏心子"。唱词只有二十四句，还是分三次唱完的。这样的"菜帮子"戏，大概连个配角奖也是拿不上的。而忆秦娥一共有二百零八句唱。核心唱段，一次就六十句。作曲也是百般的讨好，几乎把秦腔的精华板式，全都给她用上了。让忆秦娥在首场演出时，一板唱，竟然就撸了二十一次掌声。还别说由她一身好功夫，带来的叫好连天了。尤其是封子导演，见了忆秦娥，连那几根发旋来转去都遮掩不住荒凉的脑袋顶盖，好像也能发出油润的光亮了。见天排练拖堂，对忆秦娥的重场戏是抠了再抠。几乎每一句台词、每一句唱、每一个动作，他都要抠出花来，绣出朵来。那天把他老婆弄下楼，也是她觑摸了好久的事。她觉得，像封子这样的人，就应该给他一些严重教训。并且这是一箭双雕的事：既打击了封子，也搞臭了忆秦娥，何乐而不为呢。

这事她也跟她妈商量过。她妈把桌子一拍说：就这么干。

不过这事自始至终，她都没有出面。而是她妈到钟楼公用电话亭，一次次给封子老婆传递信息，一点点把他老婆心火点燃的。她妈在电话里说：这事全世界都知道了，只怕就你还蒙在鼓里呢。不是你老汉心花，而是那个碎婊子见老男人就想染呢。老婆多次问她是谁，她说她是心怀正义的革命群众；是戏迷；是路见不平者。那天，老婆终于暴怒得要下楼了。她妈就一狠心，掏了十块钱，雇了一个进城卖菜的农妇，乘下雨打着伞进去，把老婆从楼上搀了下来。人一搀下来，她妈就迅速交钱，让搀扶者消失在雨幕中了。这事，单仰平还找派出所查了一阵。派出所的乔所长让手下人折腾了好几天，也没折腾出啥眉目来。相反，倒是刘红兵那天的挺身而出，不仅让这事没发酵、发烂、发臭，还反让更多人羡慕起忆秦娥来了。都觉得忆秦娥是找了个好男人，在最需要的时候，一把拦腰抱起，算是把她的面子，撑得比舞台的口面都宽大了许多。

大部队终于开向上海了，这是一个比较让人担心的地方。到北京演出，都没有去上海这么让一团人诚惶诚恐。上海人听不听得懂秦腔？本世纪 30 年代，秦腔大师李正敏，倒是在上海百代公司灌过唱片的。并且一唱走红，被冠名为"秦腔正宗"。现在都即将进入 90 年代了。五十多年前出的几张老唱片，自是不会有啥影响力了。在东去的火车上，单仰平甚至在车厢过道里，还踆来踆去地坐立不安，生怕在"海上"把戏唱砸了。倒是长得像王八的那个编剧秦八娃，好像是胸有成竹地一直靠在下铺上看书。书还是线装的，得竖着朝下看。封子问他看的啥，秦八娃说什么《搜神记》。单跛子说："你倒是能静下来。这么多人闹哄着，还能看进书。"秦八娃说："我知道你担的啥心。放心吧，上海人能看懂外国戏，那就能看懂秦腔。这故事简单明了，通俗易懂。还有字幕。看不懂，那就是傻瓜了。"楚嘉禾暗中只觉得好笑，这么奇丑无比的一个土老帽，竟然也敢担了上海人的保。倒是刘红兵玩得轻松，在跟一帮哥们儿打牌喝酒。单仰平不许耍钱，他们就给脸上贴纸条。刘红兵的脸上，都快贴成招魂幡了。楚嘉禾看见忆秦娥自上车起，就睡在上铺没下来。吃饭也是刘红兵殷勤着递上去的。吃完还睡。她想学忆秦娥的样子，却是咋都学不来的。只睡一会儿，她脑子就转起很多事情来，不下来走动走动，跟人聊聊家常、谝谝闲传，就惶惶不能终日。看来瓜吃瓜喝瓜睡，也就只是忆秦娥这个怪物一人的基本形状了。

楚嘉禾从内心，是真的盼望着《狐仙劫》能彻底演砸在上海滩上。让这群好捧忆秦娥臭脚的老男人们，也都被彻底打趴下。省秦也好重新洗洗牌。

可第一场演出，就轰动了。演完后，观众竟然长时间不走。都在呼唤着忆秦娥的名字。就连秦八娃，也被忆秦娥从侧幕条拉着，跟乌龟出水一样，一划拉一划拉地上到台中间，给观众磕头虫一般地点了十几下头，掌声还是不见减弱。封子导演也是被忆秦娥拉上去的。他一个躬鞠得，让谢顶盖上的稀疏毛发，全都垮塌了下来。惹得楚嘉禾站在台上都笑咧了嘴。忆秦娥就跟发情的孔雀一样，又是去拉作曲，又是去拉舞美设计的。最后甚至连单跛子都要拉上去谢幕。单跛子倒是死拉都没上，直说："我是瘸子，咋能上台呢？我一瘸一拐的，上台了对戏有啥好处，对省秦有啥好处？"单跛子这趟来的任务就是拉大幕。观众谢幕时，大幕得一直来回动着。他的手，就一直紧拽在大幕绳子上。

这里面，最数刘红兵像个跳梁小丑。楚嘉禾一直在观察着他的丑态百出。打从戏一谢幕开始，他就从观众池子的最后边，一点点朝前挤着。他一边混在观众中鼓掌，一边还拼了老命地喊好。别人喊忆秦娥，他也喊忆秦娥。别人喊胡九妹，他也喊胡九妹。他胸前还挎着个照相机，不停地在抓着观众发狂的镜头。尤其是坐在靠前位置的领导、评委、专家，更是他极力抓拍的对象。在给上海市一个领导抢镜头时，楚嘉禾还看见，刘红兵差点让领导身边的人，掀趔趄在一个台阶上了。她还把站在身边的周玉枝推了一把，让她快看刘红兵这个小丑。周玉枝倒是淡定，说："咋，羡慕了？这才叫好老公呢。"

观众折腾了很长时间，大幕才最终合拢。听调演接待方讲，上海市的领导，要求上海文艺界，明晚都来观摩学习。说让看看秦腔艺术的浑厚、大气、精湛呢。

这一晚，省秦的一百多号人，都得意扬扬地四散在上海外滩附近的几条繁华街道上了。楚嘉禾本来是要出去逛逛的，演出的成功，让她没有了半点闲逛的心思。她倒是去电话亭，给她妈打了个电话。她在电话里窸窸窣窣地哭诉道："狗日忆秦娥，又走了狗屎运了，连上海阿拉都喜欢上秦腔了……"

上海的媒体，也是不惜版面地宣传起秦腔来。忆秦娥的狐仙剧照，登得到处都是。还弄得刘红兵满街跑着买起了报纸。随团来的本省媒体，也很快把消息传回了西京。第二天中午，楚嘉禾她妈就打来电话说，西京也传开了，说秦腔、说狐狸精忆秦娥，是什么什么"轰动上海滩"了。

上海方面，还有北京来的专家，为《狐仙劫》召开了座谈会。楚嘉禾作为人物表里排列的三号人物，自然也去参会了。

会议一开始，就有一个白毛老汉，硬要忆秦娥坐到前排去。说忆秦娥朝前排一坐，戏曲就有希望了。要不然，尽是这些白发老人，说戏曲就真成夕阳晚唱了。忆秦娥还扭捏了几下，到底还是被大家叫到前排去了。楚嘉禾从专家们放光的眼神里看到，他们对忆秦娥，不止是喜爱，简直是恩宠有加了。

长得像乌龟的秦八娃，在全国倒是有些名声，后来也被请到前排去了。

丁团、封子导演和作曲，倒是跟他们坐在一起。单跛子干脆一声不吭地坐在最后一排的角落里，一直低头记着大家的发言，好像是生怕遗漏了一句紧要的话。

座谈会开得特别热闹，不停地有人要抢话筒说话。有几个老头，话说得有点长，就有另外的老头，不停地用茶杯盖，敲击茶杯边沿提醒着。主持人也一再讲，参会的专家多，每人必须控制在十分钟以内。可有的专家话匣子一打开，就成几十分钟地说。阻止的敲杯声，也就此起彼伏了。都是一哇声地夸奖忆秦娥：什么功夫惊世骇俗；什么唱腔醇厚优雅；什么表演质朴大气；什么扮相峭拔惊艳。反正什么好词都生造出来了。竟然先后有七八个老头，又提到了"色艺俱佳"这四个骚乎乎的字眼。她看见，忆秦娥一直羞涩地低着头。还是那个老习惯，老动作，要把手背抬起来，捂着那张被宁州老做饭的廖耀辉，强摁强亲强龇过的×嘴。好像是谦虚、乖巧得不敢承受的样子。可心里，还不知是怎样一种灌了蜜似的滋润、得劲与狂乱呢。一百五六十号人，花十好几万元，浩浩荡荡来一趟上海，也就受活了忆秦娥一人。这碎婊子，太是走了破脑壳运了。

不过会议也出现了另一种声音。这个声音跟在西京初排时一样，丁团就提出过：说这个戏鞭挞富裕狐狸，会不会与时宜不合。在第一个专家发出这样的声音后，楚嘉禾看见，一直闭着眼睛听会的丁团，是突然睁大眼睛，把发言人盯了一下，并且还十分迎合地点了点头。紧接着，丁团又把会场里的所有脸面，都认真扫视了一遍。在以后的发言中，也有赞同这个观点的，也有不赞同这个观点的，并且还激烈地争论了起来。丁团就悄声对封导说："引起争议了吧？麻烦了。"封导说："能引起争议，不是啥坏事。"丁团说："会影响评奖的。"封导就再没说话了。楚嘉禾听到这里，倒是有些舒一口长气的意思。

会终于在快一点的时候，主持人要宣布结束了，可秦八娃却站起来讲了很长一段话。核心意思是：文艺创作不是新闻报道，不能去岔了记者的行。咱们应该用手中的笔，对生活做出经得起时间和历史检验的评价。他说，为富不仁，为富不择手段，为富丧尽天良，在任何社会、任何时代都是要受到批判的。如果我们今天不能保持这个清醒和警觉，社会是会付出惨痛代价的……

坐在他后排的作曲，见几个持不同观点的专家，脸色已经很难看了，就悄悄拽了一下他的后衣襟。他的后衣襟，也是一片很滑稽的料当，竟然比前襟短了许多。大概是驼背撑得有些歪斜，衣边几乎是吊拉在裤带以上了。秦八娃此时已经是口若悬河、不能自已的激情澎湃状态，哪里能被身后的小动作所左右？拽得烦了，他甚至转过身，怒视了作曲一眼："你干什么？"惹得满场还哄笑了一阵。他直说到口干舌燥，两嘴角白沫堆砌。有人又敲起了茶杯盖，说吃饭时间已过一个半小时。他才拱手抱拳地道谢落座。谁知椅子早被自己的腿脚踢移了位置，一屁股坐下去，竟然是"无底洞"了。会场再次在轻松愉快中，一哄而散。

几天后，评奖结果出来，果然没有逃出丁副团长所料，戏只是拿了个演出奖，而没有获得优秀创作奖。只有忆秦娥是大满贯：不仅表演一等奖了，而且在以后不久公布的梅花奖评选中，还满票进入了获奖名单最前列。

在那个座谈会上，就有专家公开讲：像忆秦娥这样的演员，就应该是梅花奖的样板。戏曲演员，如果都像忆秦娥这样功底扎实，扮相俊美，唱念做打俱佳，那就不愁拉开大幕没有观众了。

这些话，像刀子一样剜着楚嘉禾的心。碎婊子是什么都得到了，那自己的奋斗还有什么意义呢？再奋斗，也都只能在忆秦娥之下了。还唱这个戏，那不是自取其辱吗？她的心凉完了。

在上海演出结束后，团上还专门安排大家逛了一天。楚嘉禾却是连体统都扶不起来地蒙头大睡着。都以为她是病了。只有周玉枝知道她的病是害在什么地方。在没人的时候，周玉枝对她说："嘉禾，得认命呢。"

"你脑子进水了吧，认命。认啥命？"

她的这个傻同学周玉枝，倒好像是真的认命了。一天瓜吃瓜喝，啥心不操，还反倒活得哼出唱进的快活了。可她做不到。一想到做饭出身的忆秦娥，竟然混得比自己好，并且还不是好一点，是好得不得了了，她就浑身一阵乱颤，是有一种活不下去的精神躁乱了。

577

四十六

从上海回来后，秦八娃就要回北山去了。走那天，忆秦娥说一定要请秦老师正经吃顿饭。她跟单团和封导说，没有秦老师这个戏，也就没有她获大奖的机会。而秦老师，什么奖也没有，她心里挺过意不去的。单团说，还是团上出面请，可忆秦娥执意要自己掏腰包。最后把地方定在了钟楼同盛祥泡馍馆。秦老师走进包间后，还说太奢侈了。他说吃饭，其实就街边小馆子，人来人往的好。他们想着，《狐仙劫》获了九个单项奖，连音乐配器、道具、服装都榜上有名，唯独编剧缺了项。而团里几乎所有人都明白，很多掌声，其实是鼓给剧本的。尤其是秦老师的唱词，写得生动典雅，浑然天成。喜剧处，诙谐幽默，令观众情不自禁地要相互拍腿捶背；悲剧处，九天银河，倾覆而下，满座泪光闪闪，唏嘘不已。狐事人情，家长里短，酒色财气，爱恨情仇，无不充满哲理意蕴。这都是评论会上，一些专家说的。可另一些专家，却提出了戏的"时宜"问题，最终还是与编剧奖失之交臂。大家的心情，好像都很沉重。忆秦娥端起一杯酒，毕恭毕敬地站到秦八娃面前时，嗫嚅着，只说了一句话："秦老师，感谢你！大家都觉得，最应该获奖的是你。"

秦八娃突然仰天大笑起来，说："秦娥，秦老师也是俗人一个，真给奖，我也不会矫情拒绝。你师娘还就爱我弄些奖牌牌回去，满屋里乱挂着，磨起豆腐来，屁股撅得老高地有劲。来了客人，也好显摆呢。不给这个奖，我也不少啥。你想想，一个黄土都快掩住脖子的人了，评职称，没文凭；升官发财，一个镇文化站的碎摊摊，是老鼠的尾巴，榨不出几钱油来。何况我已是站长了，莫非还想靠奖，弄个太上站长不成？"把大家都惹笑了。

秦老师接着说："说实话，我要是为获奖，就不写这样的戏了。我交个底，写这个戏，一切都是为了你忆秦娥。秦腔出这么个好角儿，太难得了，应该有属于自己的戏啊！包括写狐狸戏，也是为了充

578

分展示你的美。人和妖比起来，那自然是妖狐更美些了。并且还可以在化妆、服装上，做足文章。在写戏过程中，几乎每一句台词，每一个动作，我都想的是你忆秦娥在舞台上的表现力。怎么能充分释放出你的外在美与内在美，我就怎么写。很多观众与专家，觉得最精彩的那些笔墨，恰恰都是你艺术才华的极限展示。我觉得，这些地方，都是我们相互感应出来的。我是编剧，你忆秦娥也是编剧之一。"

"秦老师可不敢这样说，我哪里还编得了剧。"忆秦娥急忙捂嘴笑着说。

"不，艺术是通灵的。文字只是表达方式，是工具。在北山，有很厉害的剪纸艺术家，甚至可以叫剪纸大师，他们一字不识，但他们的造型、构图、意象摄取能力，甚至可以跟毕加索媲美。你忆秦娥，天生就是舞台上的精灵。你朝舞台上一站，任何文字，都只能是你的工具。上海有记者问我，你为什么要创作《狐仙劫》这个戏呢？我的回答就是：为演员写戏，为世间最好的演员写戏，这是写戏人的福气。"

忆秦娥越发地被说得坐立不安了。单团、封导一个劲地让忆秦娥敬酒，秦八娃也就大盅大盅地开怀痛饮起来。秦八娃说：

"金杯银杯不如口碑呀！尤其是戏，更是这么个理了。十年、二十年、三十年后，《狐仙劫》还能不能演，这是关键。其余的，都是过眼烟云，不足道尔，不足道尔啊！无论怎样，戏没有禁演，只是一些人有看法而已。只要戏还能见观众，那就是对写戏人的最大奖赏了。我很知足，很知足！真的，我觉得我的劳动，已经很值得了……"

那天秦八娃老师喝得酩酊大醉。就在几个人朝回搀扶的时候，他还口占了一阕《忆秦娥》：

忆秦娥·狐仙劫

狐仙咽，
山崖断处留残月。
留残月，

579

欢歌洞穴，
又成陵阙。

死生慷慨秦音绝，
悲歌召唤声声烈。
声声烈，
秦娥堪忆，
动容真切。

　　吟完，他呼的一口，把一肚子羊肉泡，全吐在单团的背上了。并且他死活要上钟楼顶上睡一觉，几个人都摁不住。还把单团给的三千块钱稿费都掏出来，说就买钟楼顶上一觉，看够不？幸好那天上钟楼的门关着，要不然，还不知要吵吵出啥乱子来。最后，他硬是在钟楼邮局门前的花坛石条上，睡了四个多小时，才慢慢醒了酒。酒醒后，看着身边的单团、封导和忆秦娥连呼："喝一辈子酒，丢一辈子丑！把丑都丢到钟楼下了，实在是丢丑了！"

　　秦八娃老师回去了。

　　《狐仙劫》又连着演了二十多天。也就在这二十多天里，上边突然要求团上进行改革，说是要实行"名角挑团制"。全国都已动起来了。还说这是剧团今后的发展方向。单团长为这事专门去开了会，领回的精神是：为了稳妥起见，原有院团的建制予以保留。可以在大院大团，先探索成立演出队，但必须由名角儿挑头。总之，是要打破"大锅饭"了。还必须尽快行动起来。省秦如果分成两个演出队，不说艺术质量会彻底下滑，并且立马就拿不出一台现成演出剧目了。可上边的精神非常明确，要求必须贯彻落实。单团如果不动，别人还会说他舍不得放权呢。所以他就给忆秦娥做工作：想让她挑一个队先干起来。还说这也是上边领导的意思。在开会时，有领导的确指名道姓地讲："我看像忆秦娥这样的名角，就可以挑一个团先干起来嘛！"

　　单团刚给忆秦娥说了几句，忆秦娥就一口回绝了。

那天忆秦娥正在工棚练《狐仙劫》里的"断崖飞狐"。这是戏里设计的一个高难度动作。虽然演出二三十场了，可还稳定不下来。有几次，都差点从断崖上跌下去。秦八娃老师就给她讲《庄子》。说那里面有一个"佝偻承蜩"的故事，也叫"驼背翁捕蝉"。秦老师还笑着说，你忆秦娥就是那个驼背翁。把她还惹得笑了个不住，说："我啥时又成驼背老汉了。"秦老师就买了一本《庄子》送给她，说这本书对他一生影响都很大，要她没事翻一翻。还说里面大多都是十分精彩的故事，很容易看进去的。秦老师走后，她就一直翻这本书，并且跟背台词一样，先把《佝偻承蜩》背了下来。背着背着，她似乎突然从驼背翁练捕蝉的专心致志中，就体悟到了一种过去不曾明白的东西。驼背翁为让竹竿上的泥丸稳定下来，才苦练了五六个月，就让蝉误以为他是枯树桩，而纷纷来投了。而她为唱戏的各种技巧，已苦练十好几年了。应该说唱戏的哪个技巧都比捕蝉复杂，但哪个技巧她也没练到驼背翁捕蝉的境界和水平。"断崖飞狐"这个绝技，之所以做不稳定，她觉得正是没修炼到驼背翁那种专一程度。驼背翁算是个残疾人了，跟正常人无法相比。但他在捕蝉这一技巧上，却远远超过了常人。孔子就说这个老汉是："用志不分，乃凝于神。"根本还是完全排除了外界的干扰，才把活儿做绝的。一个驼背老汉，都能练就这般绝活，自己怎么就把一个"断崖飞狐"练不过硬呢？其实她也听到，大家都在吵吵分团、分队的事。也有人当她面说："秦娥，你恐怕得挑团了。"她就捂嘴笑着说："你瓢我干啥呢。我就是个唱戏的，连娃都哄不了，还挑团呢。"她一句也懒得听，懒得打问。反正她相信，不管谁挑，都不会不要她唱戏的。所以最近，她就整天在工棚里"佝偻承蜩"着。

谁知单团来了这一招，她自然是差点没笑得喷出饭来。可单团是严肃的，认真的。并且还搬出了上边领导的"指名道姓"。忆秦娥就急忙拿起东西，浑身像是从水里刚捞起来一般，连声说着"不不不，绝对不可以"地跑出了练功棚。

她回到家里，见刘红兵一脸坏笑着。她问笑啥，刘红兵就说：

"以后是该喊你忆团长呢，还是叫忆队长呢？"

"你咋知道的？"

"我能不知道吗，这事在团上都快吵破天了。大概就你还蒙在鼓里。单团跟你谈了吗？"

"我才不当呢。"

"恐怕不由你了，上边领导点兵点将，都点到你头上了。"

"管他点谁，我反正不当。"

"你为啥不当呢？"

"我咋能当领导呢？"

"你咋不能当领导呢？"

"都开国际玩笑是吧，我能当了领导？"

"你咋当不了领导？"

"我就是当不了。也不喜欢。"

"当上你就喜欢了。"

"打死我都不当。"

"必须当。不当就是瓜子。人家都跳起来抢着当呢。你这是鼻涕流到嘴边了，顺便吸溜一下就进嘴的事，还有个不当的道理。"

"你说得好恶心的。"

"话丑理端么。"

忆秦娥突然把刘红兵怔怔地看了半天，说："莫非你跟单团都串通好了？"

刘红兵说："不是我串通的。而是单团先找我做的工作。"

"你咋回答的？"

"我开始也客气地推辞了几句，后来就答应了。"

忆秦娥顺手就把擦汗的毛巾捊成一团砸了过去："谁让你答应的，要当你去当。"

"我要是角儿，是秦腔小皇后，是梅花奖，不用你煽惑，一蹦就去了。当官是多牛×的事，为啥不当呢？必须当。当了就是你说了算，再不受人摆布了。那时你想演就演，不想演了，就宣布全团休息

582

了，懂不懂？"

"我不懂。"

"没了说你瓜呢。"

"我就不瓜，咋了。我就不当，咋了？"

"恐怕已经没有退路了。"

"我当不当，还由你了。哼，就不当。偏不当。"

"你知不知道，团上现在有多少人想出来伸头？"

"关我啥事？"

"关你啥事？如果是楚嘉禾挑了头呢？"

忆秦娥一下笑歪在了地上，说："楚嘉禾，跟我一样，还能当了领导？"

"如果你不当，这个团谁都可以当。你搞清楚，人家楚嘉禾也是主演过《白蛇传》《游西湖》的人。报纸也宣传过。电台、电视也上过。要说名角，也是能跨上边边的。再说，楚嘉禾她妈的活动能量，那可不是你忆秦娥能小瞧的。"

忆秦娥就不说话了。

刘红兵接着说："团上这几天都鼓捣疯了，听说跃跃欲试想挑头的，就七八个呢。都等着看你咋弄，你要弄了，青年队，就你挑头了，没人能跟你争的。要争的是另一个队的头儿。你要不弄了，那省秦可就热闹了。只怕连青年队，也是要争得打破头的。"

忆秦娥想了半天，还是直摆头："不弄不弄不弄，坚决不弄。他谁爱弄弄去。没人要我刚好，我好引娃。"

忆秦娥还正说演出停下来了，赶快把娃领回来呢。她想刘忆都快想疯了。

刘红兵看这匹"烈倔骡子"咋都不上道，就说："你会后悔的，你信不？要是让楚嘉禾挑了头，你哭都没眼泪了。"

正在这时，单团和封导也推门进来了。

自他们搬迁到新居，他们还是第一次来。

单团一进门就夸奖说："把房收拾得这漂亮的。"

刘红兵说："一般一般，世界第三。"

忆秦娥就踢了"片儿嘴"一脚。

刘红兵像是早有预见似的，在外面买了牛肉、棒棒肉、鸡爪子、鸭脖子、花生米啥的。一铺开，就是一桌硬菜。单团、封导一坐下，他就张罗着喝了起来。

也就在这个临时凑起来的酒桌上，一切事情都定了下来。

忆秦娥是不出山都不行了，单团说这是硬任务，胳膊拗不过大腿的。

好在，单团为她考虑得周到，把封导也强拉进了青年队。并且明确讲，由封导给她把架子撑着，她就挂个名。能顾上了，顾一顾；顾不上了，她演好戏就行了。

单团还说："秦娥，你过去在宁州，不是也当过副团长吗？"

忆秦娥不好意思地说："那就是挂名，啥事都没干过。并且也就当了一个来月，就调省上了。"

"这也是挂名嘛。拉杂事，都让封导去干好了。"

话都说到这份上了，忆秦娥再不答应，也真没理由了。加上刘红兵更是大包大揽，动不动就"没麻达"，啥都是"碎碎个事"。好像一切都跟揭笼抓包子一样容易。

忆秦娥是牛犊子不喝水，被强人硬按头了。

四个人碰了酒，忆秦娥就算是同意出任省秦青年演出队队长了。

四十七

演出队宣告成立那天，省秦院子里彩旗招展，锣鼓喧天。上边来了不少领导，媒体也是争相报道。省秦一下分成了两个演出队，一个由忆秦娥挑头。另一个，是由一名演黑头的名角扛旗。有领导提出，何必叫演出队呢，就叫演出团好了。中老年队叫演出一团，青年队就叫二团。出去叫着也顺口。大家就急忙改口，把忆秦娥叫团长了。忆秦娥还不好意思地看了看单团的脸，省秦怎么能一下冒出这么多团长呢？没想到，单团并没有不高兴的意思，还反倒带头叫起她忆团长了。她也就少了内心的诸多不安。

一阵热闹过后，其实困难比想象的要多出十倍百倍来。首先是没一本浑全的戏。人员虽然有个大致划分：青年为一团，中老年为一团。可在实际操作中，有向灯，也有向火的，相互就扯拉得完全不是当初想象的那盘棋局了。比如楚嘉禾，就坚决不参加忆秦娥的青年二团。刚好一团也想要她，说是那边也要复排《游西湖》《白蛇传》。楚嘉禾一进入一团，就是按一类主演计分计酬的人物了，也算是进入一团的核心层。

虽然说一切都有封导把局面撑着，可面子上的事，大家还是要找团长。开始忆秦娥也觉得有点新鲜，集合开会时，办公室人老把她朝主席台上促。虽然也有点害羞，但促上去坐了几次，也觉得滋味还是蛮好受的。过去全团集合，她都是窝在一个看不见的拐角，压自己的腿，卧自己的"鱼"，劈自己的叉。领导讲啥，她也是这个耳朵进，那个耳朵出。有时干脆懒得听，就想自己的戏，背自己的词，默自己的唱。反正领导就那些话：排戏要遵守纪律；不能迟到早退；戏比天大；观众是上帝。听不听就那回事。现在该她说了，可她总是张不开嘴，老是要让封导说。有一天，封导硬是推她讲了一回话。她只说了几句，就找不到词了。她说："是事儿推到这儿了，我们先得把戏排好。把戏排好了，有戏了，我们才能出门演戏。排戏不敢马虎，这是我们的饭碗。反正我会带头的。大家看我咋干，都跟着干就是了。办公室要把伙食给大家弄好，要干事，就得吃好喝好。我讲完了。""好！"封导不仅带头喊了一声好，并且还领了掌。说她讲得好，话不多，但句句都在点子上。那次，她还真的有点释然，觉得当领导讲话，也就那么回事了。

可时间一长，她还是有一种焦头烂额的感觉。又要排戏，又要管事，累得王朝马汉的，还不落好。她就老想着单团过去跛来跛去的样子。

他们建团的第一件事，就是补戏。封导跟她商量说，先把《杨排风》《白蛇传》《游西湖》《狐仙劫》补起来。然后又布置了《窦娥冤》《清风亭》《三滴血》《马前泼水》等几本大戏。两个团分开后，无论演员、乐队、舞美队，都扯拉得乱七八糟。四本现成戏，就补了两个多月。加上一些演员已有的折子戏，总共凑了七八台节目，就算是可以出门演出了。

也刚好到了秋天的演出旺季，封导安排打前站的，挂了忆秦娥的头牌出去，台口竟然定下不少。加上刘红兵动用自己的关系，还有他爸的人脉，又到处打招呼，演出场次就从10月一下定到了春节前。足有上百场戏呢。不过问题也是明显的：本戏太少，撑不住大台口。关中人包戏有个习惯，要么唱三天三夜，要么唱三天四晚上，还有唱五天六晚上的。见天中午、下午、晚上都得有戏。一天三场，三天就是九场戏。虽然折子戏专场也能作数，但只能在下午"加塞"演出。其余时间，都是要求要上"硬扎本戏"的。可二团凑来凑去，都凑不够九场戏。最后是拉扯了个"清唱晚会"，才总算是能接"三天三夜"的台口了。

忆秦娥的团长，要说当得累，也累，主要还是累在演出上。平常一应诸事，担子都压在封导肩上了。据说封导差点都没来成。老婆在家闹得不行，不让他出门。尤其是不准他跟"妖狐"忆秦娥在一起。最后是单团出面做工作，说封导要去给她挣大钱了。并且给她雇了保姆，还买了些米面油，老婆才骂骂咧咧地放行了。单团对封导叮咛说："无论如何，都得帮忆秦娥一把。等捋饬顺了，有人能顶住事了，你再撤退不迟。"

这事最红火的是刘红兵。与其说忆秦娥当了团长，还不如说是他当了团长呢。见天都有人给他打小汇报，还有给他抛媚眼飞吻的。刘红兵本来就喜欢在团里钻来钻去。觉得这里的一切，都是那么有情有趣有意思。用他的话说，叫"特别好耍耍的地方"。这下，就更是有了理由乱钻乱窜起来。忆秦娥骂他，嫌他不该来得太多，尤其是不该参与团上的是非。他还有理八分地说："我不替你盯着点，只怕让人家把你这个团长卖了，你还帮人家点票子哩。"

忆秦娥也的确是累得没办法，刘红兵要掺和，也就只好让他掺和了。有时还真能顶住事呢。比如到外面包场，他的外联能力，几乎是无所不能的。连封导都表扬好几回了。尤其是剧团每到一地，都是他出面跟地方领导协调，几乎没有办不成的事。无论伙食、住宿、车辆、结账，都办得利利索索、顺顺当当、妥妥帖帖的。当然，也有人摆杂话，说忆秦娥是在"开夫妻店"呢。这里面还发生了一件事，就是忆秦娥她舅胡三元，也在二团出门演出不久，投奔忆秦娥来了。

在忆秦娥挑团的时候，她舅胡三元就来过一次，说了想帮她的话。可忆秦娥没好应承，就怕人说闲话：还没咋哩，先把自己的舅弄进来了。可下乡演出不久，团上那个敲鼓的，竟几次撂挑子，弄得有一天，差点把戏都摆在台上了。过去团上有三个敲鼓的，这次分团，两个都去了一团。二团这个，就成十里谷地"一棵独苗"了。先是闹着，嫌绩效工资给得低，要拿跟忆秦娥一样的分值。后又嫌每天演出，一坐就是十几个小时，屁股痛。他前后要把裤子脱了，让封导看。还扬言要让忆团长看呢。说是起痱子，都抓成黄水疮了，咋都坐不下了。还为坐车没安排前排，住店没安排向阳的房子，跟办公室也吵了好几架。都让封导想办法。封导说有啥办法，唯一的办法，就是再弄一个敲鼓的来，他就蔫下了。刘红兵就撺掇忆秦娥，让把她舅弄来。她就打电话把舅叫来了。

她舅在宁州也是处于没戏敲的闲散日子。团长朱继儒退休了。从县文化局调来个新团长，说过去是兽医站的，能吹笛子，就进了文化部门。他不懂唱戏，也不喜欢戏，说一听秦腔就"撒（头）痛"。到宁州秦腔团，才一个月天气，就把一个老戏曲团体，改成"春蕾歌舞团"了。演员都唱了歌。乐队也都修起长发，玩起了电子琴、电吉他、电贝司。节奏是靠摇沙锤。中间摆的是架子鼓。那玩意儿，胡三元自然是敲不了了。并且也不可能让他敲。他一个半边脸烧得黑乎乎的人，怎能坐到台中，摇头晃脑地当电声乐队的指挥呢？那是得一个风流潇洒的人物玩着，才能给舞台提神聚气的。并且好多团的架子鼓，还都是美女敲的。春蕾歌舞团的团长，一眼就看上了当初给忆秦娥配演青蛇的惠芳龄。娃年轻、漂亮、机灵、腿长，敲架子鼓就非她莫属了。这碎女子，也的确学得快。从武旦转行到敲鼓，只一个月，上台竟然就是满堂彩了。她不仅敲得神采飞扬，而且中间还突然把鼓槌向空中一抛，翻个斤斗起来，接住鼓槌，又连着往下敲。让观众都惊奇得站起来为她号叫、鼓掌了。胡三元就觉得，自己的时代是结束了。宁州剧团再没人找他商量戏的节奏了。连过去跟他那么好的胡彩香也说："你的好日子到头了。赶紧转行，哪怕学个劁猪骟牛都来得及。"气得他就想扇胡彩香一尻板子。新团长倒是征求过他的意见，问他做饭不。说如果同意做饭，也可以随团外出。宋光祖和廖耀辉那两个老做饭的，年龄太大，出去带着不方便。团上是准备出去跑一年的。路线端直划了好几个省。胡三元当时都想抽新团长几个大嘴巴，让他去做饭，得是又"文革"了，想整人呢？但他忍了，到底没发作。自是也不会答应去做饭。可胡彩香去了，是随团做饭去了。她不想待在家里，老跟张光荣吵架。也怕胡三元瞥乱她。是出去图清静呢。再说，歌舞团能赚钱，最近凡来宁州演出的，都是满把满把地把钱赚走了。他们自然相信，春蕾歌舞团也是会"斗大的元宝滚进来"的。大家都出门后，胡三元也没啥事，就拿着一月几十块钱生活费，整天还练着他的板鼓。他也知道，再练也没用了。可不练，又觉得活不下去。就还成天哪哪哪哪地敲着。敲得一个院子剩下的人，都觉得他是犯了精神病。

　　终于，外甥女忆秦娥当了团长了。开始他也想投靠，可又开不了口。娃毕竟才当官，他也不想添麻烦。谁知不久，忆秦娥就打电话来让他去了。他是在甘肃天水的演出点上，把剧团赶上的。他一去，忆秦娥就给他讲了来龙去脉。他说："放心，弄别的事舅不行。敲鼓，不是舅吹，还没有舅服气的人。《杨排风》《白蛇传》，包括《游西湖》，这三本戏舅立马就能接手。《狐仙劫》给舅三天时间，也保准不会把戏敲烂在台上。"忆秦娥是知道舅的本事的。可这急呼呼地招他来，也不是想让他立马上。就是搞一个备份，让现在这个敲鼓的，有所收敛而已。这也是封导的意思。她就说："舅，你来还是先坐在武场面，看看戏。帮着打打勾锣，敲敲梆子、木鱼啥的。一旦需要你上，我会给你说的。"她还一再给舅叮咛，"这是省秦，不是宁州县，千万不敢把那火药桶子脾气拿到这里来了。这里可没人吃你那一套。"她舅连连点头说："放心，舅也是四十好几的人了，一辈子亏还吃得少了，还跟谁杠劲呢？不杠了，不会杠了。何况这是亲外甥女的摊摊，舅咋能不醒事到这种程度，把自家人的摊子朝乱包地踢呢？"

说归说，胡三元还是胡三元。吃啥喝啥，他都没要求。住啥房子，也不讲究，可一开戏，见别人敲鼓不在路数上，他的气就不打一处来。他觉得二团现在这个司鼓问题很大：首先是把戏的节奏搞得跟温吞水一样，轻重缓急不分；再就是手上没功夫，"下底槌"肉而无骨、软弱无力；关键是还有一个致命的瞎瞎毛病：看客下菜，故意刁难演员呢。他是一忍再忍，一憋再憋，可脸还是越憋越紫越黑。他不仅不停地抿着那颗包不住的龅牙，而且还把怨恨之气，直接大声哀叹了出来。坐在高台上的司鼓，已经几次冲他吹胡子瞪眼了，可他还是忍不住要表示不满。有天晚上，差点都接上火了。但他看在外甥女的面子上，还是把气咽了。忍得他难受的，回到房里，竟然把一盆冷水，兜头泼了下去。并且还用空塑料脸盆，照住额头，嘭嘭嘭地使劲拍打了几十下。直到头皮瘀青，渗出血来才作罢。他像一头暴怒的野猪一样，在房里奔来突去。又是拿头撞墙，又是挥拳砸砖的。直折腾到半夜，才独自在一本书上，用鼓槌敲打起《狐仙劫》来，天明方罢。但这种难受、憋屈，到底没让胡三元走向隐忍修行。而是在一天晚上演《狐仙劫》时，终于总爆发了。

那天晚上天气也有些怪，不停地吹旋旋风，把舞台上的幕布，刮得铁墩子都压不住。有人还俏皮地说："莫非今晚真把狐仙给惊动了。"敲鼓的就借机减戏，行话叫"夭戏"。他竟然把大段大段的戏，通过自己手中的指挥棒，给裁剪掉了。而这个戏，胡三元已经看过好几遍。剧本也是烂熟于心的。在私底下，他把戏的打击乐谱，都已基本背过了。按司鼓现在的“夭戏”法，观众肯定是看不懂了。并且他还在下狠手“夭”。胡三元就发话了，说：“戏恐怕不敢这样‘夭’。”

司鼓本来对他的到来，就窝着一肚子火。知道他是一个县剧团的敲鼓佬。仗着自己是忆秦娥的舅，黑着一副驴脸，就敢到省秦这潭深水里来“胡扑腾”了。狗尿是吃了豹子胆，还给他唉声叹气甩脸子呢。这阵儿，竟然又公开指责起他“夭戏”来了。“夭戏”也是一种技术。一般敲鼓的，还没这几下蹬打呢。他“夭”得怎么了？他问他：戏“夭”得怎么了？

胡三元说：“‘夭’得太狠，观众都看不懂了。”

“这么大的风，到底是让观众‘吃炒面’呢，还是看戏？”

“这儿的观众，好多年都没看过戏了。这大的风，一个都没走，说明他们是想看。也能坚持。再说，人家是掏钱包场看戏，咱不能糊弄人家。”

“胡三元，你搞清楚，这鸡巴二团，虽然是你外甥女当了挂名团长，可摊子还是国家的。是国营性质你懂不懂？不是忆家的私人班子。把自家男人卷进来不说，还把烂杆舅也弄进来了。再过几天，恐怕还得把她舅娘、她姨、她姨夫、她大侄女都收揽来吧。”司鼓说完，乐队就爆发出一片怪异的笑声。

谁知胡三元不紧不慢地说：“只要需要，也没啥不可以的。唱戏么，谁唱得好、敲得好、拉得好、吹得好就用谁，天经地义。这不是都改革吗，也只有这样改，才可能把戏唱好。像你这样敲戏的，就应该改去搬景、做饭、拉大幕。”

“我日你妈，胡三元。你 × 能，你来！你来！你立马来！你狗日今晚不上来敲，都是我孙子。你来！来来来！”那司鼓说着，一下从敲鼓台上跳了下来。而这时，舞台上马上就要狐仙两军对垒，进行“大开打”了。一切动作、节奏，都全靠司鼓手中的“指挥棒”呢。

所有人都吓得鸦雀无声地盯着胡三元。也有人起身在拦挡那位司鼓，说无论如何，都得先顾住前场。只见胡三元嗵地站起来，跟救火一样，一步跨上高台，一手摸鼓槌，一手拉过前司鼓踢开的椅子，一屁股坐了上去。就在屁股挨上椅子边沿的一刹那间，他手中的鼓槌，已经发出了准确的指令。立即，武场面四个"下手"，也都各司其职，敲响了锣、钹、鼓、镲。舞台上已经发现乐队出了问题的演员，听到规律的响动，一下有了主心骨，迅速都踩上锣鼓点，把戏演回到了井然的秩序中。这惊心动魄的一幕，让乐队几十号人，也都毛发倒竖起来。大家想着，今晚要是把戏演得摆在了台上，可就算把人丢到外省了。

但自从"黑脸舅"登上那把交椅后，戏不仅没有"停摆""散黄""乱套""泡汤"，而且还朝着更加激情、严密、紧凑、浑全的方向走下去了。就在全剧落幕曲奏完，武场面再次用大鼓、大铙、吊镲、战鼓，将气氛推向高潮时，忆秦娥的黑脸舅，是扔了手中的小鼓槌，一下跳到大鼓前，操起一尺多长的鼓棒，把直径一米八的堂鼓，擂得台板都呼呼震动起来。连他的双脚，也是在跟敲击的节奏一同起跳着。终于，他在一个转身中，双槌狠狠落在了鼓的中央。一声吊镲的完美配合，司幕把大幕已拉得严丝合缝了。

大概停顿了有四五秒钟，乐队全体自发起立，长时间地给他鼓起掌来。胡三元突然用一只手捂住脸，悄然转身走了。就在他转身的一瞬间，有人看见他是泪水长流的。没人再说他是忆秦娥的"黑脸舅"了。都说，宁州真是卧虎藏龙的地方，竟然还有这好的司鼓。有人说："在秦腔界，老胡都应该是数一数二的人物。""看他敲鼓，简直就是一种艺术享受呢。"有人甚至还说："胡兄的鼓艺，是可以登台表演的。"

这天晚上，尽管是野场子演出，有人喊叫说，西北风把娃娃都能刮跑。可数千观众，还是定定地看完了演出。戏演完后，还要围到台前幕后，看演员卸妆；看舞美队下帐幕；看大家拆台装箱。并且是久久不愿离去。

忆秦娥这晚，也是经受了很大的惊吓。就在下场口司鼓跳下鼓台，扔槌而去的时候，其实上场口这边，已经看得一清二楚了。连台上的演员，也全都乱了阵脚。那阵儿，忆秦娥正在上场门候场，她扮演的胡九妹，是要去夺回几个失去自由的姐姐呢。眼看司鼓缺位，整个指挥系统一下瘫痪了。封导都让司幕做了关大幕的准备。可就在那千钧一发的时刻，她舅跳上了鼓台。不仅迅速控制住了局面，而且把戏敲得一段比一段精彩。连她的演出，也是一种很久都没有过的与司鼓配合的水乳交融了。直到"她"跳下断崖，大地悲切呜咽声声、长空鼓乐警钟齐鸣时，她才感到，自己是经历了一场比戏中情势还要激烈得多的较量。终于，她舅为她赢得了胜利。连《狐仙劫》这样的新戏，都敲得如此精彩、老到，还有什么戏，是能难住她舅的呢？她觉得，自己挑团，这是过了很重要的一个关口。角儿都拿不住她，因为大戏都是自己背着。可司鼓，眼看就要把二团的脖子扭断了。

今晚终于大反转了。

她听说舅哭了，她也哭了。卸完妆，她去房里看舅。她舅脸上的泪痕还没擦干。

"舅，你敲得那么好，都夸你呢，咋还哭了？"

她舅说："娃，舅知道你的难处。这个头，可不好挑哇！不过舅不是为你哭，舅是为自己哭哩。"

"为自己哭？"

"舅这一辈子，就这点手艺。今天干不成了，明天干不成了。熬到四十好几了，家没个正经家。你胡老师对我好是好，可对她的那个蠢驴老汉，也死不丢手。说人家那钳工手艺，比我敲鼓强。你说现在人，都有点钱了，却不好好正经看戏，要去看那些穿得乱七八糟，有的连羞丑都遮不住的扭屁股舞。舅这手艺，咋就又过气得快混不住嘴了呢？要不是秦娥你收揽，舅只怕……只有饿死一条路了。"她舅说着，又淌起泪来。

她说："舅，就凭你这手艺，只要还有唱戏这一行在，你就缺不了一碗饭吃。你今天可是给我长了脸了。一团人都在说，你舅是个奇才呢！舅，你真的是个奇才！你是咋把这个戏敲下来的？"

她舅只要说到敲戏，立马焦煳的黑脸庞上就有了光彩。他说："舅就看了几场戏，翻了几回剧本，戏就化到肚子里了。这算啥，你信不，还别说把戏过了几遍，就是过一遍，真要救场，舅也敢上。不就是敲戏嘛，还能比造原子弹难了？"

忆秦娥扑哧笑了："舅就爱吹。"

"不是舅吹，没个金刚钻，还敢揽今晚这瓷器活儿？"

她舅倒是以他高超的技术，在二团很快就立住了。那个撂挑子的司鼓，看没难住团上，自己反倒有丢饭碗的危险，蒙头睡了几天，就说屁股上的痱子好些了，要继续敲。封导也安排他上了戏。不过，好多演员和乐队都反映，胡三元比他敲得好十倍，那些重要戏，也就再轮不上他敲了。团上就给他起了个外号，叫"八钱"。意思是：好端端的一两银子，刁来熬去的，终是熬成八钱了。

她舅彻底站住脚了。可刘红兵在团上摇来晃去的，大家意见却越来越大。其实刘红兵也没啥别的毛病，就是爱在女娃窝里钻来钻去。给女娃娃们跑个腿，献个小殷勤啥的。他本身长得潇洒帅气，出手又大方阔绰，自是招女娃们喜欢了。加之忆秦娥一天几场戏，累得连妆都很少卸，演完一场，倒头便睡。直到第二场戏开锣，才又起来包头、穿衣。刘红兵就拿了照相机，不停地到处给女娃们拍照留影。有些女娃，是有几个小伙子都在暗中追求的，自是嫉恨着刘红兵"隔手抓馍"的"荒淫无道"了。其实他什么也没干，就是好这一吊吊：不跟漂亮女娃在一起疯癫、热闹，浑身就不自在。这让很多人心里自是不舒服了。有人端直把他叫了"二皇帝"。是"二团皇帝"的简称。

世上没有不透风的墙。忆秦娥在这方面再瓜、再麻木，还是有人以递条子、打小报告的方式，让她知道了一些藤藤蔓蔓。她一生气，就一脚把刘红兵踢回西京去了。

四十八

刘红兵回到西京，独自一人，更是如鱼得水，玩得几天都不落屋。那真叫个昏天黑地，醉生梦死。可就在他玩得正得意的时候，有一天，他妈来电话说，他爸年龄到了，从副专员的位置上退下来了。他妈的意思是，让他今年无论如何给忆秦娥做做工作，让带着孙子，回北山陪他爸过个年。说他爸心情不好得很。刘红兵这几年在西京浪荡得，都忘了他爸已是要退休的人了。怎么还有这一说，不是级别高的干部都不退吗？

即将到过年的时候了，忆秦娥才带团演出回来。刘红兵提前一天，也从九岩沟接回了孩子。他就跟忆秦娥商量着，想回北山过年。开始忆秦娥坚决不答应。当他说出他爸已经退休，最近心情特别不好的话来，忆秦娥才同意回去的。

自结婚后，忆秦娥只回去过一次，那是过中秋节。她能感觉到，刘红兵他妈心中只有她的宝贝儿子。而他爸心中，只有官场、官话、官腔。整个中秋节，基本都在家里接待人，跟走马灯似的停不下。只有晚上很晚了，才跟她拉过几句话。先问她为啥不演些鼓励发家致富的戏。又说现在通商贸、修公路、开矿山、搞城建，热火朝天的场面多了去了，为啥不演、不宣传？整天就演个白娘子、杨排风，还有女鬼怨啥的，跟时代有什么关系？她也回答不上来。反正从他的话里，压根儿就听不出对她事业的尊重。这让她很不舒服。只勉强待了两天，她就闹着回西京了。她本来是不打算再回北山去的，可刘红兵既然把话说到这份上，说他爸可能连年都过不好，她也就答应回去了。

回到家的那天，已经是腊月二十九了。他爸正在发脾气，也不知说谁，反正气得手都有些发抖："人走茶凉，人走茶凉啊！连这样的老实人，都耍起花子来了，拜年还绕着咱家走呢。你看看他，猫着熊腰，张着河马一样的大嘴，朝人家新贵院子钻的那贼式子。看来在位时，这些人表现出的贴心可靠、忠诚老实，都是假的，统统都他妈是假的。"刘红兵他妈见他们回来，急忙把他爸的话阻挡了。他爸虽然不骂了，可心思好像还在别处，就连逗孙子，也显得有点魂不守舍。逗着逗着，他爸又扯到了忆秦娥完全不知道的事上："哎，你看看这些人，行署幼儿园，不也是在我手上拨钱翻建的么。他们的娃娃都舒舒服服地进去了，我孙子又不上它。那个园长叫什么梅来着？拜年都不来了。这快的，吃水把打井人就忘了。"

就在这时，忆秦娥身后的半空中，突然发出了同样的声音："吃水把打井人忘啦！"吓了忆秦娥一跳。她急忙扭头一看，是一只鹦鹉。

"天哪，它咋学得这神的？"忆秦娥有些震惊。她听说过鹦鹉能学人说话，可还从来没见过，把话学得这真这像的鹦鹉呢。

"这算啥，你爸还有一只鹦鹉，才厉害呢。还能唱歌。那阵儿放《渴望》，电视机一打开，它就先唱上'悠悠岁月，欲说当年好困惑'了。"

"那只鹦鹉呢？"忆秦娥急忙问。

他爸就一屁股瘫在沙发上，唉声叹气的，直冲他妈摆手说："还说啥，还说啥。你咋是哪壶不开提哪壶呢？"

大家就都不说话了。

事后，忆秦娥还在操心着那只鹦鹉。她是想尽快找到，好给儿子唱歌玩呢。他妈才悄悄告诉她和刘红兵说："跑了。你说怪不怪，就在你爸退休的那天下午，那只鹦鹉给跑了。两只都是别人送的，人家调养得可好了，名字也起得合你爸的心意：一只叫'两袖'，一只叫'清风'。在家都养好久了。你爸每天下班回来，鹦鹉老远就喊叫：'两袖清风回来啦！''两袖清风回来啦！'你爸听着可高兴了，直撩拨它们说：大声些，再大声些。可就在你爸退休的当天，那只叫'两袖'的家伙，竟然跑得无影无踪了。你说是不是出了奇事？把你爸气得呀，天天都在嘟哝，让我把'清风'也送人算了。说'两袖'都没了，还留着'清风'干什么呢？他嫌吵得烦。"

这个年，在家里过得一点都不愉快。先是他爸消沉得饭都吃不下，老喜欢弄一堆文件在那儿看，还要给上面批些字什么的。嘴里一个劲地嘟哝说：好多文件都看不上了。刘红兵就给他弄了些小说、故事报回来，让"岔心慌"。在刘红兵看来，那些故事可提神了。但他爸看几行就瞌睡了。有时也能勉强看那么一两篇，看完就骂：日他妈，这要是我的秘书写的，我把他狗手爪子都能剁了。

后来又因孩子的事，闹得忆秦娥心里特别不舒服。

就在他们回去的当天晚上，他妈就一惊一乍地说："秦娥呀，你们发现没有，你们这个孩子有问题呀！"

"什么问题？"刘红兵问。

"智力不对呀！"他妈说。

"什么智力不对？"

忆秦娥就有些不高兴。当奶奶的，怎么能说孙子这话呢？

"孩子已经满一岁了，按说应该能说话了。就是说话晚，也不应该是这个神气呀！刚回来，我以为是坐车晕，反应迟钝了呢。这都过去好几个小时了，觉也睡够了，怎么还是这没精打采的神气呢？"他妈边说，还边挠着孙子的手心、脚心。孙子只是微微抽了抽，反应不大。他妈就说："你们要引起重视呢。得尽快检查，看到底是什么问题。"

"没啥问题，能有啥问题。前一阵我要外出演出，把孩子送到我妈家放了几个月。我妈忙，可能也没时间调教孩子说话。接回来又不适应，就有点蔫儿吧。"忆秦娥没好气地说。

"把孩子放在乡下养，可能会反应迟钝些。但也不至于反应这么迟钝呀？孩子好像是这儿有问题。"他妈说着，还指了指孩子的脑袋。

忆秦娥就越发地不高兴了。在九岩沟，还有两三岁才学着说话的，后来不也都种地养家，活得好好的吗？怎么她的孩子，就脑子出了问题呢？你儿子脑子都灵醒得跟啥一样，孙子的脑瓜怎么就能蠢了呢？他妈不仅自己一惊一乍的，而且还神秘兮兮地，让刘红兵他爸也来看。爷爷奶奶，就像看一个怪物一样，看着他们的孙子。见她不高兴，就又偷着不停地用各种方式，测试着孙子的智力反应。有一次，甚至在她蹲厕所的时候，把孙子的下身脱得光溜溜的，还翻出家里备用的医药钳子，冷冰冰地捣鼓起孙子的脚心、脚丫、大腿、鸡鸡来。是她及时出来，他们才停止了进一步实验的。她实在待不下去了。本来还说，初二要去看看秦八娃老师的，也没去，就急着抱孩子回西京了。

正月初六就要出门演出，并且定了三个多月的戏。想来想去，还是得把孩子送回九岩沟。只有把刘忆放到自己亲娘的怀里，她才是放心的。她坚信孩子是不会有啥问题的，只是跟妈妈在一起太少了，一副可怜委屈相而已。每每想到这里，她的泪水就濡湿了孩子的肩头。她觉得，她已经很是对不起这个孩子了，可没办法，还得把孩子寄养在娘家。她把刘红兵他妈的担心，说给娘听了。娘一下气得火冒三丈的："他奶是放狗屁呢，这灵光的孩子，咋能智力有问题呢？这不是咒我外孙子吗？我外孙说话、走路是有点迟，但啥藤藤牵啥蔓蔓么，老子不傻娘不瓜的，儿子还能痴聋瓜呆了？再说，说话走路迟，也有迟的好处。你姐说了，有个啥子'死坦'，四岁才开口说话呢，最后还成了不得了的大人物了。说是脑子世上第一好使呢。"娘为这事，还专门把她姐叫回来，问那个人叫啥子"死坦"，四岁才说话的？她姐说："爱因斯坦。啥子'死坦'。"把她惹得一阵好笑。

她本来就是相信娘的话的。娘生了三个孩子，还在村里帮人接过生，见得多，也不会哄她的。不过她也要求娘，要腾出时间，好好教娃走路说话，不敢再惯着了。一家人都满口答应了。

忆秦娥回到西京，正月初六一早，就带团出门了。

四十九

这次下乡，忆秦娥没有让刘红兵去。一来，是不喜欢他在团上的张扬。就好像他是团长似的，啥都爱拿主意，爱拍板。爱越过封导、业务科、办公室，直接"定秤"。团上已经有人叫他"大掌柜"了。二来是他爱朝"花枝招展""蜂飞蝶舞"的地方扎。爱帮女娃提行李；爱帮人家上车下车；爱钻到人家集体宿舍打牌；爱挤到人家一堆吃饭；尤其是爱帮人家整理衣服、鞋帽啥的。谁的服装腰带没系好、耳环有点偏，他都能一眼看出来。并且是要亲自动手，帮人家朝好里捯饬的。有好几个爱情地位不巩固的男生，已经给她这个团领导撇过凉腔了，说红兵哥是贾宝玉一枚。有的还偷偷纠正说，不是贾宝玉一枚，是猪悟能一头。气得她也骂过刘红兵，说你脑子进水了，一天尽朝女人窝里钻呢。谁知刘红兵这个二皮脸说："我是帮你密切联系群众哩。"

"联系群众，咋全联系的是女的？"

"男的也联系呀，可他们凑到一起就要喝酒、打牌、赌博，忆团座不是不让吗？"

"你不是整天也钻到女人堆里打牌吗？"

"可她们不带水，不赢钱，只给脸上贴纸条么。"

"所以你就见天给死皮脸上贴几十个白条子，演《诸葛亮吊孝》呢。丢人不？"

"哎，也是逗她们开心哩。开了心，不就更愿意给你打下手、跑龙套、当臣民了吗？"

忆秦娥咋都说不过他。这事好像也没办法朝细里说。不过，她倒也没发现什么大不了的事。对于自己的男人，忆秦娥自信还是没有到失控的程度。尤其是他对她唱戏、美貌、身体的那份稀罕，她觉得，还不至于让他节外生发出什么荒唐的枝丫来。加之演出任务重，见天累得咽肠气断的，好像对这样风里来雾里去的事，也就有些麻木了。

最关键的是，这次回北山过年，他爸他妈当着她的面，把刘红兵骂了个狗血喷头。一股脑儿给他扣了"闲人""混混""街皮""二流子""橡皮脸"等十几顶帽子。说他年过三十的人了，要文凭没文凭，要地位没地位，到现在还是办事处一个没名堂的小科长。叫刘科长，带个长字也就是好听。说穿了，还不就是陪吃陪喝陪逛陪赌陪跳舞的二混子。看混到哪一天为止？他妈还说："这下你爸也退了，连鹦鹉都跑了，还别说跟前的人了。谁也指望不住了。混得好，混得歹，都全靠你自己了。你爸为你的事，这几天还在找人说话。看那点余威，还起不起作用。他是想让你在办事处，先弄个副处级，然后再找人脉，朝正经地方安插呢。你总不能在办事处混一辈子吧？过了而立之年，是得考虑自己往起站的时候了。秦娥也不要拖红兵的后腿，让他一天到晚都卷到剧团里，算咋回事？就包括秦娥你，唱戏是有名气，可也不能一辈子都唱了戏吧。有了孩子，红兵再弄个一官半职，你就得想办法退出来，把红兵招呼好。哪怕学学打字什么的也行嘛。将来能安排到红兵一块儿，我看当个打字员也挺好嘛。"忆秦娥就再懒得听了。她从来都没觉得这个婆婆的话中听过。好在，她从来也没想着要跟他们在一起过日子。不过，她也拿定了主意，以后是坚决不能让刘红兵再随团外出了。至于他能不能拿上什么副处级，忆秦娥也不懂那是什么玩意儿，反正都是他自己的事了。决不能让他爸妈认为，都是她拖了后腿，耽误他们宝贝儿子的美好前程了。

刘红兵还跟忆秦娥闹了一场，说他就不爱什么副处正处的，嫌"太捆人"。还说那都是身外之物。他爸都副专员了，说下不也就一夜下来了。人下来了，连鸟都跑了，何苦要受那份罪呢？他说他就爱戏、爱玩、爱逛、爱人多、爱老婆。可忆秦娥还是坚决没让他去，说她担不起那个赖名誉。说心里话，她觉得刘红兵一月拿了办事处的工资，也该给人家干点事了。

下乡一去就是九十多天，演了一百七十多场戏。光忆秦娥就演了一百三十多场。中途，刘红兵到底没忍住，还去看过一次。可待了几天，她就逼他回去了。直演到"五一"前夕，大家实在撑不住了，她才带着二团回西京的。

他们的行踪，其实刘红兵一直都掌握着。就在他们回去的前一天晚上，刘红兵还给团上要好的朋友发过呼机，问大部队什么时候回来。那个朋友回答说是第二天下午五点左右到家。谁知，那天晚上的戏，因突然下大暴雨而取消了。大家就闹着要连夜回。谁不是归心似箭呢。封导和忆秦娥就商量着连夜返回了。

车到省秦院子的时候，是凌晨四点左右。忆秦娥虽然累得有些站立不稳，可回家的兴奋，还是让她在上新楼的楼梯时，加快了脚步。

她没有敲门，她想着是要给刘红兵一个惊喜的。她甚至想着刘红兵这个赖皮，要是进门就纠缠自己怎么办。尽管累成这样，恐怕还是得满足他一下。毕竟有成百天没在一起了。想着想着，她甚至还有了点久别新婚的冲动。可当她扭开锁，轻轻推开门时，立马被眼前的一幕惊呆了：

一个赤身裸体的女人，与一丝不挂的刘红兵，是像两条蛇一样扭结在一起睡着。大概是太困乏了，竟然连开门走进来了女主人的严峻事实，都浑然不觉。

地板上铺的被子、单子，已被揉搓得像是生死搏斗过的战场。裤头、连体袜、乳罩、裙子，撒得满地都是。沙发也都被搏斗者攻击得离开了原来的位置。用过的避孕套，也是尸横遍野地奄拉在地铺的周边地带。

也许是一种条件反射，刘红兵突然睁开了眼睛："啊，不……不是说明天下午……五点……才回来吗……"

他大概做梦都没想到，情报会发生这么大的误差。

只听铁门"嘭"的一声响，忆秦娥已经转身走出家门了。

忆秦娥也听说过刘红兵是花花公子，可以她对男女之情的经验判断，一个人，对自己是那样的钟爱、稀罕、黏糊、娇宠，又怎么能跟另一个女人干这种勾当呢？从现场看，那种疯狂，让忆秦娥感到阵阵战栗，也感到阵阵恶心。就在这套新房里，她第一次走进去的时候，刘红兵就曾疯狂得如雷如电过。他们把家正式搬进去那天晚上，发现沙发床脚与地板，是有巨大摩擦声响的。刘红兵也是把被子和她一起，抱到了客厅中间，摆开了另一个同今晚一样的战场。但这样的战场，每每因她的疲乏、劳累、冷淡、不感兴趣，而使战火常常骤然熄灭，炮哑烟消。她不敢想十五岁遭廖耀辉猥亵的场面。可每临这事，她又条件反射般地要想到肥头大耳的廖耀辉。想到他那白花花的、刮净了猪毛一般的大肚皮，以及毫无血色、像涝池脏水浸泡过的肥屁股。真是恶心透了。这样的场面一旦出现，男女之间的那点欢情，立即就变得不洁、不美、不快，甚至是淫邪、放荡、丑恶起来。她难以想象，刘红兵为什么对这号事屡有兴致，乐此不疲。虽然对刘红兵这个人，一开始，她也并不满意。可阴差阳错、三来四回的，一旦结婚，她也就认命、认理、认情、认夫了。她想着这一辈子，也就是这么回事了，既然捆绑到一起，那就是夫妻命了。可没想到，在她真的

600

接纳并常常有点思念这个丈夫时，却突然遭到一记重锤，一下把自己叩击到了崩溃的边缘。

她从楼上走下去时，几次差点栽倒在过道里。但她还是强撑着走了下去。院子里还有好多人在走动。有些在乡下买了太多东西的人，还在卸车，还在把东西朝回搬运着。她不能不把自己藏身在黑暗中。她得等到无人时，才好从院子里朝出走。因为在车上，大家已经跟她开过很多关于久别胜新婚的玩笑了。说红兵哥一准把洗澡水烧好，就单等贵妃出浴了。她突然感到，自己像是被谁剥光了身子，虽然站在暗处，眼前却已是大白如昼的大庭广众了。她看见一个女的，用衣服上的帽子捂着头，从楼上跑下来，又急匆匆跑了出去。她感到这就是家里那个女人，个头高挑，也很漂亮。紧接着，刘红兵就跑下来了。有人还跟他开玩笑说："红兵哥真是模范丈夫呀，这半夜的，都惊动起来了。忆团长不是啥都顾不得了，边解扣子边上楼了吗？"刘红兵支支吾吾地说："噢噢，知道知道。我是给你嫂子弄吃的去。""模范，一级模范丈夫！"刘红兵就出去了。

直到院子彻底安静下来，忆秦娥才从一蓬冬青中走出来。她手里还提着下乡的东西，也不知要到哪里去。

她是恍恍惚惚地走出了大门。

没想到，刘红兵就在大门外的黑暗中站着。见忆秦娥出来，一把抱住她，并在黑暗中跪下了。他说："秦娥，我错了。我不是人……我是畜生。只求你原谅我这一次，我是真心爱你的……那女的，是推销化妆品的。真的没有啥，就为给你买化妆品……"忆秦娥立即挣脱掉他，继续朝前走去。他又追上来，再次跪在她面前。她仍甩掉了他，快速朝前跑去。他再一次扑上去，死死抱住了她的大腿："你打我几下好不？狠狠踢我几脚好不？我不是人！我该死！"可忆秦娥已经没有任何想打他、踢他，甚至骂他的意思了，只想立即、干净、彻底地抖掉他。刘红兵终于当街又跪下了。

这是一个还有车辆来往的十字路口，离省秦很近。也有团里刚回来的人，在出出进进。忆秦娥实在觉得面子无处安放，并且还有被堵住的大卡车，在使劲按喇叭。她就不得不随他朝暗处挪了挪。一挪到暗处，刘红兵就再次跪下，已是声泪俱下了。可她依然在做着逃离的决然努力。刘红兵说："无论如何请你回家，我走，这是你的家。你不能在外面待着，不安全。我走。你只要回去，我立马走！"又折腾了几个回合，忆秦娥见已有团上人在朝这里靠拢。她才半推半就着，随刘红兵折腾了回去。

忆秦娥死都不想再进那个门了。刘红兵硬是抠开她抓着门框的手，把她拦腰抱了进去。当忆秦娥仍要朝出挣扎时，刘红兵已经选择自己离开了。他是一步跨出门，砰地反拉上，并紧紧拽着门把手不放的。他见里面再无开门动作，才慢慢下楼去了。

忆秦娥在房里傻愣了许久。终于，她扑通倒在地上，号啕大哭起来。

她突然觉得，自己是被什么东西彻底掏空了。她感到，自己的人生，是再次遭受了比廖耀辉损害名誉更沉重得多的打击。她已全线崩溃了。

她先后十几天没有出门。刘红兵也来敲过几回门，还试着用钥匙扭过几回门锁，她都没理。有一天，单团长也来敲。敲得久了，她就答了声话，说不方便，还是没开。她舅胡三元来，她倒是让进门了，却只能装作无事人一般。这事是咋都不能让她舅知道的，她舅一旦知道，为保护外甥女，可是什么事情都能做出来的。当初他就差点打死了廖耀辉，今天岂能饶了他刘红兵？她就闷在家里，用剪刀，把凡能剪的被子、床单、枕头、毛巾、浴巾，全都剪了。地也是用洗衣粉擦洗了无数遍的。像封导的洁癖老婆一样，她把所有别人可能接触过的地方、东西，都上了除垢剂、消毒液。凡是觉得洗不洁净的，干脆打了，扔了。尽管如此，可她还是觉得阵阵反胃。最后，她索性把新沙发和席梦思床，都当垃圾，让拾破烂的全搬走了。

本来这次回来，她是打算要回九岩沟看儿子的。可这种心情，也没法回去。加之半月后，还有一个重要演出，也是定了九场戏。还是擂台赛：一边唱秦腔，一边演歌舞呢。他们本来不想去，但给的戏价特别高，是平常的两倍还要多。也就把合同签了。她这心情，本来是没法演出的。可毁约，团上损失又太大。也就只好按原定时间出发了。

这次封导没有来，说他老婆到底还是闹得不可开交了。团上的事情没人打理，单团就主动来协助她了。在车上，单团还悄悄问她："最近是不是跟刘红兵闹啥矛盾了？"她说："没有哇。"单团说："那把刘红兵急的，像是家里出了什么大不了的事呢。问他，他也不说。只让我帮他看看，看你在家不在家就行了。该不是两口子吵架了吧？""没有，我就是下乡演出累了，想睡觉。""你真是个瞌睡虫，还能一睡十几天不出门。"

忆秦娥只淡然地笑了笑。她不想让别人知道她的那些恶心事。谁知道，也医不好那刀切斧砍的硬伤口。这是一种无法复原、无法替代、无法安慰、无法呼叫转移的伤痛。这种伤痛，只能是她一个人默默忍着，受着。知道的人越多，越只能传成奇谈、丑闻、笑柄。最后甚至传成比街头小报上的传奇故事，更荒唐、怪诞的喜剧、闹剧来。尤其是她忆秦娥，这种事，可能会迅速扩散成别人的下酒菜、兴奋剂、发酵粉。虽然单团长绝不是这样的人，但说出来，解决不了任何问题，说又何益呢？这十几年，她独自忍下、吞下的事情还少吗？她深深懂得，把自己的苦痛使劲憋住、忍住，甚至严严实实地包藏起来，那才是对自己最大的保护。也是对伤口最好的医治了。

五十

这次演出，是在关中的一个大集镇上。这里四通八达，一边是八百里秦川沃野，一边是百折千回的黄河古道。这里曾是三省的骡马古会，据说已有好几百年历史。一百多年前，就有"每逢古会，人以万计。骡马牲畜沿河岸列阵，绵延数十里不绝"的记载。这次物资交流大会，更是引起了好几级政府的高度重视。从宣传与提前做工作的情况看，预计客商与逛会者不下十万人。交流内容，已不止是鸡鸭兔

603

狗、猪马牛羊、骡子叫驴。而是延伸到了彩电、冰箱、自行车、缝纫机、布匹、成衣、种子、农具、卡车、拖拉机，甚至包括手机、呼机等方方面面。有人说，进了这个古会，就可以买到从生到死的一切用品。果然，在黄河滩边的一个拐角处，就摆放着厚厚的柏木棺板。还有打理得十分精细的坟头碑石。有操新型电钻的工匠，正在石头上嗞嗞嗞地表演着"音容宛在""千古流芳"的刻字技术。

大会中心会场，是在黄河滩上的一个大回水湾里。据说每年汛期，还会有细流顺沟槽漫进这片滩涂。而现在，已经是干涸得驴蹄子一踢一蓬灰尘了。场上搭建了一个中心舞台，那是用土方夯起来的。说是舞台，其实就是一个宽宽的长堤，最后用红地毯浑全地包裹了起来。飘起来的氢气球，形成了几乎全覆盖的彩色舞台顶幕。两侧立起几十个宽大的柱子。柱子上都喷着"一切皆是商品""无商你家不富"的大标语。台前台后，台左台右，排列着千人锣鼓方阵。鼓手一色是黄衣黄裤黄鞋，却包了红头，披了红坎肩，拿了红绸子包的鼓槌。大铙钹上，也系了飞舞的红飘带。那飘带是顺着后脖子牵连过来的，铙钹在空中扇打得一开一合的，就像漫天飞起了千只红蝴蝶。就在《八面来风》的锣鼓欢腾中，广场的角角落落，更是鞭炮齐鸣，火铳嗵嗵。嘉宾们戴着胸花，都神采奕奕地鱼贯向台上走来。站在一排的是主要领导。二三四排是次要领导和一律报作"著名"的中、省、地、县各色人物。仅名单，主持人就念了二十好几分钟，并且还有不少漏报的。在主持词中间，有人还不断地递条子，主持人也不停地道歉补充着"重要来宾"的姓名。好在台子大，口面宽。要不然，这二三百嘉宾的豪华阵仗，还真是无法安顿得下呢。

在广场的南面，搭建了一个不太大的舞台。台面上也铺着红地毯，台后的背景板上，彩绘着一个吹萨克斯管的外国大胡子老头。老头旁边，是几个外国美女，穿着超短裙，正对着观众跳踢腿舞。腿踢起来，刚好露出窄窄的一溜底裤。有些戴着石头眼镜的老头，还把有色眼镜摘下来，凑近了看。看完，不无怪异地议论："这羞丑都遮不住了，还好意思跳？"有老汉就说："你个黄河滩上的土老鳖，懂个锤

604

子。人家看歌舞团，就看的这西洋景呢。"台上已摆好了架子鼓以及各种电声乐器。最抢眼的，要数摆在舞台口的四个大音箱了。农村人看不懂，咋看都像是自己家里装粮食的老板柜。不过家里的板柜是平放着的。而这四口"柜"却是立着。包板柜的材料，也是没法比的，黑都是黑色，可人家的，却是黑得能放射出一道道彩光的。

在广场的北面搭着一个真正的戏台子。这就是省秦二团的舞台。主会场开始锣鼓喧天、讲话、剪彩的时候，这里已经化好妆，各就各位了。司鼓胡三元，已坐在了高椅子上。他抿着龅牙，偏着脑袋，一边在拿鼓槌轻轻敲击着自己的腿面热身，一边在等待着开锣的命令。舞台是他们自己雇人搭的，单团一直在忙前忙后。唯一让他感到不愉快的是，省秦的音响设备，已经太落后了。人家南方歌舞团用的是进口音箱。而他们还用的是高音喇叭。为了把声音送进观众耳朵，也是为了在打擂台中"抢声""抢戏""抢人"，他们在演出场地的不同位置，仅高分贝喇叭，就绑了十六个。可还是没有人家歌舞团的音箱吼天震地。早上各自调试音响时，人家一声"昏睡百年，国人渐已醒"，让整个地面都嘭嘭地跳动起来。唱歌人，像是从地心里冒出来一般。而他们的喇叭，只是嗓声大，杂音大，尖溜，割耳膜，却感觉不到脚下的抖动；更没有晴空霹雳的震撼。单团想着，这次回去，无论如何都得在财政上申请点钱，把两个演出团的音响设备，要彻底更新一下了。

观众先是都拥到主会场前，看千人威风锣鼓，看百年不遇的古会阵仗。主会场开幕式一结束，两个台口，就同时发出了自己的声音。歌舞团是一阵架子鼓和电声乐队的琶音后，奏起了马克西姆的《野蜂飞舞》。而秦腔团，是胡三元领着他的武乐队，敲响了《秦王破阵》的"大闹台"。单团生怕声音小，还一跛一跛地跑到台中间，把几个话筒朝武场面跟前拉了拉，说必须先声夺人。围在主会场前的观众，听到两个擂台响动了：一个在空中乱炸；一个在地心轰鸣。人群就立马兴奋得呼啦啦一阵分流，像龙卷风的风暴眼一样，朝南北两个台口倾泻而去。年轻人，多数是拥向了歌舞演出。而中老年人，都扑向了秦腔台口。也有那两边扯拉着，胡奔乱突的，只是图了热闹，图了拥挤，图了能贴紧别人的前胸后背。有的还专拣那密不透风的地方钻。钻得越出不来气，越感到快活满足。一些哪里也挤不进去的小孩，就朝树上爬，朝枝丫上吊。戴红袖圈执勤的，生怕这些孩子掉下来，摔了自己，还砸了别人。他们就拿事前准备好的长竹竿，像采果子一样朝下戳。可越戳，孩子们越朝树顶上攀，也就奈何不得了。无论看歌舞还是看戏的，能挤到前边的，就席地而坐。也有那提前主意拿得正，用凳子占好了座位的。没凳子没位置的，就前后浪一样乱涌着。一会儿这儿卷起个漩涡，一会儿那儿又鼓起一个大包。台口两边，一边站着几个操着长竹竿维持秩序的人，他们不停地朝这些"漩涡""包块"上敲击、点穴。那神气，看上去比主角都更有吸引力。再远些的，啥也看不见，就只能看无尽的后脑勺了。有那气不打一处来的，就抓一疙瘩硬土，朝脖子伸得最长的脑袋掷去。打得那人回头四顾，是一通乱骂，骂完还照样伸长了脖颈看。在人群的最外围，有站在自行车、架子车，甚至驴背上看演出的。还有人干脆把拖拉机也开了进来，搞得一家老小都能站上去。事后有数字统计，说那天古会，总人数在十一万左右。除了做生意的能有一两万人，其余的，就都拥挤在两个台口前，还有附近凡能占据的所有制高点上了。

忆秦娥虽然最近心情坏到了冰点，可自打来到这个演出点后，还是有所排解。她一下车，就被成群结队的戏迷一路拥到了住地。那些人一边走，还一边招呼着远处的人：

"忆秦娥来了！"

"咱忆秦娥来了！"

"这就是电视和匣子（收音机）里的忆秦娥，真人给来了！"

"真的，你看那鼻梁子，绝对没麻达！"

甚至还有人说："古会成了，忆秦娥都来了么。不是有人说请不来，要改戏吗？"

又有人说："镇长都说了，秦腔非忆秦娥不请；歌舞非南方大城市的不要。"

"忆秦娥来了，这百年古会的戏台子，就算给镇住了。"

忆秦娥常常为戏迷的这种相识与烂熟而惊叹不已。自己从来没有唱过戏的地方，观众还是能远远地把她认出来。那种稀罕、那种爱怜、那种尊敬，常常能唤起她有些支撑不住苦累时的演出激情。尤其是这次演出，她真的是崩溃得不想来了。可当双脚踏上这块尘土飞扬的黄河滩涂时，还是平添了一份做人的自信。竟然有这么多人知道她、需要她、爱她。虽然她并不喜欢演出以外的任何抛头露面，可今天，她还是喜欢上了这条走了很久才能走到头的泥路。并且是越走人越多。还有几十个自发拍照的人。有的为了抢镜头，竟然是生生退进了路边的水凼、粪坑里。扑扑通通，下饺子一般，人跌下去了，照相机还在头顶响着连拍。惹得一路人哄堂大笑起来。反正她走到哪里，哪里就是数百人的包围圈。镇上不得不加派了好几个专门给她开路、护持的民警、民兵。

作为团长，虽然这次什么心都是单团在操着，可她还是担心擂台赛时，秦腔的台前少了观众。歌舞现在是太强势了，何况还是从广州请来的。当"闹台"一响，她发现，有不少人，还是围到戏台前，要看她的《白蛇传》时，她就有些激动。这场戏，她演得特别攒劲，也十分浑全。虽然没有歌舞的观众多，没有那边狂热，可演完后的评价，还是迅速在古会上传播开来。一批老戏迷逢人便说：

"忆秦娥是秦腔几十年不遇的硬扎武旦。"

"忆秦娥是名不虚传的'秦腔小皇后'。"

"这次古会，忆秦娥给咱秦人把脸长扎了。"

……

第二天晚上演出《狐仙劫》。都知道这是忆秦娥获大奖的戏，观众一下竟飙升到了六七万人。这个数字，也是镇上根据观众的密度，拉皮尺计算出来的。为了安全起见，当晚还从地、县两级，抽调了好些警力。原想着，歌舞团那边也会人声鼎沸的。可没想到，《狐仙劫》开演后，那边很快就只剩下一些零星年轻人了。有人传出：这个歌舞团可能是草台班子。正经能唱歌的，就三四个人，是翻了烧饼地唱。跳舞的，来回也就那四男四女。跳到没啥跳了，就老邀请观众上去跟他们一起乱扭乱蹦。并且还脱得只剩下了"三点"。"包子"烂了底，最后差点没跟地方小混混，在台上打起群架来。

《狐仙劫》的观众倒是越聚越多，并且秩序还越来越好。但谁也没有想到，一场大事故，却在舞台下面一点点酝酿开来。

舞台是用木板搭建的。支撑舞台的东西，在看戏过程中，有人抽去了看上去不太重要的斜掌子。是拿去当了坐凳，或是垫了脚底。在武戏打斗的不停弹压中，这些薄弱环节，变得慢慢互不给力起来。终于，在《狐仙劫》的"解救"一场，演员上得最浑全的时候，发生了台板坍塌。

如果在正常情况下，也就是伤了台上的演员而已。可这次，台下竟然钻进去好多看不上戏的孩子。他们钻到台下，有的在追逐嬉戏，上演着自编自演的另一种戏；有的是爬到掌子上，从台板缝里朝上瞧。当舞台塌下，有人大喊下边有娃娃时，已经是混乱得鬼哭狼嚎了。

坍塌现场是在几十分钟后清理开的。当场压死三个孩子。重伤七个，轻伤十几个。谁也没想到的是，在清理到最后时，竟然还清理出了单团长的尸体。

有人看见，单团是在舞台第一次垮塌时，从侧台跳下去的。在他跳下去的地方，有观众看见：一个腿脚不灵便的人，跳下舞台后，就冲进了还在垮塌的台板下。他抓出两个孩子后，台面发生了二次、三次崩塌。他就再没有出来。

忆秦娥虽然自己也在崩塌的台板里，卡了很长时间，可被人救出后，当得知塌死了几个孩子，并且还砸死了专程来为自己打理工作的单团长时，她就瘫软成了一摊泥。几个人都架不起来了。

这天，她小便失禁的毛病，再一次发生了。甚至把彩裤以外的几层服装，都全尿湿了。

在舞台彻底垮塌的一瞬间，有人看见，忆秦娥她舅胡三元，是连人带凳子都塌陷下去了。可他手中的鼓板、鼓槌，还在高高地举着。并且完成了最后一个"四击头"的圆满收槌。有人把胡三元从胡乱翘起的台板缝中拽出来后，他第一个想到的是外甥女。他的脖子、胳

608

膊、腿上到处都是血。可他还是径直扑到忆秦娥跟前，帮着把外甥女朝出抬。

那时忆秦娥也是满脸血迹，已处于休克状态。只听许多人都在喊："快，快救忆秦娥！"

忆秦娥是在数千观众自发让出通道，并层层保护着，有时是从人群头顶形成传送带，才把她运送到附近应急救护车上的⋯⋯

事后追究责任事故，因为合同上写得清楚，舞台搭建：由省秦演出二团负责技术指导。忆秦娥是团长，自然在众多干部的处理中，少不了要领一个"免去团长职务"的处分。至此，忆秦娥当团长的日子，总共是一百九十四天。

很多年后，还有人戏谑说：忆秦娥的团长，比袁世凯八十三天的称帝，多了一百一十一天。比李自成的四十二天皇上，多了一百五十二天。

忆秦娥再次走出了观众视线。

有人说她得了精神病。

有人说她去了尼姑庵。

反正有很长时间，在省秦的院子里，再没人见到过她。

下

部

一

在经历了那场舞台坍塌事故后，省秦腔团就一蹶不振了。本来分两个队，也叫两个团，就有些伤元气，好在二团有忆秦娥撑着，还一直在演出。一团自成立之日起，演出就稀稀拉拉，几乎出不了门。这下单仰平团长也殁了，就彻底停摆了。他的几个副手，一个年老多病，剩一年半载就该退休了，也不想管事，一直朝后缩着。还有一个是管后勤的，对业务一窍不通，从机关调来，就是为解决正科升副处级别的。但见说戏，就闹得笑话百出，创造下了一个个"经典段子"，在业内一说起来，就要让人捧腹喷饭。能支应事的，也就丁副团长了。可从名分上，毕竟是个副的，又排名最后。上边领导只说让他多操点心，暗示来暗示去的，可就是不发那张"委任状"。让他觉得，领导手中是拿了个肉包子，老在他眼前绕来绕去的，就是让他够不着。弄得他也是既想管，也不想管的，干脆麻绳系骆驼，只周一早上集合点个名，点完，宣布一声"技练"，就任由"骆驼"四散了。

忆秦娥那晚被观众从人群中运出去后，很快就在应急救护车里苏醒了过来。她的所有伤，都是明伤，脖子上、脸上、腹部、背部、腿部都有划痕。腿上甚至被木茬划得见了白骨。但当她听说死了三个孩子，并且还死了单团长时，就一下从救护车的手术床上翻了下来。她

613

说她要到舞台上去，她不相信这是真的。几个人拽着摁着她，还是没有用，她感情完全失控地返回了现场。三个死去的孩子，听说尸体已经运到镇上去了。而单团，还停放在舞台旁边的一块木板上。团上人用一床脏兮兮的道具被子，裹着他的遗体。脸上，也是用一块舞台上用的金黄锦缎"圣旨"覆盖着。血已经把黄色污染成黑色了。直到这时，她才相信，单团是真的死了。一团人都围在旁边抽泣。有些年轻人，甚至是跪在他面前的。都在说着单团的好。平常，大家可能都觉得自己的团长是个跛子，人前颠来颠去的，很是有些跌份、丢人。可单团一旦走了，还真有天塌地陷的感觉。都在说，这个团完了，灵魂走了。单团也爱批评人，但从不跟谁计较。批评完，骂完，你该弄啥弄啥。他有一句管理名言：软绳捆硬柴。剧团"硬柴"多，只有拿"软绳"才能捆住。他说不要在这种单位"上硬的"，弄得大家鸡飞狗跳，心情不畅，戏也就排不好、演不好了。这样，大家在省秦干事，也就都没有害怕感，更别说恐惧了。单团宽厚，即使谁骂了"单仰平这个死跛子"，他也不记仇。他说："跛子是事实。至于死，那要到真死了的时候，才是个死跛子。"没想到，他还真成死跛子了。单团是特别顾及全团脸面的人，凡遇重大场合，他都会朝人后溜，把别人朝前促。他说："我个跛子，咋能剌到人前去呢。上台面是你们的事，我给咱在台下、幕后支应着就行了。"没想到他人生的最后一次"支应"，还是在台下。大家都在回忆着、哭诉着单团的好。忆秦娥就更是不敢细想单团对自己的那些关爱、呵护了。她也背后骂过"死跛子"。甚至当面摔过单团的杯子。可他还是人前人后，把自己促着、抬着、捧着。这趟他要是不来帮她"支应"，又怎能平躺在这个风沙能埋人的黄河滩上，再起不来了呢？

大家自发地为单团点燃了上百根蜡烛。哭声，比河道里把小树都能连根拔起的风声，更冷凄、惨绝。

返回西京后，火化完单团，忆秦娥就回九岩沟去了。

她急切想见到自己的儿子刘忆。也就在这个时候，沟里已经有人在说，忆秦娥的儿子，很可能是个傻子了。谁说，她娘胡秀英都骂：

"别嚼牙帮骨了，俗话说了：贵人语迟。我外孙要是傻子了，那他一家人就都是痴聋瓜呆。"可最后，连她爹易茂财都说，娃可能是有点麻达，你看这鼾水嘴，咋都擦不净么。

易茂财现在也没事干了。过去看的那群挣钱的羊，现在也挣不上钱了。忆秦娥一回来，她娘就叨叨说："你爹把羊养瞎了。开始才十几只，现在弄了上百只，还都是赊账买下的。正经挣钱，也就那一阵子。这个乡借去哄领导，那个乡接去应付检查的。可你爹贼，人家领导比你爹还贼。看过的羊，一律让在屁股上剪了记号。有的还在耳朵上盖了红印戳。把羊整得怪模怪样、血糊淋荡的，像是上过杀场一样，就再混不成了。"她爹果然是在家里唉声叹气的，只领孙子玩。羊在圈里咩咩地叫着，料也有些跟不上了。

忆秦娥就把一百多只羊吆到山上，把儿子背着、抱着、驮着，跟羊滚搭着，似乎是暂时能忘了那惨凄的塌台一幕。

儿子是真的傻了吗？她已托朋友问过医生，说最起码要到孩子两岁时，才能进行比较可靠的检查。还得等。而这几个月的等待，是怎样一种折磨人的事呀！好在自己终于从团长的轭下，解放出来了。自己本来就不想当，单团硬让上，没想到，最后还把他也搭进去了。这么好个人，说走，眨眼的工夫就咽了气。让她不敢回想的是，单团那条好腿，最后也被砸断成几截了。他脑袋被压扁后，捧起来已成半边空瓢。而那时，自己就正站在舞台中间。单团在台底下是承受着一百多人的压力呀！他和那三个孩子，又何尝不是自己直接压死的呢？还别说免了本来就不想当的二团长，就是把自己像她舅当年那样，五花大绑了游街示众，她觉得也是罪有应得的。单团的老婆身体不好。单团的女儿在给人家餐馆端盘子。单团一走，这一家人还有什么日子可过呢？自己的孩子，会不会是傻子，都让她这样日夜揪心，那三个孩子，连做傻子的资格都没有了，父母又该是怎样的钻心疼痛呢？她觉得自己就是这场灾难的罪魁祸首。她要没这点名气，没几万人挤来看戏，娃娃们就不会在台底下钻来钻去，又哪会有台塌人亡的恶性事件发生呢？

忆秦娥那些天，几乎天天晚上都要做噩梦，每每梦见自己是被阎王招了去，严刑拷打，问这问那的。好几个晚上，她都被噩梦吓醒，浑身冷汗涔涔，被娘抱在怀里半天，还惊魂难定。娘老问她，都做啥梦了，这样吓人？她直摇头，不想讲出来。娘就悄悄去了一个尼姑庵，求了符咒、香炉灰回来，把符咒用刀扎在门头、床头，把香炉灰用蜂蜜水化了，硬逼她喝下去。结果，那天晚上，阎王小鬼不但没制伏，而且还比往常更加穷凶极恶地带人来了……

牛　头：你是忆秦娥吗？

忆秦娥：小人便是。

马　面：（对牛头一挥手）带走！

牛　头：哎，你支谁带走呢？

马　面：你呀！

牛　头：你搞清楚没搞清楚我们的关系？我是主角！

马　面：我们就是甲乙丙丁、牛头马面、龙套牙皂的平等
　　　　关系。

牛　头：阎王爷总是唤牛头、马面，可从来没唤过马面、牛
　　　　头的。排名很重要，你懂不懂？我排名在前，那我
　　　　就是主角，你就是配角。我说马面，拿人了！

马　面：（极不情愿地狠狠把忆秦娥掀了一掌）走！

忆秦娥：你们要把我带到哪里去？

牛　头：带到你该去的地方。

忆秦娥：求求你们，能让我跟我娘，还有我儿，再见上一
　　　　面吗？

马　面：少啰唆，你以为你还是什么角儿？什么秦腔鸟皇
　　　　后？什么二团的弼马温团长？在阎王爷眼里，都是
　　　　个屁。爷要唤你三更去，哪能磨蹭到五更。走！（又
　　　　掀了忆秦娥一掌）

　　　　〔忆秦娥一个趔趄，脚跟还未站稳，马面就把枷锁

钉在了她身上。

忆秦娥：（挣扎了一下）你们凭啥抓我？

　　　[牛头、马面哈哈大笑起来，笑得天摇地动的。

牛　头：凭啥？阎王爷要抓谁，还需要凭啥？就凭阎王爷那张谁也不认的脸。

马　面：（怪笑着）漂亮也不认，阎王不好色。

　　　[牛头、马面笑得快背过气去了。又是一阵推搡，就把她带走了。

　　　[先是风声，就像那晚黄河滩上飞沙走石般的狂风。突然又传来狐狸的哀鸣，比《狐仙劫》里狐狸家族衰落败走时的集体哭号，显得更加凄惨悲凉。紧接着又是鬼叫声，比《游西湖》里的鬼魂慧娘，叫得更加幽怨凄切、肝肠寸断。

　　　[一个转场，忆秦娥终于被牛头、马面带到了阴曹地府。

　　　[忆秦娥是穿着李慧娘的那身雪白服装被押进来的。身后飘起来的斗篷，让她像小鸡似的被小鬼抓起来，再狠狠掼到地上时，有了一点不至于脸抢地、嘴啃泥的软着陆尊严。

　　　[马面欲抢先向阎王爷禀报，被牛头瞪向了一边。

牛　头：禀爷，忆秦娥带到！

阎　王：什么忆秦娥？

马　面：就是那个唱戏的。

阎　王：不是让你们带好几个唱戏的来吗？

牛　头：这是那个唱秦腔的。

马　面：唱京戏、昆曲儿的，唱川剧、越剧、豫剧的，还有唱黄梅戏、评戏、二人转的那几个，也都有小鬼儿去下单子了。

阎　王：还有那几个唱电视剧、唱电影、唱小品、唱相声、唱主持人的，都拿来了吗？

牛　头：禀爷，那不叫唱，叫演、叫说。

阎　王：管他是唱是演是说，只要是脸皮厚、好出名的，统统都给我拿来。

牛　头：按爷的吩咐，应该都带到了。

阎　王：好。这个唱秦腔的，你刚说叫什么来着？

马　面：忆秦娥。

阎　王：听听这名儿，就是想出大风头的恶俗之名。你知罪吗？

忆秦娥：小女子有什么罪？

阎　王：你还不知罪，就因为你爱出风头，把多少好慕虚名的凡俗之辈，招致虚空台前，看你搔首弄姿，大玩花拳绣腿，鼓噪爱恨情仇，引发血光之灾，你竟然还不知罪。那好吧，先带这帮死要面子活受罪的家伙去参观，待参观完后，再看他们如何反悔思过。

牛　头：是。爷！

马　面：走！

　　　　［牛头、马面又一把将忆秦娥提溜了起来，押着开始参观地府。

　　　　［一阵鬼哭狼嚎声，忆秦娥被推进一个怪石嶙峋的门洞，只听里面铁器哗哗作响。皮肉遭炮烙、烤炙的嗞嗞声；烟熏火燎，伴随着绝望的哀叫声，此起彼伏。

　　　　［忆秦娥突然发现，被押解着一起参观的，全都是电视、报纸、杂志上见过的那些熟脸儿。

　　　　［第一个参观现场。

　　　　［凌空吊下四个字："虚名莫求"。

　　　　［在一望无边的黑暗断崖上，坐着数不清的浑身大

汗淋漓的赤膊者。他们都有一个相同的道具，在做着一个相同的动作，那就是把一个个雕刻得金光闪闪的尖顶铜盆，不停歇地朝自己头上扣去。扣上，又取下。取下，又扣上。谁若停止一扣一取的动作，就会被身后峭崖上倒挂着的石杵，当空砸扁。

牛　头：（讲解地）注意了，都看见那华美的金冠没？（指铜盆）每个冠，都有八十斤重。你们不是都喜欢图个虚名吗？图不上了，挂个虚衔，弄个策划、总监什么的，都要朝里挤。凡名不副实，虚头巴脑，爱戴高帽子者，到了阎王爷这里，都会让你戴个够。八十斤还嫌名头不够大的，百八十斤的还伺候着呢。不戴，哼，那上边可有千斤杵，在等着砸饼、拌浆、搓四喜丸子呢。

　　　　〔马面笑得一颗假牙都跌了下来。

马　面：（豁着牙催促）看着走着，好看的还在后头呢。

　　　　〔第二个参观现场。

牛　头：看见了吗？都朝那儿瞧。

　　　　〔大家都朝牛头所指的方向看去。

　　　　〔在一个看不见尽头的逼陡逼陡的斜坡上，攀援着一个队伍，前不见头，后不见尾。他们背上都背着比自己身体要超出好多倍的东西，是红红绿绿、金光灿灿的。一边背，还有小鬼在上边加着码。

牛　头：知道那些红绿本本、瓶瓶罐罐、镶金嵌玉的牌牌，都是什么吗？

　　　　〔由于距离稍远，都无法看清。

马　面：装，都装。这不都是你们这些好图虚名者的荣誉凭证嘛。

牛　头：你们不是都好这一吊子吗？阎王爷就给你们多多的

荣誉：金杯、银杯、铜杯、钢杯、瓷杯、玻璃杯。
爱背你都尽管背。

马　面：（窃笑得扑哧扑哧地）可只能加，不能减。只能进，
不能退。总有背不动的时候，你的脚下，就有一群
饿得快要发疯的野猪，正等着你一脚踏空呢。（窃
笑得更加厉害）长着点儿眼，朝前走着。

　　　　［进入第三个参观现场。

　　　　［这是一个浩大的舞台，也是用木板搭建起来的。
舞台上站满了人。

台边的在朝台中挤，台下的在朝台上挤。

牛　头：看见没？你们不是都爱当"台柱子"，朝台中间挤
吗？阎王爷可是给你们这些人准备了个好地儿，即
使挤到了中间，也是要被扛下去的。都收紧你们装
满了臭大粪的腹部，朝下瞧瞧吧，那就是你们拼了
死命，挤到台中，当了角儿以后的去处。

马　面：平常晕车晕船晕飞机的注意了，这可是万米高空。
在你们瞧见他们的时候，你们的脚下也就都空空如
也啦！咳咳咳（笑声），瞧着！

　　　　［只听凌空"喤"的一声吊镲响，所有参观者也都
悬浮到了半空中。

　　　　［忆秦娥在七魂走了三魄时，看见脚下的万米空旷
中，飘散着无数无以附着的肉体。他们在拼命寻找
着可以抓附的物件。可这里干净得连一根稻草也找
不见。

牛　头：他们就永远只能在这里飘荡了。上不着天，下不着
地，没有死生，没有轮回。多么美妙的去处呀！你
们天天在舞台上挤着，大概还不知道舞台是怎么
回事吧？朝那儿瞧好啦！舞台本来就是空的，那是

搭起来的。凡你们人为搭起来的东西，都是会垮掉
的。因为台子搭得高出好大一截，就都稀罕着它能
出人头地。挤上挤下，挤来挤去，挤到最后，都是
要跌下去的。

马　面：所以呀，阎王爷就给你们发明了这么个云里来雾里
去的好地界儿，取名叫"放飘"。让你们飘荡一辈
子去。（又自个儿笑得喷起饭来）
阎王爷可不管你是啥名人，说带走就一律带走，说
放飘就一律放飘啦！

牛　头：看见没，还有那么多可怜人儿，还在舞台边上挤着。
一条腿挤进去了，整个身子却还在舞台外悬着呢。
〔果然，那浩大的舞台边缘，还攀爬着无尽的渴慕
登台的生命。已登上台的，拼命用肢体和能操起的
家伙，把攀爬者向下赶去。

牛　头：多可怜的人儿呀！到台上争个位置争个角儿，就那
么有趣吗？

马　面：那可不，过去被咱们《捉放曹》的还少吗？哪一个
又真看透了呢。

牛　头：那就让他们好好看看这台子吧！
〔牛头说着，只一个手势，那台子便如玩魔术一般，
朝空中抬升起来。底部全都暴露在了他们面前。

马　面：看看这是多么危险的一个地儿，你们竟然都要削尖
了脑袋朝上钻。
还都只想唱主角，不演配角。都唱了主角，谁给你
搭台呢？

牛　头：看吧，你们都好好看看，看看你们打破脑袋，拼着
小命儿挤上去抛头露面的地方吧！
〔忆秦娥看见舞台底部，怎么跟那个坍塌的舞台一
模一样。最让她害怕的是，每个支撑的棍棒下，都

垒着脑袋大的鹅卵石，像一个个巨蛋。蛋还摞着蛋。最要命的是，舞台下钻满了嬉戏的孩子，就是那群在黄河滩上看戏的孩子。她就拼命地喊："快让孩子们出去，快让孩子们出去……"可谁也不理她。眼看着，一个蛋，从蛋群中别了出去。接着，又有蛋崩了碎了。偌大一个舞台，便在蛋飞蛋打中，轰然坍塌了……

"快，台底下有孩子，台底下有孩子……"

忆秦娥还在拼命地喊着，她娘就一把抱住她，把她朝醒里唤："娥，娥，娥，你又做噩梦了。娘在这里，娘在你身边。别怕，你在娘怀里……"

忆秦娥慢慢睁开了眼睛，吓得浑身还在抽搐。

"别怕，娥，娘在哩。"

"娘！"

忆秦娥看着木楼板，怔了好半天，突然说："娘，能不能让我到尼姑庵里，去住一段时间。"

"瞎说什么呢，那里不是你去的地方。"

"娘，就让我去住几天吧，兴许心里能安生些。我真的快要崩溃了。"

二

忆秦娥终于如愿以偿，去了尼姑庵。

这个尼姑庵建于什么时候，谁也不知道。只传说，最早在这里住庵的，是一个土匪的小老婆。土匪是一个秀才，文绉绉的能写诗，后来被衙门抓去枭了首。他的小老婆长得如花似玉，剿匪的千总拿进衙里，有点爱不释手。可她却讨厌着千总的五短身材与骄横无礼。尤其是伸手就进了他自己脖颈、后背、裤裆地胡乱抓挠。对她更是强人硬下手，审讯的公案桌，也敢扒了她的裤子要当炕上。她就将计就计地施了美人计。得以脱逃出衙后，她躲进深山老林，盖了茅草庵，庵旁埋了她土匪男人的那颗头颅。从此就在这颗头颅旁边吃斋念佛了。

也不知又过了多少代，这个尼姑庵，就发展成了一院房。据说香火最旺的时候，庵里住有十几个尼姑。直到"文革"，里面还卧着一个老尼。后来是被上山"破四旧"的红卫兵，把老尼捆成肉粽，从山崖上摔下去了。直到这几年，庵堂才有人修缮。几间破房里，又住进了两三个尼姑来。

忆秦娥是让她娘提前给住持打了招呼的。住持说庙小，两三个人，已经是入不敷出了。她娘说，女儿不长住，就做几天居士，静静心而已。并且背来了米面油，还上了布施。住持就给忆秦娥安排了房子。但说好，是不可长住的。她说，就连那两个尼僧，也是在此临时挂单。

尼姑庵离家也就十几里地，忆秦娥安顿了孩子，拿了简单的生活用品，就住庙去了。

这座庵堂建在几座山峰的夹会处，远看，真像是一朵莲花的花心。山峦的底部，是连成一体的秦岭山脉。而在接近峰巅处，却开出几瓣枝丫来，也就有了莲花岩的美名。反正这里的山势，都有着鬼斧神工般的突然开合分叉。因此，大多也都叫着鹿角岭、三头怪、五指峰、七子崖、九岩沟这样的古怪名字。忆秦娥在很小的时候，是来过这个地方的。那时，她就是个野孩子。放羊、打猪草、砍柴，无论跑到哪里，只要晚上回家，背篓、挎篓里有东西，大人也就不管不问了。因此，她跟小伙伴们，也跟她姐，是来过这里好多趟的。那时这里就几间倒塌的房子，里面钻着老鼠、四脚蛇、蟾蜍，还有野兔啥的。年龄大些的孩子，说这里过去是住过尼姑的。尼姑是什么，都说不清楚。还说到红卫兵的。红卫兵是什么，也都不知道。反正就说他们是从县城来的，用大拇指粗的草绳，把老尼姑捆成一个肉疙瘩，然后用箩筐抬到后崖上，一群人像足球一样踢下去了。崖底她是没去过的，听说那里连蟒蛇都成了精，能吸走几十里外不听话的孩子。

忆秦娥走进庵堂的时候，住持的门是虚掩着的。她正在安神打坐。住持虽然没有看过忆秦娥的戏，可忆秦娥的名声，在这方圆几十里，是比乡长、县长都要大出许多的。一些香客来，降了香、上了布施，就会到她的房里坐坐，说说自己的祈求。当然，也不免要扯些闲话，忆秦娥就是这些闲话里扯得最多的人。说一个放羊娃给出息了，也算是行行出了状元。尽管如此，住持还是有些不想收留她：毕竟是唱戏的，肯定花哨，来了不免要扰害庵堂的清静。可她娘偏又舍得出米面，出贡油，上布施。住持也就答应了"暂住几日"的请求。没想到，忆秦娥来拜见她第一面，一下把她给怔住了：竟然是这等人才，长得画中人一样貌美、端方、清丽。应该说在她的见识中，是没有过这等脱俗人物的。她不由得欠起身子，双手合十，给忆秦娥道了声："阿弥陀佛！"

忆秦娥也道了声："法师万福！"这还是戏里学来的词。

住持一下就有些高兴，赐了座，跟她攀谈起来。

"唱戏是何等风光热闹的地方，怎么要到这深山破庵来暂住呢？"

忆秦娥说："想清静清静。"

住持微笑着说："想清静，就是能清静得了的吗？"

"希望大师能教我清静之法。"

"哦，清静之法？你进了庵堂，听见身后的山门，是有人关上了吗？"

"有人关上了。"

"那你就应该已经清静了。"

忆秦娥把住持看了好半天，才似乎是懂了点这句禅语的意思。

忆秦娥接着又问："我应该学念什么经文，才能消除身上的罪孽呢？"

住持还是不紧不慢地说："一切佛门经文，皆是度己度人、消除孽障的无量大法。几天修行，泥牛入海，也只能拣紧要的，诵读几篇罢了。先是要诵《皈依法》，知道点佛门的规矩，最是当紧的。若要论消除罪孽,《地藏菩萨本愿经》就是最妙的了。这是佛教的根本和基础,消业效果最好。愿施主立地成佛,功德圆满。阿弥陀佛!"

忆秦娥就算正式进住莲花庵了。

她与另外两个尼姑住在西厢房里。房子中间是堂屋。四间小房的门,开在堂屋的四个角上。靠阳面的两间已经住人了。她就住在靠阴面的一间房里。房很小,只有一张很窄的床,还摆了一张供桌。从桌上点残了的香火看,这房间不久前也是住过人的。她想跟那两位尼姑说说话,可人家的门都虚掩着,里面毫无声息,她也就没好打扰。她关上门,慢慢捧读起了住持送给她的《皈依法》。有好多字都不认得。不过她已习惯给包里迟早塞着米兰送的那本字典,凡有不认识的字,就拿出来查一查。这下有了更多的时间,她就一个字一个字地查着,诵读着。诵着读着,就又想到了塌台的那一幕。她努力想回到经文中。可那一幕,总是十分强烈地,要把她一次又一次带回到凄惨的画面中。她最不能忘记的,是其中有一个可怜的母亲,男人刚在黑煤窑里塌死,大女儿又在舞台下被砸扁。她怀里抱着的一个女婴,还不满月。让她感动的是,剧团所有人,都为这个女人慷慨解囊了,有的几乎是倾其所有。她只恨那晚自己身上带的钱太少,最后,是把结婚时买的戒指、项链,全都摘下来,塞了那个女人的手心。她至今还能感觉到,那个女人的手心,是在发烫、发汗、发颤着的。那种颤抖,是直接从心脏深处牵连抖动出来的。她不知道这个女人,在不到一年的时间里,连续丧失两位亲人,此时此刻,还能不能撑持住那两条瘦弱的大腿。而自己,在连续遭遇刘红兵出轨、带团演出塌台死人,尤其是在不断有人提醒,自己的儿子可能是傻子时,几乎崩溃得快要扶不起体统了。

房里真静,小窗的外面,也静得只有轻微的山风,在打动着庵堂檐角的风铃。虽然在西京,她也是喜欢一个人在家里独处。可那种静,却缺了这里的清寒、清凉、清苦、清冷之气。她觉得她是需要有这么个地方,让自己真正静下来,努力不去想住持所说的山门以外的事情。但愿这道门,是真的能把一切痛苦、烦恼,都阻挡在庵堂之外。她从来没想过，自己此时会对佛门这样亲近。很小的时候，她就听说，佛门是能超度罪孽的。她觉得自己要赎的罪孽是太多太多了。那三个孩子，还有单团的死，都与她有直接关系。甚至自己就是压死他们的最后那根"稻草"。还有儿子刘忆，难道真的是傻子吗？自己到底是造了什么孽，要生出一个傻儿子来呢？但愿她的赎罪，能给死者的亲人带去福报；也能为自己的儿子，赎来常人的生命。她在一遍又一遍念着《地藏菩萨本愿经》。住持说，念这部经文时，是不能中断的，一中断，就会前功尽弃。当查完生字后，她就能行云流水般地念下去了。念着念着，她感到自己是真的有点跳出三界外了。

也就在这时，死刘红兵又来了。

刘红兵是在她住庵七八天后找来的。先有人通禀到住持那儿，住持盘问了半天，才把忆秦娥叫去。住持叫她去时，又让刘红兵到一边等着。她问忆秦娥："一个叫刘红兵的人，是不是你丈夫？"忆秦娥点了点头。住持说："你有家有室有孩子的，不该置气，独自一人来山上享清静。"

"这个家……迟早是要散的。"忆秦娥无奈地说。

"那孩子呢？"住持问。

"我来，就是为孩子赎罪的。"

"有啥过不去的，非得妻离子散？"

忆秦娥想了想说："缘分尽了。"

"不是一个缘分能了的事吧？那男人有愧于你？"

忆秦娥把头低下了。但她很快又抬起头来摇了摇。

住持微微一笑说："佛说，宽恕别人，就是善待自己。你还是见见他吧，他来了。"

"不，我不见。法师，您让他走吧！"

"这个人，我是没法赶他走的。你还是自己去了断吧。"

她就跟刘红兵见面了。

在尼姑庵的院子里见，他给她跪在院子里。在外面的麦田见，他又给她跪在麦田里。忆秦娥瞧见，无论是在院子里，还是麦田里，住持和那两个尼姑，都是在前后窗子的玻璃后边看着稀奇的。她是不想把事闹大，闹难看。尤其是在佛门禁地，人家本来就不想让她来，再有个男人跟出跟进、要死要活的，实在令人难堪。无奈，她才把刘红兵带到自己小房里了。

狭小的空间，带来了一种距离的紧促感。刘红兵还以为是昔日的夫妻关系，只要他讪皮搭脸地亲热一下，忆秦娥就能妥协退让。谁知今日完全不比从前，他刚把双手伸出去，忆秦娥扬手一打，他就一个大倒退。要不是身后的门框顶着，他都能仰坐下去。

"说，你来找我干啥？"

"我是给你赔罪来的秦娥。我是畜生。我不是人。但我不能没有你。"

"还有更新鲜的话没有？没有就赶快滚！"

"你怎么这么不原谅人呢？"

"我什么都能原谅，就是不能原谅你那种无耻。我一生……已经受够了这种侮辱。你要是还有点人的脸面的话，就应该赶快离开我。"

"你就这样绝情？"

"不是我绝情，而是你……太让人恶心了。"

"那……那就是逢场作戏……"

"你别说了，千万别再解释，越解释越令人作呕。你走吧。"

"你要是抛弃我，我也只好来当和尚了。"刘红兵又开始耍赖了。

"那是你的事，与我一毛钱关系都没有。"

"可我们……已有共同的孩子……"

"再别说孩子，再别说孩子了……你快走吧，你必须离开这里，我要清静，我要清静！"

忆秦娥到底还是把刘红兵推了出去。

刘红兵没有离开莲花庵，可也不能在庵里歇宿，他就在附近农家找了个地方，晚上睡觉，白天又到庵堂里死缠。看忆秦娥的确没有任何回心转意的意思，他才给庵里上了布施，无奈离开的。

面对这样的婚姻，忆秦娥也不知该怎么办。反正自打看见刘红兵在家里的那一幕后，她就再也没有了与他共同生活下去的勇气。尽管过去也听到不少风言风语，可她从自己被人侮辱了这些年的情况看，总是不愿相信任何的捕风捉影。但这次是实实在在捉奸在床了，就不由得她不去做更多的联想。她是真的想把脑子里关于这些事的记忆，都掏空淘尽，可越淘，越是蛛丝马迹泛滥成灾。她就拿头狠狠地撞着墙。再然后，又拿起《地藏菩萨本愿经》，轻叩木鱼，嘴里念念有词起来。

让她感到心安的是，住持在她住了半个月的时候，还没有赶她走的意思。并且还给她细细讲起《皈依法》《地藏菩萨本愿经》来。有一天，还给她拿来了《金刚经》。说这三本经文，最好都能背下来。其实前两部，她早已背下了。她记词背诵的能力，好像是与生俱来的。有时简直能达到过目成诵的地步。

忆秦娥感到自己的心，是慢慢静下来了。有一天，她甚至在收拾那张活摇活动的禅床了。本来是打算凑合睡几天的，没想到，这一睡，还给睡得不想离开了。她就找了钉子、木楔，钻到床底，把卯榫都快要摇脱落的床架子，修理得结结实实了。她跟别人的打坐方式不一样，她永远喜欢"卧鱼""大劈叉"这些戏里的动作。这些动作既不影响敲木鱼，也不影响念经，并且还能让她更加忘我地沉浸在记诵中。关起门来，她就按她的方式参禅打坐了。

她的窗外有一窝燕子，参禅打坐之余，就是听它们呢喃，看它们飞来飞去。

它们也在看她。要不是窗玻璃隔着，她的笑容，是能把它们欢欢喜喜迎进来的。

三

省秦"兵荒马乱"了几个月后，上边要求尽快恢复工作秩序，保持正常的排练演出。要不然，说国家拨的百分之七十工资，都不好要了。一要，就有人质疑：剧团到处是麻将摊子，满院子全是"报停""炸弹""夹二饼"声，听不到一句唱，看不见一个人练功、排戏，还要财政拨款哩？改叫麻将馆好了。丁团长就急忙开会，布置了排练任务。

一有戏排，剧团也就算是动起来了。

这次排的是《马前泼水》。剧情是说一个叫朱买臣的书生，一贫如洗，科考无望。其妻崔氏耐不住苦寂清贫，硬逼着朱买臣写了休书，她改嫁了暴发户张三。朱买臣遂发愤苦读，终得及第，并任了会稽太守。他赴任时，已沦落为乞丐的崔氏，跪于马前，请求原谅收留。朱买臣即命人取来一盆水，哗地泼在地上，说若能将泼出去的水收回盆中，他们也可重修于好。崔氏知道覆水难收的道理和用意，遂羞愧难当，触柱而亡。

主演崔氏的，就是楚嘉禾。

这也是丁团长精心为她挑选的戏。丁团长说："你的功夫不如忆秦娥，就要学会避其锐气，不要演武旦，也不要演动作多的戏。《马前泼水》故事曲折，崔氏性格多变，跳荡很大，是个'戏包人'的戏。谁演一准能火。"

楚嘉禾有点不喜欢这个角色。说是前花旦、后正旦，其实那就是个"彩旦""媒旦""摇旦""丑旦"。戏倒是红火得一塌糊涂，可演完，对演员能有啥好处呢？人家忆秦娥演的杨排风、白娘子、李慧娘、胡九妹，都是一等一的美好形象：不是英雄，就是情痴，再就是正义的化身。以至于演到如今，把个烧火丫头的倒霉嘴脸，已经彻底弄得魅力四射、霞光万道了。她忆秦娥就真有那么美好，那么动人，那么皮毛光滑、阳光灼人吗？还不是好戏、好角色给她带来的无尽光环？真要演几个打着莲花落，在富贵人家门口唱曲要饭的彩旦、摇旦，试试看，看她还是不是个每人都恨不得想抱住啃几口的香饽饽。可丁团长一再做工作，说她至今，还没把一个戏演得大红大紫过。无论如何，得有一个这样的戏，让自己在秦腔界先立起来。她也就只好答应了。

在忆秦娥上海之行，一下把戏剧最高奖拿下后，楚嘉禾突然觉得，再干这行，是一点意思都没有了。你咋翻腾，都是翻腾不过忆秦娥的。可后来，又分团吃饭，她竟然应聘在一团做了主演。那一阵，她也的确下过不少功夫，可把队伍拉出去后，她每演一场《白蛇传》《游西湖》，都要受一场奚落、侮辱。有的观众，干脆跑到后台质问：为什么"偷梁换柱"？为什么"挂羊头卖狗肉"？省秦的白娘子和李慧娘，明明都知道是忆秦娥，怎么突然钻出个名不见经传的楚嘉禾来？并且还出现了几次给台上扔砖头、扣包场费的事情。因此，勉强应付了三四个台口，就草草收兵，悄悄回来"歇菜"了。

也是天无绝人之路，万事太红火了，都是要倒血霉的。果不其然，忆秦娥就倒了血霉。竟然还真给"垮台"了。不仅免了二团长，而且戏也是没心思唱了。最近还传出话来，说是出家做了尼姑。关键是还有一个传说，说忆秦娥的儿子，可能是个傻子。天老爷，如果属实，这会让忆秦娥的唱戏生涯，彻底砸锅倒灶的。一个人的心劲儿垮了、毁了，也就一切都兵败如山倒了。不过这一切，她还有些不相信，需进一步得到证实。只有证实了，她才可能有更大的激情和热情，去投入崔氏的角色创造。

一天晚上，她独自练戏回来，刚好在黑乎乎的院子里，碰见了蔫头耷脑的刘红兵。她就主动搭讪了一句："哎，红兵兄，咋好久都没见你了？秦娥呢？"只听刘红兵长长地哀叹了一声："唉，一言难尽！""有啥难肠事，还能难倒你刘红兵。""还真有事，把哥给难得快要寻绳上吊了。""哟，有这么严重吗？能给妹子说说吗？兴许还能帮哥排忧解难呢。""你？还是算了吧。""咋，还瞧不起妹子？""不是不是。我是说……唉！""看你那想说不说的样子，那就不说好了。"说完，她还故意与刘红兵身子挨得很近地走了过去，高高挺起的胸部，是比较精准地擦上了他二头肌的。以她对刘红兵的判断，这只贪色爱腥的花猫，受到这种刺激，是不可能不尾随而来的。果然，他就跟来了，说："那就给妹子说说。家里没人吗？"楚嘉禾说："还是到你家说吧。"刘红兵突然有点躲闪地："不……还是去你家吧。"楚嘉禾嘴角撇过了一丝只有自己能感觉到的冷笑。她也没说让他来，也没说不让他来，只独自在前边走着，刘红兵就跟着走进了她的家。

楚嘉禾也是跟忆秦娥一批分上新房的，但却没有忆秦娥的楼层好，还是西晒。房装得像儿童乐园一样，并且是一色的粉红。还到处安着串儿灯，频闪得此起彼伏的。刘红兵一进门，就感到一种燥热。倒是有一个窗机空调，却装在卧室里。楚嘉禾把卧室门开着，可客厅里还是没有多少凉意。坐了一会儿，刘红兵就不停地把身子朝卧室门口挪，并且还一个劲地朝里窥探。那张红色射灯照耀着的床，还有床上没叠的肉色被单、粉红枕头，都让他的眼睛有些游移不定。

就眼前这个男人，在北山时，那是宁州剧团好多女孩子，都羡慕得不得了的人物。可那时，刘红兵就看上了演白娘子的忆秦娥。其他人，也就只好在一旁，时不时偷看几眼这个总爱穿着一身白西服、扎着白领带、蹬着白皮鞋、修着长头发的"高干"子弟，给眼睛过个生日了。那时的刘红兵，就是一掷千金的主儿。她们的工资一月才二十八块半，可刘红兵每每掏出钱包，里面少说也都摞着成百张十元大钞。并且什么都能倒腾来，有人把他也叫"倒爷""官倒"的。楚嘉禾不是没有想过这个男人与自己的假如，但再想，也只能是假如。因为他的眼里，只有忆秦娥。为忆秦娥，他是可以忘却"高干"公子身份，日夜跟着剧团来回瞎转悠的。楚嘉禾也听说他爸退休了，可这个浪荡惯了的公子，好像并没有被就此霜杀雪埋。在忆秦娥带二团下乡那阵儿，团里就传出过刘红兵好像带女人回来过夜的事。她当然是希望看到忆秦娥的笑话了。可这个笑话还没彻底传开、闹大，忆秦娥竟然就自己把正红火的台子给演塌了，一下死出几个人来。那新闻大得，自然就把刘红兵那点毛毛雨给盖过了。都在传说，忆秦娥那晚塌台时，是吓得尿了裤子的。还有的说，大小便都失禁了。忆秦娥是以有病的事由，请假回老家的。丁团长有一次还当着她面说："忆秦娥也该回来上班了，可怎么听说，她还进了尼姑庵，念起佛来了。"她就当着丁团长老婆的面，撇凉腔说："看来丁团长也是离不开忆秦娥的了。人家刚回去几天，就心嗒嗒地念叨上了。"丁团长的老婆立马骂开了："这些死男人都是贱货，都爱给忆秦娥献殷勤。封子献来献去的，让老婆骂了个狗血喷头。单跛子前赴后继，又去献，倒是献得好，把小命都搭进去了。他要是不献那个殷勤，在总部把大团长当得美美的，咋能到黄河滩上，一瘸一拐的，就端直钻到台底下，去见了阎王爷呢。"丁团长也就再不说话了。楚嘉禾就希望忆秦娥一辈子都别回来，好好当她的尼姑去。如果真能那样，她在省秦也就有出头之日了。

她是急切想打听到忆秦娥的真实消息，要不然，她还真不想让刘红兵进自己的家门呢。稀罕是曾经稀罕过，可他毕竟已成对手的男人，他们是穿着连裆裤的。一想到这点，她就觉得这个男人，也是跟忆秦娥一样令人生厌了。她给刘红兵沏了茶。可刘红兵热得一个劲地要到水龙头前喝自来水。她就感到，刘红兵今天是可以被她当猴耍的。

"秦娥还真的不回来了？"她也盘成"卧鱼"状在问。

"谁知道，就跟疯子一样。"

"哟，你当初不就是跟疯子一样追着人家吗。现在倒说人家是疯子了。"

"不是疯子，能去尼姑庵？"

"也就是去玩玩，图个新鲜罢了。莫非还能真去？"

"那可说不定。忆秦娥是你的同学，你还不了解，生就一头犟驴，啥事也不跟人交流商量的。真撒起邪来，九牛也拉不回来。"

"她到底是为啥事要去尼姑庵吗？"

"谁知道。大概就为塌台死人的事吧。"

"你刘红兵，都没再装啥药？"楚嘉禾故意神秘兮兮地看着他问。

"我，我能给她装啥药？"

"你个花花心肠，是个能安分得了的人？该不是让秦娥抓住啥把柄了吧？"

"没有，真的没有。"

"再老奸巨猾的贼，都有失手的时候。只怕是玩栽了吧。"楚嘉禾说着，还给他抛了一个媚眼。

刘红兵从楚嘉禾多情的眼神中，似乎得到了某种暗示。他就站起来，试着朝卧室走："这里边多凉快，咱们到里边聊吧。"刘红兵说着，还把扎在裤子里的衬衫拉出来，把肚皮扇了扇。

"你倒想得美，那是本姑娘的卧室、闺房、绣楼，你都敢乱闯？要是秦娥知道，看不打折了你的腿，揭了你的皮。"

"她敢。"

"哟，谁不知道你刘红兵长了副贱酥酥的挨打相。还是规矩些吧，你不怕，我还怕呢。"

"这里只有天知地知，你知我知。"

"月亮可在窗户上看着呢。这月亮与你老婆那边的月亮，可是一个月亮。"

"看月亮晚上把啥事没见过，它能操心得过来？"说着，刘红兵就到卧室外抱她来了。

她把"卧鱼"一散架，坐在了地上。刘红兵第一下没抱起来，也坐下，一把搂住了她的脖项。楚嘉禾既没完全接受，也没彻底抖掉地只筛了一下说："哎哎哎，你可别把我当成你那些招之即来，挥之即去的小妹妹了噢。"

"其实我早就……喜欢上你了。"

"我可不是十七八岁的小姑娘了，这些江湖言子少给我上。"

"真的，你很有味道。"

"什么味道？"

"香艳之气。"说着，刘红兵的手，一下就插进她的胸部，几乎是还没等楚嘉禾反应过来，就已经把要害部位，满把揪在手上了。

楚嘉禾一把抓住他的胳膊说："松手，你要不松我可就喊人了。"

刘红兵对这里面的尺度，是有深切把握的。就这种只抓胳膊，而不采取更加强硬手段的反抗，那就意味着默许、认同。只是为了让一切，尤其是面子，过渡得更加自然、合理些而已。他不仅没有松开已得手的那只手，而且把另一只，也快速伸进去，紧紧抓住了另一个要害。

要放在忆秦娥最红火的时候，楚嘉禾甚至都想过，干脆把这个男人，勾引到自己床上，从骨子里去羞辱忆秦娥一番得了。她甚至差点都迈出过这一步。可那时，刘红兵对她那副满不在乎的样子，有些让她觉得跌份。但现在，她又突然没有了这种意思。虽然刘红兵的风流倜傥，体格健硕，对她还是有一种异性吸引力的。尤其是在抱住她的一刹那间，甚至有一股电流涌遍全身。但她还是不准备把他急切想要的，再给这个已经失去光彩的男人了。她突然发现，也许刘红兵的光彩，并不来自他当官的父亲，而是来自忆秦娥。是忆秦娥因塌台事故死了人、黯然退了场，并且在这种情况下，他还有被忆秦娥抛弃的嫌疑，因而才变得无足轻重了的。要放在忆秦娥最红火的时候，那她今晚，是要把对忆秦娥的愤恨、辱没，全都发泄到这个男人身体上的。尽管如此，她也没有就此罢手。她还想看看，看看忆秦娥的男人刘红兵，到底有多丑陋，多下流。她还是那两个字：

"松手。"

但她脸上，却是一种满含娇羞的表情。

刘红兵立马就得寸进尺起来。他一下抱起楚嘉禾，就朝卧室的床上走去。楚嘉禾在反抗，但并没有反抗得从他身上挣脱下来。其实她是完全可以挣扎下来的。刘红兵终于把她撂到了席梦思上，非常习惯老练地，先剥去了自己的衣裤。就在他雄强有力地正要发起总攻时，楚嘉禾突然从床头柜边，抽出了一把寒光闪闪的藏刀，端对着他雄起的部位，就要行刑。

"刘红兵，你把我当成什么人了？你以为我也是你家忆秦娥是吧？做饭的都可以上？什么脏老汉、跛子腿，都可以把她压到床上干？你打错了算盘。"

刘红兵气得嘴直噘噘："你……你什么意思？"

"你说我什么意思？你什么意思？"楚嘉禾故意也斜了一眼他的下腹。嘴角还露出了一丝得意的嘲弄。

"你可以羞辱我，但不可以羞辱忆秦娥。她跟做饭的什么事也没发生。她跟我时，还是处女。"

楚嘉禾突然哑然失笑起来："笑话，忆秦娥跟你时能是处女？恐怕能跑火车了吧？她不仅让做饭的睡了，而且还让那几个给她排戏的老艺人睡了，你怕是还蒙在鼓里吧？你以为帮她的那些人，都图了啥？图艺术？笑话，还不是图她身上的那股腥骚味儿。连单跛子都自投罗网，一命呜呼了。你说你们这些臭男人，还有一个不沾荤腥的吗？"

刘红兵终于忍无可忍地怒吼道："楚嘉禾，你不要血口喷人，忆秦娥是干净的，起码比你干净。你更不要糟蹋单团长，丧了口德，你是会遭报应的。"说着，他塞塞窣窣地穿起了裤子。

"别动，凭什么穿起来？你是怎么脱下来的？怎么又能随随便便穿起来呢？"

刘红兵还反倒有些释然地一松手，裤子又垮到了脚踝骨处："那你说该怎么办吧？"

"该怎么办，我应该把你这副德行拍下来，交给忆秦娥，让她看看她的丈夫、她的家庭有多美好。"

"那你拍吧。我已经没有资格做忆秦娥的丈夫了。如果说今晚以前，我还想拼命保留这种资格，挽留那份荣耀，现在，已经彻底不配了。我已经不配做忆秦娥的丈夫了。我此时，就是来嫖宿你楚嘉禾的嫖客，一个十足的大流氓。"说着，他还勇敢地朝楚嘉禾面前走了过来。

"你站住，你站住。再不站住，我可就真拿刀戳了。"

"你戳吧，这吊罪恶的肉，理该受到惩罚。因为它侮辱了忆秦娥，一个最不应该受到侮辱的人。"

这种直逼过来的气势，一下把楚嘉禾弄得无所适从了。她本来就是为了侮辱刘红兵，进而达到羞辱忆秦娥的目的的。可没想到，刘红兵竟然是这种阵势。不仅没有侮辱到忆秦娥，相反，还把自己弄得下不来台了。戳他一刀，实在不划算；不戳他，还真收不了场呢。她到底还是胡乱戳了一刀。可这一刀，戳在了空里。刘红兵扭过刀，直抵住她的咽喉威逼道：

"把裤子脱了！脱了！"

楚嘉禾乖乖地脱了裤子。

他呸地朝那里唾了一口，说："再侮辱忆秦娥，小心你的狗命！"

635

然后，刘红兵慢慢穿好自己的衣裤，又把藏刀"嗖"地扎在大立柜上，才扬长而去。

等刘红兵走了半天，楚嘉禾才缓过神来。她觉得自己是做了一场不小的赔本买卖。不过从刘红兵嘴里透露的信息看，忆秦娥可能是遭遇了人生的多重打击，包括婚变。也许忆秦娥这次是真要彻底退场了。

四

忆秦娥在尼姑庵一待就是好几个月。开始，她娘还给庵里送米面油。后来，发现忆秦娥是有不想走的意思，就停止了布施，想让住持赶她走。住持不但没有赶忆秦娥，而且还越来越喜欢上了这个暂住者。她起得早，睡得晚。上香、添油、庭扫、造膳，无不主动抢先。并且还比别人更加滚瓜烂熟地背过了《皈依法》《地藏菩萨本愿经》《金刚经》《心经》《楞严咒》《大悲咒》等。就连剃度出家好几年的尼僧，有时也是不能把这些常用经文，背得如豆入盘、似水流淌的。可忆秦娥却有一种少见的正觉。背诵起经文来，好像是有神在助力，几乎过目成诵，悟性超群。关键是她心静，专一。她能一打坐几小时，动也不动。在住持眼里，这才是真正有慧根的佛徒。

她给忆秦娥亲赐了法号：慧灵居士。

忆秦娥在反复诵念《地藏菩萨本愿经》中，为那三个孩子和单团长，还有她过去的师父苟存忠，超度着亡灵。在诵《金刚经》《心经》《楞严咒》《大悲咒》时，又在不断地想着为儿子刘忆，加持力量。让他彻底摆脱傻子的魔咒，成为一个正常人。她是一个从小过惯了苦日子的人。起早贪黑、洒扫造膳这样的苦累，对她几乎不是难事。别人做，靠轮值。而她却是自觉自愿，法喜充盈的。

她娘和她爹易茂财，还有她姐，几乎是车轮战似的，来劝她离开尼姑庵。觉得这已是易家的家丑，要出尼姑了。她舅胡三元，也来劝她，骂她，甚至都想打她。说她是没出息的东西，这才经受了点啥事，就要出家了。直到这时，其实她也没有要出家的意思，就是想为孩子赎罪。不想让刘忆成为傻子。她总觉得，以她的虔敬，是能把孩子可能出现的绝望，扳回来的。

莲花庵每年农历七月半，都有一个法会。过去并没办得那么隆重。可近几年，庙堂越建越多，都在拉香客，拉布施，提升山门影响力。住持就不得不考虑要大操大办一回了。她请了各山门的法师、长老。还请了县剧团的戏。忆秦娥知道这事时，剧团打前站、搭台子的人都来了。她想离开庵堂，躲避几天，可住持拦住了她，说："跟县剧团都商量好了，还想让你唱一本《白蛇传》呢。"她从来没有对住持的要求，做过任何不同的反应。但这次，她摇头说不了。可住持还是微笑坚持着，说这是比念经更重要的功德。给佛门唱戏，自古都是对自身福报无量的大好事。就在说这一番话时，她舅胡三元，还有胡彩香老师他们，都已提前上山了。县剧团早已知道忆秦娥在山上修行，也都是想来看看她的。

封潇潇是最后一个上山的。见了她的面，眼里突然泪水一转，问她："你咋了？"

她的泪水也夺眶而出："好着呢。"

"好着呢怎么要出家？"

"我没有出家。就是来清静清静。"

"都说你出家了。"

"还没有。"

"准备出家？"

"没有哇。"她想尽量回答得轻松些。

"是不是那个刘红兵欺负你了？"

"没有，好着呢。你……好吗？"

"我能不好吗？"

从此，他们在一起待了好几天。可除了唱戏，也再没单独说过一句话。但忆秦娥心里，还是懂得了他的抱怨。在《白蛇传》的"游湖""缔婚""现形""断桥""合钵"等几折戏中，他们都演得心领神会、泪流满面的。但一到戏外，还是形同陌路，再无瓜葛了。他们各自都有家庭，都有孩子了。由戏生出的感情，似乎已永远留在戏中了。

让忆秦娥觉得寒心的是，宁州剧团已彻底后继无人了。十几个年轻人，都改唱了歌舞。昔日有名的"小花旦"惠芳龄，在给她配演青蛇时，竟然有意无意间，就扭起了霹雳舞、迪斯科。连胡彩香老师，都又回到了"台柱子"的位置，她唱了窦娥，还演了《打金枝》里的公主。可无论身上的功，还是化妆、表演，都已撑不起主角的台面了。她舅胡三元在那次塌台事故后，又回到了宁州。每晚演出完，都听他在骂："把摊子快葬尽了。这已不是唱戏了，这叫耍猴。这叫亏了唱戏的祖先了。"

唯独《白蛇传》，让莲花峰的尼姑庵，放出了前所未有的光彩。关键是把住持惊傻了。她知道忆秦娥是唱戏的，并且都说唱得好，名气很大。可唱得这样好，是她没有想到的。尤其是身上的功夫：从"盗草"到"水斗"，完成了一个又一个挑战身体极限的动作。真正称得上是"草上飞""水上漂"的身手。在她印象中，忆秦娥是一个很好静的人。没想到扮起来，竟然是这样动若脱兔的钢邦利落脆。唱得也美妙动听，情由心生。扮相更是天仙仪态，超凡绝尘。住持年年也会到附近山上，去赶一些法会。也有请戏、请歌、请舞、请杂耍的。可像忆秦娥演的白娘子，却是大家做梦都没见过的。各路"高僧大德"，在看完戏后，也有给莲花庵挑刺的，说："啥都好，就是不该演《白蛇传》。'妖蛇'斗了一晚上'妖僧'。白蛇、青蛇动辄就'秃驴秃驴'地骂法海和尚，实在对佛门有点大不敬。"住持就微笑着说："戏里骂秃驴的多了，莫非宽大慈悲为怀的佛门，还计较这个？要计较这个，只怕是好多好戏都唱不成了。"一个和尚便说："你咋不让唱《思凡》呢？"住持说："剧团的戏里是没有，若有，我明儿个就加演《思凡》了。庙里的戏，是唱给香客听，不是唱给庙堂听的。连白娘子这样的好戏都有了忌讳，不能唱，那庙会戏唱啥？只唱歌功颂德和尚的戏？干巴巴撸一晚上，一台子光秃秃的人，你来我往的，也不怕干瘪得慌。戏情就是唱男男女女的事。和尚不待见，也不能把香客的事都拿了。戏是招待香客的不是。"反正各路大德都有点不大法喜。莲花庵的风头，今年是出得有点太劲太爆了。一个小庵，竟然唱成了法会大主角。有人估计，这次香火布施，庵里只怕是把两三年的供奉都攒下了。

法会结束了，僧众、香客、贩夫走卒全撤了。剧团也走了。小庵又归于沉静了。俗话说：道士走后的纸，戏子走后的屎。她们整整打扫了两天一夜卫生，才把莲花庵里里外外，又收拾得跟以往一样一尘不染。

那两个很少跟人交流的尼姑，突然用异样的眼光看着忆秦娥。忆秦娥还以为是自己哪里收拾得不对，就问咋了。她们相互笑笑说："不咋。都说慧灵居士太厉害了。有这样的身手，就是住庙，也该去住大庙的。"

这天晚上，忆秦娥擦洗完庙门，正要用大木桶烧水洗澡，被住持叫走了。住持没有把她叫到自己的禅房，而是拉她走出耳门，去庵堂后边的莲花潭了。

这个潭，是被庵堂的后院墙围在里面的。潭是山涧清泉聚灌而成，仅丈余见方。天上的月亮，此时正沉浸在清澈的潭底。汩汩流进的山泉，也一次次揉皱着那汪青碧。忆秦娥是知道这个潭的，但从来没进来过。通向这里的耳门，平常是锁着的。据说住持倒是常来这里打坐。

住持把她领到潭边，说："慧灵，在这里洗吧，水洁净，冬暖夏凉。"

她有些茫然地看着住持。

"怎么，还怕羞，我背过身就是了。"住持说。

"我还是回去洗吧。"

住持说："这可是神水，一般人无福消受的。只有剃度的尼僧，才能在剃度那天享用一次。这是莲花庵的规矩。"

"师父……是要我剃度吗？"忆秦娥突然有些紧张起来。

639

"洗吧，慧灵。洗了师父再跟你慢慢说。"

忆秦娥有些不知如何是好。但面对住持的安排，她也不好不遵从。住持已背过身去，独自打坐诵经了。她就羞羞答答地脱了汗津津的衣服，坐进了潭水。水底的月亮一下就被她搅成了碎屑。潭不深，刚没齐腰部。水很滑，很温润。浇淋在身上，有一种被孩子亲吻的感觉。住持诵的是《地藏菩萨本愿经》。她在水里，也跟着念念有词。她觉得水是太洁净、太润泽了，没敢贪恋，只轻轻给身上浇了几遍，就要出潭。住持说："慧灵，让我诵完《地藏经》再出来吧。"她就那样坐回水里，想着刘忆，想着那三个死去的孩子，还有单团，就分不清了泉与泪的界线。

《地藏经》终于诵完了。忆秦娥从潭里走了出来。住持站起来，给湿漉漉的她，包上了一件袈裟说："慧灵，你就算是受戒入过佛门了。"

忆秦娥一怔。直到此时，她还都是没有想好要入佛门的。她就是要给自己赎罪，给孩子赎罪。她想要孩子成为正常人。刘忆满两岁时，就要进行最后检验，她是在为儿子争取时间。

"不，师父，我还没有想好……"

"不用想了，孩子。我今天之所以这样做，就是怕你有一天想好了，真要剃度，走入空门，那我也就有了罪孽了。"

"师父怎么说这样的话？"

"孩子，如果说几天前，老衲还有意，想让你进入佛门，那么在看了你的白娘子后，就彻底断了这个念想。"

"为什么，师父？"

"你是有大用的人才，不可滞留在小庵之中。"

"我不想唱戏了，我要给孩子赎罪。"

"也许把戏唱好，让更多的人得到喜悦，就是最好的赎罪了。慧灵，这个庵堂一直有个规矩，就是只收留真正无路可走的人。但凡有些路径，我们是不主张出家的。你知道当年被红卫兵踢下悬崖的那个老尼，一生也只收留了两个僧徒，是两个患了病的妓女。她们解放后没有了出路，人见人贱，老尼就收下，直到病死在这个庵堂。想知道我的身世吗？我原来是一个小学老师，后来丈夫被枪毙了，实在羞辱难当，才选了这条路径的……"

让忆秦娥万万没有想到的是，十几年前，那次公判公捕大会上，被枪毙的那个流氓教干，就是住持的男人。那次她舅胡三元是"陪桩"的。当枪"砰"的一声响，那个流氓教干的头颅上方，血柱冲天而起时，她是吓得尿湿了裤子的。那时她还不到十三岁。而就在那个现场，住持也是去给自己男人收了尸的。如果说缘分，她们也许是有过一面之缘的。而在她舅胡三元两次来莲花庵时，住持已认出了这个黑脸龅牙的男人，就是十几年前陪过他男人法场，让公判大会几次失去严肃性的敲鼓佬。敲鼓佬告诉了她有关忆秦娥的一切，她才安排唱了这场庙会戏。而过去，她是从来不想让小庵有大动静的。尤其是不想招惹更多的人来搅扰，更别说唱大戏了。她的小庙，够吃够喝就行了。唯安生、清静为要为大。

忆秦娥问："你原谅他了吗？"

"谁？"

"就是……枪毙的那个。"

"他罪不当死。他的确花心，但也有好多证人……是被逼着说了假话，被逼着……要陷害他。有人想安排自己的人，去替代他的位置。"

忆秦娥不知该说什么好了。

住持停顿了许久，接着说："我为他超度过无数遍了，但愿来世，能不再那样可怜地活着。别人陷害他，其实他自己也留有把柄。身心不洁，纵欲乱性，那是一种病，一种很深很深的病。他不是不知道，但不能自拔。这就是人的可怜了。"

这天晚上，她们在潭边打坐了很久很久。住持坚持让她必须离开。并说那两个尼僧，也是要让她们走的。因为她们都有活路。

"修行是一辈子的事：吃饭、走路、说话、做事，都是修行。唱戏，更是一种大修行，是度己度人的修行。只要懂得这个道理，就没必要住庙剃度了。要不然，这世间的庙堂也是住不下的。"

住持这晚跟她说了大半夜。

忆秦娥终于离开莲花庵了。

儿子刘忆也满两周岁了。

忆秦娥是抱着儿子，念着《大悲咒》离开九岩沟的。

五

那天刘红兵从楚嘉禾家里出来后，既有一种释然感，也有一种怅然若失感。他对自己是越来越不满意了。这阵儿，几乎是全然憎恶了。怎么把人活成这样了？自己小小的，就出生在北山行署大院，那是很多孩子都羡慕的地方。即使在父母下放劳动的那些年，他们也没受过太大的苦。那是在一个小镇上，父母的工资，让他们活得仍很体面尊贵。他家可以有钱买活鸡、活鸭、活鱼、活鳖、活兔子。还能买点心、饼干、冰糖、水果糖。他坐在门前的石凳上，啃那掉着金黄皮屑的面包时，身边是会围上来好多孩子引颈观看，并频频要蠕动喉结的。他父亲用废铁饼做了杠铃，用木架子做了单双杠。还在门口大树上，安了吊环、秋千、爬杆。每早父子俩练起来，一个镇子的人，都是要来像看戏一样围场子叫好的。下放回去，他没有参加高考。他不喜欢上学。家里就通过内部指标，让他参了军。那时参军也是不比上大学差的选择。因为到了部队，还可以保送上军校的。可他在部队混了几年，给首长开车，陪首长玩耍，也没进军校。不是不能进，而是压根儿懒得进。不喜欢上学的约束，见书就头痛。母亲思儿心切，非让他复员。他又复员回来，满街胡逛荡。后来觉得还是开小车风光，就又给行署领导开了伏尔加。再后来，开放了，办事处红火起来，他就又到了北山驻西京办事处。当然，那也是为了追忆秦娥方便。总之，好像一切都是逢山开道、遇水架桥的事。没有什么是过不去、办不成的。直到父亲从副专员位置上退下来，他都没感到什么危机。可最近，他觉得已是危机四伏了。办事处的好多事情，都有意瞒着他。他想通过一些环节，"官倒"点活钱，也没那么容易了。过去那些巴结着他的这长那长，也都在有意回避着他。他已成北山的局外人了。尤其是与忆秦娥的关系，让他窝囊得一想起来，就想拿大耳光扇自己的脸。

连楚嘉禾都把自己羞辱成这样了，这是他万万没有想到的事。在他眼中，楚嘉禾就是一个有几分姿色的女人而已。不演戏，也倒罢了，一上台，就被人小瞧。她跟忆秦娥简直是没法比的。在他跟忆秦娥的整个恋爱、婚姻过程，楚嘉禾是没少给他传递暧昧信号的。可他也清楚，楚嘉禾是一直在背后捣鼓忆秦娥坏话的人。她是一个自己把自己排进了忆秦娥竞争对手的人。其实在他和更多内行看来，论唱戏，她们就是凤凰与斑鸠的关系。加之那时，他的感情生活是饱满的、充沛的。就是需要填补，也还轮不上她楚嘉禾。西京啥都缺，就是不缺风姿绰约的好女子。也许是最近倒霉透了，什么都不顺心，什么都不随意，孤独的夜晚遇见她，竟然还用汗津津的大胸脯，把他剐蹭了一下，他就鬼迷心窍地跟着去了。以他的经验，这应该是瞌睡遇见枕头、手到擒来的事。没想到，还生出这样古怪的枝节来。他倒已不在乎自己的脸面，被揉搓成了豁嘴塌鼻吊眼堂的小丑。而是觉得，实在不该给忆秦娥抹黑。明明知道她是忆秦娥的敌人，还偏要去寻花问柳，真是在用大耳刮子，扇打忆秦娥的脸了。在这个世界上，最不应该伤害的女人，他觉得就是忆秦娥了。

那天晚上，他走在护城河岸，一头栽下去的心思都有。即使不栽下去，他也想，要是有勇气劁了骗了宫了，也不至于活得这样低贱。他是把自己悔恨透了。

他突然觉得失去了一切方向感，就整天待在办事处里喝酒，骂人。他是逮谁骂谁，专员也骂。专员也是给他父亲当过秘书，绑过鞋带，拉肚子还帮着收拾过脏屁股的人。偶尔打场牌，也是输光输尽。没了本钱，连牌桌也是没人让他上的。真是到了喝口凉水都塞牙的背时光景了。

但一件事他记得很清楚，就是儿子刘忆的两周岁生日。

听忆秦娥她娘讲，忆秦娥会在这时走出尼姑庵的。她要带儿子回西京进行全面检查，看到底是不是傻子。

他心里早就捏着一把汗了。如果儿子是傻子，大概自己是逃不了干系的。因为那段时间，忆秦娥不好降伏，他每每是借着酒胆，护佑色胆的。而忆秦娥怀上刘忆的日子，算来算去，也就是那阵酒喝得最多的时候。但愿儿子不是傻子。相信忆秦娥近半年的吃斋念佛，也该感动神灵，给他人生添点喜兴了。

在儿子两周岁生日的头一天晚上，他开车去了九岩沟。

忆秦娥也是那天晚上回家的。她跟他始终没有说话。第二天，她娘和她姐收拾了一桌菜，给刘忆过了生日，他就开车把她娘儿俩拉回了西京。

回到剧团房里，忆秦娥并没有说让他离开的话，但他自己离开了。他觉得此时的自己，已肮脏得再也不能跟忆秦娥在一起了。只是孩子的检查，他得奉陪到底。这是他作为父亲的责任。

第二天一早他就来了。他拉着娘儿俩，去了西京最好的医院，整整检查了一天。结果医生判定说：孩子语言有障碍，智力也有问题，并且是先天性的。医生看了看他们，还有点不相信地问："这是你们的孩子？"忆秦娥木着。他急忙说是的。医生说："你们都这么健康，妈妈这么美丽，爸爸这么帅气，怎么生了这么个孩子呢？是不是在备孕期间，喝过什么药，或者醉过酒？"刘红兵的脸，唰的一下就红到了脖根。忆秦娥也突然把他看了一眼，大概都同时在回想怀孕时节的那段生活。其实在最近一段时间，刘红兵已反复咨询过好多医生了，都说醉酒怀孕，固然容易引起孩子智障、畸形，但那也像买彩票，中彩的几率是有限的，不是全部。他多么希望自己不要中这个彩啊，可老天就偏偏让他中上了。他看见忆秦娥在凳子上，已经有些坐不稳了。他就向她身后靠了靠，尽量想用自己也在颤抖的身子，把深深爱着的女人扛住。可她还是离开他的支撑，狠劲把刘忆抱了起来。在即将出门的时候，忆秦娥还在问医生："真就没有什么医治办法了吗？"医生说："不要给孩子过度用药，没有太大意义。最好还是物理疗法，用爱，一点点唤起孩子的部分语言和智力功能。也只能是部分。"医生说得很肯定。

出门后，他想着忆秦娥是要破口大骂他，或者是拿脚狠狠踢他的，但没有。忆秦娥就是那样紧紧抱着孩子，朝医院大门外走去。她也再没有上他开的车，像是失魂落魄的《鬼怨》中的李慧娘，高一脚低一脚地朝前乱走着。他慢慢开着车，紧跟着。直到忆秦娥再也走不动了，一屁股塌在道沿上，他才凑上去，蹲在一旁。他多么希望，她能像李慧娘、白娘子怒斥贾似道和法海和尚一样，当街怒斥、痛揍自己一顿啊！可她连这点希望都没给他，又要起身前行。他终于强行抢过孩子说："上车吧，离单位还远着呢。不能只相信一家医院。我们办事处有个人的爸，被两家医院断定是肝癌，结果到第三家医院复诊，说他爸只是肝囊肿。几年了，人还活得好好的。我们还得再找医院检查。我不相信这是真的。"也许他的这番话，给忆秦娥带来了希望，在他将她朝车门里促时，她竟然再没朝下跳。

随后，他们带着孩子又去了北京，去了上海，去了广州。当最后一家医院，还是做出了相同的判断时，忆秦娥终于在珠江边上，号啕大哭起来。

这一路，他们的交流，一共不到十句话。

忆秦娥在最后的绝望时刻，终于对着珠江骂了一句："喝死呢喝。报应，真是报应哪！"

从广州回来，他再去忆秦娥家，忆秦娥就没有开过门。

这样不理不睬的日子，又延续了很长时间。他空虚无聊的光阴，实在打发不过去，就又有了女人。可这次这个在舞厅认识的、走到亮处都不敢细看的女人，不是跟他玩玩就能算了的。在反复强调肚子里是怀上了他的孩子后，竟然掐住他的脖子，严正要求："得给老娘一个说法了。"

他就不能不去跟忆秦娥了断了。

如果在孩子没有判断出是真傻瓜以前，他觉得跟忆秦娥谈离婚，也许还能说出口。他甚至都想过，把自己的那些龌龊生活，包括跟楚嘉禾的事，和盘托出，以证明他是不配跟她在一起了。可现在，明明知道孩子是傻瓜，并且还可能是自己一手造成的，又怎能在这个时候离家而去呢？如果是忆秦娥提出来，还情有可原。可忆秦娥偏偏从不提说离婚的事。继续拖下去，又该如何是好呢？那女人的肚子，已是再拖不得的事了。明明没有那么大，她偏在人前穿个孕妇裙，腿脚叉开，腹部高耸，双手撑腰，行走迟重地扬言：

"是到去省秦找忆秦娥摊牌的时候了。"

这样的女人，是什么事都能干得出来的。他又怎能在这个时候，再给忆秦娥脸上抹黑，给她心上捅刀呢？想来想去，实在是被逼得走投无路了，他才觍着脸，又去死敲活敲的，把忆秦娥的门敲开了。

儿子还是那样傻坐在地上，腰上拴了一根红腰带。那是忆秦娥在训练他走路。他的到来，似乎也引起了儿子的注意。但回报他的，就是一嘴的鼾水，还有"噢噢噢"的，说不清是想表达什么意思的古怪声音。他有点想流泪，但极力克制着。

他尴尬地坐了一会儿，忆秦娥还是没有理他的意思。他就干咳了一声，硬着头皮说话了：

"我对不起你！"

忆秦娥没有回应。

只有刘忆还在"噢噢噢"着。

"我们这样僵着，也不是个办法。"

忆秦娥还是没有吭声。

"仔细想，是我把你害了。也不能再害下去了。我提这样个思路，你看行不行：咱们离婚吧。"

他看见忆秦娥扶着儿子的手，突然抖了一下，但很快又稳住了。

他说："我知道这个时候提说，不合适。可总这样拖着，也不是个事。你要有你的生活。也不能为了儿子，把一切都毁了。你还得上舞台。只有上了舞台，你才是忆秦娥。才是小皇后。我知道，你已经不能接受我了。连我自己，现在也很恶心自己，讨厌自己。我再勉强赖在你身边，只会增加你的痛苦。儿子我可以带走，有福利院能够接收。我们只需定期去看看就行了。生活费由我负担。你也别说我心狠。只有到了这一步，我才知道，世上的人都得面对现实。长期把生命泡在这里面，是没有意义的。另外，你看还需要什么补偿，我都会满足你。一切都是我的错，你提什么条件，我都会答应的。"

忆秦娥半天没有说话，也不知她心里在想啥。那双一直在抚摸着孩子身体的手，突然停了下来，她说：

"我只要孩子。"

声音很低，但很干脆。

他说："还是交给我吧。你要演戏，你还有你的生活。"

"我生活的全部就是孩子。这是我造的孽。"

刘红兵就再也找不到该继续朝下说的话了。

房子里的空气，凝结得都快要爆炸了。

只有刘忆，在有一下没一下地发着"噢噢噢"的叫声。

忆秦娥突然说："你走吧，我们已经了结了。"

刘红兵扑通一下，跪在忆秦娥面前，把头磕得嘭嘭直响地说："秦娥，我欠你的太多太多了！我不仅耽误了你的青春，损害了你的名声，而且还让你……背上了智障母亲的责任。我不是人，真的不是人！包括父母，我都没有觉得对不起他们。但我对不起你，这是一生的罪孽……"

"别说了。你走吧，你快走吧。"

他也不知是怎么站起来的，当昏昏沉沉从门中走出来后，就一脚踏空，从五楼滚到了四楼。再爬起来，那个熟悉的门，曾经也是自己的家门，就看不见了。

没想到事情这么轻易就了断了。这种了断，让他更有了一份深深的愧疚与罪恶感。他觉得自己的生活，已经不是狼狈不堪所能形容的了。他是把自己彻底整成一团糟糕、一坨臭大粪了。离开忆秦娥，他清楚地感到，是在离开人生最美好的东西。他感到那扇美好的门，在他身后是彻底关上了。而即将走向的那扇门，似乎就是地狱之门。可他还得硬着头皮，往里走着。

如果说世间还有清清楚楚、明明白白的地狱之行，那他此刻，就已经在路上了。

六

忆秦娥想到过离婚，她觉得自己跟刘红兵的缘分是尽了。她咋都不能接受，一个能把别的女人，勾引到家里胡成操的男人，仍留在这里，与自己继续拥颈而眠。甚至去重复一种相同的龌龊画面。尽管她也见过她舅与胡彩香的偷情，并没有结束胡彩香的婚姻。她舅甚至为这事还骂过胡彩香，嫌她不该不跟那个操管钳的男人掰了、离了。可再骂再怨，胡彩香再情愿跟他偷偷摸摸在一起，但还是维持着与自己男人张光荣的婚姻关系。她不是胡彩香。她是怎么都无法理解这种维系的。一想到，还得跟这个男人在一起吃饭、睡觉，甚至行房事，她的头皮就嗡的一下，端直麻到后脚跟了。如果没有亲眼看见那一幕，单听人说，她是不会相信的。因为她与廖耀辉的事，就纯粹是一种造谣诬陷，而让她深受其害，并且还有口难辩。可她亲眼看见了，也就不能不被铁板钉钉子的事实所胶着。

但无论怎样，她还没有提出离婚的事。她毕竟是公众人物，婚变，会让各种说法铺天盖地。她又不能公开离婚的真正原因，说刘红兵在她的新房，与别的女人怎么怎么了。那会引发更多无厘头的故事。再加上刘红兵的父亲刚一退下来，忆秦娥就与人家儿子离婚，岂不是自己钻到"势利小人"的帽子底下了？尽管她从来就没喜欢过公公、婆婆。跟他们在一起，总是让她感到压抑，感到一切都不真实，一切都像在表演。虽然他们也不满意自己的儿子，嫌他没个正形，不走正路，不会做人做事。可这个儿子反倒让她觉得，更像是一个双脚踩在地上的真人。尼姑庵那位住持，在她离开的前夜，说了很多话，可印象最深的，还是说那个给她带来了无尽耻辱的男人。尽管已被枪毙多年了，但她还在为他念经超度。从她的话语表情中，同情、宽恕、原谅，已是从内心泛出的跟月色一样淡远的平常心境了。那一刻，她甚至立马想到了出轨的刘红兵。多少年后，她也能像老住持一样，微澜不惊地，去与别人说起这种曾经是撕心裂肺的剜腹之痛吗？如果会那样，眼下离婚的意义又是什么呢？

在刘红兵陪她给儿子检查智力的路上，虽然没有任何话语，可她还是像妻子一样若即若离地相随着。她甚至想，即使没有夫妻情分，他能为刘忆的治疗，尽一个父亲的责任，也是应该容留下的。但留下他，还需要给她时间。当回到那个家，客厅的那一幕就会惊悚狂跳而出。她还无法在只有夫妻才能厮守的夜晚，给他打开那扇容留的门。

万万没有想到的是，刘红兵竟然先提出离婚了，她还能再说什么呢？她无法说出：我不同意！她想，孩子有她就足够了。这样的父亲，不要也罢。

在他们离婚不久，她才知道，刘红兵把另一个女人的肚子，又搞大了。是不离不行了。她突然想起《地藏菩萨本愿经》里的一段话：

"我观是阎浮众生，举心动念，无非是罪。脱获善利，多退初心。若遇恶缘，念念增益。是等辈人，如履泥涂，负于重石，渐困渐重，足步深邃……"

刘红兵还有什么救呢？

刘红兵想了些办法，把离婚办得还算隐秘。可再隐秘，忆秦娥离婚的事还是传开了。基本套路，也正像她想到的那样：刘红兵的老子"毕了"，刘红兵失势了、没钱了、不好玩了，忆秦娥就把那家伙一脚端了。并且还有一个更肮脏的版本，说忆秦娥的傻儿子，可能不是刘红兵的种，刘红兵才愤然拎包走人的。

无论说什么，忆秦娥都懒得理会。她也算是经见得多了。你给谁解释去？她就只能把自己的全部心思，都用在刘忆的治疗上了。至今，她都不相信任何医院的判断。在她的内心深处，总有那么一线光亮：儿子是会出现奇迹的。她甚至在后悔，当时不该听了她娘和一些熟人的话，没在更早些开始治疗。都说"贵人语迟"。也许正是这句话，耽误了时机。她就像祥林嫂不停地喊"阿毛阿毛"一样，一天到晚，嘴里都嘟嘟着"刘忆刘忆"的。她越来越像个怨妇了。不过不是怨给别人听，而是怨给自己听，怨给傻不棱登的刘忆听。有人说：孩子不会说话，都怪你忆秦娥嗓子太好，在舞台上说得太多、唱得太绝，把娃的那一份天性给"遮蔽"了、"独吞"了。难道老天就是如此权衡世事的？若真是那样，她都情愿自己立即变哑，好让儿子开起口来。

她一边给孩子念经赎罪，一边在已经认识的智障儿童父母群里，相互打探着新的消息。这都是一路检查看病中认识攀谈上的。回家后，就在电话上建立起了热线联系。哪怕有一点希望，她都会抱着孩子飞奔而去。短短一年多天气，她先后去了包头；去了哈尔滨；去了邯郸；去了宁波；去了长沙；去了郑州、开封、洛阳、少林寺；还去了曲阜、邹城。都是说有"治障大师"，能药到病除。可总是欢喜而去，悲凉而返。幻影一个个破灭，钱财如流水般飞逝。虽然刘红兵每月都把他的工资，准时汇到了刘忆的名下，可那依然是杯水车薪。很快，她就把亲朋好友的钱都借遍了。有人见了她，都在躲躲闪闪了。但她还不死心，还继续踏在创造奇迹的漫漫征程上。

有一天，秦八娃老师来了。是她舅胡三元陪着来的。

胡三元已经把他这个外甥女毫无办法了。他都当面骂过她：说儿子傻，你比儿子更傻。一提"傻"字，忆秦娥就气得暴跳如雷："你个老舅才是大傻子呢。滚，舅你滚！"她舅觉得这么好个唱戏的材料，不唱戏，只陪个傻儿子，是太可惜太可惜了。他就去搬秦八娃，他觉得秦八娃是唯一能把外甥女说通的人。此前，封导也来说过无数次了，可忆秦娥就是这样的一根筋，谁也无法改变。她在团上也请了长假。刚好丁团长在一心一意地培养楚嘉禾，算是一举两得的事，也就把她的假，十分宽大地放了个无限期。

秦八娃进门后，没有做任何批评。只是一个劲地表扬说：她一个没有多少文化的人，反倒做了这个时代最有文化的事。还说她内心柔软，根性善良，抱朴守正，大爱无疆，是这个时代的英雄了。她舅正纳闷着：怎么请来了个火上浇油的客。他外甥女，明明都已成穷困潦倒的寡妇了。才多大年龄，就脸不搽粉；发不打油；衣服除了洗得边子发毛的练功衣，就是缩了水，穿上不够尺寸的排练服；混得连跑龙套的都不如了，怎么还是时代英雄呢？就在外甥女听了秦老师的表扬，哭得呜呜呜的时候，秦八娃突然咳嗽一声，慢慢把话题转了：

"秦娥，照说我是无权来干涉你生活的，何况你也做得半点没错。自己身上落下的肉，又咋能眼睁睁地看着他，一天天由小傻子变成大傻子，由无尽的希望，变成彻底的失望呢？你已经努力了！在这个世界上，你不是唯一的傻子母亲。你同千万个傻子母亲一样，已经劳神尽力，甚至把心血都耗干了。普通母亲，也就是舐犊之情，人皆会之，人皆有之。而一个残疾智障孩子的母亲，不仅要忍受巨大的社会压力，甚至讥讽，嘲笑，而且还要费尽钱财，穿行在无望的生命深渊中。这是多么了不起的奉献担当啊！我说你是英雄，面对一个傻儿子，可能我做不到。你舅也做不到。很多人都做不到。而一个以个人名利为大为先的舞台名伶，却做到了，你不是英雄吗？是的，这是你的孩子。但由此及彼，让我看到了你的心地。你所做的一切，都不是无用功的。如果你还能回到舞台上，我相信，你会把戏唱得更好。我觉得你应该是那个真正把人、把人性、把人心读懂、参透了的演员。可能因为这个磨难，你会由演技派，成长为通人心、懂人性的大表演艺术家。秦娥，你真的把磨难受够了。你要继续把陪伴儿子作为生命的一切，我也不会拦着你。那是你的选择，并且是很可贵的选择。但你似乎还有更重要的事要做。你应该把你的爱，还有你所理解的爱，通过唱戏，传递给更多人。让更多的人有温度，有人性，有责任。从而让更多的傻孩子，获得更多的爱与帮助。这才可能是你更有意义的工作。我不劝你，真的不是来做说客的。你舅找了我几次，我没想好，都没来。你这么长时间没上舞台，我是知道的。包括你带团演出，塌台死人的事，我也知道。单团长的死，还有你到尼姑庵住庙，包括跟丈夫离婚，我统统都知道。我是理解你这千般心结的。唱戏人，整天都在生离死别上挠搅着，可那毕竟是戏。而你是真的在经历这一切呀！我见面了，又能安慰你些什么呢？讲些大道理，又管什么用呢？可想来想去，我还是得来。你师娘给你带了一千块钱的打豆腐钱，那也不够给孩子跑一趟外省治病的。我是觉得，你还得回到舞台上。回到舞台上，也并不意味着放弃了对儿子的爱，对儿子的治疗。也许会有更多的戏迷，来帮你承担这份心力，去为孩子寻找更广阔的救助之路。如果你愿意回归舞台，我会根据你的这段生命体验，写一个关于母爱的戏，让你的生命烛光，在舞台上去照亮更多的生命幽暗。戏不好写，我是越写越没把握了。可这个戏，我觉得可能还是能写成的。写不成，我秦八娃都死不瞑目。"

秦八娃讲到最后，她舅先流下眼泪了。

在说话中间，封导也来了。封导也听得流下了眼泪。

忆秦娥抱着孩子，更是哭得浑身抽动，不知所以。

很快，她舅就把忆秦娥她娘胡秀英又接了来。

忆秦娥终于又回团上班了。

七

忆秦娥一回来上班，省秦就热闹了。先是全团人在那天早上集合时，自发地给她鼓了一回掌。这个团太需要忆秦娥了。没有忆秦娥，几乎已"烧火断顿"，无法出门演出了。省上的戏曲剧院，还有市上的几个秦腔班社，逢演出季节，都在外面有台口。唯独省秦，一直在家趴着。并且天天起来，还在给楚嘉禾排着没有演出市场的戏。都窝了一股火着呢。忆秦娥突然中止假期，回团上班，简直就是全团的大喜事了。

连丁团长，内心也是觉得有些喜悦的。在几天前，他就先把风声放给了楚嘉禾。他怕忆秦娥真的回来，楚嘉禾会抱怨他。说他提前都没给她露点口风。楚嘉禾还问了一句："她那傻儿子不治了？"他说："可能是没啥希望了。"楚嘉禾就不阴不阳地说："只怕是也都盼着人家回来吧。"他只是咧嘴笑笑，没有接话。从心里讲，他丁至柔是希望忆秦娥早点回来的。观众很怪，吃谁的药，那就是一吃到底。用行内的丑话说：角儿屙下的都是香的。要是不吃谁的了，你就是跪下叩三个响头，也没人朝你的台口拥。他已做了努力，想在自己手上培养出一个"当家花旦"来。可楚嘉禾已经连续排三本大戏了，一彩排，一宣传，也就撂下了。他几次设场子，请青龙观、白龙庙、黄龙寺、黑龙洞等十几个庙会的包戏大户，来吃酒，来看戏。吃酒都行，一个个五马长枪的，一斤两斤不醉。一看戏，就都哑口无言，没醉也都装醉了。只说回去商量，从此却再没下话。弄得一团人，都对他怨声载道的。

丁至柔在剧团待了一辈子，虽然没唱过主角，可没吃过猪肉，不等于不懂得猪走路。他把啥都看得清清楚楚的：演员这个职业，永远都是不服别人比自己唱得好的。尤其是主角与主角之间，别人看得明明白白的差距，自己却是一无所知。即使有人告诉他，也是不以为意的。总觉得是不同人的不同看法而已。楚嘉禾的扮相不比忆秦娥差，嗓子也够用，可就是演戏没有爆发力，没有台缘，没有神韵，没有光彩，这个谁拿她也没办法。可她自己并不这样认为。老觉得是团上推力不够，宣传不够。并爱拿忆秦娥比。说那时忆秦娥几乎是天天上报纸，上电视的。可她的新戏，媒体就是不关注，不热炒。团上即使把记者请来吃了饭，发了小费，登出来的也就是"豆腐块"。常常还塞在"报屁股"上，谁也没办法。只排戏，没台口，一年演出任务完不成，他"团副"转正的事，也就没有了下文。

尽管如此，丁至柔也还是没出面去找过忆秦娥。他知道角儿的贱毛病，都爱求着哄着，贡着敬着。他才不去当那个贱酥酥的"保姆""香客"呢。他是主持工作的副团长，得有点带戏班子的威严。现在忆秦娥终于自己要求上班了，他也就不热不冷、不急不缓、不阴不阳地答应了一声："那好吧。"

忆秦娥那天早上刚一进功棚，不知是从哪里先响起的掌声，竟然狂风暴雨般地折腾了两三分钟。把忆秦娥还弄得有些不好意思。她急忙用手背捂住了傻笑的嘴。楚嘉禾的脸，红一阵白一阵的。不跟着拍不好。跟着拍，又十分地不情愿。她明显感到，全团人是在抽她的嘴掌，扇丁团的脸呢。丁团到底是老练，急忙低下头，跟业务科人叽叽咕咕商量起工作来了。而她，就只能任由一双双挖苦的眼睛，和狠劲扇动的巴掌，来羞辱和动摇她的角儿地位了。在忆秦娥退出舞台的这段时间，她已实质坐上了"省秦一号"的"宝座"。虽然出门演出少，但连着三本大戏的排练，已然是把她立成了不好轻易撼动的台柱子。忆秦娥这一回来，她立马感到，就像孙悟空搬倒了老龙王的"定海神针"，整个省秦都天摇地动起来了。她服忆秦娥，但也的确不服忆秦娥。她服忆秦娥的是刻苦，能傻练，能瓜唱。不服忆秦娥的是：运气好，老有人帮忙。本来都去做饭了，结果还做成了"秦腔小皇后"。真是逮了只铁公鸡，还给把蛋下下了。

在忆秦娥给傻儿子看病的这段时间，她也去看望过忆秦娥的。那是姿态，大家都去看，何况她和忆秦娥还都是从宁州来的，不看说不过去。当然，更多的还是去窥探。看忆秦娥到底是不是被彻底击垮了。有一次，她还把刘红兵到她房里的事，半隐半讳地拉扯了几句，意思是说：刘红兵这号人，离了就离了，不值得留恋。可她看忆秦娥并不关心这事。当她说到刘红兵也就是个花花公子，是吃着自己碗里，还爱盯着别人锅里时，忆秦娥还一下把话题岔开了。说不要当她面再提刘红兵，她不想听。楚嘉禾这才把话打住的。以她的直觉，忆秦娥是要把唱戏彻底放下了。她心中只有傻儿子了。可没想到，她突然又折回来上班了。这可是一个要命的事情。她知道，凭唱戏，她是玩不过这个傻女人的。可你不玩，她偏要回来跟你玩，又有什么办法呢？

忆秦娥一回来，白龙庙、黄龙寺、黑龙洞的庙会戏，立马就找上门来了。并且是一天三场，一个庙会甚至定了二十一场。楚嘉禾的几本戏，倒也是搭进去能见观众了。可忆秦娥领衔主演的戏价，是她主演戏的三倍。不仅让她面子过不去，而且也让团上那些爱撂风凉话的，有了稀奇古怪的佐料："这戏价，那咱能不能只演三分之一？""要么只唱不说；要么只说不唱；要么只唱不做；要么只做不说。反正总不能上全套吧。"还有更绝的，端直说："能不能让忆秦娥在楚嘉禾的整本戏前，加两段清唱，给咱把浑全戏价弄回来。"楚嘉禾听在耳边，感觉就像有人拿锥子扎她的心脏。关键是观众还真只吹红火炭，到了忆秦娥的戏，人多得能把台子拥倒。到了她的戏，不仅人稀稀拉拉，而且还有妇女在借舞台灯光做针线活；男人们在打扑克"挖坑"，都说是等忆秦娥的白娘子呢。

　　除了庙会戏，集市戏，红白喜事戏也慢慢多起来。一段时间，忙得剧团两头不见天。有人就又埋怨起忆秦娥来，说她一回来，咱又成关中老农了，基本上一年四季都在乡村田埂上走着。回西京，都快成鬼子进村扫荡，是有一下没一下的事了。小伙子们说，再不回西京守着，老婆都快成别人的"菜"了。忆秦娥就是贼傻，贼能背戏。一天唱到黑，又翻又打的，也不见喊累，见人还傻乐呵着。

　　忆秦娥的傻儿子是她娘领着。开始没跟来。后来出外的时间长了，她娘就抱着傻孙子跟上演出团了。忆秦娥一见傻儿子来，演出就更有劲了。加上地方上的戏迷，都前呼后拥着她。见了她的傻儿子，一是同情；二是送吃送喝、送东送西的；还有送偏方、送药材的。弄得每走一地，忆秦娥离开时，都跟土匪从村里抢了东西出来一样，是大包包小蛋蛋地扛着、背着。有时，她练功的灯笼裤脚里，都塞满了礼物。一团人就既是艳羡，又是觉得丧眼地，用狠话砸刮起她来。加上她娘也有些顾不住场面，人多人少的，都在数礼物，翻拾东西。有时还故意卖派："别看我这傻孙子，傻人还有傻福哩。你看看，连老银项圈都有人舍得送。你知道这上面雕的是啥吗？貔貅。辟邪的。"貔貅在戏里是常提到的一种怪兽。说这种动物有嘴无肛，能吞尽天下财物而不漏。它只进不出，神通特异，故有吸纳八方之财的招财进宝寓意。有人就暗中给忆秦娥她娘送了个外号，叫"老貔貅"。惹得楚嘉禾笑得嘎嘎嘎地隐忍不住。她说："爱演让她尽管演去，人家有傻儿子、有'老貔貅'跟着招财进宝哩。我们演得累死累活的，图个啥？"

　　在演出进入淡季的时候，团上又突然说，要排创作剧目了。平常排戏，抢角色倒也罢了，一旦说排原创剧目，主创人员就有些争先恐后了。关键本子还是秦八娃写的。这家伙，是写一个成一个。省内省外都在找他写戏呢。楚嘉禾已经知道是给忆秦娥量身定做的，就故

655

意对丁至柔撇凉腔说："替人家考虑得很周到呀，丁团，又要上创作戏了。"

丁至柔说："明年要全国调演，咱不参加，省秦在全国就没声音了。在全国没了声音，本省人也就瞧不起你，不要你的戏了。"

"说这些干啥，给谁排呢？"

"你和忆秦娥都有份。"

"我又是烂B组吧？"

"这戏是秦八娃专门给忆秦娥写的。但团上还是考虑要实行AB制。并且都要排出来，一人一场地轮着演。你师娘也是这意思，下命令，要我给你争戏、争名分哩。"丁至柔在说后边这句话时，是把声音压得很低的。

谁知楚嘉禾还是那么大声霸气地说："打住，打住。B组我可不上。再不做给人垫背的事了。我已经被人羞辱够了。B组那就是个毕组。毙组。毕业的毕。枪毙的毙。"

楚嘉禾也知道说这些不管用，但她总结：在剧团就得这样，你不厉害，领导就是些吃柿子的货，专拣软的捏。这也是她妈反复给她灌输的人生经验。

排戏终于开始了。

秦八娃的这个本子叫《同心结》。好俗气的名字，就跟他人一样，走路是鸭子踩水的八字步，脑袋长得活像一只老乌龟。

在忆秦娥不再上台的那些日子，楚嘉禾还曾与丁至柔去北山找过秦八娃。想请他给她定制一本戏，把角儿捧起来呢。谁知秦八娃完全一副不待见的样子，一边帮老婆磨豆腐，一边说："不写了，不写了，好久都没摸过笔了。没感觉，硬写也写不成。写出来也是一堆垃圾。"那天，丁团用团上的钱，给他买了好烟好酒。她还给拿了茶叶。给师娘买了化妆品啥的。谁知人家一概不收。秦八娃的老婆，好像还有些二杆子劲，不仅不收化妆品，而且还叨叨说："你瓢我呢，磨豆腐的丑老婆子，还化的啥子妆哟。"秦八娃倒是问了几句忆秦娥的事，就把他们打发走了。出来后，楚嘉禾还问："秦八娃的老婆，好像还不喜欢家里去女的？"丁团一笑说，好像有点。楚嘉禾就哭笑不得地哀叹："就秦八娃这只老鳖，只怕是撂到路边都没人搭理。还操的这份闲心，哼。"

这才过了多久，秦八娃就献殷勤，把戏都给忆秦娥送上门了。有感觉了？有什么感觉了？真是个老色鬼哟。这头老色鬼不仅送戏上门，而且还参加了第一天的开排会议。会上，他把自己的烂戏本，吹得中国不出外国不产的。并且当着剧组的面，还绘声绘色地朗读了一遍。读得他几次哽咽，几次抽泣，几次撂下本子，起身去厕所打理眼泪。可怜那两只长得相互不关联的小眼睛里，竟能涌流出那么多猫尿来。真是把老脸都快丢尽了。那天，忆秦娥和其他几个主创，也是哭得稀里哗啦的。可楚嘉禾怎么听，也就是个傻娘爱傻儿子的单薄戏。谁哭，她都觉得是在表演，是在做戏，是脑子里缺了几锨炭——发潮着呢。

楚嘉禾虽说给丁团表示过不上 B 组的话，可最终还是没舍得丢掉这个机会。用丁至柔夫人的话说："一旦忆秦娥出了问题呢？人可说不来，都是会有旦夕祸福的。尤其是像忆秦娥这样的人，红透顶了，红伤心了，就会有丢钝倒霉的时候。她那个傻儿子，不就是他们丢钝时生下的吗？"

忆秦娥没有丢钝。戏排得很顺利。一上演，就红火得炒破了西京城。观众都说是去流眼泪的，拿了票，先问都准备手帕了没有。

为这个戏，丁至柔这个代理了好长时间的"团副"，终于转正了。

就这个戏，一下让省秦走遍了大半个中国。

八

丁至柔从来不敢想，他主政省秦时，竟然能得到秦八娃的本子。并且还是主动送上门来的。他领导了多年业务科，虽然自己唱戏一直不行，最多也就是上去唱个"四六句"啥的，但唱戏这行的渠渠道道，却是摸得滚瓜烂熟。他是深深懂得"一剧之本"的"致命性"的。即就是再好的演员，本子不行，折腾来折腾去，也都是事倍功半、南辕北辙的事。用一句行话说：除了编剧自己，谁也救不了剧本的命。秦八娃的本子，往往会引起不同看法，或者争议。但观众喜欢，并且生命长久。《狐仙劫》就是一例。开始批评的声音很多，并且还很严厉。演着演着，好像与生活的本质越来越接近，那些不同的声音，也就自然消失了。早先他也反对过《狐仙劫》的。甚至觉得秦八娃就是个逆历史潮流而动的家伙。可这才几年天气，对金钱的拼命追逐，就已让《狐仙劫》的先见之明显示出来了。

这本《同心结》，也有一个与《狐仙劫》相同的开头。

丁至柔毕竟没上过几天学，十一二岁就去戏校学了戏。对于本子的好坏，还真是拿不住稀稠。他就邀请省市一些领导专家，帮他把脉。意见竟然是截然相反：一种说好得很，对当下的金钱社会，具有深刻的反思意义；另一种意见说，这就是个毫无新意、毫无价值的老传统本子。不过是秦八娃的编剧技巧高，修辞能力强，让一个精致的老坛子，又装出了一坛泛着浓香的陈酒而已。有人说，这个戏一定会让文化层次低的观众，哭得稀里哗啦的。就像当年看《卖花姑娘》。但都市知识阶层，会觉得戏曲的确老旧，的确需要更新改造了。还有的干脆说，知识层次低的观众，也未必喜欢看这些婆婆妈妈、哭哭啼啼的戏了。大家要娱乐，要轻快，要看笑破肚皮的喜剧，要了解住别墅女人的时尚生活了。《同心结》的主人公，放弃了个人事业，一心只养着个傻儿子，这已不符合时代精神了。但说归说，秦八娃这个老编剧的功力，大家还是认同的。加上是给忆秦娥排，现代戏花钱又不多，就都同意先立到舞台上看看了。谁知一立上舞台，反映最强烈的竟然是知识阶层。包括许多大学老师都觉得，这是一本真正对时代有深刻认识价值的重头戏。内容涉及到拜金与人性的扭曲缠绕；高贵与低贱的价值混淆；生命与人格的平等呼唤；传统与现代的多维思考。普通观众，也是在泪如泉涌中，连呼戏好。上座率竟然打破了《狐仙劫》的纪录。

忆秦娥一下又红火得了得，连自己的傻儿子也都成了明星。丁至柔开始极力想把楚嘉禾也促上去，他是真的不喜欢主演"耍独旦""吃独食"。他这个业务科长出身，在几十年的演员角色调配中，可是受惯了角儿们的牵制、刁难、指斥、埋汰。他从来都主张：一个戏的主角，是必须安排 AB 组的。最好有三两个备份，那就会把世事颠倒过来。而不用科长觍着脸，去伺候那些"大爷""二大爷""姑婆""姑奶奶"了。可楚嘉禾，就是理解不了这个人物，排练过程中怎么都不进戏。她觉得抱个傻儿子，哭来唱去的，贼没意思不说，观众也不会喜欢看的。加之又破坏演员形象，她就自己慢慢退出了。当戏红火起来后，楚嘉禾也来找过他和他老婆。可那时，忆秦娥演得正火爆，再下排练场，已没人愿意给她陪练了。楚嘉禾只落了个"幕后伴唱：本团演员"的名分。

《同心结》在广州参加全国调演，一炮打响。获奖也是大满贯。连伴唱都有奖。一下把省秦又推到了艺术创作的巅峰位置。

紧接着，这个戏就被安排到全国巡演了。

出门遇见的第一件事，就是忆秦娥非要带着傻儿子不可。

丁至柔过去并没觉得忆秦娥有多难缠。除了那次非要生娃，死缠着单仰平请产假以外，其余都还是比较听话的。只是单仰平太护着这个"犊子"，啥都替她想着、扛着、捧着、抬着，甚至有事还帮她包着、捏着、揽着、顶着。他就十分地看不惯了。他老有一个观点：这些角儿，不能给太多的好脸。给脸他们就容易上脸。上了脸，就容易让领导蹲沟子伤脸。能过得去就行了。可忆秦娥这回为了带着她的傻儿子，几乎给他拍桌子了。他咋都不同意，认为出去巡演，牵扯十几个省市，国家拿的钱有限，人员是一减再减，不能把你一家几口都带了去。

如果按忆秦娥的意思，的确是一家四口都卷进来了。快成"忆家军"了。

先是她舅胡三元。

自打忆秦娥当了二团那个"弼马温"团长后，他就把头削得尖尖

659

的，钻了进来。这一钻进来，就磨盘压手——取不利了。一逢忆秦娥演戏，就得把他叫来。忆秦娥说别人敲，节奏很难受，配合老出岔，她已不会演了。这个胡三元敲戏，也的确有两下，技术绝对是一顶一的硬邦。论服气，都没啥说的。但也都不喜欢他的臭脾气。有人说他敲起戏来，严肃认真得就像是在发射卫星、制造原子弹。紧要处，鼓槌都敢敲你的脑瓜，磕你的门牙。惹了不少人，都想撵他走。可忆秦娥上戏离不了，也就都拿胡三元没办法了。据说这个人在宁州县剧团，也是个临时工。过去倒是正式过，后来犯科坐监，出来就再没进了单位的花名册。这人就是个"翻毛鸡"，用起来很不顺，不用又很可惜。反正他走到哪里，都是块吃了是骨头、吐了是肉的主儿。这次排《同心结》，好几个主创都不约而同地提出，还是得用胡三元敲鼓。秦八娃还讲了个《运斤成风》的故事，来说明忆秦娥与她那黑脸舅不可分割的搭档关系。丁至柔还问，什么叫"运斤成风"。秦八娃说："这是庄子讲的一个故事。说有一个人鼻子尖上沾了白灰，叫一个工匠来帮忙收拾。这个工匠拿着一把斧头，就在他鼻尖上呼呼呼呼地砍起来。不一会儿，白灰就被砍得干干净净了。并且鼻子还一点都没伤。那个站着让砍灰的人，面对风一样运行的斧头，也是面不改色。后来，一个国君听到这个故事，就把那个挥斧头的工匠叫来，让给他也砍砍鼻子上的灰。工匠说：我的搭档已经死了很久了，自他死后，我就再没帮人砍过鼻尖上的灰尘了。没有人可以砍了。"秦八娃把故事讲得很玄乎。至于胡三元与忆秦娥之间，到底算不算是那种缺了离了，这门技术就彻底失传了的搭档，还得两讲。不过既然是搞重点剧目，抽调几个人来，也是理所应当的。这样，胡三元就又卷进来了。

如果说"忆家军"的头号人物是忆秦娥，二号人物是胡三元，那么三号人物，就是她娘胡秀英了。

这个胡秀英，也是个很有意思的主儿。开始带着她的傻孙子跟团演出，还缩头缩脑、闪闪躲躲的。后来发现她女儿竟然是这样的受欢迎，受待见。走到好多地方，就跟嫦娥下凡一样，是能稀罕了一村、一镇、一县的人，都要出来前呼后拥的。过去人们叫她女儿"小皇后"，她大概还有些不理解，唱戏的怎么叫了皇后？只有到了这样的场景，她才知道了"小皇后"的意思。既然女儿都是"皇后"了，那她自然也就该是"皇太后"了。开头，她抱着傻孙子，好像还有些不好意思出世。时间一长，混得熟了，她也就习惯了到人前的招摇走动。什么都要打问，什么都要插嘴，什么她都要发表看法。当然，一切都是围绕着她女儿忆秦娥的：比如吃饭问题；喝水问题；住房的朝向问题；上"茅私（厕所）"问题；演出补贴不公问题，等等。据说忆秦娥也老批评她，让她少掺和团里的事。可"皇太后"的地位，又哪里能管得住那张不干政就不舒服的嘴呢？慢慢地，团上就有人给她起了"忆办主任"的外号。有的干脆称"胡主任""胡秘书长""胡太后"了。别人一叫，她还听得咧嘴直笑，深感滋润受用。还有一种更难听的称谓，就是"老貔貅"了。都说忆秦娥她娘爱贪小便宜。团上走到哪里，都会有瓜子水果的招待，有时乘人不注意，就见她娘一伙都扫荡走了。说有一回，她是穿了忆秦娥的练功灯笼裤，扫荡的东西，都装在了"灯笼"里，结果沉得连路都走不动了，像是扎了镣铐。而她手中还抱着"噢噢"乱叫的傻孙子。那模样，很是有些慷慨赴死的悲壮感。反正笑话很多，都是把她当大观园里进来的刘姥姥看了。

"忆家军"的第四口人，自然是那个傻儿子了。丁至柔觉得，由她娘带着，就留在家里，忆秦娥外出演出也省心。可这个忆秦娥咋都要带着儿子巡演。说儿子不在身边，她整夜整夜睡不着觉，演出很难安心。她还说，在路上还要给儿子看病呢。经过的好几个省，都有这方面的名医。他都想说：别折腾了，这儿子还没折腾够？你还能折腾出花来朵来？可他知道，忆秦娥在这方面从来就没死过心，他也就不敢说出过于刺激的话来。反正就是劝她不要带，话没挑明，意思很明白：这么风光的一个演出团，省上还有领导带队，你领个傻子，多不雅观？但忆秦娥是要一根筋地坚持，并且完全没有商量余地："一切都由我自己负担。我只让团上帮我娘，把一路的车票买上就行了。钱由我掏。住就跟我在一起。吃饭钱，该掏的我照掏。为啥就不能带着他们呢？哪条规定，说我不能带孩子带娘唱戏了？"话都说到这份上了，丁至柔也没办法，就松口让她带上了。

一路上，"忆办主任""忆老太后""老貔貅"胡秀英，自然是没少制造段子、笑话了。

最让丁至柔不舒服的，还不在这里，而在忆秦娥。

忆秦娥一路的风光，的确让全团人都没想到。所到之处，大家对这个剧种、这个剧目、这个演员，竟然是如此的推崇备至。忆秦娥还不爱出席各种活动，除了演出，就圈在房里睡觉、"卧鱼""劈叉"、打坐；开发她那个傻儿子的智力；引逗傻儿子走路、喊妈、喊姥姥。实在不参加不行的活动，她也是得让人催促再三，才姗姗来迟。可一旦到来，又是云彩遮月般的，让他有了颇多不快。没有人知道他是团长了。没有人关心他才是这个团的一号人物，是忆秦娥的顶头上司。但见安排宴席，忆秦娥必定是座上宾。吃了喝了，有时还给发很是像样的礼品。而他，常常被安排在下席末座陪吃。如果是两席、三席，他还根本连主桌都上不了。关键是忆秦娥这个傻蛋，也不懂得客气，把自己的领导介绍一下，往前推一推、让一让，或者敬敬酒、起身倒倒茶什么的。她就那样瓜坐、瓜吃、瓜喝、瓜笑着。笑得实在觉得嘴里的虎牙，都有些着风露凉了，才用手背捂着笑。她永远都不知道自己的领导，是被冷落得已牙黄脸长了。他几次都气得想起身走掉算了。遇见这样的下属，有时开销了她的心思都有。他觉得这样的瞎瞎风气，都是单跛子过去宠的、惯的、养的来。单跛子总是把角儿朝前推，自己就瘸到一旁窝下了。可他不行，他的腿是浑全的。既然是团长，就得有团长的尊严与体面。不能让这些不知天高地厚的人，视领导为空气、芥豆、粉尘末。办公室还有人给忆秦娥提醒过，说再遇见这样的场面，得顾及丁团的面子呢。她一是不爱去，硬性被叫了去，还是眼色活全无。一旦被人促上主席位置，她脑子就"潮湿"得缺了几锹能烘干的炭，"短路"得只剩下冒"笑泡"了。

忆秦娥还有一个重大问题是：一路的媒体都在采访，而她在接受采访中，从没提他丁至柔是怎么抓戏的。一说就是秦八娃为何写了这个戏；她又是怎么理解这个角色的。不仅屡屡提到她的傻儿子，而且连"老貔貅"都捎带上了。有一次，甚至把她那个黑脸舅也提到了，可就是不说他丁至柔抓精品力作的胆识和勇气。气得他几次把办公室弄回来的当地报纸，都撕成碎片了。办公室主任还找过忆秦娥。忆秦娥直拍脑壳说："哎哟，我想着丁团是领导，还需要我们表扬？"可后来她也把丁团表扬了、歌颂了，人家报纸登出来偏是没有，丁至柔就把问题还是看在她身上了。其实，忆秦娥本来就不喜欢接受采访，一是嘴笨，不会说；二是怕麻烦，弄得睡不成觉；三是电视采访，还得化妆，折腾死人了；四是不想把儿子的事说得太多。可人家偏就关心着戏和真实生活之间的关系，搞得她也毫无办法。团上开始还老做工作，说无论走到哪里演出，都得制造点响动。可一响动，又把丁团给得罪了，她就再懒得动弹了。丁至柔也更是生气，说她把人活大了，团上都指挥不动了。

在巡演中途的时候，团上人事科打来电话说：上边征求意见，要报一个政协委员。建议名单是忆秦娥。但也说了，团上要是觉得忆秦娥不合适，也可以报其他人选。丁至柔想了想说："还是报楚嘉禾吧，默默无闻的，连着排了三本大戏，给团上打下了坚实的演出剧目基础；没安排演出，她还从来不抱怨，不计较个人名利得失；常常给别人当B角儿，做陪衬，甘为人梯、绿叶。还是得多鼓励这样的好同志。至于忆秦娥，也不错，但这娃被抬得太高，捧得太红了，尾巴已经翘得谁都压不住了。这次出来巡演，还给组织反复讨价还价，光家里人就带了好几个，此风不可长啊！还是稳稳地朝前推吧，以后还有机会嘛。再说，也不能把荣誉都攥在一个人身上不是？这对人才成长也不利嘛。"

这事丁至柔悄悄给楚嘉禾放了风，楚嘉禾中途还专门请假跑回去一趟。后来，楚嘉禾就当了委员。世上没有不透风的墙。有人还替忆秦娥打抱不平，说委员天经地义应该是忆秦娥当。谁知她还是傻不棱登地捂着嘴笑："刚好，我不爱开会，一开就打瞌睡。过去在宁州县开政协会，坐在主席台上我都睡着了。人家都笑话我是瞌睡虫变的呢。"不管这话是真是假，忆秦娥还倒真是没在他面前提说过这事。要是放在别人，只怕是连他的办公桌，都要掀个底朝天了。

《同心结》在全国巡演，分三个阶段，先后持续了一年多。就在省秦最红火的时候，一种消极情绪，也在悄悄蔓延：累死累活赚不了几个钱。好地方倒是跑了不少，可越跑越穷，并且越看越窝火。尤其是在沿海城市的巡演，几乎让大家感到，自己就像是要饭卖唱的了。

见识多了，队伍就不好带了。

丁至柔感到，省秦真正的危机来了。

九

巡演一回来，剧团就瘫下了。一是的确太累，二是人心完全涣散了。这个涣散，不是来自纪律、规矩的破坏。而的的确确来自人心，来自对这个行业的绝望与无奈。

大家背着行囊，晒得满脸清瘦鳌黑，走进院子时，第一眼看见的，是一辆停在排练场门口的黑色加长小轿车。许多人还不知道这种轿车的名字。是团里的留守人员告诉大家，这是劳斯莱斯。

主人就是曾经跟忆秦娥争李慧娘 AB 角儿的龚丽丽。

自那次争角儿失利后，龚丽丽就跟男人皮亮一道，正经干起了灯光音响家电营销生意。他们从骡马市的小摊点开始，直干到一个大片区的总代理商。现在龚丽丽一直驻扎在深圳、广州、香港一代，几乎很少回来。而今年突然高调回来了，并且开回了劳斯莱斯。还说在深圳、香港都有了房子。皮亮也早不在团上干舞美队的苦差事了。两人销声匿迹仅六七年时间，就大变活人，鸟枪换炮了。不，这不是鸟枪换炮，而是鸟枪换火箭炮，换原子弹了。这对一团人的精神意志，几乎是摧毁性的打击。那天回到院子时，忆秦娥怀里抱着傻儿子。而她娘穿的灯笼裤里，还扫荡了半裤腿从火车上收揽的大家没有吃完的瓜子、水果、鸭脖子。

回到房里，她娘问："是你们剧团买的车吗？"

忆秦娥说："只怕把团卖了，也买不起这样一辆车。说好几百万呢。"

"娘啊，谁这么牛 × 的？"

"就团里的一个演员。我来时，还跟我争过李慧娘。"

"你看这事，要早知道，还不如让她演，你去给咱挣大钱去。"

忆秦娥说："那都是命。我不演戏，恐怕挣大钱的事也轮不到我。你女子就是个烧火丫头的薄命，也别嫌弃了。"

"看你说的，我啥时嫌弃你了。娘就是兴嘴说说而已。看这一年多演出，把我娃红火的，连老娘和孙子都沾大光了。"说着，她娘就把裤腿里的东西朝出倒。

忆秦娥有些不高兴地说："娘，我说过多少次了，让你别这样捡拾别人不要的东西，你偏要捡，偏要扫荡。让人说着多丢人的。"

"丢什么人，都糟践着就好了？在九岩沟，糟蹋东西是要遭雷劈的。你看娘这不是出来的时间长了，要回去嘛。娘知道你把钱都耗在给娃看病上了，这次回去，不用你花一分钱，娘把看亲戚邻里的东西都攒够了。"

忆秦娥也再没话说了。全团人都笑着自己的娘是"老貔貅"，啥都能吞下，还没肛门。她听着也不舒服。可娘是苦日子过惯了的人，即使谁在地上撒下一粒米，她也是要捡回去的。不捡，一天都活得坐立不安的。有啥办法呢。

娘拿着自己攒下的大包包、小蛋蛋的东西回九岩沟去了。

在娘回去的这段日子，剧团的话题中心，再不是排戏、演戏的事了，而是都在谈做生意。有的是真的开始开饭馆、摆小摊儿了。都觉得艺不养人，是该到清醒的时候了。

忆秦娥也被说得有点六神无主。可她还没想到更好的路数，只能守在家里，经管着儿子刘忆，哪里也去不成，哪里也不想去。她一边练功，一边也背秦八娃老师说的那些诗词、元曲。主要也是为了开发儿子的智力。儿子但见她背诵起什么来，就偏起脑袋听。有时她背得带上了感情动作，儿子还乐呵呵地傻笑。她就背得更起劲了。练功是为了给儿子看，让儿子模仿；背诵是为了开发儿子的智能。再加上洗衣、做饭，见天日子都是满满当当的。她也就想不到窗外的烦心事了。

团上整单的演出越来越少，倒是有"穴头"组织的零星清唱会，老叫她去。可儿子没人带，也就出不了门。她正思谋着，准备请一个保姆，好把自己解放出来，出去挣点零花钱呢，她娘又风风火火地来了。

她娘这次可不是一个人来的。易家除了她爹易茂财留守外，其余的是倾巢而出了。她姐易来弟、姐夫高五福、弟弟易存根，全都是背着准备长期战斗下去的生活用具，直奔西京而来了。

娘说："九岩沟人全都出门打工了。家里除了老的小的，其余人，要是不出门挣钱，窝在沟里，就成笑话了。一沟的人都知道，你在省城混得好，有了大名望。那名望就是门子、门路。连团上争不过你的人，都发了横财，买了啥子劳死懒死（劳斯莱斯），你要是想发财，那还不发得扑哧扑哧的。"

原来她娘回去，连扇带簸的，把跟着女儿走了大半个中国，见了多少大官名流的事，说得天旋地转的。一村人也都听得一愣二愣。没门路的，就都想到西京来，跟着忆秦娥讨一口饭吃了。这事气得她爹易茂财，可没少骂她，说："你是×嘴贱了，见人就胡掰掰。把人都勾扯去，是吃你女儿的肉呢，还是喝你女儿的血？古话都说了：艺不养人。指望秦娥唱戏，能把这一沟人都养活了？麻利让别人的念想都断了。挣钱是比吃屎还难的事，你把人都煽惑去，是啃你的脊梁骨呀，还是熬你的跟腱肉！秦娥拉扯个傻儿子容易吗？你还给她添乱？趁早把你那没收管的烂嘴，夹紧些。"她娘就再不敢煽惑忆秦娥有多大的出息了。

外人、亲戚就算了，可自家人，要朝九岩沟外头奔，女儿忆秦娥毕竟是块跳板不是？加上女婿高五福，早有到西京谋事的打算：过去他是想投靠妹夫刘红兵的。后来发现，刘红兵是个贪玩的"大大爷"，啥事都应承得好，用时却靠不住，也就再没来找过。他一直在收药材、贩药材，累得贼死，赚钱却是极度的旱涝不均。有时让别的贩子一骗，往往是血本无归的事。好在他手头还积攒了几个小钱，就想着到西京能有所发胀。过去是来弟不想来，现在看人家都霍霍出门了，还有去了深圳、广州、珠海的。她留在沟里当个民办教师，一共教了七八个把逃学技巧当本事的娃娃，觉得可没面子，才答应跟高五福出门的。小儿子易存根，今年也快二十岁的人了。初中都没念完，就回九岩沟当了"沟油子"。他弄了谁一个二手破"木兰轻骑"，见天沟里沟外乱窜，说是在做生意挣钱。钱没挣下一分，倒是让家里贴赔进去两三千块了。前一阵，"木兰"也跌到沟底去了。好在人还浑全，只摔断了一只胳膊，这才接好不几天，娘就带着他到西京城来找活路了。

当着忆秦娥的面，娘气得还在叨易存根的鼻子说："若不把他带来，迟早都是要摔死在沟里的。他爹也管不下，一管，爷父俩就撑了。我要不在，他俩还能打起来。这就是一匹养不熟的白眼狼，把他老子能活活怄死。"

面对这样的阵仗，忆秦娥也没任何办法，就让都先住下了。

这天晚上，娘又跟她拉了半晚上的话，娘说："九岩沟就那么沟子大一坨地儿，该寻的财路，让一沟的人，把地皮都溜过成千上万遍了。山药、火藤根这些人老几代都没挖绝的东西，现在连根都刨光了；竹笋挖得连老竹子都死了；好多树皮都当药材割干割尽了；连山鸡、地火鸟这些好看的东西，都下网套走了，只剩下害死人的麻雀了。真的是没来钱路了。你爹守着，那也是还有几间破房。总不能连老屋场、老坟山都不要了吧。"核心意思是，无论如何，让她都得帮衬着点姐姐、姐夫。尤其是弟弟存根。娘一说起这个儿子，气就不打一处来："为上学，你爹真的是拿绳子，把狗日的都朝学堂捆过好几趟了。可捆去，自己磨断绳子，又从学校窗子上翻出来跑了。你说这样的人，能上进学？回家说要跑生意，要发家致富，要当万元户，还心野的，要给家里盖房、买拖拉机呢。不成器的货，骑个摩托，去偷人家的鸡，捆人家的狗，招惹得撵贼老汉，还摔了个腿断胳膊折。害得家里光医药费给人家赔了一千多块，老汉还躺到咱家吃了几个月。他再留在九岩沟，还不得把你爹老命要了？秦娥，娘知道你也难，可再难，自家的弟弟还得费神劳心哩。不管咋，得给他找个营生不是。不指望他发财，但见能把自己的嘴顾住就行。这就是一匹野狼，来了你还得放厉害些，别给他好脸。这是个给脸不要脸的货，你还得想法帮娘把狗日给我笼挂住了。"

忆秦娥没有想到，一夜之间，家里就给她压下这样重的担子。说娘吧，见娘的确是有难处；不说吧，娘也真是把女儿当成能挑动山的人了。好在，姐姐和姐夫，都很快在外面租了房。她也找了过去认识的戏迷，给姐夫牵了些药材收购方面的线。姐夫他们就算是自己行动起来了。而弟弟这边，一时找不下合适的事，就让先在家里待着。有娘看管刘忆，忆秦娥也就能腾出时间，出去唱堂会，挣些外快了。

唱戏这行，在巨大的时尚文化冲击下，的确是日渐萎靡了。尤其是在城市，几乎很少能听到秦腔的声音了。忆秦娥他们即使唱堂会，也更多是奔波在乡村的路途上。有时一跑半夜，出一个场子，唱好几板唱，也就挣人两三百块钱。给忆秦娥还是高的。不过贴补家用，还算没有把日子弄得太捉襟见肘。

这时省秦已经有些撑不下去了。丁至柔见许多戏曲团体，都顺应时势，搞了歌舞团、音乐团，他也跟风，组建了一个"西北风"轻音乐团。还兼模特儿时装表演。有人劝忆秦娥改行唱民族通俗歌曲，走"西北风"的路子。说即使做模特儿，她的身材也是拿得出去的。忆秦娥在家还学唱了几天。对着镜子，也练起了扭屁股舞，走模特儿步。可有一天，被她舅胡三元撞见了，一下骂了个狗血喷头："你这是亏了唱戏的祖先！一个这样全国驰名的角儿，却要靠扭屁股、卖看相讨生活。你还不如死去。"这话戳得，连她娘都愣在那里半天，不知该咋骂她这个黑脸兄弟。她舅这些年，都没给外甥女发过这大的脾气，忆秦娥也就没敢再往下学了。加之轻音乐团用了能歌善舞的楚嘉禾。人家放得开，也敢朝露地穿，又会跳各种现代舞，模特儿步也是走得风生水起的。忆秦娥就一身武旦的唱戏"范儿"，扭起来、走起来，让人觉得哪里都不对劲，她也就只能留在戏曲队，还唱她"老得掉牙"的秦腔戏了。

十

胡三元的确是觉得绝望了。在宁州剧团晃荡了几十年，最后混得连个正式身份都没有。没身份也无所谓，只要有戏敲就行。可戏也敲不成了，改演歌舞了。敲鼓用了惠芳龄。一个唱小花旦的女子，人家不是坐着敲，而是走着敲，跳着敲，翻着跟头敲。他自然是敲不了了。好歹有外甥女照应，来省秦混一碗饭吃。谁知省秦现在也搞歌舞、搞流行音乐、走模特儿路、亮大腿去了。他个敲鼓佬，明显又成了多余人。

他有时真恨自己外甥女忆秦娥没出息。堂堂一个走遍大半个中国都吃香喝辣的角儿，扛着一两百号人的锅灶饭碗，混到最后，连自己也成了多余人。好像谁都比她强。她还要去吃别人的下眼食，让社会上的混混来教唱歌、教走路。真是把先人快亏尽了。他过去从来都没有产生过绝望的念头。即使坐监狱，也没想过要死的事。除非人家要枪毙他，没办法了，否则，他都是有强烈生存欲望的人。他无时无刻不在苦练着自己的鼓艺。那是一种珍爱，一种习惯，一种禀性。也是一种生命的指望、信念。离了鼓槌，他真不知道自己活着的意义了。

他越来越承认，自己是一个活得窝囊透顶的人。他姐胡秀英经常这样骂他，说他就是个不成器的东西。快活半辈子了，房没个房，单位没个单位，女人没个正经女人，娃没个娃的，就活了一对烂鼓槌。他在心里说，不是一对烂鼓槌，而是敲烂好几十对鼓槌了。

说起女人，胡彩香也真是把他心伤透了。要不是这个女人，他也许早找了女人。可就是这个女人耽误着，让他一辈子再没找别的女人。那些年，胡彩香的男人张光荣，一年就回来探一次亲。而他跟胡彩香天天在一起排戏、演出、下乡、开会。她认卯他的技术。但见配合，就是呱呱叫的彩头。加上他俩的房子也住得近，一来二去地，眉眼里就有了火，有了电。他最喜欢的，就是胡彩香那双大眼睛。没人的时候，见了他，还爱故意眨动长长的睫毛，像是要用那眼睫毛把他夹住一样的风骚。演出时，他们也会用一切机会眉目传情。比如她演《补锅》里边的兰英，明明是跟女婿拉风箱补锅，却要一边拉，一边朝他看，忘了跟她未来的补锅匠女婿"放电"。他那板鼓，也就敲得越发的有情致、有"电流"、有力道了。真正让他感动、并对别的女人再无兴趣的，就是胡彩香的有情有义。他犯事了，坐牢了，胡彩香没有因为这个，而与他划清界限。相反，只有胡彩香偷偷去北山监狱探过监，给他送过吃的喝的，送过钱。他出来后，胡彩香没有因为他身无分文，臭虫虱子满身爬而远离背叛他。依然是她，给了他人生最大的慰藉与温暖。她一点点亲吻着他那被烧煳了的半边脸说："你哪怕烧成黑熊瞎子了，我还心疼你！"就连那个孩子，他也坚信是他的。但胡彩香坚持说，那是张光荣的。他还问能不能验血，胡彩香说：你再别瞎搅和了，我们已成这样了，得给孩子一个脸面。他就只能偷偷给孩子一些关心了。最关键的是，在他不在宁州团的时候，胡彩香精心照顾了他的外甥女忆秦娥。不仅给这个可怜的孩子争取了一个饭碗，并且一步步把她送上了主角的位置。这是一份大恩德，易家人一辈子都是不能忘记的。可就是这个女人，跟他再好，却偏不离婚。早年她还有松动。自有了孩子，尤其是张光荣失去了在保密厂子做事的优越，调回来做自来水公司的管钳工后，她就再也不提离婚的事了。这个挠搅了他几十年的女人，也真是把他的心，伤得透透的了。他离开宁州，也是为了逃避两双眼睛：一双是胡彩香的。另一双就是她男人张光荣的。张光荣的眼睛里是藏着火，藏着燃烧弹，藏着火焰喷射器的。随时都有可能喷射出来，把他的另半边脸，也烧成黑锅底。

　　他在省秦，是安排住在一个废弃的小库房里，刚好是他外甥女才调来时住过的那间房。后来失火，只把牛毛毡顶棚改成石棉瓦了。忆秦娥也曾说，帮他在外面租间房。可他不想劳神，说只要能支个床，能安放下一个鼓架子就行。这里毕竟是剧团院子，氛围好，弄啥方便，水电也不用掏钱。忆秦娥时常会来看看他，给他买衣服，买吃的，关心得很是周到。他想着，一辈子只要能在这个小窝里住安宁了，迟早有戏敲，也就不枉活一生了。可没想到，这么快，没戏敲的日子就又来了。真是让他有些度日如年了。

他还是老习惯，一天到晚都要抢他的鼓槌，击打爆爆响的板鼓。害怕影响人了，就拿书敲，或垫上布敲。反正不敲，他是活不下去的。这一阵，还真有活不下去的感觉了。省秦满院子都在唱"西北风"，跳太空舞，走模特儿步。正经唱戏的，蔫得跟龟儿子一样，大气都不敢出了。这玩意儿老旧了；落伍了；恓惶了；破败了。好在离城市远些的乡村，还有一些红白喜事，保留着唱秦腔的习惯。他跟外甥女就像城市幽灵一样，每当黄昏时分，就被外地来的车，悄悄接出西京城，去唱秦腔、过戏瘾、讨生活去了。

他最讨厌的是他姐胡秀英，啥都不懂，偏把一家人都吆喝来，给忆秦娥添乱呢。忆秦娥已经够乱的了：离婚了，还带着个傻儿子。他多少次说，不要把心思都费在儿子身上，没必要把自己的一生都搭进去。他听说西京有好几家托管智障孩子的地方，劝她说，请人家养着，定期去看看就行了，自己还得顾自己的生活。可忆秦娥死不听，像是走火入魔了，偏要带着儿子四处求医治病。眼看钱都打了水漂，他也毫无办法。

自打跟刘红兵那个混账离婚后，也有不少人来缠他外甥女的，他都知道。可外甥女是个把门户看得很紧的人，谁也是轻易敲不开的。她的嘴更严实。就她跟刘红兵离婚那档子事，他都问过好多回了，也没问出个子丑寅卯来。她只说过不到一起了。可在他看来，大概远远不止是那么回事。他觉得，好像是刘红兵亏了他外甥女。这样轻松地掰了离了，是不是太便宜了那狗东西。可外甥女咋都不让他插手，他也就不好再去找刘红兵算账了。反正那就是个公子哥儿。自打开头，他就没看上过。可外甥女面情软，人家一死缠，也就蚂蟥缠住鹭鸶脚了。现在看来，大凡死缠滥打的主儿，也都是趔得最快、逃得最远的。是没几个好货色的。

忆秦娥眼下的日子是紧张了。可她又是个傻得除了在家寻绳上吊，再不会找任何门路的人。他就不得不出来帮着分担点了。他看有人做红白喜事的"事头儿"，越做越红火，就也买了手机，广泛了联络。并且有时是打了忆秦娥的旗号，还真接了不少演出的活儿呢。"红事"还好办，给老人过寿、给儿子娶媳妇唱戏，都喜兴、热闹，也觉得有面子。"穴头"们是争着抢着揽生意。可一遇"白事"，灵堂停着一具尸体，在灵堂外搭个台子，给人家唱《祭灵》《吊孝》《上坟》，好多"穴头"就都不干了。不是他们不想挣这钱，而是请不来演员。那种演唱，就像是丧事人家的孝子贤孙，唱着、做着，有时戏情还要求跪着，心里就不免犯膈应。开始，忆秦娥是死都不唱"白事"戏的。尤其是不唱"热丧"戏。也就是给刚"倒头"者唱"祭灵"。要唱也是一周年、三周年这样的"白事"。毕竟尸体不在现场，心理好承受些。可"热丧"，接活儿的人少，给的钱又多，以胡三元两眼一抹黑的社交能耐和关系网，也只能在"热丧"上多挖抓几把了。揽下活儿，他就每每做外甥女的工作，让她去唱。他说，戏是演给活人看的。谁家死了人唱大戏，也都是为了答谢乡亲。再者，"热丧"能请戏，也都是七八十岁以上的老人。即就是跪下唱，敬奉着人家一点，也是在积阴德，不定对儿孙还有好处呢。忆秦娥就去唱了。他知道，这对忆秦娥的声名有很大的损害。整个秦腔界都在议论说：忆秦娥都去唱"跪坟头"戏了。说秦腔的脸面算是让她丢尽了。其实忆秦娥从没跪过坟头，那就是在舞台上跪下唱过"祭灵"。并且她真正跪下的，还是一个九十七岁的老太太。她听说老人一生养了几个孩子，都是傻子。老人硬是把一个个瓜娃送走后，才撒手人寰的。忆秦娥一听到这里，那天连一分钱都没要，就端直跪在老太太灵前，唱了好几板祭灵戏。她哭得咋都站不起来，最后是村里几个妇女硬架起来送走的。即就是"热丧"，她也不能不唱啊！一家几张嘴在等着，靠她一月百分之七十工资，是咋都填塞不住的。

没活儿的时候，胡三元还是在练他的鼓艺。他总觉得，唱戏这行，不会就此算了的。照秦腔历史说，也是上千年的命脉了。一个活了上千年的东西，怎么会说亡就亡了呢？他不相信。但一日胜似一日的败落，让他也不得不服那些时髦艺术的血盆大口，已经把他们吞食得，只剩下一点末梢神经在勉强抖动了。那段时间，他老听团里人说，到处都在议论什么"戏曲消亡论""戏曲夕阳论"。气得他直龇龊牙地骂："你妈才要消亡了呢！"都说这门艺术，只能保留进博物馆了。他在想，难道他和外甥女忆秦娥，也得被装进博物馆的玻璃橱窗里，见人进来参观，他就敲起来，外甥女就唱起来？只要有鼓敲，有戏唱，装进橱窗就装进橱窗好了。反正他们这一辈子，也就只会这点营生了。

这样的日子熬了好几年。突然一天，怎么西京城里就有了秦腔茶社。并且不是一家，几乎是在一夜之间，就开业了好几十家。听说兰州、宁夏、青海、新疆这些秦腔窝子，也都开了这种新玩意儿。说比唱流行歌都红火呢。难道是秦腔的春天来了？

胡三元这个敲鼓佬，一夜之间又突然红火起来。好多家茶社都要请他去敲鼓了。不知咋的，都知道他敲得好。说看他敲鼓，本身就是一种艺术享受呢。但见他半边脸黑着，龇牙是一抿一抿的。手下的鼓点，敲起来就跟两匹绸缎在闪动。有人买账了，他是敲得越发地来劲。那技艺，发挥得就连他自己，都常常是要自我佩服得给自己鼓几下掌的。

锣鼓一响，黄金万两。秦腔在茶社一旦开锣，挣钱糊口就跟拿簸箕揽钱一样容易了。茶社太多，需要的演员乐队也多。加上这几年秦腔撂荒着，人才也都流失严重，但见一个能唱会敲的，就都有了事做。外甥女忆秦娥，更是又有了昔日小皇后的风采。谁家要请她，都是要提前好几天打招呼的。

他一下又想到了胡彩香。那一口好嗓子，来了西京，还不唱得钵满盆满的，倒是去给歌舞团做的什么饭？他就想方设法地联系上了胡彩香。很快，宁州剧团就来了一大帮唱茶社戏的。

胡彩香来了，讨厌的是，她那个死老汉张光荣也跟了来。来了就来了，还要忆秦娥帮着找工作。

673

张光荣是扛着那个一米多长的老管钳来的。

气得胡三元直扇自己的嘴：贱，×嘴真是犯贱了！

十一

秦腔茶社的兴起，在很多年后，都是一些专家研究探讨的话题，眼看着"黄昏""没落"了的艺术，怎么突然以这种样式"复苏""勃兴"起来了呢？仅仅是更多的"乡巴佬进城"，"卷土重来"了"乡村文明的种子、基因"吗？恐怕是难以简单厘清这种文化现象的。因为走进茶社的，不仅有乡村进城的"暴发户""土老板""新移民"，也有老城根的"老城砖""老井盖""老茶壶"。而且还有大学教授、机关干部、各类职员。反正什么人都有。总之，这里是能够与歌厅、舞场、酒吧、咖啡屋、洗脚房，抢分一杯城市夜消费浓羹的地方了。那阵儿，地县专业剧团，甚至农村业余剧团，凡能唱的、能拉的、能敲的，都纷纷拥入这个城市了。他们游走在一个个大街小巷，循着锣鼓家伙与板胡奏出的秦声秦韵，走进一个个能够一显身手的地方，"撸"上几板"稠的"，也就是唱上几板"硬扎戏"，以求雇主"搭红""上货"。"上货"就是上钱。所谓"搭红"，是搭给演唱者的一条红绸子。那条红绸子代表着十元，或者一百元钱。雇主根据对演员表现的喜好程度，承诺着"搭红"的件数。认为唱得好的，有一板戏可获得上百条红绸的。而不喜欢的，也许一条都没人搭，就灰溜溜地退出去，另找场子，谋求新的发现与欣赏去了。这里很残酷，但这里也有一夜获得数万元"搭红"奖赏，从而成为茶社"秦腔明星"的。

作为除了唱戏，再不知生命为何物的忆秦娥，突然在这里获得了尊重，获得了价值。虽然没有演大本戏、折子戏那么过瘾，可每晚能一成几十板戏地唱着，被掌声、叫好声鼓励着，也算是一件很满足的事了。

但这种境况并不长。而且很快就变了味。靠唱得好、敲得好、拉得好的人，已越来越少有人关注了。而更多来搭红的，只会把"红"搭给那些"美人坯子"了。哪怕唱得荒腔走板，只要有些姿色，也是会彩旗飘飘，"红"绸飞舞的。忆秦娥她舅胡三元，就那么一副脸子，在秦腔茶社初兴的时候，凭着一手绝技，一晚上是要撸回几十条红绸子的。每每到关门结算时，茶社老板都要眼红着胡三元老师的"人缘""财运"。可到后来，他敲一晚上戏，竟然连一条红绸子都"搭"不上了。只能靠"搭红"演员的"分红"，才不至于羞辱得他"一丝不挂"。

宁州剧团来的那帮人，男的混不下去，就都慢慢回去了。在他们刚来的时候，忆秦娥甚至还想到了封潇潇。她还问过胡彩香，怎么没把潇潇也叫来。胡彩香说，再别提封潇潇了，整天喝得醉醺醺的，路都走不稳，真正成"风萧萧"了，还能唱戏呢。忆秦娥每每听到封潇潇这般境况，心里总是不免要咯噔好几天。没来也好，来了也是混不下去的。而胡彩香还有几个"老观众"，在有一下没一下地，持续着被她自己谑称为"前列腺炎"似的"搭红"频率。胡彩香毕竟唱得好，加之年过四十了，却依然是徐娘半老，风韵犹存。要不然，张光荣也不会如此不放心地要紧跟了来，并且手里还操着那柄大管钳了。忆秦娥给张光荣找了个修下水道的差事。他白天干活，晚上即使再累，再瞌睡，也是要到胡彩香唱戏的茶社，坐在一个角落，或是打瞌睡，或是睁着一只眼，要紧盯着胡三元与那些半老男人的不轨表情了。

世间的事就有这么凑巧。有一晚，胡彩香正唱《断桥》时，下边进来一个人，开始谁也没有注意，直到后来，才发现是米兰。就是宁州剧团当年一直跟胡彩香抗衡的那位"当家花旦"。

米兰并不是故意要来看胡彩香唱戏的。她是跟丈夫从美国洛杉矶回来，见满街都是秦腔茶社，就突然想听听这种乡音。何况自己从十二岁开始学戏，直到二十多岁才离开舞台。她是找了比自己大二十多岁的丈夫，才离开宁州来西京的。丈夫因懂外语，又有海外关系，就被派到美国做了外贸生意。她是后来去陪伴，时间一长，就定居在美国了。现在回来已是华侨身份。这个城市没有让她依恋的任何东西。她的根在宁州，是唱戏，是秦腔。她想回宁州去一趟，可听说宁州剧团已基本垮了，人都四处流散着。她也怕人家说她回去是故意显摆，就打消了这个念头。但无论如何，她都是要听听秦腔戏的。她也好奇着，怎么西京城的许多街巷，都出现了叫秦腔茶社的招牌。里面传出的，也确真是慷慨激昂的板胡声，还有秦腔演唱声。她在一条古色古香的街道上游走着。突然，一家装修得十分雅致的窗户里，飘来了白娘子的演唱，声音是那么熟悉，简直熟悉得跟昨天才听过一般。她就好奇地走了进去。

茶社的门脸很窄，只是一楼的一个过道。过道两边，都是成衣批发商店。从长长的过道尽头走上楼梯，就见二楼有一个宽阔的所在。一个小舞台，被搭建得红红绿绿的，背靠着南墙。台左侧坐着几个乐手。台上面正有人唱着白娘子。观众席是由十几张茶桌组成的，前排都已坐满了人，而后排桌子还有空位置。米兰刚一进来，还没来得及朝舞台上细看，就有倒茶的服务员过来，问喝什么茶，要什么小吃。她想既然来了，就得消费的。她点了一杯红茶，要了一盘瓜子。也就在这个时候，她才突然意识到，那个唱白娘子的，好像是胡彩香。

西湖山水还依旧，
憔悴难对满眼秋。
霜染丹枫寒林瘦，
不堪回首忆旧游……

是胡彩香。尽管舞台灯光是那种不停旋转着的，赤橙黄绿青蓝紫的舞厅动感色彩，但胡彩香的身影，还是在斑驳的魅影中，一点点清晰起来。尤其是坐在司鼓位置的胡三元，虽然在灯光暗区，可那黑乎乎的半边脸，还是让她印证了胡彩香身份的真实。紧接着，她又发现了坐在右边侧台的几个演员，也都是宁州团的。她想起身离开，可胡彩香的声音，又让她无法不听下去。这个声音曾经让她那样纠结、苦

676

恼，甚至憎恨。可今天，一切都随着时间的流逝，而烟消云散了。她承认，胡彩香的确唱得比她好。不仅嗓音甜润，而且也有味道。是"秦腔正宗李正敏"的"敏腔"一派。那是在省艺校正规学习过的。真是见了鬼了，那时她怎么都唱不过胡彩香。暗中她也偷偷在宁州县的河湾里，背过人，下过很大的功夫。可唱出来，团上人还是说她嗓音"天质窄细，丰润不足"。那些年，她跟胡彩香是怎样地争戏、较劲啊！一幕幕突然回想起来，让她嘴角抹过了淡淡的一丝笑意。如果嗓子好，也许她当时就不会跟一个比自己大二十几岁的男人，离乡背井了。那时她就是想改变，想挣脱，想远离。终于，一切都如愿以偿了。并且这个可以给自己当父亲的男人，对她一直很好。就像呵护孩子一样，呵护了自己十几年。现在，仍然把她亲切地称"米"。那个"兰"字，几乎从来都不离口的。即使拌嘴，也还是"米"，"我的米"，"亲爱的米"。她感到自己无奈的青春生命转身，也还算是华丽的。虽然梦中，她经常还在宁州的舞台上演戏：胡三元在敲鼓；胡彩香在后台砸东西，骂人。可一回到现实，她还是在庆幸自己当时毅然决然离开的正确。离开时，背过人，她甚至有点痛不欲生。进了西京，一下远离了剧团里熟悉的一切，很长时间都有一种皮肉撕裂感。后来，她是进了一个英语培训班。在英语速成的疯狂练习中，才慢慢忘记了唱戏，忘记了秦腔。再后来，她就出国了。

在胡彩香一板戏唱完的时候，米兰听见嗞嗞响的扩音器里，传出了一个报账的声音："一号桌刘总，搭红两条；三号桌朱总，搭红两条；七号桌乌总，搭红三条。"顿时掌声响起。她就悄声问身边的服务员，"搭红"是什么意思？服务员悄悄给她讲了，并且说一条"红"十块钱。她本想为胡彩香"搭红"一百条，可话到嘴边，又咽回去了。她突然觉得这样"搭红"，对胡彩香可能有伤害。她本想起身离开时，再把这个"红"搭上去的。可还没等她站起来，身边就走过一个人来。她仔细一看，是胡彩香的男人张光荣。

"米兰，是米兰吧，我都不敢认了。你还认得我吗？"

"光荣……哥！"

"还没忘记你这个哥呀！听说你到国外去了，都成外国人了？"

米兰笑笑说："也就是吃住在外国的中国人。"

"还惦记着秦腔？"

"唱了十几年，咋能忘了。"

米兰现在是站也不是，坐也不是，走也不是了。正在她想着该怎么应对这场面时，场子里突然骚动起来。她问张光荣怎么了，张光荣说："忆秦娥要来了。"虽然忆秦娥与易青娥的读音不大一样，可米兰第一感觉，可能就是当初宁州那个可怜孩子易青娥。张光荣急忙介绍说："就是咱们宁州出来的易青娥，现在艺名叫忆秦娥了。可红了，都是秦腔皇后了。"张光荣故意把"小"字省略了。

米兰在美国，也听西京去的人讲过秦腔的事，毕竟是有着这份操心。她几乎不止一次地听人提到过忆秦娥的名字。她也想着，此忆秦娥，是不是彼易青娥？但来人大多说不清楚。只说是在报纸电视上，看过秦腔在全国调演怎么拿奖，怎么红火。具体细节，就一问三不知了。张光荣算是一下印证了她的猜测。

来的果然是易青娥，现在叫忆秦娥了。

十二

米兰先是一阵兴奋，这个苦孩子，竟然在西京活得有了谱了。

场子骚动了半天，所有眼睛都迎向了楼梯口。

只见一个追光灯，调试得如圆月一般，在楼梯口反反复复地摇来晃去。又过了好一阵儿，才见一个引路人，在前边做侧身偏头状，把一只胳膊伸得很长地开着道。紧接着，追光定位了。

一颗笑吟吟的头颅出现在了追光里。

只听喇叭里喊：

"秦腔小皇后忆秦娥忆老师到——！"

全场顿时就掌声四起了。

米兰一眼认出了这个孩子，已完全是大人模样了，并且出脱得如此端庄大方！

她的眼泪唰的一下下来了。

孩子其实是一副不事张扬，不枝不蔓的谦和、内敛相。除了茶社人为制造的"小皇后"出场效应外，几乎从她身上还看不到一点所谓的"大牌范儿"。

张光荣不停地问她："娃变了没？娃长变了没？厉害了吧？"

米兰只是颔了颔首。她在努力回想着孩子当初的模样。

张光荣接着说："前边胡彩香她们都是热场子、垫碗子的。秦娥一来，这就算'正菜'端上来了。秦娥一晚上要跑好几个场子，都是争不到手的红火角儿。谁争到，谁家茶社这一晚准发财。"

米兰这阵儿倒是想坐下来，好好看看昔日那个可怜的烧火丫头，是怎么炼成在西京一出场，就要掌声四起的名角儿了。

五彩缤纷的灯光，终于在忆秦娥到来后，突然停止了让人眩晕的频闪。那只迎接她的追光灯，再次把她众星捧月一般，捧在了台中央。米兰有些震惊，这孩子竟然出脱成这般靓丽的人物了。大形一看，简直有奥黛丽·赫本的翻版感。她个头高挑，面容素雅，眼睛深邃清纯。关键是那种落落大方的自然美中，还透射出一种包容与接纳来。这是米兰这次回来，很少看到的西京表情。大多看到的，都是一种暴发户的颐指气使与满目鄙夷相。尤其让她眼前一热的是，这孩子朝那儿一站，面对不停歇的掌声，在一口洁白牙齿笑到露出了那颗虎牙时，还是那么习惯性地抬起手，用手背把嘴唇一挡。那种羞涩、质朴、单纯、谦逊的东方美，一下让她参与到了掌声的和鸣中。

"感谢大家的等待，感谢大家的掌声！今晚我还是先唱《鬼怨》吧，喜剧留在后边。谢谢大家！"然后她是一个长揖，开始了"苦哇——"的幽幽鬼怨：

怨气腾腾三千丈，
屈死的冤魂怒满腔。

679

可怜我青春把命丧，

咬牙切齿恨平章。

……

仰面我把苍天望，

为何人间苦断肠。

……

一缕幽魂无依傍，

星月惨淡风露凉。

……

一板二十六句的大唱段，让米兰酣畅淋漓地过足了秦腔瘾。她自始至终在抹着感动的眼泪，也回忆着这孩子，在宁州剧团学戏与烧火做饭的过程。不知是些什么样五味杂陈的泪水，一直相互搅和着，让她眼泪涌流出来，一次次擦拭，擦拭完，又牵连不断线地涌流出来。

她心中，甚至在一刹那间，还突然焕发起了唱戏的欲望：能把戏唱得这样美妙、精到，该有多好哇！还有比这更快意、美好、满足的人生吗？可很快，她就从那种向往中退了出来。

她听见，报账人清晰地报出了搭红的条数：

一号桌刘总二十条；

二号桌殷总二十条；

三号桌朱总三十条；

四号桌牛总二十条；

五号桌左总四十条；

六号桌郭总二十条；

七号桌乌总一百条……

张光荣悄悄对着她的耳朵说："这才刚开始。秦娥是钢嗓子，一晚上，能唱七八段戏呢。只要她出场，搭红咋都是千条往上。有时能好几千条呢。那就是好几万块呀！茶社只抽她百分之四十的'头子钱'，对秦娥是少抽了百分之十的。别人得一半对一半抽呢。不过秦娥拿了钱，也不是干的。她还得给乐队和'垫场子'的分。秦娥手大方，尤其是对宁州来的老乡，也几乎是一半对一半地开呢。要不然，大家早混不下去了。你往下看，好戏还在后头呢。"

果然，在后边的演唱中，"搭红"一步步升着级。其中几个老板还较起劲来：你搭二百条，我就搭三百；你搭三百，我就搭五百。米兰眼睁睁看着忆秦娥的八板戏，得到了五千多条红绸子。要按张光荣的说法，茶社抽走百分之四十，也还有三万多块钱的收入呢。

她问张光荣："每晚都这样吗？"

张光荣说："也不一定。有时老板来得少，也就没了这阵仗。今天算是好日子，让你给对着了。反正只要秦娥出场，场子一准就热起来了。"

收入高低且不说，但这种收入的方法，让米兰实在有点不好接受。她是懂得一个戏曲演员成长经历的。尤其是忆秦娥，可以说是受尽了磨难。她的整个少年时期，都是在极其恶劣的环境下成长的。她付出了常人无法想象的代价，能达到今天这样的艺术高度，堪称真正的表演艺术大家了。米兰觉得她的回报，一晚上即就是十万、二十万，也是值得的。但这不是她应该来的地方，她应该到正经舞台上去唱，是有尊严地唱。观众应该是心怀虔敬地来欣赏，而不是嘴里叼着香烟，歪七裂八地坐在对面，用一种居高临下的狎玩姿态，去给这样一位尊贵的艺术家施舍。艺术家这种获取劳动报酬的方式，让她感到难堪，也感到难过。

她没有看到最后就站起来了。她对张光荣说："光荣哥，一会儿唱完了，我想请大家吃个夜宵。就放到我住的酒店吧。"

说完，她留下酒店地址，就快速离开了。

米兰身后传来了忆秦娥演唱的《五更鸟》声：

　　一更三点玉兔回了广寒宫，

忽听得蚊虫儿一声闹喧嗡。

蚊虫奴的哥，

蚊虫奴的兄，

你在窗外学虫叫，

奴在绣阁仔细听。

听得奴家好心痛，

鸳鸯枕上泪淋淋……

这是眉胡戏。随着节奏的加快，茶社里除了胡三元的鼓板声，还传来了敲击桌子、敲击茶碗、敲击杯盖的声音。

米兰的脸有些发烧，心也很烦乱，步子就加得更快了。

十三

忆秦娥刚唱完戏，张光荣就凑上来神秘兮兮地说："你们猜我看见谁了？"

胡彩香说："你能看见个鬼。"

"还真是撞见鬼了。米兰来了，知道不？我十五六年都没见过了。人还没咋变，就是洋气了。说从美国刚回来，要请你们吃饭呢。"

宁州来的人就吵吵了起来。

忆秦娥自打调到西京，就有去看米兰的想法，可一打听，说去国外了。几次去找，都说没回来。后来又说在美国定居了。她知道，那时米兰跟胡彩香老师之间，就好像有深仇大恨似的，把她和她舅老夹在中间，来回不好做人。胡彩香老师跟她舅的关系，是宁州团无人不知无人不晓的。在常人看来，她必然是胡老师的人了。可米兰跟胡老师再闹，都从没把她当外人看。尤其是在她舅坐监狱那阵儿，为了她的事，米老师和胡老师甚是可以暂时团结起来，共同帮助她的。直到米老师离开那天，都是把她最记挂在心上的。凡能用的东西，都留给了她。也许那时她是团上最可怜的人，一身练功服能穿好几年，是一补再补。米兰老师就把她的好衣服，一多半都留给她了。直到调进省城，这些衣服穿出来，还都是不逊色的。她觉得米老师是个好人。在九岩沟莲花庵念经时，她是给米老师单独诵过经、上过香的。米老师竟然回来了，她自是特别兴奋，几乎有想跳起来的感觉。她直问人在哪里，就想立即见到。

胡彩香老师倒是有些冷淡地说："人家现在还巴望着见我们，只怕是你强人家要吃饭的吧。"

张光荣就急了，说："哪个狗日的强人家了？你把我想成叫花子了，再穷，还缺了一顿饭。"

忆秦娥坚持说见，大家也就都跟着，去米兰住的那家酒店了。

米兰早早就在大堂等着了。

他们进去，一阵稀罕得又是搂又是抱的，就有好多双眼睛朝这里盯着。米兰嘘了一声，大家才安静下来，跟着她去了西餐厅。

忆秦娥这些年外出演出，倒是经常出入高级酒店。她舅胡三元也是见过一些大世面的。而胡彩香和张光荣他们，就连走路脚下也是一趔一滑地巴不住。张光荣就开了一句玩笑说："地咋这滑的，虱子走起来也能劈叉了。"胡彩香还瞪了他一眼。她舅胡三元就偷着抿嘴笑，还悄声嘟哝了一句："真正的乡巴佬进城。"

他们在一张长长的餐桌上坐了下来。餐厅灯光很暗。白色的长条桌上还燃着蜡烛。

直到这时，忆秦娥才静静地端详起米兰老师来。

张光荣说她变化不大。除了过去素面朝天，从不化妆，现在是化着精致的淡妆外，还真是变化不大呢。在宁州剧团时，米兰和胡彩香老师，是一对姊妹花。也是整个县城的两道风景。她们一上街，一街两行的人，都是要驻足观望的。可现在，米老师与胡老师之间，已是天壤之别了。胡老师已经发福得有些像大妈了。脖子上的肉，在一折一折地相互挤对着。眼角的鱼尾纹、法令纹，也清晰可见。而米老师还保持着她离开宁州时的苗条身材。并且肌肉更加紧结，有力。脸上还看不见一丝皱纹，是一种十分弹性的棱角分明。她们现在都化着妆。而胡老师是接近舞台演出的戏妆，很浓。红、白、黑都很强调。尤其是桃色胭脂，搽得有点妖艳。那两道纹上去的黑眉，又显得过于板正生硬。而米老师的妆，化得淡雅自然。只是把两道天然的眉毛，朝浓里勾了勾；再就是强调了嘴唇的宽阔、生动与性感，依然藏不住当年那份天生丽质。两人坐在一起，让人无法相信，在十几年前，她们曾是一个舞台上，两朵几近平分着秋色的奇葩。

她舅和张光荣他们，还是比较关心着自助餐的内容。她舅甚至还帮着张光荣，在学习拿刀叉的方法，以及取自助餐的步骤、多少，还有吃法。米兰老师把更多的注意力，是放在了忆秦娥身上。她几乎是一直在用很欣赏的目光，细细打量着她。这种目光当初在宁州，忆秦娥也曾见过。但那里面更多的是同情，是怜惜。而今天，是欣赏，是赞叹。当然，也有颇多的惋惜。

米兰说："秦娥，你能成长到今天，我没想到。听说都是秦腔界'皇后'级人物了，真不容易。"

忆秦娥急忙用手背挡住嘴说："那是瞎说呢。就是成长了，也都是靠胡老师、米老师的提携呢。"

"会说话了，孩子！"米兰甚至突然也有些忘了她的年龄似的，伸出双手，使劲把她的脸揪了一把，还拍了几下。

"都好吗？"米兰又问起了胡彩香。

胡彩香说："有啥好不好的，就是混日子。你米兰算是把人活成了，嫁了个好老公，早早就离开宁州，还跑到国外去了。团上人都羡慕得跟啥一样。"

"我其实也挺苦的。为学外语，都快神经了，差点没跳楼。出去好多年，也是不习惯。那时老想着回来，想回宁州。在国外，其实啥都得靠自己，亲戚只是把你介绍出去，一切都得从零开始。啥都得学习，到现在我还在进修国际贸易。不学，你在那个社会就立不住。"

"你还在上学呀？"张光荣又冒了一句。

米兰点点头说："美国就是终身学习的社会，比我年龄大得多的人，也都在学习，在不断地更新知识结构和观念。要不然，你就会活得很恐慌。"

大家吃着喝着聊着，到了很晚的时候，米兰还邀请忆秦娥和胡彩香留下，说她们今晚可以聊一夜的。

忆秦娥和胡彩香老师就留下了。

这天晚上，她们真的一夜没睡。米兰开了红酒，三人慢慢品着，几乎是从宁州剧团的建团开始，一直津津有味地说到了大天亮。

米兰住的是一张很大的床，开始她们在沙发上说，后来就挪到床上了。米兰和胡彩香靠在床头，忆秦娥盘成"卧鱼"状，在另一边。她们说笑了，又说哭了；说哭了，又说笑了。也只有在更深夜静的时候，每个人说出的，才都是心底最真实的那些话。对于忆秦娥来讲，有些像档案解密。当时间与当事人都发生了根本变化后，那些秘密，似乎也是可以大胆解开的了。

胡彩香说："米兰，你老实说，当时团上黄正大主任，是不是要把你促上去，想把我彻底替代了？"

米兰看看忆秦娥说："秦娥在这里，我也就把话朝明的说了。黄主任是不喜欢她舅胡三元。说老跟他较劲、使绊子呢。你也老实交代，你到底跟她舅是什么关系？"米兰说完，自己先笑了。

两个舞台老姐妹，有点突然回归青春年少的感觉。

胡彩香说："不怕你笑话，我跟胡三元就是有一腿。胡三元对我好，尤其是在事业上帮助很大。那阵我当主演，几乎每个戏，都是他帮着抠出来的。他最懂戏的节奏，也会欣赏唱腔。加上那时张光荣一年只回来一次，我是女人，不是泥塑木雕，我抵挡不了胡三元的诱惑。"

米兰戳着胡彩香的胳肢窝说："你是喜欢他的龅牙么，还是喜欢他的黑脸？还是喜欢其他啥，到底是啥把你诱惑了，你说，你讲！"

"我都喜欢，咋。他就是个为敲鼓活着的人，很简单。爱我也很简单。我也不怕他外甥女笑话，狗日胡三元就是把我朝死里爱，爱得撞到南墙也不回头的货。"

"那你为啥还不跟张光荣离婚呢？"米兰又问。

"张光荣也是个好人，恨不得把命都给我了。原来是想离呢，可后来，张光荣下岗了，我不能再给他伤口撒盐。我欠他的太多，没有理由在这个时候把他蹬了。"

"他知道你跟胡三元的事吗？"米兰问。

"咋能不知道，不知道能老提着大管钳？那管钳就是提给他胡三元看的。"

"那以后咋办呢？"

胡彩香说："我给他胡三元说得清楚，这事没有以后了。好在秦娥现在把他也弄到省上来了，离得远一些，也许慢慢就过去了。再说，我们也都不是能疯张的年龄了。"

米兰问忆秦娥："你把你舅调到省上了？"

"也就是临时的。我舅自那年出事后，就再没正式工作了。"

米兰说："你舅的技术，那真叫一绝！其实人也挺好的，就是死认技术、本事，其余一概不认。所以那阵儿那吃不开，得罪了不少人。"

"哎，米兰，我问你，离开宁州，当时你就真那么情愿吗？"

米兰慢慢品下一口红酒说："说心里话，很难过。对那个男人，当时也不是太满意。我那时毕竟才二十四五岁，他都四十六七了。比我父亲还大了两个月呢。但我当时给大家瞒了年龄，说他就大了十几岁。你想想，心里会是什么滋味呢？那时，宁州县城追求我的有好几个，但我就是想离开。也必须离开，离开我最喜欢的事业。因为太伤心了。活得那么累，那么艰难，何苦呢？走了很长时间我还在想，唱戏到底是个什么职业呢？让人这样想朝台中间站？不站，好像就活不下去了一样。直到美国很长时间，我还做梦在宁州演戏。梦见你胡彩香给我胖大海水里下了药，让我站到台中间，连一句都唱不出来。观众把臭鞋都扔到我脸上了。"

胡彩香一拳头砸过去说："哎，米兰，凭良心说，我胡彩香是那样的人吗？跟你争角色是事实，背后嚼过你的舌根子也是事实，可我能给你水里下毒吗？我有那么坏吗？你说，你说，你说！"胡彩香说着，还用手去胳肢她的腋下。

她们十一二岁就到剧团学戏，一直滚打在一起，相互间最严重的惩罚，就是集体胳肢那个最捣蛋的人，非让她笑死过去不行。

米兰是真的笑得泪流满面了，她说："彩香彩香，快饶了我，那就是梦，打死我都不相信，你会给我下毒的。你就是那种刀子嘴、豆腐心的人。饶了师妹，快饶了师妹吧。"

"日有所思，夜有所梦。没想到，你把师姐想得这坏的。我偏不饶你，看把你笑不死命长。"两人硬是玩得扭打在一起，完全成孩子的嬉戏打闹了。

忆秦娥不仅笑得满眼是泪，而且也感动得满眼是泪。师姐师妹当初那点龃龉，在一阵跳出了年龄的童稚、童趣中，相互胳肢得无影无踪了。

忆秦娥可惜着自己没有这样的童年。她十一岁进剧团，十二岁多一点，就被弄到伙房烧火去了。她喜欢其他孩子的嬉戏打闹，喜欢她们相互胳肢。可都不胳肢她，也不准她胳肢人。都说她身上有一股饭菜味儿，凑近了太难闻。

这天晚上，米兰也讲出了她心里的不快。她说，看了茶社的演出，觉得心里堵得慌。

胡彩香老师问为啥。

她说："我们从十一二岁，就把生命献给了这行事业，难道结果就是希望以这样的方式来演出、来回报吗？我从小向往的主角，就是在舞台上，剧情呼之欲出的时候，锣鼓音乐一齐响动，然后才出场、亮相的演出。当然，那是样板戏的做派。可舞台上的任何严肃演出，一定是要让主角尊严出场、尊严表演、尊严谢幕的。观众面对真正的艺术，真正的艺术家，一定是要满怀谦卑、满怀恭敬，甚至是要高山仰止的。怎么能是这样居高临下的狎玩态度呢？秦娥，你付出了那么多人生代价，用十几年的奋斗，唱得这样撼人心魄、精彩绝伦，难道就是为了赢得这些人，一晚上那几千条施舍给你的红绸子吗？"

忆秦娥的嘴微张着，不知如何回答是好。

胡彩香说："米兰，你是站着说话不腰痛。你有钱了，日子过好了，可我们要讨生活，你知道不？得生活。秦娥还有一个有病的儿子，得看病。一大家子人都来西京了，也指靠她唱戏过活呢。"

米兰又问了问她儿子的情况，就没话了。

这时，天边已露出鱼肚白了。

酒店不远处的城墙上，突然传来了一声凄厉的秦腔板胡声。随后，又有了秦腔黑头的"吼破撒（头）"声：

> 呼唤一声绑帐外，
> 不由得豪杰笑开怀。
> 某单人独马把唐菅踩，
> 只杀得儿郎痛悲哀……

"西京到处都在唱秦腔，难道都没有正式舞台演出了吗？"米兰问。

"有，但很少。"

"最近有没有，我想看一场舞台正式演出。就看秦娥你的。"

忆秦娥说："倒是有一场。是外国人来看，说是外事上选出访节目呢。"

"演的什么？"

"《打焦赞》《盗草》，还有《鬼怨》《杀生》。都是我的戏。"

"好，我一定要看。"

随后，米兰就专程看了忆秦娥的舞台演出。

那天是胡彩香陪着看的。事后胡彩香告诉忆秦娥说："你可是把米兰给征服了。她在看几折戏的整个过程，都激动得不行，手在抖，嘴唇也在抖，一个劲地说：'这孩子怎么这么优秀啊！天哪，秦娥的功夫怎么这么好！天哪！今天还有这么好的武旦吗？天哪！看看孩子的做功、唱功，天哪！看看孩子的扮相……彩香，看来我们当初帮着她从伙房里走出来、学唱戏是对的。我有时也以为，让她唱戏是害了她呢，也许学做饭更幸福些。可这孩子，天哪，她的付出……是值得的！我要给孩子献花！你快去给秦娥买一束鲜花来，要最名贵的。'"

戏看完后，米兰就不顾一切地走上舞台，毕恭毕敬地把鲜花捧给了忆秦娥。并且还当着很多人的面，给忆秦娥深深鞠了一躬。她说：

"秦娥，你就是到百老汇、到世界上最顶尖的舞台上演出，都是最棒的艺术家！"

在米兰离开西京的时候，她们送到机场，相互拥抱完后，米兰突然深情地说：

"我有一个梦想，希望能在美国看到秦腔。是忆秦娥唱主角的秦腔。"

十四

尽管米兰对茶社演出有看法，并且不主张忆秦娥再进那样的地方。可宁州来了这么多人，还得靠她在茶社撑台面。加之省秦演出也少，一年至多十几场戏。她就依然还在茶社唱着。忆秦娥也感到，这里的风气越来越坏。听说有的演员，唱完戏后就被老板领到酒店去了。在一些人眼里，唱茶园戏，甚至已成被老板包养的代名词了。也有人在她跟前出手阔绰，跃跃欲试，并百般暗示的。但她总是唱完就走，也不跟人多搭讪。待人不冷不热、不卑不亢。无论谁说要用车接送一下，她都会再三婉拒，绝不给人留下"被人接走了"的口舌。加之老板之间，对"搭红"的事，相互也都盯得紧，她反倒是有了一种安全感。当然，这种安全感，也是来自她"可远观而不可亵玩焉"的"香远益清，亭亭净植"。这是一个记者说的。

可突然有一天，来了一个更大的老板，把这一切就彻底打乱了。

这个老板说来并不陌生。

看官可曾记得，当年给忆秦娥排戏的老艺人古存孝身后那个小跟班？就是老给古导接大衣、披大衣的那位。想起来没？

那人叫"四团儿"，姓刘名四团。是古存孝的侄子。

古存孝把刘四团从老家带到宁州，又从宁州带到西京。后来古导在省秦失势，愤然离开时，也是带着这个影子一样的小跟班，从西京城消失的。十几年过去了，这个叫刘四团的人，突然给杀回来了。不过现在没人敢"四团儿""四团儿"地乱叫了。都叫刘总。还有叫刘老板、叫刘爷，也有叫刘哥的。他住在喜来登大酒店。据说还是总统套房。刘总出门坐的是宾利、凯迪拉克、奔驰，还有一般人叫不上名字的怪车。有人说刘总有四五辆豪车。有人说有七八辆。反正不管哪一辆跑在西京的大街上，都是有人要行注目礼的。刘总上下车，也都是有人先开门，并用手搭了遮棚，护了头，他才钻进钻出的。刘总也就三十七八岁的样子，穿着打扮，一概是电视剧《上海滩》里周润发的"范儿"。在老西京看来，虽然觉得这人哪里都不对劲，但他哪里又都是一丝不苟地在翻着"发哥"的版。西京城过了"五一"，好多女士早穿了裙子，男士也有换上短袖的。可刘总、刘哥、刘爷，还是西装革履。并且是要披着一袭黑色风衣的。哪怕在人多的地方，用双肩抖落给身后的跟班，也是一定要先披出来的。

就这个刘哥，刘爷，昔日的刘四团，一回到西京，第一件事就是打听，那个唱秦腔的忆秦娥在干什么？

说起秦腔，没有人不知道忆秦娥的。忆秦娥唱茶社戏的事，自然也是有耳目，很快就回禀给刘哥、刘爷了。有人问他，是不是晚上就弄来？刘爷的好事还能让过夜了。刘四团一摆手说："不，咱也到茶社听戏去。"

这天晚上，在刘四团出发前，已有好几个弟兄先去打了前站。并且跟茶社老板商量好，场子全包，不许任何"闲杂人等"入内。给的价钱，自然也是让老板目瞪口呆了的。谁知刘四团来后，见场子里太冷清，又批评手下人不会办事，说听戏能这等冰锅凉灶？戏园子听戏，就是要场面红火热闹。敲桌子拍板凳都行，绝不能傻娃躺在凉炕上，一个人一凉到底。手下人就急忙打发茶社老板叫人。听便宜戏的人倒是不缺。很快，场子就又挤得满满当当了。手下人希望能把刘爷突出一下，朝前排主桌上放。可今晚的刘爷，有些一反常态，偏要十分低调地坐在中间靠后的位置。并且戴上了墨镜，说让把主桌空着。

大家也就只能按他的旨意行事了。

戏还是先有"垫碗子"的。这些人刘四团都认得，但已经没有任何人能认得刘总、刘爷了。无论胡三元，还是胡彩香，还是其他宁州的演员、乐手，当初在那个小县城，几乎都是没怎么正眼瞅过他的。偶尔瞅一眼，也是在嘲笑他给古存孝披黄大衣、接黄大衣的动作，除此再无任何瓜葛。因为他从来就没属于过剧团。他就是古存孝的侄子、古存孝的私人跟班，吃的喝的，都是古存孝管。他没拿过剧团一分钱，因此，也从来没人觉得他是剧团人。让刘四团感到奇怪的是，竟然没有一个人认出他来。尽管他在今晚这个场面，无论坐在哪里，都是显眼突出的。并且也见他们不断地朝他这儿看，可看的只是一个大老板的派头。也听人叽咕说：还真有点周润发的势呢。但这势，是咋都跟那个刘四团联系不起来的。

忆秦娥是在演出接近尾声的时候才出现的。

就在忆秦娥出现的一刹那间，刘四团几乎是有些失态地张开了嘴。而这张过去跟在古导背后，老是微张着的不知所以的嘴，近几年通过学习周润发的表情，是彻底改变了的。他常常把牙关紧咬起来，做一种深沉、坚毅、果敢、冷酷状。可今晚，在见了忆秦娥后，还是再次张开了十好几年前的那种嘴形。

他跟随古存孝到宁州，初次见忆秦娥——那时还叫易青娥时，也没觉得她有什么特别的地方，基本印象是：人黑瘦黑瘦的。脸只有巴掌大。平常没话。一说话老捂嘴，多少冒着点傻气。特别能吃苦，见天练功服都能拧出水来。仅此而已。他听他伯古存孝常常当人面夸易青娥说："别看一班四五十个学生，搞不好将来就只能出易青娥一个好演员。都吃不下苦么。唱戏这行，那就是在苦水里泡大的。没有一身好'活儿'，再演都是二三流演员。一流的人物，一唱地动山摇的红角儿，那都是苦出来的。易青娥这娃要不是被人弄去烧火做饭，憋着一股子劲儿，恐怕也练不出这样一副好身手呢。"再后来，易青娥在四个老艺人的鼓捣中，就一点点"蛹化蝶""鱼化龙"了。几本大戏演下来，不知咋的，她眉眼也长开了。胸脯也挺高了。腰俏也细柳

691

了。扁平的臀部也翘起来了。迟早健康得有些像女排里那些腾空而起的扣球手。尤其是她把头式再一变，就突然都说她像奥黛丽·赫本了。他就跟他伯悄悄暗示说："伯，侄儿也是二十好几的人了。娘说了，让我跟着你，连媳妇也是要让伯伯操心的。""没有合适的么。那你看上谁了？"伯问。他嘴里磨叽了半天，到底还是说出来了："你看易青娥能成不？"他伯古存孝把他看了半天说："娃呀，这岂是你能操的菜呀？""咋了吗？没你给她排戏，她不还是个烧火做饭的。你出面说，她还敢不答应？"他伯说："伯还真格没看出，你的心还不小哩。易青娥要是还烧火做饭着，提这亲，可能是巴连不得的事。可易青娥现在是宁州的台柱子啊！在整个北山地区都摆得这么红，岂是你敢乱踅摸的人？人就是这，没活出息，咋作弄都行。一旦活出人样了，连胡子眉毛的修法，都是大有讲究的。何况择婿招人哩。你没看看，团上的封潇潇，还有那一大群小伙子，都跟狼一样在日夜惦记着，易青娥给谁好脸了？这道菜，伯就是给你硬夹到碗里，吃了也是你克化不了。迟早要做祸的。你没看看，来提亲的，行署专员家的都有，你算是哪门皇亲国戚、公子贵胄？再别胡思乱想了，你的婚事伯在心着呢。有合适的，伯就给你张罗了。"自那时起，他的内心深处，就被易青娥折磨得够呛。再后来，他跟随他伯到了省秦。只说是远离了易青娥，能慢慢疗好这伤疤呢，谁知时间不长，他伯又撺掇着把易青娥调来了。这一调来，又让他产生出许多幻想来。可时间不长，他就发现北山地区副专员的儿子刘红兵，果然是糖一样，把忆秦娥给彻底黏糊上了。他几次都想在暗处，给刘红兵摆几个黑砖，可掂起砖头闪了闪，终是没那个胆量。再后来，他伯在省秦排戏失势，加之两个伯娘也闹得欢腾，实在待不下去了，就又带着他到甘肃陇南、天水、平凉、定西一带，做流浪艺人去了。从此他再没见过忆秦娥本人。但忆秦娥步步蹿红的消息，却是不断地传到他耳朵里。忆秦娥演的戏，也在甘肃的电视上常有播放。十几年过去了，他对忆秦娥的那份心结，仍然是解不开、驱不散。这次回西京，就完全是为了了这场心结而来的。

忆秦娥的出现，惊动了全场所有观众，也更惊艳了刘四团。没有想到，忆秦娥已经是这样充满了气场的大明星。其实她并没有张扬，进来时甚至还低着头。因为舞台上，胡彩香还正唱着《卖酒》。即使是这样低调的出场，还是如一道闪电一样，立即让全场沸腾起来。并且迅速淹没掉了胡彩香的演唱。

刘四团清楚地知道，忆秦娥是三十多岁的人了，但整个形象，还是保持着他当初离开西京时的那股青春气息。只是更老练、沉稳、自信、怡然自得了而已。他在急切等待着忆秦娥登台演唱。他的心鼓，已经敲得比黑脸胡三元手下的鼓点，更急切、更有力，也更似珠落玉盘般地错杂乱弹了。

忆秦娥终于上场了。

忆秦娥开口唱的第一板戏，是《断桥》里的"西湖山水还依旧"。

因为长期跟着他伯古存孝的原因，刘四团对秦腔一直保持着天然的接触兴趣。尤其是对忆秦娥的那份暗恋，更是让他始终关注着秦腔演艺界的各种动态。无论跟古存孝，还是跟着他的煤老板，还是自己摇身一变成为煤老板，他都在爱流行歌、流行音乐之余，保持着跟秦腔时有时无的联系。终于，他觉得自己是可以有资本，来西京会一会忆秦娥的时候了。他是带着向往，带着激情，带着团队来的。名义上是想在西京投资，要谈一些挖煤以外的生意。但一切的一切，还都是为忆秦娥才展开行动的。煤这东西，见一个日头，就能给他挖出上百万的银子来。做其他生意，也就是图新鲜，赶风潮，混心焦了。成了成，不成打了水漂，也就是图看那串浪花了。

无论怎么说，他到底不是秦腔的行家。忆秦娥唱得怎么样，他还是要竖起耳朵听别人的评价。其实不听也罢，光看着那张让他动心动情了十几年的漂亮脸蛋，就已足够足够了。让他感到震惊的是，在灯光下，这张脸，的确是比十几年前更加棱角分明，韵味十足了。他觉得这次行动，是真的决策正确、行动果断、意义重大了。他不免感到一阵兴奋。

忆秦娥第一板戏快唱完了。

跟班走到他跟前，问怎么赏。他们在别的地方，是也进茶社听过戏的。大西北秦腔茶社的规矩都一样。刘四团举起了一根指头。跟班还问了一句："是不是一万一万地加？"他说："按我说的办。"跟班回答："好嘞。"

就在忆秦娥唱到"手扶青妹向桥头"时，拖腔还未收住，掌声已爆响起来。只听报账的，激动得声音都有些颤抖地喊道：

"刘老板，搭红，一万条——！"

顿时，全场观众呼地站起来，都要看看这个刘老板是谁。一万条就是十万元哪！这在西京茶社里，还是没有听过的搭红数字。当确证，这是事实时，茶社的顶棚都快让欢呼声掀翻了。

接着，忆秦娥开始了第二板唱，是《狐仙劫》里的"救姐"。当唱到快结束时，跟班又过来悄声问数字，刘四团给了两根指头。其实这时，观众听戏的兴趣已经不大了，都在看着刘老板的反应。当他轻轻伸出两根指头的时候，立即就引起了共鸣，他听见身边人都在议论：

"天哪，要上二十万了。"

"今晚这戏好看了。"

"来了真神了。"

紧接着，报账的人，就比先前更激动十倍地报出：

"刘，刘老板，再，再搭红，两万条——！"

大家已经不知道该怎么表达这种惊奇、诡异、兴奋与冲动了。许多人干脆把巴掌已发不出的声响，全都转移到桌子、凳子与茶壶、茶碗上了。连茶社老板都激动地跑上去，抢过报账人的话筒喊叫：

"诸位诸位，诸位女士先生，哥们儿弟兄，还有姐们、妹们：今晚茶社是遇见贵人、遇见高人、遇见真人了！感谢刘老板屈尊枉驾，让我们蓬荜生辉、大开眼界了！我宣布：所有酒水一律免单！请各位陪着吉星高照的刘老板，玩个高兴，玩个痛快！"

就在这时，大家突然发现忆秦娥已经下场了。并且乐队上的几个人，都在惊慌失措地朝她下去的方向看着。好像有人还在阻拦。放在平常，有老板搭红，演员是要说一串感谢话的。如果搭得多，感谢话的分量也得加长加重。可今晚，忆秦娥在第一板戏唱完后，面对十万块钱的搭红，竟有点不知所措。她又一言未发地唱了第二板。当第二板戏唱完，搭红竟然又翻了倍时，有那观察细致的观众就发现，忆秦娥是脸色极其难看地下场了。这种情况过去也是有的。兴许是老板舍得掏钱，演员需要更充分的准备，下去喝喝水，擦擦汗，跟乐队商量一下，再唱什么最来劲。可今晚好像不是这样，忆秦娥下去后，是不停地有人在朝回拉。大家就觉得更有好戏看了。终于，忆秦娥还是被茶社老板再次请上台了，并且他还补了几句话："忆秦娥老师非常感谢刘老板，觉得搭红是不是有点多。可我要代表秦腔观众说句心里话，咱忆老师的艺术水平，就是一晚上拿一百万，也是值当的。（掌声再起）这不是我说的，而是一个华侨说的。她说忆秦娥的秦腔艺术，在她心中，价值就是一晚上一百万的含金量。（掌声、欢呼声更甚）"

忆秦娥急忙拿过话筒说："经当不起，真的经当不起。以后千万别再说这样的话，要再说，我就真的不好意思来了。我就是个普普通通唱秦腔戏的演员。一晚上拿到我觉得适合的报酬，能养家糊口，就心满意足了。多的真的是经当不起，给了我也不能拿的。谢谢这位好心的老板！戏迷朋友们，下面，我给大家演唱《游西湖》里《鬼怨》那段唱：'屈死的冤魂怒满腔'。"

在忆秦娥演唱这板大唱段时，刘四团一直在思考着怎么搭红的问题，到底搭多少合适？其实茶社老板如果没有那句话，最后一板戏的红，他就是要搭到一百万的。今晚他豪车的后备厢里，提着几百万现金呢。他是想一步步把级升到一百万的。可没想到，茶社老板提前给他把气放了。放了就放了，看忆秦娥的样子，如果这板戏上到三十万，也许就不再唱了。她到底是什么心思，他还没有搞明白，很可能觉得这是一场儿戏吧。几十万几十万地上，还反倒没有几百块、几千块上得实在。在茶社这地方，趁锅里热，胡乱喊叫搭红，最后当了混世魔王、滚刀肉，而一拍屁股走人的，也大有人在。为了让她相信这是真的，不如一步到位，直接把一百万端出来。以他这几年的经验，把钱上到这个数，已经是没有不动心、不脱光、不举起双手、不伸出白旗、不缴械投降、不背叛出卖、不父子反目、不颠倒黑白、不里应外合、不陷害荼毒、不杀人灭口的了。今晚似乎也没有必要再把戏朝下唱了，加快节奏恐怕是必要的。

当忆秦娥把这板大悲剧唱到快完的时候，他起身，用肩膀接住了跟班即时披上的黑风衣。他朝一直给他空着的主桌走了过去。

就在他落座的时候，突然又给了跟班一个手势，那是一个挥手的动作，意思是让把什么东西拿上来。

另一个跟班就提着一个密码箱进来了。

所有人的眼睛，就都盯到这个密码箱上了。

在阵阵骚动中，忆秦娥唱完了戏的最后两句：

> 一缕幽魂无依傍，
> 星月惨淡风露凉……

当忆秦娥还深陷在悲剧的巨大痛苦中不能自拔时，报账的已经喊出：

"一百万！刘老板，拿出了现金，一百万！一百万哪！明天该是轰动西京的大新闻了……"

奇怪的是，观众被这惊天搭红，震得全都傻愣在了座位上。

茶社在那一瞬间，甚至静得掉下一根针来，都能听到当啷一声响。

这时，有一个人走到刘老板跟前，拍了一下他的肩膀说："四团儿，是不是刘四团？在宁州，跟着那个姓古的老艺人，前后接大衣、披大衣的那个小伙子。是不是？我是胡彩香的老汉，张光荣，记得不？"

刘四团隐隐糊糊记得，这就是扛着一米多长管钳，老要打胡三元的那个家伙。

到底还是有人把他认出来了。

十五

忆秦娥做梦都没想到，今晚会出这等怪事。其实最近已经有些老板，在用抬高搭红数额，挑战她的底线了。有的甚至把话说得很露骨，问她晚上能不能去酒店。还有人在私下打听，搭多少红可以把忆秦娥领走？虽然因她的矜持与防范，暂时还保持着安全的进退距离，可危机已是十分明显的了。她在艰难应对，也在考虑着如何抽身的问题。这里已经成为演员的染缸。正经唱戏，挣钱越来越困难。她不想把自己的声誉搭进去。其实已经有人把她进茶社唱戏，说得乌七八糟了。都说省市还有好多秦腔名流，是坚持着，绝对不进这些地方唱戏的。可宁州团的老乡，还巴望着她撑持台面。她一离开，也许他们立马就得卷包走人了。而回到宁州，靠唱戏是没有任何来钱路的。正在她犹豫不决的时候，这个刘老板就把她逼到绝境了。

说实话，忆秦娥是不喜欢别人搭红出格的，一旦出格，她就觉得浑身不自在。好几次，在场子吵得最热的时候，她就借故嗓子不好，把那种无序升温终止了。靠唱戏挣钱养家，天经地义。她愣是不希望唱出什么幺蛾子来。可今晚，这位都说打扮得像《上海滩》里许文强的刘老板，一上来，就把"红"飙到了十万元。一下让她失去了防守底线。她当时就想退场，可毕竟才唱了一板戏，有些不好脱身。但她没有像过去那样，哪怕观众只搭了十条、二十条红，几百块钱，也要鞠躬致谢。十万块呀，她没有一句答谢词，这让所有人都有些震惊。好在她还是接着唱了第二板戏。当第二板戏唱完，刘老板又把搭红提高到二十万元时，她再也坚持不下去了，终于在满场的混乱中退下台来。她舅胡三元已经看到了她满脸的不高兴。胡彩香老师也急忙上前把她挡住了。只听她喊叫："这是干什么？这是干什么？这还是唱戏吗？这还能往下唱吗？"大家都没见忆秦娥发过这么大的脾气。一些人还不大理解：有老板愿意"脑子进水"还不好？钱赚多了还咬手吗？要不是茶社几个人拦着，忆秦娥已经冲下楼去了。这时，一个劲在台上答谢着刘老板的茶社老板，三步并作两步地跑下来，差点没给忆秦娥跪下磕头了。他是一再挽留，要忆秦娥无论如何再上去唱一板："好歹得唱个三回圆满不是？"她没想到，这第三板戏，就把秦腔茶社的百万天价创造下了。

忆秦娥是绝对不接受这一百三十万的。她要她舅和宁州团的所有人都别接受。她舅立即响应道："听娥儿的，别要了，这不是我们正当唱戏的价码。要惹事的。"说着，大家就开始收拾摊子，准备离开了。这时，张光荣突然跑过来说："哎哎，你们猜那个刘老板是谁？谅打死你们也都猜不出。他就是当年那个古老艺人的跟班，记得不？就是老给古老师接大衣、披大衣的那个跟屁虫。"大家一下都傻愣在那里了。

还没等张光荣继续把话说完，刘老板已经走到忆秦娥面前了。他摘下墨镜，把披在身上的黑风衣朝后一抖，跟班十分准确地接在了手中。大家仿佛又看到了昔日他给古存孝接大衣的那一幕。

"还记得我不，诸位？"刘老板刘四团开口了。

大家都没人回话。面对这样大的变化，就跟变戏法一样的天地翻转、阴阳倒错，谁也不知该说什么好了。

"忆秦娥，成大明星了。当初我伯古存孝给你排戏那阵儿，我可是也没少为你服务呀！还记得吗？"

话说到这里，忆秦娥倒是感到了几分亲切，她急忙问："我古老师呢？"

"走了，都走好几年了。"

"啊，走了？怎么……走的？"忆秦娥问。

"在带一个业余剧团出去演出时，拖拉机翻了。其他人跳下来了，我伯年龄大，反应慢，就连拖拉机一起，翻到沟里了。"

大家半天都没说话。忆秦娥忍不住，一声"古老师"，就"哇"地哭了起来。这些年，她也没少托人打听过古老师，可就是打听不出来。没想到老师已不在人世了。

茶社老板催着叫结账，忆秦娥却坚决不让拿这份钱。在僵持不下的时候，刘四团说："忆秦娥，咋了，嫌我的钱不干净吗？"

"不是这个意思，四团哥。"忆秦娥还记着老叫法，又急忙改口说，"看我，应该叫你刘老板了。"

"别别别，千万别叫刘老板，你就叫我四团哥，听着亲切。至于这钱，你们还是拿上吧，这对我，也就是一点毛毛雨啦。"刘四团说着，嘴角掠过了一丝轻快。

一个跟班就急忙插进话来："刘老板是开煤矿的，可大的老板了，见天随便都能赚这个数。"

刘四团还把跟班瞪了一眼说："就是个挖煤的，煤黑子。什么大老板小老板的。忆秦娥才叫大老板呢。全国都有了名声，那还不大老板吗？"

任刘四团和茶社老板怎么劝，忆秦娥都坚决不要分到她名下的"红利"。那是一百三十万的百分之六十。为了把真金白银弄到手，茶老板愿意让她拿百分之七十，甚至八十。可她到底还是严词拒绝，只收了五万元。并要她舅，当场全部分给宁州老乡了。她还对茶社老板说："你也只拿五万元好了，这已是不小的数目了。把剩下的，全退给刘老板吧。"刘四团坚决不要，可忆秦娥已经转身下楼去了。刘四团就急忙追下来，死活要用车送。这时，在刘四团的车前车后，已经围下了好些看热闹的人。忆秦娥硬是把脸翻了，都没上他的豪车。最后倒是答应，宁州老乡明天可以在一起吃顿饭。她也是想了解古老师离开西京以后的事。

第二天中午，刘四团在一个五星级大酒店摆下一桌。忆秦娥就把宁州团的人，全都带来了。满桌就听刘四团一个人在海吹神聊着。所有人都没想到，古老师的跟班刘四团，竟然还是这样一个"大谝"。过去，这可是三棍子都闷不出个响屁来的人啊。忆秦娥不断把话题朝古老师身上引着。可他说几句，就又拐到煤矿，拐到认识哪个哪个大领导，还有到泰国怎么跟人妖照相、到澳门怎么赌博上去了。再么就是，他的手机值多少钱，手表值多少钱，皮鞋值多少钱，皮带值多少钱。说得高兴了，他甚至把一只价值上万元的手枪打火机，先是

"嘭"地朝张光荣开了一枪，然后又"啪"地扔过去，说是让他拿去耍去。张光荣死活不要，他就"日"的一下从窗口撇出去了。他说他送给谁东西，不喜欢谁不要，看不起人咋的？忆秦娥见实在聊不到一起，就说下午还有事，起身先走了。

忆秦娥想着已经给他面子了，戏钱拿了五万，饭也吃了，依她不卑不亢的态度，也该让他就此打住了。可没想到，这才仅仅是开头。更加猛烈的火力，更加生死不顾的强攻，还在后面呢。

忆秦娥自打见刘四团第一面，就觉得他这次是有想法而来的。那种神气、目光，都是掩饰不住的。让她难以想象的是，曾经那么猥琐、老实、蔫瘪，连正眼都不敢看别人一下的人，忽然一天，竟然生长出了这样张扬的姿势。是有一种世间一切，他都可以摆平的超然自信了。挂在他嘴边的话，就是这世上没有办不成的事。连他的大跟班，也在不停地给她递话说："刘总可厉害了，好多领导都围着他转呢。你信不，哪怕离西京千儿八百里，他电话一打，晚上牌桌支起来时，保准不会'三缺一'。"任他说什么，忆秦娥也不感兴趣。她感兴趣的，还是古存孝老师离开西京这段时间，都是怎么过活的。可刘四团又总是没兴趣讲这些。他一开口，就是自己怎么过五关斩六将的事。要么就是与金钱、与物质有关的任性显摆。她藏着，她躲着，连茶社戏，也有好些天没去唱了，就是为了回避他。可刘四团还是想方设法地约着，堵着，要跟她见面。

一天，刘四团终于把她堵在家里了。

也许是这家伙放了眼线，怎么就那么准确地知道，她娘那天带着刘忆到她姐家玩去了。她刚洗完澡出来，还以为是娘回来了，也没从猫眼朝外看看，就把门打开了。谁知进来的是刘四团。她还穿着睡衣，并且是夏天的睡衣，很薄，也有些透。一下让刘四团和她自己都傻眼了。"怎么是你？"她就下意识地把紧要部位捂了捂，急忙进卧室换衣服去了。等她换衣服出来，小客厅里，就搬进冰箱、电视机、洗衣机、皮沙发等好些样东西来。

"你……你这是干什么？"

"我看你的那些东西都不能用了，就给你买了一套新的。"刘四团说。

　　"不要不要，真的不要。我那些都是结婚时才买的，还都挺好的。"

　　"正因为是结婚时买的，才更应该彻底换掉。"刘四团说这话时，分明带着一副新主人的口气。他说："电视才24英寸，还是国产的。冰箱也是单开门的。我给你换的都是日本原装进口货，目前国内最好的品牌。洗衣机还是德国的，带自动甩干烘干。把一切事都省了。沙发是意大利真皮的……"

　　"你别说了，不要，我都不要。"忆秦娥似乎有一种旧戏重演感。十年前，刘红兵就是以这种方式，把她的生命空间一步步强行占领了的。她再也不能接收这种业不由主的强占方式了。

　　搬东西来的人，正在把旧电视、旧冰箱、旧沙发朝出抬。忆秦娥看制止不住，就突然把脸变了："都给我住手！这是我的家，一切得由我说了算。请把你们的东西都搬出去，必须搬出去！我不喜欢这样做。刘四团，刘老板，请尊重我。"

　　刘四团顿了一下，就挥手让人把东西又搬出去了。

　　有一天忆秦娥没在家的时候，刘四团是来过一次的。她娘在。他就把家里整个转着看了一遍，把该换的东西都记下了。本想搞个突然袭击，让她美美惊喜一番，没想到，忆秦娥竟然是这样一副神情，让他还挺难堪的。

　　他说："秦娥，莫非还瞧不起我？"

　　"不是这个意思。你看我这些东西都好好的，用着也顺手了，让人当垃圾拉走了，怪可惜的。"

　　"啥叫好好的？像你这样的明星，就应该去住大别墅。房里应该有游泳池、有健身房。附近还应该有高尔夫球场。"

　　忆秦娥一下笑得腰都快弯下去了，说："四团哥，你今天该没喝酒吧，咋说这些疯话呢？你在剧团混了这么多年，还不知道唱戏人值几斤几两？还住别墅呢。能住上这单元房，已经是烧了高香了。团里还有好多人连这房都住不上，还在筒子楼里闷着呢。"

"可你是忆秦娥呀，你是秦腔小皇后呀！"

"那都是人抬你捧你，你以为自己就真是小皇后了？"忆秦娥还在笑。

刘四团说："你别笑了。在我眼里，你不仅是小皇后，而且还是大皇后、太皇后呢。"

忆秦娥就笑得有些岔气了，说："我……我有那么老吗？"

"我是说你在我心中的唱戏地位。"

"快别瞎说了，这话要让别人听见，还以为我是疯了呢。唱秦腔的名角儿多得很，太皇太后级的还都活着，我算哪门子皇后哟？你再乱说，只怕有人要上门掌嘴呢。"

"看他谁敢。我说你是秦腔皇后，那就是皇后。你看需要怎么包装，怎么宣传，钱有的是。你这个哥呀，过去穷，是真穷，看人家吃冰棍都流口水哩。今天穷，也是真穷，穷得就只剩下钱了。"

"四团哥好幽默呀。"

"不是幽默，是真穷。如果有了你，我就一下富裕起来了。"

"可别乱说噢，我不喜欢谁开玩笑。"

"不开玩笑。我都进来这半天了，也没说让哥坐一下。"

"坐呀，请坐！"

刘四团就在沙发棱子上坐了下来："能赏一口水喝吗？"

"你看我，都忘了。"说着，她急忙给他泡起茶来。

"秦娥，要说你的变化，的确很大。变得洋气了，大牌了，更有女人味儿了。要说没变，三十多岁了，还跟在宁州演白娘子时一样迷人。并且是更加迷人了。我可就是那时被你迷倒的。直到今天，还犯迷魂着呢。"

忆秦娥又笑了，说："四团哥，没想到十几年不见，你还真变得不敢相认了。啥玩笑都敢开了。"

"不是开玩笑，我那时是真的被你迷住了。并且还跟我伯说过，想让他给你提亲呢。你猜我伯说啥？"

"古老师说啥了？"

"癞蛤蟆还想吃天鹅肉。"

忆秦娥笑得把嘴捂得更紧了。

刘四团说："我伯说，易青娥唱戏的前程，这才是开了蚊子撒（头）大一点头。将来成了名角儿，岂是你能有福消受得了的？真跟了你，你能制伏、降翻？趁早蜷了你那虼蚤腿，也免得时间长了，酸麻得自己都受不了。"

"古老师真逗。"

"我知道那时没我的戏。好在这一天……总算盼来了。"

"你说什么呀？"

"我总算把机会等来了。"

"刘四团，你要再乱说，我可就不让你坐了。"

"秦娥，真的，我是认真的。"

"你认真什么呀？"

"我这次来西京，其实没有其他任何业务。现在煤红火得跟啥一样，还没挖出来，人都排队等着哩。我来西京，就是为了了却一桩心愿的。"

"你别说了，你不要说了。要说，可以说说我古老师，其余的，一概不听。"

忆秦娥说得很坚决。

刘四团就转圜说："好吧，你想听啥？"

"说说古老师离开西京以后的事吧。"

刘四团说："其实也没啥，一切都怪我伯那脾气，走到哪里都不容人。像他那样的老艺人，唱戏其实就是混一碗饭吃，可他偏要说，他是在搞艺术。他的一切背运，都来自那个死不丢弃的'搞艺术'上。我跟他从西京离开后，由宝鸡到天水那一线，走了好多家剧团。有国营的，也有私人戏班子。落脚都不长。都怪他要搞什么艺术，非要把每一本戏，都排得他能看过眼了，才让见观众。好多演员没功，他一边排戏还一边带功，人家都觉得请他，是把'豆腐熬成了肉价钱'。一本戏排三四个月，有时还能耗大半年。演出了也不挣钱，就都觉得请他不划算。有的地方，干脆说他是'揉磨时间''混吃混喝'的。他受不得窝囊气，动不动就让我给他把黄大衣一披，要离开。一边走，他又一边等着人朝回请。结果人家是送瘟神一样地把他赶出来，就再没有回请的意思了。不怕你笑话，我们常常是可怜得吃了上顿没下顿，连饭都要过。后来遇见了一个爱秦腔的煤老板，也弄了个戏班，听说我伯能排戏，就把我们收揽下了。我还给他反复讲，说这是个有钱的主家，得伺候好了。他嘴上也说知道，可一到排戏，就忘乎所以了。不仅啥都要他说了算，而且还把煤老板喜欢的几个女子，骂得狗血喷头，说她们'唱戏是白丁，做人是妖精，功夫没半点，眉眼带钩针'。还说老板是瞎了眼睛。那几个碎妖怪，本来就不喜欢唱戏。人家喜欢的是唱歌跳舞。只因老板爱戏，才改了行的。这下见导演连老板都骂了，就挨个给老板吹风使坏。老板就把我伯撵了。我伯也就是这次离开后，去一个不到二十个人的业余班子教戏，出门演出时，从拖拉机上，一下摔到沟底去了……"

"当时你没在场？"忆秦娥问。

"我没有。自那次被煤老板赶走后，我就再没跟伯走了。那天我们大吵了一架，他让我滚，我就滚了。也实在混不下去了，就像要饭的。我毕竟是二十多岁的人了，也得有自己的生活了。我知道他又落脚一个戏班子后，就回到那个矿上，给老板回了话，把我伯没排完的戏，又接手朝下排。"

"你，还能排戏？"

"跟伯十几年了，啥套路都学了一点。矿上那帮学戏的，与其说是学戏，不如说是图哄老板高兴呢。老板咋高兴咋来，只要把钱能哄到手就行。就我那点戏底子，给那帮人排戏，已是绰绰有余了。最后哄得老板高兴，把他女子都嫁给我了……"也许最后一句话，是刘四团说得激动，一下给脱落嘴了。忆秦娥看见，他是有点想掩饰的意思："不过，也不是一桩啥好婚姻。"

"咋了？"

"这女子是……是小儿麻痹。"

"哦，你是当了人家上门女婿，才发达的。"

"也算是吧。不过现在，这矿已全是我的了。她爸去年突然心脏病发作，正跟人结账，就死在老板台上了。"

"这是你的恩人，你可得把人家女子伺候好了，要不然，会遭报应的。"忆秦娥也不知怎么就说出了这句话。并且觉得这话在这个时候说出来，是那么自然、妥帖、及时且又有分量。

刘四团嘴里胡咕哝了一句："那是那是。"

今天的话，似乎谈到这个份上，就该收场了。可是不，就在刘四团站起来，即将走出房门的一刹那间，他又突然反回身，扑通跪在地上说："秦娥，我爱你，我是一直爱着你的！如果这一生没有得到你，我就是身家有多少个亿，又有什么意思呢？只要你能跟我好，提什么条件我都答应，包括马上离婚。"

忆秦娥立即制止了他的絮叨，说："别说了刘老板。你有这个想法都是有罪的。我绝对不可能跟你好。"

"为什么？因为我有妻子？"

"即就是你没有妻子，我也不会跟你的。"

"为什么？到底为什么？"

"不为什么。就为做任何事情，心里都要觉得能过去。"

"有什么事让你过不去的？"

"不知道。反正过不去就是过不去。我已是三十好几的人了，对人生，还是有点自己的理解了。请你立即离开这里，也许我们还能做朋友，做亲人。因为我毕竟感恩你伯父，是他把我培养成今天这个样子的。他是我的恩人，是我的衣食父母。"

"你为什么就不能跟我结婚呢？"

"且不说我能不能跟你结婚。你跟这样的妻子离婚，心里能过得去吗？"

"事实是本来就没有爱呀。"

"就是交易，到了这个份上，也得讲点因果报应了。"

"你咋跟我伯是一样的死脑筋。我就不信，你把戏唱傻到这种程度了。瞎子见钱都眼睁开，何况你是正常人。好，就照你说的，那要是我不离婚，你愿意做我……情人吗？我可以在西京给你买最豪华的别墅、最昂贵的汽车。还可以让你一家人，都活得荣华富贵起来。我知道他们现在都在西京，都靠你养活。并且你还有一个傻儿子，那个傻儿子也需要钱看病……"

"请闭上你的嘴，不许说我儿子傻子长傻子短的。他是人，是有血有肉的人，是我的亲生骨肉……"忆秦娥已经气得双手颤抖，不知说什么好了，"你走，你马上走！"

刘四团露出了最后一点泼皮无赖相，说："婚不结，情人不做，那你开个价吧！跟我到国外旅游一个月，给你一千万，怎么样？一个月后刀割水洗，人财两清。你还做你的小皇后，唱你的白娘子、黑娘子；我还去守我的破煤窑、瘸腿妻。怎么样？数字不够还可以加……"

忆秦娥终于忍无可忍地咬着牙关说："刘四团，你这次回来，我感觉你变坏了。但没想到，能变得这么坏。你已经是个臭流氓、臭垃圾了。你就是有一百亿、一千亿，我忆秦娥就是沿街乞讨卖唱，也绝不稀罕。滚出去，你给我滚出去！请永远都别让我再看见你。你也永远都别提忆秦娥这三个字。让你提起，对我是一种侮辱。滚！"

忆秦娥狠狠把刘四团推出去，嘭地关上了门。

十六

楚嘉禾生了个龙凤胎。

在跟随轻音乐团出去演出一年多后，楚嘉禾回来时，很快就生小孩儿了。并且是龙凤胎。男人是在海南认识的一个老板，也是西京人，已经在那里闯出了一片天地。楚嘉禾他们在一个露天海滨浴场，驻扎着演出了半年多，跟老公认识不久就怀孕了。结婚，是在怀孕三个多月以后的事。

风靡了好些年的歌舞、模特儿表演，大概因来势太猛，炙手可热，而使举国蜂拥而起。那阵儿，几乎无处不歌，无处不舞，无处不见三点式，无处不见模特儿，无处不睹丽人行。自是鱼龙混杂，相互绞杀。终致一个行业呼啦啦起，也呼啦啦跌地衰落下来。省秦歌舞模特儿演出团成立时，已经是这个行业的抛物线顶点了。等他们乘上这趟疯狂的过山车出门时，其实已是哐哐当当的下滑趋势。虽然一年多，他们也挣了些钱。可这钱，是越挣越艰难。首先是团队太难管理。许多歌手模特儿，都是在社会上临时招聘的。一到外面，各种诱惑，就如同瘟疫一样，很快就摧毁了队伍的免疫系统。一拨一拨的人马，都四散而去，不是投奔了新的阵营，就是投入了新人的怀抱。而后援部队又跟不上。他们走时，尽管家里还留了几个专门培养模特儿的，可后边来的没有前边跑的快。到最后，质量也下降得有点惨不忍睹。连尺寸不够、腿短上身长的也都递补了上去。演出团自然是缺乏了竞争力。最后是自己打败了自己，才溃不成军，从前线撤回来的。这一撤回来，也就跟戏曲队一样，卧在家里了。

　　出去见了大世面回来的人，还有些瞧不起在家里唱茶社戏的留守者。大家的穿戴、谈吐，也都很自然地分开了界线。一帮洋，一帮土。一帮说话时，偶尔还故意夹带着英语、韩语、日语，装着港澳腔。一帮永远是秦腔，还连普通话都说不标准，一说就撂下一个让人忍俊不禁的"包袱"。尤其是楚嘉禾，应该是这次出去收获最大的人了。她不仅收获了爱情、婚姻、双胞胎；而且还收获了巨大的财富。虽然演出收入，还不够她大幅度提升了水平后的化妆、服装费。可老公的房地产生意，老公的豪车、别墅，也都自然是自己的家业、家产了。她老公比她还小了两岁。第一次见她，就被她"逼人的大姐大气质"所折服。"逼人的大姐大气质"八个字，是老公亲口对她讲的。每每从大海中游泳归来，再在淡水中沐浴一番，面对着硕大的穿衣镜，她对自己身上的每一寸领土，都仍然是自我欣赏不已、赞叹有加的。大概从幼儿园开始，一直到小学，她觉得自己的美貌都是没有输过人的。即使在宁州剧团的演员训练班里，大家对她美貌的评价，也是四个字："鳌头独占"。没想到后来杀出个忆秦娥，竟然就把她"天王盖地虎""宝塔镇河妖"了。到底是角色漂亮，剧中人漂亮，还是本人漂亮呢？她也反复研究过，得出的结论是：演员一旦与角色、人物结合在一起，那种美，就超越了自身，超越了本真，而带着一种魔力与神性了。忆秦娥就是这样被推到宁州、省秦"第一美人"交椅上的。她之所以跟忆秦娥争，也许与上幼儿园时，就被一街两行的人，夸赞自己是"天下第一小美人"有关。这种声音听多了，自然是不习惯前边再有别人戳着。戳得远了无所谓。端直戳在自己前行的路当中，并且什么都是人家的好，她心里不免就有了诸多的怨恨与挤对。

这下好了，一切都过去了。她忆秦娥无论哪个方面，都远远落在自己后边了。专员的儿子跟她离婚了，而自己刚刚才入主房地产大亨的东宫；忆秦娥生了个儿子还是傻子，而她生的是健健康康的双胞胎；忆秦娥为了生机，整天得四处奔波，给人家死人唱"跪坟头"戏，在茶社里摇尾乞怜，等着老板施舍"搭红"；而她每天打打高尔夫，到海滨冲冲浪，到温泉泡泡澡，到品牌店看看衣物、鞋帽、包包，再到美容店做做面膜、指甲，就已是安排得满满当当，累得要死要活了。本来生小孩，是要放到海南的，可她嫌那边热。当然，更是为了让省秦那些看不起她演戏的人，尤其是忆秦娥，都好好看看，楚嘉禾现在是什么运势：连生娃都是"双黄蛋"了。其实双胞胎是提前从 B 超里，就已看得一清二楚的事。可她没有声张，没有广播。她得给省秦更进一步制造一些突如其来，制造一些羡慕不已。

为演戏，为上主角，她在这里看了太多的白眼，受了太多的侮辱。直到最后，都没有一个人说她比忆秦娥唱得好，演得好。几乎每个角色出来，背后都是一哇声地议论：连忆秦娥剪掉的脚指甲，楚嘉禾还都没学会呢。这下终于好了，唱戏这行彻底衰败了。她忆秦娥就是有上天入地的本事，也拽不回这"夕阳晚唱"了。

楚嘉禾也听说了西京茶社的不少故事，包括流传甚广的"煤老板一诺掷百万，忆秦娥怒斥乱搭红"的"秦腔茶社神话"。且不说她楚嘉禾对一百万这个数字无动于衷。单说唱茶社戏的下贱，就已是她十分不齿、不屑的腌臜事体了。更何况钱也并未成交。到底是刘四团的诺言，还是戏言，抑或是忆秦娥与刘四团的双簧表演，都已是永久的无厘头迷雾了。

总之，忆秦娥要彻彻底底走出她的视线了。她已不再是她的任何对头、对手了。

一个人，一旦活得失去了对头、对手，也就活得很是乏味、无聊、没劲了。当楚嘉禾每天让保姆用两个小童车，把双胞胎推到院子里转悠时，她和她妈也总是要跟在后面，不停地大声介绍着孩子有关喝哪个国家的奶粉，吃哪个国家的饼干，穿哪个国家的童装，还有诸多关于孩子先天聪明的话题。她老想在院子里撞见忆秦娥，可又总是撞不上。后来她才听说，忆秦娥每天还在功场"号着"呢。她就把两个童车，端直让推到练功场去了。

忆秦娥果然还"提枪抖马"地在练着刀马旦的"下场"。大概是太投入，并没有发现他们的到来。她竟然在连续二十一个转身后，又一个"大跳"接"三跌叉"，然后"五龙绞柱"，"按头"起，"抛刀"，翻一个"骨碌毛"，又"二踢脚""接刀"，再"出刀""抢刀""砍刀""扫刀""切刀""背刀"，然后"亮相"。再然后，"圆场"由慢到快，由"蹉步"到"移步"；由"碎步"到"疾步"；由"鱼吻莲"到"水上漂"。手上还运转着"回刀""托刀""旋刀""埋头刀"的"刀花"技巧。她的整个上身，更是密切配合着"三回头""两探路""一昂首"的"抖马"动作。而后，才见她"挥刀跃马"，扬鞭而去。这是她十七八岁演《杨排风》时，大败辽邦韩昌的"乘胜追击"下场式。没想到，十几年后，不仅动作难度没有简化，而且还有增补提升。这让楚嘉禾立即想到了一种叫"屠龙"的技术。连龙都是子虚乌有的，你练下这般绝技又有何益呢？如果不是这些绝技已变得像梦幻泡影一般毫无用场，楚嘉禾是立马会嫉妒得七窍生烟、口眼歪斜、五官搬家的。可今天，这些"活儿"越漂亮，越绝版，就越显示出了拥有者的落寞、空寂与悲哀。因而，她也就十分释然、坦然地拼命鼓起掌来。

寂静空旷的功场，顿时显得一切都不和谐起来。

"妹子呀，还练呢？练得这么'妖''骄''漂''俏'的，准备给谁看呢？"

累得有些上气不接下气的忆秦娥，弯腰撑着双膝说："没事，闲着也是闲着。"并且还跟楚嘉禾她妈打了声招呼："阿姨好！"

"秦娥好！"她妈说，"你看人家秦娥，始终都是这么勤奋刻苦的。"

楚嘉禾说："闲着打打牌，逛逛街，出去旅游旅游多好。何必还要守着这孽缘呢。十一二岁就把人祸害起，你还没被祸害够吗？还练呢。"

她妈还把她的胳膊肘轻轻撞了一下："说啥呢。"

忆秦娥咧着嘴，笑笑说："锻炼锻炼身体，总是可以的吧。"

"那进健身房呀，练腹肌，练翘臀，练人鱼线去。咱这戏曲练功，完全就是不科学的愚蠢练法，把好多演员都练成五短身材、大屁股了。娥呀，也怪哦，你说我的身材，是练功一直爱偷懒，没练成企鹅、鸵鸟、北极熊。你练得那么刻苦扎实，咋也没成大熊猫呢？"

忆秦娥只是笑，没搭腔。

她妈插话说："你看人家秦娥身上练得紧固的。看看你，得赶快练起来了。就是去健身房、游泳池，也得去啊！"

楚嘉禾说："冬天去海南那边再练。你没看西京这游泳池，脏得能往里跳嘛。哎，妹子，我这次回来，咋还一直没见你娃呢？"

忆秦娥的脸，似乎微微红了一下，但很快又平静下来了。她说："在家呢。"

"他姥姥领着？"

忆秦娥点了点头。

"现在能说一些话了吧？"

"能叫妈妈，叫姥姥，叫舅舅了。"

"爸呢，会叫不？"楚嘉禾问。

她妈又把她的胳膊肘撞了一下，急忙把话题扯到了一边："秦娥，我昨天还见你妈了，挺年轻的。"

"哪里年轻了。在农村做得很苦，来了也闲不下。"忆秦娥说。

她妈说："能劳动是福呀！你看我，在机关养懒了，来给嘉禾照看几天娃，都腰痛背酸的。晚上还失眠呢。"

还没等她妈把话岔完，楚嘉禾又问："儿子能走路了吗？"

忆秦娥还是很平静地回答："能走了，就是不太稳。"

"再没看医生？"楚嘉禾还问。

忆秦娥说："有合适的，还是会看的。"

楚嘉禾说："真可惜了，还是个儿子。不过也说不准，不定哪天遇见个神医，还能峰回路转呢。"

这时，童车里的一个孩子突然哭起来。一个哭，另一个也跟着哭。楚嘉禾和她妈就急忙弯腰哄起了孩子。忆秦娥见孩子哭，也稀罕得凑近去，想帮着哄呢。楚嘉禾却急忙让她妈和保姆，把孩子从练功场推出去了。

从功场出来，楚嘉禾有一种极大的满足感。她觉得把好多气，似乎都在刚才那一阵对话中，撒了出去。虽然有些话并没有说到位，但好像也已经够了。双胞胎朝那儿一摆，其实什么不说，意思也都到了。

事情有时也不完全按一个人心想的逻辑朝前发展。比如楚嘉禾老公的房地产生意，在她热恋那阵儿，还是看不见隐忧的。但很快，就遇见了"冰霜期"。一栋又一栋无人购买的楼盘，日渐成了"烂尾楼"，让那里的房地产行业，突然感到了"灭顶之灾"。还没等楚嘉禾离开寒冷的北方，去享受阳光、沙滩、海浪的温暖浪漫，她老公就从海南撤资，回西京另谋发展了。而那些"烂尾楼"，已经让他几近破产。

另一个让楚嘉禾没想到的是：在舶来的时尚歌舞、模特儿演出日渐萧索时，老掉牙的秦腔，竟然又有起死回生之势。不断有人来省秦要看整本戏的演出。"秦腔搭台，经济唱戏"的包场，也日渐多了起来。全国的戏曲调演活动，也在频繁增加。省秦那帮靠唱戏安身立命的人，又在喜形于色、蠢蠢欲动了。

让楚嘉禾感到十分痛苦的是，就在这关键时刻，上边突然来搞了什么"团长竞聘上岗"。她的保护伞丁至柔，在第一轮演讲投票时，就被淘汰出局了。据说票数连三分之一都不到。有人分析，给丁至柔投票的，只有出门挣了钱的歌舞模特儿团的人。关键是好多人都已离开了。而"戏曲队"的人，还有团里的行政机关，都正憋着一股火，要"清算丁至柔分裂省秦的罪行"呢。都嫌他当了几年团长，犯了方向性错误，把省秦带向了灾难的深渊。他自己倒是"吃美了，逛美了，玩美了，拿美了"。秦腔却被他"害惨了，坑苦了，治残了，搞瘫了"。他不是继续当团长的问题。而是"撤销一切职务，以谢省秦"的问题；是"不'杀'不足以平民愤"的问题。

最终，那个女里女气的薛桂生，给高票当选了。

这个活得跟"娘儿们"一样的薛桂生，一调来，就跟忆秦娥配演了许仙。以后又到上海学习、北京进修。他还从学演员转向了学导演。折腾得就没消停过。团里不景气了好几年，他却玩了个华丽转身，回来竞聘团长，说得五马长枪、头头是道；听得人一愣二愣、满耳生风。另外几个竞聘者，几乎完全不是他的对手。他们说来说去，还是丁至柔当初管理业务科那一套：不是要实行计分制，就是要打破铁饭碗、加大罚款力度，自然就很是不受人待见了。而那"娘儿们"，是文绉绉地说了美国说德国，说了德国说俄罗斯，说了俄罗斯又说元杂剧。总之，扯拉大，有气派。让人感到省秦是要"扶摇直上九万里"了。都说学跟不学不一样，这个团，也该有个文化层次高的人，来好好带一带了。关键是，这"娘儿们"打的是传统文化即将复兴的牌。把未来的秦腔"饼子"，画得跟"金饼"一样，说省秦从此将走向辉煌，走向世界了。经过如此背运的反复折腾，大家都希望有个黄土生金、时来运转的好日子。薛桂生算是瞌睡给大家塞了个枕头。因此，在第三轮投票时，全团一百七八十号人，他就撸了一百三十四张票。

这个演讲时还翘着兰花指的臭"娘儿们"，就算是得了势了。

省秦又改朝换代了。

十七

忆秦娥在经历了刘四团的那番强攻后，就再没进过茶社唱戏了。她觉得那个地方，也的确不适合再唱了。刘四团搭红一百万的事，虽然她当场拒绝，但还是在社会上传得沸沸扬扬，毁誉参半。并且还有人，又把她当初被廖耀辉侮辱的事，也拔萝卜连泥地捎带上了。演员这行当，一旦名声让社会毁了，很多场合就无法再去了。什么侮辱你的方式都会出现。并且那时你才能真正感到，其实你的身影是十分孤单、无助的。你红火时，那种千呼万唤的场面，在你塌火时，是会用成倍的恶搞方式回敬给你的。就在这节骨眼上，又出了一件事，更是坚定了她不再去茶社唱戏的决心。

大概在刘四团那件事后的半个月，她舅胡三元在茶社里，用鼓槌敲掉了一个老板的两颗门牙，让派出所端直把他铐走了。

事情的起因还是为了胡彩香老师。有个搞建筑的老板，从外县进城挣了几个钱，就整天泡在茶社里听戏。连底下的工长汇报工作，他也是在"叫声相公小哥哥"的戏里进行的。这个人卫生习惯很差，有些茶社，是不喜欢他去捧场的。他一根接一根地抽着黑棒烟，浓痰乱吐，鼻子乱抹。还爱抖腿，一抖就是一晚上。好多人都不愿意跟他坐一桌。他搭红也是抠抠搜搜。一条也搭，两条也搭，十条八条也搭。最多没有超过二十条的。茶社红火时，都是见不得他来的。可一旦冷清下来，也有打电话请他的。那几天，就是茶社老板请他来的。他本来在别的茶社正听着戏呢。有些事真让人说不准，他过去也听过胡彩香的戏，没咋引起注意。可这次来，演员少了，场子冷清了，半老徐娘胡彩香就格外引人注目了。在胡彩香唱完第一板戏时，他甚至禁不住大喊了一声："嫽扎咧！"大概是喊得有点过猛，一下咳嗽得肺都快要蹦出来了。等胡彩香唱过了两三板戏后，他竟然是一反常态地让手下"搭红二十五条"。他这一破纪录，连茶社的老板都感到震惊了，就不停地朝上煽惑。他也就醉了酒似的，从三十条，到三十五条，到三十八条，到四十条。再到四十二条，四十五条，四十八条。直冲到五十条。他的大方，他的自我突破，所造成的效果，甚至比那晚刘四团的效果更加热闹、劲爆。戏结束了，在收摊子时，大家正高兴着今晚的红利时，茶社老板却过来叫胡彩香，说那个廖老板要见胡老师呢。大家当时就一怔。张光荣说："见啥，不见。咱只管唱戏，不见任何人。"茶社老板说："还是见见的好。这是一个捧胡老师的主儿，不要轻易得罪。得罪的不是人，是钱哪！咱总不能跟钱过不去吧？"老板又是打躬又是作揖的，胡彩香就说去见见。张光荣要跟着，老板不让，说光天化日之下，谁还能把你老婆吃了。并且还故意给他支了个差，说厕所有些漏水，让他帮忙看看。张光荣就提着管钳去厕所了。谁知胡彩香过去说得并不好。那廖老板一心想把人领走，说他今晚"放血"凭的啥，还说只要她去他家里唱，会放更多的"血"给她。一个跟班竟然还动手拉起她来。她舅胡三元看在眼里，气得二话没说，拿着鼓槌上去，对着廖老板龇出嘴唇的两颗四环素门牙，就是"哪"的一下，大乱子就惹下了。很快，警车呜呜地叫着来，就把人抓走了。

忆秦娥知道这事后，就急忙打电话找派出所的乔所长。

作为她的戏迷，乔所长现在连茶社戏，也会以检查治安为名，时不时溜进去，要听她唱几口的。有人说，依乔所长的能力，本该是上分局当局长了。可为看戏，误过事情，受过处分，也就长在所长位置上不得动弹了。忆秦娥知道乔所长是为啥受处分的。那还是她演《狐仙劫》时，乔所长连着来看了五晚上戏，让"漂亮、勇敢、智慧、敢于牺牲担当的"胡九妹，把他吸引得一场都放不下。演到第六晚上时，他甚至给派出所的十几号人都弄了票，要大家集体来观摩。说是一次很好的学习机会，让大家看看"狐狸的奉献牺牲精神与勇敢战斗精神"。结果这天晚上，派出所里抓的两个小偷，给翻墙跑了。虽说是无关紧要的"毛贼"，可毕竟是从派出所里跑的。性质比较严重。要不是他过去立过功，差点没把他的所长都撸了。分局局长批评他时，还隐隐约约点到了他"迷恋"秦腔名角儿的问题，让他注意"防腐拒变"。局长说有同志反映，他去看戏时，还老爱把皮鞋擦得贼亮，头发也吹得"波浪滔天"的。气得他当面就顶了局长说："我小小的就爱把皮鞋打得贼亮。啊！你看外国大片里那些警察，哪个是穿着烂皮鞋出去办案的，啊？头发是自然卷，不吹都来回翻着哩。啊。再说咱是去看戏。外国看戏还要穿西服扎领带哩。啊！那两个'毛贼'本来也是要放的。真要关了杀人犯，就是你局长让看戏，我也是不敢去看的。啊！"尽管受了处分，可乔所长当着忆秦娥的面，也从没提起过。局里有人戏谑他说，是"招了狐狸精的祸"呢。他只让人家"避避避，避远些"，可忆秦娥照迷，忆秦娥的戏照看。至于忆秦娥找他办事，那就更是没有不上杆子上心的了。

自她弟易存根来西京后，她就没少找过乔所长。她弟一来，就到处胡钻乱窜。说是熟悉门路，要自己找工作。其实就是贪玩遛街胡逛荡。他以为他姐忆秦娥都"小皇后"了，有多厉害，能上天揽月，下河捉鳖了。结果几次做事闪失，打出忆秦娥的旗号，不是说不知道，就是说你拿个唱戏的吓唬谁呢。气得忆秦娥骂也不是，打也不能。给她娘说，娘还说："你弟不打你的旗号可打谁的呀？"她也帮着找了几个工作，她弟不是嫌钱少，就是嫌老板太操蛋。还有一家，嫌不该把他叫"乡棒"了。反正都一一跟人家"拜拜"了。最后，还是她找乔所长，才帮忙安排了个保安工作。大盖帽一戴，把酷似警服的保安服一穿，她弟倒是咧嘴笑了，只嫌腰上还缺把枪。这下她娘就骂开了："你狗日的是寻死呢，还要枪，咋不弄个土炮架在脑壳上，嘭一炮把你崩死，我也好安生。养下你这个不成器的、发瘟死的、挨炮死的东西。"

这不，刚把弟弟的事情安顿好，她舅又被铐走了。她给乔所长一再央求，说她舅就是她的再生父母。唱戏能有今天，全都是她舅一路拉扯过来的。她让乔所长无论如何都得帮忙。说她舅太可怜了，人好着呢，就是脾气太直，老惹祸。乔所长让她别哭，说等他把事情打问清楚了再说。

到了很晚的时候，胡彩香老师，还有光荣叔他们，都会聚到了忆秦娥家里等消息。乔所长专门来了一趟，说那个廖老板，还是他们县上的人大代表，为这事闹得不依不饶的，麻烦不小。乔所长说："你舅是另一个派出所抓去的，人倒是都熟，但这种事不能硬来，是不是？啊？敲掉了人家两颗门牙，是构成了伤害罪的。啊？这种事，处理办法有两种：一是民事调解。只要能达成双方和解，赔些钱，也就了了。啊？还有一种，就是调解不成，交由法院判决。啊。像你舅这种情况，判个两到三年也是可能的。啊！"只见忆秦娥她娘"扑通"一声，就跪在乔所长面前了，乔所长拉都拉不起来。她一下就哭成了泪人似的喊叫："所长啊乔所长，你是政府，你可要替我那个没用的兄弟做主啊！我兄弟可怜，从小就没了娘。守着我这个没用的姐，把他拉扯到十一二岁，就让考了县剧团。谁知人长得丑些，当不了演员，又弄到武场面敲了小锣。敲着敲着，敲得好，又让敲了大锣。大锣也敲得好，就让敲了鼓了。可我兄弟命硬，都让人家冤枉坐了一回监了。要再进去，就是'二进宫'了哇！快五十岁的人了，还连媳妇都没说下。再一折腾，这一辈子就完了。乔所长，你可要为民做主呀！"乔所长、胡彩香和忆秦娥三个人一齐拉，才勉强把她娘拉起来。忆秦娥看见，她娘把眼泪鼻子，都抹了人家乔所长一裤腿。连亮铮铮的皮鞋，也是湿漉漉地闪着娘的鼻涕印子。乔所长连连说："一定一定。啊。"然后，他一边用卫生纸悄悄擦着鞋上、裤子上的鼻涕，一边商量起调解方案来。

胡彩香自告奋勇，说她去找廖老板。张光荣咋都不同意，说这不是羊落虎口的事吗。忆秦娥也不同意，说胡老师绝对不能去，她说她去。乔所长说还是请律师去说。最后就请了个律师。谁知律师也没谈下来。那个廖老板说，要么就让他用打狗棍，把那个黑脸敲鼓佬的一嘴狗牙全敲下来。要么就让狗日的坐牢去。其他方案一概免谈。这事就没法往下进行了。最后乔所长甚至都出面了，让廖总不要把事做绝，总得给自己和他人都留条活路么。说还是考虑赔偿方案更切合实际些。谁知这个廖总端直开了个天价，说一颗门牙一百万，看他个烂烂敲鼓的，能赔起吗？乔所长说："不要抬杠嘛，啊？纵是门牙，是廖总的门牙，也不值五十万一颗吧，啊？即就是值五十万，人情留一线，日后好相见嘛！啊？"廖总气得当时就想从床上跳起来："跟他相见？呀呸！"喊"呸"时，由于没有门牙，发出的竟是"肥"声。价钱到底没谈下来。以乔所长的意思，两颗门牙，连精神损失费，赔个四五万，已是很可以的数字了。可在廖总看来，赔四五十万都不够他的丢人钱。这事让关在派出所的胡三元知道了，说一分都不能给这个臭流氓赔，他就愿意为这事坐牢。谁要是赔了，把他放出来，他还会去把那家伙的槽牙也敲了。他说他绝对说到做到。忆秦娥她娘气得捶胸顿足地说："你舅一辈子就瞎在这个驴脾气上了，看来是要把牢底坐穿了。小小的就有人给他算命说：这娃一辈子都逃不脱牢狱之灾。你看这命相说得多准哪！"连当事人都是这态度，也就只好交由法院判决了。

她舅胡三元被判了一年。

判决那天，忆秦娥、她娘、她姐、她姐夫、她弟易存根，还有胡彩香、张光荣都去旁听了。由于是茶园子里出的事，一传十，十传百的，因而那天来的演员、乐手特别多。

她舅还是当年在宁州公判大会上的那副神气，头扬得高高的。甚至脸上还带着一丝微笑。但由于半边脸太黑，这丝微笑，不免就透出了几分滑稽感。他不停地抿着龅牙，大概是想让形象更美观一些。他自始至终没有否认自己的犯罪行为。用法律术语讲，叫"供认不讳"。他反复强调，说那两颗门牙是他敲掉的。并且是故意敲掉的。他说他就是要给这种人一个教训：在茶社看戏，得尊重唱戏人。都是养家糊口，没有谁比谁高低贵贱多少的。他说，有两句歌儿唱得好："朋友来了有美酒，豺狼来了有猎枪。"他的最后陈述，竟然赢得了满堂彩。张光荣甚至站起来连喊了三声："好！好！好！"还被法警架出去了。就在他喊好的一刹那间，忆秦娥看见，光荣叔与她舅，是把眼中过去积攒的仇恨，一下化解得一干二净了。

尽管法官一再敲法槌制止，可掌声和喊声还是爆响了很久很久。

在她舅判决完，被押走后，胡彩香、张光荣，还有宁州来唱茶社戏的，就都回去了。

忆秦娥也发誓再不进茶社唱戏了。

为这事，她跟她姐和姐夫还闹得很不愉快呢。

十八

忆秦娥的姐姐易来弟、姐夫高五福到西京城后，一直在找商机。高五福凭早先在宁州倒贩药材，挣了点家底。本来说到西京继续做这方面的生意，可经忆秦娥介绍的几个戏迷，也都是当着忆秦娥的面，说得天花乱坠，背过身，多是应付搪塞了事。看药材方面打不进去，又见秦腔茶社生意好，加之还有个"摇钱树"的妹子，他们就在二环路边找了个地方，悄悄装修起来，是准备借忆秦娥的名气，开个"春来茶社"呢。这事提前他们其实已经给忆秦娥暗示过的，但忆秦娥没听明白，还以为是说别人的事。她娘也直眨眼睛，让他们先捏严，说等弄成了再说不迟。因为她娘听忆秦娥老嘟哝，说茶社越来越去不成了。她娘想，只要能挣钱，又有啥去不成的呢？谁知就在忆秦娥决意不再进秦腔茶社的时候，他们把开业的日子都定下了。忆秦娥为这事很是生气。说为秦腔茶社，都弄下这么大一圈子奇事怪事了，还往里钻。这里面已没有多少干净钱好挣了。可她姐说："只要你去茶社，准保天天爆棚。""问题是我已不能去了。"忆秦娥的态度依然很坚决。她娘本来是一直暗中撺掇来弟，要他们开秦腔茶社的。可自打她弟胡三元被关了监狱后，她也觉得，这好像不是个太安宁的地方。但来弟他们小两口儿，已经把血本都搭进去了。秦娥如果不出面帮衬着点，她也觉得很不快活，就还开口替来弟他们帮腔说话。任一家人再说，再生气，忆秦娥还是不去。最后来弟都哭了，她娘也哭了，她才答应开业那天只去一次。她也果真是只去了一次，然后就再没踏进那个地方。由此，也就把来弟姐和姐夫高五福，全都得罪下了。

忆秦娥不进茶社了，外出"走穴"演出，也是时有时无。她甚至都有些茫然了，不知唱戏这行，还能不能将养一家人的生活。尽管如此，她每天还是要进功场练一趟功，那已经成为一种生活方式了。不练，浑身就不自在。连走路、说话、吃饭，也像是没有了精气神和味道。但练了图啥，她也不知道。只是一种完全没有目标方向感的行动而已。尽管这样，进了功场，她还是要穿上战靴，扎上大靠，戴上翎子，提上各种刀枪剑戟，自我"冲锋陷阵"数小时不息。

有一天，她正练着《狐仙劫》里的一个绝技："缩身穿墙"。突然，身后有人鼓掌喊好。她扭身一看，竟然是秦八娃老师，身边还站着他的"豆腐西施"。

她急忙过来打招呼说："秦老师好！师娘好！你们怎么舍得来西京了？"

秦老师着："你师娘一年卖豆腐，挣好几万呢。我现在都是靠傍你师娘这大款过日子哩。这不，你师娘还没来过西京。这次硬是我煽惑着，把生意都停下了。"

"也真该让师娘来好好逛逛了。这次我全陪。说，师娘都想看些啥地方？"

"你师娘啊，我说看钟楼，她说不看。我说看城墙，她说烂砖头块子垒的墙，有啥好看的。我说看碑林石头刻的字，她说不看。我说去看秦始皇兵马俑，她说不喜欢钻坟墓，看那不吉利。我说那就去看动物园，人家一拍屁股就来了。你就领着你师娘去把那猴子、老虎、河马好好看看，保准喜欢得嘴张得比河马嘴还大。"

师娘就狠狠拧了一把秦老师的胳膊肘，痛得秦老师直叫唤说："家暴。家暴。秦娥，你总算看见你秦老师在家过的啥日子了吧。"

忆秦娥抽出了好几天时间，陪着秦老师和师娘，看了动物园，也上了城墙。还上了钟楼、大雁塔。还逛了街道。她还给师娘和秦老师买了东西。本来说再留几天，去看看法门寺的，师娘是爱拜庙上香的人。可那天晚上师娘突然做了个梦，说家里豆腐摊子跟前，一夜之间冒出好多家"豆腐西施"来，一下把她家的摊子给挤对垮了。师娘是特别相信梦的人，因此急着闹腾要回去。她说生意这事，你再红火，

719

一旦冷几天，搞不好就彻底冷清下来了。无奈，忆秦娥就把老师和师娘送走了。临走的时候，秦老师还感叹，说这次来，没看上一场好戏。忆秦娥不无颓丧地说："只怕以后都难以看上整本的好戏了。"谁知秦老师十分坚定地说：

"秦娥，你信不信我的话，唱戏的好日子又快来了。"

"为啥？"忆秦娥问。

秦老师说："新鲜刺激的东西，也该玩够了。世事就是这样，都经见一下也好，经见完了，刺激够了，回过头才会发现，自己这点玩意儿还是耐看的。"

"唱戏这行真的还能好起来？"

"你等着瞧吧。好好看养着你的那身唱戏功夫就是了。几个轮回过来，你可能还是最好的。"

在车站临别时，秦老师还说了这样几句话："秦娥，我这次来，一是为了让你师娘出来逛逛。二来也是为了看看你。啥我都听说了，包括茶社唱戏的那些事。你都做得好着呢。人其实不需要太多的东西。比如我，帮你师娘一天打两个豆腐，那日子就已经好得睡着都能笑醒了。人哪，就记住一点：做啥事都得把那个度把握好。一旦把度把握好了，它就是天翻了，地覆了，一茬一茬的人被卷得不见了，可你还在，你还是你呀！"说到最后，秦老师甚至还掏出一个纸片片来，说，"秦娥，我听说你在茶社，拒绝了一个老板的一百万'搭红'，当时还真有点兴奋，就随手在一个纸烟盒子上，划拉了一首词，给你念念吧！"

秦八娃老师念道：

忆秦娥·茶社戏

茶社里，

挂红披彩人交替。

人交替，

品茶者几，
问谁听曲？

钓竿纷乱垂佳丽，
纵抛百万鱼鳞逆。
鱼鳞逆，
洞天别启，
废都有戏。

秦老师不知道，她实际是拒绝了一千万。至今回想起来，她也糊涂着，怎么当时会有那么大的勇气，把自己实在需要得不得了的一笔大钱，竟一口回绝了。事情过了很长时间，她心里还扑通扑通乱跳着。跳什么呢？她不知道。反正那是一笔大钱，够她忆秦娥花几辈子，也够易家人花几辈子了。当时她是多么缺钱哪！可这钱她不能要，她也说不清为什么不能要，可就是觉得不能要，不能要，不能要。就是不能要。这一点她很清楚。即使出门挨家卖唱讨赏，她也是不能花这种龌龊钱的。

秦老师把词念完又说："记住我的话，把戏看重些，其余都是淡闲事。再红火的事都是过眼烟云。啥都能没了，可戏没不了。一切还会好起来的，不信你等着瞧。"

难道秦老师还是能掐会算的人？果然，在他来西京不久，省秦的歌舞模特儿团就彻底解散了。连丁至柔，也栽在这个上面，把团长都丢了。

竞聘上岗的团长薛桂生，一上任就说是要排秦腔大戏。并且是要从重排《狐仙劫》开始。他说这个戏在十年前出来时，无论审美价值还是思想价值，认识得都远远不够。今天已有重新认识的必要了。

秦腔《狐仙劫》就重新上马了。

十九

　　省秦腔团在近十几年时间里，已经历了两次大的折腾。第一次是"单仰平时代"的折腾：上级硬是要求"名角儿挑团"。把一个团分成两个演出队，让忆秦娥和另一个名角儿当了团长。也就是有名的"忆秦娥一百九十四天新政"。最终以"垮台"而"逊位"。省秦里边不缺会说怪话的高人。他们总是要把团里的大小事情，说得跟历史重大人物和事件一样玄乎。他们说"单仰平时代"结束后，又迎来了"丁至柔时代"。丁至柔依然把省秦分成了两个团。"单时代"的两个团还都在唱戏。而"丁时代"的两个团，一个走了"旁门左道"，一个成了"老马卧槽"。单位是一再上演着"三国演义"。分了合，合了分，只是缺个"久"字。时间都极短。但"三分天下"，甚至"四分天下"的势力，倒是形成了。"薛娘娘"之所以能高票当选，除了"嘴能掰掰"，也与他来团时间晚，来了又不停地出去学习，跟各方势力都没有太多"咬合"、角力有关。要不然，哪能轮上他主政呢？这个"渔翁"，实实在在是在"鹬蚌"互酣互钳的当口，侥幸"登基"的。

　　薛团"登基"后，第一件事就是抓集训。荒废的时间太长，好多人的腿，都自谑为"铁撬杠"了。压不下去，踢不起来。"圆场"跑得就跟颠簸在坑洼不平的路上一样，教练不停地喊叫："小心，小心，小心把牙磕了。"惹得功场不时发出哄堂大笑声。戏曲队那些一两年没进过功场的人，都变得发福起来，被模特儿队的嘲笑为"肉厚渠深队"。"渠"是人体的沟槽部分。而歌舞模特儿队的，又都不会了戏曲的走路，上场便是"霹雳"的蹦跳，"猫步"的仄仄斜斜。也被戏曲队的嘲弄为"疯人院队"。唯有忆秦娥，仍是身轻如燕，弹跳如簧。她把腿随便爹起来，脚尖就在耳旁。"朝天蹬"连扳都不用手扳，一只脚就端直横到了头顶上。"走鞭""蹚马""搜门""下场"起来，更是虎虎生风，技艺不减当年。几乎每走一个动作，都有人要自发地为她鼓掌。也只有在这时，大家才突然感到，戏曲原来是这么有魅力、这么有难度的艺术。那些自豪着能走模特儿步、能跳各种流行舞的人，突然感到了自己脚下的轻飘。

忆秦娥又一次曝亮在全团人面前了。

那天楚嘉禾也来了。以她本来的心劲，是要彻底跟这个团拜拜的。可没想到，世事有那么奇妙，好日子还没享受几天，就在一夜之间，几乎彻底崩塌了。她老公把资金全都投在海南房地产上了，并且还有不少外债。撤回来，说是另谋发展，其实就是躲债来了。虽说剧团这点工资，已不够她一月的零星开销，可毕竟是固定收入。她妈就给她反复强调说："还别说女婿生意败了，就是不败，也不能丢了自己的饭碗。这是底线，这是最后的保障，最后的退路。省秦毕竟是国营剧团，就是垮了、撤了，也是要发生活费的。女婿的生意，毕竟是女婿的。他缠了一屁股债，咱也别卷得太深，看看行情再说。还是先回团上班，顾住自己为妙。"让楚嘉禾挠心的是，丁至柔也下台了。团上没个靠山，弄啥都不方便。她妈就说："事是死的，人是活的。枕头、靠山，都是可以重找的。就不信那个'薛娘娘'，还是包公、海瑞了不成。"楚嘉禾就来参加集训了。她觉得，忆秦娥也倒不是故意要表演，可那身刀马旦的真功夫，已然是把全团都震翻了。她脑子突然"嗡"地响了一下，感到已经远去的那种日子，可能是又要重返了。

薛桂生连着抓了三个月的集训后，开始排《狐仙劫》了。

这次导演，是薛桂生自己亲自担任。他觉得，无论从哪个方面讲，省秦都得振奋一把了。而剧团要振奋，那就是出好戏。出"一拳头能砸出鼻血的好戏"。一个再乱的团，只要出了好戏，队伍也都显得好带起来了。

薛桂生接手的，的确是一个烂摊子。从丁至柔分团起，先后三年多，戏曲基本是瘫痪状态。当然，这也不能都怪了丁至柔。全国的大气候，让好多剧团都改行唱歌、跳舞、走"猫步"去了。这一收揽，自然是矛盾重重、百废待兴了。但矛盾再多，都得用业务这个牛鼻绳穿起来。而要抓住业务的牛鼻子，就得业务上过硬的人站出来说话。剧团这种单位，业务上没有几把刷子，是会被人当猴耍了，而还不能自知的。因为专业性太强，几乎小到一件服装、一个头帽都是有大讲究的。不专业，就无法开展工作。他首先想到了忆秦娥，想让忆秦娥做他的副团长。

自他调到这个团做演员起，就跟忆秦娥在配戏。配的第一个戏就是许仙。让他哭笑不得的是，忆秦娥的老公刘红兵，那时就跟防贼一样防着他。每晚演出，刘红兵都要在侧台、或者台下不同的角度，到处观察，看他跟忆秦娥的亲密程度。他的确是很喜欢忆秦娥这个演员。同台演出，特有感觉。但他却从来没有动过其他邪念。他老觉得忆秦娥是神圣不可侵犯的。并且这孩子——其实忆秦娥只比他小了八九岁，但他喜欢这样叫她——是不甚懂得男女风情的。除了演戏，还是演戏。演戏以外，她就基本像个傻子了。尽管她也不喜欢人称她傻子。尤其是她生了一个傻儿子后，就更没人敢当她面提"傻"这个字眼了。为跟忆秦娥演戏，他先后挨过刘红兵的"铁拳"，还挨过刘红兵的"铁蹄"，并且是正踢在交裆处的。那阵儿，他还挨过一次黑砖，但抢砖头的人没看清，他也就不能说一定是刘红兵了。可想来想去，除了刘红兵，那阵儿还有谁能抢他的黑砖呢？刘红兵能跟忆秦娥离婚，是他意料中的事。因为他咋看，这两人的搭配都是一种人生错位。究竟错在哪里，他也没想清。反正觉得就不是一路人。尽管刘红兵对忆秦娥的爱，那也是情真意切、要死要活的。总之，他对忆秦娥的感觉，就一句话：一位真正活在艺术中的表演艺术家。他走了不少省级剧团，像忆秦娥这样唱念做打俱佳的角儿，还是凤毛麟角的。

他是真的希望忆秦娥能出山帮他一把。其实什么也不需要她去做，把艺术标高立在那里就行了。可找忆秦娥谈了几次，她都坚决不上。说就让她演戏，别让她当啥子副团长了，她"伺候不了人"。一演戏，啥也顾不上，还得别人来伺候她呢。加上她家里事也多，演戏以外还得照看儿子。当了是个大麻烦。薛桂生看她态度坚决，也就没再找说了。可想当副团长的，却是大有人在。他没想到，就连楚嘉禾也是跃跃欲试的。

薛桂生对楚嘉禾一直没有什么好感。她人长得好，身材也好，是个好演员的坯子。但太懒，好临时抱佛脚。下苦功也是一阵一阵的。而且还爱争角色，爱生是非。总之，也算是省秦的一个人物吧。让他没想到的是，楚嘉禾这回不是来争角色的，而是争副团长来了。

楚嘉禾是晚上到他家来的。

他家其实就他一根光棍。他不是没找过老婆，在新疆就有，后来离了。人家就是嫌他"女里女气的"，不阳刚。他也不知怎么回事，打小在戏校里，就喜欢学旦角戏。人也长得俊俏些，学了小旦，竟然比那些女生做戏还耐看，教练就有意让他唱旦了。直到十六七岁变嗓子，一下成了"公鸭子"声，都说唱旦角没戏了，他才又改行唱了武生。功夫倒是蛮扎实，可身架毕竟太软溜，无论"靠板武生"，还是"短打武生"，他都有点撑不起来。无奈，才改唱文小生了的。他唱过好多戏，但最拿手的，还是《白蛇传》里的许仙。那种瞻前顾后、窝窝囊囊的性格，就是唱文点，唱"娘娘"点，也是不失人物本色的。因此，到了西京，他也就一下在省秦的舞台上立住了。一个人没有家了，时间就特别多。加之他对自己的人生是有很多期许的，也就在演员以外又学了导演。几年下来，竟然把导演专业的研究生学历都拿下了。如果不是省秦招聘团长，他也许还不回来了。在外面排戏，挺自由自在的，并且还赚钱。但问题是，那毕竟是在给人家打工。遇见一个操蛋团长，什么也干不成，就只能挣几个外快而已。可那不是他的目的，薛桂生是对戏剧怀抱着许多梦想的人。唯有自己实际掌控着一个团，这些梦想才可能实现。他总算如愿以偿了。

当楚嘉禾把一块手表（那是价值好几万块钱的劳力士）摆放在他面前的茶几上时，他不由自主地翘起了兰花指，直问："干什么？这是干什么？"

楚嘉禾说："什么也不干，就是来看看薛团，表示祝贺。"

"这可不是祝贺。祝贺拿几颗糖来就行了。"

"这年月，拿几颗糖来祝贺人，不是瓢人嘛。"

"我有几颗糖就行了。这么好的表，我戴不住的。你知道我排戏好发脾气。一发脾气，就爱拍桌子。一拍桌子，表蒙子、表链子就都散架了。我只适合戴几十块钱的表，能看个时间就行。"

薛桂生还以为她是来争角色的。好角色也不敢给她，她拿不动。即使勉强让她挑起来，也是会让整本戏大打折扣的。谁知楚嘉禾这次来，是想帮他分担点担子的。不是戏的担子，而是团领导的担子。当她转弯抹角把这事说出来时，几乎把薛桂生吓一跳。她是这样毛遂自荐的："薛团，你看我在轻音乐团这几年，开始只是演员队长，到了后期，丁团就让我当副团长了。整个业务，其实都是我一手摇着呢。对这里边的渠渠道道，闭起眼睛都能跑几个来回。你要不嫌弃，我就给你当个帮手。业务这一摊子，交给我，你请放心好了。你就只管当你的龙头老大，排好你的戏。一切绝对万事大吉。别看我是女的，管起事来可厉害着呢。在海南演出那阵，团上都快垮了，我硬是抹下脸，连骂带整治，必要时，白道黑道一起上，最后才把个烂摊子撑下来的。"薛桂生听着头皮都有些发麻。在他的治团理想里，可不是要把艺术家们"连骂带整治"、甚至"白道黑道一起上"的。他觉得对艺术家最重要的管理手段，就是尊重二字。他甚至马上想到了楚嘉禾与忆秦娥的关系。如果让楚嘉禾掌了权，那忆秦娥这个"瓜蛋"，还有半点活路吗？而像忆秦娥这样的好演员，一旦被人用"黑道"所"整治"，那就是他薛桂生对秦腔的犯罪了。这种女人，是绝对不能让她掌握任何权力的。她没有掌握权力的胸襟、德行与基本素养。

任楚嘉禾怎么说辞，他还是把楚嘉禾连人带表，都拒之门外了。他最终选择了一个特别好学的年轻人，做了副手。楚嘉禾为这事，竟然几次见他，都是做的"鬼怨、杀生"状。像是把她得罪得还比较深。

他一走马上任，其实得罪的何止一个楚嘉禾。自从他打出要重排《狐仙劫》的旗号起，就先跟封子导演"结下了梁子"。《狐仙劫》过去是封导排的，要重新打造，并且由他做总导演，封导这一关先是不好过的。

封导自那年忆秦娥带团演出"垮台"以后，头发一夜间就全白了。他说单团长是代他"受死"去了。要不是他老婆那趟死活不让他去，也许塌死的就是他，而不是单仰平了。从此，他就很少出门，也很少再介入团上的业务了。一是他老伴看得紧，不许他出门，不许跟女演员说话，更不许给女演员排戏。一旦不能给女演员排戏，那戏也就基本排不成了。试想有几出戏是没有女角的呢？何况他对以男角为主的"公公戏"本身兴趣也不大。二是年龄也不饶人了，转眼他都是五十七八的人了。薛桂生上台后，也曾请他出山，想让他做业务团长，说把年轻人带一带。可他是一再推辞，拒不受命。理由是干不动了。老伴也死不让干。他说老伴身体越来越差，人都卧床不起了。还不准请保姆。男的用不成，女的不放心。一切还全都靠他打理陪护着。薛桂生还到封导家去拜访过一次，他老伴的确是瘫在床上了。但脑子却还十分清醒，一再强调，不要让封子去排戏。还特别叮咛他说："你当团长的，给女演员排戏，可一定得注意：少黏糊、少对眼、少动手、少加班。搞不好闲话就出来了。封子这一辈子，要不是我看得紧，早让人抹成'花脸猫'了。有时也不是人家要抹，自己的意志就不坚定么。你问问他封子，在美人窝里滚打这些年，他的意志坚定吗？就没出过问题吗？要不是我三令五申，搞不好早都犯严重错误了。就比如那个叫啥子忆秦娥的，名声就很不好嘛。封子还爱给人家排戏。要不是我管得紧，都差点为那个骚狐狸把命断送了。单仰平不就塌死了吗？你说我不管能行？你要当好团长，排好戏，关键的关键，就两个字：建立起正常的同志关系来。尤其是女演员，甭叫娃、甭叫姐、甭叫妹子，就叫同志。忆秦娥同志！知道不？"封导一直在一旁无奈地苦笑着，最后对他说："我家里就这情况，能免老汉不上班应卯，就算是对我最大的照顾了。"薛桂生还说到重排《狐仙劫》的事了。封导说："既然是重排，不是复排，你就放心胆大地排去。我的态度是九个字：不反对；不介入；不干预。"他还说了要请封导必须关心，必须出任艺术指导的事。封导谦虚地摇着头说："就不挂那些虚名了吧。"既然封导给了"三不"政策，并且一再谦让，他也就放心胆大地独自尝试去了。

他对《狐仙劫》的解释绝对是全新的。首先他定位：这是一部具有强烈批判现实意义的魔幻神话剧。他甚至在全剧中，让人物几次跳出狐狸身份，来指斥人间当下丑行。不仅充满了现实感，也充满了离奇、荒诞的浪漫主义色彩。戏中不仅大胆运用了歌队、舞队。而且还把当下最流行的迪斯科、太空舞、霹雳舞，包括模特儿表演，也都悉数嵌入。舞美、灯光、服装设计，甚至包括音乐设计，都是在全国请来的头牌人物。全剧总投入，在没彩排以前，已过了三百万。这在省秦的历史上是开天辟地的。西京文艺界都在传说，省秦要打造一个"瓦尔特"出来了。他自己对此也是信心满满的。

谁知甫一彩排，批评之声铺天盖地。一下把他打击得，瘫坐在团座的那把木头办公椅上，半天起不来。

那天是年关前的腊月二十八，外面大雪纷飞。尽管如此，池子还是坐了个满满当当。有人开始还提议，是不是控制一下人。他说来了都让进。他是想，上千观众的口碑力量，有时不比登报宣传差多少。谁知戏看到一半，就有人议论：这是戏？是杂技？是歌舞晚会？还是时装展销会？

这天，他还专门派人把秦八娃从北山接了来。他看见，秦八娃开始还看得兴高采烈的，到了后来，脸色就越来越难看了。最后甚至把头勾下，都懒得往起抬了。

封导说是不关心，其实一直都在打听着戏的进展。彩排那天晚上，他是早早就拿着请柬进来了。戏演到一半，狐仙们开始跳霹雳舞时，可能音乐动静也有些大，有人说池子地板都快震飞起来了。就见封导突然朝椅子底下一出溜。几个人勉强把他拉起来，只听他嘴脸乌青地说："心脏，是心脏不大对付。一定请转告你们的薛大官人，无论如何，都要把我的名字抠下来。我不是这台戏的艺术指导。我指导不了这样高精尖的艺术作品。领教，领教了！"说完，他就捂着胸口让人搀走了。

演出完后，薛桂生去征求秦八娃老师的意见。秦老师坐在剧场休息室的沙发上，半天没说话。那两只本来就长得很不对称的小眼睛，这下更是失去了基本的关联度，像是在独自斜瞪着两个完全不同的目标。他说："请秦老师好歹说几句吧，我们也好再修改修改。大年初六还要见观众呢。"

秦八娃长叹了一声，然后说："我看还是演原版的好。"

薛桂生脑子嗡的一下就要爆炸了。

休息室坐了一圈主创人员。包括主演忆秦娥在内，大家都十分惊讶地看着秦老师和他。

他想问一句为什么，但没有问出来。这个秦八娃，好不容易把你从北山搜来，就是想着，我薛桂生能重排你的作品，你一定是欢欣鼓舞、大力支持的呢。可没想到，你一开口，就放出这样的冷炮来。

秦八娃问忆秦娥："秦娥，你觉得这样演戏顺畅吗？还像是在演戏吗？你表演起来别扭不？"

忆秦娥只是脱了服装，解了头盔，抹了大头。脸上的妆还没顾上卸，就来听秦老师谈意见了。谁知秦老师端直问到她了，她急忙用手背把嘴一捂，咧嘴一笑，算是搪塞过去了。

秦八娃说："你忆秦娥是装滑头呢，还是真的不觉得这样呈现，没有什么不好呢？"

忆秦娥还是傻笑着。

秦八娃接着说："这么好的演员，这么好的扮相，这么精致的做工，这么奇妙的绝活儿，可惜都被灯光、布景给淹没掉了。一整晚上，我几乎都没看清忆秦娥的脸。山石布景运来动去；天地灯光变幻莫测；台前幕后烟雾缭绕；交响乐队震耳欲聋。这还是演戏吗？这还叫个戏吗？"

薛桂生的脸唰地就红完了。不过他心里在说：这个土老帽，一生住在北山的一个小镇上，的确是太落伍了。让他来看这样的戏，算是对牛弹琴了。

秦八娃的话瘾还给绊翻了："可能我是太老土了，看不懂你们的艺术创新。但我觉得任何艺术，都应该有自己不能改动的个性本色。一旦改动，就不是这门艺术了。戏曲的本色，说到底就是看演员的唱念做打。舞台一旦不能为演员提供这个服务，那就是本末倒置了。再好看的布景，再炫目的灯光，看上几眼，也都会不新鲜的。唯有演员的表演，通过表演传递出的精神情感与思想，能带来无尽的创造与想象空间。太空舞、霹雳舞、模特儿步，固然好看。我不是不爱看，尽管心脏有时也有负担。但我从不反对年轻人去跳、去唱、去走。可硬要植入到戏里，就不伦不类了。戏曲是个有上千年历史的老人了，老人应该有老人的行为处事方式。老人应该沉稳、持重些。活了这么多年，经见了这么多世事，更应该有所坚守了。千岁老人，已不需要用搔首弄姿来吸引眼球了。学时尚，学青春年少的猎奇好动，不是戏曲老人的强项了。一味地效仿，反倒会死得更快。我们重排，是想拯救戏曲，我想不应该是为了加速它的灭亡吧。话可能说得难听了些，但这是我的真实感受。对不起各位艺术大家了，我毕竟是个山村野老，见识浅陋。要想把老戏唱好，我觉得你们荒废的时间长了，恐怕得先补补钙了。姑妄言之，姑妄听之，姑妄听之！"

秦八娃说完，大家都没说话，有点兜头浇了一盆冷水的感觉。不，是浇了一头冰碴。

在朝后台走的时候，薛桂生问了忆秦娥一句："你到底感觉怎么样？"

忆秦娥说："我咋觉得秦老师说的有道理，戏是不是太花哨了？啥都像，就是不像戏了。"

薛桂生这个年过得糟糕透了。他的心，比天地间席卷着的雪花还冰凉。头一炮，好像就没放响。他本来是想把戏曲包装得更好看些，没想到一彩排，就招致这么多的反对声。他只好把希望寄托在见观众以后了。

二十

忆秦娥在排练中，就觉得薛团是太注重外部形式对戏的"包装"效果了。可她始终没敢多嘴。薛团毕竟是有大学问的人了，见识又多，兴许人家是对的。自打秦老师那番话后，她也在思考：戏曲到底是个什么东西？初六见观众后，一部分人说好得不得了，但也有很多人在说，省秦把秦腔要彻底糟蹋了。戏仅仅只演了一礼拜，就草草收场了。主要是成本太高。每演一场，光租电脑灯和外请人员劳务费，就需开支三万多元。而门票收入平均不到三千块。演得越多，赔得越惨。是不得不停演了。她看到，薛团也是受到了很大的打击。有人在背后嘲笑他说："'娘娘'蔫儿了。连兰花指都翘不起来了。"忆秦娥有一天见了封导，封导也在说："这个薛桂生，在外面学了些乌七八糟的东西回来，只怕秦腔是要毁在他手里了。"封导还郑重地对她说，"不管别人怎么胡搞，你恐怕还得朝传统的路子上靠。我也轻视过传统。你记得不，当年我跟古存孝一起排《白蛇传》那阵儿，就太想出新，嫌他是老古董，太保守，太陈旧。思路不同，最后把老古都气走了。也是经过了这些年的反反复复，我才慢慢觉得，唱戏，真是要从老艺人那里继承起呢。所谓创新，其实就是对传统掌握到一定程度后，出现的那么一丁点小突破而已。除此而外，就都是'搞怪''要猴'了。"

忆秦娥也许是从《狐仙劫》的重排中，得到了很多启示。她突然把自己的重心，又再次转移到了向传统老艺人的模仿学习上。也直到这时，她才发现，活着的老艺人已经不多了。即使活着，也都在六七十岁往上了。有名望，而且身上有"活儿"的，甚至都上七八十岁了。前几年，她到北山，还去看望过给她教"枪花""棍花"的周存仁老师。北山戏校在戏曲最红火的时候，把周老师调去当教练。后来遇上戏曲不景气，戏校解散了，一月才给他发百分之五十工资。她还给周老师寄过钱，寄过自己亲手织的毛衣毛裤呢。这才转眼间，她就听说周老师已得肺癌去世了。把忆秦娥从烧火丫头，一步步送到舞台中心的四个老艺人，已经有三个都不在了。仅剩下留在宁州的裘存义，也是病病歪歪的，既教不了戏，也出不了门了。忆秦娥就在大西北遍访能排戏的老艺人，开始了又一轮的艺术"补钙"。但也就在这时，她才慢慢发现，学艺的时间与劲头，已大不如前了。家事与身边的事，已经搅得她迟早都是焦头烂额的。

先是她舅的事。

她舅从监狱出来，人的精神头大减，头发突然也花白起来。她几次想把舅再推荐给薛团长，可想来想去，还是觉得不合适。她就通过戏迷，在郊县剧团给她舅找了个敲鼓的差事。让他先去，说回头再想办法。她千叮咛万嘱咐，要她舅别再耍脾气了。说遇事一定要忍。尤其是要看好鼓槌，激动时，千万别在人家头上嘴上乱点乱敲。事已至此，她舅也不好再说啥，就黑着脸，抿着龅牙，点了点头，袖着自己的那对上好鼓槌，到郊县剧团敲鼓去了。

她舅在一年服刑中，乔所长还领着她去看过好几次的。她还给人家监狱义务唱了戏。听管舅的警察说："你舅在里面就是爱乱敲。反正见啥都要敲几下，不是拿指头敲，就是拿筷子敲。床沿，门框，水管子，逮啥敲啥。连好多犯人的头上、背上、屁股上他都敲过。凡能敲的东西，他都敲遍了。凡能没收的，咱也都给他没收完了。可他拿起臭鞋底子，还用指头敲得哪哪响。叫他去给号子刷马桶，他在马桶上也敲。除了爱胡乱敲外，这人倒是没啥其他大毛病。"她知道，舅这一辈子，除了敲，也真是没有别的任何能力和念想了。她可怜着舅的越混越背。她娘更是一个劲地骂她舅，说："驴改不了傻叫。狗改不了吃屎。骡子改不了炝蹶子。你舅这辈子就算是毕实了心了。"也真是的，谁又能改变舅眼里揉不得沙子、脑子管不住双手的瞎瞎禀性呢？

她姐和姐夫，就为开茶社让她去促红场子的事，彻底闹翻后，有好长时间都不来往了。听说他们把茶社开败后，又改开风味小吃店了。结果小吃店也不兴旺，把一点本钱耗完，还欠了一屁股债。她姐就又来找她想办法了。好在那几年，她在茶社唱戏，还攒了点底子，就一次给姐拿了十好几万，才算把窟窿补上。最近，他们又折腾起了婚纱影楼。还是她帮着凑了点钱，才勉强开张的。她觉得她姐和姐夫也不容易，起早贪黑的，还连着塌火、亏本、"缴学费"。不过终是舍得下苦，拼着命，都想在西京打下一片天地来，也就总是有希望的。

弟弟更好折腾，好不容易在保安公司戴了"大盖帽"，却又嫌管束太大，想出来自己"单挑"。要不是娘拿锅铲美美撸了几铲子，让他别再五花六花糖麻花地给姐添乱，他可能都已从保安公司别跳出来了。

儿子刘忆的治疗，看来是彻底没戏了。孩子转眼也是十几岁的人了。让她和娘调教得倒是能自理一些生活了。娘就老唠叨，让她别再一门心思只顾唱戏。说戏唱到这份上，已是角儿中角儿，够得够够的了。得把婚姻问题解决一下了。娘说再过了四十，还真不好找了。娘一边唠叨，一边又骂起刘红兵来，问她知不知道刘红兵的下落。说是要能找到这货，她都想把狗日的眼珠子抠下来："瞎了狗眼的东西，把我女儿害成这样，不到三十岁就守了活寡。"说着她还呜呜地哭起来。

刘红兵自打跟她离婚后，她就再没见到过。但听人说，他还几次来看过她演戏。只是戴着口罩，勾着头，已不想让人认出他来了。他给儿子的生活费，也是按月打着的。有时会迟些，倒没缺欠过。就是在离婚后，她越来越多地听到了关于刘红兵的闲话。说她得亏跟他离了，要不离，搞不好还能染出一身病来呢。说刘红兵一天到晚，基本都在小姐窝里泡着。还有说得更难听的，说他一晚上能睡好几个。后来，他也打过几次电话，说想来看看她和孩子，她就恶心得坚决不让，并把电话都换了。

刘红兵是把她的心伤透了。

自她离婚后，来骚扰、来谈对象的，几乎见天都有。但她是把这扇门彻底关死了。她甚至对任何男人都有点不感兴趣。无论自己找上门来毛遂自荐的，还是通过他人保媒拉纤的，她几乎一概都笑而拒之。要说这里面的人，也都还是有头有脸的：什么省部级，什么厅局级，什么"相当于局级"；还有部队的将军、大校；集团公司的董事长、老总；也有大学的教授博导。反正不是丧偶，就是离异。有的尚未离异，正在办理。都说喜欢她的戏。其实更是喜欢着她那张酷似奥黛丽·赫本的漂亮脸蛋，还有她的名气。因为来者几乎都在说，他们不仅喜欢秦腔，也喜欢赫本的电影。有的甚至还能背诵《罗马假日》的大段台词呢。但大多数年龄相差悬殊较大，且有的真的是长得歪瓜裂枣：腰粗、腿壮、脸胀、脖子短的。她甚至常常有点悲哀地感叹：难道人一离婚，就这么跌份掉价了吗？她离婚那年才二十九岁呀！即就是年龄相差不大的，她也不愿意见面。刘红兵的确让她对任何婚姻都失去了信心。这一生，她受的闲话已太多太杂太乱。她是真不想再给自己，招惹任何因婚姻闪失而带来的是非麻烦了。可娘天天喊叫，天天催，说她眼看就要"奔四"的人了。"奔"，是朝四十在奔跑啊！这个"奔"字，真是让人一听，就要沁出一头冷汗来。年龄的确是不饶人了。

其实最近倒是有一个人，一直在对她进行着猛烈的进攻。她只是没感觉，也不想再蹚这趟浑水，才不断拒绝、回避着的。

这个人叫石怀玉。

他是一个书画家。一脸的大胡子。说话幽默得能把在座的人笑得满地打滚。关键是他自己还不笑，只看着别人笑傻了的表情，还一脸疑惑地，表示着"这有什么好笑的"的不可理喻。忆秦娥见惯了刘红兵他爸妈那两副不苟言笑的干部嘴脸，就始终不喜欢跟这样的人在一起。哪怕是吃饭、看电视、说过日子，待在一起，都觉得是十分的无趣、别扭、压抑。可自打见了石怀玉，就完全是另一番光景了。她特别喜欢听这个人说话。哪怕他一个劲地说都行，她光用手背捂住嘴笑就是了。笑得实在撑不住了，害怕人说她傻，她就一头打进厕所里去笑，去擦眼泪。擦完，出来还接着听，接着笑。她是有点喜欢跟这个人在一起了。

这个人是在看重排《狐仙劫》时出现的。那天晚上忆秦娥演完戏，正对着镜子卸妆，镜子里就突然闪出个大胡子来。那张毛脸还有些像张飞，把她吓了一跳。她猛回头，是想向他发出警告，让他趔远些。谁知大胡子冲她笑笑说："是不是吓着忆老师了？照说修炼了五百年的狐仙，是不会害怕一个山鬼的狰狞面目的。"她就觉得这个人并无恶意。并且看着他那丛大胡子中间露出的大嘴洞，还有某种令人忍俊不禁的滑稽感。他身旁站着薛团长。薛团长急忙介绍说：

"这是石怀玉老师，大书画家。一直在秦岭深山中，修炼着他的绘画书法艺术呢。我们过去在新疆就认识。这次是专门请他出山来看《狐仙劫》的。他对你的表演评价很高，说一定要来看看你。"

"谢谢石老师鼓励！"忆秦娥一边卸妆，一边还欠起身来，给石怀玉点了点头。

石怀玉急忙说："不敢不敢，千万别叫石老师。看了你的戏，我敢说，就在这个西京城，能经当起你称老师的人不多。如果我都不敢了，那他们也就都得把马朝后抖了。"

薛团长笑着说："你石老师打出生起，就没谦虚过。"

"桂生，你这话可不对啊。我在未满月前，还是很谦虚的，无论谁在身边夸奖赞美，我都是双眼紧闭，以哭拒之，概不领受。知道那是阿谀奉承、名不副实的。"

大家就都笑了。

忆秦娥天生的笑点低，一下笑得把手上的卸妆油，都抹到脖子上了。

也许是秦八娃老师和封导提了意见后，薛团把戏做了修改调整。这个石怀玉，对戏却是大加赞赏。他说这是一个美到极致的舞台艺术精品。尤其是忆秦娥的表演，可以说是展现给了观众一串闪亮的珍珠。而这些珍珠，哪一颗单独提出来，都是一幅精美绝伦的书画作品。

石怀玉最后说："看了忆老师的戏，我是得改行了。"

"你改行做什么呀？"薛团戏谑地问。

"做忆老师的门下走狗。"

"你也学唱戏？"

"在忆老师面前哪敢说唱戏。就是做一条能逗老师开心的宠物狗而已。"

从此后，这个石怀玉就把毛乎乎的脑袋，彻底塞进省秦来了。

他几乎是天天来。一来就朝练功场跑，他知道忆秦娥一准泡在那里。并且每次来，手里还拿着一枝玫瑰，很是郑重地捧在胸前。玫瑰戳着那脸大胡子，显得十分滑稽可乐。

很快，省秦院子里又炸锅了。都说一个毛脸张飞，把忆秦娥给缠住了。那架势，不比当年刘红兵来得轻省、委婉、舒缓。

忆秦娥的花边新闻，就又不胫而走了。

二十一

薛桂生主政省秦后，第一炮没咋打响，他知道全团都在笑话"薛娘娘"了。他在前边走，后边有人把兰花指甚至都快翘到他头顶上了。他也想改变少年时学旦角的那些动作习惯。可咋改，都已是手不随心，身不由己，索性也就随它去了。尤其是那些竞争团长、副团长的"政敌"，几乎快要到忽悠他倒台的时日了。虽然《狐仙劫》也有一些人喜爱着，但作为团长，又是重排导演，戏一推出，引起这么大争议，并且不是为剧本，而是为二度创作，他就不能不顶着巨大压力开始反思了。他突然觉得，也许忆秦娥是对的。这么多年，她以不变应万变，始终坚守着戏曲的基本程式与套路。这次受到普遍好评的，也恰恰是她死死持守的那一部分。当忆秦娥在纷纭的争议中，突然把心思又放到遍访老艺人上，一招一式，传承起那些"老掉牙"的"古董戏"时，他迅速意识到：忆秦娥对秦腔的许多感知，可能是"春江水暖鸭先知"的。虽然从表面看，她永远是最迟钝、最蠢笨、最不懂应变的那个人。

他在暗暗支持着忆秦娥的"复古"行动。并且也在根据忆秦娥的感觉，微调着省秦的"发展战略"。省秦从本质上讲，经历了老戏的十几年封杀后，始终没有补上传统这一课。正是因为唱戏的各种功底都不扎实，而使这个团队，在一有风吹草动时就会摇头晃脑，猴不自抑地变来变去。他觉得，要抓住戏曲回暖的机遇，得从忆秦娥身上做起。

当然，他最近又发现自己犯了个很大的错误，不该把书画家石怀玉，引见给忆秦娥了。

他认识石怀玉还是在戏校学戏的时候。石怀玉整天背个画夹子，到戏校写生，画戏人。石怀玉人很聪明，说话风趣幽默，大家就都很喜欢他。石怀玉说他是在美院上过几天学的，后来主动退学了。他有一个理论，说你见八大山人、齐白石，谁是上过美院的？然后，他就满世界当自由画家去了。他只身到过撒哈拉大沙漠；到过俄罗斯最北端的切柳斯金角；还到过南非的好望角；南美大陆最南端的弗罗厄德角；再然后，他就一头钻进秦岭，好多年都没出来过。他这次出来，是准备办画展的。结果看了一场《狐仙劫》，就被忆秦娥迷住，连办画展的心思都没有了。他前后要薛桂生这个团长"为民做主"：说他要是得不到忆秦娥，这一生可能就毕了。不仅在书画上一事无成，甚至可能连活下去的勇气都没有了。

薛桂生还真有点生气，生气石怀玉怎么是这么一个情种。也四十好几的人了，说起忆秦娥来，竟然还一把鼻涕一把泪的，连胡子眉毛都揉得跟丝瓜架一样乱糟。说只一个月下来，他就相思得瘦了七八斤，手表都成呼啦圈了。他说他没有想到，这个世界上，还有这等优秀的人物。这些年他算是白活了。他还威胁说：你薛桂生要是把这事办不成，我就从你省秦最高的那座楼上跳下去了。

他怎么想，都觉得这是一件很滑稽的事。忆秦娥就是再找一百次对象，在薛桂生看来，也是跟石怀玉呱嗒不上的。石怀玉绝对是个好画家，好书法家，好艺术家。他的作品也的确超凡脱俗。充满了自然山水与生命的灵动与率性，没有匠气，没有铜臭味。一看作品，不用看题款，就都知道是石怀玉的东西。在同时代书画家里，可谓独领风骚。有人甚至断言，石怀玉的东西，是可以传世的。但他毕竟没在世俗的主流圈子里混过。还没有多少人知道他的名头。除了一脸毛胡子，带着书画家的同质性外，西京城里，还没有多少人提起这个名字。而忆秦娥是西京城不折不扣的大名人。把这样两个人弄在一起，总是让薛桂生觉得有点不伦不类。何况忆秦娥是需要找一个能持久相伴的人。在薛桂生看来，石怀玉就是个流浪汉，是个无根浮萍。把他们牵到一起，是不是会害了忆秦娥。他是能帮着忆秦娥打理生活的人吗？忆秦娥就是个戏痴，本来就把生活过得一塌糊涂，再招惹来个更不靠谱的，这日子都怎么朝下混呢？可石怀玉不这样看，他觉得忆秦娥一旦拥有他，会在艺术上平添翅膀，再经历一次华丽转身的。

因为他们从少年起，便有许多交往，因此，石怀玉一来，就敢跟他薛桂生狗皮袜子没反正。他要是不搭这个桥，石怀玉就压住胳肢他，甚至拿毛胡子扎他、乌阴他。他实在是被逼得没办法了，才说让演员们都不妨跟着石怀玉，学学写字画画，算是开了一门艺术修养课。其实是明修栈道，暗度陈仓。忆秦娥自然也就跟着石怀玉学上了。

忆秦娥早先是学过画的，后来七事八事，就耽误下来了。现在团上又安排学，她自是最积极的一个。她觉得戏曲演员是什么都应该会一点的。梅兰芳就跟齐白石学过绘画。她甚至还想着要学古琴的。刚好石怀玉也能弹，并且说弹得还很专业。她就有些很是接受这个有趣的老师了。让她不高兴的是，石怀玉每次来省秦都要拿着一枝玫瑰花。并且还要当着很多人面，恭恭敬敬地献给她。说是献给他心中最伟大的艺术家。她还说过他几次。可这个石怀玉，好像是在秦岭里待得久了，有些不食人间烟火似的，偏要把玫瑰高调捧着。并且一回比一回捧得抬头挺胸。她不让献，他就放在课桌前。其实大家心里，谁又不明白石怀玉的用意呢？都觉得这个人好玩，她也觉得这是人家的一种幽默方式吧，也就随他幽默去了。可事情发展到后来，就不大幽默了。当她感到，石怀玉是有意要跟她谈情说爱时，想由此打住，可已经有些打他不住了。

她开始只觉得石怀玉有才情，画是画得极耐看。尤其是题款部分，不仅字好，而且句句别致风趣。读来让人忍不住要捧腹大笑。她第一次交的作业，是画的一只山羊，腿脚都七扭八裂着。这种情况下，羊是站不起来的。关键是画得还不像羊，有点像狗。大家就都在笑她：说忆秦娥的"狗"，是被谁打得站不起来了。谁知石怀玉拿起毛笔，在画边题款道："坐起来是土狗，卧下去是山羊，坐卧不安者绵羊也。"大家就鼓起掌来。一些人是学画的新鲜感一过，就不来了。还剩下几个，大概是看出了石怀玉教学的"着力点"，也都借故开了小差。最后来上课的，就只剩下忆秦娥了。石怀玉说："终于达到目的了。要再不淘汰完，我还真成幼儿园的阿姨了。"

大概也就是在这时，忆秦娥才听到一些风声，说她跟石怀玉搞对象了。这事几乎把她吓了一跳。怎么能把她跟石怀玉联系到一起呢？她只是觉得石怀玉风趣、幽默、好玩、有才气，仅此而已。若要搞对象，那简直是她想都没想过的事。怎么有人就能把她跟石怀玉往一起勾连呢？竟是出了奇事了。她不得不明确告诉石怀玉，让他别再来了。她也不想学了。她说最近在请老艺人排戏，没时间再学画画写字。然后，石怀玉再来，她就没搭理了。

那段时间，她也的确在请一个老艺人排《背娃进府》。这是清代秦腔男旦魏长生的拿手好戏，早已失传。现在只有一个"汉调桄桄"老艺人还能教。这戏需要高跷功，她就每天给腿上绑了六寸"木跷"，在功场来回走着、练着。

薛团长上任后，在集训方面，出台了一些制度，也曾吸引了一些人来练功、排戏。但也就是早晨集合完后，热闹一阵子。下午和晚上能坚持的，还是只有忆秦娥一个人。那阵儿，功场倒是多了几个家属的孩子，都想跟着忆秦娥学戏。家长们说，娃们学习成绩都不行，家里也没人辅导，即使将来勉强上了大学，回来还未必能进省秦这样的事业单位。都说不如子承父业，早早学戏算了。薛团也在多种场合放出话来：省秦该招一班新学员了。人才已严重青黄不接。既然薛团都有了话，让娃们早点入行，将来考试，也就能近水楼台先得月了。这些父母都教孩子，要以忆秦娥为榜样。说把戏唱到忆老师这份上，就算把人活成活大了。忆秦娥也许是天生喜欢孩子，就都应承下来，在自己练功、排戏之余，把娃们组织起来训练开了。功场一有了孩子，立马就生动起来。

那个石怀玉又像当初的刘红兵一样，任你怎么回避、甩脸，他还是不依不饶地要来骚扰。她甚至都跟薛团告了状。薛团也拿石怀玉没办法，人家说是冲孩子们来的，又不冲你忆秦娥来。石怀玉是背着画夹子在写生，你也不能不给一个画家，提供创作戏曲艺术素材的机会吧？关键是这个石怀玉，很快就跟孩子们打成一片了。孩子要个啥，他就能画个啥。他的线描功底、漫画能力极强。每次来，都会给孩子们画出几张漫像来。有时仅几笔，就让入画的孩子憨态可掬、栩栩如生了。他一天不来，孩子们还要不停地打问，怎么不见大胡子叔叔来呢？我们想大胡子叔叔了。石怀玉把孩子们的心，给彻底俘虏了。孩子们的家长，自是也喜欢起他来。忆秦娥懒得搭理，却有的是人待见。石怀玉画得时间长了，过了饭口，竟然还有人回家，给他做好吃好喝的端来。忆秦娥在心里骂着：这又是一个没皮没脸、死缠滥打的货。嘴上说在给孩子们画画，贼眼睛却是老在矗摸着她的。每天他还是照样拿着玫瑰花，却假装是要献给最听话的孩子了。他除非不开口，只要一开口说话，表面是逗孩子和家长们乐哩，其实每句话的后面，都藏着对她的暗示、进攻、骚扰。你都难以想象，他怎么就有那么多妙语连珠的怪话，就有那么快速机智的反应。

她在心里骂着，却也在心里越来越亲近起这个人来。也许，与这样的快乐生命组合在一起，自身生命也会快乐起来呢。当偶尔有这种想法时，她又会迅速打消这种念头：不可能，忆秦娥是绝对不可能跟这个滑稽的大胡子搞到一起的。可以笑，可以乐，却是不可以在一起生活的。

可时间再一长，发生了一件大事，就让她跟石怀玉走得越来越近了。

二十二

在跟忆秦娥学戏的孩子中，有一个叫毛娃的男孩儿，跟她儿子刘忆一模一样大，连月份都不差。所以她对这个孩子，就特别亲近一些。

毛娃是秦腔世家，到他爷爷奶奶这辈，都已经在秦腔班社里滚打到第三代了。50年代初，他们从私人戏班，被公私合营到国营剧团。擅长演大武生的爷爷，曾以"赵子龙"名动三秦。合营后，改行当了教练。奶奶也是"响遏陕甘"的"刀马旦"。曾演过《佘塘关》里的佘赛花，也就是杨家将里佘太君的青年时期。她曾是戏班里响当当的台柱子，一月拿三份包银的红角儿。进了省秦，也就慢慢销声匿迹了。到了毛娃他爸这辈，赶上了"文革"，但他依然被招进了剧团。毛娃她妈，也是从外县招来的学生。他爸演过《杜鹃山》里的"毒蛇胆"，要归行，算是秦腔花脸行。她妈演过《龙江颂》里的"盼水妈"，属老旦行。他们结婚很晚，生毛娃那年，他妈已是高龄产妇了。忆秦娥记得很清楚，在她生刘忆的时候，省秦是还出生过一个男孩儿的，说产妇差点把命都丢了。就是这个毛娃，六七岁时，他爸就逼着他压腿、劈叉、拿顶、下腰、扳朝天蹬。每每见孩子哭得眼泪汪汪的，可他爸还不依不饶，要用藤条抽他细得跟麻花一样的两条腿。一些人就在背后教毛娃，让骂他爸是"毒蛇胆"。可骂归骂，他爸依然还是要体罚孩子，还是要逼着孩子"冬练三九，夏练三伏"。毛娃一年四季，都穿着一身改装的练功服，腰上扎着宽宽的练功带，屁股瘦得，大人一把就能把两瓣全捏完。他见天拿着大顶、劈着双叉、蹲着马步、跑着圆场。迟早都见他清鼻掉多长，也闹不清到底是鼻涕还是眼泪，反正有一个绰号，就叫"鼻涕"。忆秦娥每每见他爸体罚毛娃，心里都特别难过。她还劝过毛娃他爸，说娃既然不愿意练功，又何必非要让他再入唱戏这一行呢？他爸说："我们这样的家庭，还能教出什么样的人物来。你有啥子能耐，让他去升官发财、去找一份光宗耀祖的好工作？你有这样的靠山？有这样的亲戚？有这样的朋友？还是有这样的同学？咱祖祖辈辈都唱了戏，认得的人，也都是唱戏圈子的，你还想干啥？如今没人脉，你能干啥？他能把戏唱好，也就算是给祖坟头插了高香了。可要唱好戏，不练童子功能成？你忆秦娥不就是功底好，才把戏唱到这份上的吗？我和他妈，就是让'文革'给耽误了，没练下功，一辈子就只能给人家穿个三四类角色，跑个大龙套啥的。既然让娃入这行，就得给他把底子打好，让他将来吃一碗硬扎饭。"忆秦娥就再不好说啥了。

　　毛娃从六七岁，练到十三四岁，一直都是极不情愿的样子。开始他是刮着光葫芦，后来硬是坚持着留起了盖耳长发。头发一长，脸就显得更窄了，有时简直窄得仅剩二指宽一溜了。尽管他不情愿，但还是把功练得极像那么回事。团上好多演出，有孩子戏时，都要让他上去客串。遇上武打场面，也会把他推出去，一连翻出三四十个"小翻"来，震得全场一愣二愣地掌声雷动。有时，要再在字幕上出现一下毛娃的名字，底下甚至还会轰动一下。说明毛娃，也已是有点声名的"碎（小）人物"了。

其实这孩子跟忆秦娥一起练功，已经是好几年的事了。不过毛娃除了哭，除了流泪、流鼻涕，从不跟人交流说话而已。他总是占着一个黑乎乎的拐角，静静地劈叉，静静地拿顶，静静地扎马步、下腰、扳朝天蹬。即使跑圆场，也是在她不占用的地方，来回掏空跑着。直到近些时日，这孩子的话，才突然多了起来。但并没有引起忆秦娥的注意。她只以为孩子是年龄大了，放得开了，可没想到，孩子是把自己在朝绝路上思考了。

最近，毛娃他爷突然出面，在给毛娃排《哪吒闹海》。

毛娃整天背着一个"乾坤圈"，乘着两个"风火轮"，在功场练着有些类似滑冰的"绝技"。但乘"风火轮"，明显是要比滑冰难度大多了。有时他还要滑上岩石，再从一个峭壁，凌空滑向另一个断崖。危险性是十分巨大的。连忆秦娥也看得有点目瞪口呆。可毛娃一有闪失，或因害怕停下来，他爸就在一旁，拿藤条抽他那瘦得看不见的屁股和麻花细腿。毛娃都十三四岁的人了，有时觉得脸面过不去，就跟他犟嘴，甚至当面骂他爸是"毒蛇胆"。"毒蛇胆"就"毒蛇胆"，反抗得越凶，他爸压迫得就越强。"绝活"还得练，危险还得一次次去攻克。他爷倒是不打，但也很严厉，老爱说："唱戏就是苦差事，吃不得人下苦，就成不了人上人。你忆阿姨绝对是苦出来的。到了今天，也是快四十的人了，名气这么大，还整天泡在功场压腿、劈叉的。她不成事谁成事？她不出名谁出名？角儿就是这样练出来的。我的孙子吧，除非向你忆阿姨好好学，要不就到山西挖煤去。你在学校，也是老考'两根筷子抬个大鸡蛋'的主儿，没有第二条路好走了。"毛娃他爷说这番话时，把忆秦娥还弄得很是不好意思。毛娃本来就怨恨着学戏，她还成毛娃的"活样板"了，这不给毛娃心里添堵吗？自己学戏的确苦，但看着别的孩子也这样苦，她心里就很不是滋味。为啥偏偏要让娃学戏呢？

有一天，她正练"高跷"，突然摔倒了，毛娃急忙从拐角跑出来，帮她解"高跷"绳子。还帮她揉着崴了的脚脖子。毛娃问她:"忆阿姨,你为啥还要这样猛练呢,不累吗?"

"累。可排戏需要,不练不行么。"

"人家也都不练,咋就行呢?"

"人家不排《背娃进府》,不需要练这些。"

"忆阿姨,你觉得唱戏有啥好处吗?"

这话还把忆秦娥给问住了,她想了想说:"人总得有个吃饭的职业不是。阿姨当时只能选择这个职业,所以就学戏了。"

"听说你原来做过饭,当过烧火丫头?"

"当过。"忆秦娥知道,几乎所有人,都把她的过去放得很大。所以连孩子们,也是知道她烧火做饭这个出身的。

"做饭多好,为啥要苦苦挣巴着学戏呢?我看去挖煤都比唱戏好。为啥要学唱戏呢?狗日的唱戏。狗日的'毒蛇胆'。"

忆秦娥没想到,毛娃心中是这样痛恨着唱戏,痛恨着他爸的。回头想来,孩子为唱戏,的确是付出了全部童年。即使练到今天这个份上,他也没有看到任何出头之日。他说:"忆阿姨,你都把戏唱得红火成这样,还苦巴巴地挣着、练着、熬着。那活着还有什么意思呢?活着就是为了练功、为了唱戏、为了出名吗?人家都在打牌、逛街、打游戏机、看电影、看电视,你整天就这样练'高跷',练'卧鱼',练'出手',练'圆场',活得有意思吗?"

毛娃那天的话,的确把她给问住了。她从来就没想过这些事,只是把练功、排戏,当作生活方式,当成过日子的一种了。可孩子不能理解这一切,也不能接受这一切。她甚至是给毛娃,当了很坏的"样板",而让他爸爸、爷爷,拼着命地要把他朝不归路上推去。

终于,有一天早晨,毛娃吊死在了练功场的高空吊环上。

毛娃是这个功场每天来得最早的人。因为团上集合后,他就得退到一边,不能再占功场的地毯、海绵垫子、跳板这些训练设备了。剧团还没有开始招收学员,他还不是省秦的一员。

而每天第二个来功场的,就是忆秦娥。当她推开功场门,看见

743

一个人，长咧咧地吊在工棚的吊环上时，她的第一反应就是毛娃。可毛娃的个头没有这么高。但那瘦屁股、瘦腿，明明又是毛娃的。并且"乾坤圈"和"风火轮"，就扔在他的脚下。她立即断定是毛娃了。她大喊一声"毛娃"，就扑过去抱住毛娃的双脚，却怎么也够不着绳索紧勒着的长脖项。她就跑出工棚去，大喊救人。当来人一起把毛娃解下来时，孩子已浑身冰凉。他的舌头长长地吊了出来，惨如阴间小鬼。

毛娃大概已死一两个小时了。

毛娃他妈知道这事后，差点服毒自杀了。他爸嗵的一声倒在床上，几天都醒不过来。直到这时，大家才知道毛娃他家的困难：无论是当年的"赵子龙（爷爷）""佘赛花（奶奶）"，还是后来的"毒蛇胆（爸爸）""盼水妈（妈妈）"，日子都过得十分拮据恓惶。主要是"佘赛花""盼水妈"都是病号，把一点家底全掏空了。这下，又殁了家里的唯一希望，辛酸悲痛，自是难以言表了。

随后，团上不仅给了补贴，而且薛团长还发起了为老艺术家义演的倡议。忆秦娥唱了她的拿手好戏《鬼怨》《杀生》。石怀玉也就是在这个场面上的表现，让忆秦娥对他刮目相看了。

据说石怀玉的创作作品从不出售，也绝不送人。哪怕你是什么达官显贵、老总富豪，一律免送，也一律免谈。他平常主要是靠卖一些线描、漫像画，用于糊口。他能做到把你看上一眼，就能画得特征凸显、神形毕肖，令观者无不击掌称快。可这次，他却拿出了一张八尺创作画《太白积雪》（这也是他最得意的作品，曾经反复拿出来给人展示"炫耀"过）。现场拍卖了十二万。并且悉数交给了毛娃他爷他爸。

大胡子石怀玉，也由此在省秦声名大振了。

二十三

忆秦娥过去对石怀玉的好感，是停留在大胡子"能说能谝"上。

她长这大，还没见过这么有趣的人，不仅充满了才气，而且字画又好，还能弹一手漂亮的古琴，就觉得是个奇人了。让她没想到的是，死大胡子，竟然打起了她的坏主意，到处放风说："忆秦娥迟早是我的。不信你都等着瞧。"忆秦娥想：笑话，我怎么就是你的了，你也等着瞧。她就不再理这个疯疯癫癫的人了。可毛娃上吊这件事，让她对石怀玉完全改变了看法。她觉得，这是一个有巨大悲悯心的人。她是住过寺庙的，对一切怀有悲悯情怀的人，都是要多看一眼的。因为她的一生，每每遇见这样的情怀，这样的眼睛，都是要让她生出许多活下去的勇气的。

在毛娃上吊以前，石怀玉就给毛娃画过几张漫像。后来她回忆起，石怀玉曾对她讲过，说毛娃可能有心理疾病。她想着，石怀玉是在找机会跟她搭讪呢，就没好气地说："你别瞎说。人家孩子好好的，怎么就有心理疾病了？戏曲演员就这么苦，别少见多怪的。"石怀玉虽然再没跟她提说毛娃，可他自己还是把毛娃带出去逛过两次。毛娃回来还跟她说："大胡子叔叔人可好了，带我去打游戏、蹦迪了。说要给我减压哩。"可第二次回来，还让"毒蛇胆"美美抽了几藤条。说从今往后，再不允许跟社会上那些"不三不四的人"去鬼混。"毒蛇胆"还说，从面相上看，修那一脸毛胡子，就不是个正经人。忆秦娥也说："你爸说得对着哩，别再去打什么游戏、蹦什么迪了，那就不是乖孩子应该去的地方。听爸的话，别跟大胡子乱跑了。"从此后，毛娃也就再没跟石怀玉出去了。

不久，毛娃就出事了。

毛娃出事后，石怀玉那天的第一反应是：突然扑通一声跪在功场的吊环下，失声大哭起来。还直说他有责任，是他忽视了这事的严重性。他说第六感觉告诉他，这孩子是要出事的。可没想到，会出得这么快，这么无可挽回。谁也不能说石怀玉哭得不真诚。连忆秦娥也不得不认为，石怀玉的这番跪哭，似乎不是冲她来表演的，那是真的在忏悔，在悲悯。

随后，在义演时，石怀玉捐出了他最好的画作。并且自己还没登台亮相。他说："本人的嘴脸，是不值得让一千多观众去瞻仰的。"

过去一直在说石怀玉坏话的那些人，慢慢变得不再说了。而一提起石怀玉，还都翘起了大拇指。一些对字画价值感兴趣的人，也在努力接近着石怀玉。觉得这是一只值得感情投资的"绩优股"，或者至少是"潜力股"。石怀玉在省秦的书画班摊子，就又被学生们"哄抬"起来了。忆秦娥却没参加。有一天，石怀玉故意碰上她问："你学不学？你要不学，我就把摊子撒了。能开这个班，分文不取，就只一个目的：为秦腔培养一个梅兰芳。你不来，我是闲得做驴呻唤是不是？"忆秦娥捂嘴一笑，就又加入学画行列了。

这个石怀玉，在感情上是绝对纸里藏不住火的主儿。他眼睛迟早热辣辣的，有人说是色眯眯的，就盯着她死瞅。她即使画得再烂，也见他在想着法儿地表扬。有时看着他在教画、教字，可一转眼，又扯拉到人生、事业、爱情上去了。有一回，他甚至控制不住情绪地仰天长叹起来："怀玉这一生，什么都经历了，就缺一场狂风暴雨般的爱情。来吧，来得猛烈一些，让我品尽这生命的甘美乳酪后，就归隐山林，化作长风，永世冥寂！"惹得全场哄堂大笑起来。大家都回头看忆秦娥的反应。她的脸唰地红得跟猪肝一样，气得她就想飞起一脚，踢死这个不要脸的怪货色。

忆秦娥喜欢是有些喜欢石怀玉了，但还是努力跟他保持着距离。那段时间，她连着排出了几折失传的"古董戏"来。每次排练，都见石怀玉在一旁画着戏人。后来，团上下乡演出，她是想叮咛石怀玉一下，让他别去的。在家里，很多人不进排练场。一旦到了乡下，成百号人，整天都会滚搭在一起的。出行，生活，演出，本来就容易传闲话。加上石怀玉又是个性情中人，啥都不管不顾。并且这家伙还好卖派。只要是他心中向往的，即使没有的事，都是能艺术加工出来的。他只图了嘴快活，留给她的，就剩下很长时间都抖落不利的麻烦了。可自己跟石怀玉到底是什么关系呢？凭什么要干预人家的行踪呢？想来想去，又不好提醒叮咛。最后石怀玉自然是去了。这一去，就把她跟石怀玉的故事，演绎得很快翻篇、升级了。

石怀玉在追求她的手段上，很是有些像刘红兵。但石怀玉又绝对不是刘红兵。刘红兵跟着省秦到了乡间，还是前后围着忆秦娥转。有时他会钻到女演员窝里当贾宝玉。但更多的，还是到处给她搜罗好吃的：到农民家里给她炖老母鸡；跑出去偷人家的鸽子，给她熬汤；再么跳到淤泥湖里，抓泥鳅、鲫鱼、螺蛳，说给她补身子呢。总之，是一切都想着她，迟早都在她的宿舍边环绕着。要么就是在舞台前后黏糊着。石怀玉来，她就怕又是这个德行，弄得她太难堪。可谁知，这家伙却一反常态，从不跟剧团过多地卷。他是住在农民家里，只前后在观众中忙活着他的事：画速写，画人物，搞创作。说这是他大秦岭组画中，最重要的一部分。他说秦腔是大秦岭的魂魄。他还说秦岭与秦腔的关系，才是大秦岭艺术创作最深沉、最富有生命张力的关系。

他看上去很兴奋，一天到晚，都支个画架子在那里画着。有不少栩栩如生的看戏场面；也有单个乡村老汉、老婆的肖像作品。还有几幅大画，当有一天，挂到后台的幕布上时，几乎把所有人都震惊了。

其中最大的一幅，是画的忆秦娥进村时，村民们自发欢迎的场面。成百老乡，拉的拉手，接的接行李，一直把忆秦娥像迎接久别归来的女儿一样，往村里迎接。

这是许多地方都发生过的事情。只要忆秦娥一出现，大家就会自发地迎上来，四处奔走相告：

"忆秦娥来了！"

"咱秦娥来了！"

"就是忆秦娥，真的是来了！"

省秦人，对这种场面已司空见惯。可石怀玉的眼睛，一下就湿润了。大概也就在那一瞬间，他捕捉到了艺术创作灵感。他先后用了十几天时间，画了数十张底稿，终于在第七个演出点，把一幅六尺整张的画作，完整呈现在了后台。立即引起了一阵热烈的掌声。

忆秦娥当时正在化妆，听见掌声，扭头一看，几乎把她吓一跳。石怀玉怎么把那一幕幕真实的生活，提炼得这么好，这么生动。就像是拍照下来的一样。但那画面，又明显比照片更突出，更感人，更有冲击力。这大概就是绘画艺术的魅力所在了，她想。有人把画作的名字念了出来：

"《咱秦娥来了》！"

忆秦娥再也忍不住，眼泪哗哗的，就把粉妆给污染了。这是她每次下乡演出，都最喜欢听到的一句老乡的招呼声。

只听石怀玉在一旁介绍道：

"本来是想叫《农民领袖忆秦娥》的。因为关中这一带，把秦腔明星都是当领袖捧的。我听见也有人已把忆秦娥称作'农民领袖'了。可我觉得，这样称呼忆秦娥，有些别扭。让人老想起陈胜、吴广来。一个弱女子，要是当了领袖，也会立马变得不可爱起来的。所以我就还是用老百姓这句口语了。"

忆秦娥在心里说：得亏没叫"农民领袖忆秦娥"，要叫了，别人还以为我忆秦娥不好好唱戏，是想造反了咋的。

第二幅画叫《披红挂彩》。这也是根据生活真实创作的。

忆秦娥几乎每到一地演出，唱得最红火的时候，都会有这种场面出现。先是鞭炮突然响起。有的地方，还会放出几声火药铳子来。接着，地方头面人物，就会在鞭炮和铳子声中走上台，把一床床大红被面子，披在她身上、绑在她肩上、围在她脖子上的。披得越多，越说明观众的爱戴程度。有些就成了一个村落永久的唱戏佳话。这次下乡，很多地方都是连唱十几台大戏。忆秦娥一人身上，就背了九本戏的主角，让观众过足了"忆秦娥瘾"。有一个地方，还就真给她披了一百床被面子，把她几乎当下就压垮在舞台上了。石怀玉就是捕捉到了那一瞬间的观众欢呼，与她的快乐、激动、感奋情绪，而使整个画面，充满了几近岩浆迸发般的生命涌动感。

石怀玉扭过头对忆秦娥说："请把被面子给我分五十床，要不然，我这力就算白出了。"惹得大家又是一阵哄笑。有人说，忆秦娥已经把被面子分给大伙了。石怀玉说："收回来，立马给我收五十床回来。"忆秦娥心里暗暗好笑着，死毛胡子的嘴，就是能掰活。

第三幅画比较小，叫《抹红》。画的是忆秦娥坐在后台化妆凳子上，身边围着一群大妈、大嫂和孩子。都把娃娃的脸蛋凑上去，让忆秦娥给"抹红"呢。

这是大西北很多农村都有的讲究。说小孩子最怕唱戏的。一旦遇见唱戏，晚上就会做噩梦。因此，唱戏前，总会有很多人要把孩子抱到后台，让"戏子"给孩子脸上抹点红，以辟邪遮灾。好多演员不愿意给抹，一是嫌麻烦；二是不喜欢被人称"戏子"。而忆秦娥每遇这事，总是会停下手中的活儿，高高兴兴地，给孩子们一一抹好，抹漂亮。有时她还会把孩子的小脸蛋亲一下。她是真的爱着所有的孩子。尤其是那些残疾孩子，父母躲躲闪闪的，还不好意思抱进来。每每至此，她都会起身接过孩子，不仅要紧紧地抱一会儿，而且还会把孩子抹得最漂亮。因此，老百姓就更是把她传得神乎其神了。说忆秦娥多大牌的角儿，半点架子没有，那就是德行修炼到了："秦娥戏唱不红，老天都不会答应的！"石怀玉竟然把这一细节，紧紧抓住了。并且正抹着红的孩子，就是一个兔唇，画面十分感人。石怀玉在展示完后，甚至很是大方地告诉忆秦娥："这幅送给你。其余的，我是要办画展用的。他们的最终归宿，应该是国家美术馆。连我最后也是没有支配权的。一千年后，这两幅画，也许还会拉到西京来巡展的。没办法，作品太伟大了，我把我自己都服得一塌糊涂了。这一幅《抹红》，就交由你收藏。不过有言在先：展览时，我打借条，你可一定要借我一用噢。可不敢卖了，都买奔驰、宝马了。"

忆秦娥笑着收下了《抹红》。

这三幅画，她是真的打从心底里喜欢。这个死大胡子，自然也就跟他的画一样，在忆秦娥心中越来越升值了。

也就在这次下乡演出中，忆秦娥对孩子的那种爱怜，让她终于收养下一个孩子来。

其实，她从来都没有过要收养孩子的想法。她觉得自己的母爱，已被儿子刘忆占得满满当当了。可突然来到面前的这个孩子，又让她抑制不住内心的冲动。想要领回去，给她一个比自己更美好的童年。她觉得，她现在是有这个能力了。

这是在演出的最后一个点。那天，她在后台不停地听人说，给咱们帮灶做饭的一个女孩子，好可怜，才八九岁，就被她婆弄来帮忙烧火了。"烧火"二字，让她心里咯噔了一下。她是无论如何都要去看看这个孩子的。

果然，在乡村野场子搭起的临时灶台背后，蹴着一个正用吹火筒吹火的丫头。

她腮帮子鼓多大，脸蛋挣得绯红绯红的。她都在她身边站好久了，孩子还没意识到，还在使劲地吹。

多么像她当年在宁州的那一幕呀！每天早晨，她都是全团起得最早的一个，拿吹火筒把灶洞的火种，拼命朝兴旺地吹着。不过那时自己已经十二三岁了，而这个孩子，才只八九岁。

她慢慢蹲下了身子。孩子终于发现了她，就急忙把吹火筒放下了。她拿起吹火筒，帮着孩子把火吹着了。

孩子咧嘴笑了。

她问："认得我吗？"

孩子捂着嘴说："唱戏的阿姨。"这动作多么像自己呀！

她又问："几岁了？"

孩子回答："九岁。"

"没上学吗？"

孩子摇摇头。

"为什么不上学呢？"

孩子羞得又捂住嘴笑。

"谁让你来烧火的？"

"婆。"

"你婆人呢？"

"在剥葱。"

正说着，忆秦娥就见一个头上苦着一块白手帕的老太太，拿着剥好的一竹笼葱走过来了。

老太太一下就认出她来了："这不是秦娥吗？你的戏唱得几多好

750

呀！你看看，几十里外的人都赶来了。都说'不看秦娥唱秦腔，枉来人世走一趟'呢。我这就算没白活一世了，不仅看了你的戏，还见了真人，真格是长得跟天仙似的。还安排我来给你们做饭了呢。"

"阿姨辛苦了！这孩子是你的外孙女吗？"

"是呀，你怎么知道的？"老太太问。

"这么小的孩子，怎么能让来烧火呢？"

"我来做饭了，她弟在上学，她在家没人管，不带来都不行了。"老太太说。

"孩子叫什么名字？"

"外号叫个丑女儿。"

只见那孩子急忙纠正说："我不叫丑女儿，我叫宋雨。"

她婆说："就是这个名字起瞎了，把雨水都送人了，你还能有啥好日子过。"

"孩子为什么没上学呢？"

"唉，不怕你笑话，她爸到南方打工，跟别人好上了。连家都不要了。她妈也生气跟人跑了。就剩下姐弟俩，都跟了我。这个书念不进，我老婆子也抓养不起两个上学的，就让她常跟着我叫个小口。我是这远近还算有点名气的厨师，红白喜事都有人请哩。娃就随我出门烧个火，混个嘴。在这农村，就算是吃了香的喝了辣的了。麻利把火在朝大的吹，要上笼蒸馍了。"

忆秦娥就离开了。

可连着几天，忆秦娥都惦记着这个叫丑女儿的孩子。其实孩子一点都不丑，甚至比她那时还漂亮许多呢。

没想到，这事同时还有一个人惦记着，那就是石怀玉。他竟然给宋雨画了一张画，恰是正吹火的那个画面。让每个人看了几乎都有些怦然心动。忆秦娥看着这幅画，甚至潸然泪下，最后竟然是跑着冲出了后台。

石怀玉来到了她的身后，问她："你喜欢这孩子？"

忆秦娥点点头："嗯，很喜欢。"

"想要吗？"

忆秦娥突然回过头问："你说什么？"

"想要吗？"

忆秦娥说："人家的孩子，怎么能给我呢？"

石怀玉说："我试试。"

当天晚上，石怀玉就告诉她："行了，老太太答应给了。孩子也愿意来。"

在这个点演出结束时，忆秦娥就把宋雨领走了。

孩子没出过门，也没坐过车，上车来就晕得一塌糊涂。是石怀玉一路把她抱回西京的。

二十四

楚嘉禾自打在海南过了几天舒心日子，回西京后，就一直觉得啥都不顺。尤其是这个"薛娘娘"，好像是一概不买她的账，只在忆秦娥的石榴裙下拜倒着。特别让她揪心的是，好不容易找了个有钱的女婿，还比她小了两岁，人也挺奶油的鲜亮，又生了个双胞胎。却在一夜之间，如多米诺骨牌一般，把房地产生意彻底给做垮了。女婿回到西京，被债主逼得东躲西藏的，几个礼拜见不上一回面。见一回，还得叨制成各种不引人注目的样子。有一次，是化装成女人摸回来的。睡到天不亮，又赶忙起身，在窗户上一探再探，然后才蹑手蹑脚溜下楼去。有好几回，要债的就住在家里不走。说生要见人，死要见尸。她妈无奈，就给她出主意说，干脆跟女婿把婚离了算了，也免得一辈子受牵连。说这样对孩子也好。女婿倒是通情达理，除了必须要一个孩子外，其余的都依她，然后就真把婚离了。离了婚，她一切就还得指靠省秦了。而在省秦，唱不了戏，当不了主角，那也就是混日子。可楚嘉禾又不想混，尤其是面对忆秦娥，还有一口咽不下的气在里面。因此，她就还得在排戏演戏上，使劲挖抓了。

自"薛娘娘"上台后，业务倒是抓得很紧，又是集训，又是排戏的，竟然能把《狐仙劫》，重新翻拾一遍。在《狐》剧里，她演的那个贪慕虚荣的大姐。真是滑稽透顶的一个角色：见了豪门老狐狸，心里挠搅的，恨不得连夜就嫁过去。结果嫁过去后，才是一个小妾身份，又于心不甘，就在里面挑来斗去的。也是受尽了捉弄与羞辱，才被九妹（忆秦娥扮）搭救回去。谁知再也受不得深山修炼的寂寞清苦，自己又偷偷跑回去，跪着求着，依然做了人家的贱妾。直到被逼疯、上吊。角色倒是一个有戏的角色，可这种形象塑造出来，总归是个"丑旦"。咋都没有人家忆秦娥扮演的那些人物美好、光鲜、英武。弄得好像连她也成了女英模似的，人见人敬，人见人爱了。而自己扮演的角色，却常常成为人们戏谑的对象。她是十分不待见这种戏谑的。好在《狐仙劫》的重排，不仅没给薛娘娘这个新贵加分，而且还迎来了相当强势的批评反对之声。就连那个眼睛七扭八裂在额颅角上的秦八娃，两个长得像"逗号"样的眉毛，戏看完也都气成"顿号"了。直说是胡闹。封子更是气得差点没心肌梗死。社会上也有人说："这个新团长，不是在发展秦腔事业，而是在刨秦腔的祖坟呢。应该把狗日的团长赶快撸了。"照说戏受了攻击，主演也是要被连带的。可谁知这次却是一反常态的鬼怪，说要不是忆秦娥拿深厚的传统功底撑着，省秦就算是"欺祖灭宗"了。

也就从这次开始，省秦突然狠抓起了传统继承。抓的力度，让楚嘉禾甚至都有些不可理解：一时，省秦院子里竟然走动着十好几个老艺人。都是忆秦娥和一些演员从大西北旮旯拐角请出来的。有的还带着"跟班"、家眷。一个艺术大院，很快就成用麻绳系着石头眼镜、穿着老羊皮袄、叼着旱烟锅子的关中集镇了。隔壁邻舍一些文艺团体的人，甚至噗噗耻笑着说："你们省秦咋了，是准备搞民俗村，发展特色旅游吗？"楚嘉禾自是看不上这些老古董排的所谓"失传戏"了。且不说排着有用没用，先是那些老艺人吭吭咯咯、乱吐乱尿的卫生习惯，都让她无法忍受。还别说在一起滚搭着"搞艺术"了。哪能有半点艺术享受的成分呢？可没想到，几年下来，忆秦娥竟然又神不知鬼不觉地，给自己积攒下了大小十几本戏。但凡下乡演出，只要包戏的主家强求，她都能一个台口包抄了全部主角。几乎让所有人都显得有自己不多、无自己不少了。这个很是怪癖的女人，每每总是在别人都不经意时，就能为下一次腾飞，插上一些稀奇古怪的翅膀。一旦有了机会，她还就真的能飞起来。并且飞得很高，飞得让人望尘莫及。真是一个表面颇似憨厚瓜傻，而内心却十分阴险狡诈的"鸡贼女人"了。

就这样一个女人，还总有男人飞蛾扑火，慷慨赴死。不说忠、孝、仁、义那几个老艺人了。还有什么秦八娃，听听这恶俗不堪的名字，不提也罢。还有封子、单跛子、薛娘娘这些"胡骚情"的"业余爱好者"，一提溜就是一长串。单说走了一个小白脸刘红兵，又来了一个大胡子石怀玉。哪一个不是上心上杆子地要爱她、宠她、帮着她呢。还一个个腻歪得，把她含在嘴里怕化了，顶在头上怕打了，抱在怀里怕捂死了。尤其是这个大胡子石怀玉，开始出现时，那就是全团的一个玩物。就像一个院落里，突然跑进个怪物来，谁都想拿棍戳几下。不过是看看刺激反应、找找乐子而已。那时楚嘉禾，倒是蛮希望忆秦娥倒进大胡子怀抱的。这种不靠谱的"倾倒"，只会给忆秦娥带来更多的笑柄、佐料、花边新闻而已。可时间一长，大胡子在省秦，竟然还成了幽默、有才、正义、善良的代名词。尤其是烂画，竟然一幅能卖到十二万的价码。这才让她觉得，"财神"要真跟忆秦娥结合到一块儿，也不是一件值得拍手称快的事了。果然，他们是越走越近了。几次下乡演出，石怀玉画下的那些肉麻作品，把忆秦娥是一点点俘虏过去。忆秦娥也许是对傻儿子绝望至极了，趁下乡，竟然还要了别人一个女儿回来。据说那个女儿，也是大胡子帮她撺掇的。回来时，他俩竟然是你一把我一把的，把那碎女子搂着抱着，挠着亲着，像是真要走到一起过日子的样子了。

忆秦娥要真跟大胡子走到一起，又会是个什么境况呢？她还有点想象不来。不过她得琢磨这事。琢磨起忆秦娥的事来，她总是既有时间也有心思和兴致的。那天，她甚至把周玉枝也叫了来。两人在一起，探讨了半天忆秦娥可能到来的二婚之喜。

周玉枝是越来越不喜欢跟这个老同学在一起做任何事情了。尤其是不喜欢她说忆秦娥。在楚嘉禾折腾歌舞、模特儿那段时间里，周玉枝在家静静养着孩子。她也许是比较早地看透了唱戏这行的本质，就是"残酷"二字。不当主角，在外人看来，你就是在剧团里混饭吃的。可要当主角，又谈何容易呢？一本戏，也就那么一两个人物，可以称得上主角。其余的叫主角，也就是图好听而已。都主了角儿了，那还不成大烩菜了。要当主角，很多时候，是需要天时、地利、人和，一样不差的。差了一样，你就可能与主角失之交臂了。只要在剧团唱戏，几乎没有人觉得，自己是会比别人差多少的。都认为，只是没有机会，给了机会，"麻子脸上也是要放光彩的"。周玉枝开始也是这种感觉，觉得自己跟忆秦娥到底差了多少呢？本本折折，都是她忆秦娥唱了，自己永远就是配演或大龙套。尤其是都从宁州来，忆秦娥是响当当的主角，楚嘉禾也隔三岔五地能攀上主角宝座过过瘾。而自己，几乎没有改变过从属、配演的地位。宁州来的人，老对她说："你咋不朝前走呢？你周玉枝又比她谁差了多少？还是门子没投对，得想法朝前奔呢。"她开始心劲儿也很涌，可后来，看到忆秦娥那么苦苦奋斗，也是活得屈辱缠身、伤痕遍体的，就觉得何苦呢。楚嘉禾倒是一门心思在朝前奔呢，可奔着奔着，也多是"羞辱大于荣耀，得不偿失"。这十个字，算是她对这个老同学生命不息、冲锋不止的基本评价。因此，她也就慢慢变得现实起来了。

由于自己的客观条件不赖，周玉枝也被无聊的臭男人们，排列进了省秦"八大贵妃"之一。那几年，给她介绍的对象还真不少呢。就在别人都忙着争角色、排戏的时候，她却悄无声息地进入了挑拣对象时段。也不知怎么就有那么大的挑选余地。她竟然在一年多时间里，就遴选过了三十几个男人。有的竟然还选成了"回头客"。不过在阅人无数、阅世渐深后，她也逐渐给自己有了定位：找一个能好好陪自己过日子的人，是关键的关键。太有钱的靠不住；社会地位高的，即使眼下能看上自己，也无非是这点姿色在起作怪。一旦青春不再，又无文化底子支撑，悲剧就会自己找上门来。这样的悲剧，在省秦几乎年年都在上演。最终，她找了一个重点中学的老师，憨厚朴实，视教书为生命。就是年龄略比她大了些，但挺会心疼人。她也就尤其珍视这桩婚姻了。她在省秦分不上房，老公却分了一百四十平方米的四居室。她在省秦有时只拿百分六七十的工资，数字都不好跟人讲。老公却在月薪七八千的基础上，还带着几个补习班，光额外收入一年就十好几万。家境也好：公公、婆婆都是退休小学教师。身体倍儿棒，不用她操半点心。关键是去年还生了一个儿子。生下来就七斤八两，健康得一岁时就能跑出十好几米远来。这才不到两岁，就已能背三十几首唐诗，还能背下《弟子规》了。周玉枝还要什么呢？还想要什么呢？她现在就是想少演戏，少下乡，甚至少化妆。每场演出，就给人家站站合唱队就行。并且最好不要当领唱。即就是感冒了，嗓子哑了，还照样能混在里面滥竽充数。演出费也不比她忆秦娥少多少，最多翻一倍，她拿五十，忆秦娥拿一百撑死。可忆秦娥又出的是什么力呢？比鸡起得早；比狗睡得晚；比牛挣得苦；比驴跑得欢。累死累活的，又何必呢？

不过说心里话，周玉枝还是很佩服忆秦娥的。无论别人怎么看，她都觉得，忆秦娥是个好人。没坏心眼，没害过人。当然也不太懂人情世故，生活中常常冒着傻气。就凭四十岁的人了，一天到晚还守着练功场这一点，今天大概已很少有演员能做到了。因此，忆秦娥演什么样的主角，得什么样的荣誉，受到什么样的热捧，她都是服气的。

相反，她的这个楚嘉禾同学，的确是有一百个心眼子都在眨动着。加上她妈那一百五十个，有这二百五十个心眼子集合起来，就把她的生活过得够丰富多彩，也够乱麻一团了。她过去还爱到楚嘉禾那里去谝，毕竟从宁州团就来了她们三个人。忆秦娥早晚都在练功、排戏、给儿子治病，似乎就腾不出时间跟她们闲聊。即使聊，也就是傻坐着。单听你说，她只负责点头、捂嘴傻笑。最多也就是夸夸她儿子，说都能自己冲马桶了。这样来往多了，也是无趣。而楚嘉禾嘴又太多，太残火。什么都敢说，什么也都是捕风捉影地乱说。她也就尽量回避着，免得惹是生非了。

这次也是楚嘉禾一叫再叫，她才来的。她以为来了有什么大不了的事呢。结果，来回车轱辘话，就是说那个猛追忆秦娥的大胡子。楚嘉禾问她："你看大胡子跟忆秦娥成得了？"她说："你这不是咸吃萝卜淡操心嘛。人家成得了成不了，关你屁事。"楚嘉禾说："你看玉枝姐说的，秦娥是咱妹子哩么，这大的事，咱还能不帮着操点心？我是怕又来一个刘红兵。看着追得紧，其实也就是玩玩而已。最后吃亏的还是咱傻妹子。""把你自己的心操好就行了。哎，你觉得秦娥傻吗？"楚嘉禾说："你这话问对了。忆秦娥的傻，就是表象。其实骨子里，比咱谁都灵光呢。""你说的灵光，指的是啥？"楚嘉禾说："指的啥？忆秦娥跟刘红兵结婚，她傻吗？她是看上了刘红兵老子的身份，还有随手就能�└来的财富。刘红兵老子一退，她立马就把刘红兵给蹬了。这又来个大胡子，听说开始她也不咋待见，结果看人家的画能挣钱了，又笑得跟菩萨似的，黏糊到一块儿去了。你看这两个货，能成吗？我咋总觉得怪怪的，一想起来就想笑。"

周玉枝一笑说："你看你操的这些心。闲心操多了不耐老，见天进美容院也不顶啥。"

楚嘉禾煮了一壶浓咖啡，周玉枝喝得一个劲地要加水加糖。她却品得有滋有味地说："哎，玉枝，你就准备彻底这样认卯算了？老一演戏，就当个合唱队员，朝乐池拐角一钻，全场灯光一暗，'咦咦啊啊'地喊几声，做了陪衬的陪衬，鬼都不知道你是谁了。你觉得长期这样行吗？"

"挺好的呀！"

"真心话吗？"

"这还有啥真心不真心的。我就喜欢这样的生活。每晚还不用化妆。跟团上每个人都挺好的，多好！"

"当了半辈子演员，总得朝台中间站一站吧。"

"绝对不站了，我是绝对不想站了。现在就非常好。我吃不了人家忆秦娥那份苦。没有付出那么多，站在舞台最拐角，是理所应当的。"

"忆秦娥仅仅是靠吃苦上去的吗？"

楚嘉禾突然撂出了一句很是突兀的话。

周玉枝反问了一句:"忆秦娥,难道还不是靠自己刻苦努力上去的吗?"

"我的傻姐姐,你恐怕是把家庭日子也过傻了。没有单跋子,有她忆秦娥的昨天?没有'薛娘娘',能有她忆秦娥的今天?"

楚嘉禾在说这两句话时,里面的含意是意味深长的。

周玉枝都想说:那你的昨天,跟丁至柔又是什么关系呢?但她终于忍住,没说出来。

楚嘉禾接着说:"咱这个妹子还不能吗?在单跋子手上排了五六本好戏,花了国家好几百万。该拿的大奖也拿完了。到了'薛娘娘'手里,才几年天气,又偷偷排了大小十几本戏。这还有别人喝的汤吗?省秦是她谁的私人戏班子吗?忆秦娥傻吗?这些年,权势、财富、名誉、情色,哪一样落下她了。这能叫傻吗?要说傻,我的玉枝姐呀,咱俩才是中国不出、外国不产的一对大傻瓜呢。"

周玉枝从楚嘉禾的眼神、语气,甚至毛孔中都能感到,这个妹子,虽然生活中受到了如此多的挫折,打击,但还是没有就此打住的意思。并且她有一种预感,楚嘉禾是会把一切气恼,都要撒在同乡忆秦娥身上的。因为她也再没有别的能耐,再没有别的出气筒子了。

二十五

大胡子石怀玉到底跟忆秦娥结婚了。

这事在社会上传开以后,很多人都不相信。首先不知道大胡子是谁。即使书画界的,也都隐隐听说过石怀玉这么个人,但从不见他参加任何活动,也不跟书画界任何人往来。更没有一个哪怕是"环球书画协会副主席"之类的名头。很多年以来他就在秦岭深山里泡着。打扮得像个游方僧,或者老道。完全是个体制外的"侠客"。忆秦娥是何等有名的人物,怎么就跟了这么个不三不四的人呢?书画界名流大

758

佬，给忆秦娥"放电""献媚""联袂""赠画"的还少吗？忆秦娥都是不曾有染的呀！

连忆秦娥自己也没想到，跟石怀玉才认识不到一年天气，就被他拉到终南山脚下，一个翠竹掩映的农户家里，入了洞房。

也许是平日生活太沉闷了，需要一个快乐的人相伴吧。这个石怀玉就是如此地懂得快乐，竟然靠说话，一天就能把忆秦娥笑得窝在地上好几次，直喊肚皮痛，要他别再说了，再说她就活不了了。也许是石怀玉太另类了，跟她身边的所有人都不一样。他说什么、干什么都显得那么真实透明，从不藏着掖着。爱她也是单刀直入，不像别人，送一束花，都是要转弯抹角、躲躲闪闪的。而石怀玉直到结婚后很长时间，都保持着每天送她一枝玫瑰的习惯。直到他们分崩离析，各自含怨而去。这是后话。

单说当初要结合那阵，就连她娘也是不同意的。娘觉得自己这么个出息女儿，红火得连满街道卖菜的，都知道她是忆秦娥的娘，最后怎么就看上了这么个"毛脸贼"？他既没官身子，也没时下吃香的老总老板名头。还连个正经单位都没有。就会写写画画，终是个没用的玩意儿。刘红兵虽然不成器，可毕竟还是专员的公子，好歹有个名分。这个大胡子有啥？咱招女婿总不能是老母猪下崽，一窝不如一窝吧？她是怎么都容不下那个大胡子来叫娘的。并且一想起这事，她就膈应得慌。既然娘住在这里，并且一直尽心尽力照看着刘忆，在这件事情上，忆秦娥也就不能不征得娘的同意。忆秦娥把这事跟石怀玉说了，石怀玉说："这算个啥事，咱娘有咱哩么，保准让她催着让你赶快把我朝回娶哩。""你就爱吹。""吹，今晚就会圣旨下。你等着接旨好了。"

果然，大胡子一个下午，就把她娘的思想工作拿下了。

那天晚上她回去，她娘还没把嘴合拢，笑得也是一个劲地捂。她就问娘笑啥。娘说，那个死大胡子咋那逗人的，他平常就这样说话吗？忆秦娥问，他咋说话了？娘说，他咋说话了，就没一句正经话，光逗娘笑了一下午，把娘的肚子都笑痛了。娘下午也丢人了，有好几回，都笑得溜到桌子底下，直喊叫让他快别再说了。忆秦娥就问，啥话这逗人笑的？娘说："啥话？逛话。屁话。鬼话。"把忆秦娥吓了一跳，以为是把事情搞砸了。谁知娘把话一转弯，说："不过，他确实会说、能说，娘还是蛮爱听的。你别说，家里有这么个人，整天说说笑笑的，恐怕是都要多活几十年哩。"忆秦娥一下给轻松了下来，就说："到底说啥了，看把你神神道道的。"娘说："我也记不得了，反正笑了一下午。他刚推门进来，我就没给好脸，连坐都没让他坐。只听他说：'哟，我还说今天来开叫，丈母娘会喜眉活眼地迎接新女婿呢。没想到，咱娘今天不高兴咧。咋的了，是娥惹你生气了吗？'我把刘忆正玩着的擀面杖抢过来一拍说，谁是你丈母娘了？他说：'你呀！好我的岳母大人了，天大的喜事已经降临到易家门前了，你咋还蒙在鼓里？看这个娥，还有规矩没有，连娘都没请示到，就先斩后奏了。'我说，少说屁话，谁是你娘了？他说：'好我的娥呀娥，不是说都跟娘说好了吗？把我闪到这半空里，让我都咋出这门吗？那好，我先走了，等娥回来跟你说。明晚来叫娘也不迟。反正娘已是我的了，早叫晚叫都一样。'说着，他把刘忆的脸蛋还亲了一下，就要离开。我喊叫说站住！他就站住了。我说，你是干啥的？他说：'娥啥都没给你说吗？'我故意问他，你是哪个单位的？我的意思是你没个正经单位，还想来讨我的女儿。只听他说：'胡秀英责任有限公司的。'我第一遍还没听清，又问了一次，什么什么？哪个公司的？他一脸正经地说：'胡秀英责任有限公司的。'我就问他，胡秀英是个什么公司责任的？我还以为真有这么个公司呢。他说：'胡秀英是个家政公司。'我说，你们老板是谁？他说：'胡秀英哪！'我愣了一会儿问他，男的么女的？他说：'女的。'我又愣了一会儿问他，你在公司干什么？他说：'还没正式任命，但有可能是副总。'我说，吹牛哩吧，你还能当了副总？他说：'那就要看胡总的眼力了。'越说我越有些蒙，就问他，你们胡总多大了？他说：'六十二。'我问他，多大？他说：'六十有二。'我问他，几月的？他说：'二月二，龙抬头那天生的。'见了鬼了。我就说，你是蒙我哩吧，怎么还有这样一个胡总，跟我年龄连日子都不差。他说：'我公司的老总就是你呀！'我说，再别开玩笑了，我还能当老总，能当烧火做饭看娃的老总。他说：'可不是，居家过日子，你不就是咱家的老总是啥？我这一入股进来，你这责任有限公司就算是成立了。大家都有官衔了，你当董事长，你女儿当了总经理，还能不给我个副总干干？'我是第一次被这个死大胡子，惹得扑哧一下给笑了。然后，他就连珠炮似的，把我逗得就笑着搁不下。他又是给刘忆画画，又是给我画的。把我的嘴，画得跟斗一样大，并且还是四四方方的。我说我的嘴有这难看吗，咋还是方的？像个斗。他说：'秦岭山里有句俗话说：嘴大吃四方哩。你想想看，你胡总的嘴还不是吃四方的嘴吗？不仅你吃了四方，从九岩沟吃到了西京城。而且把一个女儿，培养得吃遍了全中国，将来还要去吃世界哩。这还不是吃四方的嘴吗？还有你大女儿来弟、女婿高五福、你的宝贝儿子易存根，哪个不是托你老的洪福，成了吃四方的嘴？所以呀，你这个嘴，是易家的总嘴，知道不？必须画大、画方。要不画大画方，以后就没得吃了。'这时，我已经笑得第一次溜下去一回了。他还收不住，继续惹我笑说：'我的岳母胡总大人，今天小婿来，不光是等你任命我，我也是代表三秦父老，来给你发委任状哩。任命你为秦腔皇太后！为什么叫皇太后呢？你看噢，娥在十几年前，就被委任成秦腔小皇后了。这些年过去了，大家已经自然而然地把小字取了，那就是正经皇后了。你女儿配，你知道不？你女儿值，你知道不？这是老百姓封的，你知道不？老百姓拿嘴封的，你知道不？老百姓拿嘴封的，那才是真的，你知道不？她要是皇后，你还不就成皇太后了？皇太后在上，女婿石怀玉给你请安了。'说着，他跟唱戏一样，把半边身子一歪，还真给我磕了一个响头。把我笑得就第二次溜下去了。反正娘这半辈子都没笑过这么多，一下午差点笑掰毁了。我还问他，一个大大的男人，为啥不做点正经营生，光写字画画，能养家糊口吗？你猜他咋说：'我的皇太后大人，那你就是还没发现驸马爷的价值了。我这字画，只要卖，随便都能给你家牵回一群牛羊来。至于是不是正经营生，那你说皇帝是不是正经营生？'我说当然是了。他

761

说:'那你知不知道岳飞伺候过的那个皇上?'我说岳家将的戏我看过,岳飞伺候的,可是个没啥名堂的皇上。他说:'那个皇上就会写字画画。皇上早让人忘了,可他写字画画的名气,到今天还大得没边没沿的。既然皇上这营生都让人忘了,只剩下书画名头了,咱何必再去当什么皇上呢。见天要起早上朝,开会训人,能把人婆烦死。还不能留胡子。你见哪个皇上留个大串脸胡呢,好像没有吧?我直接就当了书画家,想咋活就咋活,岂不快活、受活?何况俺婆姨就是皇后,丈母娘就是皇太后,咱不当不当,也就是个名誉皇上了,你还要女婿谋的是哪门正经营生呢?'娘我就第三回笑得溜下去了。后来他就一个劲惹我笑。我笑,刘忆也跟着笑。我发现他还会逗刘忆得很,刘忆好久也没笑过这么多了。笑到最后,刘忆都在房里翻起了跟头。秦娥,也许这个人还行。找个'死钉秤'的,一天三棍子闷不出个屁来,过着也是心烦。我只给他提了一个要求,看能不能把胡子剃了。你猜他咋说:'岳母太后大人,那你老还是把我推出午门,亲自斩首算了。我之所以不贪恋正经营生,就是喜欢着这脸胡子。我石怀玉,是留头留胡子。要是不让留胡子,那我也就不准备留这个狗头了。'你说我还说啥,只有狠狠拍他一巴掌,让他走了算了。再待下去,只怕是把我的下巴,嘻嘻嘻,都要笑脱落了。嘎嘎嘎,好了好了,我再也笑不得了。你的事,我不管了。你也少让石怀玉来,再来,把娘笑死了,谁给娘偿命呢。嘎嘎嘎。"

娘这一关就算过了。

石怀玉在终南山的那院小房,是从当地村民那儿租来的。那家村民,在城里买了欧式单元楼,这小院,便被石怀玉便宜租了来。外观几乎没变,甚至还加强了竹林茅舍的感觉。室内倒是拾掇得很是文艺、温馨起来。忆秦娥第一次被他忽悠来,就喜欢上这地方了。真正是山清水秀、鸟语花香的一处所在。坐在院子葡萄架下,学古琴、学画画、临王羲之,有一种说不出的清幽自在。要说忆秦娥真正对石怀玉有感觉,就是在这个院子里才产生的。她突然觉得,也许自己跟这样一个书画家,才是最合适的。石怀玉单纯、率真、幽默;处事大气、阳光、随和；且又能给她教字、教画、教琴；他还喜爱着秦腔戏；并且是从骨子里，尊重着唱戏这个职业的。自己如果真要再找一个男人，还有比石怀玉更合适的吗？关键是，石怀玉让她快乐，让她活得轻松，这是最重要的。也就是这一次小院相会，她把主意就算拿定了。如果那天石怀玉在提出非分要求后，她没答应，而石怀玉再要强人硬下手，她也是会在脑子里，给石怀玉打个大大的问号的。可石怀玉没有，只是暗示了一下，她回答了一个"不"字，他就再没朝下进行。尽管环境那么适合发生点什么故事。她看见，石怀玉甚至把卧室粉红色的台灯都打开了。可她极不情愿让人感到她的轻薄。她是不能轻薄的。她也是轻薄不起的。十四五岁就被人侮辱。她是懂得，她不轻薄，别人都以为她是轻薄的。虽然那阵儿她也是面红耳热，心跳加速着的。好在石怀玉还算君子，为了减轻她的压抑、局促，甚至把门窗洞开，让山风呼呼地穿堂而过。小院，立即像透明体一样，对外亮出了全部内脏。他没有做出任何强迫的举动。她就把这事彻底决定下来了。

忆秦娥在省秦的房子，住着儿子，住着宋雨，住着娘，还住着她弟。自是无法做洞房了。而到终南山脚下住，又的确太远，会影响上班。车走得最快，也需要四五十分钟。石怀玉为这事，还专门买了一辆二手越野吉普。反正一切都为着结婚，一切都为着能搭建起一个爱巢来。

这个巢穴也的确温馨、温暖、温情。忆秦娥已经很久没有品尝到这种雨露滋润了。她没想到，平常在她跟前那么温顺的石怀玉，竟然是这样一个癫狂之极的野人、疯子。他是真的浑身长满了毛发。胸腔和腹部，甚至比胡子还浓密。躺在那里，就像是一块不规则的黑地毯。从头顶开始，只裸露了一方肉脸，还有一个大嘴洞，然后就端直铺排到脚背上了。尤其是两条腿，活似两根烧火棍。自己翻过身去，露出脊背上的毛发，更是长得凶险诡谲，不可思议。忆秦娥阵阵惊讶，也阵阵笑得腹内抽筋，怎么长成了这样的毛葫芦。石怀玉解释说，是在山里待得久了，许多时候，他都是跟野人一样，一丝不挂地山林里穿行、狂奔。有时画出一幅好画来，他甚至能给胳膊上绑两个簸箕，从岩石上朝下试飞。有一次，还真摔断了一条腿呢。忆秦娥是被纠缠在毛乎乎的世界中了。从额头到脚心，几乎无处不刺激着，针扎着，酥麻着。她是幸福得老想用手背去捂住发笑的嘴。可狗日的石怀玉，嫌她的手太有劲，还碍事，早拿她的练功带，把她的双手反剪在背后，死捆起来了。她嘴里不停地喊着："野人，疯子，野人……"但打心里，她是喜欢和满意着这个野人的施暴了。

可好景不长。先是上班连续迟到，都被薛团警告几回了。

娘说刘忆见天晚上也闹着要跟妈妈睡。有一晚，甚至还翻上阳台，说要看着妈妈演出回来。她娘说完后，她心里就特别难过。她跟石怀玉商量，看晚上能不能把刘忆接过去住。石怀玉倒是没反对。可这个刘忆，却是个"夜猫子"，人来疯。尤其是好长时间没跟妈妈睡了，晚上就兴奋得整夜整夜睡不着。给他安排的小房，死都不去。他老要躺在她和石怀玉中间。石怀玉即使伸手把她拉一下，他也是要狠劲地哭，狠劲地喊。并且还要用嘴咬石怀玉的手。咬是真咬。一咬，石怀玉就跟遭马蜂蜇了一般，忽地蹦起来，像一头黑熊瞎子一样，要在房里跳起来嚎叫。一晚上两晚上还行。见天晚上这样，石怀玉就躺在一边，做老牛的哼哼声了。

关键是她娘说，宋雨来家也不习惯。上学早上也送不走。说娃要回去，想婆了。忆秦娥就考虑，是不是还能再在终南山脚待下去了。她跟石怀玉说，她得回去住一段时间了。石怀玉死活不答应。他们就开始了第一轮的家庭矛盾。

二十六

让薛桂生有些生气的是，忆秦娥自从跟了石怀玉后，就变得迟到早退，不大专心于练功、排戏起来。过去，她一天到晚都是泡在功场的。现在，见天都听业务科的人，在满院子喊叫："忆秦娥来了没有？"有时他知道，是故意给他亮耳朵听的。他一批评，她就傻笑。也不反抗，也不强词夺理，但也不见改正错误。气得他还找石怀玉来谈了一次话。

这个死石怀玉，见了他，话就多得插不进嘴。他一脸的毛胡子，都是朝上翘着的。连那张胡子怎么包围，都还是口面很大的嘴，也是喜兴得就跟强电流烧焦的闸刀，咋合都合不上了。石怀玉一进办公室，不是朝他办公桌的对面坐，而是端直朝他的座椅旁边挤。像是在耳语，声音却又大得满楼道的人都能听见。说是大声说，却又像是要给他耳语似的。他开口第一句话就是：

"桂生，你知道什么叫幸福吗？你见到过幸福的模样吗？我他妈现在就幸福了！幸福的模样，就他妈是我这个样子！幸福是要浑身长毛的，你懂吗？"

看着石怀玉那副癫狂样子，他哭也不是，笑也不是，就说："去去去，坐那边说去。"

石怀玉还兴奋得给他捏起肩来，说："桂生，我的团座，我的幸福都是你给的，也必须跟你一同分享，懂不懂。要不跟你老哥分享，老弟就不够意思了，你懂不懂。的确幸福！我他妈幸福得就想冲大街上去喊，就想插两个翅膀朝天上飞。"

"别飞啦。你这个屄人，看把忆秦娥的业务耽误成啥了。"

"磨刀不误砍柴工。我的老哥，光说忆秦娥迟到早退，你没看看她的气色、面容，是不是年轻多了？女人哪，就要靠爱情来滋养，你懂不懂？没爱情的女人，就是干喳喳的，枯树桩一个，你懂吗？艺术呀，那就更需要爱情滋养了。只有懂爱情的人，才可能在艺术上有大造就，你信不信？我是在给你培养秦腔大师呢。别在意一城一池的得失嘛！在人才上，要有战略思维。秦娥迟到早退是暂时的。她的艺术超越与腾飞，将是永恒的，我的团长老哥！"

"行了行了。我说怀玉，别贫嘴了。让秦娥住得那么远可不行。你恐怕得尽快想办法，让她住回来。你知道她肩上担着省秦多大的责任哪！二十几本戏，都背在她身上。无论哪儿包场，包括外事演出，没她当主角的戏都不要，你知道不？你说，你爱她啥？"

"多了。美貌，身材……"他突然把毛乎乎的嘴，对着他的耳朵吹气说，"还有的，老弟无法告诉你，真是妙不可言，妙不可言哪！你懂得什么叫销魂吗？我他妈现在就处于销魂状态。再就是戏唱得好，是他妈真好，真叫一个绝！"说着说着，石怀玉又兴奋得要蹦起来了。

"别蹦别蹦，你坐着好不？"

"幸福得坐球不住么。"

"我说怀玉，我们的心思是一样的，都想把忆秦娥推上秦腔大师的宝座。这不仅是为她，更是为了这个事业；为省秦在秦腔界的那一席地位；还有在演出市场上那要命的竞争力。你自私得整天拖后腿，她功不练，戏不排，还能进步，还能成大师吗？"

"放心，放心，蜜月期一过，保证让她按时上下班。不过，我们这个蜜月期，可能会略微长一点。也许是半年，也许是一年。嘻嘻。老哥，你是不知道我们那炉烈火干柴，烧得有多旺啊！我他妈幸福得就想死！立马去死！就是立马死去，也是无悔一生。也是要含笑九泉的！哈哈哈，哈哈哈……"

看着石怀玉那癫狂样子，他也不好再说啥，也无法再说啥。薛桂生只后悔，不该把这个厷人领进省秦。尤其是不该让他认识了忆秦娥。还不知以后会生出什么幺蛾子来，反正眼下，是已经严重影响到事业发展了。自他上任搞新版《狐仙劫》引起争议后，他就一直在调整治团方略。秦八娃有几句话，对他触动十分深刻。秦八娃说："戏曲天生就是草根艺术。你的一切发展，都不能离开这个根性。所谓市场，其实就是戏曲的喂养方法。如果一味要挣脱民间喂养的生态链，很可能庙堂、时尚，什么也抓不住了。民间更是会根本丢失的。那你就只有走向博物馆一条路了。过去所谓带戏班子，今天叫管理剧团，都是看你的主意。看你想干啥。没有准确定位，东一榔头，西一棒槌，最后只能把自己搞成四不像。"因此，他在众多剧团的竞争空间中，找到了省秦的定位：那就是拼命向传统的深处勘探。把别人弃之若敝屣的东西，一点点打捞上来，重新擦洗，拨亮。并且，也很快见到了效果。省秦现在不仅国内市场红火，而且境外演出商，也频频来洽谈合同。仅今年，港澳台演出，就定下二十多场。欧洲，还签了一个七国巡演的单子。不过，很多节目，演出商都提了苛刻要求，需要修改加工。大概是过去被这些演出商骗得太惨了，几乎十谈九空。不到登上飞机，都有被人耍弄的可能。因此，漫长的修改加工排练，大家情绪就不高。尤其是主演忆秦娥，被石怀玉弄到终南山脚下住着，每每让薛桂生感到，推进工作是困难重重。他耳旁常听到一股风凉话说：

"薛娘娘是把'他爷'养成器了，啥戏都朝一个人头上安。'忆爷'养大了，养肥了，也该是要踢'孙子'响尻子的时候了。"

薛桂生终于动怒了。

在业务科一连拿出两个多月的考勤表，忆秦娥几乎没有一天是不迟到早退的时候，一办公室人都盯着他，看他怎么办。只见他把桌子一拍，站起来说：

"怎么办？生炒。干煸。上油锅烹。"

他真的要动用制度，杀鸡给猴看了。一次让扣除了忆秦娥几千块钱工资。并且还要写出深刻检查。如果拒不悔改，就彻底停职检查，"换刀换枪换人"。

在他做出这个决定的中午，有好几个女演员，还故意跑到他办公室门口，掀起门帘，塞进半个头来，爹起大拇指，摇了几摇。啥也不说，又抽出头走了。

他还听见楚嘉禾在外面跟谁撂了一句：

"娘娘这回总算拉了一橛硬的。"

这一招果然奏效，说忆秦娥当晚上就搬回来住了。

他还是从石怀玉嘴里知道这消息的。

那天一早，石怀玉就跑到他办公室，屁股朝椅子上一坐，就再没起来蹦跳过。

"咋了？茄子让霜打了？"他故意问。

"哎，你说你个薛桂生，凭什么要这样制裁忆秦娥呢？"

"咋了，罚了几千块钱心痛了？"

"不是钱的事。"

"那是什么事？"

"是脸面的事。有关大秦腔的颜面。"

"这么严重？"

"不是吗？忆秦娥是什么人，你能这样去制裁？传出去，对你薛桂生能有什么好处？轻者是滥施淫威，重者就是迫害人才。"

"我就迫害了，咋了。她是省秦的人，就得遵守省秦的规章制度。这里没有特殊职工。"

"难道……难道忆秦娥，就没有她的特殊性？"

"太特殊了，其他人怎么办？"

"像忆秦娥这样的台柱子，你有几个？秦腔界有几个？你不护着、捧着，让她多睡睡懒觉、养养精神，一旦累垮了怎么办？"

"你咋前后就操心着忆秦娥睡觉的事。难道她除了睡觉，就再没别的事要干了吗？"

这句话倒是把石怀玉顶得有些尴尬起来。

薛桂生接着说："还嫌我没有捧着、护着。还要怎么捧着护着？你都应该好好算算，一个剧团培养一个主角的成本，到底有多大。就这样涣散下去，团还办不办？戏还演不演？"

"你也得抓抓别人么，光把忆秦娥死抓住不放，那她还有她的生活么。"

"石怀玉，我看忆秦娥就是跟你后，才走下坡路的。你还想让她把这下坡路，走到啥时候呀？"

"反正得给她休息的时间。总不能搞成戏虫：吃戏、喝戏、拉戏，除了戏还是戏吧。"

薛桂生说气话地："那就给别人把舞台让出来么。"

"该让就得让。反正得让她除了戏以外，还能享受一下阳光、空气、生活吧。"

"你能做得了忆秦娥的主吗？"

"我能。"

石怀玉话还没说完，忆秦娥已经一跨脚进门了。

"我的事我做主。薛团，对不起，我再也不会迟到早退了。前边的认罚，并且给你检讨。"说完，她扭身就走，连石怀玉理都没理。

直到这时，薛桂生才知道，他们可能是闹了矛盾了。

他问蔫驴一样一下耷拉在椅子背上的石怀玉："怎么了？"

"还怎么了，不都是你闹的。在南山脚下住得美美的，这一处罚，好，把人给你逼回来了。却把我的饼子给擀薄了。你个薛桂生，这叫棒打鸳鸯，知道不？"

"回来住了，就鸟兽散了？"

"我给你说，这鸳鸯鸟要是被你打散了，我可就吃到你家，住到你家了。我有这份幸福容易吗我？"

"你爱住哪儿住哪儿。"薛桂生才不怕他威胁呢。

事后，薛桂生了解到，忆秦娥跟石怀玉果然是不说话了。石怀玉到功场去找忆秦娥，忆秦娥都让他滚出去了。这事还让薛桂生有些不安：忆秦娥已经是二婚了。第一次就闹得沸沸扬扬，如果再出现第二次闪失，对忆秦娥还真是麻烦不小的事呢。毕竟是大演员，关注的人太多了。何况对忆秦娥的风言风语，从来就没中断过。为这事，他还找过忆秦娥，问她跟石怀玉到底咋了。尽管他从一开始，就觉得石怀玉这个人，好玩是好玩，有才情，有趣味，却未必是一块做丈夫的好料当。可忆秦娥这个人心很深，啥都问不出来。也不知她家里，到底是发生了喜剧还是悲剧，反正她依然还是那样遇事都捂嘴笑着。只说没有啥，就还练她的功，排她的戏了。

直到后来，他才知道，石怀玉跟她是在终南山打架了。

二十七

终南山脚下的小院子，的确很有味道，尤其是生活气息逼人，但忆秦娥却是越来越不能忍受那种几乎与世隔绝的生活了。尤其是不能忍受与唱戏隔绝的生活。不练功，不排戏，不演出，她就觉得活着很是乏味。而石怀玉的生活习惯，就是晚上能整夜折腾，白天朝死里睡。等她早上好不容易爬起来，坐一小时车去上班，基本就十点多了。别人等不及，早骂骂咧咧地走了。她一人也排不起戏来。说练功，却是四肢乏力，再没了强度、力度。练也就是过过趟而已。她甚至感到，自己的胳膊腿，在一天天僵硬起来。柔性、韧性都随着活动的减少，而大不如前了。最关键的是，两个孩子的生活节奏，也让她给彻底打乱了。

先说宋雨。

这孩子被她从农村带回来后，就先跟娘发生了摩擦。娘说怎么要个女娃子。即使收养，也是该收养个男娃的。她说女娃子就是个赔钱货，养大了，总得让人家出嫁吧。出嫁你还得给人家置办陪嫁，不是赔钱货又是啥？忆秦娥就不高兴，说："我也是个女娃子，要你养活，要你陪嫁了吗？"一句话，把娘怄得还没话说了。想了半天，娘说："世上又有几个我女儿这样的人才呢。你舅都说了，你是五百年才出一个的唱戏天才。你舅还说这话是林彪说的。"忆秦娥就笑了，说："你们就觉得自家的人能行，谁又敢保证这个女孩子就不行呢？你不想养活我了，早早把我送去学唱戏，给人家当了烧火丫头。这孩子也是个烧火丫头，人家就为啥不行了呢？"娘说："那要看祖坟山埋的是不是正穴。要埋的不是正经地方，九岁在灶门洞烧火，九十岁还得给人家担水劈柴呢。看娃长得那副鸡骨头马撒（头）的样子，恐怕也成不了啥气候。"可这孩子在家住了几天，她娘又喜欢上了。说娃眼见生勤，腿快嘴甜的，是个好娃娃。并且刘忆也很喜欢，两人还玩闹得热火朝天的。刘忆还多学了一个"唯唯（妹妹）"的称呼，乐呵呵地，一天喊到晚，还老撺着要抱"唯唯"。她娘就悄悄对着她的耳朵说："不定还给我孙子养了个媳妇呢。"忆秦娥就把脸一变说："娘，你怎么能这样想呢？"随后，忆秦娥就安排宋雨上学了。上学的事，都是派出所乔所长一手给办的。可宋雨上学成绩有点跟不上。并且说话地方口音很重，老被同学嘲笑，就渐渐厌起学来。直到有一天，忆秦娥突然发现，孩子在偷偷学她练功。并且把腿和腰，已经练得有些软度了。连"卧鱼"都能下去了。她就问："雨，你这是干啥呢？"宋雨也是拿手背挡住了嘴，半天不说话。她就说："玩一玩可以，但你还是要好好上学，知道不？学戏很苦。妈妈的苦，是没办法给你说的。妈妈要你，就是想让你好好念书。妈妈希望咱家，能有个把书念得很好的孩子，懂不懂。"宋雨没有说话，只用嘴啃着手背。但她也没有表示反对，还是去了学校。

忆秦娥把宋雨从农村要回来后，也曾觉得自己有点心血来潮。怎么就把人家这么大个活人，给生生要来了呢。当时她真的没想过别的，就为这孩子是个烧火丫头。烧火丫头这几个字，太要她的命，太撞击她的心灵了。在那一瞬间，她甚至突然产生了一个想法，要彻底改变这孩子的命运。因为在自己当年被弄去烧火时，是多么希望从天上降下一个神仙来，帮她一把，让她别去厨房做饭了呀！哪怕叫她回去放羊都行。可那时是叫天天不应，叫地地不灵。但现在，她是有这个能力，来改变一个烧火丫头的命运了。可当把宋雨真的弄回西京后，她又觉得，自己当时是不是太冲动了一点。养一个人，是一件多么不容易的事呀！不仅仅是供吃供穿的问题。那无非是自己多出去走几趟穴，多挣点外快而已。单是让孩子上学这件事，就已经够让她操心劳神了。这孩子几乎是天生地念不进书。她还寻情钻眼，把宋雨送进了交大附小。可宋雨的学习成绩，很快就让学校把她弄去开了几次会，谈了几回话。说这孩子在课堂上就是个"白盯"。所谓"白盯"，就是看着上课是把老师死盯着的，结果一问三不知。问得急了，她就用手指头抠鼻子窟窿，用手背捂住嘴。咋批评咋问话她都不搭腔。老师甚至还疑惑说，这孩子智力是不是有问题？忆秦娥脸一红，很是不高兴地说："孩子智力健全。只是才从农村来，不适应。得有个过程。"可几个月过去了，宋雨还是让老师别扭着。让她也揪心着，难堪着。尤其是她跟石怀玉结婚以后，一下住得远了，宋雨的上学问题，就更是成了一桩事了。

771

刘忆虽然接到身边了，可石怀玉却有些不待见。他倒不是不待见孩子的痴傻、残疾。而是嫌孩子太闹腾，整夜整夜兴奋得不睡觉，影响了他的"好事"。他就老提议，还是把孩子送回姥姥那儿去。一回两回，她只是笑笑算了。说得多了，她心里自是不舒服起来。尤其是有一天，石怀玉竟然偷偷给刘忆吃了五颗安眠药，让孩子美美睡了一天一夜，让她就跟石怀玉彻底闹翻了。

　　那是一个星期天，团上倒也没排戏。他们起床时，已是快中午时分了。那天天气特别好，太阳金黄金黄的。要是放在市区，不开空调，都是没法在房里待的。可在这里，山风吹得凉飕飕的，舒服极了。尤其是在院子的葡萄架下，简直给人一种洞天福地的神仙感觉。刘忆闹腾了半晚上，后半夜才睡下。她是觉得好些天没有正经练功，身上哪儿都僵着劲，就起来在院子里活动起来。一阵腿脚踢得累了，她一屁股坐在葡萄架下的石凳上，还是"卧鱼"的身姿。石怀玉突然从卧室的窗户里，光着毛身子探出头来一看，竟然激动得从窗户里，张飞一般跳将出来。他大喝一声，说创作灵感来了，要画画。他还老鹰抓鸡般地一把将她抱起来，放到秋千架上，一边推着她荡秋千，一边说："乖，能不能跟你商量个事？"说着就愣亲起她的脖根、耳朵、眼睛、鼻梁来。

　　"讨厌，毛乎乎的。什么事？"

　　"能不能让我创作一幅作品。"

　　"给你当模特儿？"

　　"是的，乖。"

　　"那我有个条件，我可以给你做模特儿，但你能不能让我只周六过来，平常就睡在家里？我要上班，要排戏。"

　　"你就爱跟我讲条件。先答应了我好不好？"

　　"那你必须先答应我。"

　　"好好，答应你。来来来，让我给乖乖收拾打扮起来。"石怀玉说着，就开始剥她的衣服。

　　"你干吗呢？"

"来来来，先卧在这儿，让我慢慢给你摆姿势。"说着，他又把她抱到了石凳上。他一边亲着她的高鼻梁，一边又脱起她的练功短裤来。

她一把将短裤拉住："你疯了，这是院子。"

"院子没人来，大门也关着。这个世界就你我二人。"

"胡说，还有孩子呢。"

"孩子睡着呢。"

"也该醒了。我还要给他做早点呢。"

"不急不急，我这阵儿创作欲望正强烈，咱们赶快动起来。"说着，他还要脱。

忆秦娥就一骨碌从石凳上爬起来说："你要画什么？"

"阳光。绿叶。藤萝。葡萄。茶藤架。多少鲜活的生命包裹着你呀！我在秦岭很多年，都没有感受到如此强烈的审美愉悦与冲动了。乖，就让我好好创作一幅作品吧。"

"那你画吧。"

石怀玉又脱起她的衣裤来。

"你要干什么？"

"画裸体。这么美好的一切，只有你的裸体，才是可以与它们媲美的。也只有你的裸体，才能拎起这个画面的生命重心。"

"你是疯了吧，石怀玉。"

"谁疯了？作为画家，如果我不能把今天这种对生命的独特感知，真切记录下来，那就是我的失职。是对人类美术史的不负责任。"

"去去去，你想画裸体找人去。我是绝对不可能让你画的。"

石怀玉突然嗵地跪在她面前说："娥，就让我画一次吧！今天的阳光、植物、生命，包括我的创作冲动，一切的一切，也许不会再重复出现了。这种稍纵即逝的灵感，如果丢失，会让我后悔一辈子的！相信你也会后悔的！"

忆秦娥看他说到这里，就又补了一句："别说得太玄乎，我可不是啥子青春少女了，有什么好画的。"

"你跟别的女人不一样。也许是一直在练功，你的身材、皮肤还跟二十几岁的姑娘一样，充满了活力与弹性。"

"别瞎说了，还有孩子呢。他醒了咋办？"

"他醒了我们就停下来，好不？"

忆秦娥是在半推半就中，被石怀玉剥得跟葱白一样，平放在长条石凳上。他把姿势摆来摆去，摆了半天。最后，忆秦娥还是要求给身上盖点什么。石怀玉就拽了几枝葡萄叶子和葡萄下来，把她的敏感部位，做了些影影绰绰的掩饰。几年后，在石怀玉的画展上，这幅作品，几乎轰动了西京。当然，不仅是因为石怀玉画得好了。详情后边会说。

单说那天，忆秦娥配合石怀玉，从中午画到下午，都不见儿子刘忆喊叫，她就觉得有点奇怪。在画画当中，她还去看过两次，刘忆一直都是睡得呼哧大鼾的。她还说孩子果然玩得累了，今天可是睡好了。可五六个小时过去后，她去看，刘忆还睡得人事不省。她就有些怀疑。她突然发现石怀玉放药的地方，有一个瓶子上的说明是新撕了的。结果在垃圾桶里，她发现了这张小纸片。上面有安眠药的说明字样。气得她一冲出去，就把石怀玉的画夹子给踢翻了。石怀玉知道是怎么回事，就只傻笑，不反抗。忆秦娥揪住他的毛耳朵逼问："你干什么了，说。"

"没……没干啥。"

"石怀玉，你好歹毒的心。说，给孩子吃什么了？"

"安……安眠药。我是被这个家伙……弄得整夜睡不着，才买的。是给我买的。"

"说，给他吃了多少粒。"

"五……五粒。"

"正常吃几粒？"

"一到……四粒。"

忆秦娥气得浑身发抖地："石怀玉，你这是投毒！是犯罪！是杀人！你要把我孩子弄出个三长两短来，我就跟你拼命了。"说着，她飞起一脚，踢在石怀玉的下巴上。接着，又是《打焦赞》一般地拳脚相加起来。在石怀玉被打得满地找牙的时候，她抱起孩子愤然离开了。

在离开那院孤零零独自存在的民居时，她甚至有种逃出鸟笼的感觉。

这个石怀玉，想来也真是个怪物。就在几天前，也是在葡萄架下，他突然拿出一本绣像《金瓶梅》来。他指着那幅潘金莲和西门庆在葡萄架下的春宫图，就要绑她的腿脚，加以操作实践。那天她就踢了他一个"二踢脚"，还旋了一个"扫堂腿"，喊他是大流氓。今天想着他是要创作，就很是不情愿地遂了他的心思。也是想补救这些天来刘忆的闹搅。谁知他竟然还给刘忆做了手脚，这就是怎么都不能原谅的事了。他是把底线突破了。在一刹那间，她甚至连杀他的心思都有。敢这样做，时间长了，难道他就不敢谋害刘忆吗？都走出院子很远了，她内心还在打着寒战。

忆秦娥回家后，她娘就看出他们两口子可能是吵架了。娘还说了她几句："这可是你情愿的。放着好好的城里不住，要住到南山去，连老娘都不要了。看来把男人也没维下。"忆秦娥啥也没说，就拿起宋雨的作业本翻了翻。宋雨低着头，用嘴啃着手背，不敢说话。她看见，几个作业本上几乎都是大红叉。有几个红叉，明显是老师气得有些失控，竟然把好几页纸都划成烂片片了。她说了宋雨几句，宋雨一只脚丫子踩着另一只脚丫子，只使劲在那儿搓着，就是不回话。她本来是想发脾气的。可又觉得，孩子怎么就那么像儿时的自己，既可怜，又憋屈。看着那样子，她直想落泪。她也就啥都没再说，只让她把鞋穿上，小心着凉。倒是刘忆眼尖，把宋雨的拖鞋，一只顶在头上，一只含在嘴里，是趴到地上给"唯唯（妹妹）"把鞋穿上了。

她娘把她叫到一旁说："这娃心事不在念书上。"

"那在什么上？"忆秦娥问。

"唱戏。你只要一走，她就把自己关在房里，又是拿大顶，又是下腰、踢腿的。一叫念书、做作业，她就闹着要回去找她婆。"

忆秦娥半天没有说话。

她娘说："不行就让学唱戏算了，不定还能又学出个小皇后来呢。"

"不行。必须让她好好念书。"忆秦娥给她娘回答得很干脆。

晚上，她一边搂着宋雨，一边搂着刘忆。她还给宋雨讲了很多道理，要她好好学习。说唱戏太累太苦。除了身体累，心会更累。可觉得孩子又听不懂，她就直说，要她以后不许再偷着练功、学戏了。说把书念好了，她会把她婆接来看她的。要不然，她婆也会不高兴的。宋雨也不说啥，就钻到被窝里抽泣。刘忆是一直独霸着妈妈两个奶的。见"唯唯（妹妹）"哭了，就很是大方地让给了"唯唯"一个。忆秦娥将两个孩子紧紧搂着，觉得好像这才是她最踏实的生活。

忆秦娥正常上班后，石怀玉来找过很多次。她开始不想理，排出访节目也的确忙。可石怀玉找得不依不饶的。有一天，薛团长就找她去做了一次工作，说：

"秦娥，无论你跟石怀玉现在是什么情况，都得慎重考虑这事了。你毕竟离过一次婚。社会上对你的关注度又高。要是处理不好，对你的伤害是会很大的。我的意思是：能和好，还是尽量要和好。只要没有什么大不了的事，还是不再折腾为妙。你跟别人不一样，你折腾不起呀，秦娥！"

她也觉得薛团说得有道理。去香港、澳门、台湾演出一回来，她就又半推半就着，去了终南山脚下的民居。

谁知她这次去，只住了十几天，刘忆就出事了。

二十八

刘忆觉得，这个家自从有了那个毛脸大胡子，一切都好像不是原来那么回事了。大胡子开始也是爱自己的，一到家里，就拿满脸的大胡子亲他、扎他。早先他可不喜欢了。比妈妈、姥姥亲他的感觉差远了。并且那个大胡子嘴唇厚，牙黄，有时还有口臭。要再抽烟了，亲他，他直想吐。可这个大胡子好像爱讲笑话，把妈妈笑得老捂嘴、喷饭。姥姥开始也不待见。后来也被大胡子惹得笑岔过几回气，溜到沙发下，直让他帮她捶背、顺气，说她都快笑死了。还是他跟大胡子一起把姥姥拽起来的。至于讲了些什么笑话，他也听不懂。反正那丛比猪鬃还硬的大胡子，围起来的屁红色嘴里，话可多了。一家人坐在那里，就见那张嘴在掰活。其余人，只管笑就是了。他那两片嘴，一张一合一张一合的，能鼓捣一天不闲。也不知哪里就有那么多屁话。真正是应了姥姥爱骂小舅的那句话：话比屎多。大概就是那张嘴能掰掰，姥姥先是轻狂着给人家擀臊子面了，碗底还埋了荷包蛋。这是给他才吃的东西，怎么就让大胡子咥了呢？咥得恶心的，鸡蛋花子还抹了他一胡子。后来他见妈妈也不对了，不光是喜欢笑，喜欢用眼睛看着大胡子，而且有一天，大胡子趁姥姥到灶房做饭时，他还在沙发上准备亲妈妈呢。要不是他眼尖手快，拿起拖把把大胡子撅起的屁股，美美捅了一下，还真让他把妈妈欺负了。妈妈的嘴，打小就是他一个人的。妈妈用嘴，把啥东西都嚼细了给他吃。他发烧了，妈妈还拿这张嘴给他喂水。他嫌药苦，也是妈妈先拿嘴抿了，说抿甜了，才给他喂进嘴里的。大胡子来以前，妈妈的嘴，可是没跟任何人亲过的。包括姥姥，她的亲娘，妈妈也是不亲的。可这个大胡子，竟然吃了豹子胆，就敢亲妈妈了。让他生气的是，他拿拖把捅大胡子的屁股，妈妈不仅没帮他的忙，而且还用手背捂着嘴笑。看来妈妈也是被这个大胡子的烂嘴，给迷糊住了。最让他伤心的是，妈妈还跟这个大胡子过起日子来了。姥姥说，那叫结婚。以后他要把大胡子喊爸爸了。姥姥还老教他这两个字。他才懒得学呢。虽然他会喊，其实"爸爸"这两个字最好喊出来了，可他偏不喊。姥姥一教他"爸爸"，他就"凹凹""刷刷""拉拉"地乱喊一气。他才不想把大胡子叫爸呢。没想到，事情会发生得这么严重，妈妈跟大胡子在一起过日子，就意味着他要靠边站了。人家到南山脚下过日子去了，把他竟然撂给了姥姥。姥姥也学妈妈，晚上让他摸着奶睡。可姥姥那是什么奶呀！蔫皮皮的，像两个倒空了米的袋子，摸着咋都睡不着。他就闹着要妈妈。姥姥说，妈妈跟人结婚了。结婚了，就得跟人家在一起过日子了。他想：那我呢？妈妈为啥不跟我结婚，要跟大胡子结？大胡子还有口臭。大胡子吃饭也比我脏。我是沾在嘴角、鼻子上的；他是沾在毛胡子上，越抹越擦越朝胡子里钻，比动物园里满地乱卧的猴屁股还脏。

"唯唯（妹妹）"宋雨，也不知是他们从哪里弄来的。人倒是乖，也听话，把他哥长哥短地叫着。他要坐，宋雨就会拿板凳。他要上床，宋雨也会帮着他把腿抬上去。好是好，可好像也在把他的饼子朝薄里擀呢。睡觉，妈妈能让睡在一个床上。宋雨睡不着，妈妈也让摸着她的奶睡，这算咋回事？这算咋回事？这到底算咋回事？难道妈妈的奶，也是可以分给她摸的吗？饭她可以吃；床她可以睡；电视她可以看；玩具她可以玩；甚至连他的电动汽车，也是可以让她坐的。可妈妈的奶，却是不许任何人动的。那就是他一个人的。好在宋雨听话，他说不让摸，宋雨就不摸了。有时半夜醒来，他发现宋雨是摸着妈妈奶睡的，他就会狠狠掐她一指甲，然后把手掰开去。除非有时他高兴，也是可以让"唯唯（妹妹）"摸一下的。但那只是一下，摸完必须把手拿开。要不拿开，他就会揍她的。"唯唯（妹妹）"也好玩，妈妈不在的日子，她比姥姥好玩多了。她爱学妈妈拿大顶、劈双叉、踢腿、下腰、卧鱼、扳朝天蹬。可好玩是好玩，却终是代替不了妈妈的。妈妈不在，他几乎整夜整夜睡不着觉。妈妈给门上安了一个猫眼，是为了让他能朝外看的。他就经常贴着脸看，把两个眉毛都蹭掉完了。妈妈就把猫眼拆了。他现在能看见妈妈回来的地方，就是阳台了。可妈妈自打跟大胡子去南山过日子后，这里就很少能看见妈妈的身影了。他不吃饭，也不睡觉了。一天到晚，就在阳台上搭把椅子，站上去等妈妈回来。后来，姥姥就让妈妈把他也接到南山脚下去了。

原来南山脚下这么好玩的。不仅地方大，而且还有院子，有秋千。出了院子，还能朝田埂上跑。地里种满了棉花。妈妈说，这就是为我们穿衣服种下的。反正那个好玩呀，真是能把人高兴死。可只高兴了一两天，他就高兴不起来了。事情全都要怪那个死大胡子。大胡子绝对不是一只好鸟，他是要把妈妈彻底从他手中夺去了。先说睡觉，这么个毛乎乎的家伙，有些像动物园里的野猪，竟然也是能躺在妈妈身边的。他并且听他给妈妈捣鼓说：孩子大了，应该让他分床睡。多么阴险歹毒的家伙呀，竟然是要独霸妈妈了。他才不上毛胡子的圈套呢。毛胡子给他收拾了一间房，还摆满了玩具、甜点、饮料，他偏不去睡。他就要睡在妈妈身边。毛胡子朝哪边躺，他就朝哪边翻。并且他还要掐毛胡子、咬毛胡子，拿屁股顶毛胡子，拿脚踢毛胡子。反正毛胡子不下床，他就想方设法地拾掇他。直到毛胡子气呼呼地起身离开。惹得妈妈老捂嘴笑着，还刮他的鼻子说："你个坏蛋。"

　　开始毛胡子还忍着让着他。到了后来，毛胡子脸就有些变了。背过妈妈，老威胁他说："今晚你要再不到你的床上睡，我就把你扔出去喂狼。这外面的狼可多了，专等着吃不听话的孩子呢。昨晚都来过了，我说你今晚就会听话的。说，今晚听不听话？"还没等大胡子说完，他就跑到妈妈怀里，直说"羊……羊……"，可惜他发不出"狼"的准确声音来。妈妈还说，这里哪有羊呢，等将来回九岩沟看姥爷时，就有羊了。晚上他还是睡在妈妈怀里。大胡子要上床，他还是拿脚踢。他才不怕什么狼不狼呢。只要在妈妈怀抱里，就是遇见啥，也是不怕的。到了第二天，妈妈上厕所时，大胡子又把他叫到一边吓他说："你信不信，今晚你要再睡在你妈床上，我半夜就拎起你的胯子，从后窗户扔出去了。我跟狼都商量好了，我一扔出去，它们抬着就跑。谁都撵不上的。包括你妈，要敢撵，它们也都说好了，是要一同吃掉的。看你再没妈了，可咋办呀！晚上还上你妈床不？说，还上不？"他又一溜烟跑了，并且端直跑进厕所，猴到了妈妈的背上。晚上，妈妈走到哪儿，他跟到哪儿。妈妈上床，他也上床。并且整夜整夜地不睡，说窗外有"羊"。死大胡子还是要朝床上赖。只要有妈妈在，他才不怕你什么大胡子不大胡子的。他就是不让他上床。大胡子从哪儿上，他就拿着枕头朝哪儿打。气得大胡子就猪一样哼哼着，瘫到地上的凉席上了。其实他心里，还真有点怕大胡子半夜把他扔出去了呢。因此，他就来个整夜不睡，等白天妈妈把他抱上车了再睡。回到姥姥家，也是睡。可一旦下午妈妈把他带回南山脚下，他就不再睡了。有一晚上，他故意装着睡着了，看大胡子能咋把他朝出扔呢。谁知大胡子倒是没扔他，却窸窸窣窣摸上床，把妈妈压住，还呼呼哧哧地收拾妈妈呢。他气得一骨碌爬起来，就操起了床头柜边的一根防身铁棍。那是大胡子准备的，说这是乡间，搞不好会有毛贼来犯呢。没想到，毛贼竟然是死大胡子自己。他照毛胡子撅起的黑屁股，美美抡了三棍。要不是妈妈一把将铁棍抓住，第四棍都抡下去了。大胡子猪一样号叫着，把妈妈笑得都从床边溜下去了。他问妈妈咋了，妈妈笑得噎不上来气地说："没咋，你个乖儿子呀！"

从这天以后，大胡子对他就越来越不客气了。他也不知安眠药是什么东西，事后他才听说，大胡子是给他饮料里下了安眠药的。让他一睡就是十几个小时，人事不知。也就从那件事后，妈妈才彻底从南山脚下搬回来了。他记得，那天醒来时，妈妈还抱着他号啕大哭了一场，只说对不起他。他还不知是怎么回事呢。

从南山脚下回来后，好像一切又都正常了起来。妈妈天天去排戏。要是晚上去功场自练了，还能带着他，让他在海绵毯子上翻跟头。"唯唯（妹妹）"有时也去，跟他一起玩。有几回，他还看见大胡子来找妈妈，妈妈不理睬。他就拿起演戏的刀、枪，去撵大胡子，是前后要戳他腿、戳他脚、戳他的屁股。死毛胡子的屁股，可恶心人了。

再后来，妈妈就到啥子香港演出去了，说回来给他买新衣服，还买巧克力呢。他可喜欢吃巧克力了。要是姥姥不东藏西藏的，妈妈每次买一盒巧克力回来，他都能一顿吃完。

每次妈妈一走，大姨和大姨夫就来了，说的都是他们日子的艰难。好像还嫌妈妈管得少了。姥姥就说大姨：秦娥也不容易，养了个傻儿子，还养了个要来的女子。加上她，加上小舅，好几张嘴要吃要喝的。傻儿子就是说我。我最讨厌谁说我傻了，可姥姥偏要说，我就过去踢了她一脚。姥姥急忙改口说，我孙子不傻，是姥姥傻，姥姥傻。姥姥还说，要大家都体谅着秦娥一点，说这大一家子人，还不都靠秦娥支撑着。但凡能帮的，秦娥也都帮了。大姨说，他们好像在买房子，叫个啥子按揭房，说月月都催得跟鬼吹火一样。姥姥经常会给他们摸些钱出来。说这钱也都是秦娥给她的零花钱，她又都转置着给他们了。姥姥每次把钱塞给大姨时，好像还生怕我看见了似的。那一阵儿，她又不把我当傻子了。小舅也不成器，姥姥说他干啥啥不成。他老回来问姥姥要钱，气得姥姥遇见啥，就拿起啥来打小舅。他看见，姥姥光拿炒菜的铁瓢，都把小舅的脑壳磕了好几回了。说小舅迟早都是要跟老舅爷一样，去坐牢的。可小舅还是混得好好的，并且越混还越出息了。摩托车都开上了，说在外边跑啥事情呢。还说钱都是自己挣的。姥姥就骂他："买你娘的匹，又买摩托呢。我还不知道，上万块钱的摩托，光你姐都给了四五千。还要电脑呢，让你姐给你买个驴脑子安上，败家的东西！"

"唯唯（妹妹）"倒是乖巧，可在妈妈不在的日子，老是逃学。姥姥还不敢多说，一说她就要回去找婆。妈妈从香港回来那天，听说"唯唯（妹妹）"逃了好多天学，光练戏，还打了"唯唯（妹妹）"一巴掌。"唯唯（妹妹）"哭得连新衣服都不试。巧克力也没吃。他差点把给她的那一盒都吃完了。还是姥姥硬从他手上抢去藏了的。

在妈妈不在的时候，大胡子还来过几回的。有两次，姥姥没叫进门，让大胡子站在门口，说了几句话，就把门又关上了。有一次，大胡子硬要朝进走，他就去厕所拿出拖把，照他脸上戳。要不是姥姥挡住，都戳到胡子上了。大胡子还给他买了巧克力，可他忍住几天没吃，只老是去看一眼，就"呸"的一声离开了。不过最后，他到底还是没忍住，一回吃了大半盒。巧克力的确好吃，尤其是酒心的。大胡子给他买的就是酒心巧克力。

妈妈刚一回来，大胡子就来了，基本是前后脚进门的。他去拿拖把赶呢，妈妈把他推到里边房去了。也不知他们在外面说些啥，反正他从门缝里，听见妈妈又在笑。这一笑，他就觉得没好事。他可讨厌妈妈对这个死大胡子乱笑了。那天晚上，姥姥还给大胡子擀了面，面底下又是卧了荷包蛋。气得他眼睛一直朝大胡子鼓着。他也用眼睛鼓了姥姥，还鼓了妈妈。大胡子要走时，还故意到他跟前，做要抱他、亲他的样子，他呸地朝地上唾了一口。其实嘴里啥也没有，他就是想吐一下，气气死大胡子。

后来，妈妈就又到南山脚下去住了。

妈妈说去住几天就回来，没说带他去的话。他也不想去，不想见大胡子。心里也怯着，害怕死大胡子又给他下毒药呢。妈妈交代，要他好好听姥姥话，跟"唯唯（妹妹）"好好玩，她就拿了几大包东西走了。

他在阳台上，是看着妈妈钻进大胡子的臭车里走的。

这一走，就是好多天。他天天闹着姥姥要妈妈。姥姥老说，很快就回来了。可他每天站在阳台上朝远处看，就是不见妈妈回来。平常阳台的玻璃，都是扣死的。姥姥见他上阳台，更是要把窗扇检查一遍又一遍的。

这天晚上，姥姥在洗衣服。"唯唯（妹妹）"在练劈双叉。他就又到阳台上，朝远处看了。外面雾沉沉的，啥都看不清楚。加之树梢也有些挡眼，他就搭了椅子，站到更高的地方看。看着看着，远处好像是妈妈回来了。他就喊，他就兴奋得蹦跳起来。

他打开了一扇窗户的插销，把半个身子都探出窗外，直喊叫"妈妈，妈妈，妈妈……"，谁知窗框没抓紧，椅子一摇晃，他就从窗口倒出去了。

像是在飞，但他感到又有些不妙，想用双臂做翅膀，那翅膀却咋都扇不起来。他感觉头是朝下的。像姥姥有一次，把摆在阳台上的一个老冬瓜绊翻下去了一样。那个冬瓜，还是姥姥从老家带来的，说有五十多斤重。一沟的人都说，冬瓜快成精了呢。他们家住在六楼，那个冬瓜下去后，只听"嘭"的一声，就摔成一摊稀泥了。他下去看时，白色浆汁溅得到处都是。

他感觉自己就像那个冬瓜一样，跌下了六楼。

在空中没转几下，他就感到，头是撞在很硬的东西上了。他一下想到了那个冬瓜坠地时的惨相。大概不会是白色浆汁了。可能会是红的，红色比白色好看多了。妈妈里面就爱穿红色内衣，可好看了。妈妈嘴唇也是红的，可美、可甜了……

二十九

忆秦娥从港澳台演出回来，迫于各种压力，又跟石怀玉去了终南山脚下的民居小住。

当然，石怀玉的真诚，也再次打动了她。不过，她跟石怀玉也谈得很清楚，在剧团外出回来休整阶段，可以过去住。一旦开始排练，她就必须住回去。那阵儿，她说什么，石怀玉都答应。只要她能"凤还巢"。关于刘忆，石怀玉没有明确说不让带的话。但她心里已有了阴影，是不想再把儿子带过去惹麻烦的。其实这次矛盾升级，主要就在石怀玉给刘忆吃安眠药上。好在为这事，石怀玉已经给她道过无数次歉了。说他绝对是"爱屋及乌"，没有"谋害"孩子的意思。当时就是想让他多睡一会儿。这孩子太像夜间才圆睁两眼的"猫头鹰"，一点都不给他留空间。他说："你想想，咱新婚燕尔，烈火干柴的，却不给亲热的时间，无异于把人架到笼上清蒸，又到火上烘烤，塞到炉子里炼化呀！"不管他怎么狡辩，反正在忆秦娥心中，对石怀玉已是防着一手了。刘忆毕竟只是三四岁孩子的智力，石怀玉真要做起什么手脚来，还真是防不胜防的事。关键刘忆不是他的亲生，又智障着。她觉得还是让孩子远离着他点好。

要说石怀玉对她也的确是好。闹翻这段日子，他几乎就没中断过联系与道歉。即使在港澳台演出，他也是一天几次信息、几个电话地打。告诉她国内是怎么宣传的：说忆秦娥在港澳台，是怎么为秦腔赢得空前影响力的。就连香港、澳门、台湾多家报纸给她做的采访，也被他搞到手了。看来石怀玉在省秦也是有内线的。不过这一切，毕竟还是让她感到了石怀玉的有心与温情。因此，在回来的第三天，她就又到南山脚下的民居来了。她已是离过一次婚的人了。用她娘的话说，女人离一次婚，就不值钱了，你还敢折腾第二次。她也觉得自己是折腾不起了。何况石怀玉是爱着自己的，她没有理由不去修护、维持这种关系。

石怀玉是个疯子，也是一个在性生活方面极其强烈的狂人。并且有很多癖好，是忆秦娥绝对不能接受的。比如他希望跟她一道，保持一些"野人"的生活方式。他说城市太虚伪，太讲究掩饰、装扮：又是打粉底、又是抹口红，还要丰隆假乳、鼻梁、拉皮、削腮帮子、割什么双眼皮的。连说话，都要带着一种拿捏的腔调。他说他爱她，爱的就是这种朴实自然，素面朝天。他觉得在这个家里，是可以剥去一切生命伪装，来个一丝不挂的畅美、快意生活的。他说他在山里作画，就常常这样赤身裸体着。就连在院子里荡秋千，他也是要像"山鬼"一样，剥光剥尽，只给头上扎一个花环，腰上别几片树叶的。但忆秦娥一概不予配合。说她不是猿猴，更不是野人。并且也不准他一丝不挂，毛乎乎的，在家里到处胡扑乱窜。猛一撞见，还以为是野猪、黑熊瞎子什么的钻进家来，直立行走了呢。她宁愿不荡秋千，也是不会剥光了身子，到院子里到处胡跑的。狂风暴雨天气，他又要忆秦娥跟他一道回归自然，到田野里去，裸奔呐喊屈原的"天问"；大声朗诵哈姆雷特的"活着还是死去"；还模仿李尔王，在电闪雷鸣中，要"把一切托付给不可知的力量"。他自己折腾了不算，还要忆秦娥也在风诉雨哭中，大唱《鬼怨》。说那种感觉，一定跟舞台上不一样。他还说，冤魂野鬼，是最有可能在这种天气出现的。虽然这片田地，在暴风雨中，可能也遇不见任何人，但忆秦娥是死都不能这样去唱《鬼怨》的。他要裸、要奔、要喊，让他尽情裸、奔、喊去。谁也阻挡不了。但自己绝不配合。她只从窗户里看疯子一般，观望着他超常的生命宣泄，傻笑一番而已。

不仅如此，石怀玉还有许许多多稀奇古怪的想法，都让忆秦娥无法理解，也无法承受。忆秦娥很保守，很传统，很内敛。过夫妻生活，都希望是要把灯关了的。甚至把一些太越格的行径，都视为下流、不洁、兽性。而石怀玉动不动就要拉她出去"野合"。有时还不分白天黑夜。见太阳好了，他也兴奋；见月亮圆了，他也把持不住性情地要到田野里吟诗、喝酒、做爱。可在她内心深处，对性，却是总在一种干净与不干净中徘徊。跟刘红兵在一起，她就是尽量哄着、躲着、回避着。当然，那时排练演出也的确太累。但也与她十几岁时，被廖耀辉所侮辱的那片阴影有关联。这个石怀玉，是个比刘红兵还猛的角色。他浑身充满了一股野性，并且还好强制。他们之间就不免要天天置气、天天闹别扭、天天打嘴仗了。忆秦娥住了几天，想孩子，就闹着要回去一趟。可石怀玉死都不肯，说已经几个月不在一起了。他说过去在一起，也是孩子老从中作梗。现在好不容易有了机会，也该尽情补个蜜月了。有一天，忆秦娥甚至准备偷着跑一回，结果让石怀玉发现后，干脆用铁链锁把前后门都锁起来了。

石怀玉不是不爱她，而是爱得太乖张，太过分。总是有一个野性男人的强劲欲望、山夫粗暴、开怀放纵在其中。自跟石怀玉认识后，她跟他学会了古琴入门曲《凤求凰》《老翁操》。这次又学习了《梅花三弄》。书法、绘画也大有长进。她的特点是：苦练加猛练。就连秦八娃老师要她背诵的那些诗词曲赋，她也靠笨功夫，"生吞活剥"着强记下五六百首来。而在石怀玉看来，那都是蠢驴才干的活儿。艺术贵在体悟、悟妙、率性。贵在用他山之石攻玉。他说看着都在操古琴，却大多都是猪队友。既不懂高山性情，也不知田野风物，那你弹的什么《高山流水》，奏的什么《渔樵问答》呢？那就是作，朝死里作。在一个雷鸣电闪的夜晚，石怀玉突然从床上爬起来，竟然弹起了惊心动魄的《广陵散》。还把自己弹得泪流满面的。尽管她还瞌睡着，却还是为他的生命投入而惊异、动容了。

不能不承认，石怀玉是一个才华横溢的艺术家。他不仅能说会道，而且身手也的确不凡。几乎是琴棋书画无所不能，无所不通，无所不精。可要跟他在一起过日子，也确实有点太扯淡了。忆秦娥越来越感到了这一点。石怀玉光棍一条，常年四处浪荡，钻山穿林，无拘无束，无挂无碍。而她上有老下有小。身边还有姐姐、弟弟，甚至还有舅舅，全都得靠她帮衬、打点、支应。爱情、闲适、洒脱、放荡不羁，可能都是艺术家最好的天性，但她不行。她放不下儿子；放不下收养的宋雨；也放不下因她而投奔进城的一大家子人；更放不下她唱戏的事业。如果说过去不爱唱戏，老想逃避着唱戏，那么现在，她是越来越爱了。无论在乡村被老百姓拥着、围着、抬着；还是在城市被戏迷捧着、宠着、炒着；抑或是在港澳台被记者包围着、鲜花簇拥着、被长达十几分钟的谢幕掌声震撼着，都让她对唱戏这个职业，有了无悔的认识。可自从跟了石怀玉，虽然他也爱着她的戏，却从不鼓励她好好上班，也不催促她练功练唱。他只说磨刀不误砍柴工。成天就鼓捣着玩一些没名堂的事。动不动就拽她进秦岭深山里，一钻就是好几天。他倒是画了不少画。而她，也就只扮演着一个让他创作激情迸发的模特儿了。她是真的不想再混下去了。在最后几天，他们甚至天天吵架。她是坚决要离开民居了。她也的确想儿子刘忆了。

石怀玉提出了最后一个要求：要画她演的白娘子。

她不同意。

石怀玉几乎都快跪下央求了。

这次来，她倒是把白娘子服装带着的。因为春节要去欧洲演出，她需要把白娘子的戏再好好练一练。结果来了，服装她还连一次都没穿上身过。化妆用品，她也是随身带着的。怕有时会有走穴演出，她得挣钱养家呢。"穴头"电话一来，说走便有车来接的。她也是为了脱身，就答应把白娘子扮起来。不过条件是：当完这趟模特儿，必须放她回去住。

是石怀玉畅快答应了，她才把白娘子扮起来的。

千不该万不该，就不该扮了这趟白娘子，而耽误了回去的时间。最终酿成了让她痛不欲生的悲剧。

那天中午化完妆，石怀玉就把她弄到院子里摆造型。等一切摆置好，灯光打到位，又整整画了六七个小时，作品才初步完成。石怀玉左看右看，有些不满意。觉得是把自己心中的那个白娘子，还没画出来。可这时已是晚上十点多钟了，他的腿坐麻了。忆秦娥也有些呵欠连天，筋疲力尽。石怀玉就说："明天再接着画。"但忆秦娥是提前跟他说好了的，今晚必须回省秦。她在摆造型时，甚至几次隐隐听见刘忆在院子里喊妈妈。她还出去看过几次，越看心里越慌乱。她是真的归心似箭了。谁知石怀玉放下画笔，又一把将她抱住，要朝床上压。

她奋力反抗着，可石怀玉毕竟比她力气大些，加之她也害怕把一脸的油妆，蹭到床单上了，就被他压到床上了。她说："妆都没卸，你要干啥呢。"

石怀玉一脸坏笑地说："我就要的是化了妆的白娘子。让我也当一回许仙，跟白娘子睡一回。"

忆秦娥一个"按头"，从床上挺起来，照石怀玉交裆就是一脚。她异常恼怒地说："石怀玉，你个臭流氓，难怪折腾一天，都画不好白娘子，你就不配画她。今辈子也休想画好白娘子。老实告诉你，我心中的白娘子是任何人都不能亵渎的。"

忆秦娥说着，伸手抓了一把卸妆油朝脸上一抹，就变成狰狞厉鬼了。她还对他龇了一下白牙喊道："滚远些！"

就在卸妆的时候，她弟弟易存根打电话来了，让她赶紧回去。说刘忆出事了。

她心里咯噔一下，问出什么事了。

她弟没多说，就让她赶紧回。

她听见手机里，娘在放声大哭着。是撕肝裂肺的号叫声。

她浑身一下就抽了起来。

连妆都没卸完，她就起身朝外跑去。身后的凳子都被她踢翻在地了。

三十

石怀玉见忆秦娥接电话的脸色不对，妆卸了半截，就朝门外跑，知道可能是发生了什么要紧事。忆秦娥那一脚，把他踢得实在够呛。放到平常，他绝对就窝下去起不来了。可今天，见她那么一副精神错乱的神情，他就硬撑着，出去把车发动了。路上，忆秦娥情绪有些失控。他问过几次，到底发生了什么事？她只流泪，只骂人。说要是刘忆有个三长两短，她就把他杀了。他这才知道是刘忆出事了。他一边开车一边想：刘忆是个傻子，平常都关在家里，有姥姥看着，能出啥事呢？大不了病了，或者烫了、摔了，还能严重到哪儿去呢？没想到，孩子竟然是从六楼的窗户上跌下来了。

他把车快开进城的时候，薛桂生给他打来个电话，要他只听，不说话。薛桂生在电话里说：

"秦娥的儿子刘忆，从六楼摔下来了。摔得很惨。我们已拉到医院抢救过了。人已不在了。你先别告诉秦娥，把人直接拉到西京医院再说。"

他觉得这回麻烦大了，忆秦娥肯定是要把他当罪魁祸首了。

也怪，忆秦娥这几天都特别的焦躁不安。有一晚上，半夜还突然醒来说，儿子在叫她呢。并且说就在院子里叫。她还披着衣服，打着手电，到院子里找了好半天。没想到，竟然出了这么大的事。要早知这样，他也就早把人送回去了。

忆秦娥只知出事了，还不知出了多大事。要是知道儿子已死，只怕是连车也坐不稳当，要从车窗里扑出去了。

自打他跟忆秦娥认识到现在，在忆秦娥心中，那个傻儿子，永远是处于第一位的。只要有空，她都要亲自给傻儿喂饭、洗脸、擦屁股。这个傻小子，也只要他妈干这些活儿。他妈不在，姥姥虽然也能替代，但他会搞出许多恶作剧来：要么故意把饭碗用嘴拱翻在地上；要么不擦屁股，还故意把屁股撅着，满房里跑着让人看。他有时还有点不理解这种感情，就一个傻子，忆秦娥怎么能爱成那样呢？忆秦娥她娘有一次说了一句话，倒是触动了他，她娘说："家里就是养个小猫小狗，侍弄上一阵，都会有感情的，何况是人。"为给刘忆看病，忆秦娥少说也花上百万了。她抱着孩子，竟然跑过十几个省市。别看刘忆傻，可爱他妈的那份感情，却是正常儿子都没有的。刘忆每天从门孔里、后阳台等他妈回来，一等就是几个小时。见他妈一回来，猛地扑上去，能把他妈的脸上、脖子上、手上亲好几遍。说是亲，又更像小羊羔、小牛犊、小猪崽们的那种亲昵围攻。他嘴里直喊叫"妈妈妈，妈妈妈，妈妈妈……"的，能一喊成百遍不停歇。说是喊，却又更像是唱。每每在这种不停歇、不换气的喊、唱声中，就见忆秦娥也忘了家外的一切不顺、不适、不快，迅速变得激情澎湃、心花怒放起来。他妈累了，他能跪在地上给他妈脱鞋，亲他妈的脚丫子，给他妈捶腿。哪个家里有这样一个活物，人能不挂牵、不思念、不心疼呢？他真不敢想象，到了西京医院，忆秦娥知道儿子已经不在人世，该是一种怎样悲痛欲绝的精神崩溃呀！他觉得，自己很算得上是一个能说会道的人了，可这阵儿，却连一个准确的安慰词汇，都想不出来了。他只能集中精力开车，力争把忆秦娥安全送到医院就是了。

当他把车勉强开到西京医院地下车库时，薛桂生已经安排好些人把车围住了。薛桂生没有让忆秦娥下车，而是让她姐和她弟，还有周玉枝上车去把人看护着。他把石怀玉先叫下来商量事情。

薛桂生说："人其实在摔下六楼的时候，已经死了。可以说摔得没有人形了。娃的脑壳都成空瓢了，脑浆四溅，脸面全无，只是一摊血污而已。"

薛桂生问怎么办，因为他毕竟是忆秦娥的丈夫。关键是还让不让忆秦娥看遗体。

石怀玉想了想说："恐怕得让看一下。不看，忆秦娥是过不去这一关的。"

那边车上，已经在骚动了。忆秦娥是要朝车下扑，几个人死拦着。

薛桂生说："我已交代过他们，说孩子还在抢救。要一步步告诉她，让她有个心理准备过程。都知道忆秦娥对孩子心重，怕一下说出来，她受不了。先说在抢救。然后再说有生命危险。最后再正式告诉她。把过程拉长些。"

石怀玉平常都是很有主见的人，这阵儿，脑子也一片空白了。

薛桂生接着说："我们正请殡仪馆的化妆师在给孩子整形。大概还得一两个小时吧。等整好后，看能让忆秦娥看了，再说。"

石怀玉紧紧握了一下薛桂生的手说："你考虑得很周到，就这样吧。"

然后，大家就按照薛团长安排的步骤，轮番做着忆秦娥的工作。

忆秦娥咋说都要去抢救室。

薛团长说："抢救室不让人进，怕带进病菌，对抢救不利。"

直到团上办公室人说，形基本整好了，薛桂生才拉着石怀玉的手，悄声说："我们先去看一下。然后再定，让不让她看。"

石怀玉心里还有些麻阴阴的。虽然在秦岭山中，没少见过生老病死。他甚至还抬过进山游玩失足摔死的大学生遗体，并且一抬就是几十里山路。可这孩子的死，似乎自己有脱不了的干系，他就还是有些两腿打闪，脚底像踩着棉花包一样，步步虚飘着。

薛桂生尽管越忙，兰花指越翘得厉害，可胆子却贼大。他一脚就踏进太平间的铁门了。

石怀玉也只好毛发倒竖地跟了进去。

一眼望见，里面是摆了好几具拿白单子盖着的尸体。

刘忆是在靠门口的一个地方摆放着。

石怀玉斜眼睨了一下，就已是吓得三魂走了七魄。化妆师虽然已经根据照片，把刘忆的脸形基本归整缝合了起来。可这个涂了脂粉、画了口红的脸，还是一点都不像刘忆了。

怎么办？

薛桂生站在尸体旁边，就商量起事情来。

化妆师说："这已是最好的结果了。孩子是脸着地的，啥都没有了。现在的脸皮，还是从孩子屁股和腿上割下来的。要实在不行，也还有一个办法，就是把照片弄到原大，放到头部也能凑合。这里面灯光本来就昏暗，你们把他妈拉进来，隐隐糊糊看上一眼，就立即朝出拉，也能应付得过去。过去有出车祸，没了头的，也都这样干过。那就是对亲人的一种安慰而已。"

薛桂生要石怀玉拿主意。

他这阵儿哪里还有了主意，就说："还是团长定吧。"

薛桂生就决定上照片算了。他请化妆师尽量要弄得像一些。他说一会儿他安排人，以最快的速度把忆秦娥架进来，然后立马抬出去。

一切都收拾安排停当后，薛桂生亲自上车，告诉了忆秦娥最不幸的消息：孩子没有抢救过来！让她去再看一眼。

忆秦娥"哇"的一声，就哭得昏死了过去。

她姐和她弟掐着人中，在呼唤。周玉枝不停地摩挲着她的胸口。

当她慢慢缓过气来后，几个人把她运下了车。

这时，团上已有一群劳力在等着架人了。

忆秦娥是在完全没有知觉的情况下，被七八个小伙子架进太平间的。只勉强让她看了一眼，就有人故意挡住视线，把她抬出去了。

忆秦娥不停地喊："刘忆脸上还是好好的，不像是走了的样子。再救救他，求你们再救救他……"

薛桂生和石怀玉都松了一口气。说明照片还是起作用了。

任忆秦娥怎么反抗，还是被团上来的几十号人，硬抬进大轿车里，拉走了。

石怀玉帮着把刘忆拉到火葬场火化后，就不知道自己该往哪儿去了。

在忆秦娥还不知道刘忆死亡的消息，甚至对"抢救"怀抱希望的时候，他曾到车上，想安慰一下忆秦娥。谁知忆秦娥百般暴怒地狠狠踢了他一脚，让他滚远些。他算是在大庭广众场合受了侮辱。以他的脾气，要是别人这样待他，他是会暴跳如雷，奋起还击的。在山里，他也是跟猎户一起，打死过几头野猪的好身手。可面对忆秦娥，他最心爱的女人，却只能以尴尬的表情，罪人的心理，憋屈地退到一旁，任由别人看"这个死大胡子"的笑话了。她弟易存根、她姐易来弟，还有那个姐夫高五福，本来就不咋待见他这个"野人"的。在他们眼中，忆秦娥大概是应该找个省长、市长，或者总裁、老板才般配的。最后却找了他这么个不靠谱的"死大胡子"。虽然也曾把他们逗得满地打滚，有时快乐得只差一口气就能毙了命，可这一切，终归是个"玩意儿"而已。无论写字、画画，在"台面上"，石怀玉连会员、理事都不是。还别说混个这长、那长的头衔了。据说有的协会，秘书长、副秘书长都是能一抓一大把的。可他连这样"一大把"的"兑水"角色也是"够不着"的。他能感到，他们打心里，是从来都没尊敬过他这个姐夫、妹夫的。到了这阵儿，出了人命，忆秦娥又把"总脓根子"看在他身上，她的姐弟，自然也是要找出气的筒子了。尤其是她弟易存根，本来就二球逛荡的，都闯几回祸了。听忆秦娥说，要不是她的忠实戏迷乔所长扛着，恐怕跟他大舅公胡三元一样，也都是"二进宫"的主了。把刘忆后事处理完后，他也试着去了家里一趟。结果被小舅子易存根堵在门口，咋都不让进屋。忆秦娥在里面听见了，也是激动得就要扑出来拼命。说他就是杀死她儿子的凶手。从易存根的眼神中，他已能看见两股即将喷射出来的火焰了。是她娘使眼色，让他赶紧走，他才悻悻然撤离的。

这天晚上，他独自一人上了古城墙。

躲过管理人员的眼睛，他把十三点七四公里的路程，来回走了两圈。

他是用一整夜时间，在整理自己的生命。他突然感到，自己是面临着一次重大抉择了。

三十一

石怀玉出生在甘肃嘉峪关。父母都是小学老师。父亲是带体育课的，还能打拳。曾经一拳头，把农家一个跑进学校操场的母猪给打死了。手劲厉害得了得。石怀玉从小就吃够了这两只铁拳的苦头。他们是一心想把石怀玉培养成大学生的。并且希望是学理科，觉得学文科没啥出息。结果他天生就"不成材"，"理不顺，文不通"的，在学校几年，就当了娃娃头，打群架了。并且在小学三年级时，他就煽动几个孩子扒火车，偷偷去了几百公里外的敦煌，弄得公安局都出动了，才把人找回来。父亲的铁拳镇压得越凶狠，他就反抗得越厉害。父母拿他也没办法，就问他到底想干啥。他说他想画画。也是到敦煌，看了壁画，有些冲动。母亲就说服父亲，让他考美术学校。说他既然爱，兴许还能学出点名堂来。家里花了一大堆钱，让他上了两年多美术补习班，还拜了当地的名师，把一点家底都掏空了。考完试，父亲让他估分，他给自己估了个二百五左右。看那表情，还有点低调保守的成分在里面。父母也就暗自窃喜，想着如果是这个分，上美院就不成问题了。谁知结果出来，总分一百三，数学还是零蛋。连他自己都蒙了：那么多填空题，难道一道都没蒙住？真他娘的是活见鬼了。他脑子里，忽地就想起了那条被父亲一拳砸死的猪。他知道自己这次，是绝对逃不脱那条猪的命运了。就吓得连夜翻墙出逃了。他是在乌鲁木齐遇见薛桂生的。那时薛桂生还是剧团的一个小生。唱戏之余，也爱画画。他就跟着剧团浪荡了一段时间。给人画像，也给剧团帮忙搬布景道具，装台、拆台。吃喝倒是不愁，但时间久了，也是觉得无趣，就独自一人到西京闯天下来了。

　　西京在他心中是一个很大的城市。好多甘肃、新疆人，都到西京发展来了。尤其是学画画，西京绝对是一个重镇。谁知他来以后，怎么都融不进去。就先后在几家裱字裱画店，还有私人画院，给人家当下手打杂。倒是偷着学了不少东西。中途他还在西京美院谋了个临时差事，给人家整理了大半年字画仓库，又见识了不少历代艺术真迹。再在文宝斋给外国人写字画画。也就是混个肚儿圆而已。他觉得自己是不能再这样混下去了。出门这些年，他一直给父母写信检讨说，自己不混个样子出来，绝不回去见他们。结果是越混越没眉眼。他也就真无法回去见江东父老了。西京大了去了，能写字画画的人，得用火车皮拉。有一天，他去省戏曲剧院看戏，一个叫《大树西迁》的秦腔戏里，一句台词差点没把他笑翻了。那里面有一个大学教授说："在西京这地方，你千万别说自己是书画家。城墙根下的厕所里，一早蹲了十个人，九个都是书画家。还有一个拿得老成，死不吭声的，你猜干啥的？是著名书画家。"这虽是一句调侃话，但对他的震动很大，说明了在这个城市吃书画饭的艰难。他觉得自己是该找个地方，沉下来，扎实做点事情了。西京太浮华，找口饭吃容易；钻到热闹处，混个脸熟也不难；拜拜门子，弄个什么头衔，也不是没可能；一些人，不是自己就给自己封了什么"全球书画协会主席""当代艺术大师"的名头吗？可真要成事，不能远离这种闹躁，不能静下心、沉下身子，也就终是只能做西京的"闲人"了。西京像他这样可以称作文化闲人的人，是太多太多了。每个人都有一大把头衔。但实际上，大多都没有任何东西，是可以让人为之眼前一亮的。更别说告慰平生，踏实以眠了。他觉得自己必须清醒，也必须改变。

他买了中国美术史上一些重要画作的印刷品，以及书法史上那些扛鼎之作的出版物，还有二三百本文史哲类的经典著作，就去秦岭深山中一个古庙里住了下来。这个古庙的大和尚，曾经在文宝斋与他有过一面之缘。在这里，他静静地读书、写字、画画，一沉寂就是三年。再然后，又离开古庙，朝秦岭更深处走去。他觉得，自己是应该有自己的突破口了。他在努力规避着城市的虚浮、甜腻、做作、夸张，甚至所谓的创新。他想在人物、花鸟、山水上找到自己的心灵表达方式。开始，他是在农户家安歇。后来到了海拔一千七八百米的地方，没有人烟了，他就在一个"天井海"的地方，搭棚子居住下来。每天读着梭罗的《瓦尔登湖》；画着自己心中的秦岭风物；种着苞谷、大豆、马铃薯；对着山风吹起漫天飘舞的蒲公英。直到觉得是可以出山展示一番的时候，才像野人一样回到了西京。谁知西京的任何书画市场，都是讲究要有名头的。石怀玉既不是书协会员，也不是美协会员，更别说这方面的官衔了。关键是他还没个美术书法方面的学历文凭，就是个"野逛子""野蹦子""野八路"。画倒是有些人很看好，可也是曲高和寡。连要办画展，也是没有正经地方愿意承接的。让他觉得不虚此行，并幸福得快要死去的事情，就是遇见了忆秦娥。在看完《狐仙劫》的演出时，他兴奋得心脏都快要蹦出来了。好在他跟薛桂生是认得的。借了薛大官人的金面，才让他得以认识秦腔小皇后。并且他很快就把这个大艺术家，是他打心眼里佩服得五体投地的艺术家，给彻底征服了。

在他看来，忆秦娥就是这个世界上最好的女人。她的美是由表及里的。开始他几乎不敢想象，自己是能跟忆秦娥走到一起的。可几番接触后，就觉得，这一生如果得不到忆秦娥，他就可以回到山里，拔一根青藤，吊死在太白山顶的老树上了。他甚至觉得，连自己十几年隐居深山的全部创作，在忆秦娥的艺术创造面前，也都显得没有了太大价值。忆秦娥是把秦岭山脉的所有苍凉、浑厚、朴拙、大气、壮美、毓秀，都集于一身了。在他连续看过忆秦娥十几本秦腔大戏后，他甚至一下打消了搞书画展的念头。他觉得自己创作的"大秦岭生命"系列，还没有到那个火候。还远远没有攫住秦岭的精魂。他还得再沉潜下来，找到像忆秦娥那样大气磅礴、挥洒自如、精彩绝伦，甚至炉火纯青的表达方式。他在爱着忆秦娥，更在解剖着忆秦娥。甚至借助忆秦娥，在解剖着他心中的大秦岭。当然，他更在野性十足、雄心勃勃地占有着这个，像秦岭一样混沌且神秘莫测的女人。他甚至想把忆秦娥诱骗进深山老林，从此与她终老不出。可忆秦娥除了唱戏是尊神以外，其余一切，都是俗世社会中的大俗人一个。她心里全装的是傻儿子。还有她娘、她姐、她弟、她舅。甚至还有因同是烧火丫头，而产生深切怜悯的收养女宋雨。依他想，这样大的艺术家，一定是感情丰富、生活浪漫的主儿。谁知她封建保守得还不如山里的村姑。她大概也不知道她的身体有多美妙。连做爱，也是要黑灯瞎火的。有时他故意把灯一拉亮，她立马会抓过任意一件床上用品，把那些最神秘的地方，死死捂住，不让欣赏，不准偷看。她是把生命里所有美好、曼妙、自由、浪漫的东西，都浪费殆尽了。

他也感到，忆秦娥对他是越来越不满意了。要不是还有一张结婚证维系着，只怕早都脱缰而去了。这次孩子的死，要说他的确是有责任的。忆秦娥几天前就闹着要回城里，他咋都舍不得，硬是用各种办法把她多锁了几天。没想到，就锁出了这么大的事。要早知如此，哪怕自宫了，他也是不会自己给自己寻死的。

他想回山里去了。

他突然感到了在这个城市的孤独。

可这时走，是不是太不负责任了？忆秦娥正痛不欲生，自己怎能一走了之呢？

他在古城墙上整整徘徊了一夜后，第二天，又把薛桂生找到，问他，自己该怎么办？

薛桂生说："还是回避一下的好。不要再刺激忆秦娥了。等她缓过劲来，再弥合夫妻感情不迟。"

他又找忆秦娥她娘也谈了谈。她娘也说："你还是先躲一躲的好。娥儿老觉得，是你把刘忆杀了。你再出现，搞不好她是会疯掉的。"

那天，他还遇见了妻弟易存根。易存根二话没说，就给了他几拳，打得他满脸是血。但他没有躲避。小舅子打他的左脸，他是真的把右脸也递给他了。最后，是丈母娘看不过眼，骂了小舅子几句，易存根才没再打的。

他从秦娥家的楼梯拐角下来后，回到那院民居，只拿了一幅画，就离开了。

那幅画，是他画的忆秦娥的那张裸体。他觉得这是他一生中，画的唯一一幅可以告慰生命的作品。

石怀玉又进秦岭深处，当他的"野人"去了。

三十二

忆秦娥被儿子的死，完全击垮了。她千悔万恨，悔自己不该上石怀玉的贼船，跟了这么个妖魔鬼怪，迟早把自己像犯人一样圈着。说他是限制她的人身自由，可那分明又是一种爱。爱得好像一会儿不亲她一下，抱她一下，甚至像小孩子驮马架一样，把她驮起来乱跑一阵，就会死掉一样。刘忆对她的思念、期盼，她是能想见到的。可石怀玉这个淫棍，偏用铁链子，锁了所有能出去的门窗。他虽然没有亲自操刀，没有亲手把人推下楼去，但要是早放她回家，又哪里会有这等惨祸发生呢？石怀玉不是杀人凶手，又是什么呢？何况他早有歹心，"投毒"在先的。她是越来越恨着这个男人了。他要胆敢再来，她还真就能跟他拼命的。这个野人，这个恶魔，这个臭不要脸的货，忆秦娥跟他已是"怨气腾腾三千丈"了。

刘忆的死亡案，全盘都是乔所长带人处理的。经过详细勘察、论证、分析，结论明确：孩子是自己失足掉下去的。

在火化刘忆的时候，乔所长还来征求过她的意见，问要不要让刘忆的亲生父亲知道一下。不管咋说，这是人家的儿子。何况人家一直拿着抚养费的。

前些年，刘红兵的确一直是按期把抚养费打到卡上了。可这一年多天气，账上打的钱，是有一下的没一下。有时甚至一月才打几十块钱进来。她似乎感到，刘红兵是把日子过烂包了。要不然，这不像他的做事风格。好在自己私下搭班子出去演出，也还能挣外快。一家人过日子倒是不愁。她也就懒得问，懒得要了。反正各凭良心吧。谁知乔所长和薛团长都是这个意思，说火化前，应该通知一声刘红兵。她就同意他们看着办了。

去通知刘红兵的是乔所长和团上保卫科的人。乔所长觉得还应该去一个家属，就把易存根也带了去。他们是七弯八拐，才在北山办事处旁边的一个小巷子里，找到了刘红兵。刘红兵已躺在床上，一条腿被截肢了。

乔所长跟他是熟悉的，问咋回事。他说开车去青海湖玩呢，喝了些酒，把车翻到沟里了。第二天早上才被人救起，腿就只能截了。连脊椎也是钛合金接起来的，下床已经很困难了。他说得很淡定，就像是说别人的事一样。

前妻弟易存根，他是熟悉的。并且那时易存根是很喜欢他这个姐夫的。他就问：

"你姐好吧？"

易存根点了点头。

"我对不起你姐。我算是把你姐给害苦了。啥都说不成了……"他摇了摇头，接着说，"给娃的抚养费，现在也不能按时打。请给你姐说说，原谅我这个残废。但凡手头宽裕，我还是会给儿子打钱的。"说着，刘红兵眼角还溢出了亮闪闪的泪光。

当时乔所长想，到底给他说还是不说刘忆的事呢？想了想，还是给他说了。刘红兵就把被子拉起来，盖住了头。他像是尽量在忍着，但还是听见鼻子一吸溜一吸溜地在被窝里哭。

乔所长听办事处的人说，刘红兵现在很可怜。办事处不景气，朝不保夕。他父母也不太认他，嫌给家里丢了人。他自己也不想回到父母身边去。跟忆秦娥离婚后，刘红兵又先后找了两个女人，都是瞎混，连证都没办。一个嫌他穷，打了一阵架，不见了。还有一个在他出车祸后，见锯了腿，也吓跑了。刘红兵现在屙尿都成问题，是办事处雇了一个人看着。但他省吃俭用的，还是老要给儿子打钱，有时都是借的。现在把办事处人的钱都借遍了，也没人再借给他了。要借，也就是可怜他，给个十块八块的，都是不指望他还的。

刘红兵是不能起来，到殡仪馆送他的傻儿子了。可他还硬是坚持着，向给他收拾吃喝、屙尿的雇工，借了一百块钱。说让无论如何替他帮孩子烧点纸钱。他说，这是他造的孽，让火化时说一声：他的爸爸对不起他。然后，他就又把脸蒙住了。

他们把这事回来说给忆秦娥后，忆秦娥哇的一声，哭得又一次快昏死过去了。只听她还骂了刘红兵一句："咋不摔死，你咋不摔死算了呀！"

这事自然是把她舅胡三元也惊动回来了。

她舅回来几天，她才知道，她把舅介绍到郊县一个剧团去敲鼓，最近是又惹了一场事。到现在，人家还前后追着他要钱呢。他说他回西京奔丧，人家还跟了来。她舅没敢给她说。只劝她，要她别太难过，说哭多了，不仅伤身子，也伤嗓子。还说傻儿子走了，也许还是她的福分呢。忆秦娥就嫌她舅不该说这话。她娘也骂她舅，说一辈子不成器，让他不会放屁了滚远些。后几天，是她娘一个劲在客厅里唠叨她舅，她才知道，她舅是又惹祸了。

还是为敲鼓。

她舅嫌那个团没人把事当事干。上边天天喊叫，要把剧团转成企业，大家也就没心思干了，在那里混天天。戏排得粗糙得比业余的还业余。就这还敢拿出去演，拿出去哄人钱。她舅觉得演这样的戏，是太丢唱戏人脸面了。别人的事他管不了，可武场面的事，他是鼓头，想睁一只眼闭一只眼都闭不住。开始他也是克制着，尽量哄着大家干。有时还给打下手的买一碗面吃，算是款待。可这一招无法长期使用。发给他的临时工钱，一月就两千块，刚够顾住自己的嘴。实在看不过眼了，他就忘了外甥女的叮咛，忍不住要发脾气。这年月，谁尿谁呢？又不吃你的喝你的，何况你还是临时工。人家就是转了企也还是正式的。你胡三元算老几？开头还有人把他叫胡老师，毕竟年龄大些，何况还是忆秦娥的舅。后来发现，他就是一个"刺儿头"：爱管闲事，爱挑毛病，爱提意见，爱批干。大家就都想治治他的"瞎瞎病"了。先是不喊胡老师，喊老胡、喊三元了。后来连老胡、三元都不喊了，端直喊"黑脸"，喊"煳锅底"，喊"黑脸熊"。再后来，干脆成"狗日的黑脸""驴日的黑脸熊"了。他心里很不是滋味。但他还是记着秦娥的话：要忍，再不敢爆那臭脾气了。找一碗饭吃不容易。可有一天，他到底没忍住，还是用鼓槌把打下手的门牙敲掉了。他真不是故意要敲的。那个打下手的，连着把几个铜器点子都没"喂"上，把主演晾在了台上。他是一边看着演员的动作，一边用小鼓槌狠狠示意下手呢。没想到，那阵儿，那个打下手的正在看手机短信，把身子朝前一探，也是为了躲避一束光亮。结果他的鼓槌，就刚好点在了他龇出的门牙上。那人当下就是一嘴血，把牙噗地朝出一吐，也不管台上还正在演出，就端直把那面直径足有两尺的大锣取下来，"咣当"一下闷在了他头上。文武场面一齐乱了起来。要不是大幕关得快，野场子的好多观众，都能看见侧台的"武斗"。这事还得亏了忆秦娥认识的那个团长帮忙。要不然，都可能把他弄进局子里了。最后调停来调停去，答应给人家赔三万块钱了事。她舅身上这些年，也就攒了一万多块钱，剩下一万多，人家就前后追着要。他也不敢给忆秦娥说，倒是偷偷向大外甥女来弟借过。可来弟说他们买房欠了一堆钱，生意也不敞亮，只给凑了三千，他也不好再要了。他知道，他姐胡秀英那个大炮筒子嘴，也要不成。要了就是一顿臭骂，钱还未必能给你凑上。外甥易存根连自己的嘴都顾不住，也就别打他的主意了。他本想着，不行了回宁州向胡彩香借去。胡彩香就是再骂，也会帮他解难的。可那个"账主子"等不及了，端直跑到秦娥家里来坐着不走。她姐就开始骂大街一样，把他骂了个狗血喷头。最后是睡在里间房的秦娥听见了，才把他叫进去问究竟。他也不好再隐瞒，就实话实说了。秦娥只哀叹了一句："舅啊舅，你叫我咋说你嘛！"然后，她就拿出一万多块钱，把缺了门牙的"账主子"打发走了。

她舅可怜得一直把头低得下下的，不敢看她。她看见，她舅的头发虽然修得短，但已经快白完了。他脸上的黑皮也在慢慢耷拉下来。她觉得，舅是快老了。一身的好敲鼓手艺，哪儿都认他的卯，但哪儿也都因这手艺又惹祸不尽。生活真是过得太一塌糊涂了。她都不知道该咋帮这个舅了。是她舅先说：

"秦娥，舅对不起你，看给你添了多少麻烦。舅再也不麻烦你了。舅今天就走了。你也别太伤心，人死不能复生，你也算对得起刘忆了。你还得顾活人哩，家里还有好几张嘴等着你呢。还得好好唱戏，咱就是这唱戏的命。好在你是把戏唱成了。好多人唱一辈子，还啥名堂都没有呢。你可要珍惜呀！"

说着，舅眼里的泪水都在打转圈了。

舅可从来都是硬汉，她是很少看见舅要落泪的样子。她就问："你要到哪里去？"

"我想到宝鸡、天水那边闯荡去。听说那边业余戏班子多，要是能混口饭吃，也就行了。"舅说。

"你都是六十岁的人了，还跑那么远去干啥？"

"让舅去吧，只要有鼓敲，舅就算活安生了。"

舅说完，忆秦娥也没留住，就起身要走。她硬是给舅腰里塞了五千块钱，还叮咛着："舅，你可是再别惹事了。"

"再不惹了。再惹，舅就自己把手剁了。"

她娘还进来骂了一句："光剁手？你要再惹事，就死到外边算了。"骂完，娘也给她亲弟弟怀里塞了一千块，才泪汪汪地把人送走。

没了刘忆后，忆秦娥在床上躺了将近一个月天气。一想起来，心里还抽搐。也许这个孩子，比一个健康儿子，都更让她恋恋不舍。她是为这个孩子付出得太多太多了。这孩子对她，也是超越了一般母子感情的一种依赖、依存关系。家里没了这个人，她觉得空落落的，是连心都被剜走了的感觉。就在她勉强好些的时候，她又记挂起一个人来，那就是刘红兵。她没想到刘红兵会混成那样，竟然把一条腿都锯了。让她感念的是，就在那种情况下，他还惦记着自己的儿子。还在尽力给刘忆的卡上打着钱。她是实实在在被打动了。

也只有在床上静静躺这一个月，她才把自己的人生好好捋了捋。咋想，觉得刘红兵这个人，对她还是不赖的。尤其是有一幕，让她一想起来就要热泪夺眶而出。那是好些年前的事了：有人为了搞臭她，故意把封子导演多年下不了楼的病老婆，突然弄下楼来，到功场对着她破口大骂。那天，那老婆几乎是把人间最肮脏的污水，全都泼给她了。当时她真的是要崩溃了。可就在最无助的那一刻，相信同样也受到了伤害的刘红兵，不仅没有猜忌、妒恨、醋兴大发、落井下石，而且还挺身而出，当众一把拦腰抱起她，对着单仰平团长，也对着所有人大喊道：

"我的老婆忆秦娥，比他谁都干净、正派……请不要再在我老婆身上打主意了。不要给她泼脏水了！她就是一个给单位卖命的戏虫、戏痴。别再伤害她了！我敢说，她比这个世界上的任何女人都干净。我首先不配拥有这样好的女人……"

每每想到那一幕，她都会泪奔起来。直到今天仍然如此……

她觉得无论如何都得去看看刘红兵，这是她的前夫。人毕竟是落难了。

在她能下床的第一天，她就让弟弟把她领着，去了一趟刘红兵住的地方。

在他们还没走近那间昏暗的小房时，她就听见里面刘红兵在号叫。像是有人在打他。她弟跟她就加快了脚步。

她弟一下推开了门。果然，是有一个男人，在用鞋底抽打刘红兵的屁股。那屁股，已经瘦得不能叫屁股，而像是两张蔫皮包着的肘关节了。那人一边抽打，还在一边骂："你是不是个畜生？你是不是个畜生？刚打整完，又拉一床，你死去吧你。"见有人来，那人才扔下鞋，把被子给刘红兵盖上了。她弟问："你为啥打人？"那人说："沟子没收管，一天打整四五回，还都是稀屎涝。"她弟说："人家单位雇你，就是伺候他的。你还能这样虐待人家。""你没问问单位给了多钱？一月才一千块，够吃么还是够喝？"存根说："那你可以不干哪！""不干，不干他欠我的钱咋还呢？他说他有一个傻儿子，每月需要钱。我开始伺候他的时候，他月月借。结果到现在也还不了。我咋走呢？"

忆秦娥眼泪哗地就流了下来。她静静坐到脏兮兮的床边，拉起了刘红兵已瘦干的手。

刘红兵的眼泪也浑浊地淌了下来。

他的头发都快长有上尺长了。脸也是瘦成一小捧了。他嘴唇上结着痂，明显是缺水的样子。她就起身倒了些水，给刘红兵喂了几口。又从包里拿出化妆用的棉签，把他嘴唇蘸了蘸。她想跟他说点什么，可又觉得说什么都是没用的。

她问那个雇工："他欠你多少钱？"

"两千七。"

忆秦娥就从包里拿出两千七百块钱来，交给了他。临出门时，她又问那个雇工：

"你看还愿不愿意伺候他，要不愿意，你就跟人家单位说，让人家重找人。要愿意，就请你善待他。他是一个残疾人，一个可怜的病人。"

那雇工说："可怜，才不可怜呢。这家伙过去就是一花花公子，花钱跟流水一样。听说翻车时，车里还拉着两个小姐呢。他老子过去是一个当大官的，知道不？我让他问他老子要，他就是不要。都说他娘老子都不要这个祸害瘟了。你知不知道，这家伙过去有多会玩，把秦腔小皇后忆秦娥都玩了，你知道不？"

她弟易存根就想挥拳搋他，被忆秦娥挡住了。

忆秦娥说："你要愿意好好伺候他了，我可以一月给你加一千块钱。条件只有一个：就是要善待他。钱每月可以打到你卡上。"

那人愣了一会儿，她弟也愣了一下。

"给个话。"她催道。

"好吧，我再伺候着试试。"

她弟说："不是试试。你要再敢欺负他了，我就卸了你的腿。我可是干保安出身的。"

那人直点头说："一定，一定。"

出了巷子，易存根还在埋怨他姐说："刘红兵把你还没脏败够吗，一月还给他贴补一千块？"

"我现在相信佛经上一句话了：众生都很可怜。真的，很可怜！"她说。

在刘忆死后不久，薛桂生终于给省秦把一百名演员的招生指标要下来了。

忆秦娥是怎么都不同意让宋雨学戏的。可几乎所有人都在做她的工作，说宋雨不定将来还是个小忆秦娥呢。加之宋雨自己又特别愿意学。并且为这事，还跟她闹了好几天别扭。不仅逃学了，而且还要回去找她婆呢。

欧洲巡演马上要开始了。一去就是七个国家，三个多月。如果不答应宋雨，娘在家里，对这孩子是一点办法也没有的。

无奈，在出国的前几天，她终于答应，让宋雨进演训班学戏了。

三十三

宋雨终于如愿以偿了。她做梦都没想到，自己也是能学上戏的。

很小的时候，村里唱戏，她就喜欢挤到后台看戏子化妆，穿戏服。尤其是女角的戏服可好看了，头上插花戴朵，还贴得明光闪亮的。身上衣服也是描龙绣凤、喜鹊、牡丹的。那种好看，是她做梦都想穿戴一回的。可她哪里就能有这样的福分呢。爹跟娘不和，经常在屋里打死架。后来爹出门打工，就跟别的女人好了，说是不要娘了。娘从那时起，也突然收拾打扮起来，天天把脸画得就跟要唱戏一样。眉毛也纹得像两个死蚕在那儿卧着。再后来，她娘连她和弟弟都不要，就跟一个来村里收拴马桩、收老磨盘、收老门墩石的人跑了。她跟弟弟都跟了婆。在婆眼里，弟弟是得上学，要有出息、要继宋家香火的。而她，在婆眼里嘴里都是"赔钱货"。说养大了也是人家的。何况婆确实过得可怜，也养不起。婆是远近闻名的白案子厨师，就经常带她出门烧火，也是为了"混嘴"。

婆说："无论哪家过红白喜事，也都得折腾个七八上十天的。一月能有一家折腾着，咱婆孙俩的吃喝，也就都有了着落。何况还是吃香喝辣的。"

婆说："女娃子上学出来，还是给人当媳妇做饭。不如早些学着做，将来也就是个大厨了。"

婆说："人只要有生老病死，就没有不拉席待客的。结婚、满月、做寿、祭日、上学、升官、发财，好事多着呢。只要是太平盛世，像咱们这样的大村堡子，当厨师，就是比当村长老婆，都差不了多少的好红火差事。"

婆说："你知道万事啥最大？嘴。懂不懂？就是嘴。万事嘴为大。千里当官，都为的吃穿。吃总是放在第一位的。你没见现在村上、乡上，包括县上、市上来的干部，走到哪里，第一还不就是忙着吃？啥好吃，让弄啥。原来还吃猪哩、狗哩、牛哩，鸡哩、鸭哩、鱼哩，现在都让到山里去打、到坡上去逮了。凡天上飞的，洞里钻的，河里跑的，一伙都弄来吃了。他们逮来、捉来，还得咱煮、咱炒不是？就是尝盐味，厨师也是能把肚子尝饱的。只要他不让上浑的，翅膀、大腿都随咱剁哩。人哪，能吃饱喝足，那就是好日子了，你还想咋？"

婆说："你见七十二行里，谁脸最大，谁养得最胖？厨师。吃的来。"

宋雨就跟婆到处烧火做饭混吃的去了。婆对她也的确好，只要灶房没人，婆就把好肉旋一疙瘩，噗地摺进她嘴了。只让她低着头吃，装作弄火，别让人看见。只要出门有事做，她就没少吃过婆塞给她的炒肉、扣肉、鸡心、鸭肝、猪尾巴。有时她弟放学回来，也是要来帮忙烧火的。烧着烧着，婆就把他的肚子塞圆了，然后就让他麻利回去做作业。

后来，就遇见忆秦娥妈妈来村里演戏了。都说忆秦娥妈妈厉害，是秦腔小皇后。有人争说，早成皇后了，还小呢。说那就是"咱秦腔的龙头老大"。那天，忆秦娥妈妈来村里时，她也是挤到人群中，钻来钻去跑了好半天。人没看见，却把一只鞋跑丢了。回到灶门口，还让婆在她头上磕了一"毛栗壳子"。把她眼泪都快痛出来了。婆说："不知你凑的啥热闹。戏子一来就要开饭，你还有闲心到处乱窜。"说完，把一疙瘩猪心，就塞进了她嘴里。还用半张油乎乎的皮纸包了一疙瘩，让她藏好，说晚上拿回去给弟吃的。忆秦娥妈妈演了几天戏，她只正经看过几段。那还是她跟婆到后台送洗脸水，站在侧台瞭了几眼。她多想多看几眼呀，可婆说："戏子演完戏就要吃饭，洗妆，我们还能看成戏？要能做饭看戏两不误，这好的事情，恐怕村长早安排人家亲戚来干了，还能轮到我们。你就安生烧你的火吧。戏就那样，故事婆都能给你讲。今天演的《白蛇传》。白蛇是个妖怪，可是个好妖怪，是一条白蛇精变的。蛇精变成了个大美女，就像忆秦娥那样的大美女。有一天游西湖，她看见一个叫许仙的读书人，一个美男子——比你爹长得都好看——她就喜欢上了……"婆的确讲得有鼻子有眼的，就像故事是她编的一样。后来她正式看忆秦娥妈妈演的《白蛇传》，真的跟婆讲的也差不多。婆还给她讲了《游西湖》《铡美案》《窦娥冤》这些戏。也都跟她后来看的戏情一模一样。婆说："这些故事，村里老辈子都会讲。好些戏，都是一成几十遍地看呢。"她问："看几十遍了为啥还要看呢？"婆说："这就是看戏的妙处了。村里老辈子人，都爱看重复戏。是看哪个角儿比哪个角儿演得好，唱得好，功夫硬扎些。真懂戏的，是不需要睁开眼睛看的。只眯着眼睛听，就知道谁是唱戏把式了。听着听着，谁把眼睛一睁开，那就是发现唱得不对劲了。眯缝着眼睛，吧嗒着旱烟，用头点着戏的板眼，那才叫真看戏，真听戏，真懂戏呢。"

灶房离舞台不远。婆在切菜、炒菜之余，果然有时是要竖起耳朵听一阵，并要把忆秦娥妈妈赞叹几句的。婆说："是大把式，忆秦娥才是唱秦腔的大把式！"

　　再后来，说忆秦娥妈妈就把她看上了。看上的原因，直到很久后她才知道，就因为她烧火。说妈妈在过去，也是给人家剧团烧火做饭的。有个大胡子，后来她也叫过爸爸的，来跟婆商量了好几次。他们到底咋说的，她不知道。她只知道，家里的破房子，大胡子爸爸是答应给了翻修钱的。他还给婆和弟弟都买了新衣裳。还给弟买了好看的书包。至于还给了些啥，她就不知道了。是婆告诉她说："你要到省城过好日子去了。咱宋家前世辈子烧了高香，你被秦腔皇后看上了，要收你做亲闺女呢。这下，你一辈子都有戏看了。"她说不去，舍不得婆。婆说："瓜娃哟，你这就算是掉进福窝了，哪有不去的道理。留着，将来就是跟个没出息的男人。好了，还能出门去打打工，挣点小钱。不好了，一辈子就是戳牛沟子，犁地、耙田的命，能有个啥出息？还是去吧。女娃子在农村，那就是芝麻扁豆，再泡，也没啥大发胀。要是到了城里，可就不一样了。你没看电视里演的，城里人求婚，都给女的下跪呢，可值老鼻子钱了。你看看忆秦娥，活得比县长都红火。县长来村里，也就十几个干部前后跟着溜。忆秦娥来，那可是一村人都要蜂窝被戳了一样，把方圆几十里都能躁惊起来的。去吧，也算是婆给你这个没爹没娘的娃，找了条好活路。去了你就知道了。要是人家待你不好，你还回来找婆就是了。只要婆没死，就少不了你一碗饭的。"她抱着婆哭了大半晌。最后，她是被大胡子爸爸，抱上拉戏子的大轿车，进了西京城的。

　　到了忆秦娥妈妈家里，她才知道，忆妈妈还有一个儿子，是傻子。村里有好几个这样的人，但都没人好好管，到处乱跑着，也到处挨着打。有的还用铁链子在门口拴着呢。可妈妈的傻儿子，却是家里的宝贝蛋蛋。一见面，妈妈都是要抱住，把他亲好半天的。可让她羡慕了。她打小就没享受过这样的待遇。爹和娘一打架，就爱拿她出气。有几次，她爹甚至是用打她来气她娘的。并且骂着怪难听的话，

说娘生了个烂 × 女娃子，还以为是给宋家生了龙种了。她甚至有几次是被她爹举起来，又狠狠摔到地上的。要不是婆护着，都能把她摔死了。后来娘生了弟弟，有一段时间他们好些了。可最后到底还是没好起来。爹娘就都找了别的人，不要他们姐弟俩，分头跑了。她被忆妈妈带回西京城里，开始能感觉到，妈妈她娘，让她叫姥姥的，也不咋待见她。说："要抱养人家的孩子，也该抱个男的。抱个女娃子，也不知算的是啥账。"有一回姥姥还说："也好，把这娃养大了，给我孙子做媳妇。"妈妈还把姥姥说了一顿："你再没啥说了。我抱养她，那她就是刘忆的亲妹妹。再不许说这样的胡话，再说我可就生气了。"姥姥说："不说了不说了，我也就是说着玩的。"妈妈说："说着玩以后也不许。我们要是有这样的想法，就是损了阴德，就不该抱人家的孩子回来养。"在妈妈不在的日子，大姨、大姨夫，还有小舅他们，都爱凑到家里来说事。大姨也这样说："秦娥抱养个女娃子回来，肯定是想养大了，给做儿媳妇的。"姥姥就急忙制止说："千万别再说这样的话，你妹妹知道是要骂人的。说损阴德呢。"她那时想，将来要真逼她给傻子做媳妇了，她就跑。跑回去找婆去。她才不给傻子当媳妇呢。

在这个家里待得久了，她发现，妈妈的负担的确重。有时做了事也不落好。她就听过大姨抱怨说："能抱养别人的孩子，都不舍得给我们多贴补一点。"姥姥就说："做事要凭良心。一大家子人，从九岩沟搬来，哪一件不是靠你妹妹帮衬着。都没算算账，这些年，你妹妹帮你们的钱，少说也在四五十万往上了吧。还不算我偷着给你们的。那也都是你妹妹给我的孝敬。你弟一天老惹乱子，都是靠你妹妹补黑窟窿着的。老娘在这里吃喝穿戴，还有给你爹每年款待的烟酒新衣裳，哪一样不要你妹子花钱。你知道你妹子的钱是咋挣来的吗？干工资，一月也就五六千块。演出补贴，一场才百儿八十的。其余的钱，都是靠走穴走出来的。你知道啥叫走穴？那就是团上不演戏了，私下组织的黑班底，没远没近地跑。一般都是下午三四点就上车走，晚上回来多是半夜三四点了。有时还有快天亮了才赶回来的。一回来，又要去应卯上班。夏天还好说，大冬天，晚上你妹妹回来，冻得手脚麻

807

木，嘴里牙都直磕磕。有一次回来，刚进门就昏倒在地上了。挣几个钱容易吗？挣下了，也是一处烧火，八处冒烟。你当你妹是摇钱树了？那就是个生蛋的鸡。蛋是一颗一颗攒起来的。人活大了，事情也多。人情礼往的不算，光这亲戚，都快把你妹子给吃死了。不说别人，就你那个烂杆舅，有时还都得外甥女给贴补呢。都心疼着你妹妹点吧，可不容易了！就是乡下农民，也没有像你妹这样下苦的了。挨骂受气的事，我就不跟你们说了。你以为戏好唱，名好出吗？红火背后的窝黑事多了。你妹都是咬着牙往前挺着的。要放在你们，只怕早都挺不住，要寻绳上吊、扑河跳楼了。何况你们现在也是芝麻开花节节高了。不仅有了自己的挣钱摊摊，还连房都买了。那里面也没少你妹妹的贴补呀！虽说钱没结清，可在西京有了能在客厅支乒乓球案子的房子，那也是把九岩沟人吓得要吐舌头的。你们就满足吧你！"

在大胡子爸爸跟妈妈结婚这件事上，一家人也是气得见面就唠叨。都嫌妈妈瞎了眼睛，怎么找了这么个野人。给家里帮不上一点忙，还勾扯得妈妈连家都不回了。到南山脚下安营扎寨，算是"当了土匪的压寨夫人"了。后来，刘忆哥哥坠楼摔死，大姨他们还在议论说：早点听劝，哪会有这样的窝黑事发生。

她自来妈妈家，就想学戏。一是喜欢妈妈挂在墙上的剧照，可好看了。她就想活得跟妈妈一样，也化这样漂亮的戏妆，穿这样美丽的戏服。看着妈妈在舞台上的好看样子，还有观众跟疯了一样地喊叫鼓掌，她就偷偷扎起了妈妈的板带，学起了妈妈练功的动作。妈妈开始是坚决反对的。只叫她好好上学，说希望家里出个有知识有学问的人。可她咋都念不进书，就想学戏。有段时间，她越练，妈妈还越反对。直到刘忆哥死，妈妈好像也伤了元气，才不再有心思管她了。刚好那段时间，剧团又在招新学员，她就偷偷去了考场。结果一考，把所有老师都看傻了，说这娃是块唱戏的好料，不定将来还能培养出个小忆秦娥呢。她不敢把这事告诉妈妈。最后还是薛团长三番五次找妈妈，才把她收进演训班的。

妈妈在刘忆哥死后不久，就去欧洲演出了。一去就是三个多月。

她怕妈妈回来又变卦，因为当时妈妈就是勉强同意的。也不知咋的，妈妈就是不想让她唱戏。她甚至都想，妈妈是不是觉得自己不是亲生女儿，不想把这吃香喝辣的好手艺传给自己呢？

妈妈在欧洲的演出，几乎天天都有消息传回来。过几天，西京的报纸，就会登出妈妈在哪个国家演出的照片，还有外国观众的反映。一时秦腔都成西京逢人便说的热门话题了。妈妈把戏唱得火成那样，为啥就不让自己学戏呢？妈妈越是不让学，她就偏下死功夫学。在妈妈不在的几个月里，她甚至把浑身的劲儿都使尽了：白天练，晚上练，背过别人偷着练。她是想通过自己的努力，给妈妈一个惊喜。让她彻底改变主意，不再三心二意。反正她是把戏唱定了。既然妈妈这个烧火丫头能成秦腔皇后，那她也就一定能。

过去练功，也就是偷着学妈妈的样子练。一旦正规起来，的确是苦，是累，可她不怕。就连有几天练得尿出血来，她也没跟人说，还是坚持着。并且一切都要做得最好。她几乎每一样功，都是被教练排在前边要表扬，要给别人示范的。

可天有不凑巧，就在妈妈快回来的前几天，她在练习大跳时，落地不稳，一下把脚踝骨给骨折了。妈妈一回来，就跑到红会医院，抱着她哭了半天，然后说："再别练了，还是回去上学吧。妈妈给你找最好的家教，力争尽快把功课补上。"

她不。

她坚决不。

妈妈说得厉害了，她就拉起被子，把头蒙住，死也不答应妈妈的要求。

要么唱戏，要么就放她回去找婆。

三十四

忆秦娥没有想到，宋雨性格会这么执拗。还有点像她小时候，不说话，但主意正得要死。是九头牛都拉不回来的死犟。动不动就要回去找她婆。有点像《西游记》里的猪八戒，一受挫折，就要回高老庄。弄得她还有些哭笑不得。

从欧洲演出回来很长时间，她都在应对媒体，做各种节目。无非是说秦腔怎么好，走出国门怎么受欢迎。但这次演出，给忆秦娥心中也造成了很大的阴影。那就是：欧洲观众看中国戏曲，更多的还是在欣赏"绝活"。她是凭着一身过人的武艺，穿越了七个国家的五十多个舞台，而让演出商赚得盆满钵满的。出去的三十八人演出团，却累得多数疾病缠身、遍体鳞伤。留下的，也只是"中国演员功夫好"的名声。作为演员，她第一次感到不满足，甚至感到窝火。她觉得自己不是一个表演艺术家，而是一个杂耍演员。在演出过程中，演出商甚至让把大段精彩的唱腔都砍掉了，只保留打斗场面，累得她几次晕倒在刚刚谢完幕的舞台上。那也是因为强撑，才没有在关上大幕前倒下的。几次都是靠打强心针才缓救过来。她不想宋雨当演员，与这次欧洲之行也有绝大关系。她觉得演员，是真要拿身子骨当"钢铁长城"去拼命的。

过去忆秦娥是一个不太多嘴的人，团上怎么安排，她就怎么演。累死累活，遗尿吐血，也不想让人知道。但这次回来，她主动找了薛团长，说："以后出访演出的节目，必须有自己的主见，不能让演出商说了算。如果不能完整呈现戏曲唱念做打艺术特色的，最好不要接。演来演去，既给团上挣不上外汇，也给演员捞不下欧元、英镑。说是走了七个国家的几十个城市，可除了在车上睡觉，就是在剧场前后台吃方便面，忙活化妆演出。给西方观众留下的印象，就是'中国功夫好'，演员舍得出力。那有武术、杂技就行了，又何必要中国戏曲去呢？这样的出国，以后团上就是签合同，也少安排我。要去，咱们就完完整整演大戏。哪怕演一折，也得把一个故事讲清楚了，让人家知道我们的喜怒哀乐、善恶是非跟他们是一样的。我想我们能看懂他们的《悲惨世界》《人鬼情未了》，他们就能看懂我们的《游西湖》《白蛇传》《狐仙劫》。"

其实薛团长也在思考这个问题。当团长几年来，已被艺坛"雾里看花，水中望月"的"变幻莫测"世事，搞得一头雾水了。他时常翘着兰花指，独自在办公室里，哼着那首"想看个真真切切明明白白"的流行歌，也终是理不出个带团的头绪来。一时要传统，一时要反传统；一时要简约，一时要繁复；一时影视手段照单全收；一时外国音乐剧元素全盘植入。像原子弹爆炸一样，借着媒体攻势，"轰"地上天一个"精品"；"嘭"地又上天一个"力作"；好像是真把戏曲艺术"提升到一个新阶段"了。可"各领风骚三五天"后，热闹的很快销声匿迹。时尚的又再次新鲜出炉。并且媒体又是钢花四溅的"地毯式轰炸"。到处赫然写着"全球震撼上演"。可只"震撼"三五场，观众面大概波及不到一二十里地，"全球上演"的巨幅广告，又换成别的"人类巨献"了。创作剧目也是层出不穷，见天有"礼花弹升空"。以他对艺术创作的规律认知，觉得一个团，三到五年搞一部原创剧目，都是很吃力的事。可现在好多团，基本都是一年上一个，甚至一年上好几个。故事编不圆，人物立不起。动辄花几百万，甚至上千万，并且还在各种活动中得了奖。还都被吹捧为"真正的精品力作"。薛桂生的兰花指，就抖动得，自己把它压在桌面上，使劲朝平直地捋，都是咋也捋不平直地乱翻乱翘起来。他知道，几乎全团人背后都在拿他的兰花指开玩笑，打手势。有时他一讲话，就听某个角落"哄"的一声，爆炸出一片笑浪来。他知道，那又是谁拿他颤抖不已的兰花指在搞怪了。

他自一上任，就为重排《狐仙劫》走了麦城。甚至一两年内，在艺术决策上都有点说不起话。好在几年间，忆秦娥带头，到处找秦腔老艺人，给她自己和团上，积累下了几十本快失传的老戏。不过闲话也很多，都说省秦都快成乡下业余戏班子了。但他咬着牙，硬是把这个积累完成了。现在看来，仅有这种"老戏老演"的"克隆""翻版"，也是不够的。好多戏的确粗糙、粗俗，甚至粗鄙化。作为省秦，掌握了这么多资源，如果对这行事业的发展，没有提升和推进，也算是白端了省级剧团的饭碗。他薛桂生可不想只当个混饭吃的团长。他一再在全团会上强调，要仅仅为唱戏，就目前这么个工资水平，他薛桂生早都改行了。可每当他下到关中农村集镇，看见一场演出，有时竟然能有数万观众拥到台前，刮风下雨都不离不弃时，他就想流泪。他就觉得秦腔这东西，是值得他一辈子去求索、玩味的。既然大家选他当了这个团长，他也想给这个团留点什么。到底能留点什么呢？遍访大西北秦腔老艺人，从他们嘴里抠出几十本戏，从他们身上挖出几十种绝活，固然是留下了点老本、根基。可仅有这些，还是无法让秦腔再现生机的。他老想着二百多年前，秦腔男旦魏长生的发迹史。说到底，还是一种革新和创造。就包括梅兰芳的成功之路，也是与创新分不开的。如果仅仅只做了传统的"克隆"，即使功底、技巧再好，原汁原汤再浓，也还是要被时代"敬而远之"的。尤其是这次欧洲演出回来，包括忆秦娥在内的所有艺术家，都提出了秦腔的存活方式与出路问题。他觉得，是应该对一些久演不衰的剧目，进行经典化修护的时候了。

他决定：再排《狐仙劫》。用几十年对戏曲艺术的审美积累与认知，来完成这部作品的经典化提升。

他觉得，经过了二十多年的检验，这个剧目里充盈的追求生命自由、挣脱物质奴役、淬炼生命境界、保护天赋家园的多重思考，依然闪烁着炽热的思想精神光芒。加之秦八娃特别会写戏，几乎场场精彩；人物个个鲜活；唱词句句珠圆玉润；每场演出，掌声都会成百次响起。并且他觉得，这是一个真正可以称为人类题材的好故事。面对越来越多的国际商业演出，重排这个剧目，意义也显得特别重大。

在薛桂生看来，一个剧团，哪怕存活一百年，如果能留下一部传之久远的作品，也就算是贡献巨大了。他常说，省秦如果能留下一本《游西湖》《白蛇传》《铡美案》《窦娥冤》这样的好戏，纳税人哪怕一年掏多少钱来养活，也就不算是"吃干饭"了。问题是我们创造出这样的"好货"了吗？我们创作的大多是"见光死"的垃圾。花钱无数，演出三五场就"刀枪入库"，这不是对纳税人的犯罪吗？虽然《狐仙劫》不是在自己手上首创、首演的，但他觉得自己有责任，为省秦留下一点创作的雪泥鸿爪。而不是去"猴子扳苞谷"式地，无尽推出那些排出来即"封箱""打包"，永远只能存活在各种先进材料与总结表彰大会上的"精品力作"。从秦腔历史看，任何创作，其实都是集体所为。是一代又一代人对一个故事、一场好戏、一段唱腔、一句道白、一个动作，甚至一个锣鼓点的反复敲打研磨，才集腋成裘、聚沙成塔的。就连关汉卿、汤显祖、孔尚任写的戏，也是故事流传经年后，被他们炼化成文。再由一代代艺人流血淌汗、增砖添瓦，才磨砺成了数百年闪亮不熄的舞台珍珠。没有人是可以越过前人的肩膀，突然为自己树起一座高耸入云的纪念碑的。一旦狂人太多，数典忘祖，也就必然制造出无尽的垃圾。还都当是创新、创造得"前无古人后无来者"了。也自然是要跳出些"泰斗""大师"来，把滑稽的高帽子，硬捆扎在自己的尖脑袋上，做小丑状而不自知了。世人都说戏班子难带，薛桂生倒没觉得是人的问题。他既不怕羞辱、谩骂、攻讦、诬陷，也不怕谁端直朝他大腿上坐。他怕的是"乱黄"，看着忙忙碌碌，今天过节、明天获奖、后天庆功的，把日子都慌慌完了，却留不下一点文脉、做业。长此以往，他这个男不男、女不女的"二刘子"团长，也就白当，更让人白骂了。他必须把自己的思考付诸实践。他甚至顶住了各种干预压力，让《狐仙劫》第三次上马了。

　　这一次，薛团是拿出了玩命的精神。他不仅请秦八娃对剧本做了必要的修订，而且在表导演、作曲、舞美，甚至包括服装、道具、化妆上，都做了全面提升。他说，这次提升不是"烧钱"，不是"比阔"，不是"炫技"，而是要"精细""精到""精确""精粹"化。哪怕一招一式、一个眼神，都要在传统的框范中，找到现实感情的合理依据。不要为传统而传统，为技巧而技巧，为表演而表演。要让内心外化出程式，而不是用程式遮蔽内心。既要让观众欣赏到传统的绝妙，更要让观众看到活在当下的生命精神律动。总之，他是有一套理论，在那里指导着他的艺术实践。他是团长，又是总导演，因此，在这场要为秦腔"留下一点文脉、做业"的"精粹化"艺术创作过程中，他与方方面面，几乎是进行了堪称"决绝"的较量。很多平常看来已经很艺术化了布景、道具，都做了反复的回炉加工。连老狐仙的一根蒺藜拐杖，也是先后打磨了四五次，才被他"拍板定案"了的。有那平常好以嘲弄娱乐团领导为快事的，甚至把薛团的"拍板定案"动作，演化成了用兰花指在桌上蜻蜓点水的曼妙揉摸。自是要惹得人人喷饭了。

薛团的严格，甚至把以装台闻名于世的刁顺子，都惹得大为光火起来。好多布景道具，依然是请刁顺子团队承包制作的。以刁顺子的精细认真，还没有哪个院团是感到不满意的。就连北京人艺来演出《茶馆》，包括美国、英国、俄罗斯那些正规班底，来西京演世界名典，都是他刁顺子带人装的台。省戏曲剧院多大的门楼子，四个团的台子，都是他刁顺子常年包了。不信还伺候不了你一个小小的省秦。伺候不了你"薛兰花"了。哼！刁顺子本来是不想骂人的，加上薛团平常待他也不薄。可这次实在是忍无可忍了。气得他，也当众学起了薛团指斥他的兰花指。说为一个狐仙打坐的蒲团，他刁顺子亲自修改了七次，还是被薛团翘着兰花指打了回来。这不是生生地折磨人嘛！他终于在一气之下，宣布他公司的全体职员，撤出《狐仙劫》剧组了。此处不留爷，自有留爷处。人家端直去给从美国百老汇来的《妈妈咪呀》剧组装台去了。据说身边还配了漂亮的女翻译跟出跟进呢。

好多人都说薛团这次是疯了。几乎没有不埋怨、不讥讽、不在背后说怪话的。有的当着面就开了火：说这就是唱戏，唱戏终归是假的。你要想制造"神舟十号"了，应该让国家给你重新任命职务。这个只相当于正处级的戏班子领班长，恐怕是完成不了如此高难度"发射"任务的。任你再说，再讥讽，他还是要按他的想法去操作，去实践。就连忆秦娥这样好说话的演员，这次排练，也前后跟他闹崩了几回。忆秦娥说，连她都不知戏该咋演了：唱腔嫌粗糙；道白嫌不走心；动作嫌卖弄技巧。那你要我干什么？忆秦娥从本质上是愿意炫点技、愿意表现些绝活的，因为她这方面的确过硬。在当今戏曲舞台上，都是凤毛麟角的。完全卖弄技巧，搞杂耍，她不甘心；可一旦大幅度减少技巧、绝活，她又觉得表演有些失色，甚至失重。而薛团要求的就是"精确"二字。什么是"精确"呢？有时为一个舞台动作呈现，他们可以试验一天。站着争执不行，就坐下来辩论。唱腔也是一样，连每句唱的换气口，他都要找几个老音乐家来现场研究。直到唱得气息通畅，字正腔圆，感情表达准确了才放过。他是要通过"精确化"，来克服秦腔那些严重脱离剧情，哪怕把脑袋唱得缺血缺氧，只要观众掌声不"给劲"，不"炸堂"，不"掀顶"，都死不停止拖腔、甩腔的坏毛病。

一部《狐仙劫》的重排，整整折腾了八个多月。要放在平常，三四本大戏都排出来了。而薛团还摇着头，翘着兰花指说："如果再有八个月，也许这个戏，会流传得更久远些。"

这次演出，果然各方一致好评如潮。薛团专门邀请了全国七八个大剧种的专家，来会诊把脉。大家共同的认知是：秦腔新时期真正的原创经典诞生了。

也就在这个时候，米兰又一次从美国回来了。

米兰现在是美国一个艺术基金会的小头目了。专门负责亚洲这一块艺术交流活动。她自上次看了忆秦娥的戏，心中就暗暗产生了一个想法：一定要把秦腔介绍到百老汇去演出。就像当年梅兰芳进百老汇一样。那毕竟是一个让世界认识中国艺术的大舞台。尤其是秦腔，她为之付出了十五年青春生命的艺术，就更希望能在那里展示了。

关键是忆秦娥有这个实力。她看过百老汇不少演出，觉得忆秦娥是一定能在那里打响的。

他们这次来，就是选节目的。看了《狐仙劫》，艺术总监和一个资深演出商，几乎当晚就定下了去百老汇的演出事宜。不过，米兰有一个要求：

一定要把她的师姐胡彩香带上。

在谈判过程中，薛桂生是咋都不同意加进这个县剧团演员的。他认为，现在的戏，经过很长时间磨合，换谁都是会影响"一棵菜"艺术的。

但米兰很坚决，说胡彩香唱得极好，必须随团去百老汇演出。

薛团看米兰这样坚持，也不能不有所妥协。

最后达成的协议是：让胡彩香唱一段伴唱。舞台调度做适当修改，争取让胡彩香亮一下相。让她一边唱，一边在一个遥远的山头上，向远处瞭望瞭望即可。

去百老汇的演出，就算敲定了。

三十五

忆秦娥陪着米兰老师回了一趟宁州。

这是米兰自三十多年前离开后，第一次回来。她是想祭拜一下祖坟，然后，也想看看一起学戏的师姐师弟。母亲去世早，那还是在她没有离开宁州的时候，山里发生泥石流，把家里连人带牲口，都卷得无影无踪了。好在父亲那天被抽到几十里外，去参加"农田大会战"，倒捡了一条命。却也是病病歪歪的。后来，她还把他接去美国，住了大半年。却因骨癌发现太晚，死在了异国他乡。宁州算是没有亲人了。她先去了米家的老坟山，已经荒凉得杂草丛生、蛇鼠乱窜了。唯有母亲的衣冠冢——母亲的遗体没有找到——倒是修葺得像模像样。坟前还有残存的祭物。后来一打听才知道，是胡彩香掏钱重修过的。胡彩香的父母，埋得也离此不远。因而，年年上祭，她都是会到米兰母亲的坟上，恭恭敬敬跪下点三炷香，烧些纸钱，再要放一串鞭炮。她嘴里还会念念有词："姨，米兰离得远，她是让我代她来看你的。我也就是你的亲闺女了。"米兰听到这里，眼泪怆怆地就涌出来了。

胡彩香跟她是一个村子的人。小时一同出门打猪草，一同上小学，又一同考上县剧团，去背粮学艺。又是一同开始演的李铁梅 AB 组。从能割头换颈的好朋友，直闹到反目成仇的陌路人。说心里话，那时盼她突然得急症死、坐手扶拖拉机翻到沟里的心思都有。她一死，就没人跟她争主角了。何况胡彩香的确比自己唱得好。她们两人的条件是：她个头比胡彩香高些，苗条些，上台鲜亮些。嗓子仅仅是"够用"而已。这是当时团上好多老师对她的评价。而胡彩香是个子比她矮，腰比她粗，屁股比她大一些。嗓子却是出奇的好，出奇地能"背动戏"。只要一开口唱，没有人不说这不是块唱戏的好料当的。胡彩香那阵，靠的是忆秦娥她舅胡三元，还有一些老师的支持，总能上主角。而她，却只有黄正大主任和他老婆支持着。黄主任越支持，团上反对人越多。这种拉锯战，反倒把她拉得筋疲力尽了。直到后来忆秦娥（那时还叫易青娥）站到了台中间，才把她和胡彩香慢慢挤到舞台边沿去的。那时她跟胡彩香表面上都支持忆秦娥，其实心里也是五味杂陈的。反正只要把对方从主角的位置上挤下来，促谁上去都行。何况忆秦娥那时的确行。她跟胡彩香的关系，是直到离开宁州，嫁人去了远方，才慢慢有了释然感的。回想起来，不就是为了唱戏，为了争主角，为了朝台中间站，为了人都给自己翘大拇指吗？竟然就把好端端的姐妹，弄成了那么大的仇敌。有时几乎是有我没你、有你没我的你死我活的斗争了。今天想来，她既想哑然失笑，又有点笑不出来。尤其是面对被胡彩香修葺一新的母亲的衣冠冢。

她也买了香表纸马，去到胡彩香父母的坟头上，泪流满面，长跪不起了。

忆秦娥把这一切看在眼里，心里也有说不出的感动。她不知道米兰老师这会儿在想什么。但从哭泣中，从长跪不起中，分明感受到了米老师内心深处，那份复杂情感的剧烈搅动。

回到县城后，天刚刚黑下来，她问米老师，是不是先在宾馆住下来。米老师说："不，今晚去胡彩香家住。我们得让她好好破费一下。还得商量她去美国的事呢。"

她们就直奔胡彩香老师家了。

胡彩香老师住的是拆迁户的补偿房，在县城很边缘的地方。晚上到处都黑灯瞎火的。忆秦娥只知道地址，地方却很难找。剧团原来那块城中心的院子，已被开发商买去做了高档住宅楼。剧团人几乎很少有能买起，再"凤还巢"的。她们勉强找到胡老师的房子，家里有个孩子,却死活不开门。问来问去,才知道是胡彩香的孙女。她说奶奶在县城卖凉皮,大概要到晚上十一二点才回来。她们就又到城里四处找。好在县城小,晚上热闹的地方就那么几处,很容易就把胡老师找到了。她是真的在卖凉皮。并且老公张光荣在帮着清洗碗筷、收拾桌凳。别说米兰开始有些认不出胡老师来,就忆秦娥也是有点半天不敢相认的。几年前,胡老师跟她在西京唱茶社戏时,那是刻意打扮了的。而现在,她已完全是个卖凉皮的老大妈了,与那一溜小吃摊上的任何一位大妈,都没有别样的韵致了。她两鬓飞满雪丝,头上竟然还戴着一顶医护人员用的那种白帽子。算年龄,胡老师也就六十出头的样子,却已完全与"演员""主角""台柱子"这些名词,没有任何关系了。她在吆喝着,并且吆喝声比别人的都大。声音倒是纯正、甜美、有腔、有调的有范儿。旁边还有人在轻声说:"到底是唱戏的,连卖凉皮,都吆喝得跟人不一样。"她的摊子前,顾客明显也比别人多些。忆秦娥要朝前走,却被米兰老师拽了衣襟,说:"这样会不会让彩香难堪?"忆秦娥也不懂她们师妹之间的关系,也就没朝前走了。她们在离胡老师较远的一个摊子前,坐了下来。这里灯光比较昏暗,不太容易看清人的脸面。她们要了一碗鸡蛋醪糟,慢慢喝着,品着,就听胡老师那边突然唱起秦腔来。是有人煽惑,让胡老师来一段,胡老师就唱起来了。

她唱的是《艳娘传》里的一段戏:

（白）我把你个没良心的人哪!
（唱）奴为你担惊又受怕,
　　　奴为你不顾理和法。
　　　奴为你伤风又败化,
　　　奴为你美玉玷污瑕。
　　　奴为你黑黑白白明明昼昼夜夜心头挂,
　　　你怎忍狠心撇奴家。

一段唱完，围上来吃凉皮的，又闹哄着让她再唱第二段。

胡老师就又唱了一段：

（白）咦，我把你个薄幸的人儿呀！

（唱）走的奴心乱脚步儿忙，

声声不住恨白郎。

临行时对奴咋样讲，

却怎么今日丧天良。

可怜奴千山万水高高低低遭魔障，

小小脚儿怎承当。

京城物博人又广，

该向何处找行藏。

忆秦娥听着这些唱，也不知心里是啥滋味，她甚至还突然想到了她舅胡三元。米兰老师听着听着竟然又哭了。她们师妹间的感情，还真不是她能完全理解得了的。

张光荣倒是一直乐呵呵地，在忙他的涮洗打扫。夫妻的日子，的确还过得有些其乐融融。

直到摊子上客人越来越少了，米兰才跟她一起走到胡彩香跟前。

她们俩的突然到来，几乎把胡老师吓了一跳。她的第一反应是：急忙解下连胸白围裙，又一把抓掉戴在头上的白帽子。她很是有些难为情地说："咋是你们，回来也不提前告诉一声。你看这乱的，也是……也是没事，晚上出来练练摊儿……玩呢。做梦都想不到，米兰你还能回宁州。"

张光荣也过来给她们打招呼说："米兰回来可是稀客呀！秦娥也成稀客了！你们回家里坐，这里我先招呼着，也快收摊儿了。"

米兰老师说没事，就在摊子上坐着聊挺好。胡老师到底还是坚持先带她们回家了。

胡老师家是七十多平方米的房子，两室一厅。所谓厅，也就是能放一个长沙发，再放几个小凳子而已。沙发上、凳子上，还有地上，几乎到处都摆的是做凉皮、面筋、长绿豆芽、摊辣椒面的东西。从她们进门，胡老师就收拾起，半天才收拾出沙发来，让她俩坐下。她自己是弄了一只矮板凳圪蹴着。在昏黄的灯光下，忆秦娥突然发现，胡老师又老了一大截。真正成省秦人爱糟蹋的那种"过气"女演员形象了：肉厚。渠深。腿壮。脸胀。胡老师还有些不好意思地一直搓着有些发僵的脸面说："看你们都保养得好的，我都成老太婆了。"米老师说："再别瞎说了，你这一退休，自己的日子才刚刚开始呢，怎么就成老太婆了。那是你的心理年龄。你一想着才十七八，脸上马上就开了花了。""还开花呢，开红苔花、喇叭花哟。干喳喳的，一摸，都锯齿一样拉手。哪像你，命好，嫁了个好男人，保养得几十年不变地细皮嫩肉、油光水滑。再嫁一回，只怕还都要演一折《王老虎抢亲》呢。""你个死彩香，还是那张不饶人的嘴。要放到四十几年前，才学戏那阵儿，我都能拿鞋掌把你的碎嘴抽烂。"两人前仰后合地笑了半天。米老师说："彩香，赶快收拾床，好让老姊妹躺一躺。跑了一天，困乏得就想当卧槽马了。"胡老师说："还是到宾馆去睡吧，家里脏得，干净人是卧不下的。"米兰偏要坚持在家里睡。胡老师就从箱底翻出一套东西，把床上整个换了一遍，三人才躺下。

她们躺下好久，才听光荣叔从凉皮摊子上，驮着东西吭哧吭哧回来。胡老师又起身帮忙捡拾。最后胡老师吩咐，让他到隔壁杨师家去搭个脚。说他在客厅沙发上睡不方便，厕所是跟客厅通着的。光荣叔就连声答应着走了。

她们谝着谝着，又谝到了她舅胡三元。还是胡老师自己把话挑起来的，她说："不怕秦娥不高兴，那时我得亏没听你那个死舅煽惑。要是跟他跑了，可能连西北风都没得喝的了。你舅就是个野人，没良心的货，这些年，在外面跑得连个人影都没有了。我要不是死跟了张光荣，恐怕连一个窝都安不下。张光荣是没啥本事，就会给人家修下水管道。他每天都在人家厕所里、臭水沟里爬着，可见天能给我挣一两百块钱回来，日子靠得住。他白天累得跟啥一样，晚上还帮我出摊子，生怕我遭了别的男人勾引。你说我都成老太婆了，他还死不放心，还把我当了潘金莲，你说是不是个怪货色。我倒想再勾引一个哟，可眼里放不出电了，那秋波，还真正成秋天的菠菜了。"胡老师一下把几个人都惹笑了。米老师说："你那一对水汪汪的骚眼，我看现在，也是会给他张光荣戴绿帽子的。"胡老师踹了米老师屁股一脚，说："这话你可不敢当老张说，说了他几天就吃不下饭了。你说老张这个死鬼，真是没见过啥的，好像我还是七仙女，是刘晓庆，是林青霞了，一城的老男人都把我惦记着。你说我这样子，还有人惦记吗？可我高兴。说明死鬼在意我。晚上他一跟就是半夜，也没半句怨言。早上四五点还要起来帮我蒸皮子，拌调和，烫豆芽。要是跟了你舅胡三元，你再看看，还给你出摊子、蒸皮子、拌调料、烫豆芽呢？一天到晚就是拿一对鼓槌，敲死样地乱敲。你让他帮忙刷碗，他会拿筷子敲；你让他帮忙蒸皮子，他会拿铲子敲；你让他扫地，他能拿扫帚敲；你让他摆桌子，他能拿指头敲。百做百不成的货，几时不敲死，他都住不了手的。听说在外面，把人家好几个打下手的牙又敲掉了。我要是跟了他，这牙还能保得住？不定早被敲成河马嘴了。"她和米老师都被那个形象的河马嘴比喻，逗得扑哧扑哧打着滚地笑起来。胡老师还说："那就是个敲死鬼。前世辈子让人把爪子捆死了，这辈子放开，就是专门来活动那对死爪子的。"胡老师对她舅的控诉，不仅把米兰老师笑岔了气，就连忆秦娥也是笑得把嘴捂了又捂、把腹捧了又捧。到了最后，胡老师还是关心着她舅的去处，问现在死到哪里去了。她说，可能在宝鸡、天水一带，业余剧团里敲戏着的。胡老师就说："那双贱爪子，几时不敲得抽风，不敲成半身不遂，不敲死，他都是不会回来的。"忆秦娥还是笑。她能从胡老师的骂声中，感到她对她舅那份说不清道不明的感情。

诵完她舅，又诵起现在的宁州剧团来。胡老师说现在是惠芳龄的团长。米兰记不得惠芳龄是谁了，胡老师说："就是当年给秦娥配演青蛇的那个娃。后来又是打架子鼓，又是唱歌的。折腾了一阵，最后还是回头唱戏了。说是唱戏，也没个正经戏唱了。县上有啥活动，给人家弄几个表演唱而已。旅游节唱《宁州好风光》；楼盘开市，唱《风水这边独好》；保险公司投保，唱《省下一口，还你一斗》，都是改上几句唱词，老舞蹈换身'马夹'，就又满台胡扑着'欢庆'起来。反正是'打酱油'凑兴，挣几个小钱而已。连一台正经折子戏，都演得缺胳膊少腿的。还转成啥子，叫个啥幌子……又是集团，又是股份，又是公司的，名字长得把马嘴都能绊成驴嘴。"

忆秦娥一直想问的还是封潇潇。几十年过去了，这个结，依然死死拴塞在她的心头。这是她的初恋，不知那个朦朦胧胧的初恋情人，近况如何？直到把十几个人都谝过去了，胡老师才说到了封潇潇。胡老师说：

"封潇潇要说活得窝囊，我看也是活得最幸福的一个人了。整天都喝个烂酒，没有一天不是醉醺醺的。他经常睡在街道旁的排水沟里，连满街拉三轮车的都知道，这是剧团的封老师。他们遇见了，都会用三轮车把他送回去的。潇潇的老婆也没办法，整天就那一句话：迟早都是要喝死的。"

胡老师说到这里，还故意把忆秦娥的脸看了一下说："都说封潇潇是爱你，才把自己爱成这样了，你承认不？"

胡老师一下把忆秦娥的脸给说红了。

胡老师接着说："潇潇过去是多么乖的一个人，文武不挡的北山第一小生。没想到，自你走后，就成了酒疯子。说现在已是酒精依赖症了。这歹症候是一种瞎瞎病，并且是死都看不好的。他儿子用绳子捆住他，自己把绳子割断，还是跑出去喝了。谁拿他有啥办法？说家里还弄出去治过几回，能管几天，回来还是喝。一早眼睛睁开，就得吹半瓶子。基本也唱不成戏，是一个废人了。"

忆秦娥这一晚，翻来覆去地睡不着。她也不知咋的，怎么就害得几个男人都成了这样。难道真有民间所说的那么玄乎，自己是克夫的命了？初恋情人封潇潇成废人了；刘红兵也成废人了；石怀玉又"逃进深山"当了"白毛女"。这是团上那些嚼舌根人说的怪话。他们的婚姻，至今也没了断。几十年的家庭生活，怎么就过得这样一团糟呢？

第二天，米兰要去看望黄正大夫妇。她说无论怎样，人家过去对自己好过。

昨晚听胡老师讲，黄正大从剧团走后，又调了好几个单位。人都不待见，还是好整人。说他当领导群众受不了，当群众领导受不了。退休后，还不安生，整天写告状信呢。自己写了不算，还组织人联名写。把几个单位的领导，都告得下海的下海，辞职的辞职，都说是遇见"活鬼"了。现在大概都八十好几了吧，仍闲不下，说又自告奋勇，当了他们那个小区业主委员会的头儿了。见天把一些老头老太太，弄得楼上楼下地开会。他一讲就是半天，跟物业办朝死里斗哩。说物管方面的头儿都换好几茬了，并且是换得一茬不如一茬。他们也就斗得更加上心、来劲了。动不动连警察都招了去。米兰听着光笑，说黄主任还有那么大的劲头。胡老师说："嘿，死老汉劲气大得很着呢。大前年把老婆死了，人家端直找了个五十几岁的乡下保姆。保着保着，就保到床上，成老婆了。你都没见，现在活得满脸红皮团圆、油光水滑的，日子可滋润了。"

米兰无论如何，都要去看一下黄正大的。她让胡彩香陪，胡老师坚决不去，说她在县城但凡碰见老黄，都趔得远远的。从没跟他招过嘴。最后，米兰做忆秦娥的工作，让她陪着去。忆秦娥也是碍于米老师的情面，才答应去了。谁知在小区门口，就碰见了黄正大。他正在组织人，给物业办拉白布印的大黑字标语：

"必须把贪赃枉法侵占业主的物管费吐出来！"

几个老婆子把一片白布没有绷展拓，他就后退到远处，高高低低地来回指挥着。

突然见米兰站到面前，他还有点认不出来了。是米兰做了自我介绍，他才一拍脑袋，连声噢噢噢了几下。甚至感动得还有点想落泪了。

忆秦娥站在很远的地方，不想靠近。她对这个黄正大，是毫无半点好感的。谁知黄正大听说她来了，还偏要大声闹嚷着，说大名演忆秦娥看他来了。几乎小区所有人都拥了出来，都想看看忆秦娥。弄得她是想离开都来不及了。关键是黄正大还大声霸气地卖派说：

"这就是我当年保护过的易青娥，你们知道不？也就是现在鼎鼎大名的忆秦娥！中南海里都唱过戏的人，知道不？当初是她舅走后门把她弄进来的。后来她舅出事了——她舅那个人不行，差点都让枪毙了，也是我一手保了的。知道不？为保这娃，我可是冒了很大的风险哪！先把她安排到厨房里烧了几年火，那就是最大的保护措施，知道不？其实是在暗中让人给她教戏呢。最后终于把娃促红成秦腔皇后了，你都知道不？秦娥，算你有情有义，成了这大的名，还能来看我黄正大，我黄正大这辈子也就算知足了。可惜你姨不在了，你姨要在，今天一准会给米兰和你包鸡蛋饺子吃呢。你姨的鸡蛋饺子，包得可香可浑实了。米兰知道的。"

忆秦娥还能说什么呢，黄正大到底是患了健忘症，还是要故意颠倒黑白呢？这才过去多久，并且当事人都在，他就敢这样张口说瞎话了。她本来想客气地对他微笑一下，毕竟是一个耄耋老人了。但她终于没有笑出来。她只在心里想：那时，黄正大怎么就能那样跟她和她舅过不去呢？到底为啥来着？

离开黄正大后，她本来是要去看老艺人裘存义，还有大师傅宋光祖的。他们都是她当烧火丫头时，像长辈一样帮过自己的人。四个给她排戏的老艺人，也就仅剩裘老师还活在人世了。她说看完胡老师，就去看裘老师呢。谁知在她和米兰从黄正大那里出来后，就得知：裘老师昨晚已经去世了。裘老师活了八十四岁。

她们的行程就不能不有所改变了。她说她无论如何，都要参加完了裘老师的葬礼再走。

也就在那天葬礼上，她不仅见到了封潇潇，而且还见到了让她受难一生的仇人廖耀辉。

廖耀辉是被宋光祖师傅用一个木轮车，把他拉到火葬场去送裘伙管的。他大概怎么都没想到，会在这里遇见忆秦娥。宋师告诉她，廖耀辉已经偏瘫在床好几年了，但他无论如何都要来送送老伙计裘存义。廖师说老裘是个好人，一生几次帮他圆了大场，转了大圜。要不是老裘，他廖耀辉恐怕早都在这个单位做不成饭了。廖耀辉并不是剧团的正式炊事员，却在这里做了五十多年饭。他家里没有后人，得了半身不遂，偏瘫在床后，团里就让宋光祖照顾他的起居了。剧团也穷，大伙工资才发百分之六七十。一月给廖耀辉发些基本生活费，已是做到仁至义尽了。医药费有些报不了，大家就凑点份子，把他老命延续着。宋师对她说：

"廖耀辉到现在还在嘟哝，说这辈子最对不起的就是娥儿了。是他把娃的名誉损害了。让他得啥病，都是老天的惩罚和报应。他还说，光祖有机会见娥儿了，一定给娥儿赔个不是。说下辈子，他宁愿变一条狗，给娥儿看大门都行。他迟早都在说，他是丧了德行了。现在话也说不清了，可怜得很。"

忆秦娥远远地看着坐在木轮车上浑身颤抖，并且涎水四流的廖耀辉，看了很久很久。一刹那间，她好像突然原谅了一切：

这终是一个可怜的生命而已。

在快离开宁州时，她甚至给了宋光祖师傅几千块钱，说："给廖耀辉买个轮椅吧，这样你经管着也方便些。"还没等宋师明白是咋回事，忆秦娥已经泪眼汪汪地转身离开了。

她不是哭廖耀辉的可怜，而是哭人的可怜。包括自己，都是太可怜的生命！

忆秦娥在裘存义的葬礼上，还看见了封潇潇。他不是站着，而是躺在灵堂旁边的一个壕沟里，醉得身边是围着几条狗，在吃着他胡乱吐出的污秽物。她怎么都止不住泪水的涌流：

人啊人，无论你当初怎么鲜亮、风光、荣耀，难道最终都是要这样可可怜怜地退场吗？

米兰老师直到最后，才给胡老师吐露，让她到美国百老汇参演秦腔的事。说就几句伴唱，相信她一定会唱得精彩绝伦的。

米老师说，她从十几岁时，就嫉妒着胡彩香那一嗓子好唱。这些年了，她一想起她的唱，心里就不免一阵抽动。

临走时她说，她九岁开始学秦腔，今年已是六十多岁的人了，也不知多少次，在美国做梦，都还是在宁州的秦腔舞台上唱戏。

她说她生命内核里，终还是一个唱秦腔的戏子。

　　离开宁州时，她紧紧抱着胡老师说，她在美国等着迎接自己的师姐。并说：

　　"你一定要来！从某种程度上讲，我是为秦娥，也是为你才淘了这大的神，费了这大的力。你一定得跟秦娥一起来。秦娥，一定要把你胡老师拽来，一定！"

　　忆秦娥直点头说："一定。"

三十六

　　秦腔要进美国百老汇演出，这在西京，自然是一件很轰动的事情了。

　　队伍还没出发，媒体先炒作起来。几乎见天都能看见忆秦娥的剧照和消息。即使是采访女二号楚嘉禾，报纸登出来，也成《忆秦娥和她的狐仙姐妹备战百老汇》了。气得楚嘉禾连报纸都撕了。秦腔好像就是忆秦娥，忆秦娥就是秦腔；省秦也是忆秦娥，忆秦娥也是省秦；《狐仙劫》是忆秦娥，忆秦娥也是《狐仙劫》了。反正一切的一切，都成忆秦娥一个人的荣誉、一个人的游戏了。问题是薛桂生这个团长，一见报道，还高兴得兰花指直翘："让办公室剪下来，快剪下来，朝报栏里贴。"各种专访、采访里，他薛桂生也就是被提提名字而已。实质上，全都在围绕忆秦娥做文章。有一天，楚嘉禾和另外两个主演，还在功场给他提过意见："哎，薛团，咱省秦是不是要改叫忆秦娥团了？如果访美演出，忆秦娥一个人能把《狐仙劫》演了，那就让她一人去好了。何必要拉着五六十人去垫背呢？""薛兰花"还笑笑地说："只要宣传了秦腔，那就是咱们这一行的胜利嘛！人家天天说影视明星的绯闻，你们又觉得人家报纸无聊。人家这下有聊了，见天说秦腔了，你们又嫌人家不该只宣传了个别人。一定要看到，无论说谁，从本质上讲，都是在提升秦腔的影响力呢。媒体就得找新闻人物、新闻点。要不然，那就没话说，也没人看了。"

到了美国更奇葩。

整个接待，主演忆秦娥是跟所有人都不一样的。在曼哈顿的肯尼迪机场一下飞机，就有人给忆秦娥献花。然后是专车把忆秦娥接走了。进了宾馆，忆秦娥住的是套房，其余人全都是两人一间。带团的是上边领导，有省上的，还有京城的。连"薛兰花"也是以演员名义来的。说起来可丢人了：他还在戏里扮了个小角色，是一只被捣了巢穴的老母狐狸，"携众狐狸过场"。不到一分钟的戏，只见他愤怒地翘着兰花指，领着一群失去家园的小狐狸，是"满腔悲愤地集体过场"而去。乐队一个哈尿，第一次彩排，就被"薛兰花"逗得把唢呐吹炸音了。还有一个，笑得端直把手上的大锣都跌到了地上。连团长都跌份成这样，可忆秦娥却风光得像是来的"国家元首"。

在演出后台，那更是等级森严。忆秦娥一人一个化妆室，门口还站着"安保"。别人想进去，他会不停地"NO，NO，NO"地摆手。据化妆师说，里面可阔气了，不仅摆着鲜花，而且还有单独卫生间呢。其余人是在一个大化妆室里。演员多，明显很是挤巴。薛桂生还请米兰出面协调，看能不能让几个次主演，也到忆秦娥那间化妆室去化妆。只见剧场管事人，又是耸肩又是摊手的，表示坚决不同意。说剧场没有这规矩。主演化妆室就是主演化妆室。主演化妆时需要安静，需要休息，需要温习台词，是不能打扰的。并且还特别补充了一句："她的劳动需要获得所有人尊重。"连媒体也是把"长枪短炮"支在门口，静静等待着主演化完妆出来时，才可以拍几张照片的。并且这里还不能跟主演进行任何交流。要采访，也得在演出结束后才能进行。

这次来美国，楚嘉禾对米兰这个人，有了不小的看法。过去在宁州，她当学生那阵儿，就知道米兰跟胡彩香为争主角，闹得水火不容的。这阵儿，不知哪根筋给抽起来了，却突然把胡彩香稀罕的，还专门让占了演出团一个名额，为几句伴唱来了纽约。胡彩香过去她就不待见。她一进团，就听说这家伙跟忆秦娥她舅有一腿呢。连她那儿子，也都说是跟胡三元的私生子。大家在一起，老比照她儿子与胡三元的鼻子、眼睛、嘴巴，甚至耳垂。都说这娃除了脸没被烧黑外，其余简直就是跟胡三元一个模子磕出来的。就这么个烂货,却给忆秦娥教了一口好唱。硬是把忆秦娥从黑黢黢的灶门洞,一路送到了西京的舞台上,几乎完全成秦腔界的一个诡异神话了。

胡彩香这次来,跟着演出团一路也没少丢人。飞机一起飞,就吓得她直喊:"娘啊,心就跟老鹰抓到半天空了一样。老鹰爪子要是一松,老娘这一辈子就算交代了。死张光荣在家可咋办呀!"在飞机上,闹的笑话更多。要咖啡,她却嫌咖啡苦;要饮料,给人家说不清楚,人家拿的酒来,喝得她端直溜到椅子底下了。整个人形,就不是这个团队能带出来的人:上身长,下身短,还腰粗、脸大的。她完全是一旅游大妈形象,却混在赴纽约的"中国秦腔演出团"里。提溜了两个人造革拉锁包,一个拉链还拉不上。说都是给米兰拿的土特产。可笑的是,一块黑乎乎的腊肉,还剌出一截带把肘子来。她用别针别都没别住。包大得双手提着不方便,她就用毛巾从中一绑,把两个大拉锁包前后褡裢在肉乎乎的肩膀上。结果,过海关时,先让把"带把肘子"没收了。气得她还直骂:"死'城管(其实是海关)',在哪里都爱收没东西。"除了忆秦娥,几乎没人愿意跟她走在一起,都嫌丢不起人。关键是她还不知别人的感受。嘴多得要死。只要一讲话,就惹得一阵哄堂大笑。随团外事方面的负责人,都批评好几回了,说出门不要扎堆,不要大声喧哗。可遇见这么个进了大观园的刘姥姥,谁又能忍住不违反纪律呢。

到了纽约,米兰似乎只把胡彩香和忆秦娥当回事。同样是从宁州来的楚嘉禾和周玉枝,却享受不上那两位老乡的待遇。虽然米兰也私下把她们四人宴请过一次,但对胡彩香和忆秦娥,明显是高看了好几眼,并感情深厚得无法相比的。周玉枝倒是不在乎,说:"人家米兰跟胡彩香老师是师姐师妹关系。忆秦娥又是人家两人帮过的,自然走得近些。那时我们是学生,跟人家就没任何关系。来了美国,人家能单独请我们一次,已是很不错了。你还计较人家,不该没掏钱让咱上帝国大厦。戏太过了噢。"

忆秦娥还是老样子,一来就睡觉,哪儿也不去。除了保证演出,几乎连华尔街都没去看一下。她们倒是落了个清闲自在。不让逛，还是都出去逛了。摸着华尔街金牛那光溜溜的牛蛋，把相也照了。帝国大厦也上了。连"9·11"被炸掉的两座大楼原址也去看了。楚嘉禾跟几个人甚至还偷偷去华盛顿逛了一趟呢。

演出也的确成功。还是真的很成功。那次去欧洲演出三个月回来，媒体吹说是"轰动欧洲"，大家都想发笑。其实就是去耍"绝活"去了。可这次在百老汇，是真正的大戏演出：故事剧情完整；有文有武；并且文戏与唱腔分量还很重。两场演出，第一场上座率在百分之八十左右。第二场竟然爆棚了。华人观众能占到五分之一，其余还都是老外。并且在演出完后，五次谢幕，时间长达十六七分钟。第二天，美国很多媒体都报道了中国最古老剧种秦腔，在百老汇的演出盛况。忆秦娥的剧照，甚至都有媒体是用整版推出的。

尽管大家对胡彩香有一百个瞧不上，可在百老汇的演出，胡彩香那几句伴唱，还真是震撼了全场。按照米兰的要求，是一定要胡彩香出场演唱的。"薛兰花"是照米兰的意思，安排胡彩香出现在了剧情的高潮处：

　　〔面对狐仙老巢的崩毁，一白发苍苍的老狐仙，拄一藜杖，颤巍巍地从废墟中走来。
　　〔她站在陡峭山头上，唱出了这样四句苍凉备至而又精神昂奋的苦音慢板：
　　　　山高水长的摩崖，
　　　　千秋万代的狐家。
　　　　百折不回的摧打，
　　　　生生不息的勃发。
　　〔在老狐仙杖策远迈的路上，聚集起越来越多蓬勃的新生命。

楚嘉禾虽然那么不待见胡彩香，可还是被胡彩香这四句苦音慢板，唱得心生震颤，后悔不迭。要是当初有眼光，早早把胡彩香缠住，给自己也教出这一口好唱来，哪里还有她忆秦娥的米汤馍呢？世间真是万事都只能在无从更变的时候，才看出症候来。等看出时，一切也都晚了。不过要能早看出来，都成了神仙，恐怕这个世界也就只能都兴风作妖了。这个该天煞的胡彩香，出了一路的丑，没想到，最后在百老汇，却因几句唱，而红火得也上了报纸，成了演出的"大亮点"。

米兰在演出结束后，竟然上台来，是抱着胡彩香号啕大哭起来，她说："你没变，就是这个声音，四十年前就唱得这样让人心碎。"

楚嘉禾想，四十年前的心碎，恐怕跟今天的心碎，完全是两个概念了。只有争主角的人，才懂得这种心碎的残破程度：那是要滴血，要搅肉成泥的。

回国后，忆秦娥的戏迷竟然拥到机场，拉起横幅，打起锣鼓，把忆秦娥是抬着弄上一辆大轿车接走的。

楚嘉禾回到西京才知道，对忆秦娥的宣传早已铺天盖地了。连胡彩香那几句唱，都有人提说。而她一个堂堂女二号，竟然翻遍报纸和各种网络，只字未见。她妈本来就是一个碎嘴，这下更是火上浇油地说：

"你团真是古怪，这明明是秦腔出访，省秦出访，怎么宣传报道出来，都成忆秦娥一人的事了呢？既然她一个人能成，那就让她去美国唱独角戏好了，怎么还要拉一堆人去呢？你们都是泥塑木偶吗？这扣碗肉的底子，也垫得太窝囊了点吧。嗨，你还没见忆秦娥那个土老帽娘，才张得搁不下呢。现在死了傻孙子，没事了，也瞎收拾瞎打扮起来了。在忆秦娥去美国的时候，她把两道掉光了的眉毛，也文成了两个死百脚虫的样子。嘴本来就薄气，这下还画得红赤赤地翻了出来，活像白骨精她妈了。她整天穿条大花裤子，还是萝卜形的。上身还绑了块印度女人才绑的那种说衣服不像衣服、说披肩不像披肩的大花布。先头她还是拿个花扇子，在南城门外人群背后，战战磕磕地扇着，舞着。有时腿脚笨的，都能把自己别倒。现在可不一样了，都敢举一把花不棱登的'太平伞'，走到人前，又是吹哨子、又是整队伍的，都在领秧歌舞了。开口秦娥长，闭口秦娥短的，生怕没人知道她是忆秦娥她娘似的。还有一件事，可是把我快笑死了。就在你们去美国演出，说是轰动了百老汇的第二天，我到城墙根下闲转呢，见忆秦娥她娘，张得把《天鹅湖》里的'四小天鹅'都跳上了。说是跳的芭蕾，却放的是《好汉歌》，'大河向东流，天上的星星参北斗……说走咱就走，你有我有全都有……'，只见她领着舞，一跛一跛地出来，还起了一个'大跳'呢。'嗵'地落下来，差点没把城墙砖砸个窟窿。嘎嘎嘎，嘎嘎嘎，你说好笑不好笑，真正是棒槌进城，三年都成了精了。"

楚嘉禾听着她妈对忆秦娥她娘的糟践，心里也觉得有几分好笑，却又有点笑不出来。她妈接着叨叨说：

"别看忆秦娥闷闷的，那都是表面现象，会来事得很着呢。你没算算，这些年，几乎把一家人都弄到西京城了。听说她姐现在也玩起文化了。说开了个啥子文化公司，又是给单位办庆典，又是给人操持婚礼，还又是承揽演出的。说最近还拍起《都市碎戏》来了。连她姐、她姐夫，还有那个老白骨精，都出镜做演员了呢。还说戏好卖得很，一年拍成了几十集，在灞河把房子都买下了。她弟那个不着调的东西，你说迟早都会跟她舅一样，要蹲大牢的。结果人家现在还开了网络公司，雇下一帮人，专做秦腔传播的点击生意，听说把歌舞团的一枝花都掐了。你看你，都混的啥名堂：戏没唱成个戏，家没成操个家。活得还别说忆秦娥，连人家周玉枝都不如。人家两口子把日子过的：生了儿子，前些年还弄了指标，又生了女子。算是儿女双全了。说在曲江把复式楼都买下了。你再看看你，看看你，都把日子过成啥样子了？不是我说你，一辈子弄啥都下不了狠心，连找个男人，都看不住。呼啦一下，把婚离了，结果人家这两年又在海南翻起身来，都是身家几个亿的大老板了，与你有什么关系？你说你……"

"别说了好不好。这些事哪一样不是拜你所赐？弄成了今天这个样子，你以为我想这样吗？我一回来你就嘟哝，都嘟哝我一辈子了，还想嘟哝。求求你，别再管我的事了好不好？我有我的活法好不好？

你整天给我爸出主意呢，倒是把爸从副行长弄成了正行长，不就是个正科级嘛。现在也退休了。一退休，在县上连鬼都没人理了，正科级又能咋？唱戏这行，跟其他行业都不一样，别说你弄不懂，我也弄不懂。咋红火，咋窝黑，都是说不清道不明的事。你就别再给我瞎掰扯了，我求你了。"

楚嘉禾哭了。她妈气得也拎着包走了。出门时她还嘟哝了一句："爱听不爱听，我都把话撂在这儿：你就是个受气包。不是你不能唱，而是你缺心眼。一个人想成事，没有一些过人的心眼还能成？你就干等着在家怄气伤肝吧，活该！"

她妈走后，她号啕大哭了一场，气得把家里能砸的东西，基本都砸完了。她不仅是生唱戏的气。最让她窝火的，就是自己的那个男人，躲债、跑路、背运了好几年后，突然在海南又咸鱼翻身了。这次翻起身来，几乎让过去的烂尾工程、闲置土地，一下赚了几个亿。并且最近赫然上市，市值更是高达几十个亿了。当她知道这件事后，立即领着儿子去了一趟海南。千说万说，可你是在人家最艰难的时候，与人家刀割水洗的。是撇清了所有可能产生的债权纠纷离去的。现在回来，哭得一把鼻涕一把泪的，人家虽然给了"前妻"礼遇，但覆水难收，替补队员都给人家把儿子生下了。并且那个"替补"，是在他最困难的时候，帮过他的一个大学生。年龄还比她小了十三岁。人长得猛一看，酷似甄嬛。她是诚惶诚恐而去，失魂落魄而归。儿子人家还是想认，并且希望让他收养，以便得到更好的教育。她倒是死都没有丢手这根最后的生命稻草。

其实这些年，给她保媒拉纤的也不少。自己亲自上门纠缠的也络绎不绝。有时把门槛都能踢断了。但都没有她认为遂心合意的。她觉得，自己唱戏没唱过忆秦娥，把男人总得找得胜过她一筹吧。忆秦娥的两任丈夫，都算是丢人现眼一回，这让她心里不免有些得意。可要找个像样的男人，尤其是与她年龄相配的半老男人，真是比找条温顺乖巧的狗都难。好男人都有下家。来瞎搅乱她的，也就是瞎搅乱。给你表忠心，说是要离婚娶你，可千万别信那鬼话。那都是心急火燎时的托词。一旦得逞，他有一万个理由跟你"劈腿"。还都美其名曰，是为了保护你的名誉呢。尤其是从海南回来以后，她觉得自己的男人是更难找了。与其找个让人发笑的，不如落个"单身耍俏"的。自己虽然是这把年龄了，毕竟保养得好，姿色还是充满了回头率的。在她的戏迷里，也有几个算得上是"高大上"的人物。她只是懒得理而已，但凡给点好脸，都会屁颠屁颠地就来了。

她这几天在想一件事，还是忆秦娥的事。

忆秦娥从美国演出回来，一些戏迷突然吵吵着，要给忆秦娥搞个什么"演出月"。说让忆秦娥把她几十年演过的戏，全部演一遍。然后，这些戏迷还在网上联名，准备以多家单位联合的名义，给忆秦娥授予什么"秦腔金皇后"的牌子呢。这事已经把风声闹得很大了。楚嘉禾虽然也知道，人家就是再给秦腔授两个、三个金皇后、银皇后、铜皇后，也未必能临到自己。可这事，总是让她心里像吃了死苍蝇一样难受。难道就任凭忆秦娥这样把名声坐大，直到遮云遮月，让别人都活得暗无天日吗？也就在她心里挠搅得无法抑制、排解的时候，她的一个处长戏迷，打电话来问候她。她知道这家伙的心思，就笑着让他来家里了。

那天晚上，他们谈了很久。她是一肚子苦水，不知该怎么诉说。而那个处长却是心急火燎的，别有一番缱绻惆怅。她是穿着一身很漂亮的睡衣，坐在沙发上。处长的眼睛，就一直在那时开时合的丰硕胸部上扫射着。她说到了忆秦娥可能得到的更大荣誉，认为这样一个生活极其糜烂的女人，是不配享有秦腔金皇后美誉的。处长听到"生活糜烂"这个词，很是有些兴奋，就问咋个糜烂法。楚嘉禾就把忆秦娥十四五岁被一个做饭的强奸；然后把一个叫封潇潇的玩成了酒鬼残废；还有四个老艺人与她之间的"诲淫诲盗"；直说到单跛子、封子；还有现在活着的薛兰花；包括派出所的乔所长，说乔所长新近也死了老婆，是乳腺癌，不定都是被忆秦娥气死的呢。等等等等。当然，更少不了对刘红兵与石怀玉"始乱终弃"的不平。她几乎是一口气说了二十多个与忆秦娥有染的男人。那处长终于忍不住，一把抱住她说：

"不说了，不说了，说得我都想变成坏男人了。"

"你以为你是啥好东西。"

"知道就好，知道就好。放心吧，我就是笔杆子，绝对会在网上，还有其他手段，把这个忆秦娥彻底搞臭的。"

说着，处长顺势就把她压到了床上。

她也很自然地配合起来。

"你真有这本事？"

"这样说吧，弄这事，是咱的拿手好戏。咱都帮领导弄过好几回了。我头儿就是这样上去的。"

"吹牛。"

"你等着瞧么。"

"你这晚了不回去，老婆都不问你干啥去了？"

"单位加班写材料。"

"哎，你准备咋样写呢？"

"搞得咋臭咋写。想把谁搞臭还不容易。"

"那你说咋样才能把忆秦娥搞得比屎还臭？"

"你能不能让我把事办完再问？"

"一定要写上这就是个烂货。从十四五岁就烂起。"

"你是好货。你是好货。你是好货。你是好货。你是好货……"

"去你的。去你的。去你的……哎，要快哦，不然她还真把金皇后的帽子给戴上了。"

"你真讨厌，别再说忆秦娥了好不？你到底是让我想你么，还是想她。"

"敢，你个臭流氓。"

三十七

谁也没想到，秦腔戏迷会有如此大的推动力，竟然在忆秦娥百老汇演出归来后，真把"忆秦娥演出月"给操作起来了。后来觉得剧目多，一个人连着演，怕背不下来，又改成演出季。再后来，干脆搞成"忆秦娥从艺四十年演出季"了。

天哪，怎么就唱了四十年戏了？她扳指头一算，十一岁进宁州县剧团，转眼还真从艺四十年，已是年过半百的人了。这年岁，几乎把忆秦娥自己都吓出一身冷汗来。也许是除了生刘忆那阵儿外，几乎一日都没有停止过练功的原因，无论身材，还是相貌，看上去顶多也就四十出头的样子。说心里话，她有点不喜欢这个"从艺四十年"的名头，太暴露一个旦角演员的年龄了。可不仅戏迷们这样炒作着，薛团也觉得这样办挺好。说她有资格、有实力办。并且要办好，办红火。就这样，由省秦牵头，八方参与，研究着、策划着，硬是把事越闹越大了。尤其是铁杆戏迷热心参加的活动，三煽四惑的，活动冠名，又升温成"秦腔金皇后忆秦娥从艺四十年演出季"了。

薛团有些拿不住，觉得"秦腔金皇后"这几个字，有点刺激人。搞不好给忆秦娥带来的会是负面影响。但赞助商呼声很高，绝不退让，他就有点没了主意。他问忆秦娥，忆秦娥还是那副傻样儿，五十岁的人了，遇事仍是拿手背捂着嘴傻笑。好像一切都是别人推着磨子转，不太懂得这里面潜藏的祸患与危险。薛团还跟她说："很多秦腔老艺术家都在。省戏曲剧院，还有市上那些大牌演员怎么想？你成'金皇后'了，那她们还不要挂'太皇太后'的名号了？"忆秦娥也不让挂，可戏迷们让她别管，说这不是她操心的事，让她只管把戏演好就行了。她算了一下，连折子戏专场，她可以演到四十多场不重样的戏。听说过去的老艺人，谁都是可以背几十本大戏的。有的肚子里，记着上百本戏呢。而现在的名演员，能演出四五本戏，都已是行内高手了。忆秦娥也真想把她这几十本戏集中展示一下。她觉得，是时候展示了。也许再过几年，想展示都没这个气力了。

就在组织者为用不用"秦腔金皇后"这个名号，吵得不可开交的时候，秦八娃突然被薛桂生请来了。

薛桂生请秦八娃来，本来是为给学员班写戏的。遇上了忆秦娥这事，也刚好求教一番。

秦八娃是个很古怪的人。到美国演出，薛桂生团长是咋都想让他去一趟的。戏去了，大编剧不去，总是有些说不过去。人家对方在计划名单时，编剧、导演都是专门邀请了的。可惜这边要安排的各路神仙太多，谁也得罪不起。连他也是扮了老妖狐，才编进演员队的。想来想去，他给秦八娃安排了一个打狐仙旗的旗手，跟在狐狸将军背后，过两次场就行。可秦八娃坚决不去。说自己的脸面，不适宜暴露给美利坚的观众："有伤国体。"薛桂生笑着说："不会暴露脸面的。旗子很长很宽，能有你家双人床单那么大小。你用竹竿举着。将军战死时，有狐狸也给了你一刀。你只要慢慢软下去，还把旗子死撑着就行。几乎不用化妆就能上场。还是个英雄狐狸呢。"秦八娃说："饶了我吧，还是把旗子让给更想去美国的人打。现在是卖豆腐的旺季，我一走，老婆一天要少挣一两百块钱呢。老婆一少挣钱，气都不打一处来。见天会骂我是让狐狸精给迷住了。到了美国，耳朵根子也是会发烧的。再说了，本老汉睡觉越来越择床。换一个床，几天晚上都睡不着。还有一个大毛病，都说不出口。老汉见天晚上睡觉，得老婆抓着背睡，要不然，痒得就睡不着么。去了美国，谁给我抓背呢？还是不去的为妙。"后来这旗子，是安排了上边一个快退休的领导来打的。打回来，那人就办退休手续了。

秦八娃一来，薛桂生就把忆秦娥的事说了。秦八娃认为集中展演是好事，忆秦娥身上能背这么多戏，那是真正能浮得起名角旗号的。可"秦腔金皇后"的名头是绝对不能用的。用了，就把忆秦娥给彻底撂治了。这应该是后人，或者民间的自由评价。而不能弄成有组织的"吹牛不上税"。

为这事，薛桂生和秦八娃一道去找了忆秦娥。秦八娃把话说得很严重。忆秦娥还是傻乎乎地笑着，好像还不太理解这个严重性。她觉得，反正也不是她弄的，挂啥名头，都是为了让她好好唱戏。戏迷她也说不过。她就只在家里准备戏，谁也不见。只要能促红她，能搭台让她把学了一辈子的戏，完完整整展示一遍，还没有别的附加条件，那就是天大的好事了，她以为。

她准备戏的方式还很独特，就是做平板支撑，一做一小时。边做，边温习一本戏的道白唱腔。她娘说，娥儿见天就在卧室关着门，把身板平支在地上。连她弟也是只能支四五分钟，两个胳膊哗哗战着就塌下去了。可她，一支就是一小时，身子骨平平展展，脖子以下一动不动的。只是嘴里念念有词着。

薛桂生暗中对忆秦娥的评价就是："牛球"二字。这是关中的土话，死犟活犟的意思。你说她不是傻子，可多数时候，她是比傻子还傻的傻子。但见你说她傻，她更是要跟你朝死里杠劲。两人见敲打不灵醒，也就没再敲打了。薛桂生又带着秦八娃，去见了几个铁杆戏迷，再次阐明了他们的观点。可这帮戏迷，摊血本包租三个月的剧场，还给了剧团一定的演出费，就自是要做主了。他们本意就是要把忆秦娥朝高的捧、朝绝的捧。捧成秦腔的"珠穆朗玛峰"。他们甚至从骨子里，就是想跟别的秦腔名家"斗法"呢。说来说去，谁也说服不了谁，有人就先从网上，把"秦腔金皇后"的名头，给提前捅出去了。果然，在"演出季"开始不久，一种负面声音就迅速发酵，跟帖几乎是铺天盖地而来了。

这是一次对忆秦娥私生活全面攻击的总爆发，光有名有姓的男人，就给她罗列了二三十个。当然，除了廖耀辉、封潇潇、刘红兵、石怀玉外，多数是朱某、裘某、周某、苟某、古某、封某、单某、薛某、秦某、乔某了。虽是以"某"代替真人名字，但在圈内却是众所皆知的。由忆秦娥的私生活，说到她"走穴""唱茶社戏"的艺德问题。更有甚者，说忆秦娥是用纳税人的钱，尤其是省秦一百多号人的"血泪""尸骨"，"包养""孳生"出来的秦腔"蛀虫""戏霸""怪胎"。俗话说：一将功成万骨枯。忆秦娥是"一唱成霸万鬼哭"啊！

看似是很多人写的，但忆秦娥的班底做了仔细分析比照，发现其实最恶毒的文章，都出自同一手笔。不过是故意断章取义，分裂成"多弹头导弹"，署上一些莫须有的名字：诸如"老干部""老党员""老艺术家""秦腔资深观众""忍无可忍者""路见不平者""心存正义者""良知未泯者""拯救秦腔于水火者"而已。可谓是万箭齐发，大有要彻底把忆秦娥从秦腔界射杀、碎尸、淬粉、寂灭之势。更有恶劣者，竟然还雇了骑着摩托送信件的人。把忆秦娥的私生活与艺德之丑陋，用长达二十几页、数十条罪状的"无情指斥与揭露"，将忆秦娥说成是"拿人民血汗钱包养起来的秦腔小丑"。并且传递散发到了许多有影响的人物手中。信件号召大家觉醒起来，共同揭露这个秦腔的"败类""娼妓""渣滓"。总之，凡能想到的丑恶词汇，全都罗列、排比殆尽了。有的还送到了很多表扬、关心、支持过忆秦娥的领导手中。看来忆秦娥不灭，是"人民不答应"，"天理难苟容"了。

忆秦娥知道这事时，还正在卧室的一块瑜伽垫子上平板支撑着。她嘴里默诵的是当晚要演出的《三请樊梨花》台词。但凡见观众的戏，哪怕再熟，她都是要在脑子里扎扎实实过一遍的。她弟"嘡"地推开门，大喊一声：

"姐，你还演他妈的×呢演。你看看，狗日的，都把你糟蹋成啥了。我把他祖宗十八代都×了！×他妈，我要是把这个狗日的找出来，看不把他碎尸万段了！"

尽管弟弟那么愤怒，可她还是没有塌下平板支撑的身子，只问："咋了，把你气成这样？"

"还咋了？姐，你完了，你被人毁完了。"

忆秦娥还是没有松下身子，问："到底咋了吗？"

她弟说："说你是秦腔界的妓女、败类、渣滓。"

忆秦娥的身子噗地就塌下去了。

"咋说的，我看看。"

"你就别看了好不？赶紧想办法消除影响，要不然你就完了。"

"到底咋了吗？"

"给给，你看你看。"她弟易存根把手机递给了她。

忆秦娥看着看着，双手颤抖了起来。终于，她狠狠把手机扔向了墙上的镜子，哇的一声大哭起来。这时，她娘也进房来了。母子俩见忆秦娥伤心痛苦成这样，就急忙一把将她架住，放到床上去了。

三十八

这些信息、信件，其实薛桂生也看到了。并且团上不断有好心人来报告他，要他赶快想办法。说跟帖的不少，啥话都有。而且绝大多数对忆秦娥不利，对省秦伤害也很大。

薛桂生给乔所长打电话，乔所长说也看到了。说他正在通过他的渠道处理这事。乔所长还叮咛说，要安抚好忆秦娥，怕她受不了。

既没手机，也没微博、微信的秦八娃，还是薛桂生找到宾馆，亲自给他念了一些短信、跟帖、文章后，他才感到了麻烦的巨大性。他说："我想着挂'秦腔金皇后'的名头会惹事，但没想到会惹这大的事。我不懂互联网，但这个东西太厉害了。已经没有任何是非可论了，几乎是一边倒地挞伐：认为自封'金皇后'是无耻行径。这本来不是忆秦娥的意思，就因为她太简单，缺乏分析判断能力，而让爱她的戏迷把她害了。也许连炮制这些'炸弹'的人，都没想到，效果会这么剧烈。薛团长，不是我说你，你是有责任的。那个名头你是可以制止的。哪怕不要企业家的赞助，不办这个演出季，也是不该把忆秦娥架到火山口上去烤的。"

"那你说咋办？"薛桂生问。

秦八娃说："立即把这个演出名头先扯下来。要演，要挂牌子，也就是'忆秦娥从艺四十年演出季'。其余什么都不要说了。"

"弄成这样，忆秦娥还能演吗？"

"她必须演，并且还得演好。要不然，她可能就此毁于一旦了。"

薛团长低着头说："我实在对不起忆秦娥。为这个团，她把命都搭上了……我也是想办好事，结果办砸成这样。让我怎么去面对她呢？"

薛团长不仅兰花指乱颤乱抖起来，而且眼里还旋转起泪花来。

秦八娃说："走，我跟你一起去见忆秦娥。她只有撑硬着。别的，再没啥路子可走了。"

薛桂生和秦八娃到忆秦娥家里时，忆秦娥躺在床上，两眼正直勾勾地淌着泪。

她娘开门时，悄声对他们说："娥到现在一句话都没说，就一个劲地流泪。哦，倒是埋怨了我一句：说那时为啥要逼她去唱戏，为啥不让她在家放羊。"

他们进到房里时，忆秦娥一直闭着眼睛，眼角的泪水还在往外溢着。呼吸节奏，是好久才狠狠抽动一下的。

她弟见薛团长来，怒火又冲天冒将起来，说："你们要是不把害我姐的坏人查出来，我就点火把你团长办公室烧了。不信咱走着瞧。"

薛团长没有说话，只是像犯了罪的人一样，自我低头罚站在那里。

忆秦娥她娘倒是制止了儿子一句："悄着。团长来了，那就肯定是要替你姐做主的。别再在这里火上浇油。"说完，还把易存根叫出房去，把门掩上了。

秦八娃坐在床边的凳子上，不紧不慢地说："秦娥，我知道这时劝啥也没用。还别说你是个女的，是公众人物，是秦腔明星。就是我这个乡下打豆腐、写唱本的糟老头儿，被人这样铺天盖地地辱骂着、诽谤着，也是受不了的。搞不好也会发疯上吊的。何况你。可话又说回来，人家不拿你开刀，不拿你出气，不拿你娱乐，拿谁玩能有这个效果呢？你首先得想开，你获得了那么大的声名，也是应该有些驳杂的。何况这次从艺四十年演出策划，也的确有漏洞、有空子可让人去钻。当然，这都不怪你。大家说你傻，你还不喜欢听。其实你就是傻。正因为傻，你才成就了这大的事业；也因为傻，你才把自己的生活搞得一塌糊涂，有时甚至是狼狈不堪。可你对秦腔事业的贡献，是谁也抹杀不了。你所达到的艺术高度，也是人人心里都再明白清楚不过的事。但不是任何一个优秀的人，都会被所有人承认的。有人不仅不愿承认，而且还会正话邪说，黑白颠倒。问题出在，这些戏迷非把你怎么能行都要喊出来，把你的了不得都要张扬出去，祸根不就种下了吗？为啥我老要叫你看老子、看庄子？就是觉得一个成了事的人，不看这个是不行的。先人太伟大了，把什么事情都参透了。我们只需要明白他们的话，就能规避好多苦难。其实也没啥，说你是娼妇，你就是娼妇了？连我这样丑陋的男人，都以'秦某'的名义给你安上了，天底下又会有多少人相信呢？我承认，我是爱你忆秦娥的，但不是他们所说的那种爱。你是我的精神恋人，秦腔恋人，艺术恋人。而在生活中，我把你敬重得连坐得近一点，也是觉得对你有些猥亵、玷污、大不敬的。说你是秦腔界的败类、小丑，你就真是败类、小丑了？有哪个败类为秦腔赢得了这么多国际国内的真认可？有哪个败类，到了五十岁的年纪，还成天扎着大靠，在功场一练就是一整天？有哪个败类，拒绝一切社交活动，连圈在家里也是要把身板支撑在地上，记词记戏默唱腔的？有哪个败类为秦腔抢救了这么多失传的'老古董'？四十多台戏的主角呀，已经够辉煌了！可你还有计划，还想赶退休前，排够五十本戏。还在找本子，还在访老艺人，还在拼命朝前奔着。如果秦腔界多有几个你这样的'败类'，恐怕早就不需要喊振兴的口号了。秦娥，你是因为太优秀，而遭人嫉恨、围猎、恶搞的。你太优秀，就遮了别人的云彩，挡了别人的光亮。人性之恶，恨你不死的心思都有，何况是口诛笔伐。这还是给你留着一条命的弄法呢。何必去想，又何必去与还搞不明白的敌人计较呢？如果你因此而痛苦、战栗，甚至消沉、退却，那岂不是正中人家的下怀了？听我一句劝，天地自有公道。黑的说不白，白的说不黑。即使把白的说黑了，你对秦腔的贡献也已写进观众心底了。相信乔所长他们会为你查源头、鸣不平的。我知道你很痛苦，很难过，但你别无选择。你还得好好唱戏。只有好好唱，唱得比过去更好，更精彩，才有可能让这场危机化解过去。要不然，会有更多不理性的声音，把你放到'绞肉机'里，彻底绞杀掉的。记住：能享受多大的赞美，就要能经受多大的诋毁。同样，能经受住多大的诋毁，你也就能享受多大的赞美。你要风里能来得；雨里能去得；眼里能揉沙子；心上能插刀子。才能把事干大、干成器了。哭一哭就得了，晚上还得登台唱戏。秦娥，这就是我来找你要说的话，听不听都在你了。"

忆秦娥突然拉过被子，捂住头，号啕大哭起来。

薛桂生悄悄给秦八娃竖了个大拇指。

两人又坐了一会儿，薛桂生轻轻问忆秦娥："秦娥，你看今晚这戏……要实在撑不住了，也可以停一晚上。团上可以对外出一个说明，说电路突然出现故障，需要检修。"

忆秦娥没有回话。

但秦八娃说："我不主张这样做，秦娥今晚必须唱。哪怕明晚后晚'故障'了都行，今晚剧场实在不宜'检修'。"

忆秦娥还是没有回话，但她也没有表示反对。

下午五点化妆时，连不化妆的，都提前来看忆秦娥今晚到底演不演了。薛桂生更是早早就到舞台上，以检查舞台装置的名义，在前后台转了一个多小时了。有人看见他的兰花指，今天一直都是蔫着的。偶尔翘起来，也不大像兰花了。倒像是没有修剪的龙爪槐。

可五点刚过几分，忆秦娥就来化妆室了。她眼睛明显是虚肿着。大多数人都远远地看着她，只是传递出一种同情和支持的表情罢了。唯有楚嘉禾，端直走到忆秦娥跟前，还愤怒异常地说："太黑了，真是太黑了。怎么能这样有的说上，没有的捏上呢。网络真是太可怕了，鬼在哪里，人还捏不住呢。"周玉枝给忆秦娥递了一条热毛巾说："是鬼都能捏住。阳间捏不住，到了阴间也是能捏住的。"楚嘉禾就再没话了。

这天晚上，连平常不帮忆秦娥的人，都在她换服装、抢场、赶场时，帮助起她来。甚至让她还感到了一种少有的集体温暖。

戏迷仍是百般捧场、鼓掌。可就在戏快结束时，一个舞台灯光暗转中，不知谁给舞台正中扔上一只破鞋来。当灯光升亮，樊梨花（忆秦娥扮）扎着大靠出场后，那只破鞋就成了观众议论的焦点。在观众池子的后区，甚至有人鼓起倒掌来。是樊梨花的"马童"，一串漂亮的跟头翻过后，一脚将破鞋踢到后台，剧场秩序才慢慢舒缓平稳下来。

这天晚上，乔所长也在下面看戏。他就怕出点什么事。可在舞台灯光转暗的当口，谁撂上去一只破鞋，弄得他到底还是无法把这"黑案"侦破。只能给忆秦娥内心刻下更深的伤痕了。网上无尽的帖子，通过有关部门删了不少。但微信圈子的转发，谁也无法止住。那些像雪片一样，一封封飞向诸多"名人"的"黑信"，查来查去，也在周转环节，失去了有价值的追查线索。忆秦娥这次被黑，是真的黑得有些无法擦白了。

但忆秦娥在坚持着，她在努力坚持把戏朝完地演。

可"演出季"刚进行到一半时候，她还是栽倒在舞台上了。

那一晚演的恰恰是《游西湖》。她吹完火，杀死了贾似道，就感觉自己也是要死在舞台上了。

一刹那间，她甚至突然想到了师父苟存忠。苟老师也是为演《鬼怨》《杀生》，活活累死在北山舞台上的。

她强撑了几下，眼角睄着大幕是合上了，才扑通一声栽倒在地。

三十九

忆秦娥是两天后，才在医院醒过来的。

醒过来以前，她感觉是一直在做着一个噩梦，让人用铁链子拴着手脚，拉到了一个似曾相识的地方。她猛然想起，就是那次演出塌台，死了几个孩子后，做那场噩梦的地方。

依然还是牛头、马面把她拉着。

牛头说："都弄来治过一回了，毛病还改不了。"

她问咋了。

"咋了，你还问咋了？我说你们人间哪，真是没治了。自己蠢，还说人家驴蠢。蠢驴。自己好吹大话，还赖我们牛界吹了什么牛×。看看你们都把自己吹成啥样子了。就那么好出名，还给自己弄个'秦腔皇后'什么的。皇后了还不算，前边还要加个'金'字儿。咋不叫个'镭皇后''浓缩铀皇后'呢？据说那玩意儿更贵更稀罕。不就是唱个戏么，是想出名想疯了。"牛头说。

"不是我弄的。"忆秦娥辩解道。

"不是你弄的，那是谁弄的？"

牛头还没说完，马面就插进嘴来："你们那一套真叫绝。明明是自己在搞阴谋诡计，还赖人家猫，叫什么猫腻。明明是自己合伙干坏事，却赖人家狼和狈，说什么狼狈为奸。明明是自己目光短浅，偏说人家耗子鼠目寸光。尤其是对狗更不公平，骂你们那些龌龊的同类，都赖是狗日的东西。你看看你们啥时主动承担过，哪怕是一丁点属于自己的责任？"

忆秦娥看牛头、马面说话唠叨，还粗俗不堪，就没再搭理它们。

牛头说："忆秦娥，你说金皇后的事不是你弄的，就算是别人弄的，你阻止了吗？"

多嘴的马面又接话说："阻止？只怕心里还是美滋滋、乐呵呵的吧。"

"那不就是你自己想弄的了？"牛头接着说，"阎王爷还是抱着治病救人的态度，让再给你治一回。要是这次再治不断根，阎王爷就要收网拿人了。阎王最近给我们发了几次大脾气，说怎么把好图虚名的'大师'病还越治越严重了。再制不住，恐怕是得让下几个油锅、煮几个饺子、炸几个肉丸子瞧瞧了。你也可以先看看别人都是咋医治的。朝这儿瞅，这就是那些到处自称'大师'的人物，其实就是自己给自己脸上，多贴了几十层厚皮而已。这些皮，经过反复磨砂、粘贴、增厚，已经成为脸面的一个有机整体了。治的办法其实也很简单，就是一层层剥下来就成。"

忆秦娥只听到阵阵撕心裂肺的号叫声。果然，就有看不到边的各种"大师"，是被捆在成千上万个拴马桩上。每人跟前都立着两个小鬼，戴着血糊糊的皮手套，握着手术刀——还有拿犀牛刀片端直上的。正给"大师"们脸上揭皮呢。只听一个小鬼嘟哝："这家伙脸皮真厚，竟然给自己蒙了七八十层，要不是用阳间的什么纳米技术，脸皮该有几尺厚了。他光'大师'头衔就好几个。其中一个，还叫什么'一笔虎'大师。就是一笔能写下一个虎字，尾巴拉得老长，说挂在家里，还能镇宅辟邪呢。还有这个大师，说看相算命特准，连好多官员明星都跟他勾肩搭背，称兄道弟了。哪一行都让这些'大师'搅得乱咕隆咚了。谁能跟这些家伙照张相，好像都光芒四射，有了本钱、学问、技艺了。看剥了这些胡乱给自己贴上去的虚皮，赤条条扔回去，还有人磕头叫大师、烧钱养大师、有病乱投医没有。"

过了"'大师'矫治术分院"后，又到了"挂名矫治术分院"门口。里边也是哭天喊地，抽打得一片啪啪肉响。忆秦娥被押到门口，朝里探了探，马面还说："这个与她无干，不参观也罢。"

牛头却说："也不一定，让她看看没有坏处。不定哪天没能耐、唱不了戏了，也好起挂名这一口来呢。不如早受教育，早打预防针，也免得将来传染上。"

原来这里的拴马桩上，全绑着各种与自己劳动无关，却要在别人的成果上挂上各种名头的人。并且还要把自己的名字，挂在真正劳作者前边。而让那些流尽血汗的真正劳动者，彻底淹没在人名的汪洋大海之中。治疗的方法也很简单，就是自己抽打自己的嘴巴，一边打，一边喊：

"我不要脸，我不要脸，我不要脸……"

直抽打到满脸是血时，有小鬼用铜瓢浇一瓢污泥浊水，混淆了血迹，再让自抽自打自喊。说要一直医治到阎王认为大病基本告愈，才放还阳间，以观后效。若有脸厚再犯者，捉来就不是自己抽打自己了，而是用黑熊瞎子来执掌刑罚，多有脸面不再全乎者。

忆秦娥是被押解到"虚名矫治术分院"下边的一个"刮脸科研所"接受治疗的。

患者也是一望无际地看不到边。她先是被绑上了一个狗头蛇身的拴马桩。就见所长被四个小鬼用轿子抬了来。所长要过牛头斜挎在背上的册页翻了翻，又看了看忆秦娥说：

"来过的。"

"来过的。"牛头说，"算是二进宫了。"

"为啥屡教不改？"所长问忆秦娥。

忆秦娥说："我……我不是故意的。"

所长哼了一声说："到了这里，谁会说自己是故意的？一辈子就好出个名。过去为出名，把台子都弄垮塌了，死了那么多人，还不吸取教训。还要弄什么'金皇后'的标签，朝自己脸上生粘硬贴呢。先看看，她脸上不实的虚皮到底有多少层。"

随着所长的吩咐，就有两个小鬼上来验她的脸皮。验完，一个小鬼报告说："脸皮倒是不厚，基本都是自己原来的。"

另一个小鬼报告说："应该说她的虚名，还基本上是靠自己血汗换来的。当然，也有一些虚皮，一搓就能掉，不用纳米刮刀也行。"

所长就有些不高兴地问牛头、马面："那你们拿这货来干啥？还嫌这儿不热闹、不拥挤是不是？我们是五加二、白加黑、一天二十四小时把这些患者都治不完，你俩是闲得蛋痛，还抓她来凑什么热闹？"

牛头急忙说："有耳目反映，说她自封'秦腔金皇后'，胡吹冒撂，招摇撞骗。是阎王爷批了条子让抓的。"

所长对小鬼说："再验。"

两个小鬼就又仔细验了一番说："脸皮倒真是自己的。这点光泽也都是靠自己下苦挣出来的。但表皮上的确也涂了些金粉末。"

所长就发脾气道："刚才为啥不报告？"

一小鬼："禀所长爷，刚才你只是让小的们验脸皮，没说让验脸皮上涂抹的东西。"

所长立即发布命令道："刮了，把胡乱涂抹上去的金粉全给我刮了。凡间太爱搞这一套，动不动就乱给自己脸上贴金。你们下手可以重一点，狠一点。凡不属于自己的东西，一律都给我刮干刮净，丝毫不留。你两个的毛病我是知道的，爱给漂亮女犯行刑时打折扣。还偷我的麻药给她们乱上呢。我正式警告你们：小心饭碗。让她接受点痛苦对她有好处。再犯，就不是弄来刮金了，而是得抽背梁筋了。"说完，所长气汹汹地处理下一个患者去了。

两个小鬼就拿起刮刀，在她脸上咯咯嗤嗤地刮了起来。痛得她大汗淋漓，直呼救命。

忆秦娥就醒来了。

忆秦娥睁开眼睛，发现身边围了一堆人，有她娘、她姐、她弟、宋雨，还有薛团长、乔所长。好像自己是从死人堆里爬出来一样。娘和姐先是哭得不行。而薛团和乔所长，却是一副如释重负的样子。娘说："娥呀，你可把娘快吓死了呀！你知道你都昏迷多长时间了？医生把病危通知书都下了，说你是劳累过度，随时都有猝死的危险呀！"

宋雨一直在一旁偷偷抹着眼泪。忆秦娥觉得这孩子是越来越像自己了。任何时候，她都表现得很冷静。但她心里的担惊、害怕、难过，甚至恐惧，忆秦娥却是能实实在在感受到的。她把宋雨朝自己跟前拉了拉，宋雨就顺势倒在她怀里，哭得眼泪端直浸透了她的病号服。

她最担心的还是演出季，一半戏还没演呢。但没有任何人敢在这时提说此事。最后，是她自己提出来，说没办法给观众交代的。她弟大声吼道："命都快没了，还管演出季不演出季的。不演了，从此不演戏了，保命要紧，好我的傻姐了！"

大家都不说话了。

"你先好好养几天病再说吧。演出那边，我们已经出了通知。演员有病停演，这是很正常的事。等养好了再说。"薛团长说。

她弟又是一顿乱喊道："不演，坚决不演了。团上要是查不清是谁诬陷、攻击我姐，我就朝法院告。这事不弄个水落石出，忆秦娥就终生跟秦腔拜拜了。"

乔所长说："都冷静一下，这事还查着呢，啊？就是第一个进网吧上传攻击文章的人，伪装得分辨不清楚，还在技术分析着的。啊。"

"网上弄不清，那发了这么多攻击信件，几乎给文艺团体的知名人士、新闻媒体、上级领导机关都发遍了，能查不出来？还用无名手机号到处乱发乱骂，手段那么卑鄙、恶劣，你们也查不出来吗？"她弟还在发飙。

乔所长仍耐心地解释说："送信人戴的口罩、墨镜，还有棒球帽，像是掏钱雇下的。也正在查。"

"能查出来吗？"

"反正弄这事的人，心理都很阴暗，手段也很恶劣，并且特别狡猾。但要相信，再狡猾的狐狸，都是会露出尾巴的。再说，能把忆秦娥恨成这样，其实也是可以判断出来的。"

"你判断出来了吗？"忆秦娥的弟弟还在发威。

乔所长还是那句话："冷静，冷静些好。啊！"

"我冷静不了！我姐是人，不是木头、钢铁！我都受不了，她能受了吗……"易存根喊着，自己先哭了起来。

其实很多艺术家，都把攻击忆秦娥的信件、手机短信，全转交给了薛桂生。要他一定引起重视。说这看似是在侮辱忆秦娥，其实是在摧毁省秦。把你行业的领军人物抹黑、搞臭、弄倒，你这个团队还有什么颜面、什么高度、什么存在价值呢？封子导演与几个老艺术家，甚至逐字逐句地给薛桂生分析"黑信"，并一针见血地指出：这是一场有策划、有预谋、有组织的行动。他们用红笔勾出了这样一段话：

"忆秦娥身上的一切荣誉，都是靠出卖色相，让省秦一个又一个掌权者，拜倒在了她的石榴裙下，从而拿公款进贡、贿赂、包养出了这么一个艺术怪胎、人间'奇葩'……"

信件明显是经过精心润色，再分解成多篇控诉状，然后以"地毯式轰炸"的方式，抛向高层、抛向社会，企图达到彻底毁灭忆秦娥的目的的。所有看过信的人，都认为省秦找不到这样的写手。看似藏满了"文革"杀机，却与时代语言粘贴得严丝合缝。给忆秦娥列举了十大罪状，几乎每一桩，都说得言之凿凿，有理有据。单看信，忆秦娥几乎到了"十恶不赦""不杀不足以平民愤"的地步。并且还说，"这仅仅是忆秦娥丑陋人生的冰山一角"。薛桂生跟乔所长都商量好多回了，并且到市局也立了案。可搞了这么一大圈坏事的人，是深谙此中之道，才弄得有点滴水不露、大雪无痕的。

大家其实一直不愿忆秦娥知道得太多，是想让她在尽量封闭的状态里生活着。可在医院躺了几天，戏迷是成群结队地来看她，过道里都摆满了鲜花。连从不看戏的医生都惊讶说，这个唱秦腔的演员还这么厉害的！

忆秦娥就躺不住了，想接着把演出季搞完。

薛团长正高兴着，准备安排继续演出呢。她弟终于忍不住，把他能收罗到的所有"黑信"，全搜了来，要他姐好好看看，看她还唱不唱这个烂戏。

忆秦娥一页一页地翻着，心里就跟刀子搅着一样，泪是从心底涌出来的血珠。

几乎每件事都是黑白颠倒的。首先是她跟廖耀辉的关系：明明是廖耀辉强奸未遂，却偏说她为了骗人家廖耀辉的冰糖吃，而自己摸上了人家的床榻；忠、孝、仁、义四个老艺人，都是她唱戏的恩师，像待亲孙女一样爱怜着她，却被说成是她为演戏，跟四个老头都干尽了"投怀送抱"的苟且勾当；与封潇潇的确是有点恋爱的意思，却说她长期睡在人家家里，骗尽了感情后，攀上高官之子，将人家一脚端开，从而让一个前途光明的文艺人才，堕落成对社会毫无用处的街头酒鬼；单仰平团长，是一手把她从受尽歧视的"外县演员"，提携成省秦的台柱子，最后为救人，以残疾之身，塌死在台下，却落了个与她"长期勾搭成奸"，"身残心更残"的"淫棍团长"恶名；封导的爱人，在她来省秦之前，就已是病人不能下楼，却硬说成是因为她想上戏，而死缠住封子，与其"长期媾和"，以致气得他夫人一病不起，终成废人；薛桂生团长的确没有夫人，原因不得而知，但在这些信件里，却揭示得淋漓尽致：说两人因暗中姘居多年，薛桂生才色胆包天，用纳税人的钱，两次重排《狐仙劫》，以达到把情妇忆秦娥包装成"秦腔金皇后"的丑恶目的。忆秦娥不仅在团上大搞权色交易、艺色交易，而且在社会上，以唱茶社戏为名，大肆敛财，与多个老板有"床笫之染"。尤其是向一个叫刘四团的煤老板，以上床一次一百万的成交额，先后收取数千万"卖淫费"。更为可憎的是，因其道德败坏，品行低下，而先后抛弃两任丈夫：第一任是因其高官父亲退休，再无油水可榨，置丈夫身体有病于不顾，毅然决然抛弃离异；第二任，完全是从玩弄性欲开始，只是觉得从山里来的"野人"荒蛮有力而已，玩腻后，最终也因其无权无势无钱，而再次被赶进深山，做了当代的男"白毛女"，至今生死下落不明。忆秦娥惯用的伎俩就是：只要利益需要，什么"烂桃臭杏"，都可塞进嘴中，"嚼之如甘饴"。就连丑陋如武大郎的民间下里巴人编剧秦八娃，为了请人家给她写戏，也是几次请来西京，与其在酒店"蝇营狗苟"，彻夜"陪吃陪喝陪睡"。信写到最后，甚至连着发问起来：我们真的需要这样的艺术家吗？需要这样的金皇后、银皇后吗？她已经堕落为"社会渣滓""反面教材"，却还占据着舞台中央，让成批的优秀演员，成为她可怜的殉葬品。醒来吧，各位受蒙蔽而还支持着忆秦娥这个娼妇的领导、同仁、戏迷们：该是让阳光把丑陋与罪恶晒化的时候了！让我们共同努力，还艺术一个晴朗的天空吧！

忆秦娥眼前越来越模糊了。

她突然狠狠骂了她舅一声："胡三元，你为啥不早些死了呢？把我弄来唱戏，唱你妈的×，唱！"

忆秦娥愤然把扎在自己身上的吊瓶抓下来，狠狠摔碎在了地上。

她弟听到响声进来，一把抱住姐姐。忆秦娥已经哭得气都抽不上来了。

她弟急忙喊来医生，给她打了一针镇定药，才慢慢平复下来。

忆秦娥又一次醒来的时候，病房里坐的是薛团长和秦八娃。

她的脚头，偎依着宋雨。

忆秦娥什么话也不想说。她知道因为她，把所有跟自己有工作和生活关系的人都染上了。她脑子里几次闪到楚嘉禾。但楚嘉禾在自己受损害后，还提着水果来看望过自己。并且还到处都说得义愤填膺的。说她还找周玉枝说：咱们姐妹得团结起来，要好好保护秦娥呢。周玉枝给忆秦娥说起这事时，她还特别受感动。在她心中，楚嘉禾也还没坏到那种程度。加上这样的文章，就是打死，谅她楚嘉禾也是写不出来的。薛团长让宋雨出去，他们三人留下，又分析了一阵，想到底可能是谁干的事。秦八娃摇摇头说：

"不要分析了，没有用。你忆秦娥只要优秀，只要处在这门艺术的高端，你就是众矢之的。除非你自己躺下，再不出场，再不演戏了。当大家都叹息着'可惜了可惜了'时，你忆秦娥就安生了。你们把这事看得过于严重了。我可能是乡巴佬，反倒把它看得一文不值。这倒是个什么事情？不就是让臭虫咬了一口，起了几个红疙瘩而已。它就真的能把忆秦娥搞臭吗？就真的能把忆秦娥打倒吗？打不倒的。永远记住，能打倒自己的，只有自己。谁也打不倒你的。把你气成这样，也许人家正在偷着笑呢。秦娥，什么都是有代价的，优秀的代价尤其大。这是人性之恶。坏人在这个世界上是铲除不尽的。若能铲除净了，我就帮你姨彻底打豆腐去了。你也就不需要再唱《游西湖》《白蛇传》《狐仙劫》了。你尽力了！你为秦腔所做的事情，应该有一份任由评说的放达了。秦娥，你不喜欢人说你傻，其实你就是傻乎乎的。我倒是希望你能保持着这股傻劲儿。什么也别在乎，就唱你的戏。单纯，是应对复杂的最后一剂良药。"

"戏已把我唱得……可以说是肝肠寸断，苦不堪言了。"忆秦娥说。

"离了唱戏，你会更加苦不堪言，甚至变得一钱不值的。"秦八娃的话，说得很狠。

"把我都说成娼妓了，我还能朝舞台中间站吗？"

"任何丑恶，在你单纯、阳光、敢于直面面前，都是会显得苍白无力的。"

"他们为什么要这样？为什么要这样？我害过一个人吗？我甚至是见了蚂蚁都要绕着走开，不愿踩死的人。别人为什么要这样待我？"

"谁让你要当主角呢。主角就是自己把自己架到火上去烤的那个人。因为你主控着舞台上的一切，因此，你就需要有比别人更多的牺牲、奉献与包容。有时甚至需要有宽恕一切的生命境界。唯其如此，你的舞台，才可能是可以无限延伸放大的。"

秦八娃把这段话说得很慢，但很坚毅。

忆秦娥到底还是坚持着，把剩下的戏唱完了。

四十

薛桂生自做团长开始，就有一个梦想：一定要在自己手中，给省秦培养出一批新生力量来。他跑断腿，磨破嘴，总算招下了一批学员。经过几年培训，是到了该用一个好戏，把新人推出来的时候了。

忆秦娥这一代，算是把省秦撑得红破了天。可她毕竟已年过半百。这个团要生存下去，就得有后续力量。

剧团这行业，是红一阵的黑一阵，热一阵的冷一阵。由于文化生活方式的丰富多元，传统行当，总体是显得越来越不景气了。社会本来就对搞吹拉弹唱的抱有偏见，加之成业又苦又难，尤其是能干到"主演""主奏"份上的，几乎是凤毛麟角。有时成百人的一班学员，最后能叫"成器"者，也就那么三两个人。甚或有整批"报废"者。景象的确十分残酷。即使挣扎上去，也是声名大于实际受益。且大多数配演、乐人、舞台装置部门，待遇都极低。好多剧种已招不下人了。

都知道薛桂生上任表态时，翘着兰花指，说了三个他特别熬煎的字：

钱。戏。人。

钱不用多解释，看门老汉都知道剧团缺钱。戏就是好戏。一锤子能砸出鼻血的戏。真正叫好叫座，还能长久演下去的好戏。人，自是人才了。尤其是后备人才。在薛桂生看来，剧团培养一两个"顶门"人才，是比皇上培养"太子"都难的事。

兰花指，刚好是三个指头翘着的。所以薛桂生走到哪里哭穷、喊冤，就都知道省秦是有"三个指头"的"难肠"的。翘得最高的是小拇指。而那个小拇指，恰恰就是后备人才问题。为了不让这个饱经风霜的名团"烧火断顿"，他有意让逐年退休空出来的编制，不再进人。预留出"金饭碗"，好让这种看得见摸得着的就业吸引力，把新学员牢牢吸引住。事实证明，剧团自己招学生，跟班培养戏曲人才的方式，虽说传统、老旧了点，但却最是行之有效的。它可以很好地保持住一个大团的艺术风格。并让行业的师承关系，得到更具根性的生长发挥。

转眼到了第五年。他招的学员，该是到推出毕业大戏的时候了。他的兰花指，就翘得比任何时候都更密集、慌乱、无序了。未来的省秦主角，能不能从这成百个孩子里浮出水面呢？如果花了五年工夫，浪费银子无数，最终悉数报废，那他只有找刀，把自己的兰花指剁了算了。免得留下笑柄，让省秦人几十年后，还拿他的"三个指头"，翘来翘去地说事。这一伙鬼，模仿人的特点，那可都是天下一等一的好角色。好在他跟所有人，几乎都看见了希望。

这个希望就是宋雨。

忆秦娥给宋雨排出的第一个折子戏，就是《打焦赞》。同时还排了一个唱功戏《鬼怨》。《打焦赞》是她当初在宁州的破蒙戏，长度仅半小时，可忆秦娥整整给宋雨排了一年半。《鬼怨》只二十几分钟，光唱腔，她就教了一年多。戏又排了一年多。连宋雨都有些烦了，可忆秦娥还说动作感情都不到位。她说："妈妈当初之所以能出道，就是因为没人急着要我出道，所以才暗暗在灶门洞前苦练了好几年。那种苦练，也不知什么时候会有人看到，就是一种每天都必须打发掉的日子而已。唱戏，看的就是那点无人能及的窍道，无论唱念做打，都是这样。尤其是技巧，绝活，没有到万无一失的程度，绝对不能朝出拿。只有练到手随心动，物随意转，才可能在舞台上，展露出那么一丁点角儿的光彩。练到家了，演出就是一种享受。练不到位，演出就是一种遭罪，甚至丢人现眼呢。"直到有一天，忆秦娥觉得是可以与乐队两结合了，宋雨的一文一武两个折子戏，才慢慢被人完整看见。但几乎是一下就把所有看过的人都震住了。训练班的头儿，很快就汇报给了薛桂生，要他赶快去瞧瞧。薛桂生把戏一看，那个激动啊，兰花指发抖得是用另一只手压都压不住，他直在心里说："成了，成了，这帮娃可能成了！只要成一个，那也就是成了。"

也就从这时开始，有人就开始把宋雨叫"小忆秦娥"了。

秦八娃是薛桂生提着礼物专程去北山接来的。

秦八娃最近很忙。他忙前忙后，忙了好多年才忙下来的"秦家村古镇"维修，终于动工了。虽然没人让他负责工程，但他得盯着点。他还害怕这伙急功近利之徒，把好事给搞砸了。他老婆也死活不让他出门，说八娃一走，她整夜都睡不着。她就是要听着八娃老抽不上来气的鼾声，看着看着憋死了，可猛的一下，又给抽上来了的感觉，才能消停安歇的。她还说：

"你们老日弄他写戏，挣几个钱，还不够他抽烟、喝酒、吃药的。那是写戏？那是熬人油、点人蜡呢。你们知道不，八娃弄一个戏，挣得两只眼睛跟鳖眼一样，见了我都发瓷呢。是一成半年都缓不过劲来。连打豆腐，他说的都是戏里的事。这个老色鬼，还就爱写个旦角戏。整天哼哼唧唧的，好像他还成里面让人家爱得要死要活的相公了。你知道不，为给你们弄戏，好几回把豆腐石膏点老了，让人家老主顾都骂咱是卖砖头的呢。倒是写的啥子破戏哟，穷得还不如帮我打豆腐来钱快。"

薛桂生是千恳求万作揖的，还给他老婆打包票说，这回保准稿酬高，才算把秦八娃拽上了车。

请进省城，薛桂生先陪他看了宋雨的《打焦赞》《鬼怨》。戏一看完，秦八娃就说，他血压有些不对，直喊脑壳炸得痛。弄到医院挂上吊瓶，他才给薛桂生表态说："成了，省秦又要出人了！我就是死，也再帮你写一回戏。我是看上这娃的材料了。照说我这年纪，只能改改戏，是真的写不动了。激动不得，熬夜不得，苦思不得，冥想不得了。有时为捻弄一句好词，把脚指头抠烂都抠不出来。老婆老骂我，说我上辈子是吃了戏子的屎了，这辈子就这样心甘情愿地给人家当狗呢。再写一回，搞不好就把老伴写成寡妇了。要是写成寡妇了，你薛桂生可得负全责哟。"

薛桂生急忙翘着兰花指说："我负全责，我负全责。"

秦八娃说："你负得了这个责任吗？"

秦八娃被薛桂生安排到了宾馆里，专门让办公室最漂亮的女主任亲自打理伙食。也是严防死守，怕他悄悄逃了。一切的一切，终是为了逼出个好本子来。在薛桂生心中，再没有比秦八娃更合适的编剧了。他是想借助这个大功率"火箭发射器"，把娃们一次成功发射出去。只要秦八娃在，薛桂生的兰花指，就自由自在地弹跳得了得。成了，他天天对办公室的美女主任说："只要把这老家伙伺候好，火箭发射就成了！"办公室主任说："薛团这是给秦老师上美人计呀！"他神秘地眨眨眼说："放心，老家伙乖着呢。"

不过最近，薛桂生的烦心事倒是不少。对忆秦娥的那么大的肆意攻击、侮辱，竟然并没有把这个行业搞臭搞衰。相反，倒是有越来越多的演员，都以无法预测的能耐，给自己跑来资金，要排新戏，想把自己也推上主角的宝座了。薛桂生还不好阻挡这种积极性。一旦阻挡，就有人说他心中只有他"忆爷"了。说他就是他"忆爷"的私家团长。其余人都是路人、外人。顶多也就是个"干亲"。气得他还有气无处发去。

就连多年都不上台，在单仰平团长手上，为跟忆秦娥争李慧娘而愤然离团，出去开灯光音响公司的龚丽丽，最近也突然来找他，说想办个人专场了。

开始他还没听懂，说你们把灯光音响公司办得红火的，连大西北都总代理了，还办什么砖厂呢？砖瓦厂那是农民企业家干的活儿，你们办哪吃得消？是不是听到什么信息，能挣大钱了？一下把龚丽丽惹得好笑地说："不是办砖厂。是办秦腔个人专场演唱会。"薛桂生才翘起兰花指哦了一声。龚丽丽说，她都六十岁了，从艺也四十年了。把秦腔爱了一辈子，也恨了一辈子。她想再过过戏瘾，就跟秦腔彻底拜拜了。还说只要省秦挂个名头就行。配演、乐队、合唱队，包括一应排练费用，全都由她个人包圆。据说，两口子这些年大概赚了几千万；房子、别墅也是好多套；孩子送去了澳大利亚；她和丈夫皮亮跟候鸟一样，冬天住在三亚，夏天住在哈尔滨、冰岛、瑞典、芬兰、丹麦。可就是这"唱戏瘾"不过，一口气早晚都没咽下。她曾是这个舞台上的李铁梅、柯湘、江水英哪！岂能就这样，挣一堆钱，吃吃喝喝，玩玩乐乐就把生命了了。团上也是考虑到龚丽丽过去的贡献，就答应给她把个人专场办了。谁知一石激起千层浪：办了龚丽丽的专场，王丽丽、朱丽丽、刘丽丽也怦然心动，都觉得站到舞台中间的感觉真好，也就都来缠着要办专场了。弄得薛桂生左右为难。实在嫌耽误团上的人力、时间，他就推三阻四的，搞得一些人背地里又说"薛娘娘"，是省秦历史上最难说话的"二刈子"团长了。

其实就办办个人专场，团上还好应对，毕竟简单些。可有些硬是要排原创大戏，还要参加这赛那奖的，就委实让薛桂生作难了。这里面闹得最凶的，就是楚嘉禾了。

这家伙能耐真大，最近跟一个私营企业老板搞到了一起。老板爱戏如命，并且就希望把自己一生奋斗的故事，写成秦腔，让剧团到处演出宣传去。说省戏曲剧院就排了好多现代戏，到处演，观众还爱看。他说他相信他的故事，不比那些戏里的差，并且还更感人。还说钱不是问题。打心里讲，薛桂生是不喜欢搞这种戏的。且不说是为一个挣了几个钱的老板立传，不合乎他的价值取向；单说那故事能不能成戏，内行一看，都是心明如镜的。可楚嘉禾怎么都不相信蛇是冷的，热情高涨得了得。加之又"不差钱"，看来不让她试一试，就有"打压人才"的危险了。他就不得不勉强点头同意了。

楚嘉禾立马找了跟她关系好的编剧，商量本子咋写。这个编剧为她跟忆秦娥斗法，也是没少出主意、下暗力的。结果剧本写出来后，楚嘉禾傻眼了。他们商量好的，戏虽然以男角为主，但着力点，却是要放在他老婆身上的。是这个老婆支持着男主人公把事业干大的。可编剧咋糅，老婆的戏还是卷不进去。即使安排了几大段核心唱段，一段都是四五十句的唱词，还是觉得戏不在她身上。剧本又反复改来改去好多稿，楚嘉禾倒是满意了，老板却不高兴起来。他是想着要宣传他的光辉业绩，顺便把老婆捎带上就行了。可没想到，戏是把个老婆从头说到尾、唱到尾。他就像个白痴一样，当了老婆的傀儡。戏演出来，只听旁边观众说："这就是个瓜×老板么，啥都听老婆的，自己能弄屁。"气得那老板坐在椅子上，戏演完半天，还起不来。最后，是楚嘉禾硬缠着他要合影，才问戏咋样。他把大腿一拍，站起来说："还说球哩说。我就是个瓜屄、闷种、头顶粪桶的吃软饭的傻货么。还办厂哩，能办他妈的×厂。"说完，扬长而去了。

楚嘉禾连妆都没来得及卸，就跟着编剧一路去回话，反复表态，说还可以改，立马改。老板一句话再没说，噌地上了路虎，一脚油蹬得，连车旁的垃圾箱，都被撞了几个翻身。

事后，薛桂生对人说：

"艺术这个东西，规律性是很强的。仅仅不差钱是不够的。关键你得相信：蛇是冷的。谁说他再能，靠焐，是把蛇焐不热的。"

四十一

忆秦娥从艺四十年演出季，算是高高提起，轻轻放下的。她回避了所有采访宣传，就只当平常演出而已。四十多场戏，让观众，尤其是"忆迷"，过足了瘾。自己内心，却是始终处于一种恐惧与隐痛中。

在活动持续降温的同时，有关方面的调查，却一直在升温。查到最后，把注意力几乎全部集中到了省秦内部。见天都有警察进进出出。他们挨个找人谈话，要每个知情者都提供情况。只要平常跟忆秦娥有过摩擦的人和事，几乎都要问个"底儿掉"，弄得气氛十分紧张。也搞得很多无辜者怨言四起。是忆秦娥主动找领导、找乔所长，要求赶快停止调查，省秦的惶恐与人人自危，才慢慢平息下来。她弟为这事还跟她大吵一架，怨她就是一个软蛋、窝囊废。说坏人不查出来，以后还会变本加厉。可她依然坚持，不让再查下去了。

她觉得，这件事与自己一生所受的侮辱，又算得了什么呢？反正知道秦腔的人，就知道忆秦娥。知道忆秦娥的人，就知道她十几岁就被一个做饭的糟践了。还说她"裤带很松"，谁都可以解开的。你跟谁论理去？对手到底是谁？敌人隐藏在哪里？谁有这么大的能耐，几乎让人人皆知：忆秦娥就是个"破鞋"；忆秦娥是谁都可以拉上床的"贱货"。其实这些侮辱她的文章里面提到的男人，还远远没有真正想接触她的男人多。如果她的口风不紧，甚至可以给她罗列出成百上千号人来。多少爱她戏的男人，通过短信、微信、电话，甚至邮件，向她表示过暧昧的情怀与好感哪，但她都悄然删除，从未回复接纳。如果是"破鞋""娼妓"，她可能都跟成百上千个向自己献殷勤、示好、

857

设套、围猎、追逐的男人上过床了。有的男人下的功夫之大，真的让人无法想象：他可以直接送你一个价值数十万的钻戒，甚或一套房子、一辆宝马……她觉得自己的嘴，是严实得可以用铁壁合围、固若金汤这些词了。

她懂得，演员这个职业，就是大众情人。不过你得牢牢守好自己的底线而已。

为了不惹闲话，为了省却更多麻烦，为了躲避无尽的尴尬、无奈、困窘，她从来都是演出完就回家，既不去任何公众场合凑热闹；也不参加各种名目的宴请；更不赴约去谈天说地。并且她平常总是穿着一身练功服，连淡妆都是懒得化的。平板支撑之所以能撑一小时，现在甚至能撑到一小时四十分钟，就是因为她能静下来，像乌龟一样一动不动地缩伏静卧。即使在家里，她也不太说话，娘说三四句，她能回一句。手机大多时候也是关机状态。因为她已饱受了人生最致命的侮辱，甚至对性，都有一种天然的憎恶感。连夫妻生活都一定是要在黑暗中进行的。第一任丈夫刘红兵，是她说啥就是啥。石怀玉这个"野人"，倒是把她折腾得有所开放。可自打儿子从楼上摔下后，她就越来越觉得，可能正是自己如野生动物一般的"放浪形骸""荒淫无度"，而让儿子遭受了报应。她到现在都还恨着石怀玉。觉得自己就是杀害儿子的凶手。而石怀玉是走狗、帮凶、递刀人。总之，她对自己是越来越不满意了。她甚至还暗暗觉得，那些侮辱她的东西，包括提到的那些男人，与这个世界上真正对自己有觊觎、有想法、有行动的男人群体比起来，真是九牛一毛了。正像"黑材料"里所指出的："这些罪状，仅仅是忆秦娥丑陋人生的冰山一角。"她从来都没觉得，那些觊觎自己的男人是什么好东西，包括一些很有身份地位的人。但她也没觉得那是些什么坏东西。在她眼中，那些人，也都是佛祖说的"可怜的不觉者"而已。反正她每每就是傻笑一下，装作不懂、不解，回避不理也就是了。在她肚子里烂掉的东西，可真是太多太多了。这些事，如果都让恨自己的人知道了，再添盐加醋地炮制出来，还不知要毁掉多少人的生活与前程呢。自己为什么又要去毁坏这些可能是一念之差，也可能就是可怜得不能自拔的不开悟者呢？潘金莲就只染了个西门庆、觊觎了个武松，就成淫妇荡妇了。自己一生，竟然搅扰得那么多男人不得安宁，论起来，该是要比潘金莲坏十倍、百倍、千倍的女人了。即使凌迟处死，大概也是死有余辜的。

有一天，乔所长突然把她叫去，有些神秘地告诉她说："所有线索，最后可能都指向了一个人。啊？"

"谁？"她问。

乔所长说："楚嘉禾。啊？你的老乡。她背后还有人，有写手，有推手。啊？这些文章、短信，大概出自两三个人的手笔，但都与楚嘉禾有关。啊？她没文化，不能写，但她有调动这些写手的手段。啊？最后发酵成这样，可能是他们希望的。当然，也可能是他们没有想到的。啊！整个社会，都被这种很是'有趣''有色''有味'的名人'丑闻'，传播得一发不可收拾了。啊！"

忆秦娥问："敢肯定是楚嘉禾吗？"

乔所长说："还得进一步侦查，获取强有力的证据。啊！但网已收小。你的这个老同乡，几十年的主角争夺者，也是整个剧团人所提供的怀疑对象。啊？这件事可能要坐实。啊！"

忆秦娥半天没有说话。大概过了许久，她十分镇静地说："算了，乔所长，不要查了。"

"为什么？"乔所长有些不解。

"不为什么。"

"你已经让这次事件搞得面目全非了，为什么不查？啊？为什么不惩治这样的恶人？啊？"

"不为什么，我已经厌倦了。对于我来讲，澄清也是没澄清。只要有人想说几句忆秦娥，就会自然带出自己的许多联想来。我十四五岁时的伤痕，是清清楚楚、明明白白的。结果说来说去，还是被说得不仅远离了事实真相，而且污秽了我做女人的一生。越解释越模糊，越反馈越令我憎恶，还是不说的好。一切都让它就这样过去吧！我没有伤害过任何人。任何害我的人，我也不想知道。我也不愿意看到，他们经受比我心灵还伤残的惩罚。我需要安静。只要由此安静下来，再无人冤冤相报、兴风作浪，也就能心静如止水了。谢谢所长！也谢谢派出所的同志了！改天你们有空，我去给你们唱一次堂会。谢谢了！"

乔所长还想说什么，忆秦娥已经起身离开了。

也是出奇的凑巧，忆秦娥从派出所回来，竟然在大门口就遇见了楚嘉禾。自恶攻她的事件发生后，楚嘉禾在她面前，是表现得格外殷勤了。过去，逢年过节，她从来都不给她发短信的。但今年除夕，楚嘉禾还专门发来一条祝她"新年大吉""万事如意"，还有什么"身正不怕影子斜""云开雾散见太阳"之类的贺词。她当时心里还一热，觉得到底是老乡，遇事才见人心呢。没想到，竟是一蹚浑水，让她越踩越迷糊起来。

她有种身心疲惫感。也有种百无聊赖感。自己还能干什么呢？只有唱戏。好好唱戏。唯有把生命全都投入到练功、排戏、唱戏中，才感到自己是没有伤痛地存在着。要不然，她就会联想到很多很多：儿子、家人、刘红兵、石怀玉……几乎没有一件不让她不淘神挠心的事。尤其是石怀玉，还连婚都没离，就钻进深山，音信全无了。她忆秦娥到底算咋回事？就这样乱七八糟地活着人。不排戏、不练功、不一成一个多小时地在门背后平板支撑着，她还真不知日子该怎样打发了。

好在她心中，还有好几本大戏要排。她给自己暗下的决心越来越坚定：那就是到六十岁时，演够五十本戏。忠、孝、仁、义那四个老艺人都说过：往日，一个名角，背不动一百本往上的戏，那就算不得大名角。戏越少，被人超越、替代、顶包的可能性就越大。他们强调说，名角是靠走州过县唱出来的，而不是喊出来的。她怀疑，她这一生，已经没有能力和精力排够一百本戏了。但五十本，还是有希望实现的。演的戏越多，她越感到了拿捏戏的自如。真应了那句话，叫"从量变到质变"了。也唯有不断地排戏、演戏，她才觉得是在有意义地活着；是填补了生命空虚、空洞，忘却了哀怨、伤痛地活着。

除了自己排练演出，她还有给养女宋雨教戏的任务。直到如今，她也没有觉得让宋雨学戏是件好事。一切的一切，还都是怕孩子受伤害。成了主角，是众矢之的；成不了主角，也会活得进退两难；有时甚至还会觉得痛不欲生、脸面全无。总之，唱戏，就是一个让人爱恨不得的古怪职业。可没想到，她给孩子只排了两个折子戏，竟然就引起了这大的响动。听说全班毕业大戏，都要根据宋雨的条件"量身定制"了。至于上什么戏，薛团长对外还都保密着。有人说是《杨排风》；有人说是《白蛇传》；有人说可能是《游西湖》。可把秦八娃老师请来干什么呢？难道还要对这几本戏进行大修改？要不然，杀鸡何用宰牛刀呢？

忆秦娥在精神逐渐恢复以后，就想见秦八娃老师。她还有一个梦想：就是在有生之年，再演一部秦老师写的原创剧目。如果能再演一部，也就是三部了。一生能演秦先生的三部原创作品，也算是没白当一回演员了。她觉得，演原创剧目，更过瘾一些。尤其是演秦先生的戏，几乎每一部都是巨大的挑战。需要你使出浑身解数，去理解人物，去创造角色。她也知道，全国很多知名演员，都在找秦先生写戏。可秦老师说，他只熟悉秦腔，写不了其他剧种的戏。他说不了解剧种特性，没有那儿"抓地"的生活，写出来也是干巴巴的。因此，他一生只为秦腔写戏。写得很少，但"出出精彩""个个成器"。秦老师也是七十多岁的人了，这几年一直在为她打理戏。他答应过，是要再给她写一部原创剧目的。还说那也将是他的"压卷""封山"之作。

秦老师最近一直在西京。她因为遇见这么些龌龊事，并且把先生也牵连其中，也就没心思、更不好意思去叨扰了。当乔所长说出楚嘉禾这个名字时，她反倒有了一种释然感。她从来不自大，但也从来没把楚嘉禾当回事。那就是个功底很差，但又特别想"上台面""出风头"、当主角的演员。即使老天爷帮她搭了镶金嵌玉的舞台，让她站上去，也就只能唱那么几出，发不出任何光彩的"凉桃戏"来。她致命的弱点，还不全在功夫差，更差在缺乏内在情感调动上。她的戏，迟早都只走了表皮，与内心发生不了任何关联。任导演再说，同行再提醒，包括自己，也是给她说过多少次的，可都无法改变她演戏"不过心"的"顽疾"。"顽疾"二字是封子导演说她的。还不能说她理解能力不够。她的嘴，甚至比任何演员都能说，角色也分析得头头是道。可一表演起来，就是"温吞水"，就是"凉桃"，就是"傻皮"。谁也拿她没办法。这大概就是演员这个职业的残酷了。内心不来电，无生命爆发力，骂死、打死、气死也是枉然。也许到了今天，忆秦娥才突然有点不管不顾起来。哪怕别人说她是"戏妖""戏霸""戏魔"，是薛团长"他姨""他婆""他奶"，甚至"他祖奶"，她也要唱戏。不知谁还给她起了个"忆爷"的外号，叫得到处都是。她明明是女的，怎么就被称作"爷"了呢？又不是自己叫的，爱叫让他尽管叫去。反正她就是要占领着省秦的舞台中心，成为省秦无可替代的"金台柱子"。唯有这样，她才可能真正从社会的谣言、诋毁，甚至妖魔化中，找回忆秦娥来。

可让她万万没有想到的是：秦老师的确在写戏，并且是原创戏，剧名叫《梨花雨》。还是以女角为主的戏。写的是旧艺人的命运。但主角却不是她。

《梨花雨》的主角，是她的养女宋雨。

她当时就傻愣在那儿了。她甚至失态地问："为什么不是我？"

秦老师还反问了一句："把你女儿宋雨推出来不好吗？"

"她才十六七岁，能担得起这样的主角吗？"

"秦娥，我记得你出道的时候，也才十六七岁啊！在十八九岁的时候，你已经是北山地区的大明星了。这个戏的创作还需要一段时间，等二度完成时，宋雨也该是年满十八岁的人了。"

忆秦娥双手微微有点颤抖地说："你……你不是答应……再为我写一部吗？"

秦八娃两只眼睛分离得很开很开地说："我没有觉得这部戏不是为你写的。"

"明明是……"忆秦娥激动得都有些说不出话来了。

"秦娥，宋雨是你收养的孩子。她排的两个折子戏，也都是你手把手教的。团里所有人，几乎都自然而然地把这孩子叫小忆秦娥了。为她写戏，把她推上秦腔舞台的中心，难道还不是在为你写吗？"

忆秦娥说不出话来了。

她的悲凉感，是从心底慢慢抬升起来，直到手脚都有些冰凉的。

这时，薛桂生也突然来看秦八娃了。他见忆秦娥是这般魂不附体的神态，就有些不明就里地看了看秦八娃。

秦八娃继续说："秦娥，培养这帮孩子，是秦腔事业的需要。托举宋雨，我觉得既是省秦的需要，也更是你的需要。你的艺术生命，走到今天，唯有依托徒弟的演进，才可能继续延展下去。否则，等到你六十岁的时候，这帮孩子已二三十岁了，再站不到舞台中间，一切也就晚了。我已是七十七岁的人了，真的感到写戏有些力不从心了。但看了你女儿宋雨的折子戏，觉得这一生，若不为这个孩子写个戏，我的生命可能都是不完整的。这里面有对秦腔的感情，有对一个好苗子的感情，更有对你忆秦娥的感情啊！我觉得，我是在为你赓续生命哪！"

无论怎么说，省秦上一个原创新戏，主角已不是忆秦娥了，这让她还是突然感到了生命的致命一击。

她对薛桂生从来都是尊敬有加的。可今天，她突然感到，这家伙简直就是天底下最大的阴谋家了。他翘起的兰花指，也是那么恶心、做作。秦八娃也是从来没有如此丑陋过的，尽管那眼睛过去就是"南北调"。有人说，那是一对还没有进化过来的古生物眼睛：一只是仰望着天空，一只是扫描着大地的。他的眉毛昔日就是两只相背而去的"小蝌蚪"，但今天看上去，就更像个老戏舞台上，总在暗中摇着鹅毛扇的"大丑"了。在她生命最艰难的时候，他们竟然合谋着，把自己朝秦腔舞台的边缘上推。并且推得如此决绝，如此心狠手辣。

她绝望了。

尽管宋雨是自己的养女，其实也就是自己从来没有另眼相待的亲闺女。她也希望孩子既然唱了戏，就得唱好，就得唱成台柱子，唱成秦腔响当当的名角。可不是现在。不是今天就站出来跟自己抢主角，抢名头，抢位置。自己才刚过五十岁，还有好多戏要唱呀！舞台中心她是会让出来的，尤其是让给自己的女儿，但不是今天。今天就让她退场、谢幕、下台……真是太残酷太残酷太残酷了。她觉得这是比那些毁灭她的谣言、"黑材料"，更让她深受伤害的事。

她慢慢站起来，甚至还摇晃了一下身子。

薛桂生用兰花指扶了她一把。她怔了怔，一把推开"薛兰花"，愤然走出了秦八娃写戏的房间。

她听见，薛桂生和秦八娃在身后还叫了几声，但她没有回头。

走了很久很久，也不知是怎么就走到了这个城市最有名的大学校园里。看着满园的樱花，她的泪水，就一直伴随着樱花雨，纷纷飘落起来。

也就在这个当口，又发生了一件大事：石怀玉突然回到西京，办起了规模宏大的个人书画展。

石怀玉也来邀请过她，但她没有见。也没有任何兴趣，去参观他的什么破画展。加之她是至今还都不能原谅，石怀玉那晚不让她回家所造成的刘忆坠楼悲剧。要见他，就是谈离婚。可现在，又觉得不是时机。她不想把本来就一团糟的生活，弄得更加稀里哗啦的破败不堪。

谁知开展的第一天，有人就给她耳朵传来话，说石怀玉画展的第一幅作品，就是一个女人的裸体。并且咋看，这个女人都像你忆秦娥。忆秦娥听说后，几乎肺都快气炸了。她顺手袖了一瓶平常练字练画的墨汁，就去了画展现场。一看，狗日的石怀玉，果然是把画她的那张裸体画，公然悬挂在了最显眼的位置。并且围观者多得让她几乎不能近身。

她是戴着棒球帽和墨镜进展室的，没有人认出来。但几乎所有人都在说，这画的是忆秦娥。说忆秦娥曾经是这个画家的老婆。在她勉强能挤到画作跟前时，终于忍无可忍、恼羞成怒地掏出墨汁，哗，哗，哗，哗，连打叉带挥洒地将一瓶墨汁全泼了出去。一幅丈二画作，很快就成了一坨一坨的墨疙瘩。

也就在这天晚上传来消息，说画家石怀玉自杀了。他是用一把利剑，把自己刎颈在那幅丈二画作之下的。

四十二

忆秦娥知道这消息时，还汗津津地平板支撑在卧室里。她脑子里依然在愤恨着野人石怀玉，竟然把那么一幅见不得人的东西，公然展览在了美术馆里。据说开馆时，是有上千人看过这幅画的，并且已在微信圈广为传播。虽然画作名字，也并没有提名叫响地写着忆秦娥。并且她能看出，与当初画的那幅，也是做了不少修改的：整个身子，过去是卧在葡萄架下。而现在，是深深浅浅地半掩半藏在烂漫的山花丛中了。脸部，也改得有点似是而非。可她这张脸，毕竟是有太多的人熟悉。加之他们又曾是那样一种关系，人们就端直说这是画的忆秦娥了。

她一边平板支撑着，一边还在回忆那幅让她怒不可遏的画。如果不是画的她，那的确是一幅很吸引眼球的作品。能看得出来，作者是对所要画的主体，饱含着无限爱怜与深情的。整个画展的名称，叫《大秦岭之魂》。而这幅以她为模特儿的大画，竟然就叫《秦魂》。她还听人在议论说："画名似乎没起好，一个裸体女人，与秦魂有什么关系呢？"但有人立即回应道："人是万物之灵。忆秦娥是秦腔精灵中的精灵。作者肯定是有他用意的。你能明显看出来，这幅画，是这组大秦岭画卷中，最精致、最抢眼的一幅。"

当初画出来时，最让她震撼的是：就能那么像她，真是太神奇了！但那种一丝不挂的裸露，又让她感到羞耻。虽然在紧要处，是遮挡了枝叶与葡萄的。现在这幅，葡萄和枝叶都不见了，却蓬勃着漫天山花，让本不该暴露的地方，也若隐若现起来。过去人是静卧在葡萄架下的。而眼前的画，人是侧卧在金黄色的阳光里。那种生命的健康肌理，从脸部、脖颈、手臂、臀部，甚至夹着蒲公英的脚丫子上，都有一种能看进皮肤深层的透明。它与大自然中的花冠、花茎、草叶、清泉，形成了完全无法分辨的整体。忆秦娥毕竟是学过画的。如果是欣赏另外一幅与自己无关的画作，她是会爱不释手，甚至对画家要肃然起敬的。可这个几乎全裸着的女人，画的竟是她，就让她绝对不能饶恕宽容了。无论如何，这幅把她再一次在大庭广众场合，剥得一干二净的丑陋之作，是不能存在在这个世界上的。并且要消失得越快越好。终于，她仅用了几秒钟时间，就把自始至终围满了拍照人群的巨幅画作，彻底毁于一旦了。所有人都懵懂了。当有人清醒过来，抢下她手中的大瓶墨汁，甚至愤怒地抓住她，掀掉伪装着的棒球帽、口罩、墨镜，才发现是忆秦娥时，都惊诧得连同美术馆的空气一道，迅速凝固起来。

忆秦娥感到这幅画作对她的人生羞辱，是空前的，是灭顶的。如果石怀玉在场，她是会跟他拼命的。可她没有见到石怀玉，也就无从释放这种切齿痛恨了。她知道，自己的这一举动，一定会引来轩然大波，但已顾不了许多。剩下的，就是找狗日的石怀玉，与他算总伙食账了。可让她万万没有想到的是，还没等到她与石怀玉刀枪对决，他就自刎在美术馆了。当她在平板支撑中，看到朋友微信圈发来的这个消息时，噗的一下，身子就放气了。这是真的？这会是真的吗？消息很快就得到了证实：石怀玉果然是自杀了。并且就自杀在她毁坏的那幅巨型画作下。被人发现时，已血流成河。美术馆工作人员送去抢救，其实人早咽气了。

天哪，天底下还会出现这样的事情，忆秦娥完全被这一幕吓傻了。

当她在她弟和薛桂生的陪同下，赶到医院时，石怀玉都在太平间摆着了。

忆秦娥已经吓傻得不知如何是好了。她弟一直把她紧紧搀扶着。

美术馆来了不少人，是薛桂生在与他们交谈着石怀玉自杀的原因和过程。只听美术馆人讲，石怀玉这次展出的大秦岭组画，引起了很大反响。连许多专业画家，都震惊着这些作品，给人带来的无与伦比的审美冲击。尤其是他对大秦岭魂魄的独特视角，以及创新技法，都是具有很高认识价值的。而他自己最满意的作品，就是这幅《秦魂》。有业内人士以为，这幅作品，是代表了这个时代美术创作的某种高度的。还有人说，可惜了，石怀玉兴许是可以写进美术史的人物。据说在开展仪式上，石怀玉自己反复介绍说，《秦魂》是他人生最得意的作品。自第一次在终南山麓画下初稿后，他又带进深山，进行了无数次修改。他觉得这是他个人最伟大的作品。他还表示，此一生，不可能再画出这样的杰作了。他在用"伟大"与"杰作"这些词汇时，几乎毫无谦虚掩饰的意思和表情。也许正是这种满意与自信，而让他在面对"伟大杰作"的全然损毁时，竟然号啕大哭起来。直到晚上闭馆时，工作人员才发现，石怀玉已经在《秦魂》下，刎颈自裁了。

在他血淋淋的尸体旁，留着一封遗书。美术馆人先交给薛桂生看了一遍，然后薛桂生又交给了忆秦娥。遗书很简单，到底是写给谁的，主体也不清楚，就半页纸：

　　我已活够了，就是再活下去，也没有什么意义了。我该完成的作品也已完成，我会带着它，到另一个世界去展览、悬挂的。

　　展出的作品共三百一十八幅。今天有人已定购十一幅，总金额五十五万元。请将这些钱帮我分别交给相关人：一、给秦岭云台道观十五万。我长期吃住在那里，道长从不嫌弃，为我提供衣食住行。十五万，恐怕是连十几年的吃饭钱都不够的。烦请转告道长，我对不起他，本来我是答应要用我的画，为他修个像样的大殿的，可画价现在如此低廉，也只能等来世了。二、请给云台道观山脚下的云台小学十万元。那是有七个孩子的一所小学。校长不弃，一直让我给孩子们代美术课。我是答应要帮他们维修一下校舍，并要给一个孩子买一套画画用具的。还答应要搭建一个在野外写生的遮阳棚。三、剩余的钱，请转交给我老了的父母。我是这个世界上最不孝顺的儿子，一跑就是几十年，算个真正的野人。不孝儿子，是应该给他们回馈一点养育费的。可惜钱太少，不足以报恩于万一。

我这一生最对不起的是我最爱的妻子忆秦娥。我的爱，都在那幅画中了。秦岭是我的生命腹地，自打见了忆秦娥，听了忆秦娥的秦腔后，我才似乎突然抓住了秦岭的精魂。觉得她就是这个巍峨山脉的魂中之魂了。我以为画出这个精魂的阳光透明状态，就是画出了世界最美的东西。可在她眼中，却是丑陋不堪的。也因此损害了她的名誉，我向我的至爱深深道歉！如果能原谅我，请在我的画作中，挑出她最喜爱的，要多少，她可以挑多少。我的生命都是可以给她的，何况字画。其余的，全部交由美术馆收藏。当然，决定权仍在忆秦娥，因为她至今还是我的合法妻子。

我该走了。

似乎也没有什么事再可以做了。

也没有什么画再想画了。

如果可能，如果忆秦娥能原谅我，请在火化我时，不要播放哀乐，就播一段她唱的《鬼怨》，以送我魂归秦岭吧……

再一次向我的爱妻深深致歉！是我害死了她的儿子，是我损坏了她的名誉，我当堕入地狱，万劫不复……

忆秦娥终于号啕大哭起来。她长喊一声：

"怀玉——！"

她一下扑在石怀玉的遗体上，深情吻别起了那颗白布单覆盖着的毛乎乎的头颅。

几个人连拖带搜地把她拉出了太平间。

石怀玉的死，的确给忆秦娥的震动很大。没有想到，这么坚强、刚烈，甚至冥顽的一个人，在她心中，甚至完全是一个没有驯化好的野人，有时粗暴得能像老虎、狮子、豹子、狼一样只剩下一身的兽性，却有着这样一颗脆弱的心灵。竟然因一幅画被损毁，而毅然决然地结束了生命。她无法想象，在生命的最后几小时，他是怎样撕裂、疼痛、绝望，以至无法忍受、无从排解，而挥剑抹过了脖颈的大动脉。那血，竟然能让数丈外的地方，都飞溅着冲决的痕迹。在自己的人生中，也是有过几次欲死念头的。但终于没有那种勇气，还是隐忍苟活了下来。可这个石怀玉，就为一幅《秦魂》，竟然决绝得山崩地裂、玉石俱焚了。忍受着来自方方面面的诸多谴责与压力，倒并没有让她感到委屈、难过。她就是不能理解：石怀玉为什么这样轻而易举地就自杀。是因为画？是因为她？还是因为有其他再无法活下去的理由？她有点不能承受这种生命之重。

她娘的观点是："肯定是混不下去了，跛子拜年——就地一歪。还把原因赖到你身上。那就是一个野人、逛山、玩意儿。过日子根本靠不住的。还给你画个光屁股像挂到画馆里，让千人盯万人看的。那是能盯能看的东西吗？哪个男人愿意让别人看自己老婆的这些东西？我夏天晚上嫌热，在老家院子里脱了上身，胸前还搭着一块毛巾，都让你爹把我臭骂一顿，生怕过路人看见了不该看的地方呢。他是你男人，却把你画得光屁股露肚子的，还挂到大庭广众让人看、让人照，这还算是你男人吗？谁家男人不是恨不得别人家的女人露光露净、一丝不挂，而要把自家的女人捂得严丝合缝、不走光不露风的？只有那些不是自己男人的野男人，才能干出这等下贱的事体来。想起来我就来气。还死都不会死。你过不下去了，割一根藤条，吊死到山里边不完结了？还硬要跑到城里来死。真是死得稀奇了。你忆秦娥就算是八字硬，遇上祸害瘟了。"她让娘少嘟囔些，娘还是要嘟囔。并且还要连着她孙子刘忆的死，一块儿嘟囔。

这事让她怎么都排解不了，刚好遇见秦八娃老师和薛桂生来看她，她就问："石怀玉的死，到底算咋回事？"秦八娃长吁了一口气说："你有责任。"

她没有说话。损毁了那幅画，她的确有责任。但那就至于让他不活了吗？

秦八娃说："石怀玉我不了解。但从石怀玉的举动看，这是一个视艺术为生命的人。他只为艺术而活着。碰见你，他也觉得是碰见了一件他一生最珍爱的艺术品。你毁了那幅画，在他看来，既是毁画的问题，更是毁人、毁心的问题。他能把这幅画叫《秦魂》，你就能看到作品在他心中的分量。更能看到你在他心中的分量。以及大秦岭之魂——秦腔人的分量。据说有人开价几百万，他说唯有这件作品是不卖的。多少钱都不卖。还说死也不卖的。而你却毁了这幅作品。他是从毁画中，看到了你对他的生命态度，他绝望了。他可能觉得那时他已一无所有，百无聊赖，也百无牵挂了。从他的死，可以看出，这个人活得十分单纯。跳出正常人的思维看，石怀玉就是一个与世隔绝的幼稚生灵。尽管他长着一身野人的毛发，却稚嫩得像个人间婴孩。他有点像动物界的大雁和天鹅，配偶死了，自己就会死守一旁，郁郁而亡。你想想，画死了，那画中人是你呀！你毁画的举动，本身也给他传递了你们感情死亡的信息，还有什么能比这个让他更绝望呢？他就只能拿起那把锋利的宝剑了……"

忆秦娥哭得用双手砸起了床头。

薛桂生说："也不能全怪你。石怀玉我知道，就这么个古怪性格。你不要想得太多，还得自己保重节哀。"

忆秦娥从来不相信什么"八字硬""克夫"这类鬼话，可今天，她似乎有点怀疑自己了。爱自己的男人，几乎最后都是要死要活的：封潇潇成酒鬼了；刘红兵成瘫子了；石怀玉自杀了。除了封潇潇，只用心做，而几乎很少拿语言交流外，刘红兵和石怀玉，都曾说过这样的话：

你忆秦娥就是上天派下来的妖孽！一个专门谋害男人的活妖怪。让我们受尽情感的折磨，却又欲罢不能地要给你当牛做马。

刘红兵："我爱你，纯粹是脑子进水了，但还想再进些水。"

石怀玉说："我爱你，是脑子被门缝夹了，可还想朝死里夹。"

他们都被她折磨得够呛：踢、踹、捶、捏、掐、抓、揪、骂，体罚手段无所不用其极。但他们还是都把她爱得死去活来。他们自己生命中只要有一斗，哪怕借，也是要给她挑来一石的。

在失去石怀玉后，她甚至突然想到了刘红兵：这个男人实在是因为自己把自己折腾干了。但见还有那么一星半点的好处，他都是愿意和盘给她托来的。此时，她特别念记起，在他已无能为力的时候，还借钱给儿子刘忆打生活费的事。

他现在实在是灯干油净了。

她突然觉得，已经失去了石怀玉，再不能让刘红兵给自己留下亏欠与遗憾了。在火化了石怀玉后，她又一次去探望了刘红兵。

刘红兵是眼泪汪汪地面对着她，不停地拿头撞墙。那种悔恨，真是无以言表了。这让她突然想起了在莲花寺记下的一句经文：

如是一切诸孽障，悉皆消灭尽无余。

离开时，她郑重告诉伺候刘红兵的那个男人说：

"我每月再给你加点钱，请你务必把他伺候好。你得让他尊严地活着。"

四十三

秦八娃终于把新创作剧本完成了。

他以自己丰富的民间文学涵养，捋出了诸多传统秦腔艺人的故事，并从中再抽丝剥茧出最精彩的几段，胶合成了一个高潮迭起的好戏。

戏是以古装的形式，用数百年积累下来的戏曲程式、绝活，表现一群秦腔艺人，由几岁到几十岁的苦难生命历程。用秦八娃的话说，他在写天地间的那股耿耿正气；在写一群生命看似渺小，却活得仁厚刚健、大义凛然的"惊天地、泣鬼神"的"历史潜流"。在讨论剧本时，秦八娃数度哽咽。听他朗读的人，也一再让他停下来，说让大家都缓口气。

忆秦娥一边听剧本，一边在想象着舞台立体呈现后的样子，几乎激动得不能自已。她一再找薛桂生，也找秦八娃，要求担任主角。可薛桂生就那么犟，说："这是为培养学生写的戏，主角已定，并且就是你的养女宋雨。还有什么不好呢。"但她是太爱这个角色了，并且实在不愿从舞台中心，突然退居一旁。哪怕是自己的养女，她也有些接受不了。

几十年了，她由嫌戏份重，希望大家都分担一点，以免自己太苦太累，还落尽抱怨。到今天突然觉得，哪怕排任何新戏，只要不是自己的主角，都再也无法接受。尤其是原创剧目、重点戏，过去哪一部不是围绕忆秦娥来打造呢？今天出了这么好的本子，主角竟然与自己无缘了。这是怎样一种失重与坠落呀！薛桂生翘着兰花指，一再讲，这次请她出任艺术总监。她想：自己一个站在台中间的顶梁柱，突然做的什么艺术总监呢？谁不知道那是一种挂名？多有安顿、安慰、蹭名之嫌。自己怎么就惨到这个份上了呢？

她还在争取。

在薛桂生那里争取不到，她又去找秦八娃。这是她舞台艺术生涯的主要支持者。她反复诉说着自己更适合主演这个戏的理由。可秦八娃，竟然跟薛桂生的说法完全一致：

"秦娥，你把主角唱到这个份上，应该有一种胸怀、气度了。让年轻人尽快上来，恰恰是在延伸你的生命。尤其这孩子还是你的女儿呀！你希望自己是秦腔的绝唱吗？"

忆秦娥倒考虑不了那么多，她只觉得，让自己下得太早了。她坚持说：

"我是支持培养年轻人的，可这个角色分量太重，只怕宋雨一时完成不了。我可以在前边带一带，先给她画个样样。一旦觉得她行，立即把她推到前台就是了。"

秦八娃说："你成名时，也就十七八岁，而他们现在正是这个年龄哪！应该让他们试一试了。"

"我倒不是反对他们试。我是怕他们把这好的本子，给排糟蹋了。秦老师，我真的太爱这个戏了，那里面有我的影子啊！"

忆秦娥不无激动地争辩着。

秦八娃定了定神，语气很是平缓地说："我理解，这个戏的主角，的确有你的影子。不过秦娥，有你在，有你帮着娃们，我相信这个戏就糟蹋不了。"

忆秦娥还能说什么呢？

秦八娃接着说："我搞了一辈子民间文艺，眼看这些东西都快完结了。若能多出几个像你这样的年轻人，这一行才会大有希望的。我懂得你内心的苦处，尤其到了这个年龄，对舞台更有一种恋恋不舍。可这不是让你退出，我以为是让你前进。你还能继续演你的戏、排你的戏。需要我改，我还给你改戏。但如果宋雨真能成为名副其实的小忆秦娥，那你岂不是能更加久远、深广地活在这个舞台上吗？你都没好好想想这个道理？"

忆秦娥没有说过薛桂生。也没有说服秦八娃。她只能听任安排，做艺术总监进剧组了。

大型秦腔传统剧《梨花雨》开排了。

忆秦娥被薛桂生导演邀请坐到排练场，从对词开始，就一句一句为青年演员抠着戏。虽然忆秦娥在抠戏的过程，一直为好本子可惜着：孩子们大多只排过一两个折子戏，很多都学的是套路。而原创剧目，需要的是经验、理解和创造。他们欠缺太多。就连学得最好的宋雨，也是很难把一句道白、一句唱腔，能说到、唱到她心窝里去的。可她想起了当初那四个老艺人，给她抠戏时的无私、真诚。她还是一字一句地给娃们耐心教着、引导着。她发现她的脾气有点坏了。有时甚至想拿起教练们常用的藤条，对着那些不用心、不专注、不长进的学员，狠狠抽上几藤条了。

宋雨的确一直很用心。她想着，孩子被她领回家，转眼也都九年了。娘说，这孩子心很深，一天到晚几乎没一句话。她理解，那是自卑。尽管她在一切方面，都要努力让宋雨忘掉养女的身份，可孩子还是整日沉默寡言着。宋雨最大的特点，就是能下暗力，那是一种钉子钉铁的顽强毅力。就说平板支撑吧，她是为了防止赘肉，保持身形紧结。像宋雨那个年龄段，是完全没有必要那么猛做的。可孩子还是偷偷在与她"较劲"：她能做一小时四十分钟；宋雨竟能支撑一小时四十五分钟。那种韧性与耐力，让她都暗中感到十分吃惊了。

这次担任《梨花雨》女一号，孩子几乎是玩了命了。也像她一样，除了排练，回到家，关上自己的小房，就在里面一练半晚上。好像还生怕她知道似的。也许孩子是知道了她也想演这个戏，所以心里就有了些什么顾忌。因此在家练戏时，还总是躲着自己的。其实从她内心讲，并不想跟孩子争角色，更没有吃孩子醋的意思。她甚至还担心孩子一次冲不上去，反倒让人小看了她的实力和潜能。即就是让她在前边引引路、蹚蹚水，最终她还是愿意把戏教给宋雨的。可这孩子心深似海。自担任主角后，就更加自我封闭起来，跟她几乎没有了任何家庭交流。她感到，自己与孩子之间的感情，已是隔着好些层了。

她是真的太爱这个女儿了。在她心中，是从来都没有把孩子当外人的。她娘倒是老有些奇奇怪怪的念头：早先给刘忆打过主意。后来，娘又偷偷给她儿子易存根趸摸过。面对越长越貌美如花的宋雨，她弟易存根自是有些贼眉鼠眼、心猿意马。忆秦娥知道这事后，不仅狠狠把她弟臭骂一通，而且对她娘也毫不客气，说他们根本就不尊重她，也不尊重宋雨。还说这是"缺德"，是"乱伦"。她娘辩嘴说："女子不是收养的嘛。"气得忆秦娥拍桌子喊道："她就是我的亲闺女，收养的也是亲的。谁要再在这个问题上胡思乱想、胡成乱道，那就请离开这个家！"既然话说到这份上了，易存根也就好长时间都没敢再胡瞅胡盯，就到别的地方趸摸去了。她娘也是死了这份让她咋都有些想不通的心思。搁在九岩沟，收养一个可怜人家的女娃子，长大了，那不就是人家的"一碗菜"嘛。想咋吃咋吃哩，还能养成精了不成。

忆秦娥任心里再有疙瘩，还是天天蹲在排练场，诚心实意地做起艺术总监来。凡看到宋雨路数不对的地方，都会当场点拨，面授机宜。她几乎把自己演半辈子戏，所积攒下的那点"心经"，毫不保留地传授给女儿了。宋雨进步也很快，虽然还远没达到她内心对这个角色的体验程度。包括外部表现力，也多显得浮皮潦草。但在几次联排后，不仅薛桂生、秦八娃感到满意，而且团里许多老艺术家，也都心怀惊喜地给宋雨竖起了大拇指。忆秦娥还真感到了一点传承衣钵的生命快乐呢。

她老在想，当初忠、孝、仁、义四个老艺人，给她传道授业的要妙到底是什么？除了戏、技、艺外，他们都爱讲的一句话就是：唱戏做人。人做不好，戏也会唱扯。即使没唱扯，观众也是要把你扯烂的。她觉得这句话让她受用了一辈子。她也学他们的神情，原原本本地传给了宋雨。在说这番话时，她甚至觉得自己是像苟存忠、古存孝他们，也有些老气横秋了。

她娘也许是连着几次想法都没得逞，心里就有点不顺，看宋雨也是越来越觉得怪异了：这娃排完戏回来，跟谁都不搭理，就把自己反拴在小房里，一拴就是好半天的悄无声息。她娘不免好奇，总要耳贴门缝，探听个究竟。有好几次，都听到宋雨在里面打手机。打着打着，甚至她还哭了起来，好像是说与这个家里无关的事。并且娃哭得很伤心、很激动。她就把这事给忆秦娥说了。忆秦娥说：孩子十七八的人了，跟同学或者其他什么人打打电话，也属正常。要她别大惊小怪的。可后来，当《梨花雨》正式彩排公演后，忆秦娥才知道，她娘的侦缉与怀疑，并不是没有道理的。

《梨花雨》整整排了十个月。在没有见观众前，内部请专家看了三次，提出了不少修改意见。都说戏基本趋于成熟。可一些老同志对薛桂生建议：

戏一锤子砸不出鼻血来，就不要见观众。这是给娃们排"破蒙戏"哩，不能一揭"盖头"，里面捂了个"塌鼻子""豁豁嘴"。让社会当头一棒，把娃们乱砸一通，几年、甚至一辈子都别想翻起来。这就是唱戏这行的残酷。

谁知薛桂生比他们更能沉住气，当他们都说能行的时候，薛桂生还让多"捂"了一个月。等方方面面都觉得：戏是能"砸出鼻血"

了。该是"发射"的时候了。薛桂生才从策划宣传到观众组织,以及"演出月"名称,系统制定出一套方案来。

终于,在又一个新春佳节的正月初六,省秦要"点火发射卫星"了。

四十四

忆秦娥那几天,有点失眠。甚至还请人开了安眠药,让自己晚上能勉强睡那么几个小时。一醒来,她就想着宋雨的首演。几乎比自己演出还让她上心。孩子毕竟是第一次上大戏,让她担惊受怕的事太多了。自己初上台时,可是没少出漏洞笑话:不是没把头包好,将满头金簪银花,披散得台上台下到处都是;就是中途要上厕所,却没有任何时间,竟然尿在彩裤里。反正能想到的,她都为女儿想到了,几乎是一点一滴地在帮宋雨准备着。

正式演出那天,剧场的第一次铃声响起时,她甚至都紧张得双腿突突打战。但她还是在不停地拍着宋雨的肩膀,让她别慌张。说这时一定要保持镇定。演员既要做到心中有人,又要目中无人。只有这样,才能把演出水平,自自然然地发挥到极致。这是个半文半武的戏,对演员的体力也是很大的挑战。她甚至在演出前,还给宋雨喝了温热的增强体能饮料。总之,凡过去忠、孝、仁、义四个老艺人,还有她舅、胡彩香和米兰老师能为她想到的,她都想到了。连他们没想到的,根据自己多年的经验,也都想到了。她是要把闺女体体面面、漂漂亮亮地打扮"出嫁"了。

演出的轰动效应,是省秦,甚至包括西京秦腔界所有人都没料到的,全喊叫"炸了锅了"。"炸锅"有两种炸法:一种是瞎得炸了锅了;一种是好得炸了锅了。《梨花雨》自然是好得"炸了锅了"。秦腔现在的演出,除了像忆秦娥这样的名角出场,一个戏,一般也就只能演那么两三场。而《梨花雨》的"演出月",竟然到了场场爆满、一票难求的地步。媒体的报道是:"美得时尚""美得惊艳""美得令人窒息"。有多家媒体，已经在称宋雨为"小忆秦娥"了。

可每当谢幕时，观众一浪一浪朝台前拥去，并大声呼唤着"小忆秦娥"时，站在最后一排的"老"忆秦娥，内心的失落感，又是难以言表的。尽管这个小忆秦娥就是她的女儿。

忆秦娥不断听到观众各种评价：

"省秦又有台柱子了。这娃绝对没麻达！"

"这个宋雨不比忆秦娥差。先年轻么。现在讲颜值哩。"

"忆秦娥已是年过半百的人了，那化妆出来就是没有娃们好看么。你看这戏多好看的，再看都不厌烦么。"

有的干脆说："有了这帮娃们，忆秦娥恐怕就该慢慢退出历史舞台了。"

"如果秦腔都是这样鲜活好看的脸面，那还愁没有观众？我看比美国大片都过瘾哩，这都看的是真人么。"

就连装台名人刁顺子都说："有新把式了，看来忆秦娥这个老把式得退阵了。过去说，阵阵离不了穆桂英。我看这个宋雨，只怕是要成省秦阵阵离不了的新穆桂英了。"

尤其让薛桂生，更让忆秦娥没想到的是，春节后，已经定好的十几个台口，有好几个都要换《梨花雨》。到底是冲好戏来的？还是冲"小忆秦娥"来的？还是冲"青春""颜值"来的呢？

忆秦娥傻眼了，她第一次感到了生存危机。更感到了一种几乎无法向人言说的羞辱感。

又一天，团里开《梨花雨》座谈会。她坐在秦八娃旁边，一直看着秦八娃用铅笔，在一个纸烟盒上写着什么。无意间，她瞥到了《忆秦娥》的字样，就拿过来要看。秦八娃说："胡划拉了几句，还没改呢，别看。"但她硬是拉过来看了：

忆秦娥·看小忆秦娥出道

西风薄，

夜摇碧树红花凋。

红花凋，

枝头又俏，

艳艳桃夭。

去年花旦鳌头鳌，

斗移星转添新骄。

添新骄，

春来似早，

一地寂寥。

里面有些字，已涂改得看不清了，但忆秦娥还是大致蒙出了一些意思。

秦八娃老师曾经为自己写过两首同样的词。而今天这首，已经不是在为她写了。似乎也不是为宋雨写的。而是为他自己的一种感觉和心情在写。那句"春来似早，一地寂寥"，其实完全不是今天座谈会的氛围。座谈会上，好多人已经把好词给宋雨用尽了。用得几乎都有些忽略她的存在了。好个"一地寂寥"，岂不是在说自己此时此刻的心境吗？

但她还是在为自己的孩子高兴着，甚至几次都有点喜极而泣。

也就在这时，她娘说过多次的"宋雨的秘密"，彻底暴露出来了。

《梨花雨》公演几场后，忆秦娥就发现，宋雨每晚演出完，回来都很晚。宋雨的解释是，同学们想在一起高兴高兴。这种兴奋，她是能理解的。只要他们别玩得太晚就行。因为晚上休息不好，会影响嗓子。忆秦娥一辈子保证唱好戏的经验，总结起来就两个字：睡觉。只要有演出，她都要雷打不动地睡觉。可宋雨一连好多晚上，越回来越晚，她就有些疑心，害怕女演员一出名，被社会上不三不四的人盯上。这些人，什么手段都能使出来。演员一旦没有定力，什么事情也都会发生的。何况宋雨还不到十八岁。年龄太小，她必须紧盯着。可还没等她发现问题，她娘已把事情的原原本本，搞得清清楚楚、明明白白了。

自打正月初六第一场演出起，宋雨的婆，还有她弟，还有她的亲生父母，就来剧场看戏了。戏演多少场，他们就看多少场。每晚看完戏，都要把宋雨叫回家去，大团圆地哭一场。

一对已完全分离的夫妻，在各自的折腾中，又都先后解散了"二次混搭"。最终因宋雨这张"感情牌"，而在西京重合复婚。现在，房子也买下了；夫妻店式的羊肉泡馍馆也开张了；儿子也从乡下接来西京读高中了。只等有合适机会，哪怕请律师，打官司，也是要把亲闺女正式朝回领了。

当娘把这一切告诉忆秦娥时，宋雨的婆，还有她妈、她爸，很快就提着厚礼，还有存折，到她家来，要跟她谈判了。

他们要认这个孩子。

当然，他们也承认忆秦娥是孩子的母亲。

宋雨的婆，是摇晃着已年近九旬的帕金森综合征的头颅在说："求求秦娥了，你是我们宋家的大恩人！但宋家既然有了团圆的这一天，还求你高抬贵手，让娃认了自己的亲生父母吧！"

说着，老太太竟然颤颤巍巍地要给忆秦娥下跪了。

忆秦娥被彻底击溃在沙发上了……

[这是一个春寒料峭的夜晚。

[西京城的灯火已经暗淡下来。夜已经很深很深了。

[忆秦娥独自徘徊在古城墙上。

[低回的伴唱声隐隐传来：

　　夜沉沉，风啸啸，

　　漫天杨花作雪飘。

　　一城躁动终单调，

　　唯留春风当剪刀。

忆秦娥（唱苦音"二六板"）：

879

谁将星月用云罩？

谁让今夜风呼号？

谁弄倩影城欲倒？

谁舞痛楚败良宵？

[转苦音"二倒板"，接"慢板"：

五十年风雨如注一棵草；

五十年冷暖见惯无矜骄；

五十年生离死别知多少；

五十年真情常被一旦抛。

[转苦音"二六板"：

十一岁泪眼婆娑离山坳；

十二岁学戏皮肉遭藤条；

十三岁强逼烧火去帮灶；

十四岁魔掌险些使花凋；

十五岁柴房苦练待破晓；

十六岁一折焦赞打出梢；

十七岁白蛇仙子一角挑；

十八岁唱红北山领风骚。

[转苦音"双锤带板"：

烧火丫头突显耀，

更易风传近魔妖。

调进西京愈玄奥，

西湖一游成风标。

誉满古都似珍宝，

毁满三秦多腥臊。

谨小慎微遭撕咬，

百般龟缩仍惊涛。

[转四分之一"散板"。唱"二六板"中的"二八板""清板""撂板"：

880

几多次不想再上主角套，
为罢演结婚早孕朝后逃。
谁知道越逃角色越缠绕，
四十年本本折折难拣挑。
主角是聚光灯下一奇妙；
主角是满台平庸一阶高；
主角是一语定下乾坤貌；
主角是手起刀落万鬼销；
主角是生命长河一孤岛；
主角是舞台生涯一浮漂；
主角是一路斜坡走陡峭；
主角是一生甘苦难号啕；
占尽了风头听尽了好，
捧够了鲜花也触尽礁。

[转快"二六板"：

一生追求奇绝巧，
日循舞台绕三遭。
不懂世外咋喧闹，
只愁戏里缺妙招。
唱戏让我从羊肠小道走出山坳、走进堂庙，
北方称奇、南方夸妙，漂洋过海、妖娆花
俏，万人倾倒、一路笑傲；
唱戏也让我失去心爱的羊羔、苦水浸泡、泪
水洗淘、血肉自残、备受煎熬、成也撕咬、
败也掷矛、功也刮削、过也吐槽、身心疲惫
似枯蒿。

[转欢音"二六板"花彩腔：

千般折磨抿嘴笑，
唯有登台气自豪。
谁知后浪冲天啸，

881

百丈峰头打航标。

［转苦音"双锤带板"。再转"黄板"散唱：

呕心沥血备花轿，

嫁出去的闺女竟是已暗中修好的旧窠巢。

因爱收留一孤小，

是烧火丫头的命运让我寒霜惜冰雹。

既然命运已改道，

忆秦娥为何不能为人间真情架一桥？

［伴唱声再起：

夜沉沉，风啸啸，

残月破晓挂城梢。

凄厉一声板胡哮，

谁拉秦腔似哭号。

［忆秦娥伫立在箭楼上，静静听着那声十分凄绝的板
胡苦音。

［似乎是从老城根下，传来了一个秦腔黑头的吼叫
声，酷似老腔：

人聚了，戏开了，

几多把式唱来了。

人去了，戏散了，

悲欢离合都齐了。

上场了，下场了，

大幕开了又关了……

［忆秦娥眼含泪水，慢慢向城外走去。

［暗转。

四十五

忆秦娥突然那么想回她的九岩沟了，她就坐班车回去了。

她已经很久没回来过了。家里除了老爹，全都进城了。本来她也是想把老爹接进城去的。可爹说要守老房子、守老屋场、守老坟山。

娘说："你爹主要是舍不得他那一摊子皮影戏呢。"

还没到易家老屋场，忆秦娥就听到了锣鼓闹台声。敲得很专业，很讲究。甚至让她有些疑惑，哪里会有这样讲究的锣鼓敲家呢？

有老汉、老婆子、娃娃们，在陆陆续续朝易家老屋场赶着。

突然，有人认出了忆秦娥，一条沟里就迅速沸腾了。连各家各户的狗，也都跟着主人跑出来，对着不明真相的事体，乱叫乱咬起来。

家家户户出来的人再多，也都是老汉、老婆子、娃娃，几乎没有看见一个精壮劳力与姑娘媳妇。忆秦娥就问她认识的七叔：

"七叔，村里的小伙子，还有姑娘媳妇呢？"

七叔说："都出去打工了。但凡能动的，都不在家了。就剩下三八六一九九部队了。"

忆秦娥问："啥叫个三八六一九九部队呢？"

七叔说："这你还不知道？三八就是妇女。六一就是儿童。九九就是重阳老人。现在是连三八部队也开进城里了。六一部队能剩一些。基本都是病病歪歪、要死不活的九九部队了。"

忆秦娥说："不是听说，九岩沟这一片要封山休林，让都搬到山脚下集镇上去吗？"

七叔说："都正纠结着哩。住到别人的地盘上，人生地不熟的不说，房子都在半空里鸟窝一样垒着，连种一棵菜的地方都没有。钱也没处挖抓去。咱这山上，好歹住了人老几十辈子，随便扒拉几下，也是不愁吃不愁穿的日子。镇上鸡不让养、羊不让放、猪不让喂、牛不让拦。咱老坟山也没人看。下去住一阵，就都跑回来完球了。还是咱九岩沟活得舒心徜徉么。"

终于，忆秦娥在几十个老汉、老婆子、娃娃的簇拥中，回到了易家老屋场。

老屋场靠房子的地方，竖起了一道皮影幕帘，俗称"亮子"。第一个映入眼帘的，竟然是她舅胡三元。她有好久都没有得到舅的消息了，没想到，他已回九岩沟老家了。

他是跟她爹一道，支起了这个皮影摊子。

她突然发现，舅老了。老得满头白发，几乎没有一根青丝了。唯有那半边被火药烧黑的脸，显得更加幽暗黧黑。在正规剧团，武场面一般最少都由五六个人组成。除司鼓外，敲的敲大锣，敲的敲小锣，还有敲吊镲、木鱼、打铙钹、擂大鼓的。反正基本是各执一件家伙，很少交叉混打的。而在这里，七八样乐器，全都是她舅一人操作着。除板鼓、战鼓、大鼓外，他把其他几样乐器，都用一根有好多枝丫的根雕挂起来。木鱼、梆子，是绑在两个腿上的。关键是还有很多发明：竟然把锄头、镰刀、簸箕、箩筛都当了"响器"。戏里的"战斗"一打响，那就是冷兵器与"飞沙走石"的搏杀声了。并且他还兼吹着唢呐、管子。把他一人忙活得，观众都不好好在"亮子"前边看戏，而是要跑到后台看他了。

他爹是在"亮子"后边，操作着即将上演的《白蛇传》。

还有一个瞎子老人，是在一边弹奏月琴，一边清着嗓子，要开唱了。

忆秦娥的出现，让整个易家老屋场立即轰动起来。

她舅是因为敲打得太投入，没有发现她。

倒是在"亮子"前后，忙着给几个唱皮影的老把式们端茶倒水的人，一见忆秦娥，几乎是"嗖"的一声，扭头就朝老屋场外面跑去了。

这个突然撒开腿逃跑的人，戴了顶灰不溜秋的棒球帽。他浑身上下的打扮，与这个乡村也有些不搭调。忆秦娥还没弄明白是怎么回事，后来才听她舅说：那就是开煤窑发了大财的刘四团。后来煤窑出了事。加上煤业不景气，政府也在下手整顿乱象。刘四团欠下一屁股烂账，就跟他一起到处"跑路""躲猫猫"来了。舅还说："这小子想法大，还准备打你的牌，在九岩沟搞开发旅游呢。可惜锱子儿没有，心急得跟猫抓似的。"

不知啥时，她舅也喜欢像古存孝老艺人一样，在演出时，是爱披一件黄大衣了。刘四团就像当初给他伯父古存孝披大衣一样，但见演出，也是要伺候他披上、筛下好几次的。

忆秦娥已无法追上这个昔日曾经那么纸醉金迷的刘四团。也只好由他去了。

她爹果然是老了，老得把两颗门牙都丢了。她问爹：

"门牙怎么没了？"

气得他爹直抱怨说："问你舅去，问你那个死舅去。"

原来爹的两颗牙，也是让舅在排练时，拿鼓槌无意间敲掉了。舅是嫌他把小锣"喂"慢了半拍。气得爹当时还跟她舅打了一架。但一想到皮影摊子得用人，尤其是像她舅这样的好把式、大把式。不用，找谁去？爹最后只好忍了。

爹说："你这个死舅，又能拿他咋的？把他告到派出所，抓到局子里去？可他毕竟是我的妻弟、你的亲舅呀！一辈子可怜的，连个老婆都没娶下。都坏在这'瞎瞎起手'上了，他是敲了一路的鼓，也敲了一路的牙，还坐了一路的牢。老了老了，回到九岩沟，我还能再把他送到法院去？现在好了，就让他一个人敲。咱这摊摊，也养不起那么多下手。要敲，除非把他自己那一嘴狗牙，全敲掉算了。"

这天，他们唱的是《白蛇传》。

当满九岩沟的人，知道忆秦娥回来了，并且还要"亮儿嗓子"时，很快，就把莲花岩、三叉怪、五指峰、七子崖的人全都招了来。

皮影戏本来是要把演员藏在"亮子"背后唱的。但这一晚，忆秦娥是站在"亮子"旁边唱的。并且村上还烧燃了多年没用的汽灯。一下把个易家老屋场照得明光光、亮晃晃的。连那些已经失明多年的老人都说：

"亮，今晚咱九岩沟真亮堂！"

> 西湖山水还依旧，
> 憔悴难对满眼秋。
> 霜染丹枫寒林瘦，
> 不堪回首忆旧游……

忆秦娥唱得声情并茂,眼含热泪,她舅敲得精神抖擞,气血贲张。她随便一个眼神,一个手势,一个移步,一个呼吸,一个换气,一个拖腔,甚至一个装饰音,她舅都能心领神会地给以充满生命活性与艺术张力的回应。那是高手对高手的心灵点化,是卯头对榫口的紧致楔入,是门框对门扇的严丝合缝,是老茶壶找见了老壶盖的美妙难言。好唱家一旦与好敲家对了脾气,合了卯窍,那简直就是一种极高级的唱戏享受了。这种享受,他们舅甥之间过去是有过好多次的,但哪一次都没有今天这般合拍、入辙、筋道、率性。两个从九岩沟走出去的老戏骨,算是在家乡完成了一场堪称美妙绝伦的精神生命对接。忆秦娥唱完,已是浑身震颤,泪眼婆娑,她先向父老乡亲弯下了九十度的腰,然后又深深给老舅鞠了一躬。老舅当下就捂住黑脸,哭得泣不成声了。

老舅说:"他妈戏弄好了,真是能享受死人的。老舅现在死了都值了!"

忆秦娥就极其享受地留在老家,跟老舅、老爹一起唱了三夜皮影戏。

白天,她还到坡上放了三天羊。他爹这些年,是一直给女儿留着三只羊的。羊养老了再换新的,反正一直都保持着三只。

就在忆秦娥回来的第四天,派出所的乔所长开车找她来了。

乔所长说,把你娘吓得跟啥一样,一家人分析来分析去,说你可能是回了九岩沟。乔所长就开车找来了。

乔所长刚办了退休手续,现在是无官一身轻。加之夫人去世,孩子也有了孩子,倒把他弄成一个更深度的戏迷。他自称是忆秦娥的"钢粉"了。

忆秦娥本来是想回来住上一月半载的。在唱完三夜戏、放完三天羊后,她又去了一趟莲花庵。想在那里住上一段时间。谁知莲花庵的老住持,已经得乳腺癌去世了。她突然面对老住持的坐化塔,哭得长跪不起。

她是她舅挽起来的。

舅说："你还是得回去唱戏呢。我听广播里说了，小忆秦娥都出来了。是咱的娃，好事情嘛！各是各的路数，你还有你的观众、你的戏迷。你的那些戏，小忆秦娥还得好多年才能学像呢。到了这个年岁，名角都得唱戏、教戏两不误了。胡彩香要是没给你教几出戏，早都没她了。就因为给你教了戏，凉皮都卖不安生，现如今，又被市艺校高价聘去教唱了。连狗日张光荣都跟着吃了软饭，屁颠屁颠地去给艺校看大门了。你麻利回去吧，我这些年在山里洼里、沟里岔里到处乱钻，知道秦腔有多大的需求、多大的台口。只怕你人老几辈子，都是把戏唱不完的。"

第二天一早，她就听她舅在老屋场敲起了板鼓。那种急急火火的声音，催得连上学的娃们，都是一路小跑。

她再也在家里待不住了。

忆秦娥又一次离开了九岩沟。

突然，她想唱点什么，或者喊点什么。一刹那间，她猛然想到了秦八娃先生说的一句话：

"你哪天要是能自己吟出一阕'忆秦娥'来，就算是把戏唱得有点意思了。"

她就突然脱口而出地，随意吟了一阕《忆秦娥·主角》：

易招弟，
十一从舅去学戏。
去学戏，
洞房夜夜，
喜剧悲剧。

转眼半百主角易，
秦娥成忆舞台寂。
舞台寂，

方寸行止，

正大天地。

她身后，是她舅敲板鼓"急急风"的声音：

仓才，仓才，仓才，仓才，仓才仓才仓才仓才，仓才才才才才才
才……

板鼓越敲越急。那节奏，是让她像上场"跑圆场"一般，要行走
如飞了。

2015 年 10 月至 2017 年 2 月一稿于西安

2017 年 3 月至 4 月二稿于西安

2017 年 5 月至 6 月三稿于西安

2017 年 7 月四稿于西安

2017 年 8 月五稿于西安

后 记

我写了半辈子舞台剧，其实最早也写小说，写着写着，与戏染上，就钻进去拔不出来。后来还是一个叫《西京故事》的舞台剧创作，因到手的素材动用太少，弃之可惜，也是觉得当下城乡二元结构中的许多事情没大说清楚，就又捡起小说，用长篇那种可包罗万象的尊贵篇幅，完成了《西京故事》的另一种创作样式。写完《西京故事》，得到不少鼓励，我就又兴致盎然地写了十分熟悉的舞台"背面"生活《装台》。出版后，鼓励、抬爱之声更是不绝于耳，我就有些手痒，像当初写戏一样，想"本本折折"地接着写下去。但也有了压力，不知该写什么。几次遇见批评家李敬泽先生，他建议说："从《装台》看，你对舞台生活的熟悉程度，别人是没法比的。这是一座富矿，你应该再好好挖一挖。写个角儿吧，一定很有意思。"其实在好多年前，我就有过一个"角儿"的开头。不过不叫"角儿"，叫《花旦》。都写好几万字了，却还拉里拉杂，茫然不见头绪。想来实在是距离太近，有点"不识庐山真面目"：提起来一大嘟噜，却总也拎不出主干枝蔓，也厘不清果实腐殖。写得兴味索然，也就撂下了。终于，我走出了"庐山"，并且越走越远，也就突然觉得是可以拎出一点关于"角儿"的头绪了。

我在文艺团体工作了近三十年，与各类"角儿"打了半辈子交道，有时一想起他们的行止，就会突然兴趣盎然。甚至有一种生命激扬与亢奋感。有一天，一个朋友突然给我发来一段微信视频，是一个京剧名角，在演出《智取威虎山》中的一段准备工作："杨子荣"在镜前补妆，几位服装师正为他换行头。而此时，雄壮的"打虎上山"音乐已经奏响。圆号那浑厚有力的鼓吹，全然绷紧了前台后场的情势。可给角儿换装、抢装的工作尚未完成。当虎皮背心、腰带、围脖、帽子、胸麦全都装备到位后，只见角儿极其从容地呷一口水，润了润嗓子，音响师就恰到好处地将话筒递到了他嘴边。"杨子荣"一边整装，一边抬头挺胸地唱起了响遏行云的内导板："穿林海，跨雪原，气冲霄汉——"那是一个十分精美漂亮的甩腔。唱完后，舞台上的锣鼓点已如"急急风"般地催动起来。只见角儿猛然离座，大步流星地向前台走去。直到此时，其实打扮角儿的工作还在继续：服装师边走边帮他穿大衣；道具师趁空隙给他手中塞上了马鞭；当他走到上场口时，一切才算收拾捯饬停当。而此时侧幕条旁，还有舞台监督正在迎候。音乐在战马嘶鸣中，进入到了最激越的节奏。只见舞台监督双手十分亲切地朝他肩头按了一下，既像镇定、爱抚，也像出场指令，更像一种深情相送。"杨子荣"便催马扬鞭，英气勃发地走向了灯光曝亮的舞台。立即，观众掌声便如潮水般涌了上来。整个视频仅两分钟，但却把舞台"一棵菜"艺术的严谨配合，展示得淋漓尽致。这是一连串如行云流水般的协同动作。一个团队，几乎像打扮女儿出嫁般地把主角体贴入微、天衣无缝地送上了前台。那种默契与亲和，以及主角自顾不暇，却又从容淡定、拿捏自如的做派与水准感，看后让人顿生敬畏与震撼。而这样的幕后工作，我经历了几十年。因此，在写《主角》时，几乎常常是一泻千里般地涌流起来。并且时常会眼含热泪，情难自抑。

　　角儿，也就是主角。其实是那种在文艺团体吃苦最多的人。当然，荣誉也会相伴而生。荣誉这东西常遭嫉恨怨怼。因而，主角又总为做人而苦恼不迭。拿捏得住的，可能越做越大，愈唱愈火；拿捏不住的，也会越演越背，愈唱愈塌火。能成为舞台主角者，无非是三种人：一是确有盖世艺术天分，"锥处囊中"，锋利无比，其锐自出者；二是能吃得人下苦，练就"惊天艺"，方为"人上人"者；三是寻情钻眼、拐弯抹角而"登高一呼"、偶露峥嵘者。若三样全占，为之天时、地利、人和。既有天赋材质，又有后天构筑化育，再有强者生拉硬拽、众手环托帮衬者，不成材岂能由人？可主角是何等稀有、短缺的资源，是甚等闪亮、耀眼的利诱，岂容一人独占、独享、独霸乎？因而，围绕主角的塑造、争夺、捧杀，便成为永无休止的舞台以外的故事。

成就一个角儿真的很难很难。现在的影视艺术，倒是推出了不少不会演戏，却因颜值与绯闻而大红大紫、大行其道者。可舞台艺术，尤其是中国戏曲，要成为一个角儿，一个响当当、人见人服的角儿，真是太难太难的事体。一拨百十号人的演员培训班，五到七年下来，能炼成角儿者，当属凤毛麟角。有的甚至"全盘皆废"，最多出几个能演主角的二三类演员而已。这么难产的艺术，却因传媒与网络时代无孔不入的挤对，而呈现出更加萎缩、边缘的存活态势。因而，出角儿也就难乎其难了。尽管如此，中华大地上数百个剧种，还是有不少响当当的角儿，在拔节抽穗、艰难出道。因而，戏曲的角儿不会消亡，他将仍是一个值得长久关注的特殊行当。更何况，角儿，主角，岂是舞台艺术独有的生命映像？哪里没有角儿，哪里没有主角、配角呢？

我在陕西省戏曲研究院担任过二十五年专业编剧，还交叉任职过十几年团长、院长。这是一个大院，有自己的创作研究机构，还有四个剧种各不相同的演出团。六七百号各类吹、拉、弹、唱、编、导、画、研人才，几乎都把腮帮子鼓多大，在这里日夜吹响着"振兴秦腔"的号角。我任院长的十年，刚好陪伴着一百多位戏曲孩子，走过了他们从儿童到少年、再到青年的成长历程。孩子们从平均年龄十一二岁，长到二十一二岁，我就像看着一枝枝柳梢在春风中日渐鹅黄、嫩绿、含苞、抽芽、发散，直到婀娜多姿，杨柳依依，几乎是没漏掉任何一个成长细节。不能不交代的背景是：孩子们一脚踏入这个剧院时，21世纪才刚开启三四个年头。外面的世界，几乎是被"全民言商"的生态混沌裹挟着。任院墙再高，也难抵挡"急雨射仓壁，漫窍若注壶"的逼渗。可孩子们硬是在相对封闭的环境中，每日穿着色调单一的练功服；走着与时代渐行渐远的"手眼身法步"；演唱着日益孤立无援的古老腔调；完成了五年堪称艰苦卓绝的演艺学业。他们的毕业作品是《杨门女将》。当平均年龄只有十六七岁的一群孩子，以他们扎实的功底、靓丽的群像，演绎出一台走遍大江南北，甚至欧洲、北美、亚洲、港澳台地区都饱受赞誉的大戏时，我不能不常常用"少年英雄群体"来褒扬他们的奉献牺牲精神。说他们是"少年英雄"，其实一点都未拔高。在最离不开父母时，他们撕裂了父爱、母爱；在最需要关心、呵护时，他们忍受着钻心的痛疼与长夜寂寞，让几近濒临失传的绝技，点点走心上身。尤其让人感动的是：在官贪、商奸、民风普遍失范时，他们却以瘦弱之躯，杜鹃啼血般地演绎着公道、正义、仁厚、诚信这些社会通识，修复起《铡美案》《窦娥冤》《清风亭》《周仁回府》这些古老血管，让其汩汩流淌在现实已不大相认的土地上。以他们的年岁，本不该牺牲青春，去承担他们不该承担、也承担不起的这份责任。但他们却以单薄的肩膀、稚嫩的咽喉，担当、呼唤起生命伦理、世道人心、恒常价值来。他们不是英雄谁是英雄？

在我读过的书里，常记忆犹新的，有斯托夫人《汤姆叔叔的小屋》里的那个白人女孩儿伊娃。她就担当了她本担负不起的解放黑奴的责任。斯托夫人并没有把她写成一个解放者。而是用天使一般润物无声的善良、无邪、爱心，让她身边所有人，都感知到了被温暖与融化的无以匹敌的人性力量。

长期以来，我就有书写戏曲艺人成长的萌动与情愫。尤其是不想放过他们的童年与少年时代。因为他们在这个时代就已开始了一种叫担当的传播活动。尽管这种担当于他们并非是一种自觉。可客观效果，已然是了。终于，《主角》要开启这种生活了。我是想尽量贴着十分熟悉的地皮，把那些内心深处的感知与记忆，能够皮毛粘连、血水两掺地和盘托出。因为那些生活曾经那样打动过我，我就固执地相信，也是会打动别人的。

《主角》的主角叫忆秦娥。一九七六年她出场时，还不到十一岁。姐妹俩，她排行老二。父母亲更希望她们能招引来一个弟弟，因此，姐姐取名叫来弟，她叫招弟。招弟对上学兴趣不大，上完学还得回来放羊，倒不如早早回家放羊算了，她想。论条件，县剧团招收演员，是应该让她姐去的，她觉得她姐比她漂亮、灵醒。可家里觉得姐姐毕竟大些，还有用场，就硬是把她送了去。她舅胡三元是剧团的敲鼓佬，觉得外甥女唤招弟太土气，就给她改了第一次名字，叫易青娥。这个名字，也是因为省城剧团的大名演叫李青娥，才照葫芦画的瓢。后来，易青娥还果然出了名，又被剧作家秦八娃改成忆秦娥了。也许是这个名字耳熟能详，又有点意思，忆秦娥竟然从此就爆得大名，一步步走向了"塔尖"，终成一代"秦腔皇后"。

如果仅仅写她的奋斗、成功，那就是一部励志剧了，不免俗套。在我看来，唱戏永远不是一件单打独斗的事。不仅演出需要配合，而且剧情以外的剧情，总是比剧情本身，要丰富出许多倍来。戏剧在古今中外都被喻为时代的镜子。而这面镜子也永远只能照见其中的某些部分，不是全部。仅仅伴随着戏剧而涌流的生活，就已包罗万象，丰富得不能再丰富，更何况其他。在写作《主角》的过程中，我现在任职的单位陕西省行政学院，恰好邀请著名作家王蒙先生来讲文化自信。当得知《主角》正在孕育时，他只一个劲地鼓舞："要抡圆了写。抡得越圆越好！"这话在他读我《装台》后，也曾几次提到：说"刁顺子抡圆了"。我就在反复揣摩先生"抡圆了"的意思。后来，因其他事，我跟先生通电话，先生说他正在看《人民文学》上的《主角》节选版，"看得时哭时笑的"，并说他还几次站起来，研究模仿了主角忆秦娥总爱用后脚尖踢前脚跟的动作，觉得很有趣。至于"抡圆了"没，我没好打问。总之，《主角》当时的写作，是有一点野心的：就是力图想把演戏与围绕着演戏而生长出来的世俗生活，以及所牵动的社会神经，来一个混沌的裹挟与牵引。我无法企及它的海阔天空，只是想尽量不遗漏方方面面。这里是一种戏剧人生的进程，因为戏剧天赋的镜子功能，也就不可或缺那点敲击时代地心的声音了。

戏剧让观众看到的永远是前台，而我努力想让读者看幕后。就像当初写《装台》，观众看到的永远是舞台上的辉煌敞亮，而从来不关心、也不知道装台人的卑微与苦焦。其实他们在台下，有时上演着与台上一样具有悲欢离合全要素的戏剧。同样，主角看似美好、光鲜、耀眼。在幕后，常常也是上演着与台上的《牡丹亭》《西厢记》《红楼梦》一样荣辱无常、好了瞎了、生死未卜的百味人生。台上台下，红火塌火，兴旺寂灭，既要有当主角的神闲气定，也要有沦为配角，甚至装台、拉幕、捡场子的处变不惊。我们是自己命运的主宰，但我们永远也无法主宰自己的全部命运。我想，这就是文学、戏剧要探索的那个吊诡、无常吧。

我的主角忆秦娥，其实开头并没有做主角的自觉与意愿。甚至屡屡准备回去放羊，或者给剧团做饭、跑龙套。对做主角，她是有一种天然怯场与反感的。但时势就那样把一个能吃苦的孩子，一步步推到了主角的宝座上。她时或觉得新鲜刺激，时或懵懂茫然；时或深感受用，时或身心疲惫；时或斗志昂扬，时或退避三舍；时或呼风唤雨，时或草木皆兵；时或欧美环球，时或乡野草台；时或扶摇直上，时或风筝坠落、头脸抢地。其命运与社会相勾连，也与大千世界之人性根底相环扣。你不想让生命风车转动，狂风会推着风车自转；你不想被社会声名所累，声名却自己找上门来，不由分说地将你五花大绑、吆五喝六地押解而去。她吃了别人吃不下的苦头，也享了别人享不到的名分；她获得了唱戏的顶尖赞誉，也受到了唱戏的无尽毁谤。进不得，退不能，守不住，罢不成。总之，一个主角，就意味着非常态，无消停，难苟活，不安生。但唱戏总得有人当主角，社会也得有主角来占中、压台、撑场子。要当主角，你就须得学会隐忍、受难、牺牲、奉献。我的忆秦娥就这样光光鲜鲜、苦苦巴巴、香气四溢，也臭气熏天地活了半个世纪。

中国戏曲，虽然历史留下的是文本，但当下，却是角儿的艺术。好戏是演出来的。看戏看戏，戏是用来看的。要看戏，自然是看角儿了。但一个好角儿的修炼、得道，甚至"成仙"，在我看来，并不比蒲松龄笔下那些成功转型的狐狸来得容易。有真本事、真功底、真"活儿"的角儿，太是凤毛麟角了。而中国戏曲的巨大魅力，就来自这苦苦修道者。唱戏需要聪明，但太过聪明，脑瓜灵光得眉头一皱，就能计上心来者，又大多不适合唱戏。尤其不适合做角儿。要做也是小角儿、杂角儿。大角儿是需要一份憨痴与笨拙的。我的忆秦娥要不是笨拙，大概也就难以得秦腔之道，成角儿之仙了。戏曲行的萎缩、衰退，有时代挤压的原因，更有从业者已无"大匠"生命形态有关。都跟了社会的风气，虚头巴脑，投机钻营，制造轰动，讨巧卖乖。一颦一蹙、一嗔一笑，都想利益最大化，哪里还有唱戏的"仙家"可言呢。一个行业的衰败，有时并不全在外部环境的销蚀、风化。其自身血管斑块的重重累积，导致血脉流速衰减，甚至壅塞、梗阻、坏死，也当是不可不内省的原因。

戏剧不是宗教，但戏剧有比宗教更广阔而丰沛的生命物象概括能力。宗教因了过度的萃取与提纯，而显得有点高高在上。戏剧却贴着大地行走：生老病死，宠辱荣枯，饥饱冷暖，悲欢离合。凡人情物事，不仅见性见情、见血见泪，也见精神之首，时时昂向天穹，直插云端。契科夫说，少了戏剧我们会没法生活。俄罗斯人更是把剧院看做天堂，说那里是解决人的信仰、信念，以及有关善良、悲悯、同情、爱心问题的地方。我的主角忆秦娥，在九死一生的时候，也曾有过皈依佛门的念头。恰恰是佛门住持告诉她：唱戏更是度人度己的大功德。正是这份对"大功德"的向往，而使她避过独善其身的逍遥，重返舞台，继续起唱戏这种度己化人的担当。在中华文化的躯体中，戏曲曾经是主动脉血管之一。许多公理、道义、人伦、价值，都是经由这根血管，输送进千百万生命之神经末梢的。无论儒家、道家、释家，都或隐或显、或多或少地融入了戏曲的精神血脉，既形塑着戏曲人物的人格，也安妥着他们以及观众因现实的逼仄苦焦而躁动不安、无所依傍的灵魂。在广大农村地区，多少年、多少代人，可能都没有文化教育机会，但并不影响他们知道"前朝后代"，懂得"礼义廉耻"。这都拜戏曲所赐。戏曲故事总是企图想把历史演进、朝代兴替、人情物理、为人处世要一网打尽。因而，唱戏是愉人，唱戏更是布道、是修行。我的忆秦娥也许因文化原因，只知其然，不知其所以然地唱了大半辈子戏。但其生命在大起大落的开合浮沉中，却能始终如一地秉持戏之魂魄，并呈现出一种"戏如其人"的生命瑰丽与精进。唱戏是在效仿同类，是在跟观众的灵魂对话；唱戏也是在形塑自己，在跟自己的魔鬼与天使短兵相接、灵肉撕搏。

我十分推崇的小说家陀思妥耶夫斯基说过："长篇小说的主要思想是描绘一个绝对美好的人物，世界上再也没有比这件事更难的了。"写忆秦娥时，我也常常想到陀氏《白痴》里的年轻公爵梅诗金。陀氏说："良心本身就包括了悲剧的因素。"梅诗金最大的特点，就是能理解和宽恕他人，以至让很多人以为他真是白痴。我的忆秦娥，倒不是要装出一副白痴相来，有时她也是真的憨痴，有时却不能不憨痴。她没有过多的时间精明，也精明不起，更精明不得。太精明，也就没有忆秦娥了。因而，陷害、攻讦、阻挠，反倒成为一种动力，而把一个逆来顺受者推向了高峰。我十分景仰从逆境中成长起来的人，周遭给的破坏越多，用心越苦，挤压越强，甚至有恨其不亡者，才可能成长得更有生命密度与质量。

写到这里，得赶快声明：小说纯属虚构，请勿对号入座。在小说前，我也十分落套地写下了这句话。无论忆秦娥与小说中的其他人物呈现出的是什么形象，都是虚构的，这点不容置疑。我还是要说鲁迅的那句话，他小说中的人物形象，往往嘴在浙江，脸在北京，衣服在山西，是一个拼凑起来的角色。不过我的忆秦娥因为是秦人，嘴就拼不到浙江去，脸也拉扯不上北京的皮。都是我几十年所熟知的各类主角的混合体而已。很多时候，自己的影子也是要混在里面摇来晃去的。从现在的生物技术发展看，这种人在未来，制造出来也似乎不是没有可能的。我写她，是时钟的敲击，是现实的逼催，是情感的抓挠，也是理想主义的任性作祟。我更希望从成百上千年的秦腔历史中，看到一种血脉延续的可能。很多人能做主角，但续写不了历史。秦腔，看似粗粝、倔强，甚至有些许的暴戾。可这种来自民间的气血贲张的汩汩流动声，却是任何庙堂文化都不能替代的最深沉的生命呐喊。有时吼一句秦腔，会让你热泪纵流。有时你甚至会觉得，秦腔竟然偏执地将中华文化生生不息的进取精神发挥到了极致。我的主角忆秦娥，始终在以她的血肉之躯，体验并承继着这门艺术可能接近本真的衣钵。因而，她是苦难的，也是幸运的。是柔弱的，也是雄强的。

我拉拉杂杂写了她四十年。围绕着她的四十年，又起了无数个炉灶，吃喝拉撒着上百号人物。他们成了，败了；好了，瞎了；红了，黑了；也是眼见他起高台，又眼看他台塌了。四十年的经历，是需要一个长度的。原本雄心勃勃，准备写它三卷，弄成一厚摞，摆在架上也耐看的。结果不停地被人提醒，说写长了鬼看，我就边撒网边提纲了。其实也能做成"压缩饼干"。但我却又病态地喜欢着从每早的露珠说起，直说到月黑风高，树影婆娑。在最后一遍修订《主角》时，得一机会去南美文化交流，因为有几场座谈，要做功课，我就用两个多月时间，把拉美文学与戏剧梳理了一遍，不仅复读了聂鲁达、帕斯、博尔赫斯、马尔克斯、库塞尼等早已熟悉的诗人、作家、戏剧家，还带着略萨的《绿房子》和萨瓦托的《英雄与坟墓》上了路。除惊叹于拉美作家密切关注社会问题，以反映社会为己任的现实与现代感外，也惊诧着他们表达自己心中这个世界样貌的构图与技法。但拉美文学再奇妙，毕竟是拉美的。只有踏上那块土地，了解了他们的人文、历史、地理，才懂得那种思维的必然。在智利、阿根廷、巴西，几乎遍地都是涂鸦，一个叫瓦尔帕莱索的城市，甚至就叫"涂鸦之城"，"乱写乱画""乱贴乱拼"得无一墙洁净。那种骨子里的随意、浪漫、率性，是与人文环境密切相关的。拉美的土地，必然生长出拉美的故事，而中国的土地，也应该生长出适合中国人阅读欣赏的文学来。从这个意义上讲，《红楼梦》的创作技巧永远值得中国作家研究借鉴。松松软软、汤汤水水、黏黏糊糊，丁头拐脑，似乎才更像我理解的小说风貌。当然，这些原汤、材质，一定得像戏剧一样地拱斗勾连、严密紧结起来。一场墙上挂枪，三场务必弄响，弄不响，我也是会把枪从窗口撇出去的。从出版家的角度讲，都是希望长篇短些再短些。尤其害怕多卷本，不好卖。说这年月，也没人有耐心看。可我又该锯掉哪条胳膊，砍掉哪条腿呢？抑或是剜去臀尖组织，削去半个嘴脸？我已然把三卷压成了两卷。再压，就算"自残"了。那段时间，我刚好犯了肩周炎，痛得就想把左蹄髈浑浑砍掉了事。如果这只蹄髈能替代小说的删节，我还就真豁出去了。我请青年评论家杨辉和西北大学文学院的院长段建军帮忙砍，他们大概是碍于情面，看来看去，都说不好下手。编辑家穆涛甚至说：老兄别弄得太残忍，让我们当了刽子手，你却扮成善良的窦娥她娘，一边收尸，一边哭天喊地。

　　回顾创作《主角》近两年的日子，还真是有点感慨万千。要不是突然有了寒暑假，我还的确拿不下这大的活儿呢。我总是那么幸运，幸运得像上帝的宠儿，在最需要时间的时候，时间就大把大把地塞给了我。突然调到一个新单位，履职的第一天就放暑假了。我还诚惶诚恐地问办公室主任，这样一休几十天，不违规吗？他说学校放寒暑假，是天经地义的事。我就噗嗤一笑，偷着乐呵地钻进了一个全然封闭的处所，泡方便面、冲油茶、啃锅盔地开始了《主角》的"长征"。

　　有时甚至写得有一种"沦陷"感。几十年的积累，突然在这个节点上，一下被搅动、激活起来，也就"抡圆"得一发不可收拾了。我不善应酬，工作之余，不懂任何眼色与关系的打理。只一头钻进书房，像捂着眼睛的瞎驴一样，推着磨碾乱转。一年多时间，唯一停下来的，是在大年初二到初四的三天。我不得不在这里啰嗦几句：那几天，几乎所有手机，都被一个打工者的横祸所刷屏。这个可怜人，新年也携着家人去了动物园。他给妻、儿都买了看老虎的门票，自己却为省那一百五十元，而翻越四米高墙，生生葬身虎口。他若手头真的宽裕，又何必如此贱作卑琐呢？让人感到悲哀的是，他的死，不仅没有引起同情，相反还招来了一连串"死了活该"的逃票谴责。不少人倒是同情起了被枪杀的食人虎。纷纷对"虎哥"凭吊痛悼有加。我突然中止了写作，不知写作还有什么意义？那几天，我不断想到古老戏曲里那些有关老虎的情节。从来恶虎伤人，都是有英雄要舍身喊打的。怎么现在都站到"虎哥"一边去了？难道这真是一种生命平等、生态平衡的世纪觉悟？直到正月初五，我才又慢慢回到书桌前，努力给自己写下去寻找一点意义支撑：不正是因为人间需要悲悯、同情与爱，忆秦娥才把戏唱得欲罢不能吗？忆秦娥的苦难，忆秦娥的宽恕，忆秦娥的坚持，不正在于无数个乡村的土台子前，总有黑压压簇拥向她的人群吗？在中国古典戏曲里，英雄制止恶虎伤人，从来都是关乎"正义""天理"的桥段。因此，数百年来戏曲的大幕总是能拉开。而拉开的大幕前，即使"燕山雪花大如席"，也都不缺顶风冒雪的看戏人。文学与艺术恐怕得坚定地站在被老虎吃掉的那个可怜人一边。最是不能帮着追究逃票者的责任了。我相信我的主角忆秦娥，如果由武旦改扮武生，是更愿意为这个弱者演一折《武松打虎》的。

这部小说在写作一开始，就得到了很多鼓舞我斗志的关爱。作者最担心的是作品发表问题。而《主角》一开笔，就被几家有影响的出版机构所念叨。他们不仅远程关心进度，而且几次来西安，当面抚摸近况。尤其让我感动的是，施战军先生在得知我《主角》开笔后，就捎话让先给《人民文学》。并派编辑杨海蒂女士，紧盯住我的创作进度。杨海蒂说，是因了《装台》，而使他们对《主角》有了信心与期待。我说可能太长，她说长了选发。这种鼓励、鞭策与信任，当然是十分巨大的了。小说出来，我把邮件发去仅三天，他们就敲定了十余万字的节选方案。我十几岁就是《人民文学》的读者，知道它的分量。这对一个创作者来讲，的确是莫大的鼓舞。

后来，《当代》主编孔令燕女士，又十分抬爱地决定将小说前半部分，刊登在了《当代长篇小说选刊》上。紧接着，《长篇小说选刊》主编付秀莹女士又打来电话，很是提携地将拙作的后半部分也刊发了出来，这让一个写作者，委实有了一份老农秋收般的光荣与喜悦，一时间，好像玉米也成了，大豆也成了，地畔子上还随手拧回一个大南瓜来。

最终，我将稿子给了作家出版社，是他们恩宠过《装台》，也感谢着他们对《主角》的"高看一眼"。社长吴义勤和总编辑黄宾堂先生，从头激励到尾，并敢"隔着布袋买猫"。这种信任，让我的创作始终处于巨大压力之中。让我感到兴奋的是，《装台》的责编李亚梓女士，又被再次确定为《主角》责编。她仅用五天时间，就读完了全稿。一天晚上，我正挂着计步器走路，她打来电话说：刚刚读完，兴奋得不能不跟你通话。那些鼓舞人心的话语我就不说了，反正她的语气和用词都让我立马有点飘飘然起来，返回的路上，开车差点压了一只不知这怂人是如何兴奋至此的流浪狗。

小说写得长，后记话也多，打住，不说了。

2017 年 12 月 6 日于西安

图书在版编目（CIP）数据

主角 / 陈彦著. -- 北京：作家出版社，2017.12
ISBN 978-7-5063-9811-4

Ⅰ.①主… Ⅱ.①陈… Ⅲ.①长篇小说 – 中国 –
当代 Ⅳ.①I247.5

中国版本图书馆CIP数据核字（2017）第309059号

主　角

作　　者：陈　彦
责任编辑：李亚梓
装帧设计：王汉军
作者像摄影：王　强
出版发行：作家出版社
社　　址：北京农展馆南里10号　　　邮　　编：100125
电话传真：86-10-65930756（出版发行部）
　　　　　86-10-65004079（总编室）
　　　　　86-10-65015116（邮购部）
E-mail:zuojia@zuojia.net.cn
http://www.haozuojia.com（作家在线）
印　　刷：中煤（北京）印务有限公司
成品尺寸：152×230
字　　数：784千
印　　张：57.25
版　　次：2018年1月第1版
印　　次：2018年1月第1次印刷
ISBN 978-7-5063-9811-4
定　　价：85.00元（全2册）